JN129455

辰巳 正明 編

古代文学と隣接諸学 9

『万葉集』と東アジア

竹林舎

監修のことば

『古代文学と隣接諸学』と題する本シリーズは、古代日本の文芸、言語や文字文化を対象とする文学のほか、歴史学、美術史学、宗教史学などの隣接諸分野の研究成果を広く包摂した全一〇巻の論文集である。すでに公刊の『平安文学と隣接諸学』『中世文学と隣接諸学』などに続くシリーズとして、二〇一四年初夏、私が本シリーズの企画、編集のスーパーバイズを求められて以来、編者の委託や内容の検討を経てここに実現するに至った。『古代文学と隣接諸学』の各巻に共通する目標ないし特色は、古代日本の人々の様々な営みを東アジアの視点から認識する姿勢である。作品や資料を遡及的、解釈的に捉えるだけにとどめず、歴史的展開の諸要素を一々細かくフォーカスして、古代史像の総体的な復元に立ち向かうことである。特に歴史学については、古代史における王権や国家の働きをア・プリオリに認めるのでなく、個々の事実に基づいて真の成り立ちや実態を追い求め、本質を突こうと努めている。加えて、人々のイデオロギーや心性、社会と密接な芸術、生活空間、環境、交通などにも目配りしている。

このように『古代文学と隣接諸学』は、核とする文学とそれに隣り合う専門分野の第一線で活躍する大勢の中堅、気鋭による多彩で豊富な論考を集めて、今日の研究の最高峰を指し示すものである。

本シリーズには学際研究の新鮮なエッセンスが満ちている。学際研究は異分野の研究を互いに認め合って接近し、知識やヒントを得たり方法論や理論を摂取したりすることができる。さらには研究の融合、進化をも可能にする。文学では、上代、上古、中古などという独自の時代区分を考え直すことになる。文学と文芸の関係性を解く糸口が得られる。世界文学と日本文学をめぐる議論を作り出すかもしれない。歴史学でも、多様な知見に耳を傾け、または抗うことによって、細分化する傾向にある古代史研究の総合化、体系化の方向を展望できるであろう。

本シリーズが多くの読者を魅了し、既往の諸学の成果を踏まえて未知の地平を切り拓き、今後の研究を押し広げ、深めるきっかけとなることが大いに期待される。それが新たな文学と文学史の再構築につながり、ひいては日本の人文科学の進展に寄与するならば幸いである。

二〇一七年四月

鈴木靖民

目次

目次

Ⅳ　万葉集の都と鄙

序　光輝に満ちた書

辰巳　正明

万葉集は光輝に満ちた書である。それは古代の日本人が歌に命を捧げた書だからである。古代に書物が編まれるということは、それを後世に残さなければならないという、絶大な使命を感じ取ったからである。全二十巻・四五〇〇余首の膨大な歌数は、万葉集の成立後にそれを書き写す意志と、後に残そうという使命が、歴史を貫いたのである。万葉集は光輝に満ちた書だからである。

もちろん、それは書物を編むことにおいての意志であるが、そこに編まれた多くの歌は、長い歴史の中に現れた、古代日本人の喜怒哀楽の声である。日本人は、この古の人々の声に耳を傾け、深く感銘し、喜びも悲しみも心を一つにして、その時代を生きてきたのである。それはこれからも引き継がれるべき歌集であり、失われてはならない歌集である。

そのような万葉集の解題を書くに当たって、ここでは三神山・須弥山・天子国・王の史観・都城の宇宙・万葉という命号の六項目から概説を加えてみたい。これらがこのような項目から解説されるのは、いずれもそれらが東アジア文化の中に存在し、常に万葉集の成立を促し続けたものだからである。その根源にあるものは、計り知れない宇宙への想像である。そのような宇宙は、万葉びとの心の世界とも深く響き合っていたのである。

一　三神山――聖地の原像

明日香には亀石がある。いつ作られたものか知られないが、猿石や二面石などと同じ時代の遺物であろう。この亀石は大きな岩に愛嬌のある亀の顔が彫られていて、観光スポットである。ただ、この亀の背中は異常に大きく、自然石を利用したとしても大きな背中が気になる。あたかも、何かを背負っているかのようにも思われるからである。しかも、近くに説明書きがあり、この亀が動くと洪水が起きるとある。この伝説の語るところの意図は、この亀が神亀であることをいうのであろう。このような亀型の石造物は、奈良県立万葉文化館入り口横の遺跡からも出土している。また高松塚古墳やキトラ古墳には、壁の四面に青龍、朱雀、白虎、玄武の壁画が描かれていて、この中の玄武は亀に蛇が巻き付いている画である。古代に亀への関心があったことが知られる。そのような亀が神亀であろうと思われるのは、七一五年の改元には霊亀、七二四年の改元には神亀、七二九年には天平と改元されるが、この天平は左京職が長さ五寸三分、広さ四寸五分の亀を献上し、その背中に「天王貴平知百年」と書いてあったということによる。この後にも七七〇年には宝亀と改元されている。これほどに亀に関心を示す元号を見ても、亀は古代日本のシンボル的存在であったに違いない。このような文字を背負った亀は、『芸文類聚』の祥瑞部に「玄亀が書を負いて出る」、「黒亀が文を出す」などとあり、それらは瑞亀である。このような瑞亀の出現は緯書の思想によるものであり、受命の天子が即位すると喜び祝福するために出現するのである。『爾雅』には神亀、霊亀、摂亀、宝亀、文亀などの亀が瑞亀として上げられているが、古代日本の律令にも瑞祥の中で麟、鳳、亀、龍の類なら図書によると大瑞に合うという。

この神亀は鼇とも呼ばれる。『文選』に載る張平子の「思玄の賦」の「蓬萊」の注によれば「列仙伝に、巨鼇が蓬萊山を負い滄海の中に波打つ。」とあり、巨鼇が蓬萊山を背負い滄海の中に浮かんでいるというのである。同じ『文選』の左太沖「呉都の賦」の「鼇」の注に、「玄中記に、鼇、巨亀である。」とあり、鼇は巨大な亀だという。さらに「思玄の賦」の注には「列子に、勃海の東に大壑があり、その山の一は岱輿、二は員嶠、三は方壺、四は瀛洲、五は蓬萊という。山は高く下は周囲が三万里、平地は九千里である。五山の根は、着く所なく、常に潮の流れに随い上下する。」という。ここの蓬萊という山は、東海の三神山の一つであり、『史記』の「秦始皇本紀」に「海中に三神山があり、名は蓬萊、方丈、瀛洲という。僊人が居る。」とあるように、海中の三神山には仙人が住んでいるという。先の「呉都の賦」の注では、さらに「夏革に、渤海の東は帰墟といい、その中に五山がある。巨鼇十五が首を挙げて五山を載せ、動くことがない。」というのである。

五山といい三神山といい、それらは東海にある山で亀が背負うのだという。特に始皇帝の記録に見える蓬萊、方丈、瀛洲の仙山は良く知られている。その神山が亀と深く関わるのは興味深いであろう。明日香には大和三山があり、この三山は都を守護する山である。万葉集によれば「藤原の御井の歌」として「日の本の　青香具山は日の経の　大御門に　春山と　しびさび立てり　畝火の　此のみづ山は　日の緯の　大御門に　みづ山と　山さび座ます　耳為の　青菅山は　背ともの　大御門に　宜しなへ　神さび立てる」（巻一・五二）のように三山の役割が描かれている。藤原の宮が三山に囲まれた理想の都であることをいう。これにはさらに「藤原の宮の役民の作る歌」として「吾が作る　日の御門に　知らぬ国　依せ巨勢道より　我が国は　常世に成らむ　図負へる　神亀も　新た代と云々」（巻一・五〇）とあり、藤原の宮の造営にあたり、わが国は常世の国であると祝福して、図を背負う神亀が出現したというのである。図は河図のことであり、緯書の思想である。先の「玄亀負書出」のことであり、神亀が背に祝福の文字を背負い現れたというのである。大和三山と神亀の出現ということからみれば、古代明日香は東海の仙境である三神山の世界として作り上げられた、常世の国であったということになる。

二　蘇命路の雪

長屋王邸宅跡から発見された折敷の図には、楼閣と山水を描いた画が見られる。楼閣の前には池が見られ、楼上に聳える巌の山は、自然の山岳のように見られるが、これは山水画の知識によって描かれたものであろう。この図から想定されるのは、長屋王邸で詠まれた山水詩のことである。長屋王の「五言。初春作宝楼に置酒す。」と題する詩には「嶽は高し闇雲の路、魚は驚く乱藻の浜。激泉に舞袖移せば、流声松筠に韵く。」（六九番詩）と描かれている。これは、佐保の地に築いた長屋王別邸である作宝楼での初春の宴会の模様を詠んだ詩である。その作宝楼の庭園には山嶽が聳え立ち、その山嶽には黒い雲の中に山頂へと路が続いているという。また池の岸辺には魚が飛び跳ね、巌から流れ落ちる激流に舞姫が袖を移すと、清らかな松竹の音が聞こえるという。作宝楼庭園を詠みながら、それは大きな山岳の風景として描かれているのである。

このような楼閣山水図は、中国詩人たちの山水詩や山水画に見られるが、その基本的な構図は、池中に聳え立つ山岳の風景である。このような構図の風景を古代日本で作り上げたのは、百済からの渡来人であった。『日本書紀』には、次のような詳しい記事がある。「是の歳、百済の国から来た者がある。その面も身も斑白であった。その人を悪み、海中の島に棄てようとした。その人がいうには、わたしには少しばかりの才能がある。それは山岳の形を造ることである。わたしを留め置けば国に利益があろうという。その言葉を聞いて棄てなかった。そこで須弥山の形と呉橋を南庭に造らせた。時の人がその人を路子工と呼んだ。」とある。百済渡来の者が山岳の形を作ることが出来るというので、それで宮廷の南庭に築かせたのが須弥山形と呉橋であったという。「是歳」というのは、推古二十年（六一二）のことである。この記事で注目されるのは、「須弥山の形と呉橋」である。呉橋ということから、この構築物が池に造られたことが知られる。その池中に構築されたのが須弥山という山だという。呉は中国南方の呉国をいい、その国の様式の橋が呉橋である。呉国は仏教が盛んであったことがあり、路子工が百済人であることからみると、百済は呉国の仏教を学んだということになる。古代日本でも僧が呉国に趣き仏教を学んでいるから、それは百済の仏教の情報を得てのことであろう。斉明天皇はこの須弥山を明日香川の辺に立てて、異民族を迎えて饗宴を開いたという。

この須弥山は Sumeru のことで、蘇命路とも妙高とも漢訳される仏教の宇宙山である。それは日本人に広く理解されていたものと思われ、江戸時代に流行した『天保大雑書万歳暦』が記すところでは、冒頭に須弥山図の解説が入り、「夫須弥山ハ世界の大躰にして巡りに四大州あり。東を東勝神州といひ、南を南贍武州といひ、西を西牛賀州といひ、北を北倶廬州といへり。世界万国ハ此四州の中にこもれり。一名を蘇命路の山といふ。山上に四ッの嶺あり、東を白銀峰と号け、南を翠瑠璃峰と号け、西を頭胝伽峰と号け、北を黄金峰と号く。峰ごとに八天あり合せて三十二天、帝釈天を加へて三十三天あり。日月山を巡りて昼夜分かちありとて、大聖釈尊の説き玉ふ所にして甚深微妙の仏説。云々」とある。こうした解説は仏典の『瑜伽師地論』(巻一)や『倶舎論』(巻十一)などの記す所に沿うものである。さらに『仏説立世阿毘曇論』(巻二)によれば、「須弥山は四角にして半形は水に入り八万由旬、その山の四辺は各八万由旬あり、周囲は三十二万由旬」だという。

このような須弥山の理解が、中国の山岳思想にも影を落とした。『芸文類聚』が崑崙山について「史記に、禹本紀に河は崑崙に出るとある。崑崙は甚だ高く、三千五百余里。日月が避け隠れて照るのである。その上には醴泉華池がある。」といい、また『博物誌』では、「崑崙山は高さ万一千里で神物が生じる処であり、五色の雲気、五色の流水があり、その泉は東南して中国に入り、名づけて河という。」とある。この崑崙山の容姿を須弥山と比較すると、おおよその処で重なるように思われる。このような須弥山も崑崙山も原初の世界山の観念形態から出発するものであり、いずれも現実には存在しない山である。その神話的観念を現実に写し取り、それらは仏教的浄土や道教的仙境として、古代の庭園に実現されてゆくことになる(辰巳「王は世の一切を守る」『詩霊論』笠間書院)。

『史記』の封禅書によれば、「その北の大池、高さ二十余丈、太液池という。中に蓬萊、方丈、瀛洲、壺梁がある。海中に神山・亀魚の類を象る。」という。また『芸文類聚』の水部に『漢書』にいうとして、「太液池の中に蓬萊・方丈・瀛洲がある。神山を象る。」と見える。始皇帝の仙境憧憬に発して、宮廷の池に三神山を構築し、それは漢代の庭園にも継承される。これは漢の武帝の造った昆明池も同じである。『文選』の潘安仁「西征賦」によれば、「広さは河漢の如くである。日月は天に麗しく、東西に出入りする。朝は湯谷に似て、夕べは虞淵に類する。」と称賛されている。注によれば「西都賦に、豫章の宇を集め、昆明の池に臨み、左は牽牛にして右は織女、雲漢の厓無きに似る。」という。この昆明池は雲漢（天の川）のようで、太陽が東西に出入りし湯谷や虞淵のようだという。しかも、その池には左に牽牛、右に織女が配されているという。昆明池は天漢に見立てられた地上の宇宙なのである。古代庭園の造形は、このような須弥山や崑崙山や三神山や天漢が混じり合いながら、やがて東アジアの古代庭園へと伸展することになるのである（辰巳「王は世の一切を守る」同上書）。

藤原の宮は、東の香具山から太陽が昇り、西の畝傍山へと沈むように設計されている。北の香具山は南岳である吉野山と直線に結ぶ、天子南面のラインである。「日月山を巡りて昼夜分かちあり」というのは須弥山のことであるが、世界に屹立する須弥山に太陽も月も届かず、その周囲を巡るのである。この山の東西に太陽と月が描かれる図は、熊野曼荼羅図や春日曼荼羅図の垂迹図に見られる。また、韓国王宮の玉座の後ろの屛風には三山が描かれて左右に太陽と月が配されている。これらは敦煌第一五九窟壁画の五台山図に等しい。さらに山部赤人の「不尽山を望む歌」（巻三・三一七）では、「度る日の　陰も隠らひ　照る月の　光も見えず」（巻三・三一七）というのは、明らかに須弥山や崑崙山のイメージであり、それゆえに富士山は国の鎮めの山となり得たのである。すでに明日香の石神から七世紀の須弥山石が発見されていることから、王の世界支配のシンボルとしての機能を示していたことが知られる。

三　独立天子国――天皇の支配する国

百済の聖王（五二三〜五四）二年に梁の高祖は詔を下して「冊王為時節都督百済諸軍軍綏東将軍百済王」（朝鮮史学会編『三国史記』国書刊行会。以下同じ）を与える。また、新羅の文武王（六六一〜八一）もその二年に唐使より「是冊命王為開封府儀同三司上柱国楽浪郡王新羅王」（同上書）を与えられた。六・七世紀の韓半島諸国は競って中国の冊封国となることを目論み、その支配力のバランスを維持していたのである。新羅の太宗武烈王（六五四〜六六一）の時代には、高句麗と百済・靺鞨が連合を組んで北境を侵したので、王は唐に使者を送り救援を求め、唐は左右衛中将の蘇定方を派遣して高句麗を撃つことが行われた。白江の戦いへと向かう前哨戦である。

百済・高句麗を滅ぼした統一新羅は、恵恭王（七六五〜八〇）の時に中国皇帝に対して諸侯の礼を示すために「五廟」を定め、宣徳王（七八〇〜八五）は社稷壇を立てるが、これは「祀典」に基づくものであった。その礼の典拠は「蓋し王制に曰う、天子は七廟、諸侯は五廟、二昭、二穆と太祖廟にして五。天子は天地、天下の名山大川を祭り、諸侯は社稷、名山大川の其の地に有るを祭る。この故に敢えて礼を越えずしてこれを行う。」（『三国史記』雑志第一）というところにあり、新羅の立場が明確に示されている。「王制に曰く」というのは『礼記』王制のことで、「天子は七廟、三昭、三穆と大祖の廟にして七。諸侯は五廟、二昭、二穆と大祖の廟にして五。」というように、天子は七廟であるから諸侯である新羅は五廟なのだということである。また天地祭祀や名山大川は天子の祭祀であるから、礼を越えないように行うのだともいう。これも『礼記』の王制が「歳の二月、東巡守して岱宗に至る。柴して山川を望祀する。諸侯を覲て云々」というように、五岳四涜の山川望祀が天子の専権的儀礼であることを根拠とするものである。あるいは、百済を滅ぼした後の神文王（六八一〜九二）の時に、唐の高宗が新羅に使者を送り、太宗の名を用いたことを怒り、「朕が聖考は賢臣魏徴、李淳風等を得て、協心同徳し、天下を統一した。故に太宗皇帝と為る。汝、新羅は海外の小国にして、太宗の号を用い天子の名を僭え、義は不忠にあり、速に其の号を改めよ。」（朝鮮史学会編『三国遺事』巻一「太宗春秋公」国書刊行会）と改号を命じた逸話がある。それほどまでに中国皇帝と等しくあることは、諸侯国においてはタブーであった。

このような新羅の王制に対して、百済の王制は『三国史記』が『冊府元亀』を引用して「百済は年毎に四仲の月をもって、王は天および五帝の神を祭る。」（雑志第一）という。百済は四時に天と五帝（東西南北と中央の神）とを祭ったという。これは『周礼』以来の重要な中国歴代王の祭祀であり、また始皇帝以来の皇帝が行う封禅に関わる専権的祭祀である。このことからみると、王制上で百済は中国皇帝と対等であるという意識が明瞭であることが窺える。

こうした韓半島の王制に対して、律令の上での古代日本の王制は、驚くほどに中国皇帝の制度そのものである。古代日本が中国の文物をさまざまに享受した歴史は枚挙に遑無いのだが、しかし、東アジア王制の基本が儒教テキストの『礼記』に見る王制にあるとすれば、その周辺諸国は『礼記』に示す諸侯国としての礼を取らなければならなかったはずである。それゆえ、これは一般的な中国文物の輸入という領域の話ではない。中国の皇帝が行う専権儀礼は、諸侯が行う儀礼との区別により、初めて世界に君臨する皇帝としての地位が保証されるものであるから、諸侯国においても皇帝儀礼が行われるならば、それは東アジアに皇帝が複数現れたということを意味したのである。

今日残されている日本古代の律令は養老律令であるが、それらを見ると倭国は〈皇帝制国家〉であることを知るはずである。そこには「天子。祭祀所称」「天皇。詔書所称」「皇帝。華夷所称」「陛下。上表所称」とある。ここで天皇を除く称号は、すべて皇帝制度のそれである。この皇帝制度の中に天皇号を並列的に組み込んだのである。なかでも天皇号は詔書において称する号であるという。韓半島三国では継嗣を太子とは呼んだが（『三国史記』各国即位条）、ついにこのような皇帝制度を取ることは無かった。彼らはその都を王都と呼び、皇都とは呼ばなかったのである。諸侯である倭国が、このような皇帝制を取るのは、白江の国際戦争に敗れたことにより東アジア世界から孤立し、中華の諸侯国という関係も無くなり、新たな王制を模索したことによろう。そこに多くの百済亡命知識人たちの渡来もあり、改めてこの古代倭国に百済が構想した独立天子国の道が開かれたということであろう（辰巳「東アジア王制をめぐる天皇の祭祀と神道」『折口信夫』笠間書院）。

四　王の史観

元明天皇は平城京の造営に際して詔を出して、「この平城の地は四禽図に叶い、三山が鎮護の働きをして、さまざまな占いにも吉と出ているので、ここに都邑を建てよう。」（『続日本紀』）と述べている。都とは四禽図に叶い、三山が鎮護するところだというのである。四禽図というのは、東に青龍、南に朱雀、西に白虎、北に玄武を配して都の守護とする四神のことであり、東アジアに多く見られる図柄である。王都がそのような思想によって造営されるのは、天意と王の徳とが深く関わる天人感応を求めるからである。元正天皇の即位にあたって、天皇は「天と地が互いに寄り合って力を合わせる時、それぞれの徳は深く現れ、天子がきわめて公平な時は、帝王が人民を養い育てる仁徳は広く行き渡る。そのような時に南面して天子の位にある者は、必ず天に代わって徳化を進め、北極星に則り政事を行う者は、時の巡りに従って人民を潤し育てるのである。」という。ここに述べられている詔の主旨は、帝王の徳のあり方である。帝王は人民を育てるのに徳を用いることは、それが天に代わるものだからである。日本神話に天孫の降臨が見られるが、なぜ天孫がこの地に降臨したのか、それを解き明かす論はない。その答えがここにあり、天の神は地上の民を潤し育てることにあったのである。これは『尚書』商書によれば、「天が民を生むが、主がなければ乱れる」ことをいい、『春秋左伝』文公では「天が民を生んで君を立てるのは、民の利のためである」という。つまり、王が民に徳を施すのは、民が天の子どもだからである。王は天神の意向を受けて王たるのである。天孫降臨の根拠も、地上の青人草を潤し育てることにあるのである。それが元正天皇の即位詔であった。

このような王都の造営や王の仁徳が述べられるのは、おそらく倭国の王が〈天皇〉へと変身を遂げたからであろう。その歴史は秦の始皇帝にある。始皇帝は全国の統一を果たして王の称号を皇帝へと変えた。『史記』の始皇帝本紀によれば、臣下が王号を検討した時に、天皇、地皇、泰皇の泰皇を進めた。始皇帝は泰の字を取り帝を加えて皇帝としたという。天皇、地皇、泰皇というのは、天の神であり三皇と呼ばれる。その中で皇帝は天の主宰神であり、それ以上の神はいない。そうした始皇帝の王号改革の中に、天皇という号も存在したということである。始皇帝の王号改革が全国統一にあったことを思うと、日本の天皇号の成立が天武朝にあったといわれるように、それは壬申の乱によって天武天皇が日本を統一した歴史と重なるであろう。壬申の乱は天武天皇の兄である近江朝の天智天皇との間に起きた戦乱であり、天武天皇の勝利によって近江朝は滅亡した。天皇号への改革は、この壬申の乱と深く関わるものであろうと思われる。

壬申の乱は古代の最大の争乱である。近江朝の天智天皇は、皇位の継承者として弟の大海人皇子ではなく、息子の大友皇子に決めた。そこに兄と弟の争乱の原因がある。壬申の乱は天智天皇の死の間際に勃発し、ついには大海人皇子と大友皇子との戦いとなり、大海人皇子の勝利となり近江朝は滅亡する。いわば、兄弟による骨肉の争いである。それに勝利した天武天皇は、絶大な古代王権を形成するが、しかし、この争乱の内実は歴史的にいえば謀反であり、兄の王権を簒奪したという問題に尽きる。天武天皇の苦悩は、ここにある。兄弟が争って王位を簒奪するということが歴史化されるならば、天智天皇や天武天皇の多くの皇子たちに、それが正当となる根拠を与えることになるからである。『日本書紀』天武八年の条に、天皇は皇子たちを吉野に率いて盟約をさせている。「倶に天皇の勅に随い、相扶けて逆らうことはありません。今より後に盟約に違うことがあれば身命は滅び、子孫は絶えましょう。このことは忘れません。」という約束を神に誓わせるのである。

この吉野の盟約は、皇子たちに兄弟間の争いを防ぐものであるが、しかし、そうであっても天武天皇の王権簒奪という汚点の歴史が消えるわけではない。そこで天武天皇が描いた壬申の乱の正当化は、この争いが天命に基づくという思想の展開である。それが天武天皇の歴史構想であったと思われる。そのことは『古事記』の序文に詳しく描かれている。「天武天皇は皇太子として帝位に即くべき徳を備えていた。夢や占いに皇位を継ぐべき徴が現れた。しかし、天の時が至らず、潜龍のごとく吉野山に隠れた。」という。やがて戦いに入り、「まだ十二日も経ないのに悪い気は静まり、凱旋して華夏に帰り、旗や武器を収めて舞詠して都邑に止まり、酉の歳の二月に清原の大宮で天位に即いた。その道は軒后や周王を越えた。」とある。ここに記された内容は、周の文王・武王が殷を滅ぼした歴史が意図されている。殷の悪い紂王に対して周の文王・武王に天命が降りたことから、殷周の戦いに入り、周は殷を平定したのである。この時に殷の王権は簒奪されたのではなく、殷の命数が尽きたのであり、そのことによって天命は周に殷を討つことを命じたのである。壬申の乱も、それは天命によるものであり、近江朝の命数は尽きたという理解である。そのような天命思想によって天武天皇の壬申の乱は勝利したのであり、それを書き記すことで歴史化したのである。それが天武天皇の史観であり、『古事記』の出発であったと考えられる。天皇が「民を養育」するという帝王の仁徳は、この天命思想に基づいているのである。それは天の意志が優先されることになる。倭王が天皇へと変身したことにより、「天」と深く結びつくこととなったのである（辰巳「思いが確かなものになったなら」『詩霊論』前掲書）。

元正天皇の即位詔にある「南面して天子の位にある者は、必ず天に代わって徳化を進め、北極星に則り政事を行う者は、時の巡りに従って人民を潤し育てるのである」というのは、古代政治史の上で重要な宣言であった。それは理念的な思想に過ぎないという批判もあると思われるが、これは倭国王が〈天皇〉という天の神に変身したことによる、古代政治上の重要な思想形成である。その鍵語となるのが、北極星に則り政事を行うことである。天皇は北極星に則り政事を行うというのは、北極星は方位を変えることなく緯度の基準となる星であることから、それが政事の基準ともなるのである。これにより天皇は徳という概念によって、その政治へと向かうことになったのである。

五　都城の宇宙と死者の書

死者の眠る墓は、一つの宇宙である。古代の墓に壁画が描かれているのをみると、そこには東アジアをめぐる死者の書が存在しているように思われる。死者の書を明らかな形として語るのは、七世紀から八世紀ころにかけて描かれた古墳壁画においてである。たとえば、奈良県の高松塚古墳とキトラ古墳があり、この二つの古墳に共通しているのは、四神と日月図、天井に二十八縮図が描かれていることである。高松塚古墳には、ほかに東壁と西壁のそれぞれに男女の群像が色鮮やかに描かれ、キトラ古墳には獣頭十二支像が描かれている。これらの古墳の主人が誰かは明らかではないが、大化の薄葬令以後に陵墓の規模を縮小するとともに、古墳内部に華やかな装飾を凝らすことへと向かった段階のものと思われる。初期の装飾古墳は九州に多く見られるが、そこに描かれた壁画はその時代の他界観念を示すものである。特に太陽や船の絵が描かれるのは、他界へと死者が向かうことを意味したものと思われ、福岡県珍敷古墳の舟と鳥の絵は、死者が鳥の案内によって他界へと向かう内容と思われ、明らかに死者の書としてのそれである。

古墳壁画が民族の伝統的な他界観を示すものであるとすれば、高松塚古墳やキトラ古墳の四神・日月・星宿・十二支の図は、きわめて東アジア的である。四神は東西南北の壁に描かれた空想上の動物神であり、これらは古代中国に発した墓の四方を守る守護神としてみられ、すでに夏王朝と思われる河南省二里頭遺跡から青いトルコ石で龍を象った杖が発見されており、古代周の四神思想を超えるものとして注目されている。さらに星宿図は日月も含めて古代中国に成立する天文図で、高度な天文学的知識によって描かれている。高松塚古墳の二十八縮図は、東西南北に七縮図が描かれ、東に箕・尾・心・房・氐・亢・角の七星、南に軫・翼・張・星・柳・鬼・井の七星、西に奎・婁・胃・昴・畢・参・觜の七星、北に壁・室・危・虚・女・牛・斗の七星が描かれている。この上にキトラ古墳には天体運行線の円や天漢や十二支像が認められて、ここには方位や季節や時間を切り刻んでいたことが知られる。この星宿図は北朝鮮の支石墓にも見られるといわれ、朱雀も北朝鮮南浦市江西中墓の朱雀とも類似していることが認められ、古代東アジアにおける墓石壁画に共通することが知られる。またこれらの二十八縮図の中央には天極の星々が描かれていて、それらは帝・太子・後宮などの星であり、紫微と呼ばれる天の宮廷、つまり天庭が描かれているのである。その星空の世界は、司馬遷の『史記』の天官書の世界でもある。古代日本の星宿図は七世紀から八世紀という時期であり、中国や朝鮮半島の壁画からは後のものであるが、四神や星宿図などの壁画が受け入れられた段階で、古代日本の死者の書は大きく塗り替えられたものと思われる。

高松塚古墳とキトラ古墳のもう一つの重要な共通点は、その墓室の構造にある。それは墓室内を四角い構造とすることにより、その四面が東西南北を指示し、天井に日月・星宿図を描くことで昼夜と星の運行を指示するということである。こうした構造は現実的な墓室の構造であるよりも、世界観や宇宙観に基づく理念の現れである。いわば天は円く地は四角という古代的世界観であり、墓室を四角くし天井に星空を描くのは、天を円形とすることによるもので、古代中国の〈天円地方〉の思想を踏まえたものである。それが墓室の構造として形作られることで、そこは死者の宇宙として成立し、死者の魂は天へと帰ることが期待されているのである。古く『呂氏春秋』巻三「天圜」において「天道は圜、地道は方。聖王の法の上下を立てる所以である。それで天道の圜を説くのである。精気は一は上り一は下り、圜周はまた襍りて稽留する所なく、故に天道は圜という。何をもって地道の方を云うかというと、万物は類を殊にし形を殊にし、皆分職があり、相互に為すことは出来ない。それで地道は方というのである。」という天円地方は、『大戴礼記』「曽子天円」において曽子は孔子の言として「天道は円であり、地道は方であり、方は幽（陰）で円は明（陽）で、陽は施し陰は化すことである。」と語るのによれば、陰陽による天地自然の秩序について説明したものであることが理解される。その思想は墓室の方の陰と円の陽との関係をも説明するものであり、しかも墓室は季節と時間の廻る永遠の宇宙世界として完成しているのである。

この墓室の宇宙は、実は古代の都城の構造と等しいことが知られる。藤原の宮は六九四年に遷都したことが知られ、その造営については「藤原御井の歌」に建都の思想的性格が詠まれていて注目される。その歌によると、香具山は日の経の大御門であり、畝傍山は日の緯の大御門であり、耳成山は背面の大御門であり、吉野山は影面の大御門であるという（巻一・五二）。都が経と緯、背面と影面の東西南北の門により象徴化されているのは、四角い都城の成立を意味するものである。さらに平城京の都の造営の折の詔では、平城の地は四禽の図に叶うこと、三山が鎮をなすこと、亀筮がみな従うことによるものであった。平城の地は四禽の図に叶ったというのは、四神が相応する様子をいい、三山（春日・生駒・寧楽）が都を鎮護するのだという。そのことから見れば藤原の宮をめぐる香具山・耳成山・畝傍山・吉野山は都城鎮護の山であったことが知られ、都城が山を重視するのはそれもまた建都の思想であり、漢の班固の「両都賦」に詳しく見えている。さらに都城には一面三門の十二門が配置されている。それを「洛陽十二門、楼闕似西崑」（王僧孺「贈顧倉曹詩」）とも、「長安十二門、光門最妍雅」（横吹曲辞「瑯琊王歌辞」）とも歌われ、これは天子十二門のことである。この天子十二門は東西南北が春夏秋冬のそれぞれの三ヶ月を指すものであり、十二門は一年の時間と一日の時間と季節の四時と方位を指し示した。そこには王の時間（暦）と版図とが完全な形式をもって構築されていたのである（辰巳「都城の景観」『万葉集と比較詩学』おうふう）。

つまり、高松塚古墳やキトラ古墳の墓室の構造は、当時の都城の思想と一体であったということである。しかもその死者の回帰する処は天極の星であり、『史記』では「天の中官は天極星で、その中のもっとも明るいのは太一の常居である。そのかたわらの三星は三公ともいい、また太一の子の属ともいわれる」という。死者はこの宇宙構造の中で永遠の時を生きることになるのである。都城は天極から派遣された日の皇子が主人公となり、崩後は再び日の皇子として天極へと回帰する。人麿が詠んだ「天皇の　敷きます国と　天の原　石門を開き　神上がり　上がり座しぬ」（巻二・一六七）というのは、こうした新たな古墳の思想や都城の思想の中に現れたものであり、天武天皇は葦原の国での任を終えて天上の世界（天原）をスメロキの治める国として石門を開き神上がりしたのだというのである。それは、天皇が天極へと回帰したことをいうのであり、人麿が夜空を見上げれば墓室の天井に描かれた燦然と輝く天極星と同じ天極星が大空に耀いていたはずである。その天極こそ天の原を指すものと思われるのであり、その中心には天地分地の時に天を統治することが決定された〈天照らす日女の尊〉が天極の常居の神として存在していたのである。

中国古代では天門は一般に陵墓の石造りの門を指し、万葉集にも手持女王の挽歌に「鏡山の石戸」（巻三・四一八）や「石戸破る手力」（同・四一九）が詠まれるのは、墓室の石門を指しているのであり、古代中国ではこれを天門と呼んでいる。この天門は『淮南子』墜形訓によれば、崑崙山の入り口に〈閶闔〉と呼ばれる門があるといい、閶闔は『説文』によれば「閶闔、天門也」とあるから、崑崙山の入り口に天門があり、死者はここから神仙世界へと入ったことが知られる。もちろん、天門は死者が墓室へと入る入り口の門のみを指すのではない。『史記』「天官書」によれば、「蒼帝徳を行えば、天門これが為に開く〔索引に曰く、いわゆる王は春令を行い、徳沢を布き、天下を被い、上に則り、霊威に応じ、これを帝に仰ぐ。しかして天門これが為に開き、以て徳化を発する。天門は即ち左右の角の間である〕」という。蒼帝は春を掌る神であり、春令は王による春の政治的な準備である。春が至り王が正しい農務を行う令を下すならば天門が開かれ、帝により徳化を発するのだという。この天門は天極への出入りの門であり、それは左右の角の間にあるという注がある。ここにいう〈角〉とは東方七宿の一つである角星のことであり、角二星と呼ばれる星である。『隋書』の「天文志」に「二十八舎。東方の角二星は天閶となす。その間は天門なり。その内は天庭なり」という角二星のことであり、そこを入ると天庭（天極）へと至るというのである。このことから見ると天門は墓室の入り口の門であるとともに、天帝の常居する天極の入り口の門でもある。角二星はキトラ古墳の星宿図にもみられる。「六月大祓祝詞」には大中臣が天つ祝詞の太祝詞事を宣れと伝えられ、「かく宣らば、天つ神は天の磐門を押し披きて天の八重雲をいつの千別きに千別きて聞こしめさむ。」とあるように、この祝詞を宣れば天の磐門が押し開かれて天つ神が聞くのだというのは、先の『史記』「天官書」において蒼帝の徳化と王の正しい春令が行われることで、天が天門を開いてそれらの徳化を聞くのだという内容と等しいことが知られる。ここには〈天門〉が天上世界との通路としてあることを意味し、そこを通して天つ神との関係が結ばれることを示しているのである（辰巳「日の皇子と高天の原神学」『折口信夫』笠間書院）。そのような理解の中に登場するのが、王に言語で奉仕する言語侍従の臣であった。

六　愛の讃歌

いとしいテアノーをわが臥所に迎え
一夜をともにした折、
哀れにもあの女は涙にむせびつづけた。
オリュンポスの辺に明けの明星が上がってからは、
訪れる暁を告げるかの星を、呪ってやまなかった。
ああ、人の子にはなにひとつ思いどおりにならない。
エロースに仕える身にあらまほしいのは、
キンメリア人の国の夜だ。

（沓掛良彦『ピエリアの薔薇』による）

王の宇宙は、輝かしい万葉集形成の思想的根拠である。万葉集も歴史的な存在であれば、その歴史は王の歴史だからである。もちろん、そうした王の歴史は、また人々の歴史でもある。それらの人々というのは、宮廷官人や都市に生きる生活者であり、また土に生きる民や放浪する私度たちである。そうした人々をくまなく包み込んでいるのが万葉集であるが、そこには多くの風俗習慣が生まれた。それらを万葉の文化と呼ぶことが可能であろう。その人々の風俗習慣の中に民の暮らしがあったのである。

これらの人々の暮らしにおいて、もっとも楽しみとしたのが恋歌であった。万葉集を覆う恋歌群は、恋の喜怒哀楽に満ち溢れている。それは、恋には日常では得られない感動があるからである。人を愛するという感動である。儒教や仏教の隆盛する万葉の時代に、愛の讃歌を高らかに歌う万葉集は、東アジアの中でも特殊な文学史を描いている。万葉集の恋は、儒教の仁愛や仏教の慈愛からは軽んぜられる、最小化された男女の愛である。それを前者は反道徳的としたり、淫らな罪としたりするからである。しかし、後者の万葉の恋は、男女が一対一の関係において見出す真実の心にある。真実の愛は、世間や社会という公とは対立するものであるから、容易に得られるものではない。それでも万葉の恋は、相手の真心を真剣に求め続け、訴え続けたのである。人を愛することは、生きる力であったからである。

もちろん、恋は多くの戯れや楽しみをも含む娯楽性の強い歌である。その恋歌は歌垣で歌われ、労働で歌われ、宴会で歌われ、旅の宿りで歌われるなど、広範な場を持っている。それらからみると、恋が人々の娯楽として消費される文化の中に存在したということである。地方の歌垣、あるいは都市や港町の妓楼、また大小の宴会などで楽しまれる恋歌は、ことのほか消費文化としての性質を強く持つ。あたかも、真の恋心の訴えのようにみられるものも、この消費文化の中に歌われる恋の思いである。それらの恋歌に、どれほどの愛の真実が含まれているのかという疑問が生まれよう。恋歌というのは人を恋することを訴える歌であるから、それが戯れの場の戯れの恋であるとしても、恋歌である限りその内容には真実が含まれているのである。その恋歌が広く流通すれば、歌の場や作者から独立した恋歌は、愛の真実を訴える恋歌として自立し、享受されることになるのである。

万葉集が育んだ愛の讃歌は、その多くが集団的な社交性の中に存在したものである。たとえ、夕暮れの妻問いの歌や男女の夜明けの別れの歌であっても、他人に知られてはならない逢い引きの恋であっても、それらは集団的な社交性の中にある。恋は恋歌の中にあるからであり、公開されることを原則としたからである。歌い手は、もう一人の「わたくし」という立場で愛を訴えるのである。この段階では、その恋が本人の恋かもう一人の「わたくし」の恋かは判然としなくなる。それゆえに、大胆な恋心も真実と思われる恋心も訴えることが可能だったのである。

七　幸いは万葉に流る

万葉集は光輝に満ちた書である。百済から漢字・漢文が渡来し、およそ一五〇年ほどの時を経て万葉集の時代が始まる。その万葉集は古代日本の一大歌集ではあるが、そこにはさまざまな文化性が蓄積されていて、まさに古代文化の宝庫である。しかも、それは倭国の文化性に留まるものではなく、漢字・漢文の表記や漢字仮名表記といった文字使用の段階を示すこと、王や天皇の祭祀や儀礼がみられること、儒教や仏教の思想が深くみられること、男女が愛することに喜びと悲しみを訴えていること、人の死に深く哀悼の心を表していることなど、日本人がいかにして生きていたかを知る原初の書である。まさに古代文化の宝庫である。

その万葉集は、なぜ〈万葉集〉という歌集名を得たのか。それは万の言の葉の意か、万代・万世の意か。そのような諸説の中で、折口信夫は踏歌の章曲などの天子祝福の中に「万葉」という言葉も存在したのであろうと推測する（「万葉集講義」）。この天子祝福説に基づけば、おそらく「万歳」という祝福の言葉も「万葉」に接近する言葉であるに違いない。古代日本の文献に見られる「万歳」の例は、『日本書紀』によると「千秋万歳」（神功皇后紀）や「多歴万歳」（允恭天皇紀）が見られ、また「万歳を叫んだ」（雄略天皇紀）、「群臣は頻りに万歳を称した」（顕宗天皇紀）、「万歳に忘れ難い」（武烈天皇紀）、「まさに万歳に天下太平」（欽明天皇紀）、「陛下、千秋万歳」（孝徳天皇紀）などがあり、これらは天皇に対して使用されるのが特質としてあり、顕宗天皇紀のように群臣が天皇に「万歳」を称したように、天皇に特化された賞詞であることが知られる。このような「万歳」という語が中国でも韓国でも天子への祝福の言葉であることを思えば、そこには楽府系統の「天子万年」や「天子無疆」や「延年益寿千万歳」などの祝福の歌詞が推測されることになろう。それらは天子祝福の言葉であり、楽府の詞章からみれば、天子祝福の歌辞や章曲として認められるであろう。

「万葉」の語は漢籍に多く見られるものであり、多くの木の葉の意を基本としながらも、「垂法万葉」（全宋文）や「垂風万葉」（同）や「永隆万葉」（全梁文）などの多くは、万代や万世を表す言葉である。そのことから「万葉」というのは万代や万世の意であることは動かない。しかし、そのような「万葉」が何に対して祝福しているのかが問われるはずである。「全宋文」の「垂法万葉」は「陛下大明紹祚。垂法万葉。」といい、皇帝が幸いを明らかにして法を万代にしめしたことに対する祝福である。同じく全宋文の「垂風万葉」は「作範振古。垂風万葉。莫尚於茲。」とあり、これは帝王の道を示したものであり、模範を古に求めその風を万代に垂らすことはこれより尊いものはないというのである。また「宋書」の「三后馳光於万葉、君子栄其輝」は、古代の三后は輝きを万代に馳せ、その光輝により君子も栄えるのだという賞詞である。さらに唐の明皇帝の「遊興慶宮作」では「万葉伝余慶、千年志不移。」といい、楽府には「祀事孔明、祚流万葉。」（明皇祀圜丘楽章）ともいう。「祚流万葉」とは、神に与えられた幸いは万代に流れ伝わるという意味である。

このような「万葉」という漢語が、万代や万世の意で用いられながらも、多く天子への賞詞として用いられていることに注目すれば、「万葉集」とは天子の万代を祝福する歌集としての意味が見出されるものと思われる。前近代が王や天皇を中心として世界が存在し、人々の暮らしも存在したことを思えば、古代に成立する書籍が王の歴史に関わるものであるのは自然であるが、人々の思いを詠んだ歌の集も、また天子祝福の書として纏められたことが推測される。その意味において折口信夫の説く踏歌の詞章の推定は妥当性がある。このような歌の万代への流れは『古今和歌集』からの勅撰歌集を生み出したのであり、その『古今和歌集』は「続万葉集」と名づけられたことが真名序に見えている。「万葉」には天子祝福の意であることが理解されていたからであり、歌集を勅撰として編むことの意味も「万葉」の語にあったということであろう。

このような光輝に満ちた書が、これらの歌を雑歌・相聞・挽歌の三大部立てに分類したことも注目される。雑歌は神話以来の神祭りと儀礼の歌であり、相聞はこの地に暮らす人々の恋の思いの歌であり、挽歌は亡き人への哀悼の歌である。それらは神と愛と死ということに換言出来るが、その三つの中に万葉集の人々の世界が存在したということになる。それは世界の文学が今も求め続けている、文学表現の永遠のテーマである。万葉集が多くの歌をこのような三つのテーマへとまとめ上げたのは、それこそが人間の精神の根源であったからに違いない。

Ⅰ　万葉集と東アジア文化

万葉集と東アジア文化

古代日本をめぐる東アジア文化の形成は、倭国の天皇王権、大氏族の競合、大陸移民の活躍、漢詩文の教養などにある。これらが直接的に東アジア的であることは、中華文明の広がりの中に東アジアの国が存在したからである。天皇という称号も古代中国の三皇の一であれば、天の神の一員である。皇帝も始皇帝の王号改革の中で現れ、漢代以降に皇帝と天子との扱いが問題となりながらも、清朝にまで至る。そのような皇帝制度の中の、皇帝と天子との関係が内外にどのような影響を与えたのか。あるいは天皇をめぐる大氏族の大伴氏と藤原氏との葛藤と対立は、万葉集形成時の直接的な歴史であり、万葉集の根幹をなす氏族の問題であった。さらに大陸からの移民の活躍も古代史の大きな問題である。そのような東アジアにおいて新たな文学である漢詩文が登場するのは、詩が国際的な交流の具であったからである。その漢詩の知識が、万葉集の世界を大きく育んだのである。

皇帝支配と東アジア世界

金子　修一

一　はじめに

本書の書名は『万葉集と東アジア』であるが、その中に古代中国の皇帝権力及びその祭祀の特質とに関わる拙論が含まれるのは、古代日本の文芸や文化についても東アジア世界の枠組みの中で考えていかなくてはならない、という編者の方針に因るものであろう。東アジア世界について、それを構成する諸要因も含めてできる限り精密に提示しようとしたのは西嶋定生氏であった。一方で、西嶋氏は秦漢以降の中国王朝の皇帝支配の特質についても強い関心を持ち、その内実を犀利に分析したが、その場合に重視したのが皇帝と天子との区別であった。そしてこの皇帝と天子との区別は、皇帝祭祀及び中国中心の国際秩序の両面に大きく関係している。

そこで、本稿の題名は当初の「古代中国の王権と皇帝祭祀」から標題のごとく改め、初めに西嶋氏の皇帝支配と東アジア世界との所説について概観する。ただし、西嶋氏の所説は半世紀ほど前に提示されたものであり、現在では見直されるべき点も少なくない。よって、本稿では特に外国に対する皇帝・天子の用法について述べておいたが、その際時代を降らせて明清時代の事例についても言及した。また、日本では平安時代の桓武天皇の延暦六年（七八七）及び文徳天皇の斉衡三年（八五六）の冬至に河内国交野《かたの》で行われた郊祀《こうし》があり、この二回の郊祀に即して皇帝祭祀について解説した方が、本書の読者にとっては馴染みやすいと思われるので、本稿の後半ではこれら二例の郊祀について解説すると共に、中国の祖先祭祀の場である宗廟について唐代を中心に説明することとした。

二　東アジア世界論の前提

西嶋氏は日本の天皇制への強い関心から、中国の皇帝制についても早くから皇帝と天子との区別に注目していた。中国では周代から君主を王と共に天子と呼んでいたが、戦国時代には各地の有力な諸侯も王を名乗るようになっていた。中国を統一した秦の始皇帝は、王を越える統一国家の君主号として皇帝号を創始したが、その際に天子号がどのように扱われるようになったかは明らかではない。しかし、漢代になると天子号は皇帝号と併用される君主号として明確に規定されるようになる。その点をよく示すのが、皇帝系統の三璽と天子系統の三璽とから成る皇帝六璽の制度である。次の「玉璽分類表」は、西嶋氏の整理に基づいて筆者が多少修整した皇帝六璽の表である。前漢末から六璽に受命璽（伝国璽）が加わり、南北朝期に南朝・北朝それぞれに受命璽が伝世されたことから、南北朝を統一した隋代には八璽となり、さらに唐代に璽の呼称を宝《ほう》と改めたことから次表の隋・唐の欄では八璽・八宝となっている。

この表に拠って皇帝系統の璽（宝）と天子系統の璽（宝）との使用法を見てみると、前者は王侯を任命するか、彼等に返書したり慰労したりする場合などに用いられ、後者は蕃国の君主を任命したり、書を賜わったり慰労したりする場合などに用いられる。つまり、皇帝系統の璽は国内用、天子系統の璽は外国用であったと言える。そして、神璽・伝国璽の出現しない前漢においては、「天子之璽」が天地鬼神に事《つか》う、即ち天地系統の神を事《まつ》る時に用いられていた。おそらくこれは、『詩経』小雅・北山の「溥《ふ》（普）天之下、王土に非ざるは莫《な》く、率《そつ》土之濱《とのひん》、王臣に非ざるは莫し」という詩句に示されるように、天下観念に基づく天子としての性格は異民族にも及ぶ、と考えられていたからであろう。但し、西嶋氏は指摘していないが、以上のような整然とした皇帝三璽と天子三璽との区分が実態を反映しているか否か、という点については後述するように疑問がある。しかし、皇帝

表1　玉璽分類表（西嶋定生「皇帝支配の成立」により、一部改変）

漢 種別	漢 『漢旧儀』『漢官儀』	漢 『唐六典』巻八符宝郎条注	隋 種別	隋 『隋書』礼儀志七	唐 種別	唐 『唐六典』巻八符宝郎条	唐 『唐律疏議』巻二五偽造皇帝宝条疏議
			神璽	宝として用ひず	神宝	百王を承け万国を鎮む所以なり	宝として用ひず
			受命璽	封禅に則ちこれを用ふ	受命宝	封禅を修め神祇を礼する所以なり	封禅するに則ちこれを用ふ
皇帝行璽	凡《すべて》と為す	王侯以下を封拝し遣使して就きて授く	皇帝行璽	諸侯および三師三公を封命するに則ちこれを用ふ	皇帝行宝	王公に答疏するに則ちこれを用ふ	王公以下に報ずる書に則ちこれを用ふ
皇帝之璽	諸侯王に書を賜ふ	銅獣（虎）符を下し郡国の兵を発す	皇帝之璽	諸侯および三師三公に書を賜ふに則ちこれを用ふ	皇帝の宝	勲賢を労来するに則ちこれを用ふ	王公以下を慰労する書に則ちこれを用ふ
皇帝信璽	兵を発し大臣を徴す	竹使符を下し大事に徴召し州郡国に行ふ	皇帝信璽	諸夏の兵を徴するに則ちこれを用ふ	皇帝信宝	臣下を徴召するに則ちこれを用ふ	王公以下を徴召する書に則ちこれを用ふ
天子行璽	外国を策拝す	外国を封拝し及び徴召す	天子行璽	蕃国の君を封命するに則ちこれを用ふ	天子行宝	四夷に答へる書に則ちこれを用ふ	蕃国に報ずる書に則ちこれを用ふ
天子之璽	天地鬼神を事《まつ》る	匈奴単于・外国王に書を賜ふ	天子之璽	蕃国の君に書を賜ふに則ちこれを用ふ	天子之宝	蕃夷を慰撫するに則ちこれを用ふ	蕃国を慰労する書に則ちこれを用ふ
天子信璽	？	有事《まつり》及び外国の兵を発す	天子信璽	蕃国の兵を徴するに則ちこれを用ふ	天子信宝	蕃国の兵を発するに則ちこれを用ふ	蕃国の兵馬を徴召するに則ちこれを用ふ

支配の確立した漢代以来、皇帝の存在が国内・国外に亘る性格を有していたことは誤りない。

以上の皇帝・天子の区別に関わる西嶋氏の見解は一九七〇年の「皇帝支配の成立」（『岩波講座世界歴史』第四巻所収）で公表されたが、[注1]西嶋氏は一方で一九六二年の「六―八世紀の東アジア」（『岩波講座日本歴史』第二巻所収）において、唐以前の東アジアの国際関係を規律する原理としての冊封体制の存在を提唱した。[注2]ついで、一九七〇年の前記『岩波講座世界歴史』第四巻の「東アジア世界の形成Ｉ　総説」では、冊封体制の存在を前提にして、東アジア世界という小世界的な視点から日本・中国・朝鮮を中心とする地域の歴史を相互連環的に理解すべきことを提唱した。[注3]この東アジア世界論は大きな反響を呼ぶ一方、特に朝鮮古代史の研究者からは、中国の周囲の国々の主体的な営為を過小評価するものである、という批判も寄せられた。その後、西嶋氏は東アジア世界の構想に関する著述を何度も発表したが、それらに現時点での筆者の理解を加えて要点を記せば以下の如くである。[注4]

冊封体制や東アジア世界の概念を構想するに当たって、西嶋氏が注目したのは爵制的秩序である。漢代以来、中国王朝は周囲の諸民族に王号等の種々の称号を授与したが、王号の場合は中国国内の爵号と共通する特色を持つ。今日の我々から見れば、例えば唐が新羅の王に新羅王という称号を授与するのは当然のようだが、王号は唐代では皇帝の子（親王）や次の後継者（嗣王）に授与された。嗣王の子は爵位を継いでも例降といって郡王以下に降され、唐代では王号は親王・嗣王の二代しか続かないのが原則である。歴代継承される新羅王等とはその点が違うが、爵号には地名の附与されるのが原則であるので、新羅も地名と考えれば新羅王も爵号に他ならない。すると、唐の皇帝が冊書で新羅王を封建すれば、[注5]皇帝一族の王の封建と同じで新羅王は外国の臣下と見做すことができ、唐王朝は新羅王に臣下の義務（職約）を課すことができるようになる。こうして、冊封関係を通じて礼制や律令制など、中国のさまざまな制度が外国に伝播するのである。

西嶋氏は中国王朝と周囲の国々との冊封関係と冊封体制とを区別していないが、国際関係の枠組みとしての冊封体制は非冊封国も含みうる点で、個別の冊封関係より広い概念として捉えるべきではなかろうか。また、唐の国内では王号は基本的に親王・嗣王のみに授与されるが、郡王は皇族以外の臣下や服属してきた異民族の者にも授与されている。注6 冊封は約言すれば外国との間の封建であるが、冊封関係によって中国の臣下の義務の遵守が外国の君主にも要求され、国際関係の複雑な動きや中国から周囲の国々への文化の伝播についても冊封関係の有無が影響を与える。こうした冊封関係の集積によって、非冊封国も含んだ冊封体制が形成される、と理解すべきではなかろうか。西嶋氏は検証していないが、南北朝から隋にかけて王・公等の爵号は朝鮮や日本（倭国）に集中して授与されている。唐代でも、王・郡王号の授与は渤海を含めた東アジア諸国に中心的に見られるので、唐代まで冊封体制に基づく東アジア世界が形成されていたという西嶋氏の提言は、爵制的秩序に注目すればそれほど異論無く承認し得るであろう。なお、宋代以後の東アジア世界の変容に関する西嶋氏及びその後の議論については、本稿では紹介を割愛する。

東アジア世界の範囲については、西嶋氏は中国を中心に朝鮮・日本・ヴェトナム、及びモンゴル高原とチベット高原との中間地帯の中国の西北廻廊地帯を含むが、歴史的世界である以上その領域は流動的であり、固定的に理解すべきものではない。しかし中国の周辺地域であっても、北方のモンゴル高原や西方のチベット高原及び西北廻廊地帯を越えた中央アジアの諸地域や、ヴェトナムを越えた東南アジアなどの諸地域は通常これに含まれない、とする。以上でヴェトナムが入っているのは、一〇世紀の初めまで北部ヴェトナムが中国の領域に編入されていたからであろう。西北廻廊地帯の諸地域というのは曖昧であるが、おそらく唐の西州に編入された高昌国の歴史を持つ、新疆維吾爾《ウイグル》自治区の吐魯番《トゥルファン》盆地までが想定されているのであろう。しかし、同じ中国史研究者として東アジア世界について発言されてきた堀敏一氏は、中国を中心とする東アジアの歴史は北アジアないし中央アジアの諸民族との関係を抜きにしては考えられず、中国が日本・朝鮮に適用した政策も北アジア諸民族との関係の中で生まれたものが多い、とする。さらに、西嶋氏が東アジア世界から除外するチベット高原や西北廻廊以西の地域も歴史上の西域であって、東アジア世界に含めて差し支えない、とする。[注7]

堀氏に従えば、中国王朝と密接な関係にあった北アジアのみならず、吐蕃のいたチベットや西域まで東アジア世界に含められることになり、東アジア世界を広く捉え過ぎる嫌いがある。しかし、唐王朝の国際関係を考える上で、これらの地域が欠くことのできない重要な地域であったことも確かである。爵制的秩序を重視する西嶋氏の立場と、中国と周囲の諸国との交渉全体の中で考えようとする堀氏の立場とでは、東アジア世界の概念と適用範囲とがこれだけ違ってくるのである。一口に東アジア世界と言っても、その構成要素のどこを重視するかで、理解が相当変ってくることに注意すべきであろう。西嶋氏は東アジア世界を構成する指標として以下の四点を挙げるが、堀氏がそうした指標に一切言及しないのも対照的である。堀氏にとっては、中国王朝と周囲の諸国との交渉の中で東アジア世界の特質を明らかにすることが全てだったのであろう。[注8]

西嶋氏に拠れば、東アジア世界を構成する指標は漢字文化・儒教・律令制・仏教の四者に要約できる。仏教はインドから中央アジア経由で中国に伝播したが、インドの仏典は中国で漢字に翻訳され、中国化した仏教が朝鮮・日本・ヴェトナム等に伝播した。従って、以上の四指標のうちで最も基礎となるのは漢字であるが、漢字自体が諸地域の言語表記に適合したから伝播したのではないことは、後に日本の仮名や朝鮮のハングルの他、契丹文字や西夏文字のように、多くは漢字を基礎としながらそれぞれの地域で独自の文字が作り出されたことから明らかである。日本で漢字の伝播が確認できる最古の例は、後漢光武帝（在位二五〜五七）の建武中元二年（五七）の「漢委奴国王」の金印であるが、奴国の側が本来の用法を理解したか否かは別として、漢王朝の側ではその後の外交交渉で用いることを前提に金印を交附したのである。[注9]従って、中国王朝との政治的関係が生じたことによって漢字が伝播するのであり、律令制や為政者の規範としての儒教は言うまでもなく、遣隋使・遣唐使によって朝廷を中心に伝えられる仏教の伝播にも政治的要素の加わることは不可避であった。恰も水が高い所から低い所に流れるように、高い水準の文化が低い水準の文化の所に無條件に伝播していくわけではない、という点は西嶋氏の度々強調する所であった。

それでは、東アジア世界はいつごろ成立したのであろうか。前に触れたように、秦や漢が中国を統一したことで北方の匈奴との関係が緊張し、匈奴自体は文字を持たないが、中国側の記録には匈奴の存在が頻繁に記録されるようになる。そして、前漢の武帝（在位前一四一～前八七）の時に張騫によって西域との交渉の端緒が開かれ、河西廻廊に武威・張掖・酒泉・敦煌の四郡が置かれて、西域の情報が中国に伝えられるようになった。武帝は一方で朝鮮半島にも楽浪郡等の朝鮮四郡を置くが、程なく楽浪郡のみが残ることとなり、前漢末に高句麗（当時の表記では高句驪）が登場するまで、朝鮮には有力な政治勢力は出現しなかった。しかし後漢に入ると、『後漢書』本紀には日本（倭国）も含めて多くの国々との交渉が記されるようになる。[注10] 有名な大秦王安敦（マルクス・アウレリウス・アントニヌス）の使者の到来は桓帝（在位一四六～一六七）の延熹九年（一六六）のことであり、周囲の国々との全面的な交渉が展開するようになった、という点では後漢を東アジア世界の成立期と見做すことができる。西嶋氏は「六―八世紀の東アジア」において冊封体制は前漢から始まったと見做しているが、その論証には多少の疑問がある。次節ではこの点も含めて筆者の見解を示し、読者諸賢の参考に供しようと思う。

三　中国王朝の国際秩序と皇帝・天子

李成市氏の『東アジア文化圏の形成』（山川出版社、二〇〇〇年）は、西嶋氏の冊封体制論や東アジア世界論について的確に紹介しながら、その問題点についても指摘した好著であるが、「六―八世紀の東アジア」及び「東アジア世界の形成Ⅰ　総説」について、冊封体制という政治構造が中国文化を「東辺諸国」に拡延した事実を前提にして、あとは論証しないままに地域と時代とを拡大、延長させて冊封を媒介にした文化圏の形成を論じていることが気懸りである。前者の論文が扱ったのは六～八世紀の東辺諸国に過ぎず、しかも冊封を媒介にした中国文化の拡延について些かなりとも論じているのは、僅かに高句麗・百済・新羅・渤海の四箇国のみである、と厳しく批判している（同書四四～四五頁）。確かに、西嶋氏は冊封は周代封建制の基本理念であり、秦漢時代に国内の爵制的秩序の整備と共に登場してくる外臣の制度がそれに当たるとし、漢王朝の初期においては南越・閩《びん》越・東越及び夜郎・滇《てん》などの東南・西南の諸国が漢の外臣であり、武帝の朝鮮征伐以前の衛氏朝鮮も漢の外臣である、と指摘する。そして、これら外臣の周辺国家は国内において独自の法を持ち漢王朝の法は直接には及ばないが、漢の皇帝の徳化と礼は普及する地域であって、この外臣の性格は六～八世紀の高句麗・百済・新羅・渤海の中国王朝に対する性格に共通する、と言うのみであってそれ以上の分析は行っていない。以上の西嶋氏の外臣に関する見解は栗原朋信氏の所説に依拠しているので、次に栗原氏の説について簡単に紹介したい。

一九六〇年に栗原氏は「文献にあらわれたる秦漢璽印の研究」（同氏『秦漢史の研究』所収、吉川弘文館）という雄篇を発表した。本論文作成の動機は、江戸時代の天明四年（一七八四）の発見以来真贋の議論の絶えない「漢委奴国王」蛇鈕《だちゅう》金印について、今日に伝わる伝世印を用いて比較した場合にはその印の真贋も吟味する必要があるので、あえて伝世印を用いずに秦漢の文献から当時の璽印の制度を復原し、それに照らして「漢委奴国王」印の真贋を考察しよう、という点にあった。結果として、蛇鈕印は秦漢の文献には見えずその真贋は確定できなかったが、漢代の外臣印は国内の内臣印に比べて一段階落ちる規格で作成され、春秋戦国時代から形成された華夷思想は漢代の公印制度に反映している、という重大な結論に行き着いたのである。そこから栗原氏は漢代の天下観念について考察し、外臣の国家は漢朝の法が直接及ばない地域であるが、皇帝の礼は普及する地域であると結論した。[注11] 西嶋氏のさきの見解は、この栗原氏の外臣論を援用したものである。

しかし、発表から半世紀以上を経た栗原氏の論文については、今日あらためて精査する必要が生じている。漢代の公印には名称・材質・鈕《つまみ》の形・印綬の色に区別があったが、外臣の王と比較できるのは内臣の諸侯王の場合である。[注12] 栗原氏は文献に依拠して、諸侯王の璽印の名称は「璽」であるのに対して外臣の王は「章」、材質は諸侯王・外臣の王ともに金であるが、鈕形は諸侯王は橐駝《たくだ》（駱駝）で外臣の王は亀、綬は諸侯王は綟《れい》（萌黄）綬で外臣の王は紫綬と、材質を除けば内臣の諸侯王の璽は外臣の王の章より一段階上に位置するとして、そこから上記の見解を導き出した。しかし、一九八一年には江蘇省邗江県《かんこうけん》の後漢光武帝の子（明帝の弟）劉荊《りゅうけい》の墓から「広陵王璽」亀鈕金印が発見され、[注13] 栗原氏の拠った『漢旧儀』の橐駝鈕の記述の誤りが明らかとなった。それでも「璽」と「章」、綟綬と紫綬との格差は残るが、栗原氏の主張の一部が弱められたことは事実である。また、唐代には外臣の用語はあるが、制度上の内臣・外臣の格差は確認できない。堀敏一氏は、五胡十六国から南北朝期に内臣と外臣との差異は消滅した、と見ているようであるが、そうであれば唐代の冊封国の王と漢代の外臣の王とは簡単に等値できないこととなる。

栗原氏の当時には印譜等に材質や鈕形の情報が記されることはほとんど無かったが、その後は材質・鈕形も含めて伝世印に関する情報が飛躍的に増加し、出土例や博物館所蔵の璽印の報告も増えている。蛇鈕印は依然として文献上では位置附けの不明な印であるが、漢初あるいは秦に遡る内臣の蛇鈕印の報告も増している。[注14] 中国の古印研究の難点は出土品以外の伝世印の出土地点や年代、あるいは真贋の確定の困難なことで、あえて文献に依拠した栗原氏の業績は依然としてその価値を失っていない。しかし、秦漢時代の璽印に関する史料を、時代差や印制の変化を顧慮せずに扱ったという指摘もなされており、[注15] 今日では栗原氏の論の全てがそのまま活用できないことも事実であろう。従って、六～八世紀の冊封国と漢代の外臣とに共通の性格を見ようとする、栗原氏の見解が発表された直後の西嶋氏の見解にも、新たな再検討が必要となるであろう。

本節の最後に、天子号の問題について触れておきたい。本稿では初めに漢唐間の皇帝の「玉璽分類表」を掲げたが、整然としたその表の半分は天子系統の三璽である。『隋書』倭国伝には「日出処天子致書日没処天子」の有名な用例があり、日本の公式令でも天子は天皇の別称として定められ、天子号の性格の検討は日本史とも無関係ではない。西嶋氏は「皇帝支配の成立」で、前漢当初には天子三璽は存在せず、前漢後期になって出現したと判断した。紙数の関係で詳論は避けるが、その判断に大きな誤りがあるとは思われない。しかし、西嶋氏が判断の論拠として『漢書』西南夷・両粤《えつ》・朝鮮伝の南粤伝、文帝元年（前一七九）條に見える「皇帝謹問南粤王」を挙げたのは失当であり、本稿で天子号の問題を取り上げた理由にも繋がる。さきの「玉璽分類表」の「天子之璽」には「匈奴単于・外国王に書を賜う」等とあり、ここから西嶋氏は文帝の時には外国王に対して「天子」号が用いられておらず、「天子」系統の璽はその後に出現した、と判断した。ところが、清朝に至るまでの外国に対するいわゆる国書で、皇帝が「天子」と自称した例はほとんど無いのである。

さきの玉璽分類表に拠れば、天子行璽の用法は「外国を策拝す（策拝外國）」または「外国を封拝し及び徴召す（封拝外國及徵召）」であり、『漢旧儀』『漢官儀』と『大唐六典』の原注との説明に大差はない。天子之璽の用法は「天地鬼神を事《まつ》る（事天地鬼神）」または「匈奴単于・外国王に書を賜う（賜匈奴單于・外國王書）」であって相違があるが、皇帝之璽の用法を参照すると後者の用法が妥当であろう。天子信璽については、西嶋氏は『漢旧儀』『漢官儀』に脱文ありと判断して表示せず、『大唐六典』原注の「有事及び外国の兵を発す（有事及發外國兵）」を表示している（有事とは祭祀を行うこと）。表の隋唐の例を参照すれば、それで誤りないと思われる。ただしそれでは、『漢旧儀』『漢官儀』の天子之璽に「天地鬼神を事る（事天地鬼神）」とあるのと重複してしまうが、『漢旧儀』『漢官儀』の原文（皇帝六璽に関する部分は完全に同じ）に何らかの脱文のあることは認められるであろう。いずれにしても、天子系統の璽に天地鬼神を事る役割があるという事実からは、無限に広がる天を祀る天子が外国に対しても天子としての姿を現す、という論理を導き出すことができる。これは、皇帝三璽と天子三璽との役割の相違を理解する上で極めて判り易い論理である。

西嶋氏はこの理解に立って、前漢文帝の時に南越王趙佗に「皇帝謹問南粤（越）王」という書を賜わり、匈奴に「皇帝敬問匈奴大単于」という書を遺《おく》ったこと、武帝が元鼎四年（前一一三）に太一を祭祀した祭文に「皇帝敬拝」と述べられていたこと等から、皇帝六璽の制度から推測される「皇帝」と「天子」との区別は前漢武帝期までは認められず、前漢後半期に及んで祭祀及び蛮夷のことが「天子」の機能として分離し、「皇帝云々」の三璽に加えて「天子云々」の三璽が作られたものとしたのである。しかしながら、中国の皇帝が異民族の君主に送ったいわゆる国書は「皇帝敬問」「皇帝問」等と記されていて、皇帝が国書で「天子」と自称する例はほとんど無いのである。従って、南越王や匈奴に送った文書における文帝の自称を根拠に、皇帝系統の三璽に遅れて天子系統の三璽が出現した、と言うことはできない。しかし、阿部幸信氏も成帝の頃に天子系統の三璽が出現したものと認めており、[注16] 皇帝系統の三璽が最初に出現したと推定することは可能なのである。だがそれでは、外国の君主に書を送る事例で「天子」の文言が用いられなかったのはなぜか、という問題が次に生じてくる。この点に関連して、外国の君主宛に用いられた璽の用法について、私の気附いた実例は次の二つである。

明の万暦三一年（一六〇三）に中山王尚寧を琉球国中山王に冊封するために派遣された正使夏子陽・副使王士楨による『使琉球録』には、尚寧を冊封する万暦帝の書が載せられているが（国立中央図書館蔵本影印本、台湾学生書局、一九六九年、五〜六頁）、末尾の日附「萬歴《ママ》三十一年三月初三日」の「三十一年三」の所に「皇帝之寶」の文字が著録されており、「皇帝之宝」の捺印が確認できる。同様に、それに続く尚寧に対する皇帝勅諭にも、末尾の「萬歴《ママ》三十一年三月初三日」の「三十一年三」の所に「廣運之寶」の捺印が認められる。清朝では、康熙二一年（一六八二）に冊封正使として琉球に渡航した汪楫《おうしゅう》の『冊封疏鈔』（原田禹雄訳注『汪楫冊封琉球使録三篇』榕樹書林、一九九七年）の巻頭に中山王世子の尚貞を琉球国中山王に冊封する康熙帝の詔が著録されているが（四〇七頁）、末尾の「康熙二十一年六月十一日」の「二十一」の四隅にやはり「皇帝之寶」と記されている。続いて、尚貞に対する勅諭が著録されているが（四〇七〜四〇八頁）、末尾の「康熙二十一年六月十一日」の「二十一」の所には「廣運之寶」が捺されている。つまり、明・清の琉球（中山国）との交渉では「信璽」「行璽」ではなく「之璽」の系統の「之宝」（明清で「宝」を用いるのは唐代と同じ）が用いられ、琉球国中山王に封ずる詔に用いられているのは「皇帝之宝」であって、これを隋以前に当て嵌めれば「皇帝之璽」ということになる。よって漢代以来、王侯を封拝するには「皇帝之璽」を用いる建前であり、それは明清でも同様であったのである。

そこで、前述の国書冒頭における「皇帝敬問」「皇帝問」の用例を併せ考えると、現実には「天子之璽（宝）」を用いた国書の存在はほとんど考えられないことになる。また、明・清の琉球冊封の事例を参照すると、外国を策拝（封拝）する場合に天子行璽を用いることも想定し難くなる。また、天子信璽で外国の兵を発することは想定できなくはないが、唐代までの異民族との具体的な交渉を見ると、眼に著くのは異民族の首長に国書を送って援兵を促す場合で、そこで「皇帝問」が用いられている例もある（『影弘仁本文館詞林』巻六六四・詔三四・撫辺、「貞観年中撫慰百済王詔一首」及び「貞観年中撫慰新羅王詔一首」、古典研究会、一九六九年）。すると、天子系統の璽を実際に用いる場合はほとんど想定できない。既存の皇帝三璽に対応させて、外国や天地の祭祀を対象とする天子三璽の用法を制定したが、それを用いることは実際には考えられなかった。即ち、天子三璽の用法は具文に等しかった、と結論し得るのではなかろうか。ただそう考えると、実用を想定しない天子三璽がなぜ作られたのかという点が説明されなければならないが、その考察については本稿では割愛する。[注17]

以上のように、天子三璽の規定は既に確立していた皇帝三璽との対応によって定められたのであり、極論すればその規定は具文であったとも想定し得る。しかし、そこに前漢王朝の政治の進展に伴う種々の制度の整備発展を窺うことは可能であり、歴史的史料としての天子三璽の意義は、その実効性の如何に関わらず失われるものではないであろう。本稿の主題からは些か逸脱したが、漢代の天子号にはこのような問題点も存在しているのである。その点で、六〇七年の遣隋使が「日出処天子致書日没処天子」という文言を選んだ理由の解明は決して簡単ではない。私の知る限り、中国側が「天子」号を自称した国書は、隋文帝・開皇四年（五八四）の「大隋天子、書を大突厥の伊利倶盧設莫何沙鉢略可汗に貽《おく》る（下略）」という文書のみである。[注18] 一方で、南北朝期の中国王朝に対する異民族側の国書には、皇帝を「天子」と記した例は少なくない。「日出処天子致書日没処天子」についても、南北朝期の国際関係及び当該期の国書中の皇帝の表現を精査した上で考察を深めていく必要がある。その場合、中国側の国書における自称としての皇帝の表現と、異民族側の国書における皇帝の表現とを区別して検討する必要もあるであろう。[注19]

四　皇帝・天子と天の祭祀——交野の郊祀を通して——

以上、皇帝支配の理念と東アジア世界との関わりについて述べてきたが、そこでの問題点の一つは天子号の存在であった。「玉璽分類表」でも『漢旧儀』『漢官儀』の欄には「天地鬼神を事《まつ》る」とあったが、後漢以後の郊祀では皇帝は「天子臣某（某は各皇帝の諱《いみな》）」と自称して天地を祀った。皇帝号と天子号とはこのように皇帝祭祀とも密接に関わっているが、皇帝の祭祀は一般の読者にはそれほど馴染のあるものではないので、以下には日本の桓武天皇の延暦六年（七八七）及び文徳天皇の斉衡三年（八五六）に河内国交野《かたの》で行われた昊天上帝《こうてんじょうてい》の郊祀を取り上げ、それに照らして唐の郊祀について説明したい。また、郊祀と並ぶ重要な皇帝祭祀である宗廟の祭祀は、唐と日本とではそのありようがかなり相違しているので、唐の皇帝の宗廟制度については、特に日本の宗廟とは対比せずに述べておきたい。

初めに、桓武天皇延暦六年の郊祀については、『続日本紀』には次のように見える。

十一月甲寅、天神を交野に祀る。其の祭文に曰く、維《こ》れ延暦六年、歳《ほし》は丁卯に次《やど》る。十一月庚戌朔甲寅、嗣天子臣謹んで従二位行大納言兼民部卿・造東大寺司長官藤原朝臣継縄を遣わして、敢えて昊天上帝に昭告す。臣恭《うやうや》しく睠命《けんめい》を膺《う》けて鴻基を嗣守し、幸いに穹蒼《きゅうそう》の祚《さいわい》を降し、覆燾《ふくとう》の徴を騰《あげ》るに頼《よ》り、四海晏然として万姓《ばんせい》康楽なり。方《まさ》に今大明は南に至りて、長晷《ちょうき》初めて昇り、敬《つつし》んで燔祀《はんし》之義を采《と》りて、祗んで報徳の典を修む。謹んで玉・帛・犠斉・粢盛《しせい》の庶品を以て、茲の禋燎《えんりょう》を備え、祗んで潔誠を薦《すす》む。高紹天皇、神に配して主と作《な》す。尚《こいねがわ》くは饗《う》けよ。

以上のうち、「敢えて……昭告す」までは昊天上帝等を祀る時の冒頭の定型句で、後にあらためて解説する。以下の文について簡単に述べると、臣は桓武天皇の自称、睠命はここでは天神の恩寵、鴻基は天皇の地位で、嗣守までで天命の恩顧によって天皇位を嗣ぐことになったことを言う。穹蒼は蒼天、覆燾は天地が万物を覆い育てることを言う。「万姓康楽」までで、天が恵みを垂れて万物を育《はぐく》んでくれたことによって天下は太平、人民はやわらぎ楽しんでいる、という。大明は太陽、晷は日影や日時計で、燔祀は天の祀りに犠牲を焼いて供え物とすること。「報徳の典」までで、太陽が最も南に移り日影が最も長くなった冬至の日に、犠牲を備えて天の徳に報いる祭祀を行う、という。玉帛以下は供え物で、帛は絹織物、斉は揃い整った状態、粢は神に供える六穀《りっこく》（黍《もちきび》・稷《うるちきび》・稲・粱《おおあわ》・麦・苽《まこも》）の総称。禋燎の禋は犠牲を焼く祭祀の意味で、禋燎は燔祀と同義。「潔誠を薦む」までで、桓武天皇が謹んで玉帛以下を整えて天神に供え、真心から祀りを行うことを言う。高紹天皇は光仁天皇で、天神を祀る時に祖先の天皇を併せ祭ることを「配神作主」と言う。主は神主で位牌のこと。「尚饗」は祭祀の対象に読み上げる祝文《しゅうぶん》の末尾の定型句である。

続いて、昊天上帝の「配神作主」の対象である高紹天皇（光仁天皇）にも祝文が読み上げられている。日附の「甲寅」までは先の文と同一なので、それ以下の文面を示すと以下のようになる。

又た曰く、……孝子皇帝臣諱《いみな》、謹んで従二位（中略）藤原朝臣継縄を遣わして、敢えて高紹天皇に昭告す。臣は庸虚を以て忝《かたじけな》くも天序を承け、上玄は祉《さいわい》を錫《たま》いて、率土は心を宅す。方《まさ》に今履長《りちょう》伊《こ》れ始まり、粛《つつし》んで郊禋《こうえん》を事とし、用《もっ》て燔祀《はんし》を昊天上帝に致す。高紹天皇、慶《さいわい》は長発に流れ、徳は思文に冠たり。対越昭らかに升《のぼ》り、永く言《ここ》に命《めい》に配す。謹んで制幣・犠斉・粢盛の庶品を以て、式《すなわ》ち明薦を陳《の》ぶ。神に侑《なら》べて主と作《な》す。尚《こいねがわ》くは饗《う》けよ。

「臣は」以下の文について簡単に解説すると、この文のように中国の皇帝は父以上（あるいは先代以上）の皇帝に対して「臣」と自称する。「庸虚」は凡庸で才能が無いという謙遜の辞で、君主がよく用いる。上玄は天のこと、「率土」は率土《そっと》之濱《のひん》の略で河海と接するまでの陸地の意味であり、支配領土全体のこと。宅心の宅は安んずる意味であろうか。以上までは、臣たる桓武天皇は統治能力も無いが、恐れ多くも天の秩序に従い、天の賜わった恩寵によって日本の民草が心を寄せる所となった、という意味となり、全体で自分が天皇の地位にあることの謙遜の辞となる。次の履長は冬至のことで、「昊天上帝に致す」までは、前の文と同じく、南郊で天を祀ったという意味となる。長発は『詩経』商頌の篇名で、大禘《たいてい》という祖先祭祀の頌歌、商は殷のこと。殷の先后《きみ》（先君）の徳を述べ、殷が天下を得た所以《ゆえん》を歌う。思文は『詩経』周頌・清廟之什の篇名で、周の始祖后稷《こうしょく》の徳が天に配される（天と併せ祭られる）に相応しいことを頌する。従ってここの部分は、光仁天皇は『詩経』に歌われた殷・周の明君のように天と併せ祭られるのに相応しい、という意味の美辞麗句である。越は於いての意味で、「対越」で「天地に対する」即ち天地神明に対《こた》える意。「命に配す」までで、南郊の祭祀を行うに当たり、高徳の光仁天皇は天に併せ祭られることになった、という。以下は前の文とほぼ同義であるが、明薦は清潔な供物を献げること。侑は並べることで、「侑神作主」は「配神作主」と同義となる。また、「孝子皇帝臣諱」の諱は、桓武天皇の場合は山部である。

次に、文徳天皇の斉衡三年（八五六）一一月の場合には、『文徳実録』に「辛酉（二二日）、権大納言・正三位安倍朝臣安仁、侍従・従四位下輔世王等を後田原山陵（光仁天皇陵）に遣わし、告ぐるに天に配するの事を以てす」とあり、先に光仁天皇を南郊の祭祀で配天して天と併せ祭ることを山陵に告げている。次にその文が記されるが、以下のように宣命《せんみょう》であるので、語順は原文通りに読みは横に振り仮名で示しておく。

策して曰く、天皇大命《すめらがおほみことと》、掛畏《かけまくもかしこき》、平城宮《たひらのみや》爾《に》天下所レ知志《あめのしたしろしめしし》倭根子《やまとねこ》天皇御門《すめらがみかど》爾《に》申賜閉《まをしたまへ》止《と》奏《まをさく》、今月《このつきの》廿五日河内国交野乃原爾《かふちのくにかたののはらに》昊天祭為止志天《のまつりせむとして》、掛畏《かけまくもかしこき》御門乎《みかどを》主止《みあるじと》定奉天《さだめたてまつりて》、可レ祭事乎《まつるべきことを》、畏牟畏牟毛《かしこみかしこみも》申賜久《まおしたまはく》止奏《とまをす》。

そして、「甲子（二五日）、円丘に事《まつり》する有り。夜漏上水一尅《こく》、大納言藤原朝臣良相《よしみ》等、帰り来たりて胙《ひもろぎ》を献ず」とあり、二五日に南郊の祭祀のあったことを伝えるが、郊祀自体の具体的な進行状況は全く伝えられていない。むしろ以下のように、その前の藤原良相等を派遣する手続きの方が詳しく伝えられている。

壬戌《じんじゅつ》（二三日）、新成殿前に大祓《おおはらえ》す。諸陣警戒し、帝は進みて庭中に出《い》づ。大納言・正三位藤原朝臣良相は跪《ひざまず》きて郊天の祝《しゅう》板を授け、左右大夫・従四位下菅原朝臣是善は筆硯を捧げ、帝自ら其の諱《いみな》を署し、訖《おわ》りて珪《けい》を執り、北面して天を拝す。乃《よ》りて大納言・正三位藤原朝臣良相、右大弁・従四位上清原真人岑成、左京大夫・従四位下菅原朝臣是善、右中弁・従五位上藤原朝臣良縄等を遣わし、河内の国交野郡柏原野に向かいて、蕝《せつ》を設けて礼を習わしめ、祠官尽《ことごと》く会す。

右のうち、蕝とは朝廷の会合に位次を表すために立てる茅の束で、蕝以下の文は、祭祀に関係した官僚を集めて、並び順も当日通りに礼の演習を行った、という意味であろう。

以上のように、桓武天皇の延暦六年の郊祀と文徳天皇の斉衡三年の郊祀とでは、詳細に記録された部分に出入りはあるが、式次第に基本的な変更は無かったものと想定して、郊祀の順序を整理すると次のようになる。

初めに、光仁天皇を南郊の祭祀で配天、つまり天と併せ祭ることが天皇の後田原山陵に告げられる（斉衡三年一一月二二日条）。次に、天皇の代理として臣下が派遣されて郊祀を行うが、その際には天皇が祝板に諱《いみな》を自署することで、祭祀の実施主体が天皇であることを明示する（同年一一月二三日条）。このことは唐でも同様である[注20]が、天皇（皇帝）が諱を自署した後に珪を執って北面して天を拝することは、管見では唐代の史料には確認できない。このような儀礼のみ日本で創案されたとは考えにくいので、皇帝が執珪し北面して拝天することは唐でも行われていたのであろう。その点で、『文徳実録』のこの記事は貴重である。

次に、臣下が交野に派遣され、蕝を設けて郊祀の予行演習が行われているが、このような習礼は唐でも行われていたのであろうか。唐の皇帝祭祀では役人の代行する有司摂事が通例で皇帝自身の行う親祭のほうがむしろ稀であったが、この時が日本で二度目の郊祀で予行演習が必要であったのでないとすれば、「習礼」自体が郊祀の儀式の一環であったこととなろう[注21]。この点については課題としておきたい。その後、当日には昊天上帝を交野に祀り、配神（侑神《ゆうしん》）された光仁天皇にも祝文が読み上げられる。光仁天皇が昊天上帝に配されることは、延暦六年でも斉衡三年でも共通している。最後に臣下が帰朝すると、祭祀に用いられた胙《ひもろぎ》が朝廷に献上される（斉衡三年一一月二五日条）。胙《そ》とは祭祀が済んでから配分する供え物の肉のことで、商鞅《しょうおう》の変法で強国となった秦の孝公に対して周の顕王が文武の胙を致し、諸侯がこれを慶賀した史実がある（『史記』周本紀・顕王九年條及び商君鞅列伝）。文武の胙とは周の文王廟・武王廟に供えた祭肉で、これを顕王が孝公に分け与えたのである。このように祖先の宗廟に供えた祭肉を分配することはあるが、犠牲を焼いてその煙を供え物とする天の郊祀で胙を分配することは例がない。したがって、ここで胙が朝廷に献上されたのは日本独自の解釈に依るのか、またその胙の内実が何であったのかは興味深い問題であろう。

五　唐の郊祀と宗廟

天暦六年と斉衡三年との交野の郊祀の概略は以上である。解説しながら触れたように唐代の史料では知り得なかった部分もあるが、他に参照できる史料もないので、こうした問題点については後考に俟ちたい。しかし見逃せないのは、昊天上帝に対する祭文（祝文）に「嗣天子臣……敢昭告昊天上帝」とあるのに対し、配侑帝に対する祝文には「孝子皇帝臣諱……敢昭告高紹天皇」とある点である。この問題を述べる前に、唐代の郊祀制度について その概略を述べておこう。

唐の皇帝祭祀には大祀・中祀・小祀の三区分があり、また大祀・中祀・小祀のそれぞれに皇帝関連の祭祀と天子関連の祭祀とがある。皇帝祭祀ではその対象となる神に祝文《しゅうぶん》を読み上げるが、『大唐開元礼』における祝文の皇帝・天子の自称を整理したのが、次の「『大唐開元礼』における大祀・中祀・小祀と皇帝の自称との関係」表である。紙数の関係で中祀以下の説明は割愛するが、大祀の対象は昊天上帝・五方上帝・皇地祇・神州地祇及び太祖以降の唐代の諸帝であり、昊天上帝から神州地祇までの皇帝の自称が「天子臣某」であるのに対し、唐の諸帝に対する自称は「皇帝臣某」である。某は祭祀を挙行する皇帝の諱で、高祖李淵であれば「淵」、太宗李世民であれば「世民」となる。昊天上帝は天の最高神で、五方上帝は昊天上帝の下で東西南北の四方と中央との五方を司る天帝、皇地祇は昊天上帝に対する地祇で神州地祇は五方上帝に対する地祇であるが、神州地祇は一柱の神で五方に分かれるわけではない。

つまり、唐の大祀では天地系統の神に対して皇帝は「天子臣某」称で対応し、祖先に対しては「皇帝臣某」称で対応するのが基本であるが、高祖の譲位によって即位した太宗はその際「皇帝臣世民」、睿宗の譲位によって即位した玄宗は「皇帝臣隆基」で天を祀っており、「天子臣某」で天を祀るのは先帝崩御後に即位した場合か、太宗・玄宗のような場合には二回目以降の郊祀においてであると考えられる。また、太祖はその王朝の開祖となるような人物であるが、必ずしも初代の皇帝には限らない。唐の場合には高祖の祖父の李虎であり、李虎が太祖となるのは、西魏の時に国号の元となった唐国公を死後追贈されたことに依る。

また、多少の出入りはあるが、基本的に唐の皇帝は大祀では「皇帝臣某」または「天子臣某」と自称し、中祀では「皇帝某」または「天子某」、小祀では「皇帝」または「天子」と自称する。そして、『大唐開元礼』を見れば明らかなように、皇帝祭祀には皇帝が親《みずか》ら行う親祭と役人が代行する有司摂事との区別があり、既に触れたように後者では皇帝が祝文の記された祝版《しゅうばん》（祝板）の「皇帝（天了）臣某」「皇帝（天子）某」の「某」、即ち諱を自署すれば、その祭祀は有司摂事の祭祀として成立する。小祀では皇帝が諱を称することはないが、小祀には地方の祭祀も多く、都の祭祀でも有司が派遣されて行うのが原則なので、祝版への皇帝の自署は必要とされないのである。また祖先を祭る宗廟の祭祀においても、太祖より前の祖先に対して皇帝が「臣某」と称することはない。

表2　『大唐開元礼』における大祀・中祀・小祀と皇帝の自称との関係

祭祀の格	祭祀の対象	皇帝の自称	祭祀の対象	皇帝・皇后の自称
大祀	昊天上帝・五方上帝・皇地祇・神州地祇	天子臣某	太祖以降の諸帝の神主	皇帝臣某
中祀	大明（日）・夜明（月）		先代帝王・帝社	皇帝某
	五星・太社・太稷・嶽・鎮・海・瀆	天子某	先蚕	皇后某氏
			孔宣父・斉太公	皇帝
小祀	風師・雨師・霊星	天子	司寒・先牧・馬社・馬歩	

大祀のうちで最も重要な昊天上帝の祭祀は国都の南

郊で行われて郊祀と言われ、南郊の語そのものが昊天上帝の郊祀を指すことも多い。唐の南郊壇は四成（重ね）の円丘で、西安市の陝西《せんせい》師範大学に隣接して現存している。[注22] 歴代の王朝の中には円丘と南郊とを別々に立てる王朝もあり、その場合は円丘での昊天上帝の郊祀は冬至、南郊での郊祀は正月上辛（上旬の辛《かのと》の日）に行われるが、唐の場合は円丘と南郊とは別立せずに一箇所のみであった。ただし、冬至と正月（原則として上辛）との年に二回郊祀を行う場合には、冬至が本来の昊天上帝の郊祀となり、正月の郊祀は新年の年《みのり》を祝う祈穀あるいは祈年という予祝行事となる。有名な北京の天壇は大理石製の三成の壇であり、写真によく出てくる青瓦の円形の建物は祈年殿である。ただし、唐代も含めて一年で正月のみに南郊祀が行われる例も多く、その場合には祈年の予祝行事よりも本来の昊天上帝の祭祀の性格が強くなる。南郊壇を用いる昊天上帝の祭祀はこの他にもあるが、その説明は割愛する。皇地祇・神州地祇は国都の北郊で行われ、やはり北郊の語そのもので地祇の郊祀を指す例も多い。昊天上帝に対応して皇地祇は夏至に祀られるが、北郊祀は儒教の経書に典拠が無いため、神州地祇の郊祀の日取りは王朝によってまちまちで、唐では一〇月に行われた。郊祀は本来南郊祀・北郊祀の総称であるが、実際には南郊祀を郊祀と略称する例が大半である。唐でも北郊祀が皇帝の親祀で行われた例は、僅かに睿宗《えいそう》の太極元年（七一二）五月夏至の場合に止まり、南郊壇で天地を合祭する例も見られた。皇帝は天子でもあり、地祇の北郊祀に比べてやはり昊天上帝の南郊祀が優先するのである。

　大祀のもう一つの柱は、神主《しんしゅ》という位牌を安置して祖先を祭る宗廟である。右に述べた郊祀の基本形は前漢末の王莽期に形成されるが、前漢の宗廟の制度は各皇帝の陵の旁《かたわら》に廟を置く陵旁《りょうぼう》の廟が基本であり、従って宗廟は皇帝ごとに一つずつ建てられた。しかし、後漢では初代の光武帝の世祖廟が建てられた後、二代目の明帝以後は陵旁の廟を建てず、各皇帝の神主は世祖廟に集中して置かれた。こうして多分に偶然ではあったが、歴代の皇帝の神主を一つの廟に安置する太廟の形式が成立し、三国以後の王朝に引き継がれることになった。その場合

「天子七廟」という観念があって、[注23]七代前の祖先まで祭るのが皇帝の特権であり、太廟では七代の神主を祭るのが基本となった。王朝の開祖（建国の君）または王朝名の元となる爵号を最初に受けた祖先（始封の君）が太祖となり、太祖以降の神主が太廟に納められた。唐のように多くの皇帝が連続するようになると、太廟中の神主が七代を超える場合も出てくる。そうした時には太祖以外の皇帝の神主を太廟から外し、祧廟《ちょうびょう》という別の廟に遷す。また、帝位の継承は常に親子の間で行われるとは限らず、例えば玄宗朝においては父の睿宗の神主を太廟に入れる（祔廟《ふびょう》という）時に、睿宗の兄（玄宗の伯父）の中宗の神主を太廟から外すか否かが、中宗朝の政治の評価も絡んで意外に深刻な問題となった。従って、各王朝の宗廟の運営の実態は決して簡単ではないが、本稿ではこうした問題についてはこれ以上言及しない。

後漢以後の各王朝の太廟の構造は明らかではないが、唐の太廟では北側の壁に沿ってそれぞれに屋根を設けた小部屋（廟室）が西から東に並び、南向きの廟室の入口近くに皇帝の神主、奥に皇后の神主が安置される。[注24]後漢以降の太廟の祭祀には、定期的な祭祀として小祭の時祭と大祭の禘祭《ていさい》・祫祭《こうさい》とがあり、その他臨時の祭祀の告祭がある。時祭は四時祭の略で、孟春一月・孟夏四月・孟秋七月・孟冬一〇月及び年末の臘日との年に五回、廟室ごとに行われる。禘祭は五年ごとの四月に、祫祭は三年ごとの一〇月に行われる大祭で、禘祭と祫祭との組み合わせ方は複数あり、また禘祭・祫祭に差異があるか否かという問題について種々議論があるが、これらの点については説明を省略する。唐の禘祭・祫祭では各廟室の皇帝の神主を太廟の中央に出し、太祖の神主は西側に東向きに安置し、太祖から見て左、即ち北側に第二代目・第四代目……の皇帝の神主を南向きに西側から並べ、この列を昭という。また太祖から見て右、即ち南側に第三代目・第五代目……の皇帝の神主を昭の列と向い合せに並べ、この列を穆《ぼく》という。昭・穆各列の最も西側の第一列には太祖に次いで重要な位置付けの皇帝が並ぶことがあり、唐では高祖（昭）と太宗（穆）とであった。こうした皇帝の神主は不毀《ふき》の廟とされ、太廟の廟室が満ちても祧廟に遷されることはない。また、中宗と睿宗との神主は開元一一年（七二三）にそろって太廟中に安置されたが、その際に太廟の廟室は九廟に増やされ、その後の同様のケースでさらに一一廟まで増やされた。注25

唐代では、以上のような祖先の神主のうちの太祖や高祖以降の諸帝、あるいは太祖以外で皇帝扱いする祖先に対しては「皇帝臣某」と称し、それ以外の祖先に対しては「皇帝某」を称する。また、昊天上帝に対しては「天子臣某」と称した。ところが日本の延暦六年の郊祀においては、昊天上帝に対して「天子臣」と称して桓武天皇の諱（山部）を称することなく、かえって配神の光仁天皇に対して「皇帝臣諱（山部）」と称している。前述のように、唐の大祀・中祀・小祀の区分においては順に「皇帝（天子）臣某」・「皇帝（天子）某」・「皇帝（天子）」と称するのであり、「皇帝（天子）臣」はない。ただし、注20所掲拙著『中国古代皇帝祭祀の研究』第七章「唐代における郊祀・宗廟の運用」の表一七「唐代皇帝祭祀祝文自称表」に列挙しておいたが、唐代には神格化された老子の一分身である玄元皇帝に対する青詞（道教の祭祀に用いる祝文）における皇帝の自称は「嗣皇帝臣」が普通である（同書三六五〜三六八頁）。李姓と伝えられる老子は唐朝では祖先として扱われ、遠祖と称された。そして玄宗の天宝元年（七四二）に玄元皇帝が建てられて翌年に太清宮と改められ、天宝一〇載（七五一）には太清宮―太廟―南郊と、一日ごとに場所を改めて行う祭祀が成立した。即ち、聖祖玄元皇帝＝太上老君に対する青詞の自称の基本は「皇帝臣」であり、「皇帝」を称することで遠祖に対することを示し、「臣某」の某即ち諱を省略することで宗廟の祝文の自称と区別しているのである。玄元皇帝に対する「皇帝臣」という自称は、大祀と中祀との中間に位置附けられるのではなかろうか。よって、延暦六年の郊祀においては、昊天上帝の位置附けは大祀と中祀との中間である一方、光仁天皇は大祀扱いの祖先として祭られたことになる。このように、昊天上帝より先帝の光仁天皇が鄭重に扱われている点は、日本の郊祀のみの特徴である。交野の郊祀の意義や特質を考える上では、この事実も重要な論点となるであろう。

なお、唐後半になると、即位翌年の正月に太清宮—太廟—南郊の祭祀を皇帝が親祭し、最後の南郊祀の当日に大赦・改元するのが慣例となった。こうした一連の親祭の出現は、皇帝の祭祀、特に皇帝自身の親祭が昊天上帝や祖先に対する尊崇を表明する場から、それに附随する大赦・改元等の実施と併せて、皇帝の権威を荘厳《しょうごん》する場へとその性格を変質させていったことを示すものと考えられよう。注26

六　おわりに

以上、本稿の前半では東アジア世界について西嶋定生氏の所説を示し、次いでそれに対する疑問点、特に外国に対する「皇帝」「天子」の用例について述べておいた。中国王朝から外国に対する国書において「天子」号がほとんど用いられないことについては、今後あらためて検討していく必要があるであろう。後半では平安時代の二回の郊祀の事例を題材に、日本の郊祀と唐の郊祀との相違について述べると共に、唐の皇帝祭祀の手続きについて、日本の事例から一部補えそうな点のあることを指摘した。逆に、唐代の祝文の用例に照らすと、日本の郊祀では昊天上帝より配侑帝の光仁天皇の方が鄭重に扱われている、という特徴が指摘できた。現時点でその意味について筆者の判断を提示することはできないが、律令の條文などと共にこうした祭祀の実例についても、日本側がどのようにしてそれを受容するに至ったのか、考察すべき点を見出すことはできたと思う。

現在では井真成墓誌・杜嗣先墓誌・禰軍墓誌など、新たに発見や紹介された史料によって、古代の日本史や東アジア世界史について種々論じられるようになってきている。しかしながら、所在の明らかな既知の史料についても、研究の進展に基づいて再吟味することで、従来見過ごされていた新たな論点を提示することはできるであろう。本稿がその一助となれば幸いである。

注

1 本論文はその後、西嶋氏の『中国古代国家と東アジア世界』（東京大学出版会、一九八三年）及び『西嶋定生東アジア史論集』第一巻（岩波書店、二〇〇二年）に収録されている。

2 注1所掲『中国古代国家と東アジア世界』に収録、その際「東アジア世界と冊封体制――六―八世紀の東アジア――」と改題し、補注が追加された。『西嶋定生東アジア史論集』第三巻（岩波書店、二〇〇二年）に再録されたものは『中国古代国家と東アジア世界』所収論文を底本としている。西嶋定生著・李成市編『古代東アジア世界と日本』（岩波書店、二〇〇〇年）も同様であるが、さらに編者注が附されている。

3 このほか、東アジア世界に関する西嶋氏の専著として『日本歴史の国際環境』東京大学出版会、一九八五年、『邪馬台国と倭国 古代日本と東アジア』吉川弘文館、一九九四年、復刊二〇一一年、『倭国の出現　東アジア世界のなかの日本』東京大学出版会、一九九九年、がある。

注1所掲『中国古代国家と東アジア世界』に「序説――東アジア世界の形成――」と改題して収録。また、注2所掲『古代東アジア世界と日本』所収論文は、『中国古代国家と東アジア世界』を底本とし李氏の編者注を加えている。

4 西嶋氏の東アジア世界論に関係する筆者の論文等は以下の如くである。

①『西嶋定生東アジア史論集』第四巻解題（岩波書店、二〇〇二年）

②「日本から見た東アジア世界と中国から見た東アジア世界」『白山史学』第三九号、二〇〇三年。

③「東アジア世界論と冊封体制論」、田中良之・川本芳昭編『東アジア古代国家論 プロセス・モデル・アイデンティティ』すいれん舎、二〇〇六年。

④「古代東アジア研究の課題――西嶋定生・堀敏一両氏の研究に寄せて――」、専修大学社会知性開発研究センター『東アジア世界史研究センター年報』第一号、二〇〇八年。

⑤「東アジア世界論」、荒野泰典・石井正敏・村井章介編『日本の対外関係1東アジア世界の成立』所収、吉川弘文館、二〇一〇年。

⑥「古代東アジア世界論とその課題」『メトロポリタン史学』第六号、同年。

⑦「歴史からみる東アジアの国際秩序と中国　西嶋定生氏の所論に寄せて」、早稲田大学アジア研究機構編『ワセダアジアレビュー』一六、二〇一四年。

⑧「東アジア世界論の現在」『駒沢史学』第八五号、二〇一六年。

5 なお、注2所掲『邪馬台国と倭国』復刊版の拙稿「『邪馬台国と倭国』を読む」も参照されたい。
唐代では、五品以上の官を任命する時の制授告身に加えて、三品以上の官を任命する時には冊書（策書）という漢代の竹簡（策）に由来する特別の告身を授与する。親王の爵位は正一品、嗣王は従一品であり、爵位は地名を冠する点で周代以来の封建の意味を残している。従って冊封は「さくほう」と読むべきであるが、冊封は基本的に明清時代の用語であり、唐以前には封冊の語の用例はあっても冊封の語の用例は皆無に近い。注4所掲拙稿①「『西嶋定生東アジア史論集』第四巻解題」等参照。

6 拙稿「唐代の異民族における郡王号――契丹・奚を中心にして――」（拙著『隋唐の国際秩序と東アジア』所収、名著刊行会、二〇〇一年、初出は一九八六年）及び「唐朝より見た渤海の名分的位置」（同書所収、初出は一九九八年）参照。

7 注5所掲拙稿④「古代東アジア研究の課題」参照。

8 東アジア世界に関連する堀氏の一連の著作は以下の如くである。
①『中国と古代東アジア世界 中華的世界と諸民族』岩波書店、一九九三年。
②『律令制と東アジア世界――私の中国史学（二）』汲古書院、一九九四年。
③『東アジアのなかの古代日本』研文出版、一九九八年。
④『東アジア世界の形成――中国と周辺国家――』汲古書院、二〇〇六年。
⑤『東アジア世界の歴史』講談社学術文庫、二〇〇八年。堀氏の逝去により、本書は未完、絶筆となった。

9 例えば、卑弥呼から正始四年（二四三）に魏の朝廷に派遣されて率善中郎将の印綬を授与された掖邪狗は、倭国から魏に二回派遣された唯一の人物であるが、二四七年以降に壱与（臺与）から派遣された時の肩書は大夫・率善中郎将であり、一回目の時に授与された印綬を二回目に持参したことは明らかである。拙稿「倭人と漢字」（注6所掲拙著『隋唐の国際秩序と東アジア』所収、初出は一九九九年）参照。

10 拙稿「倭奴国王と倭国王帥升をめぐる国際環境」（『歴史読本』編集部編『ここまでわかった！卑弥呼の正体』所収、KADOKAWA新人物文庫、二〇一四年）では、後漢の初めから一〇七年の倭国王帥升の遣使に至る期間の後漢と諸外国との交渉について、主に『後漢書』本紀に即してその実態を通覧しておいた。

11 栗原朋信「漢帝国と周辺諸民族」（同氏『上代日本対外関係の研究』所収、吉川弘文館、一九七八年、初出は一九七〇年）も参照。

12 諸侯王とは諸侯としての王という意味である。周では王の下に諸侯がいるが、漢代で皇帝が最高の君主号となると、王は周の諸侯に相当する爵号となった。それが諸侯王である。

13 岡崎敬「新たに発見された『廣陵王璽』について――江蘇省邗江県甘泉二号墓――」（同氏著・春成秀爾編『古代中国の考古学』所収、第一書房、二〇〇二年、初出は一九八二年）参照。

14 近年では石川日出志氏が蛇鈕印の史料を精力的に集めているが、その専論は発表していないようである。

15 渡辺恵理「前漢における蛮夷印制の形成――『有漢言章』の印文に関する一考察――」『古代文化』第四六巻第二号、一九九四年、参照。

16 阿部幸信「皇帝六璽の成立」『中國出土資料研究』第八号、二〇〇四年、参照。

17 紀元前一八〇年の前漢の文帝の即位に際し、代王の身分で長安に赴いた文帝に対して陳平らは皇帝位に即くことを懇請し、文帝は彼等が奉じた天子の璽符を受けて長安の代王邸で天子位に即き、天子の法駕で迎えられて即日未央宮に入り、その後は皇帝として種々の措置を講じている（『史記』孝文本紀。『漢書』文帝紀もほぼ同様）。即ち、文帝の天子即位は未央宮に入って皇帝として天下に君臨する前段階として必要だったのであり、この事実は少なくとも文帝即位時には皇帝と区別された天子号と天子璽とが存在していたことを明示している。

18 この文書の解釈は、拙稿「隋唐交代と東アジア」（注6所掲拙著『隋唐の国際秩序と東アジア』所収、初出は一九九二年）で述べておいた。

19 徒跣《はだし》の倭国使図のあることで知られる「梁職貢図」について、従来知られていなかった諸国の題記も収録した「清張庚諸番職貢図巻」のあることが、二〇一一年に趙燦鵬氏によって紹介された（「南朝梁元帝《職貢図》題記佚文的新発現」『文史』二〇一一年第一輯）。その中の胡蜜檀国の上表文の冒頭に「揚州（建康のこと）天子、日出処大国」とあり、倭国の「日出処天子」に類似した表現のあることが注目される。こうした梁職貢図の新たに紹介された題記に基づいて、当時の中国を中心とした国際秩序について再考したものに鈴木靖民「東部ユーラシア世界史と東アジア世界史――梁の国際関係・国際秩序・国際意識を中心として――」（鈴木靖民・金子修一編『梁職貢図と東部ユーラシア世界』勉誠出版、二〇一四年）がある。同書所収の拙稿「北朝の国書」も参照。また、鈴木氏には近刊の「東部ユーラシア世界と東アジア世界――構造と展開」（同氏『古代日本の東アジア交流史』所収、勉誠出版、二〇一六年、初出は二〇一五年）もある。

20 拙著『中国古代皇帝祭祀の研究』（岩波書店、二〇〇六年）序章「皇帝支配と皇帝祭祀――唐代の大祀・中祀・小祀をてがかりに」参照。

21　唐最後の皇帝の昭宣帝（哀帝）は天祐二年（九〇五）一一月一九日に即位後最初の南郊祀を行おうとするが、『旧唐書』巻二〇下・哀帝紀には

時哀帝以此月十九日親祠圜丘、中外百司禮儀法物已備、戊辰、宰相已下於南郊壇習儀。（時に哀帝の此の月十九日に圜丘《えんきゅう》〈円丘〉に親祠し、中外百司の禮儀法物已《すで》に備わるを以って、戊辰、宰相已下は南郊壇に於いて儀を習う）

とあって、即位後最初の大祭の場合であるが、当日の五日前の一一月一四日戊辰に円丘の親祠の予行演習の行われていることが確認できる。因みに、昭宣帝の即位後最初の南郊祀は三度企画されたが、その都度朱全忠の妨害で延期され、結局昭宣帝は南郊の親祠を行わないままに朱全忠に殺された。注20所掲拙著『中国古代皇帝祭祀の研究』第七章「唐代における郊祀・宗廟の運用・三唐後期・12哀帝（昭宣帝）」参照。

22　中国社会科学院考古研究所西安唐城工作隊「陝西西安唐長安城圜丘遺趾的発掘」『考古』二〇〇七年第七期。

23　『礼記』王制に

天子七廟、三昭三穆、与大祖之廟而七。諸侯五廟、二昭二穆、与大祖之廟而五。大夫三廟、一昭一穆、与大祖之廟而三。士一廟、庶人祭於寢。（天子は七廟、三昭三穆、大祖之廟と与《とも》に七。諸侯は五廟、二昭二穆、大祖之廟と与に五。大夫は三廟、一昭一穆、大祖之廟と与に三。士は一廟、庶人は寝に祭る）

とある。

24　金子修一主編『大唐元陵儀注新釈』（汲古書院、二〇一三年）〔28〕『通典』巻八七・礼四七・凶礼九・喪制之五「祔祭」参照。各廟室に屋根のあることについては、拙稿「玄宗の祭祀と則天武后」（古瀬奈津子編『東アジアの礼・儀式と支配構造』所収、吉川弘文館、二〇一六年）参照。

25　拙稿「読『旧唐書』巻二五・巻二六礼儀志「宗廟」箚記」（『國學院大學大學院紀要――文学研究科』第四三輯、二〇一二年）参照。

26　注20所掲拙著『中国古代皇帝祭祀の研究』第七章及び拙稿「唐朝と皇帝祭祀――その制度と現実――」（『歴史評論』七二〇号、二〇一〇年）参照。

万葉集時代の古代宮廷情勢
――大伴氏・藤原氏決裂の分岐点――

松尾　光

一　問題の所在

かつて竹内理三氏は「八世紀に於ける大伴的と藤原的――大土地所有の進展をめぐって」[注1]において、藤間生大氏によって唱導された律令体制における二元性、即ち律令体制によって表現されている古代国家には、豪族と貴族、家父長と行政官、政治家と官僚、古代家族と封禄等々、あらゆる意味において二元的なものが含まれており、豪族・家父長・政治家・古代家族を代表する勢力として大伴氏が存在し、これに対して、貴族・行政官・官僚・封禄的なもの――即ち律令体制を発展させ、それによって自己の政治的地位を確立しようとするものとして藤原氏があり、この両者の具体的な相剋として古代政治を理解しようという見解は、……歴史における権力の機能についてかなり重要性をみとめる筆者にとっては、矢張り捨て去り難き一見解と考えるのである。

と述べられた。この竹内氏の「捨て去り難き」思いは多くの人たちの支持をうけ、筆者もその思いに長く共感し影響されてきた。

そう思うのも、無理はない。

天平勝宝八歳（七五六）五月十日に、出雲国守の大伴古慈斐と内豎の淡海三船が「朝廷を誹謗し、人臣の礼无きに坐せられ」（『続日本紀』〔新訂増補国史大系本〕天平勝宝八歳五月癸亥条）て、左右の衛士府に拘禁される事件が起きた。逮捕された理由は明瞭でないが、河内の堀江から帰京した聖武上皇が四月半ばに不予となり、伊勢大神宮・八幡大神宮に病気平癒を祈願するも、五月二日には帰らぬ人となった。大きな権力を保持していた上皇の死。これからどうなるかについて、飛び交う予測と思惑。こうした政界事情にかかわって不用意な発言を交わしたのか、あるいは用意周到な物言いだったのがことさらに曲解されて、この二人が血祭りにあげられたのか。おそらく、死没当日に発表された遺詔で聖武上皇は「中務卿従四位上道祖王を以て皇太子と為」（同上書天平勝宝八歳五月乙卯条）したが、「道祖王が孝謙天皇の皇太子として妥当だろうか」とか「群臣たちの、とくに政府上層部の諒解が得られるだろうか」「これからさき、何か一悶着あるのではないか」など先行きについての不安を口にした、というような嫌疑だろう。もっとも『万葉集』（日本古典文学全集本）の「族を喩す歌一首」の左注によれば、「右、淡海真人三船の讒言に縁りて、出雲守大伴古志慈斐宿禰、任を解かる。ここを以て家持この歌を作る」（巻二十・四四六五）とある。つまりはじめに逮捕されたのは淡海三船で、三船があらぬことを供述したために古慈斐が巻き込まれて拘禁されたらしい。その経緯はどうであれ、三日後には孝謙天皇の詔により両者とも放免されている。だからそもそも微罪であって、天皇への反逆とか社会不安を煽ったという大それた罪状でもなかった。とはいえ翌年三月末、道祖王は孝謙天皇らの画策で皇太子の座を逐われている。やはり何か起こるとの不安は的中した。いや、余りにも露骨な廃太子への画策がなされたのだ。つまり大伴古慈斐と淡海三船の懸念は、まさにその通りだったのである。

こうした懸念を古慈斐らが口にしていたことに対し、大伴氏の氏上というべき家持はどう振る舞い、何といったか。

あきづ島　大和の国の　橿原の　畝傍の宮に　宮柱　太知り立てて　天の下　知らしめしける　天皇の　天の日継と　継ぎて来る　君の御代御代　隠さはぬ　明き心を　皇辺に　極め尽くして　仕へ来る　祖の職と
　言立てて

といい、神の末裔である天皇に清廉な曇りのない心を捧げ尽くしてきた譜代の職にあると自分の立場を描き出す。そして、

あたらしき　清きその名そ　おぼろかに　心思ひて　空言も　祖の名絶つな　大伴の氏と名に負へる　ますらをの伴　（巻二十・四四六五）

として、先祖から受け継いでいる名誉ある清い氏名を軽はずみな行為で絶やすことのないよう説得した。

三船のした行為が讒言なのなら、古慈斐への讒謗を明らかにした上で、抗議して冤罪を晴らしてやるべきだ。讒言で族員がありもしない罪に問われているのに、その現実を覆すための具体的行動を起こそうとする気概が感じられない。「空言も（作りごとでも）」という表現に悔しさが読み取れるとしても、「清きその名」「祖の名」「祖の職」をただ清く守り抜こうとする後ろ向きな姿勢では、受けて立って相手に打ち克つどころか、新鋭の律令貴族・藤原氏の鋭鋒を躱すことすらできまい。

旧氏族のそうした懐旧するばかりの後ろ向きで保守的な体質を見抜かれて、橘奈良麻呂の変では光明皇太后・孝謙天皇側にそこを付け込まれた。

天平勝宝九年（七五七）七月、参議・橘奈良麻呂は光明皇太后・孝謙天皇・藤原仲麻呂を相手とする軍事クーデタを決行しようとしていた。紫微中台を設置してそこから八省を動かし、ほんらいの太政官政治機構の系列をこ

とさらに無視する光明皇太后。光明皇太后に操られるがまま、聖武天皇の遺詔を蔑ろにして皇太子をすり替えた孝謙天皇。光明皇太后・孝謙天皇の寵愛を後ろ盾にして紫微内相となり、左大臣にあった父・橘諸兄の権力を取り上げて律令政治を混乱させている藤原仲麻呂。それに与党するものどもを政界から一掃するため、奈良麻呂は立ち上がろうとしていた。しかし計画は杜撰で、仲間を糾合するために声を掛ければ掛けるほど、その計画の情報は大小となく漏れていった。

そうしたなか、光明皇太后・孝謙天皇もさすがにその事態の尋常でないことに気づき、このクーデタ計画を中止するよう呼びかけた。

七月二日、孝謙天皇は詔して「今宣く頃者王等の中に無礼く逆在る人とも在りて計けらく大宮を将囲と云ひて私に兵備ふと聞看て」といいまた「雖然一事を数人重ねて奏し賜へば」という状態で、当時孝謙天皇が起居していた田村宮を囲む大規模な挙兵計画があることまでうすうすどころかすでに明瞭に察知している、と表明した。このあと続いて光明皇太后は右大臣（藤原豊成）已下群臣を招じ入れて懇々と軽挙妄動しないよう諭すのだが、そのなかで「大伴・佐伯宿祢等は自遠天皇御世内の兵と為て仕奉来。又大伴宿祢等吾族にも在り。諸同心に為て皇朝を助仕奉む時に如是醜事者聞えじ。汝たちの不能に依てし如是在らし。諸以明清心皇朝を助仕奉れと宣」（『続日本紀』天平宝字元年七月戊辰条）とあり、名指しで大伴・佐伯の二氏の関与を詰っている。つまりすでに首謀者・参画者も割り出していることを表明した。そのときに大伴・佐伯が気にし「剣大刀　いよよ研ぐべし　古ゆ　さやけく負ひて　来にしその名そ」（巻二十・四四六六）と自覚している大王を守る任務を強調し、「皇朝を助仕奉む時に如是醜事者聞えじ」と心を抉ったのである。彼らが気にしている。だからこそ、それをことさらに抉って見せた。「お前らは宮廷での大王の守護人だろう」「その負ってきた名誉ある地位を棄て、大王を守るために研ぎすましてきた剣大刀を護持すべき天皇に向けられるのか」と。大伴氏・佐伯氏の宮廷でかつての本務を持ち出し、旧氏族ゆえにそれを心の支えとしまた誇りとこだわりをもっているからこそ、それを突いたのである。旧氏族の急所だったから、奈良麻呂の暴挙への荷担が正史に記されるのは堪えられないであろう、と。

旧氏族の共通の敵は藤原氏で、『大鏡』（日本古典文学大系本）第五巻（藤氏物語）には、「紀氏の人のいひける」として「藤かゝりぬる木は、かれぬるものなり。いまぞ紀氏はうせなんずる」（二三〇頁）とあり、藤原（葛）が紀（木）の上に覆い被さって紀氏を枯死させると予言するくだりがある。続けて「まことにこそしかはべれ」とあるように、歴史展開から顧みれば、その通りと納得できる。紀氏も大伴氏も同体質の氏族であり、異質の律令貴族である藤原が絡みついて旧氏族を滅ぼした。そういう物言いの正しさは、事実が証明している。

そもそも藤原氏は氏族であるかどうかすらさだかでないが、律令制度を前提にした官僚・律令貴族として制度内の要職を占めつつ巧みに政権を牛耳った。竹内氏のいう「貴族・行政官・官僚・封禄的なもの——即ち律令体制を発展させ、それによって自己の政治的地位を確立しようとするものとして藤原氏」は、部民を基礎にした氏族という実体を持たないがために、中臣連氏と中臣部を棄て、それとは分離した律令制度に寄生する官僚氏族として誕生した。そして律令制度上の政治権力の源泉が天皇にあることを察知し、それにただひたすら喰らいつき、ついには権力を代行する立場を固めた。大伴氏など伝統的な業務を己が誇りとする旧氏族とは成立事情からして相容れぬ、新興貴族。基礎のない浮薄な一族と蔑みながらも、現実生活では彼らの風下に立ち彼らの力に屈している大伴氏の現実。そうした日々の鬱憤を思うから、大伴的・藤原的に象徴される新旧二者の対立をある種の同情心をもって語ろうとするのである。

だが、ほんとうにそうなのだろうか。

筆者は、かつて「大伴家持が、なぜ度重ねて求められたはずのクーデタへの参加をためらったのか」の理由を「大伴家持のためらい——古麻呂との袂別」として高岡市五十里西公民館で述べたことがある。[注2]内容としては、家持が律令制度の国家機構を熟知していて、安易な反乱では国家転覆など不可能と弁えていた、と結論した。藤原氏が律令貴族として成立したという理解は理解しやすいが少なからず疑問だし、律令貴族も二世代続けば大伴氏なども藤原氏に倣って律令貴族化すると思うからだ。その思いが拭えない。そうでなければ、あまりに愚かすぎて、哀しすぎるだろう。そこで本稿では、大伴氏と藤原氏の関係が新旧勢力の鬩ぎ合いといえるのかどうか。何を問題にして対立に至るのか、をあらためて検討してみたいと思う。

検討の基礎作業として、『続日本紀』が記す文武天皇元年（六九七）から延暦十年（七九一）までの九十五年間にわたり、五位以上の官人がどういう官職についてきたかを一覧することとし、任官記録の補完のために『公卿補任』（新訂増補国史大系本）『国司補任』（続群書類従完成会本）の記事を用いた。年内の人事異動が複数回あったり新旧の交代などで一官職に三～四人の名が並ぶこともあり、また同年内でも橘奈良麻呂の変・藤原仲麻呂の乱など特定事件の前後で列を分けたため、エクセルで八八〇行×一〇〇列の巨大な表となった。これを基礎資料として掲げることは紙幅の関係でできないが、この一覧表をもとにして、藤原氏と大伴氏など他氏との関係を検討していきたいと思う。

二　藤原氏の人事

「藤原氏の視座から大伴氏など旧氏族への対応を観察する」形とするため、第一期を藤原不比等政権／養老四年まで、第二期を藤原四子政権／天平九年まで、第三期を藤原豊成政権／天平二十年まで、第四期を光明皇后・藤原仲麻呂政権／天平宝字八年まで、第五期を藤原永手・良継政権／宝亀八年まで、第六期を藤原魚名・是公政権／延暦十年まで、の六期に大雑把に区分した。

その第一期は、藤原不比等が権力を振るった時期である。

この時期の藤原氏には不比等以外の人物がいないので、廟堂人事としてはいわゆる旧氏族と肩を並べる形となっている。大宝元年（七〇一）三月の新制移行時にさいしては多治比嶋（左大臣）・阿倍御主人（右大臣）・石上［物部］麻呂・紀麻呂（以上大納言）の陣容で、不比等は大納言であった。

このとき、すでに中納言にいた大伴安麻呂は、大宝令施行で中納言が廃されたために官職を失い、散位とされている。ついで慶雲二年（七〇五）四月の格で「官員令に依るに、大納言は四人たり。職掌は既に大臣に比し、官位は亦諸卿を超ゆ。朕、顧念に、任重く事密にして、員を充たすには満たし難からむ。宜しく二員を廃省し、両人に為し定め、更に中納言三人を置かむ」として大納言二人・中納言三人と改定された。これにより大納言は不比等・紀麻呂で、中納言が粟田真人・高向麻呂・阿倍宿奈麻呂となった。この改制がなければ、大伴安麻呂はそのとき従三位で、従二位の不比等・従三位の紀麻呂につぐ地位にあった。だから、三人目の大納言になれたはずであった。ところが突然定員枠が狭められたために大納言となれず、正従四位相当の中納言では位階に対して官職が低すぎるため、結局またぞろ散位となった。

この経緯を見れば、不比等が大伴氏を狙い撃ちして二度も追い落としたといえなくない。しかし大局として見れば、議政官の定員は大宝令制で大納言以上が五人だったのが、中納言以上が六人となり、つまり増員となっている。のちのことだが、不比等は左大臣・石上麻呂が霊亀三年（七一七）三月に死没したあと養老四年（七二〇）八月の死没時までついに左大臣に進まず、右大臣に留まった。そのため、定員通りに詰めてくれれば議政官になるはずだった人（長屋王か多治比池守）の昇進が阻まれている。不比等は、そうした姑息なことまでして議政官としての実績を持つ氏族を少なくしようと腐心していた、といわれている。[注3] そういう見方があったのなら、将来の敵対勢力となりうる議政官の人員を増やす改制は不比等の思いにそったものともいえず、かならずしも藤原氏だけの利害による策ともいえまい。[注4] 純粋に執政上の必要性から増員を提案したのなら、その経過措置での行き違いは大伴氏への狙い撃ちとまではいえない。三ヶ月後の紀麻呂の死没こそ予測できなかっただろうが、大宝元年の中納言失職については石上麻呂が早晩左大臣に上がるまでの短期的な経過措置だった、と見なすべきだろう。

ところで、この時期の不比等の権勢の大きさを物語るものとして、その権力を振るって一氏一代表制を破ったとする理解がある。具体的には次男の房前をいち早く参議とし、長男の武智麻呂とともに一氏から二人の議政官を出す体制作りに成功した。これは彼の絶大なる権力をもってしかできない暴挙か快挙であったとみなされている。[注5]

この解釈は、はたして妥当なのか。不比等の権力が異常に大きかったという思い込みが前提的に働いていないか。

養老元年十月、藤原房前はたしかに参議となった。『続日本紀』養老元年十月丁亥条には「従四位下藤原朝臣房前を以て、朝政に参議せしむ」とある。これによって朝廷の政事に参加し、つまり議政官になった。だが大宝令施行前の政界では、いわゆる大夫制度の政治的慣習が伝統的にあり、朝廷政治に関わるのは一氏族について代表者が一人であった。蘇我氏の全盛期でも、馬子と蝦夷が並立したり、蝦夷と入鹿が同席したりすることはなかった。それが、不比等の晩年になって、左大臣・石上麻呂もいなくなって頭を抑える者がいなくなった時点で、ついに藤原氏から二名の議政官を出すようになった。これは不比等が権力を振りかざした暴挙としかいえない。不比等からすれば、朝庭は各氏族から数氏族を選んで、その氏族を代表する者一名が氏族の利害を代弁したり、国政・外交を審議する。あるいは大王と氏族または氏族間の利害を調整し、国政・外交を論議する場所である。だが、律令制下においては、すでに冠位十二階からその趣意が明示されているように人事の原則は政治家個人の執務能力・政策構想力が評価の基準である。おのおのすぐれた政務業績をあげてきた個人が知恵を出し合って国政・外交を決定する。氏族の利害を代表する者たちの集まりではない。そういう政治機構・官僚制度の建前・趣意を力説し、巻き起こるはずの反発・反論は天皇の寵愛・信頼を後ろ盾として培われた権力でねじ伏せ、ついに空前で異例の藤原氏の二人目の議政官を送り込んだ。律令貴族たる藤原氏の面目躍如というべき結節点・転換点というべき大事件である。これ以降藤原氏の議政官が増大し、奈良末期には議政官の大半が藤原氏になっていく。その扉をこじ開けたのが、次男・房前の参議朝政であった。おおよそこのような理解だと思う。

だが房前は、参議朝政となったあと、その死没時まで参議のままである。そこで、この事態について、さまざまな説明がなされている。議政官にいち早くなったのは、不比等の眼からあるいは元明上皇の眼からみて長男の武智麻呂より房前の方が有能に思えたからだ。いや武智麻呂は『藤氏家伝』（寧楽遺文本）下巻に「幼くして其の母を喪ひ、血泣摧け残る。漿口に入らず、幾将に性を滅せむとす。茲自り尫弱にして、趣に進み、病を饒はす」（八八二頁）と記されているので、将来的な展望の立ちがたい武智麻呂が嫡子から外され、房前に期待が集まってはやく登庸されたのだ。こうした房前像は、元明女帝の病床に長屋王と房前だけが呼ばれ、そこで内臣に任じられて帝業輔翼を託されたことで裏打ちされる。[注6]ところが不比等の没後に武智麻呂側が盛り返し、たとえば長屋王の変でも武智麻呂・宇合・麻呂は協力したが、房前は誣告冤罪の捏造事件の実行部隊から排除された。つまり武智麻呂と房前が兄弟で氏上・嫡子の座を争って闘い、敗れた房前の出世が止められた、などと臆測されていくわけである。[注7]

ところが一覧表を眺めていると、その理解のままでいいのかはなはだ疑わしい。

参議に留められたのは房前だけでない。天平三年（七三一）八月に参議となった三男の宇合も、その後六年間参議のままである。同じく天平三年八月に参議となった麻呂も参議に据え置かれている。武智麻呂・宇合・麻呂の三兄弟が結束し、特別視されていた房前だけがやっかまれて除け者となったというのなら、そういうこともあるだろう。だが除け者にしている側の宇合・麻呂も参議の線から上に出られていない。

宇合・麻呂が上がりたくとも、上位者の役職に空席が生じなかったからだろうか。いや、そうでない。阿倍廣庭は養老六年二月に参議になり、五年前に参議となっていた房前に並んだ。ついで神亀四年十月、中納言に昇っている。房前はあいている中納言になれず、後から任じられた廣庭に追い抜かれた。この話は、房前だけでない。天平三年八月に宇合・麻呂兄弟も多治比県守とともに諸司の推挙を受けて参議になっているが、藤原氏は三人とも参議に据え置かれ、県守だけが天平四年正月に中納言に昇った。中納言になれる空席が生じても、三人とも中納言に進まない。

筆者のいいたいことは、何か。

それは第一期でも第二期でも、藤原氏は参議にこそ最大三人を送り込んだが、中納言以上の議政官となれば藤原氏からはつねに一人しか出していない。つまりこの範囲では、一氏一代表制度は相変わらず維持されているのである。

阿倍廣庭は、養老四年正月に大納言・阿倍宿奈麻呂が死没したのを受け、その七年後にいわば阿倍氏枠を埋める形で中納言に昇った。多治比県守も、大納言・多治比池守が天平二年九月に死没し、二年後に中納言となって多治比氏枠を埋める。この県守が天平九年に死没すると、参議にいた多治比広成が中納言に入る。多治比氏も、一度に二名が中納言以上になることはなく、中納言以上の人が死没するとその枠を埋めるように中納言に昇る。

つまり藤原氏も、不比等が右大臣にいるときには、房前は参議から上がれない。もし房前が中納言に上がれば、武智麻呂は参議止まりとなる。当初から武智麻呂が嫡子と見做されていたのなら、房前の参議止まりは当然で、たった一つしかない中納言已上の藤原氏枠には武智麻呂だけが入りうる。房前と武智麻呂の仲が悪いとか「房前」対「武智麻呂・宇合・麻呂」の対決的な構図を描かなくとも、もともと最初から嫡子枠は武智麻呂分の一つしかなかった。そう解けばよい。そういう一氏一代表（一氏に一枠）の原則は、中納言已上という範囲で現にしかも頑強に生きている。不比等は廟堂における一氏一代表の慣習を、その権力の大きさに任せて打ち破っていたわけでない。第一期・第二期において、中納言已上の世界でそういう原則がなお貫かれていたのである。[注8]

もっとも、参議とは朝政に参議することであって、議政官の枠内に入っている。つまり一氏二代表あるいは四子が全員参議已上となった時点では、一氏から四代表が出たことになっている。中納言已上という中途半端なところを範囲として区切ることに同意できないという見方もなおあろう。

だが参議が中納言に行くための一階梯でしかなかったのならば、前任の参議が中納言になぜ上がれなかったのか。藤原氏の参議に限ってどうして第三期まで中納言に上がれないのか、合理的に説明できない。もちろん本人の能力が劣っていて、中納言以上の職責に堪えられなければ昇進はさせられまい。だが、足かけ二十一年も参議を務めた房前はそれほどに劣っていたのか。宇合・麻呂は、多治比県守に出し抜かれるほど見劣りする政治家だったのか。それとも廣庭・県守は、房前らより、よほど優れた実績を持っていたのか。その事情を詮索するより、「一氏一枠」の制度通念が正官でない参議には適用されず、中納言已上にはなお働いていたと考える方が理解しやすいだろう。[注9]

またもともと参議という官職の作られ方にも、官僚世界としては不可解に思える経緯がある。五位以上の貴族の人事権は、周知のごとく天皇にある。貴族の人事にあたっては、上日のみ記し、昇進案は記されない。藤原仲麻呂のように何年でどれくらい上げようと、大伴家持のように二十一年間昇進させないでいようと、人事権者である天皇の胸先三寸である。それに見合う官職の人事も、また天皇（もしくは天皇の権限代行者）の自由意思である。そのはずだ。

ところが、参議任命のあり方は、すこしく異なっている。

まず房前は参議という官職に任命されたのでなく、朝政に参議するように命ぜられた。記事の雰囲気からすれば、仕事ではあっても、当初は正式な官職でなかったかのようである。さらに『続日本紀』天平元年二月辛未条によると、長屋王の変の報に接し、糾問前に「大宰大弐正四位上多治比真人県守、左大弁正四位上石川朝臣石足、弾正尹従四位下大伴道足を以て、権に参議と為す」とあり、天平三年八月辛巳条では「諸司の主典已上を内裏に引き入れ、一品舎人親王、勅を宣りて云ふ、執事の卿等、或は薨逝し、或は老病にして理務に堪へず。宜しく知る所の務めを済すに堪ふ可き者を挙すべし、と」とある。つまり諸司の主典已上の者に議政官となるべき人を推挙させた。だがこの人事について、その見方を改めるべきでないか。というのも為政者は、持っている権限を制限されること、まして奪われることなど極端に嫌う。たとえば天平十六年閏正月一日、紫香楽宮を造営しながら六位已下までという広範囲の官人に都を「恭仁・難波の二京、何れをか定めて都と為む。各々其の志を言へ」と問い、四日には巨勢奈弖麻呂・藤原仲麻呂を遣わして「市に就きて京を定るの事を問はし」めた。官人は「恭仁京の便宜を陳る者は、五位已上廿四人、六位已下百五十七人、六位已下百五十七人。難波京の便宜を陳る者は、五位已上廿三人、六位已下一百卅人」と半々だったが、市人は「皆恭仁京を以て都と為むことを願ふ。但し難波を願ふ者一人、平城を願ふ者一人有り」（『続日本紀』）となった。いずれの結果も難波京を是としたのに、決定はそのどちらでもなく事実上紫香楽宮のままであった。その後、難波京に遷るようにも見えたが、これは聖武天皇と元正女帝・橘諸兄との見解の食い違いか連絡の齟齬かもしれない。何れにせよ、結局は紫香楽宮から平城京へと遷った。つまり恭仁京を望んだ官人・市人の意見は無視されている。意見を聞き取りはしても、その通りに従いはしない。決定は誰かに左右されたくない。一度でも彼らのいうままにしたら、次からも彼らの意見に従う例ができる。「自分では分からない・決めがたいから、誰か推挙してほしい。推挙された者を任命する」と一度認め、官人に推挙された者をそのまま参議にしたら、持っていた人事権をみずから棄てることになる。

人事に人事担当者以外の人を介入させてはならず、とくに最終決定権を渡してはならない。誰が適任者か分からなくても、分からないといわずに人事を行なう。それを放棄したかのように推挙を求めているのは、参議という職が、人事権者にとって中納言以上の議政官への任命とは異なる地位・官職だったからであろう。すなわちこのころの参議は議政官の見習いの位置にあって、正式な議政官と見做されていない。参議に任命することで、彼らの意見を聞き取りはするが、いわゆる大夫層としての権利まで認めはしない。この地位は当初いわば政府の諮問委員会委員であり、やがて議政官に入る前の見習い、実習生となったのだ。中納言已上の大夫層は、だからなお一氏一代表制を温存していた。参議は諸司主典已上の者に推挙させても、実権者でないものに介入させても、中納言已上は人事権保有者が好きなように任命する。中納言已上の、本来の議政官については、誰にも介入させないし容喙させせない。

そうなると正式な中納言已上にあった一氏一代表の原則がほんとうに崩されたといえるのは、天平二十一年四月に大納言・藤原豊成（南家）が右大臣に昇ったところで、天平勝宝元年七月に実弟・仲麻呂が大納言に上がった。そのときが、はじめとなる。これは光明皇后が紫微中台に拠って国政の実権を掌握したときで、光明皇后は紫微令・紫微内相の仲麻呂を手足とした。手足として使うためには、藤原氏でも一人に限るという原則を破らなければならなかった。またそういう力量を持っていた時期である。そしてこれ以降は、仲麻呂の与党となった藤原永手（北家）が天平勝宝八年五月に権中納言となり、翌年の豊成失脚とともに正官の中納言となる。ここからは藤原氏から二人・三人と送り込まれるようになり、かつての一氏一代表の原則はまったく顧みられなくなる。つまり原則が破られたのは不比等によってでなく、光明皇后の力づくの人事によるものだった。そう考えるべきなのだ。

三　大伴氏への人事

さてこうしたなかで、大伴氏についての人事はどうなっていたか。

視野を拡げて俯瞰すると、大宝元年から延暦十年までの九十一年間で、藤原氏が中納言已上に誰もいなかったのは天平十年〜十四年までの五年間だけ。これに対して大伴氏は中納言已上にいたのが二十九年間で、だれも送り込めなかったのが六十二年間に及ぶ。筆者が政府諮問委員会委員・議政官見習いと考える参議已上だと、藤原氏は一年も途切れることなく人を送り続けた。大伴氏もおおむね送り込めているが、天平宝字三年から宝亀五年までの十六年、宝亀八年、延暦五年〜八年の四年の合わせて二十一年間は参議已上に人が入っていない。

個別に見ると、大伴安麻呂は大宝元年三月に大宝令施行にともなって中納言から散位となったが、慶雲二年八月から和銅七年五月の死没まで大納言であった。その三年後の養老二年三月に大伴旅人が参議を歴ずに中納言となり、天平二年十月から三年七月の死没まで大納言を務めた。この死没で欠けた穴を埋めるように、天平三年八月に大伴道足が参議になる。道足は参議のままで天平十三年に死没するが、天平十二年にすでに大伴牛養が参議となっており、大伴氏の一枠は格下の参議だが承け継がれている。またもし参議が正当な議政官だったというなら、天平十二年には藤原氏に代わって大伴氏が一氏二代表の特段の地位を得ていたことになってしまう。牛養は天平二十一年四月に中納言に昇るが、惜しくも三ヶ月後の閏五月に死没してしまった。牛養の死没を承けて、このあとすぐに大伴兄麻呂が参議となって大伴氏「枠」を埋めた。これが天平宝字二年まで続くが、彼は謀反の容疑で失脚してしまう。ここから議政官を送れない十六年間の空白があって、宝亀六年九月に大伴駿河麻呂が参議となるが、わずか半年後の翌年三月に死没。宝亀八年には参議となりうる従三位にあった大伴古慈斐が死没している。それでも宝亀九年九月には大伴伯麻呂が参議となって、大伴氏の枠を受け継いだ。宝亀十一年二月には大伴氏氏上の家持が参議に昇り、天応二年正月までともに参議のまま併走した。家持は翌延暦二年参議に復し、同年七月から死没する延暦三年八月まで中納言となっていた。

これを纏めれば、大伴氏はおおむね参議已上の大伴氏「枠」を維持し、中納言已上もいますこし寿命があれば手の届く位置を占めていた。このなかで十六年間の空白を生じているのは、天平宝字二年七月の橘奈良麻呂の変に荷担したせいである。それでも光仁・桓武朝には一枠が復活しているので、藤原氏からすればつねに議政官を出す家と接遇してきたとみてよいであろう。

この傾向は、多治比氏にも見られる。多治比池守は、大伴旅人とともに養老二年三月に参議を歴ずに中納言となり、養老五年正月から天平二年九月の死没まで大納言にいた。池守の死没を承けて、天平三年八月に多治比県守が民部卿から参議に昇り、翌四年正月から天平九年六月の死没まで中納言を務めた。さらに死没した県守にかわって、多治比広成が間をおくことなく天平九年九月に参議ついで中納言となり、十一年四月に死没した。中納言就任後に相次いで数年で死没したために、これを継げる人が育っていなかったか、八年の空白が生じた。そして多治比広足が天平二十年三月に参議となって多治比氏「枠」を回復し、はやばやと天平二十一年七月には中納言になったが、天平宝字元年八月に免官となっている。広足は天平宝字四年正月に八十歳で死没しているが、まだ三年は存命していた。これは橘奈良麻呂の乱に多治比氏の多数の氏族員が関与し、氏長として同族を教導できなかった責任を問われたものである。多治比土作が宝亀元年七月に治部卿から参議となって回復したものの、翌二年六月に死没。多治比氏は議政官を送り込めなくなり、多治比氏「枠」が一覧表からは消える。

なお参議已上の広義の議政官につけるかどうかは、急死や候補者の年齢などの偶然性にも左右される。それでは結果論となるかもしれないので、いちおう念のため議政官予備軍の状態も見ておこうと思う。

参議已上には八省卿や弁官を経験する人が多いので、そのあとを追ってみる。

参議已上で中務卿を経験していることが知られるのは、小野毛野・大伴旅人・多治比県守・藤原房前・藤原豊成・石上乙麻呂・藤原八束・阿倍佐美麻呂（沙弥麻呂）・塩焼王（氷上塩焼）の九人。卿になったのに議政官とならなかったのは三原王（天平勝宝元年～四年。天平勝宝四年死没）・栗栖王（天平勝宝五年。同年死没）・道祖王（天平勝宝八歳）・船親王（天平宝字四年）の四人で、いずれも王族であった。

同じく式部卿を経験していることが知られるのは、大伴安麻呂・下毛野古麻呂・長屋王・藤原武智麻呂・藤原宇合・多治比広成・鈴鹿王・大伴牛養・藤原仲麻呂・藤原永手・石川年足・塩焼王・藤原真楯・藤原宿奈麻呂（良継）・石上宅嗣・藤原百川・藤原是公・藤原種継・紀船守の十九人。卿になったのに議政官とならなかったのは、巨勢太益須（慶雲三年。和銅三年六月死没）一人だけである。

同じく治部卿を経験していることが知られるのは、石川石足・石上乙麻呂・藤原八束・文室珍努（智努王）・藤原弟貞（山背王）・藤原真楯・多治比土作・文室大市（大市王）・藤原家依・壱志濃王の十人。卿になったのに議政官とならなかったのは、弥努王（和銅元年）・安八万王（和銅元年）・坂合部王（養老五年）・門部王（天平三年）・茅野王（天平十一年）・三原王（天平十二年）・安宿王（天平十八年）の七人である。

同じく民部卿を経験していることが知られるのは、巨勢麻呂・多治比池守・藤原房前・多治比県守・巨勢奈氐麻呂・藤原仲麻呂・紀麻路・紀飯麻呂・藤原朝猟・文室大市（大市王）・藤原縄麻呂・藤原小黒麻呂・佐伯今毛人・藤原継縄の十四人。卿になったのに議政官とならなかったのは、太安麻呂（養老七年）ただ一人である。

同じく兵部卿を経験していることが知られるのは、粟田真人・大伴安麻呂・下毛野古麻呂・藤原麻呂・藤原豊成・大伴牛養・石川加美・多治比広足・石川年足・巨勢堺麻呂・藤原弟麻呂・藤原永手・和気王・藤原田麻呂・藤原宿奈麻呂・藤原蔵下麻呂・藤原継縄・藤原小黒麻呂・藤原家依・大中臣子老・石川名足・大伴潔足の二十二人。卿になったのに議政官とならなかったのは、大神安麻呂（和銅七年）・阿倍首名（霊亀元年〜神亀四年）・多治比長野（延暦七年〜八年。延暦八年死没）の三人である。

同じく刑部卿を経験していることが知られるのは、多治比広足・大市王（文室大市）・紀飯麻呂・藤原浜足（浜成）・藤原乙縄の五人。卿になったのに議政官とならなかったのは、竹田王（和銅元年）・長田王（天平十三年）・多治比占部（天平十九年）・池田王（天平宝字元年）・安都王（天平宝字七年）・百済王敬福（天平神護元年〜二年）・石川豊人（天応元年）・石川垣守（天応元年）・多治比長野（延暦二年）・淡海三船（延暦三年〜四年）の十人である。

同じく大蔵卿を経験していることが知られるのは、鈴鹿王・紀飯麻呂・文室大市・和気王・石川豊成・阿倍毛人・藤原魚名・藤原継縄・藤原浜足（浜成）・藤原楓麻呂・神王の十一人。卿になったのに議政官とならなかったのは、広瀬王（和銅元年）・大原桜井（櫻井王、天平十六年）・大原門部（門部王、天平十七年）・三原王（天平十八年）・石上息継（宝亀五年）・石川豊人（延暦七年〜九年）・藤原雄依（延暦四年）の七人である。このうちの雄依は藤原種継暗殺事件に関わって隠岐に流刑となり、失脚している。

同じく宮内卿を経験していることが知られるのは、長屋王・多治比県守（不審。多治比水守の誤りか）・阿倍広庭・藤原魚名・阿倍毛人・石川豊成・藤原継縄・大伴伯麻呂・大中臣子老の九人。卿になったのに議政官とならなかったのは、犬上王（和銅元年）・多治比水守（和銅三年〜四年）・高田王（天平七年）・石川王（天平九年〜十四年）・百済王敬福（天平勝宝二年）・藤原雄依（宝亀十一年）・石川垣守（延暦四年〜五年）・石上家成（延暦八年）の八人である。

以上の八省卿のほか、弁官からの議政官就任も見られる。

参議已上で左大弁を経験していることが知られるのは、中臣意美麻呂・巨勢麻呂・石川石足・葛城王（橘諸兄）・石上乙麻呂・巨勢奈弖麻呂・石川年足・紀飯麻呂・大伴兄麻呂・巨勢堺麻呂・阿倍嶋麻呂・大中臣清麻呂・佐伯今毛人・大伴伯麻呂・大伴家持・石川名足（不審。右大弁か）・紀古佐美の十七人。同職についたのに議政官とならなかったのは、高橋笠間（大宝元年）・多治比三宅麻呂（霊亀元年〜養老元年）・百済王敬福（天平勝宝四年）・大伴古麻呂（天平勝宝六年）の四人である。

同じく右大弁を経験していることが知られるのは、下毛野古麻呂・巨勢邑治・大伴道足・紀飯麻呂・石上乙麻呂・巨勢堺麻呂・橘奈良麻呂・阿倍沙弥麻呂・石川豊成・藤原継縄・藤原百川・石川名足・大中臣子老・紀古佐美・石川真守の十五人。同職になったのに議政官とならなかったのは、息長老（慶雲二年）・石川宮麻呂（和銅元年〜六年）・笠麻呂（養老四年）・紀男人（天平九年）・大伴犬養（天平宝字三年）・田中多太麻呂（宝亀八年）の六人である。

以上の人事を通覧してみるが、王族を除き、各氏族の動きだけに着目する。

まず中務卿・治部卿の経験者は、すべて参議已上に昇っている。式部卿の経験者では巨勢太益須が参議以上になれなかったが、民部卿・左大弁の要職にいた巨勢麻呂と競合していたせいであろう。民部卿の太安麻呂も参議已上に昇れていないが、太（多）氏は議政官氏族といえず、民部卿がむしろ破格の登庸であった。同じく大神安麻呂は同族に中納言の大三輪高市麻呂が出ているが議政官氏族としての実績は少なく、省の長官（卿）止まりの氏族とみてよい。阿倍首名はほぼ同時期に参議から中納言に進んだ阿倍広庭と競合しており、広庭に先立って死没している。多治比長野は、多治比土作が参議で死没したあとを承け、刑部卿・兵部卿を歴任して多治比氏「枠」を埋める位置に立っていた。議政官の予備軍であった、といえよう。

刑部卿・大蔵卿・宮内卿は、はやばやと藤原氏が占めた中務卿・式部卿・民部卿・兵部卿に比べると、八省の長官のなかではやや軽視されたようだ。藤原氏の人が歴任しはじめるのは、刑部卿が第五期の浜足から、大蔵卿が第五期の魚名からで、宮内卿は魚名・継縄が任じられているものの断続的である。参議已上になれなかった人たちでは、百済王敬福は渡来系氏族として破格に出世したが、これ以上はもともと望み得ない。大蔵卿の石上息継と宮内卿の石上家依は、同時期に中納言から大納言に上がっていく石上宅嗣がいて、議政官就任は一人に限られていた。大蔵卿の石川豊人と宮内卿の石川垣守も、中納言の石川名足とそれに続いた参議・石川真守と競合して予備軍に留まった。多治比水守は、同族の多治比県守と競合したようだ。また藤原雄依は上記のように種継事件に関わって、出世コースから外れたものである。

八省の長官が藤原氏に占められていくのに対して、ほかの氏族が議政官になる登竜門となったのが弁官だった。左弁官から石川・橘・石上・巨勢・紀・大伴が、右弁官から下毛野・巨勢・大伴・紀・石上・石川が参議已上に上がっている。藤原氏が弁官の制覇にかかるのは藤原継縄・田麻呂・百川・是公を配した第五期だが、結局独占に失敗している。このほかで高橋笠間・息長老・笠麻呂・百済王敬福・田中多太麻呂は、もともと議政官に達しない氏族の出身者である。多治比三宅麻呂は、多治比池守・県守の嫡流と競合して議政官入り候補から外れたのであろう。大伴古麻呂・大伴犬養の二人は、天平宝字六年に大伴家持が中務大輔となって迫っているものの、橘奈良麻呂の変に荷担しなければ、家持の昇任に先立ってどちらかが議政官となれたろう。石川宮麻呂も、議政官に石川氏（蘇我氏）がいないので、和銅六年に死没していなければ議政官になれたかもしれない。紀男人は天平十年に没しており、代わりに天平十三年に紀飯麻呂が右大弁になった。死没していなければ、男人が議政官に就いていたろう。

参議已上の議政官とその直前にいる八省の長官と左右大弁の人事を逐ってきたが、大伴氏・多治比氏など議政官に登庸されてきた名門氏族の枠は、不比等政権ののちも一貫してほぼ確保されていた。もちろん登庸されない時期もあるし、直前の状況のまま人名だけがかわっていくこともある。しかし、大伴・多治比・石川・巨勢・紀・石上などは大きく落ち込まず、議政官かその候補者となりつづけている。広く見渡せば、各氏族を代表する者がつねに議政官かその予備軍にいる。相手を藤原氏と特定して不満をぶつけなければならない不快な政治状況は、とくになかったと思う。それなのになぜ大伴氏・多治比氏などが天平末年から天平宝字年間にかけて藤原氏と対立的になり、反感を強めてクーデタに至ったのか。

それはその時期になってはじめて藤原氏だけが参議の一線を超え、中納言巳上に複数の議政官を送ったからであろう。先述の通り、参議は政府諮問委員会委員・議政官見習いのような存在、と筆者は理解する。その設置は、もともと代表的な氏族・政治勢力の力を集結させる役割を持っていた。だから人事権者も独占していた権限にかならずしもこだわらず、諸司の推挙をうけて任命することがあった。[注10] しかし諸司の推挙があればここまでであるが、本来の議政官である中納言巳上の官職には一氏一代表・氏族枠の不文律があった。それを光明皇太后が権力を握るや、五位巳上の官職についての任命権・人事権を濫用しはじめる。天平十五年五月に中納言となり天平二十年三月に大納言になった藤原豊成がすでにいたにもかかわらず、天平二十一年四月に豊成が右大臣になったところで、七月に仲麻呂を大納言に就けた。もちろん八月に仲麻呂を紫微令として国政の実権を握らせた光明皇太后の主導である。この人事が、大伴氏や多治比氏らの危機感を煽り、憤激を買ったのではないか。

天平勝宝八歳四月に橘奈良麻呂が佐伯全成に囁いたという「今天下乱れて、人心定ること無し。若し他氏の王を立つる者有らば、吾が族、徒に将に滅亡せん、と」（『続日本紀』天平宝字元年七月戊申条）とあるうちの「他氏」とは、藤原氏であろう。[注11] 他氏つまり藤原氏が天皇を擁立すると、なぜ橘氏の族が滅亡するのか。なぜこの時点でそのように思ったのか、よく考えればいささか不可解である。というのも、藤原氏が藤原氏腹の天皇を立てているのは、これからが初めてになるわけでない。文武天皇に藤原宮子が入内し、その子・首皇子（聖武天皇）が即位している。文武天皇の嬪であった石川・紀を失脚させてもいるから、不比等の後押しがあったことは十二分にわかっており、聖武天皇は藤原氏に立てられたといえる。阿倍内親王も即位していて、藤原氏は二度も「王を立つる」経験をしている。それなのに、なにをいまさら「今までは起きていないが、これからさきに起こりうる事態」であるかのように「他氏」を恐れるというのか。

もうすでに、十分そうなっていたではないか。今までにないあらたな事態が起こされるというのなら、それは光明皇太后が、擁立した孝謙天皇あるいは淳仁天皇の人事権を奪い代行して、天平二十一年に仲麻呂を氏族「枠」を無視して昇任させたことであろう。しかもさらにその七年後の天平勝宝八歳五月には藤原永手を権中納言とし、右大臣・豊成を合わせれば藤原氏だけで三人にしている。このままさらに藤原腹の天皇を擁立されて人事を藤原氏寄りに動かされ続ければ、「吾が族」だけでなくどの氏も議政官の枠を失い、公卿の座から押し出されていく。光明皇太后が執政してからの八年間は、いままでと異なって、はじめてそう思えることが続いた。そういう「はじめて」ではなかったか。

かつてのように「一氏一代表の体制は、藤原不比等の強大な権力の庇護の下に房前が参議として入ったことで崩されていた」と理解するのなら、橘奈良麻呂らはその決起のときに何が変わって危機感を懐いていたことになるのか。藤原氏との一氏一氏族の存否をめぐる闘いの決着は遠の昔についてしまったことで、不比等政権のもとで藤原四子はあいついで参議已上となっているし、四子の子たちがさらに議政官の多数派になっていこうともいまさら驚きも憤激も覚えまい。奈良麻呂も藤原氏の公卿の増大は過去の実績として聞かされ、廟堂でたくさん見てきた。そうであれば、天平勝宝年間に奈良麻呂らにあらためて危機感を懐かせる事態など見聞きしたはずもない。

つまり「一氏一代表の枠が壊されたのは、不比等による」と考えたことが間違いなのだ。藤原氏が他氏を凌駕する特別な氏となったのは、不比等のせいでも「業績」でもない。聖武天皇が引退したあとの天平勝宝年間に、光明皇太后が権勢を振るって他氏に脅威を与えつつあえて共存共栄を拒んで成し遂げた「業績」なのである。こうした暴挙（偉業か）がなされなければ、橘氏を中心として大伴氏・多治比氏などが危機感を持ったり、決起する必要などなかった。そう思う。

藤原氏が特殊に発展するのは、もとから特殊な家として成立していたからではない。天平勝宝年間から天平宝字年間にかけての光明皇太后の持つ人事権によって従来にない藤原氏に議政官二枠が与えられたとき、それを押し通せたからである。ここから掣肘されることなく、奈良後期から平安時代にかけて他を圧した大発展を遂げた。他方からみれば橘氏・大伴氏ら他の議政官氏族の反発は力及ばずに敗退し、これを許してしまったからである。橘奈良麻呂の変での敗北が、藤原氏発展と他氏没落の結節点だったのである。

四　藤原氏と大伴氏

藤原氏に対して大伴氏・多治比氏などが対決姿勢を取るのは、光明皇太后の執政からだ。そうした推論を補足し、推論と矛盾しないことを確認するため、律令政治のはじまりとともに藤原氏と他の氏族がそもそも対決的になっていたかどうかを、婚姻関係を通じて見ていきたい。

とはいえ、藤原氏以外の系譜とくに子の母や夫・妻などを明らかにするのはいまや難しい。また子をなさない場合の通婚状態の推定は困難であるし、『万葉集』の相聞歌による男女関係の推測はそれが事実なのか文学的虚構なのかの見極めもなしがたい。そうしたなかで、分かるかぎりでの追跡をしてみる。

藤原氏から見てみる。

鎌足の母は大伴智仙娘で、①不比等の母は車持国子の娘。鎌足の女子の氷上娘・五百重娘の母は不明である。不比等の男子は南北式京の四家に分かれるが、南家の②武智麻呂・北家の②房前と式家の②宇合の母は蘇我連子の娘・娼子で、京家の②麻呂だけが藤原五百重娘の所生である。不比等の娘の②宮子は賀茂小黒麻呂の娘・比売の所生、②安宿媛（光明皇后）・②多比能は県犬養橘三千代の所生と分かるが、②長娥子の母は不詳。②吉日は

②多比能と同一人物ともいうが、[注12] 確証はない。②多比能は橘諸兄に嫁ぎ、奈良麻呂を産んだ。②長娥子は長屋王に嫁ぎ、安宿王の母となっている。また②娘の一人（殿刀自か）は、大伴古志斐の妻となっている。[注13]

以下はおもに『尊卑分脈』（新訂増補国史大系本）を頼りに家別に見ていくが、不比等以降の六世代までを観察する（〇の数字は、不比等を一世代目としたときの世代目数）。⑥六世代目の母は⑤五世代目の妻妾であり、その婚姻は④四世代目のなした政略結婚と考えれば、じつは四世代目の政治的思惑の反映である。もちろんこまかくはそれぞれの人物の存命期間の確定が必要となるが、広く網をかけて六世代目までの範囲で考えれば大きな落ちはないと思う。

南家の③豊成・③仲麻呂の母は阿倍貞吉の娘・貞媛（真虎の娘、真若吉女ともいう）で、③乙麻呂の母は紀麻呂の娘。③巨勢麻呂は、小治田功麻呂の娘・阿禰娘の所生である。③豊成の妻で、④良因・④継縄・④乙縄の母は路虫麻呂の娘、④縄麻呂の母は藤原房前の娘（名は不詳）。④良因の子・⑤長道の妻で、⑥根麻呂の母は県犬養御鎮奈保の娘、同じく⑥柄麻呂の母は藤原魚名の娘である。④継縄の妻で、⑤乙叡の母は百済王明信、⑤真葛の母は伴摻世（旅人の娘か）。⑤真葛の妻で、⑥諸主・⑥氏主・⑥乙主の母は阿倍広兼の娘。④乙縄の妻で⑤清岳の母は、異母妹の善集の娘という。③仲麻呂の妻で、④訓儒麻呂の母は藤原房前の娘・袁比良古で、④真光（真先・真前・執弓）の母も房前の娘という。[注14] 同じく④刷雄・④徳壱の母は大伴犬養の娘である。④訓儒麻呂の妻で、⑤三岡の母は山慢女王である。③乙麻呂の妻で、④是公の母は石川建麻呂の娘、④許文（人）麻呂の母は橘佐為の娘・真都我。真都我は④是公に再嫁し、⑤真友・⑤雄友・⑤乙友（弟友）の母となった。⑤雄友の妻で、⑥秋常・⑥文山・⑥広河・⑥真河の母は石上宅嗣の娘で、⑥弟男・⑥弟河の母は石川恒守の娘である。⑥文山の妻には、⑦長基の母となった紀鯖丸の娘と⑦常基の母である藤原真友の娘がいる。⑥秋常の妻は、山代氏の娘という。⑥弟河も、藤原真友の娘を妻としている。③巨勢麻呂の妻で、④黒麻呂の母は山背王の娘で、④弓主の母は藤原宇合の娘、④真作・④長川・④今川・④河主の母は丹墀（多治比）作部の娘、④貞嗣の母は藤原永手の娘である。④黒麻呂の妻で、⑤春継の母は県犬養氏の女で、同じく⑤虎王の母は田辺清足の娘という。⑤春継の妻で、⑥良尚の母は坂上盛女塞長の娘とある。④弓主の子・⑤助川の妻で、⑥諸成の母は平群秋津の娘、同じく⑥広基の母は藤原今川の娘である。④真作の子・⑤村田の妻で、⑥富士麻呂・⑥達良麻呂の母は県犬養以綱の娘で、⑥富士麻呂の妻で⑦敏行の母は紀名虎の娘、⑥達良麻呂の妻で⑦房雄の母が紀宅主の娘である。⑤村田の子・⑥興世の妻で⑦滋実の母は、大中臣実阿の娘である。④真作の妻で⑤百城の母は紀雄治丸の娘か巨勢丸子かとある。同じく④真作の子・⑤三成の妻で、⑥岳守の母は藤原真夏の娘で、⑥宜行の母は飯高多人の娘。同じく④真作の子・⑤三守の妻で、⑥有統の母は橘清友の娘（安子）で、⑥有貞の母は飯高弟光の娘、⑥有方の母は坂上田村丸、⑥仲統の母は大伴長村の娘・友子である。⑥有統の妻には⑦諸葛・⑦諸藤の母である橘長嗣（永嗣）の娘、⑦諸房の母である大中臣峯子がいる。⑥仲統の妻には⑦高尚の母である橘永嗣の娘、⑦高規の母である大中臣兼取の娘がいた。⑥有方の妻には直行の母である藤原沢継の娘がいる。⑥有貞の妻には忠行の母となる紀名虎の娘、経邦・清邦の母である藤原富士麻呂の娘がいる。④今川の妻で、⑤伊勢雄・⑤真縄の母は藤原乙麻呂の娘である。④今川の子・⑤真縄の妻には、⑥真冬の母である中臣豊国の娘がいる。④貞嗣の妻で、⑤三藤・⑤常守の母は紀沙弥の娘、⑤安野・⑤高岑・⑤高仁の母は藤原諸依の娘、⑤岑人の母は多治比公成の娘または多治比人足の娘・仲子ともいう。⑤三藤の子・⑥近臣の妻は、藤原道継の娘。⑤岑人の妻には、⑥恒良の母である藤原能美の娘と⑥近代の母である藤原道永の娘がいる。⑤高仁の妻には、⑥保蔭の母となった橘氏がいる。

北家の③鳥養の母は、春日倉首老の娘といい、③永手・③真楯・③御楯の母は牟漏女王。③清河・③魚名の母は藤原房前の異母妹（姉）で、片野氏の娘かと読み取れる。③楓麻呂の母は阿波采女若子で、③女子（豊成の妻。名は不詳）・③袁比良古（仲麻呂の妻）の母は不詳。③鳥養の妻で④小黒麻呂の母は、大伴道足の娘。④小黒麻呂の妻で、⑤葛野麻呂の母は秦嶋麻呂の娘。⑤葛野麻呂の妻で、⑥常嗣の母は菅野池成の娘、⑥氏宗の母は和気清麻呂の娘である。③永手の妻で、④家依の母は藤原鳥養の娘だが、④雄依の母は良継の娘である。③真楯の妻で④内麻呂の母は阿倍帯麻呂の娘。その④内麻呂の妻で、⑤真夏・⑤冬嗣の母は百済永継で、⑤愛発の母は依当大神の娘、また⑤衛の母は藤原永手の娘であった。なお、内麻呂の娘は紀有常の妻となっている。⑤冬嗣の妻で、⑥長良・⑥良房・⑥良相の母は藤原真作の娘、⑥良仁の母は藤原嶋田麻呂の娘、⑥良世の母は大庭女王、⑥順子（文徳天皇の母）の母は藤原美都子であった。同じく⑤大津の妻で⑥良縄の母にあたるのは、紀南麻呂（または南光）の娘である。③魚名の妻で、④鷹取・④鷲取・④末茂の母は藤原宇合の娘で、③楓麻呂の妻で④園人の母は、藤原良継の娘。④鷲取の妻で⑤藤嗣の母は藤原良継の娘で、⑤藤嗣の子・⑥山蔭の母は藤原真夏の娘。④末茂の孫・⑥沢子（総継の娘）の母は、藤原数子である。

式家②宇合の妻で、③広嗣・③良継の母は石上麻呂の娘（石上乙麻呂の姉妹）・国盛（国守）[注15]、③清成の母は高橋笠間の娘・阿禰娘、③田麻呂の母は小治田牛養の娘（『公卿補任』）、③百川（雄田麻呂）の母は久米奈保主（奈保麻呂）の娘・若女、③蔵下麻呂の母は佐伯徳麻呂の娘・家主娘である。③綱手の母は不明だが、妻は秦朝元の娘で④菅継の母である。③清成の妻で、④種継の母は秦朝元の娘、④安継の母は藤原継縄の娘、④縵麻呂（湿麻呂）の母は藤原沙弥麻呂である。④安継の子・⑤賀備能の妻で⑥忠紀の母は、佐伯氏の娘とある。④種継の妻で、⑤山人の母は山口中宗の娘、⑤仲成の母は粟田道麻呂の娘、⑤縵麻呂の母は応高佐美麻呂の娘で、藤原経主の娘を母とする女子がいる。④百川の妻には⑤緒嗣の母である伊勢大津の娘がおり、緒嗣の妻には⑥家緒・⑥春津の母である蔵塩人山（企）の娘がいる。⑥春津は紀御録の娘を妻として、枝良を儲けている。③蔵下麻呂の妻で、④縄主の母は粟田馬養の娘、⑤縄継の母は掃部王の娘・乙訓女王である。④縄主の妻には、藤原種継の娘か橘太丸の娘かを母と⑤貞本・⑤貞吉がおり、藤原清正の娘との間にも⑤貞庭がいる。⑤貞本は、橘嶋田麻呂の娘との間に⑥正世・⑥正峯を儲けている。⑥正世の妻には、⑦興範の母となる山背氏の娘がいた。⑤縄継の妻には、縄継の異母妹で⑥吉野の母となる姉子がいる。

最後に京家であるが、②麻呂の妻で、③浜成（浜足）の母は稲葉国造気豆の娘、百能の母は當麻氏の娘という。③浜成の妻には④継彦の母である多治比県守の娘、浜成の子・④豊彦の妻には⑤冬緒の母となる大伴永主の娘がいる。

藤原氏に対して、これに対峙していた大伴氏・多治比氏などは系図を作成しがたく、妻・母などの縁戚関係の追跡はいっそう困難である。そうしたなかだが、②大伴安麻呂（①長徳の子）の妻は石川郎女（石川内命婦）で、③坂上郎女の母となった。安麻呂の妻には巨勢郎女もおり、巨勢郎女は③旅人・③田主の母である。坂上郎女は異母兄の③大伴宿奈麻呂と結ばれて、④坂上大嬢・④坂上弟嬢を産んでいる。④家持はこの坂上大嬢を妻とした。一族の大伴道足（①馬来田の子）の娘は、藤原鳥養（房前の子）の妻となり、小黒麻呂を産んでいる。同じく③大伴古志斐（①吹負の孫、祖父麻呂の子）は、藤原不比等の娘・殿刀自を妻にしていた。

多治比氏は『尊卑分脈』にあるほかの系譜関係は不詳で、母子関係は把握できない。

橘氏は、②諸兄（①美努王の子）の妻は藤原不比等の娘（多比能か）で、③奈良麻呂の母となった。③奈良麻呂の妻には大原明姫がおり、④安麻呂を産んでいる。③奈良麻呂の孫・⑤氏公（④清友の子）の母は粟田小松泉子、⑤嘉智子（檀林皇后）の母は田口氏の娘である。⑤氏公の妻は田口継丸の娘で、⑥峯継の母である。同じく③奈良麻呂の孫・⑤常主（④嶋田麻呂の子）の母は、淡海三船の娘であった。②諸兄と②佐為はともに橘三千代の子であるが、佐為の娘・③真都我（『尊卑分脈』は麻通我）は藤原豊成（南家）の子・乙麻呂の妻となり、その子・是公の妻（雄友の母）ともなっている。

以上の縁戚関係について、藤原氏を中心にして世代ごとに通覧すると、第一世代で藤原不比等は橘諸兄に娘

（多比能か）、大伴古慈斐に娘・殿刀自をいれた。また子・武智麻呂に阿倍貞吉（または真虎）の娘・紀麻呂の娘を、子・宇合に石上麻呂の娘（国守・国盛）・佐伯德麻呂の娘を送り込んだ。第二世代の武智麻呂は、子・仲麻呂に大伴犬養の娘、乙麻呂に石川建麻呂の娘・橘佐為の娘（真都我）、巨勢麻呂に多治比作部の娘を娶らせている。同じく第二世代の房前は、鳥養に大伴道足の娘、真楯に阿倍帯麻呂の娘を配した。ついで宇合は子・蔵下麻呂に粟田馬養の娘を、麻呂は浜成に多治比県守の娘を、それぞれ連れ添わせている。

第三世代以降は氏族別に纏めるが、大伴氏からは継縄（南家）・三守（南家）・豊彦（京家）に、佐伯氏からは賀備能（式家）に、多治比氏からは貞嗣（南家）に、紀氏からは真作（南家）・達良麻呂（南家）・富士麻呂（南家）・貞嗣（南家）・大津（北家）に、阿倍氏からは真葛（南家）に、石上氏からは雄友（南家）に、石川氏からは雄友（南家）に、橘氏からは三守（南家）・有統（南家）・仲統（南家）・縄主（式家）・貞本（式家）に、それぞれ女子が入って子を儲けている。

すなわち橘奈良麻呂の変において藤原氏と橘氏・大伴氏・佐伯氏・多治比氏などが鋭く対決したというが、それ以前のまたはその当時の婚姻関係などを見る限り、大伴氏などが藤原氏を嫌ったり縁戚から排除しようとした傾向などまったく見取れない。

というのは、こうした理解があるからだ。すなわちもともと藤原氏は特異な氏族であって、中臣氏という祭祀を司る伴造氏族から分離独立し、宮廷で固有の仕事を持たなくなった。これによりあらたに成立した律令制度下の官僚機構に見合った、律令官司に寄生して活躍する律令貴族・官僚貴族となるため、いままでにない氏が創立された。その成立の当初から、中臣や大伴など既存の氏とは異なるものとして造られた。そういう理解である。

しかし、この理解はほんとうのことなのか。

中臣から独立したのは事実だが、それは伴造氏族でなく、阿倍・蘇我・春日・平群・葛城などのような臣姓の中央豪族に成りたかったから。まずは、彼らと肩を並べたかった、彼らと同じ土俵に立って権力争いを展開する道を選んだ、に過ぎないのでないのか。藤原氏も、ほかの臣姓豪族のように出身地の名を氏の名に付けている。もしも従来の型に嵌まらないどこにも前例のない特異な官僚族を創出しようというのならば、それにふさわしい族名にしてしかるべきだったろう。

いや、そもそも官僚を輩出する氏族などという空想的な氏族などまだこの世に存在していなかったときに、律令制度に寄生して発展する官僚族などを発想することができるのか。そんな思いが、ありもしない感覚が、藤原氏の名に込められていたはずがない。人の発想は、その目前にあるものを一つ進めようとするもので、かつて見聞きしたことがないもの・あまりにかけ離れた状況のものを発想することなどできない。そうではないか。

そうした状況を画期的とみなすような解釈は、あとから遡らせてあたかもすべて見越していたように辻褄合わせした評価であろう。かりに「律令官司にそって生きようとしていた人たちがあらたに出てきた。それこそが藤原氏だ」というのなら、そうした動き・変身をしたのは藤原氏だけであるまい。どの氏の人たちもその時代・あらたな時代に対応しようとしたはずだ。弁官職についた有力氏族出身の官人たちが、あたらしい社会機構の変化・時代社会の変化に気づかぬはずもあるまい。そうであれば、藤原氏との争いは藤原的（新貴族）と大伴的（保守豪族）の闘い・鬩ぎ合いなどでなく、持てる権力のなしうるままに暴走しはじめた光明皇后・藤原仲麻呂に対する失権派官人の闘いではなかったか。

最後に『万葉集』を通じ、大伴氏と藤原氏の関係を見てみよう。周知のように現在の『万葉集』は家持の編集かといわれてしまうほどに大伴氏の影響が強く見られる。そのなかで藤原氏は、その成立以来、旧氏族と相容れぬ存在として嫌悪・排斥されてきたのだろうか。

不比等は題詞に「山部宿禰赤人、故太政大臣藤原家の山池を詠む歌一首」（巻三・三七八）・「太政大臣藤原家の県犬養命婦、天皇に奉る歌一首」（巻十九・四二三五）にしか見られないし、武智麻呂の作歌と確定した歌はない。子・豊成と確定した歌も載っていないが、巻十七・三九二二題詞／三九二六左注からは天平十八年正月の降雪の日に「左大臣橘卿、大納言藤原豊成朝臣また諸王諸臣たちを率て、太上天皇の御在所（中宮の西院）に参入」して雪掃きをしたことと、そのとき諸兄から声を掛けられた一行十八人のなかに豊成・仲麻呂の名が見られる。

巻十九・四二四二の「天雲の　行き帰りなむ　ものゆゑに　思ひそ我がする　別れ悲しみ」は入唐大使・藤原清河に餞の宴を張った大納言が家の主人として作った歌だが、その大納言が豊成か仲麻呂か明瞭でない。だが、このどちらかではある。仲麻呂の確かな作歌には天平宝字元年十一月十八日の肆宴での「いざ子ども　狂わざなせそ　天地の　堅めし国そ　大和島根は」（巻二十・四四八七）がある。

執弓の「堀江越え　遠き里まで　送り来る　君が心は　忘らゆましじ」（巻二十・四四八二）の左注には「右の一首、播磨介藤原朝臣執弓、任に赴きて別れを悲しぶるなり。主人大原今城伝へ読みて云爾」とある。

久須麻呂（訓儒麻呂）には、「大伴宿禰家持、藤原朝臣久須麻呂に報へ贈る歌三首」（巻四・七八六〜八）・「また家持、藤原朝臣久須麻呂に贈る歌二首」（巻四・七八九〜八〇）があり、これに「来報ふる」形で「奥山の　岩陰に生ふる　菅の根の　ねもころ我れも　相思はざれや」（巻四・七九一）以下の二首がある。

北家・房前の歌は巻五・八一二に大伴旅人からの梧桐日本琴の贈答に「房前謹状す」とあり、巻七の一二一八〜一二二二・一一九四〜五の「右の七首は、藤原卿の作なり」は房前が該当[注16]するようだ。巻九・一七六五にも「右の件の歌、或は云ふ、中衛大将藤原北卿の宅にして作ると」とある。巻十九・四二二八も「三形沙弥、贈左大臣藤原北卿の語を承けて作り誦めるなり」とある。

永手のは新嘗会のあとの肆宴での歌で、八束に続けて「袖垂れて　いざ我が園に　うぐひすの　木伝ひ散らす梅の花見に」（巻十九・四二七七）とある。

八束（真楯）には「藤原朝臣八束の梅の歌二首」として「妹が家に　咲きたる梅の　いつもいつも　なりけむ時に　事は定めむ」（巻三・三九八）など二首、「藤原八束朝臣の月の歌一首」（巻六・九八七）、「藤原朝臣八束の歌二首」（巻八・一五七〇～一）、「島山に　照れる橘　うずに刺し仕へ奉るは　卿大夫たち」（巻十九・四二七六）がある。このほか巻十九・四二七一には天平勝宝四年十一月八日に「左大臣橘朝臣の宅に在して肆宴したまふ」ときの歌、巻六・一〇四〇題詞には「安積親王の、左少弁藤原八束朝臣の家に宴する日に、内舎人大伴宿禰家持の作る歌一首」があり、橘諸兄宅や八束の家で家持と宴席をともにしたことが窺える。

清河は天平勝宝二年に遣唐大使に任ぜられたが、大納言（豊成か仲麻呂）家の餞別の宴で巻十九・四二四一／四二四四の歌を詠んでいる。これに関連して、光明皇后（藤原太后）も「春日に神を祭る日に、藤原太后の作らす歌一首　即ち入唐大使藤原朝臣清河に賜ふ」として「大舟に　ま梶しじ貫き　この我子を　唐国へ遣る　斎へ神たち」（巻十九・四二四〇）と詠んだ。ついでながら光明皇后には「朝霧の　たなびく田居に　鳴く雁を　留め得むかも　我がやどの萩」（巻十九・四二二四）、聖武天皇に奉った「我が背子と　二人見ませば　いくばくかこの降る雪の　嬉しからまし」（巻八・一六五八）がある。

式家・宇合は「玉藻刈る　沖辺は漕がじ　しきたへの　枕のあたり　忘れかねつも」（巻一・七二）に「右の一首、式部卿藤原宇合」、「昔こそ　難波ゐなかと　言はれけめ　今都引き　都びにけり」（巻三・三一二）に「式部卿藤原宇合卿、難波の都を改め造らしめらるる時に作る歌一首」、「我が背子を　何時そ今かと　待つなへに　面やは見えむ　秋の風吹く」（巻八・一五三五）に「藤原宇合卿の歌一首」とあり、作歌が載せられている。

麻呂には「京職藤原大夫、大伴郎女に贈る歌三首（卿諱を麻呂といふ）」の題詞を持つ巻四・五二二～四の歌があり、大伴郎女の和した五二八の歌の左注に「右、郎女は佐保大納言の女なり……藤原麻呂大夫、郎女を娉ふ」

とある。
広嗣には「藤原朝臣広嗣、桜花を娘子に贈る歌」として「この花の　一よの内に　百種の　言そ隠れる　おほろかにすな」（巻八・一四五六）の歌がある。

なお、不比等の姉妹である五百重娘（藤原夫人）には天武天皇との間に交された著名な「我が岡の　靇に言ひて　降らしめし雪の摧けし　そこに散りけむ」（巻二・一〇四）の作歌のほか「藤原夫人の歌一首（明日香清御原宮に天の下治めたまふ天皇の夫人なり。字を大原大刀自といふ。即ち新田部皇子の母なり）」の題詞で「ほととぎすいたくな鳴きそ　汝が声を　五月の玉に　あへ貫くまでに」（巻八・一四六五）の歌があり、氷上大刀自（藤原夫人）の「朝夕に　音のみし泣けば　焼き大刀の　利心も我は　思ひかねつも」（巻二十・四四七九）の歌には「右の件の四首、伝へ読むは兵部大丞大原今城なり」とある。

以上、現行の『万葉集』を通覧するかぎり、不比等や武智麻呂の歌と確信できる歌こそ見当たらないが、南家では豊成・仲麻呂やその子の執弓・訓儒麻呂の歌があり、訓儒麻呂と家持には歌の遣り取りがある。北家では房前と大伴旅人の間に贈答歌がある。永手・八束・清河の歌も入っている。京家の麻呂は大伴郎女との間に恋を感じさせる歌があり、式家の宇合の歌も採録されている。橘氏・大伴氏・多治比氏・佐伯氏などが憤激した相手と筆者が推定している光明皇后や仲麻呂についても、その詠歌を収載している。もちろん歌の出来不出来と政治的敵対感情とは、分けて考えるべきでもある。しかしそうはいっても大伴氏が新興勢力である藤原氏にとりわけて違和感・敵愾心を感じていたとすれば、こうした歌を通じた交流や収載歌の採否に影響を与えるのでないか。そうした痕跡がこれといって見当たらないのは、大伴氏と藤原氏とに氏族としての違和感などなく、どちらかが旧氏族でどちらかが新貴族という差など感じていなかった、からだろう。

しかし光明皇太后と仲麻呂は、天平勝宝年間からその不文律を破って勢力を拡大した。それが憤激を買ったのであって、これは氏族の性格の違いが原因なのではなく、光明皇太后らの強引な人事の問題なのだ。この人事では、藤原南家が分裂させられるなど、藤原氏も敵対者となっている。奈良時代後半から平安初期における藤原勢力の特段の伸張を知っているから、誤解する。「大伴的と藤原的」という保守と進取の勢力が交錯する時があったとの解釈は、光明皇太后の人事をきっかけにして藤原氏が議政官世界を席巻してしまった結果から、振り返って他氏族との差を納得しやすいように後講釈してみせた誤った時代認識ではなかったか。筆者には、そう思えるのだが。

ついでながらまさにいわずもがなの蛇足だが、現行『万葉集』の終わり方は、光明皇太后・藤原仲麻呂と大伴などの他氏勢力とのこの闘い・鬩ぎ合いが何か関係しているように思われてならない。

注

1 『律令制と貴族政権』第一部、お茶の水書房、一九五七年。

2 『古代の王朝と人物』所収、笠間書院、一九九七年。

3 学習院大学大学院在学時の日本史特殊講義での、黛弘道先生のご教説による。諸書で、このことについて触れた記述をあまり見ない。味方の登庸より敵対者の伸張を抑えることを重視した政界戦略は、興味深い。

4 中川収氏著『奈良朝政治史の研究』（高科書店、一九九一年）第一章「藤原不比等の政権形成過程」によると、中納言の再置は廟堂を強化するものであり、内実からすれば藤原不比等政権の担い手が登庸されていわゆる不比等政権の確立を意味する「和銅元年体制」の基盤が作られたもの、という。しかし、味方の登庸はその場を凌ぐのに好ましいかもしれないが、ポスト増員は将来の敵対者の登庸に道を開くことにもなる。また味方・敵対者という安易な振り分けは、結果論に左右されやすい。不比等の政界戦略の忖度は、慎重にすべきだろう。

5 通説といってよく、手近なものとしては、寺崎保広氏が「養老元年十月には、不比等の次男房前が参議に任じられており、一氏族から議政官一名を出すという原則を、藤原氏はついに打ち破った」（『長屋王』吉川弘文館、四九頁）とし、吉村武彦氏はやや抑えた表現ながら「議政官には、阿倍氏など有力氏族から一名ずつ出ているが、藤原氏からは二名になった。藤原氏の政治的地位が、一段と高くなったのである」（『女帝の古代日本』岩波新書、一六七頁）などと記されている。

6 つとに薗田香融氏が「『国造豊足解』をめぐる二三の問題」（『日本古代財政史の研究』所収、塙書房）の注十四で、房前宗家・惣領説を提起されている。木本好信氏は『藤原四子』（ミネルヴァ書房）で不比等と武智麻呂・房前の関係についての竹内理三氏・野村忠夫氏・高島正人氏・瀧浪貞子氏らの諸説を検討し、房前を正官でない参議朝政に登庸したのは連任を避けるためであったこと、不比等の功封が武智麻呂に渡っていることからして武智麻呂が実質的な後継者と遇していたことを確認されている。「従来の見解のように武智麻呂に優先して房前を登用し、藤原氏の将来を託すなどという意図は決してなかった」（四二頁）とされる。

7 拙稿「長屋王の無実はいつわかったのか」（『万葉集とその時代』所収、笠間書院）で、長屋王の変の首謀者を武智麻呂とし、房前は関与していないと推測した。武智麻呂と房前の立場との溝について、野村忠夫氏は「不比等と手を組んで房前を実質的な後継者にした縣犬養橘宿禰三千代」（『律令政治の諸様相』塙書房、二九四頁）とされ、瀧浪貞子氏も橘三千代の要望が介在したとされる（「参議論の再検討」『日本古代宮廷社会の研究』所収、思文閣出版）。寺崎保広氏（注5書）は、房前は天皇の周囲に配備される職務にあったとする。木本好信氏は、武智麻呂の他氏への政界工作の仕方について不比等の配慮が引き継がれず、房前が三千代を通じてこれを引き継いだと推測されている（『藤原四子』七六〜七頁）。そして武智麻呂が兄弟諍いを制したことは「房前が天平四年（七三二）頃になって中務卿から民部卿へと降格されてゆく事実で確然化している」（同書一五〇頁）とされた。武智麻呂ら三兄弟と房前の間には差異・確執があったという前提だが、房前の娘二人は武智麻呂の二子・豊成と仲麻呂の妻となっており、必ずしも疎隔・疎遠な関係と見えない。

8 野村忠夫氏は「房前が参議のままに留められたのは、本来の議政官構成の伝統が、なお生きつづけたことを意味するとともに、この時期での参議の性格を物語る」（『前掲書』二九二頁）とされた。しかし後者について、瀧浪貞子氏は「参議論の再検討」（前掲書所収）で、中納言以上との違いは九世紀末でも意識されていた。「参議を当初から議政官とみる従来の参議論には本質的な疑義があ」るとされ、「参議は議政官化した。しかし法制上位置づけられることがなかった点で、参議は最後まで公卿のなかの他者であった」（『前掲書』一九四頁）とする。

9 仁藤敦史氏は、天平元年二月十一日の多治比県守・石川石足・大伴道足ら「三名の唐突な権参議任命記事は、長屋王支持の議政官を人数で圧倒する必要があ」ったのに対し、天平三年八月人事での「参議の正官化は、諸司の推挙により宇合・麻呂など六人を参議に登用したもので、主要な官職（八省・弁官）の長官を議政官に結集させ、氏族代表から実務官僚の結集の場へと太政官が転換したことを示」（『女帝の世紀』角川書店、二二二〜二二三頁）す、とされている。天平元年の権参議の設定の目的がそうだとしても、すでに見たように「正官化された参議」はおおむね就任順に昇任していくはずの人事の流れにそっておらず、天平三年でも「正官」になっていないと思う。瀧浪貞子氏注8論文を参照されたい。

10 瀧浪貞子氏は、「諸司の挙」による初期参議の設定の仕方は、藤原武智麻呂らが天皇の恣意を制限するために行なったものとする（『帝王聖武』一三九頁）。しかし、この推挙・任官のあり方を認めれば武智麻呂らの昇進をもやがて制禦するかもしれず、上級貴族層の立場からすれば認めがたくないか。

11 新日本古典文学大系本『続日本紀』三／天平宝字元年七月戊申条の「他氏」に付された注三には、「奈良麻呂の発言に対する下文の古麻呂の言の中に右大臣（藤原豊成）と大納言（同仲麻呂）のことが見える。明らかに藤原氏を念頭においたもの。藤原氏が擁立する人物が皇位に就くようなことになれば、橘氏一族は滅亡するであろう、の意」とある。

12 坂本太郎氏・平野邦雄氏監修『日本古代氏族人名辞典』（吉川弘文館）の「藤原朝臣多比能」項参照。

13 『続日本紀』宝亀八年八月丁酉条の大伴古志斐薨伝に、「贈太政大臣藤原朝臣不比等、女をこれに妻す」とある。『続日本紀』天平十九年正月丙申条に藤原朝臣殿刀自が无位から正四位上になったとあり、叙位の事情及び世代的に不比等の娘かともみなしうる。角田文衛氏「不比等の娘たち」（『角田文衛著作集5／平安人物志上』所収、法蔵館、一五頁）参照のこと。

14 母は『公卿補任』（国史大系本）天平宝字六年条には「母参議房前女」とあるが、名はない。訓儒麻呂の項にも「母同真光」とあるが、真光の母の名がないので、誰か不明。新訂増補国史大系本『公卿補任』になると「（正三位表比良姫）」が加えられている。括弧内は本来の注の文でなく、後世の写し手が解釈的な追記として施したのかもしれない。

15 高島正人氏「奈良時代中後期の式・京両家」（『奈良時代諸氏族の研究』所収、吉川弘文館）・木本好信氏「石上国盛と石上国守」（『奈良時代の人びとと政争』所収、おうふう刊）にしたがい、「左大臣・石川麻呂の娘で国咸」を「石上麻呂の娘で国盛（国守）」と改めた。

16 日本古典文学全集本『万葉集』二の二三二頁・頭注一によると、「右の七首」の順番は「綴じ違えのため」に乱れており、それを正したのがこの順。「藤原卿」は三位以上の尊称なので、「武智麻呂・房前・宇合・麻呂の四兄弟のうちの房前か麻呂であろう、といわれる」が「麻呂が従三位になったのは天平元［七二九］年で、房前説の方がやや有利か」とする。

万葉盛宴と大陸移民

王　凱

はじめに

『万葉集』において宴会に関わる歌が二七〇首ほどあると言われている。[注1] 古代の宴会は文雅の世界とはいえ、身分秩序を抜きに、歌を披露するわけにはいかない。そこには、政治的な立場の違いなどを含め、様々な思惑が渦巻いていたものと思われる。[注2] 古今東西、宴会は政治の場でもあり、宴会を制する者は政治的にも有利な立場に立つと言っても過言ではない。万葉時代も同様、如何に宴会を組織し、進行させ、そこで歌を詠み、漢詩を作るかは極めて重要な政治的活動の一環でもある。そのことは外来の大陸移民[注3]にとって意味を増しこそすれ、遜色することはまずありえない。本稿は『万葉集』をはじめ、上代詩歌（漢詩・倭歌）における宴会と大陸移民との関係について考えてみたい。なお、『万葉集』における大陸移民と宴会に関する個別テーマの研究[注4]はすでに多くなされ、それらのご高説に負うところが多いのをお断りしておく。

一　記紀の宴会と大陸移民

『万葉集』を論じる前に、まず記紀における宴会と大陸移民との関係について考察してみたい。律令官人化される前、大陸移民は政治的な立場を有利に保つため、王権を取り込むのに腐心することが宴会の場でもよく表れている。宴会の場で大陸移民は自らの進んだ技術と文化を披露することによって、王権との関係を強化しようとするのである。

その進んだ技術とは、例えばお酒である。宴会にはお酒が欠かせない。大陸移民の醸造技術はそのような場面で物を言う。

又、秦造が祖・漢直が祖と、酒を醸むことを知れる人、名は仁番、亦の名は須々許理等と、参ゐ渡り来たり。故、是の須々許理、御神酒を醸みて献りき。是に、天皇、是の献れる大御酒にうらげて、御歌に曰はく、

須々許理《すすこり》が　醸《か》みし御酒《みき》に　我酔《われゑ》ひにけり　事無酒《ことなぐし》　笑酒《ゑぐし》に　我酔《われゑ》ひにけり

如此歌ひて、幸行しし時に、御杖を以ちて、大坂の道中の大き石を打てば、其の石、走り避りき。故、諺に曰はく、「堅石も酔人を避る」といふ。[注5]

（下線部は筆者によるもの、以下同じ）

上記の『古事記』応神天皇記の秦造が祖と漢直が祖の渡来記事によれば、お酒の醸造技術者であり、大陸移民でもある仁番、亦の名は須々許理が自ら倭国に渡り、応神天皇に神酒を献上したという。それが天皇主催の宴会においてであり、もしくは仁番による私宴の場においてかもしれない。[注6]いずれにせよ、お酒を献上することで服従を表すことが重要であり、大きな政治的な意義を有するものである。つまり、仁番はかの『論語』や『千字文』を献上した和邇吉師や鍛冶と紡織の職人らと違い、百済王が献じた人間ではなく、自らの意志で朝鮮半島か

ら倭国に「参渡来」したのである。そのことは朝鮮半島が天皇の秩序のもとにある証として『古事記』で述べられている。天皇がその奉られた大御酒にウキウキし、御歌を詠む。その御歌は旋頭歌であり、「謝酒歌」である。酔いしれる天皇の姿は朝鮮服従に対する満足であり、支配する世界が事なく満ち足りていることが示されている。その支配の正当性を示すにあたり、大陸移民の存在は欠かせない。そして、それが宴会の場を通じて述べられていることも看過できない。

醸造技術のほか、大陸移民はソフトパワーとも言える文化的な要素で王権を取り込むことも試みる。『日本書紀』雄略天皇紀の十二年冬十月条によれば、木工闘鶏御田《つけのみた》が楼閣を建てるため、「楼に登りて、四面に疾走る」が、それを見た伊勢采女が倒れ、持っていた雄略天皇の御膳を覆してしまったため、采女を姧しようと疑った雄略天皇が闘鶏御田を殺そうとする。それに対し、

時に秦酒公《はだのさけのきみはもら》侍坐ひき。琴の声《ね》を以ちて、天皇に悟らしめむと欲《おも》ひ、琴を横《よこた》へ弾きて曰く、

神風の　伊勢の　伊勢の野の　栄枝を　いほふるかきて　其が尽くるまでに　大君に　堅く　仕へ奉らむと我が命も　長くもがと　いひし工匠はや　あたら工匠はや

といふ。是に天皇《すめらみこと》、琴の声を悟りたまひて、其の罪を赦《ゆる》したまふ。

近臣である大陸移民の秦酒公が「大悪天皇」とも称される雄略天皇にその非を悟らせ、闘鶏御田の罪を許してもらった。伊勢采女が御膳を出していることは何らかの食事会の始まりであり、雄略天皇もその場に居合わせ、琴が秦酒公の手元にあることなどから考えると、もしかしたら「楼閣」の起工式のような儀礼の場面と想定してよいかもしれない。そのような晴れの場で殺戮を冒そうとする雄略天皇の暴行を止め、明君として仕上げさせた大陸移民の秦酒公が実質、宴会の秩序を守ることになり、賢臣として印象付けられる。[注7] それにしても、言葉である倭歌ではなく、「琴の声を以ちて」という手法は実に興味深い。倭の五王にも比定され、大陸移民には善意的で大陸のこと

を強く意識されていた雄略天皇のことだから、大陸伝来の琴で秦酒公が漢音を奏でたのかもしれない。

天皇の行幸にも宴会が伴われることが多い。『日本書紀』斉明天皇紀の四年冬十月条によれば、紀温湯に幸した斉明天皇が皇孫の建王のことを思い出し、「愴爾み悲泣び」ながら口号して曰はく、

山越えて　海渡るとも　おもしろき　今城の内は　忘らゆましじ　〈其一。〉

水門の　潮のくだり　海くだり　後も暗に　置きてか行かむ　〈其二。〉

愛しき　吾が若き子を　置きてか行かむ　〈其三。〉

斉明天皇が大陸移民の秦大蔵造万里に「斯の歌を伝へて、世に忘らしむること勿れ」と詔する。ここで天皇の歌を記憶・記録する役割を果たすのが大陸移民の秦大蔵作万里であり、歌によって君臣関係が構築されるわけである。そして、高齢の斉明天皇に感傷させたのは温泉地で行われた賑やかな宴会の場であると考えても決して不自然ではない。

上記僅か数例ではあるが、そこで示されたように、お酒、琴、文字といった技術的な方法から文化的な手段まで用いて、大陸移民が王権を取り込む、もしくは王権との関係を強化しようとする。記紀における宴会の場は大陸移民にとって重要な政治的な場面であり、名君と賢臣の形象が創出され、天皇支配の正当性が顕彰される場でもある。そのことは万葉時代においてより現実味を帯びてくる。

二　宴会の組織者：大陸移民の官途はいかんに

記紀の世界とは違い、律令国家が成立すると、大陸移民も官人化されていき、上下関係の厳しい政治世界で生きてゆかねばならない。その中で、宴会とりわけ上司や同僚が出席する宴会は自らの官途が左右される重要な機

会である。運営に失敗すれば、出世の道が閉ざされてしまう一方、成功すれば、登竜門となることもある。そのような現実に大陸移民が直面している。

大陸移民の内匠大属桉作村主益人が宴会を設け、その上司である佐為王をおもてなしすることについて『万葉集』に以下のように記されている。

桉作《くらつくりの》村主《すぐり》益人《ますひと》が歌一首

思ほえず　来《き》まし君を　佐保川《さほがは》の　かはづ聞かせず　帰《かへ》しつるかも　（6・一〇〇四）

右、内匠大属桉作村主益人、聊かに飲饌を設けて、長官佐為王に饗す。未だ日斜つにも及ばねば、王既に還帰りぬ。ここに、益人、厭かぬ帰りを怜しび惜しみ、よりてこの歌を作る。

思いがけない来客である長官の佐為王にご当地名物の佐保川の蛙の声もお聞かせせずに帰してしまったことを益人はとても残念がり、その気持ちを歌に詠み込んでいる。それは当時の習わしとして、「豊の明かり」などと言われているように、宴会は夜もしくは翌朝まで催すのが通例であるが、日が暮れる前に、客人に帰られてしまうのは宴会運営の失敗にほかならないからである。突然の客人、気難しい上司、宴会運営に不慣れな技術者系の大陸移民、宴席が白けてしまうのが当然の結果と言って良いかもしれない。そのためか、それ以来、もともと身分の低かった益人が歴史の表舞台に現れることは二度となくなってしまった。

職人気質の桉作村主益人は技術系の大陸移民であるゆえに、朴訥なところがあり、人付き合いが得意でないかもしれない。そのために、宴会運営に失敗したとするならば、在来氏族の貴族たちの宴会を身近に見てきたはずの孝謙天皇の乳母の邸宅で行われた宴会も早々撤収されるとはさすがに驚く。その乳母は山田御母と言い、山田史比売島のことである。天平勝宝六年（七五四）三月に、人臣の位を極めた左大臣橘諸兄も出席されるその宴会について、『万葉集』は以下のように記している。

同じ月二十五日に、左大臣橘卿、山田御母《やまだのみおも》の宅に宴する歌一首

山吹の　花の盛りに　かくのごと　君を見まくは　千年にもがも

（20・四三〇四）

右の一首、少納言大伴宿禰家持、時の花を矚て作る。ただし、未だ出ださぬ間に、大臣宴を罷《や》めたれば、挙げ誦まぬのみ。

左注によれば、大伴家持が「時の花」（山吹）を見て、左大臣に思慕を表す歌を作ったが、披露しないうちに、諸兄が「宴を罷めた」ため、読み上げることができないまま、宴会が終わってしまったという。ここでも益人の宴会と同じく、宴会の時間が短縮され、一同が白けてしまったことであろう。連日の宴会と激務、とりわけ藤原仲麻呂勢力の台頭による苦悩、三年後に逝去されることになる老臣の諸兄はさぞかし疲れが溜まったところであろうが、孝謙天皇の乳母ともあろう大陸移民の山田御母が主人を務める宴会でもそれほど重んじられることなく、そして面白みにも欠けていたことが宴会の中止につながる一因かもしれない。いずれにせよ、主賓に退出されるような宴会は成功したとは言い難く、山田御母の官途は険しい道のりになりそうである。

一方、宴会を組織することが得意で、それによって出世の道を歩む大陸移民もいないわけではない。その代表的人物は葛井連広成である。広成の機知は宴会の場において、倭歌を通じて充分に発揮されたものである。

天平二年庚午、勅《みことのり》して擢駿馬使《てきしゅんめし》大伴道足《みちたり》宿禰を遣はす時の歌一首

奥山の　岩《いわ》に苔生《こけむ》し　恐《かしこ》くも　問ひたまふかも　思ひあへなくに

（6・九六二）

右、勅使大伴道足宿禰に帥の家に饗す。この日に、会ひ集ふ衆諸、駅使《やくし》葛井連広成を相誘ひて、歌詞を作るべし、と言ふ。登時《すなわち》広成声に応へて、即ちこの歌を吟ふ。

上記歌の左注によれば、天平二年（七三〇）太宰帥・大伴旅人の邸宅で行われた宴会で、衆人に作歌を促された広成はその場の心情、つまり突然に歌を求められ、思いもよらなかったことを巧みに歌に詠み込み、返歌したと

いう。きっと一同の喝采を博したのであろう。歌の才能が優れており、臨機応変に富む性格は内匠大属桉作村主益人の職人気質とは対照的である。

しかし、それもそうであろう。葛井連広成は遣新羅使に任命されたことや、新羅の使者の接待役を務めたことなど、その氏族伝統がしっかりと受け継がれていて、外交に長けている。その外向的な性格が優れた学才とあいまって、文学的な政治運動「古歌運動」を起こしたのも偶然ではなかろう。そして、それも宴会を通じてである。

冬十二月十二日に、歌儛所《うたまいどころ》の諸《もろもろ》の王《みこ》・臣子《おみのこ》等、葛井連広成の家に集ひて宴する歌二首

比来、古儛盛りに興り、古歳漸に晩れぬ。理に、共に古情を尽くし、同じく古歌を唱ふべし。故に、この趣に擬して、輙ち古曲二節を献る。風流意気の士、儻にこの集へるが中にあらば、争ひて念を発し、心々に古体に和せよ。

我《あ》がやどの　梅咲きたりと　告げ遣《や》らば　来《こ》と言ふに似たり　散りぬともよし　（6・一〇一一）

春されば　ををりにををり　うぐひすの　鳴く我《あ》が山斎《しま》そ　止《や》まず通《かよ》はせ　（6・一〇一二）

上記『万葉集』の記録によれば、天平八年（七三六）、国家機関の貴族官人たちが大陸移民の葛井連広成の邸宅に集い、古風の宴会を催したという。表向きでは人々が懐古の情緒に陶酔する文学サロンの趣がなくもないが、実際、当時の文学・政治分野のエリートである「諸王臣子」たちが出席したこの宴会は、客観的に葛井連広成と日本支配層との接触を強化し、「文を以って友を作る」ことで一定の政治的な目的が達成されたと見ることができる。そのことはとりもなおさず、広成が古歌の文学的権威であることはもちろん、その政治的地位の一端も示されたものでもあるように考えられる。そのように、「古」をテーマとする宴会をきっかけに、文学的風潮が当時の政局と絡んでゆく。それが「古歌運動」の始まりである。[注8] その後、天平二十年（七四八）八月、聖武天皇が「車

駕幸散位従五位上葛井連広成之宅」にて「延群臣宴飲、日暮留宿」しており、その翌日に広成とその妻に正五位上の官位を与え、さらに天平勝宝元年（七四九）には、孝謙天皇から少輔に任命されるなど考えると、出世街道をひた走るようになる契機をこの天平八年の宴会に求めて決して無理があるわけではない。

もっとも葛井連広成は『経国集』に対策文を残し、漢詩を作り、『懐風藻』の編者にも比定されているほど[注9]、その漢詩漢文の教養は倭歌に比べ、勝るとも劣らない。倭歌と漢詩、古代東アジア文化交流における必須かつ最強の武器を手に入れた葛井連広成はもはや宴会の覇者となり、自らの官途を自分の手で掌握することになったと言っても過言ではあるまい。

ところで、宴会の成否について、主人自身が倭歌に長けているのに越したことはないが、それが必要条件ではなく、あくまでも充分条件である。つまり、倭歌がそれほど上手でなくても宴会を上手く組織すれば、出世への扉が開かれるものである。そのような千載一遇の機会を逃さない大陸移民が『万葉集』に以下のように記されている。

天平勝宝八歳丙申の二月朔乙酉の二十四日戊申に、太上天皇・天皇・大后《だいごう》、河内の離宮《とつみや》に幸行《いでま》し、信《ふたよ》を経て、壬子を以て難波宮に伝幸《でんこう》したまふ。三月七日に、河内国伎人郷《くれのさと》の馬国人《うまのくにひと》の家にして宴したまふ歌三首

住吉の　浜松が根の　下延へて　我が見る小野の　草な刈りそね　（20・四四五七）

右の一首、兵部少輔大伴宿祢家持

にほ鳥《どり》の　息長川《おきながかわ》は　絶えぬとも　君に語らむ　言《こと》尽きめやも〈古新未詳なり〉　（20・四四五八）

右の一首、主人散位寮《あろじさんいりょう》の散位馬史国人

葦刈りに　堀江漕ぐなる　梶の音は　大宮人の　皆聞くまでに　（20・四四五九）

右の一首、式部少丞大伴宿禰池主読む。即ち云はく、兵部大丞大原真人今城、先つ日に他し所にして読む歌なりといふ。

上記歌の題詞によれば、聖武太上天皇ご一行が天平勝宝八年（七五六）河内国伎人郷に訪れ、宴会を催したという。そこで、主人である馬史国人が歌を詠むが、恋歌を来客への挨拶に転用し、お世辞でも上手とは言えないこの歌に対し、大伴家持は「古新未詳」と疑問を残し、当惑した気持ちを隠せない。

しかし、歌の優劣と官途の機運は馬史国人にとって無関係のようであった。重要なのは宴会の運営そのものが成功したかどうかである。それで言えば、国人は幸運に恵まれたようである。聖武太上天皇たちをお世話したことで、馬史国人の人生に大きな転機が訪れる。そもそも馬史国人の初見は正倉院文書によれば、天平十年（七三八）で、東史生の少初位下であった。官位も地位も低かったと言わざるを得ない。天平勝宝八年当時の彼も「散位寮散位」に過ぎず、下位官人そのものであった。しかし、聖武太上天皇御一行をお迎えした宴会が行われてから、彼の政治生涯に劇的な変化が起き、とんとん拍子で出世していった。天平宝字八年（七六四）、馬史国人は藤原仲麻呂の乱で手柄を立てたか、従六位上から外従五位下にまで昇進した。孝謙太上天皇が重祚し、称徳天皇になってからも、恩賞を与えられることがあった。天平神護元年（七六五）十二月には、馬史国人（『続日本紀』には「馬毘登国人」と記す）をはじめ、馬史一族が栄華を極め、武生姓を賜った。このように見ると、馬史国人とその一族の栄華の始まりは天平勝宝八年三月七日の宴会だと考えるのが普通であろう。伎人の馬史国人は、生半可な古歌しか詠めなかった。が、それより宴会の盛り上がりのほうがもっと大事であった。皮肉なことに、その出来の良くない「古新未詳」歌が却って老年の聖武太上天皇のご機嫌を取り、国人が出世したのである。注10

上述したように、宴会運営に失敗した大陸移民の行く末は心細いが、成功した者は出世する。その理由を突き詰めると、位が低かったから、宴会の進行が上手く操縦できなかったことにあるのか、それとも元々宴会の組織下手だから、位が上がらなかったことにあるのか、今になっては断じ難い。しかし、大陸移民にとって宴会は確実に政治と深く関わりを持つ、人生を左右するほどの重要な場面であることは言えるのであろう。

三　宴会の参加者――空気を読む・変える大陸移民

前章において、宴会組織・運営の成否は政治運命を大きく左右することについて述べたが、多くの場合、大陸移民は主催者としてではなく、一参加者として宴席に望む場面が多い。それでは、脇役としての大陸移民にどのような資質が求められるかについて考えてみたい。

まず、以下の万葉歌を見てみよう。

八月七日の夜に、守大伴宿禰家持が舘に集ひて宴する歌

秋の田の　穂向き見がてり　我が背子が　ふさ手折り来る　をみなへしかも　（17・三九四三）

右の一首、守大伴宿禰家持が作

をみなへし　咲きたる野辺を　行き巡り　君を思ひ出　たもとほり来ぬ　（17・三九四四）

秋の夜は　暁寒し　白たへの　妹が衣手　着むよしもがも　（17・三九四五）

ほととぎす　鳴きて過ぎにし　岡辺から　秋風吹きぬ　よしもあらなくに　（17・三九四六）

右の三首、掾大伴宿禰池主が作

今朝の朝明　秋風寒し　遠つ人　雁が来鳴かむ　時近みかも　（17・三九四七）

天離る　鄙に月経ぬ　然かれども　結ひてし紐を　解きも開けなくに　（17・三九四八）

右の二首、守大伴宿禰家持が作

天離る　鄙にある我を　うたがたも　紐解き放けて　思ほすらめや　（17・三九四九）

　右の一首、掾大伴宿禰池主

家にして　結ひてし紐を　解き放けず　思ふ心を　誰か知らむも　（17・三九五〇）

　右の一首、守大伴宿禰家持が作

ひぐらしの　鳴《な》きぬる時は　をみなへし　咲きたる野辺《のへ》を　行《ゆ》きつつ見べし　（17・三九五一）

右の一首、大目《だいさかん》　秦忌寸八千《はだのいみきやち》島

　古歌一首〈大原高安真人の作〉、年月審らかならず。ただし、聞きし時のまにまに、ここに記載す。

妹が家に　伊久里の杜の　藤の花　今来む春も　常かくし見む　（17・三九五二）

　右の一首、伝誦するは僧玄勝これなり。

雁がねは　使ひに来むと　騒くらむ　秋風寒み　その川の上に　（17・三九五三）

馬並めて　いざ打ち行かな　渋谿の　清き礒廻に　寄する波見に　（17・三九五四）

　右の二首、守大伴宿禰家持

ぬばたまの　夜は更けぬらし　玉櫛笥　二上山に　月傾きぬ　（17・三九五五）

　右の一首、史生土師宿禰道良

　本歌群は天平十八年（七四六）、越中国守の大伴家持の邸宅で行われた宴会において詠まれたものである。その前月、家持は越中国の長官として赴任してきばかりであり、その歓迎会も兼ねていたかもしれない。全歌群は大陸移民の秦忌寸八千島の歌によって、前後二つの小歌群に分けることができる。前半において、家持とその親族にあたる大伴池主のやりとりにより、せっかくの楽しい歓迎会が徐々に妻が恋しい、更に都が恋しいというような郷愁の漂う席になりつつある。そのような上司たちの歌のやり取りを、下僚の八千島はしばらく拝聴していたところ、「家にこもって物思いし、侘しさが募るので、気晴らしに女郎花の咲き乱れる野辺へ出かけられるのが良い」と歌で提案する。その八千島の歌が該当歌群の冒頭の家持に呼応するような形になり、尚且つその場の空気をいっぺんに入れ替えることに成功した。それに続く後半の歌群では前半の淀んだ望郷空気が一掃され、宴会は夜まで続いたようである。まさしく宴会のムードチェンジャーである。立場上は部下であるが、年齢で言えば、八千島のほうが上である。それがゆえに、単身赴任してきたばかりの若い国守にアドバイスできたのかもしれない。

それにしても、八千島は迂闊に家持と池主の歌のやりとりに介入せず、実によいタイミングを狙っていたようである。自分の歌はそうしたやり取りの後に披露され、望郷の念の漂う家持の歌に続く形を取っている。それはその宴会はあくまでも上司の家持と池主を中心とするものだからであった。身分秩序を考え、下僚として自分は脇役に徹しなければならない。とりわけ、職場の宴席においては、と八千島が考えたのであろう。八千嶋の歌はこうして宴席歌群全体の流れを確認することによって、なかなか洒脱で適切なものであったことがわかる。注11

その宴会に続き、秦忌寸八千島の邸宅でも宴会が行われたようである。越中国の名風景を詠まれた歌（17・三九五六）の席では、上司の家持も呼ばれていることであろう。また、天平十九年（七四七）、大伴家持が正税帳として上京する際も、八千島が餞別の宴会を設け、歌を詠み、別れを惜しむ。そのように、時が経つにつれ、上司を慕う部下と部下を信頼する上司、両者の間で太い絆が育まれてゆくのである。そのきっかけが家持の歓迎宴において、空気を読み・変え、適切な処理を施し、立場をわきまえた八千島のその歌にあったのかもしれない。

もっとも大陸移民はその出自や身分が特質なゆえに、宴会においてムードチェンジャーとして登場することも少なくない。秦許遍麻呂の場合がそうである。天平十年（七三八）冬十月、当時十七、八歳の橘奈良麻呂の元に若き英才たちが集い、その父親である諸兄の旧宅で宴会が催された。諸兄の右大臣昇進により、奈良麻呂も嘱望され、その周りに自然と人が群がるようになったのではなかろうか。『万葉集』に以下のように記されている。

橘朝臣奈良麻呂、集宴を結ぶ歌十一首

手折らずて　散りなば惜しと　我が思ひし　秋の黄葉を　かざしつるかも　（8・一五八一）

めづらしき　人に見せむと　もみち葉を　手折りそ我が来し　雨の降らくに　（8・一五八二）

右の二首、橘朝臣奈良麻呂

もみち葉を　散らすしぐれに　濡れて来て　君が黄葉を　かざしつるかも　（8・一五八三）

右の一首、久米女王

めづらしと　我《あ》が思ふ君は　秋山の　初《はつ》もみち葉に　似てこそありけれ　（8・一五八四）

右の一首、長忌寸娘《ながのいみきの》

奈良山の　峰のもみち葉　取れば散る　しぐれの雨し　間なく降るらし　（8・一五八五）

右の一首、内舎人縣犬養宿禰吉男

もみち葉を　散らまく惜しみ　手折り来て　今夜かざしつ　何か思はむ　（8・一五八六）

右の一首、県犬養宿禰持男

あしひきの　山のもみち葉　今夜もか　浮かび行くらむ　山川の瀬に　（8・一五八七）

右の一首、大伴宿禰書持

奈良山を　にほはす黄葉　手折り来て　今夜かざしつ　散らば散るとも　（8・一五八八）

右の一首、三手代人名

露霜《つゆしも》に　あへる黄葉を　手折り来て　妹《いも》とかざしつ　後《のち》は散るとも　（8・一五八九）

右の一首、秦許遍麻呂《はだのこへま》

十月　しぐれにあへる　もみち葉の　吹かば散りなむ　風のまにまに　（８・一五九〇）

右の一首、大伴宿禰池主

もみち葉の　過ぎまく惜しみ　思ふどち　遊ぶ今夜は　明けずもあらぬか　（８・一五九一）

右の一首、内舎人大伴宿禰家持

以前は、冬十月十七日に、右大臣橘卿の旧宅に集ひて宴飲せるなり。

上記の宴席において総勢十一名のうち、たった一人の大陸移民・秦許遍麻呂がいた。橘家は田辺史福麻呂を家令として抱えるなど、大陸移民との関係が近かったようである。宴会が主人である奈良麻呂の挨拶より始まり、秋の景色である「黄葉」をキーワードとして次々と詠まれていく。久米女王と長忌寸娘二人の女性客の歌に続き、男性客の歌が淡々と披露されていく中、大陸移民の秦許遍麻呂の歌が宴会の終りを告げることになっている。[注12]「妹はかざしつ」と詠む許遍麻呂の歌は恋人を意味し、宴席の中の女性を恋人に見立て、一緒にモミチをかざして見せたのであろう。その歌は現実の場に即して対話的であり、宴席の場の空気を和ませる方向へ持っていこうと意図したものであったように見える。[注13]歌群の最後に配置された秦許遍麻呂の歌は該当歌群のクライマックスをなしており、一座を盛り上げたのではなかろうか。それによって宴会はまとまりを持つようになったと考える。

そのほか、許遍麻呂の歌と同じく、歌群の最後におかれ、そして盛り上がりを持たせる大陸移民の文忌寸馬養の例がある。上記歌群とほぼ同じ時期に右大臣になったばかりの橘諸兄が主催する宴会における歌群について、『万葉集』に以下のように記されている。

右大臣橘の家の宴の歌七首

雲の上に　鳴くなる雁の　遠けとも　君に逢はむと　たもとほり来つ　（８・一五七四）

雲の上に　鳴きつる雁の　寒きなへ　萩の下葉は　もみちぬるかも　（8・一五七五）

右の二首

この岡に　雄鹿踏み起し　うかねらひ　かもかもすらく　君故にこそ　（8・一五七六）

右の一首、長門守巨曽倍朝臣津島

秋の野の　尾花が末を　押しなべて　来しくも著く　逢へる君かも　（8・一五七七）

今朝鳴きて　行きし雁が音　寒みかも　この野の浅茅　色付きにける　（8・一五七八）

右の二首、阿倍朝臣虫麻呂

朝戸《あさと》開《あ》けて　物思《ものおも》ふ時に　白露《しらつゆ》の　置ける秋萩《あきはぎ》　見えつつもとな　（8・一五七九）

さ雄鹿《をしか》の　来立《きた》ち鳴く野の　秋萩は　露霜負ひて　散りにしものを　（8・一五八〇）

右の二首、文忌寸馬養《ふみのいみきうま》

天平十年戊寅の秋八月二十日

『万葉集』に残された歌は少ないものの、大陸移民の文忌寸馬養は社交の道具としての倭歌をなすことに、ある程度習熟していたことが窺われる。二首は白露の冷え冷えと置く切ない風景や萩妻を求めて悲しく鳴く鹿と一体になって散る萩を惜しむ心情を通して、本日の宴会の終焉をいとおしむ想いを託していると見られる。馬養の歌は橘諸兄の宴の流れと、一座の気分を的確に捉えたものであったと見ることができる。注14 実際、その日の宴会の歌は巻六（6・一〇二四～一〇二七）にも存在し、それらの歌々とつなぎ合わせてみると、宴会はそれですぐに終ったのではないようであるが、その後に続く歌が古歌であることを重視すれば、馬養の二首は宴会の大きなターニングポイントとして位置付けることができる。注15

上記三例で示したように、大陸移民は常に倭歌を通じて、宴会の流れを敏感に感受し、時にはその異質さを以って、その流れを変えたり、盛り上げたりする。大陸移民は宴会の空気を読むだけでなく、変えるのである。

しかし、倭歌を用いられずとも、宴会における政治を敏感に嗅ぎつける大陸移民がいる。『万葉集』において、宴会で歌を読めない歌人について数例の記録が残されているが、秦忌寸朝元がその身分と経歴が特殊の故に、特筆されている。

天平十八年正月、白雪多く零り、地に積むこと数寸なり。ここに左大臣橘卿、大納言藤原豊成朝臣また諸王諸臣たちを率て、太上天皇の御在所〈中宮西院〉に参入り、仕へ奉りて雪を掃く。ここに詔を降し、大臣参議幷せて諸王は、大殿の上に侍はしめ、諸卿大夫は南の細殿に侍はしめて、則ち酒を賜ひ肆宴したまふ。勅して曰く、「汝ら諸王卿たち、聊かにこの雪を賦し、各その歌を奏せよ」とのりたまふ。

左大臣橘宿禰、詔に応ふる歌一首

降る雪の　白髪までに　大君に　仕へ奉れば　貴くもあるか　（十七・三九二二）

紀朝臣清人、詔に応ふる歌一首

天の下　すでに覆ひて　降る雪の　光りを見れば　貴くもあるか　（十七・三九二三）

紀朝臣男梶、詔に応ふる歌一首

山の狭　そことも見えず　一昨日も　昨日も　今日も　雪の降れれば　（十七・三九二四）

葛井連諸会、詔に応ふる歌一首

新しき　年の初めに　豊《とよ》の稔《とし》　しるすとならし　雪の降れるは　（十七・三九二五）

大伴宿禰家持、詔に応ふる歌一首

大宮の　内にも外にも　光るまで　降れる白雪　見れど飽かぬかも　（十七・三九二六）

藤原豊成朝臣、巨勢奈弖麻呂朝臣、大伴牛養宿禰、藤原仲麻呂朝臣、三原王、智奴王、船王、邑知王、

小田王、林王、穂積朝臣老、小田朝臣諸人、小野朝臣綱手、高橋朝臣国足、太朝臣徳太理、高丘連河内、秦忌寸朝元、楢原造東人

右の件《くだり》の王卿等《おうきょうら》は詔に応へて歌を作り、次《つぎて》に依《よ》りて奏す。登時《そのとき》記さずして、その歌漏《も》り失《う》せたり。ただし秦忌寸朝元は、左大臣橘卿謔《たはぶ》れて云はく、「歌を賦するに堪《あ》へずは、麝《じゃ》を以ちてこれを贖《あか》へ」といふ。これに因りて黙《もだ》已《を》り。

上記歌群の題詞によれば、天平十八年（七四六）正月に、大雪が降り、左大臣橘諸兄をはじめ、官人たちが内裏に参上し、雪かきをした。元正太上天皇が大喜びし、労を犒《ねぎら》うための宴を催し、「汝ら諸王卿たち、聊かにこの雪を賦して、各その歌を奏せよ」という詔を出したという。五名の倭歌が記録されたなか、大陸移民の葛井連諸会が在席し、「瑞雪兆豊年」という中国の農業の諺を歌に詠み込み、日本で初めて披露されるようになる。[注16]ところが、諸会と対照的に、歌の詠めなかった大陸移民もいた。唐生まれ唐育ちの秦朝元である。左注によれば、その時、秦朝元も宴会に参列していたが、咄嗟のことであったためか、歌が詠めなかった。そのことを諸兄に「麝香を以てその失態を贖え」と言われたという。朝元は医者であったらしく、おそらく当時中国から輸入していた高価な麝香を所持していたのであろう。そして、一般的には歌才がなく、唐での生活も長かったことを朝元が倭歌を詠めなかった理由とされているが、最近では、橘諸兄と藤原仲麻呂が同時に居た宴会の場において、その政治的な対立を敏感に感じ取った朝元があえて口を噤んだというような首肯できる新説もある。[注17]

以上から考察してきたように、大陸移民は宴会の推進者であると同時に、宴会のアクセントにもなっている。彼らは常に宴会の空気を敏感に読み、時にはそれを変えたりもする。実に宴会の政治を熟知されているようである。それがもしかすると参加者としての大陸移民の本能というより、むしろ求められている資質と言ったほうが適切かもしれない。

四　東アジア盛宴の主宰者――「倭漢」両道の大陸移民

大陸移民として生まれ備わる「越境性」[注18]という異質性が最大限に威力を発揮できるのは朝鮮半島を交えた、いわば東アジア規模の宴会においてである。そのような異国人同士の集う宴会においてはじめて、大陸移民はペースを摑め、主宰者になりうるのである。そのような大陸移民の共通点として、前述した葛井連広成のように、倭歌と漢詩、二刀流でなければならない。本章では上代文学の双璧とも言われる『万葉集』と『懐風藻』、その後者の漢詩を援用しつつ、「秋日於長王宅宴新羅客」を中心に、東アジアの盛宴における倭と漢の二つの世界を自由に行き来する大陸移民について考えてみたい。

万葉歌人でありながらも、『懐風藻』にも名前を残した大陸移民は、山田史三方、背奈王行文、刀利宣令、吉田連宜、麻田連陽春、葛井連広成の六名いるが、そのうち、山田史三方、背奈王行文、刀利宣令、吉田連宜、計四名が長屋王の政治的文学サロンで行われた新羅使餞宴の舞台に登場し、「秋日於長王宅宴新羅客」の詩を詠んでいる。倭歌と漢詩が両方堪能であることがこの宴会に参加する重要な条件だったようである。なお、長屋王自身も作詩されたその宴会には大陸移民の百済公和麻呂のほか、在来氏族の下毛野朝臣虫麻呂と安倍朝臣広庭、さらに不比等の子である藤原朝臣総前といった当時朝廷の有力人物も出席している。

養老七年（七二三）に行われたこの「秋日於長王宅宴新羅客」宴会の背景について、少し説明しよう。注意すべきは同年八月に入京し、同月帰国するこの新羅使節団は奈良時代を通じて最も僅少な人数であったことと、前年新羅が毛伐郡城を築き、「日本賊」の侵入に備えたことであり、それらの史実を鑑みれば、宴会が行われた時期は日羅関係が一概に良好的とは言い難い。それから、三年前の養老四年（七二〇）に藤原不比等の死去、その翌年に元明太政天皇の崩御に伴い、長屋王自身が養老四年になって舎人親王と並んで実質朝廷のトップとなり、さらに養老五年（七二一）の叙位と右大臣就任、養老六年（七二二）の賜物など、宴会当時の長屋王は政治的には意気高揚の時期であった。朝廷の権力を一身に集めた長屋王の私宴はそのような複雑な国内外の政治状況において行われたものであり、倭漢ともに重視する政治的な色彩の濃厚な宴会であることは言うまでもない。そのような宴会は文学的には国境や民族や政治を超越した人間相互の交歓の情をうかがい知ることができるかもしれないが、政治的な側面から見れば、本質的には新羅を属国と看做している趣が強い。[注19] その意味で、高句麗、新羅、百済朝鮮三国の代表として選出された当代随一の文化人たちである山田史三方、背奈王行文、刀利宣令、吉田連宜、四名が参加したその宴会は日羅お互いに国威のかけた東アジア的な盛宴といっても過言ではあるまい。残念ながら、新羅側の資料が残されていないため、『懐風藻』に頼って推測に負う部分が多くなることをご了承願いたい。

まず、宴会は山田史三方の詩により始まる。起源が中国で、新羅を経て日本列島に移住した氏族と考えられる山田史三方自身は新羅への留学経験をもち、東宮侍講も勤め、窃盗の罪まで赦されるほど学識の誉れ高い「文雅」な大陸移民であり、『続日本紀』の編集者の一人とも擬せられている。[注20]『万葉集』には三方の以下のような歌が残されている。

三方沙弥、園臣生羽が女を娶りて、未だ幾の時も経ねば、病に臥して作る歌三首

たけばぬれ　たかねば長き　妹が髪　このころ見ぬに　掻き入れつらむか　三方沙弥　（2・一二三）
人皆は　今は長しと　たけと言へど　君が見し髪　乱れたりとも　娘子　（2・一二四）
橘の　影踏む道の　八衢に　物をそ思ふ　妹に逢はずして　三方沙弥　（2・一二五）

その中の三番目の歌（2・一二五）が後に口ずさまれるほどの名歌になったことは下記『万葉集』の記載によってわかる。

橘の　本に道踏む　八衢に　物をそ思ふ　人に知らえず

（6・一〇一二）

右の一首、右大弁高橋安麻呂卿語り云はく、故豊島采女が作なり、といふ。ただし、或本に云はく、三方沙弥、妻苑臣に恋ひて作る歌なり、といふ。然らば則ち、豊島采女は当時当所にしてこの歌を口吟へるか。

倭歌のみならず、山田史三方は漢詩も得意である。『懐風藻』に漢詩三首を残し、そのうちの一首が「五言。秋日於長王宅宴新羅客一首。并序」である。

大学頭従五位下山田史三方三首

052　五言。秋日於長王宅宴新羅客一首。并序。

君王以敬愛之沖衿。広闢琴罇之賞。使人承敦厚之栄命。欣戴鳳鸞之儀。於是琳瑯満目。蘿葵充薜筵。玉俎雕華。列星光於烟幕。珍羞錯味。分綺色於霞帷。羽爵騰飛。混賓主於浮蟻。清談振発。忘貴賤於窓雞。歌台落塵。郢曲与巴音雑響。咲林開靨。珠暉其霞影相依。于時露凝旻序。風転商郊。寒蟬唱而柳葉飄。霜雁度而蘆花落。小山丹桂。流彩別愁之篇。長坂紫蘭。散馥同心之翼。日云暮矣。月将継焉。酔我以五千之文。既舞踏於飽徳之地。博我以三百之什。且狂簡於叙志之場。清写西園之遊。兼陳南浦之送。含毫振藻。式賛高風。云々。

白露縣珠日。黄葉散風朝。対揖三朝使。言尽九秋韶。
牙水含調激。虞葵落扇飄。已謝霊台下。徒欲報瓊瑤。[注21]

長い序文がつくことは象徴的で格調高い宴会の始まりを告げている。また、その序文は三方の「史《ふひと》」にふさわしく、漢文の素養の高さが伺い知れる。そして、それに続く漢詩も実に巧妙に詠まれている。三方はまず日本の立場、つまり主人である長屋王の立場に替わり、「上から目線」で新羅使を「三朝使」と呼び、また双方の交流は礼に基づく「対揖」によって行われ、更にその交流は詩楽、つまり「九秋韶」にあると詠むことによって倭国の政治的と文化的優位性を示す。かと思えば、今度、詩の末尾においては突然立場を変え、新羅留学経験のある者として、新羅使の立場に成り替わり、「已謝霊台下。徒欲報瓊瑤」と詠み、使人たちの気持ちを代弁する。一首の詩において日羅双方の役割を演じることができるのは大陸移民の身分とその経験でしか成せない技である。山田史三方が長屋王家木簡の中に「山田先生」として登場するが[注22]、この宴会における指導者的な立場から考えても、長屋王に「師」と仰がれるのに頷けるのであろう。

続いて高句麗出自の背奈王行文が登場する。行文は養老五年正月には「優遊学業、堪為師範」のため、天皇から恩賜を受け、神亀六年（七二九）ごろには『藤氏家伝』で「宿儒」として名を上げている[注23]。行文は『懐風藻』に漢詩二首を残し、その一首が下記の「五言。秋日於長王宅宴新羅客一首。〈賦得風字〉」である。

従五位下大学助背奈王行文二首　〈年六十二〉

060　五言。秋日於長王宅宴新羅客一首。〈賦得風字〉

嘉賓韻小雅。設席嘉大同。鑒流開筆海。攀桂登談叢。

盃酒皆有月。歌声共逐風。何事専対士。幸用李陵弓。

行文のこの漢詩はほかの長屋王宴新羅使の漢詩群と類似した発想や表現も見られ、とりわけ最後の二句に注目すべきである。文面通りに理解すれば、「任務を果たした専対士」のように、公務のことを忘れ、李陵のように弓箭を以て愁傷を忘れようという意味である。しかし、李陵弓の故事を念頭に考えてみれば、その置かれた境地が行文の境遇と類似していることがわかる。つまり、行文は倭国にいて、慰めとなるものがないことを、李陵が匈奴に身を囚われて、弓箭を以てしか慰めできないことに喩え、行文にとって漢詩は唯一の慰めになると詠んでいることになる。その心情が一方、ほぼ同時期に『万葉集』では以下の「謗佞人歌」で表している。

佞人を謗る歌一首

奈良山の　児手柏の　両面に　かにもかくにも　佞人が伴　（16・三八三六）

右の歌一首、博士消奈行文大夫作る。

ここにいう「佞人」とは、神亀五年（七二八）に実施した内外階制により、行文の出世コースを阻んだ在来氏族のことであろうか。[注24] 詩歌とともに行文が在来氏族によって、出世の道が阻まれた不満と愁傷を表している。日本の生活は高句麗の亡命者にとって大変つらかったことが窺える。奈良時代のそのような私邸における酒と音楽と舞踊を伴う自由な饗宴は来日以来の儀式によって縛られていた新羅使によって唯一の解放された場とされているが、[注25] どうも長く古代日本在来社会に縛り続けられてきた背奈王行文も息抜きが必要のようである。

しかし、自国の尊厳を保たなければならない宴会で殺風景な漢詩を詠まれては、主人側としての体面を保つことが難しい。それで、次に登場するのが『万葉集』に雑歌二首（三・一三、8・一四七〇）を残す百済出自の大陸移民・刀利宣令である。和銅四年（七一一）三月ごろ、『経国集』に対策文を二篇残し、養老五年（七二一）正月には、山田史三方、楽浪河内と山上憶良らとともに東宮に侍するなど、漢文の教養が高い。刀利宣令は『懐風藻』には下記の「秋日於長王宅宴新羅客」と「賀五八年」の二首の漢詩を残している。

正六位上刀利宣令二首〈年五十九〉

063　五言。秋日於長王宅宴新羅客。一首。〈賦得稀字〉

玉燭調秋序。金風扇月幃。新知未幾日。送別何依依。
山際愁雲断。人前樂緒稀。相顧鳴鹿爵。相送使人帰。

刀利宣令が長屋王主催の新羅使餞宴という国際的詩宴の舞台において、送別の「離愁」という個人的な感情を詠んでいることに注目したい。それはヤマトウタの影響を受けて、漢詩に転用したものと見るべきかもしれない。また、その前に詠まれた行文の漢詩もあくまでも彼個人の感情に過ぎないことを暗示し、公的な宴会を「私情を挟む」ことによって、和やかな雰囲気にしようとする。いずれにせよ、倭歌でも漢詩でも淡々と詠んでゆく刀利宣令のことであるから、その温厚な性格が目に浮かぶ。

ところで、宴も酣になってきたところで、いよいよ下毛野朝臣虫麻呂に続き、主人である長屋王と高官の安倍朝臣広庭が登場する。再び作詩の番が大陸移民に回ってきたのは『万葉集』に作歌のない百済公和麻呂に次いで、この宴会で登場する最後の大陸移民・吉田連宜である。百済出自の吉田連宜はもともと僧侶であったが、文武天皇四年（七〇〇）に還俗した。その後、医術と方士の代表者として名を馳せた。

天平二年（七三〇）四月、山上憶良がその年の正月に大宰府の帥である大伴旅人の宅で行われた梅花宴の歌群、及び憶良が松浦潟の娘子に贈答した歌を書簡に付して、都にいる吉田連宜のもとへ送った。七月、吉田連宜からの漢文の書簡と倭歌による返信が『万葉集』に残されており、そこには随所に神仙思想が展開されている。

宜啓。伏奉四月六日賜書。跪開封凾、拝読芳藻、心神開朗、以懐泰初之月、鄙懐除袪、若披樂広之天。至若羈旅辺城、懐古旧而傷志、年矢不停、憶平生而落涙、但達人安排、君子無悶。伏冀、朝宜懐翟之化、暮存放亀之術、架張趙於百代、追松喬於千齡耳。兼奉垂示、梅苑芳席、群英摛藻、松浦玉潭、仙媛贈答、類杏壇各言之作、疑衡皐税駕之篇。耽読吟諷、戚謝歓怡。宜恋主之誠、誠逾犬馬、仰徳之心、心同葵藿。而碧海分地、白雲隔天。徒積傾延、何慰労緒。孟秋膺節、伏願万祐日新、今因相撲部領使、謹付片紙。宜謹啓、不次。

諸人の梅花の歌に和へ奉る一首

後れ居て　長恋せずは　御園生の　梅の花にも　ならましものを　（5・八六四）

松浦の仙媛の歌に和ふる一首

君を待つ　松浦の浦の　娘子らは　常世の国の　海人娘子かも　（5・八六五）

君を思ふこと未だ尽きず、重ねて題す二首

はろはろに　思ほゆるかも　白雲の　千重に隔てる　筑紫の国は　（5・八六六）

君が行き　日長くなりぬ　奈良道なる　山斎の木立も　神さびにけり　（5・八六七）

天平二年七月十日

その経歴からもわかるように、技術系の大陸移民である吉田連宜が漢文と倭歌にも優れていた。そのためか、天平五年（七三三）十二月、図書頭に任じられ、『懐風藻』には五言律詩「秋日於長王宅宴新羅客」、「従駕吉野宮」の二首の漢詩を残している。

正五位下図書頭吉田連宜二首〈年七十〉

079　五言。秋日於長王宅宴新羅客。〈賦得秋字〉

西使言皈日。南登餞送秋。人隨蜀星遠。驂帯断雲浮。

一去殊郷国。万里絶風牛。未尽新知趣。還作飛乖愁。

新羅客接待の場において、宴会の政治性と礼儀性を重視して作られたのが上記漢詩である。「蜀星」や「断雲」などの言葉から、どこか神仙思想の漂うこの漢詩は、彼と交流のあった大伴旅人からの影響を受けたものかもしれない。出席した大陸移民の中、最年長の吉田連宜によるこの無難で穏健な漢詩を最後に据えることで、この宴会における大陸移民の役割を果たされるのである。

このように、「秋日於長王宅宴新羅客」の宴会において、「倭漢」両道の大陸移民は大いに活躍し、漢詩を駆使して宴会の主宰者とも言える立場にある。それは山田史三方のように、文学的な指導者としてであり、または背奈公行文のように、政治的な発言者としてである。しかし、注意すべきはその宴会全体は中華思想を標榜する藤原朝臣総前の作詩によって閉じられていることである。東アジアの盛宴において、文芸的な主宰者の大陸移民たちはあくまでも天皇のイデオロギーのもとで宴会の政治に参加させてもらっているのであり、政治的な主宰者にはなり得ないことを忘れてはならない。

終りに

組織者であり、参加者でもある大陸移民にとって、万葉盛宴は文芸的かつ政治的な舞台である。賢臣として登壇する大陸移民もいれば、宴会の運営成否によって運命左右される大陸移民もいる。また、国際的な宴会においても、政治のことを完全に顧みもせずに、文芸のみで交流を図ろうとすることは難しかったようである。政治を敏感に感じ取り、時には宴席の空気を変えることはいかなる宴会においてもそれが鉄則のようである。それは宴会は文芸だけでなく、政治にも大きく影響されるからであろう。

つとに指摘されてきたように、古代日本において、文学は政治である。[注26] ここでいう「政治」をあえて補足するならば、国内政治のみならず、東アジアないしユーラシアの東側における国際政治をも巨視的に見る必要があるかもしれない。『万葉集』をはじめ、上代文学はつまり、そのような国際環境において芽吹き、育まれていたものであることを忘れてはならない。そして、その過程において、大陸移民が文芸と政治という二つの世界における交流・往来によって、上代文学が成立されていく過程で一役を買っていたのではないかと考える。

付記1

本稿は二〇一六年七月二十三日～二十四日、國學院大学にて行われた「第三回　國學院大学・南開大学院生フォーラム　東アジア文化研究国際シンポジウム」若手研究者発表セッションにおける口頭発表に基づき、修正・加筆したものです。席上にご質問・ご指導を頂きました方々、並びに本稿を作成するに当たり、ご指導賜りました國學院大学名誉教授・弊学客員教授の辰巳正明先生に衷心より御礼申し上げます。

付記2
本稿は二〇一六年度国家社会科学基金項目「日本古代木簡の文学的研究」（課題番号：16CWW007）による成果の一部です。

注

1　上野誠『万葉びとの宴』東京：講談社、二〇一四年、第一七頁。
2　梶川信行『万葉集の読み方　天平の宴席歌』東京：翰林書房、二〇一三年、第一〇頁。
3　「帰化人」、「渡来人」のこと。中国では「大陸移民」を使用するのが普通である（韓昇『日本古代的大陸移民研究』台湾：文津出版社、一九九五年、等）なお、筆者は術語はともかく、その実態と実質は「東亜交往民」であると指摘した（王凱「『万葉集』と日本古代大陸移民――「東亜交往民」の概念提起について――」『國學院雑誌』東京：國學院大学、二〇一五年一月、第一八八～二一〇頁）。
4　『万葉集』と大陸移民については、梶川信行氏の前掲書のほか、論文（「東アジアの中の『万葉集』――旅人周辺の百済系の人々を中心に――」『國語と國文學』東京：明治書院、二〇〇九年四月、第一～一四頁）や著書（梶川信行『万葉集と新羅』東京：翰林書房、二〇〇九年）などある。
5　『万葉集』における宴会については、梶川信行氏と上野誠氏の前掲書のほか、『万葉遊宴』（近藤信義氏『万葉遊宴』東京：若草書房、二〇〇三年）などある。
6　本稿が引用する『古事記』、『日本書紀』、『万葉集』は小学館・新編日本古典文学全集による。
7　辰巳正明監修、大谷歩など『古事記歌謡注釈』東京：新典社、二〇一四年、第一四九～一五〇頁。
8　大久間喜一郎、居駒永幸編『日本書紀〔歌〕全注釈』東京：笠間書院、二〇〇八年、第二七九～二八三頁。
9　王凱「大陸移民と万葉古歌」『外国問題研究』二〇一二年第四号、第三七～四二頁。
10　増尾伸一郎「『藤氏家伝』の成立と『懐風藻』」篠川賢、増尾伸一郎編『藤氏家伝を読む』東京：吉川弘文館、二〇一一年、第二六一～二六五頁。
王凱「日本古代大陸移民の「文学的」政治闘争――『万葉集』に基づく一考察――」『日語学習与研究』二〇一三年第二号。

11　梶川信行『万葉集の読み方　天平の宴席歌』東京：翰林書房、二〇一三年、第一二六頁。
12　伊藤博『萬葉集釋注四』東京：集英社、二〇〇五年、第六〇八～六一〇頁。
13　梶川信行『万葉集の読み方　天平の宴席歌』東京：翰林書房、二〇一三年、第五二～五四頁。
14　梶川信行『万葉集の読み方　天平の宴席歌』東京：翰林書房、二〇一三年、第一二三頁。
15　伊藤博『萬葉集釋注四』東京：集英社、二〇〇五年、第五九七～五九八頁。
16　王凱「「瑞雪兆豊年」と中国農耕文化の日本における伝播に関する問題」『古代文明』二〇一五年第二号。
17　梶川信行『万葉集の読み方　天平の宴席歌』東京：翰林書房、二〇一三年、第四〇頁。
18　田中史生『倭国と渡来人――交錯する「内」と「外」――』東京：吉川弘文館、二〇〇五年。
19　鈴木靖民『古代対外関係史の研究』東京：吉川弘文館、一九八五年、第一五三～一五七頁。
20　森博達『日本書紀の謎を解く』東京：中央公論新社、一九九九年、第二一六～二一八頁。
21　本稿が引用する『懐風藻』は辰巳正明『懐風藻全注釈』東京：笠間書院、二〇一二年による。
22　寺崎保広『長屋王』東京：吉川弘文館、一九九九年、第一一六～一一七頁。
23　沖森卓也など編著『藤氏家伝　鎌足・貞慧・武智麻呂伝　注釈と研究』東京：吉川弘文館、一九九九年、第三六三頁。
24　王凱「日本古代大陸移民の「文学的」政治闘争――『万葉集』に基づく一考察――」『日語学習与研究』二〇一三年第二号。
25　石母田正「詩と蕃国」『石母田正著作集　第十巻』東京：岩波書店、一九八九年、第三〇七～三一〇頁。
26　神野志隆光「文字の文化世界の形成　東アジア古典古代」東京大学教養学部 国文・漢文学部会『古典日本語の世界　漢字がつくる日本』東京：東京大学出版会、二〇〇七年、第六頁。

中国山水詩の系譜
――風土・時代・文芸の視点から――

赤井　益久

一　はじめに

それぞれの国の文芸にはそれぞれの特色があり、それを通してその国の人々が何を重視し、何に敏感に感応したかが窺われるようである。日本文学にとってのそれは、四季の営みであり、男女間の情愛ではないかと思われる。日本文学に大きな影響を与えた中国文学にとっては、おそらくは国家に対する政治意識や人間関係における友情、また処世観とつよく結びつく自然観や、自然をいかに観照するかという点などがその主要な要素と言えるようである。

本稿は、中国古典文学における山水詩の系譜を尋ねることによって、その時代ごとの変遷を大きく把握するとともに、時代ごとの特色を見ることで、そこに通底する自然観や世界観、また処世観の概況を提供したく思う。そうすることによって、読者に中国古典文学の理解を促し、日本文学との比較をも容易ならしめると考える。

大きく以下のように時代（乃至それに準ずる概念）区分する。①先秦　②両漢（前漢・後漢）　③三国・六朝

④陶淵明と謝霊運　⑤唐代（「王孟韋柳」）　⑦「詩境」についてである。これらをひと渡り見ることで、当初の目的は達成でき、大きな見取り図を提供できると思う。

二　先秦時代――文芸は社会的な所産

中国古典文学の二大源流とも言われる『詩経《しきょう》』と『楚辞《そじ》』は、前者は、紀元前十世紀から紀元前六世紀にかけて黄河流域の諸国に伝わった歌謡を中心とする。後者は、前者に遅れること約三百年、紀元前三世紀頃に洞庭《どうてい》湖《こ》の南北に広がる楚国に伝わった歌謡を原型とする。『史記』（孔子世家《せいか》）には、孔子が数千の詩歌から優れた詩歌を選んで編集したという説（孔子刪定《さんてい》説もしくは刪詩《さんし》説）が伝わるが、『論語』の中には、すでに「詩三百、一言以てこれを蔽《おお》えば、曰《いわ》く思い邪《よこしま》なし」（為政）と言われるがごとく、現在伝わる『詩経』三百五篇は孔子の時代には、現在に近い姿をしていたものと思われる。『詩経』を考える際に、留意すべきことがある。それは、漢代における儒教の国教化に伴い、他の経書とともに「経典」化されたことであり、本来もっていた歌謡としての性質は、経典化されることによって、いくつかの制約を受けることになった点である。詩経を解釈する上で重要な修辞技巧に「六義《りくぎ》」がある。すなわち、その歌謡としての性格を指摘する「風《ふう》」（国風）「雅《が》」（大雅・小雅）「頌《しょう》」（周頌・魯頌・商頌）と「賦《ふ》」「比《ひ》」「興《きょう》」である。前三者は、いわば詩篇の内容を言う。国風は十五の国々の民謡、雅はいわば中央の貴族の歌、頌はいわば宗廟祭祀歌と言える。後三者は修辞技巧を言う。歌謡の経典化は、同時にさまざまな潤色を加えられることになった。

文芸は政治に貢献すべきであるという観念は、古く中国の文学を規定してきた。したがって、今日的な視点から見れば多く懐疑的な解釈もあるのだが、詩篇の伝播はこうした潤色や解釈、すなわち「牽強付会《けんきょうふかい》」によってこそ現代に伝わったという事実も看過できない。なかでも、おそらく漢代における経典化の際に付された詩篇ごとの「小序」は、作詩の経緯を政治的な訓戒や教訓として語ることが多く、近現代における詩経研究は概ねこうした潤色をさまざまな隣接の学術や比較研究によってベールを一枚一枚と剝がす作業によって本来の原姿を復原してきた。ここでは山水詩との関わりから、とくに「興」の修辞と「自然」との関わりのみを触れることにする。

『詩経』研究史上、もっとも多くの論議を呼び、また解釈に定見を見ないものは、「六義」中の修辞分類である「興」についてである。これをいかに捉えるかが従来の研究における主要テーマであった。『詩経』研究は、いわば「興」の究明に尽きるようである。

ふるく後漢・鄭玄《じようげん》は、比と興とを「比、見今之失、不敢斥言、取比類以言之」（比とは、今の失を見て、敢《あ》えて斥言《せきげん》せず、比類を取りて以て之を言う）、「興、見今之美、嫌於媚諛、取善事以喩勸之」（興とは、今の美を見て、媚《び》諛《ゆ》を嫌い、善事を取りて以て之を喩勸《ゆかん》す）（『周礼』春官下大師注）と指摘する。この定義は理念的であって、具体的な修辞を想定することは困難である。また、梁・劉勰《りゆうきよう》『文心雕龍』（詮賦）には、別に興を一章全体にかかるものであるのに対して、比は一句の比喩とする立場が見える。同じ梁・鍾嶸《しようこう》『詩品』（巻上）は、賦を「直書其事、寓言寫物、賦也」（其の事を直書し、言に寓し物を写すは、賦なり）、比を「因物喩志、比也」（物に因《よ》りて志を喩《たと》うるは、比なり）、興を「文已盡而意有餘、興也」（文已《すで》に尽きて意に余り有るは、興なり）と簡潔に説明する。唐・孔穎達《くようだつ》の疏《そ》は、これらを承け「則興者起也。取譬引類起發己心。詩文諸擧草・木・鳥・獸以見意者皆興辭」（則ち興なるものは起なり。譬を取り類を引き己が心を起発すればなり。詩文諸々草・木・鳥・獣を挙げて以て意を見《あら》わすは皆興の辞なり）とまとめている。『詩経』の解釈史上、古今の画期をなす南宋・朱子『詩集伝』では、興は「興者、先言他物以引起所詠之詞也」（興とは、先《ま》ず他物を言い以て詠ずる所を引起するの詞なり）（関雎注）と注している。現在の通説では、賦は直叙、比は比喩、興は隠喩・暗喩と定義することが多いが、興についてはいまだ定論を見ないといった方がよいであろう。

松本雅明はかかる研究状況にあって、興を解明することがすなわち『詩経』詩篇の成立に関して決定的であると考え、詩篇における主題と散見する常套的ないくつかの表現に注目し、各詩篇を精緻に分析し、その詩篇における働きを考察して、「興」本来の機能を析出していった。たとえば、周南「関雎」篇、第一章冒頭二句「關關雎鳩、在河之洲」（関関たる雎鳩、河の洲に在り）は、続く「窈窕淑女、君子好逑」（窈窕《ようちょう》たる淑女、君子の好逑《こうきゅう》）といかに関係するかという点に、動物としての雎鳩の同定、類似の表現の比較、後章の表現における連関性などを通し、興表現の即興性を指摘し、「関雎」篇の興を、次のようにまとめている。「ミサゴは春のはじめに南から渡ってくる。いま彼は重たい魚を捕へ水面をひくく飛ぶ。洲の岩上に獲物をおさへたまま鋭く啼く。その声は、暖くはあるがまだ薄ら寒い風が吹く春の水辺の新鮮な空気をふるはす。萌えいづる生気があたりにみち、喜びが人々をとらへる。そこから、「窈窕たる淑女は、君子の好逑」といふ句が生まれてくるのではなかろうか。」（『詩経諸篇の成立に関する研究』上冊、五九頁。以下同）と指摘し、興は「道徳的・譬喩的附会の余地はなく、表現どほりに、主文に先だつ気分象徴として解するほかない」と結論づけている。

詩経の諸篇には草木や鳥獣が歌われることが多い。国風「陳風」墓門篇は、小序に「陳佗《ちんた》を刺《そし》る」と説明するが、「墓門有棘、斧以斯之」（墓門に棘あり、斧以て之を斯《さ》く。）（第一章）「墓門有梅、有鴞萃止」（墓門に梅有り、鴞《きょう》有りて萃《あつま》り止まる）（第二章）の冒頭部分は、前者が植物を「切る」「刈る」という行為が男女間の結婚を提起する興であり、後者が樹木に鳥類が止まるという行為が、やはり男女の結婚を想起させる興であることを思えば、当時の人々のより自然に近い生活環境が看取できる。

したがって、詩経諸篇に窺われる自然は、自然を対他的に捉えると言うよりは、むしろ自然の中に包摂されている感覚、それを感覚的かつ気分的に表現する傾向が色濃いように思われる。

一方、詩経から約三百年を経て南方に花開いた『楚辞』は、楚の国という地理的、宗教的、文化的な特色が濃く、北方に生まれた詩経とは大いに趣を異にしている。その現在に伝わる歌辞は、楚国に盛んであった「巫風《ふふう》」の宗教的な祭祀を基盤としており、その歌謡としてのリズムや措辞、歌われている内容や後世への影響から判断すれば、屈原《くつげん》という個人の存在を無視しては成立しえない。詩経が不特定多数の社会や共同体が生み出した文芸であるとすれば、『楚辞』は楚国の宗教的な祭祀に深く関わるとはいえ、それを集大成する上での「作者」という個人的存在を考えざるを得ない。

楚の王族の家柄に生まれた屈原であったが、同僚の讒言《ざんげん》によって追放され、湖沼地域を彷徨の末、汨羅《べきら》江に入水するという悲劇は、楚国に伝わる伝説や故事と一体になって浪漫的な装いを纏いながら、なお古代人の文芸に寄せた思いを知ることができる。なかでも詩経と大きく異なるのは、天界に飛翔する融通無碍《ゆうずうむげ》な発想と浪漫的な色彩とであろう。また、それを可能にしたのは後世の文芸における「賢人失志《けんじんしつし》」「懐才不遇《かいさいふぐう》」といった普遍的なテーマとなる観念を提供できたことにあろう。

『楚辞』における自然は、草木は多く人格に比喩され、山川は多く神話的な要素をもち、後世との相違を際立たせる。後世の山水詩の進展を考える上では、屈賦を継承する淮南小山《わいなんしょうざん》の「招隠士」を挙げる必要があろう。この作品は、「招魂」篇を換骨奪胎して作られ、屈原の山沢隠棲を招くことを主題としている。山沢は、「坱兮軋。山曲岪。心淹留兮恫慌忽。罔兮沕。憭兮慄。虎豹穴。叢薄森林兮人上慄」（坱《おう》たり軋《あつ》たり。山は曲岪《きょくふつ》す。心は淹留《えんりゅう》して恫《どう》として慌忽《こうこつ》たり。罔《ぼう》たり沕《みつ》たり。憭《りょう》たり慄《りつ》たり。虎豹の穴。叢薄森林　人は上りて慄《おのの》く）と表現されるごとく、その世界は、虎豹が戦い、熊羆が叫え、禽獣がこぞって逃げ出す、人間の住む世界ではないと歌われている。山中に隠棲した王孫を招かなければならぬ主題とはいえ、当時の自然観が如実に反映している。宋・洪興祖「補注」には「誠に患害《かんがい》多ければ、隠処するに難《かた》きなり」と説明している。つまり、『詩経』や『楚辞』の時代には、自然やそれと大いに関連する処世観や世界観が自他の区別の上では認識されずにいたと言って良いであろう。

本来山中は、人知の及ばぬ世界であり、猛獣が徘徊し、生命の危険を絶えず脅かされていると認識されていた。それを端的に示すのが、「國」という文字である。本来「國」という文字は「或」（都市国家を手に持つ矛で守る象形文字）であり、より内外の意識が鮮明になって、さらにそれを囲む「国構え（城郭）」を加えたことを見ても、国の内側が人為の及ぶ人工的な国家と、国の外が人為の及ばぬ魑魅魍魎《ちみもうりょう》が跋扈《ばっこ》する人知不明の大自然と考える観念が容易に窺われるのである。自然は、人間にとって悪意を持ち、危害を加えるという思いが強かった。

三　両漢（前漢・後漢）――儒家思想から神秘主義の台頭へ――

秦の始皇帝が中国を統一する以前、春秋戦国時代は、いわゆる「中原《ちゅうげん》」（古代中国の中央部と考えられた黄河中流域から下流域にかけての一帯。狭義には現在の河南省一帯）を中心に諸国が位置し、『詩経』の時代は黄河中流域のきわめて限定的な版図であった。のち春秋時代（紀元前七七〇年～前四〇三年）の「五覇《ごは》」（斉の桓公・晋の文公・楚の荘王・呉王闔閭・越王句践）、戦国時代（紀元前四〇三年～前二二一年）の「戦国七雄」（斉・楚・燕・韓・趙・魏・秦）が群雄割拠し、しだいに国家としての版図を広げた。思想的にも諸子が「百家斉放《ひゃっかせいほう》」「百家争鳴《そうめい》」を競った。始皇帝は、統治において法家思想を採用した。しかし、「焚書坑儒《ふんしょこうじゅ》」や長城築城に認められるように、急進的かつ横暴な政策は反発を買い、漢の劉邦によって滅ぼされた。漢は、武帝の時に儒教を国教として定め（前一三六）、以降統治支配階層の指導理念として揺るぎない位置を保った。

また、漢代は人為への信頼がことのほかつよく、世界は人知で把握し、征服できるものと考える自負心が指摘できる。それを端的に表すのが漢代に盛行した「賦《ふ》」（詩経の六義のうちの「賦」に淵源をもち、直叙するという意味）というジャンルである。世界のすべてを文字によって捉えようとする意欲が文芸に集約され、ある事物を何千何百という文字を連ねる文芸で「敷陳《ふちん》」（事物を敷き述べる）をその特色とする。文学史的には、その当初の意欲は実現しなかったが、自然の把握や表現という点では、後世の山水詩に一定程度貢献したと言える。

前漢の版図は春秋戦国時代に比して大きく広がった。同時に、それまでは思想的にも自由な言論が行われていたが、儒教の一統支配により思想は抑制され、思想言論は大政翼賛的な傾向を帯びるようになった。制度的にも理念的にも強大な国家となった漢は、やがて約二百年の命脈を保つ。だが権力の中で、しだいに「宦官《かんがん》」と「外戚《がいせき》」が政権や体制を蝕むようになっていった。「新」の王莽《おうもう》による政権の簒奪は、権力基盤の脆弱化を露呈した。

後漢時代における光武帝の即位は、漢王朝の復活であったが、同時にそれまでの政治権力の基盤が大いに揺らいだことを物語るものであった。基盤の脆弱化は、全体主義への不信、儒教一統支配の失墜、中央集権の破綻、国家基盤の脆弱化に伴う版図の縮小などに顕著に窺われる。自然観や山水の進展との関わりでいえば、思想的基盤の多様化が最も関わり深いであろう。儒教一統支配は、現実との齟齬や軋轢が知識人階層の離反を招き、むしろ老荘思想へと流れる趨勢を生み出した。所謂「三玄《さんげん》」（『老子』『荘子』『周易』）の流行、それに影響を受けた隠逸思想の普及である。

行きすぎた礼教主義は、「礼教吃人《れいきょうきつじん》」（道徳が人を殺す）という言葉があるように、自らの生き方と国家規範としての狭間に悩んだ文人を隠逸の風潮に駆り立てたのである。正史に所謂隠者の列伝が立てられたのは『後漢書』「逸民伝」からである。本来、隠逸とは隠れ逃れることを意味し、人知の及ばぬ峻厳な自然に逃避することによって、俗世の支配や束縛から逃れることができた。したがって、隠逸とは生死を賭したものであり、真の隠者とはその存在すら伺い知れない者である。

しかし、そうした処世が人々の意識に登り、その処世が支持されたのは、完全に世と隔絶するのではなく、世間との間にどのように自らを架橋するかに答えを出したからであろう。その意味で、後世の文人の処世観の枠組みである「出仕と退隠」が初めてつよく意識された時代と言える。所謂「竹林の七賢」（魏晋期の阮籍《げんせき》・嵆康《けいこう》・山《さん》濤《とう》・向秀《しょうしゅう》・劉伶《りゅうれい》・王戎《おうじゅう》・阮咸《げんかん》の七人。老荘思想に耽り、礼法を軽視し、俗世間から離れて韜晦した）に代表される処世である。

四　三国～六朝――「荘老退くを告げ、山水方に滋し」

後漢時代は、前漢における権力構造の凋落を食い止めることができず、むしろ各地における軍閥化が進み、やがて三国鼎立の趨勢を招いた。

文学における個性が花開く以前、古代にあっては文学は社会的な所産であった。その中から個性が芽生えるのは、画一的な様式から逸脱しようと試みた人々が現出してからである。その一つの契機が、三国魏の曹操《そうそう》・曹《そう》丕《ひ》・曹植《そうしょく》を中心とする文人らの集団である。いわゆる「三曹《さんそう》」のもとに集まった「建安《けんあん》の七子《しちし》」（孔融《こうゆう》、陳琳《ちんりん》、王粲《おうさん》、徐幹《じょかん》、阮瑀《げんう》、応瑒《おうとう》、劉楨《りゅうてい》）らである。その作品群は、文学のもつ批判精神やその時代の理念を有するとして「建安の風骨《ふうこつ》」と呼ばれる。なかでも、詩歌の可能性と水準を高めたのは、曹植（一九二～二三二）である。山水詩の進展上、注意すべき作品を見ることにする。

贈白馬王彪　七章　其二　　白馬王彪《はくばおうひょう》に贈《おく》る　七章《ななしょう》　其《そ》の二《に》

太谷何寥廓　山樹鬱蒼蒼○　太谷《たいこく》　何《な》んぞ寥廓《りょうかく》たる、山樹《さんじゅ》　鬱《うつ》として蒼蒼《そうそう》たり。
霖雨泥我塗　流潦浩縦横○　霖雨《りんう》　我《わ》が塗《みち》を泥《なず》ませ、流潦《りゅうろう》　浩《こう》として縦横《じゅうおう》たり。
中逵絶無軌　改轍登高岡○　中逵《ちゅうき》　絶《た》えて軌《あと》無《な》く、轍《てつ》を改《あらた》めて　高岡《こうこう》に登《のぼ》る。

修坂造雲日　我馬玄以黄○　修坂《しゅうはん》　雲日《うんじつ》に造《いた》り、我《わ》が馬《うま》　玄以《げんも》つて黄《こう》す。

（太谷関は何とがらんとしているのだろう、山の木々が鬱蒼と茂っている。長雨は、わが前途を進ませまいと邪魔をし、泥水はあたりかまわず流れていく。幾筋もの道は、轍《わだち》が消えて跡形もなく、道をかえて高い丘に登る。長く険しい山道は、まるで雲や太陽に届きそうだ、わが乗る馬も疲れ切ってしまった）

作者曹植は、曹操の子であり、兄の曹丕が皇位についたために、終生謀反を疑われ、不遇を強いられた。白馬王の彪、また任城《じんじょう》王の彰とともに都に行ったが、洛陽で任城王が没した。同じ境遇のもの同士で語り合おうとしたが、邪魔をするものがあってかなわず、そこで心中を詩に託して白馬王に贈ったのが、右の詩である。七章を一つの作品とする考えもあるが、一章ごとの独立性は認められる。苦しい心情を自然の風物に託した作者の思いを読み取りたい。

太谷は、洛陽の東南約六十キロメートルにあった関所、太谷関を指す。周囲に茂る鬱蒼とした樹木、降り止まぬ長雨が行く手を遮り、道を隠して泥水が流れる。前途を見失うほどの降雨と険難は、晴れることのない作者の心情を反映している。山水詩の進展は、じつはこの風景描写と心情描写の渾然一体とした形成にあると言える。末尾ある「修坂　雲日に造り、我が馬　玄以って黄す」とは、自ら乗る馬が険しい坂道を前に、ひるむ様子を描いている。黒い馬は、疲労すると肌が黄色くなることから、こう表現されるが、むろんこれは作者自身を仮託していると読むべきであろう。

屈原以来の才能がありながら、世に不遇である「懐才不遇《かいさいふぐう》」あるいは「賢人失志《けんじんしつし》」のテーマに沿った作品である。

後漢以降、「出仕」と「退隠」という対蹠的処世観が認識されてから、前者が政治世界を指すのに対して、後者が隠棲する場所として山間や川渚が想到された。「林泉」「丘壑」「山河」「山水」などが自然を意味する言葉として使用され始める。

山水詩の進展上、思想史的観点から指摘すべきは、隠逸の具体的な形象の深まりと、隠逸の世界と二重し、あるいは具象化する神仙世界の描写とであろう。ここでは、西晋・左思《さし》（二五〇?~三〇五?）の「招隠二首《しょういんにしゅ》　其《そ》の二《に》」と西晋・郭璞《かくはく》（二七六~三二四）の「遊仙詩十四首《ゆうせんしじゅうよんしゅ》其《そ》の三《さん》」を挙げることにする。

招隠二首　其二
招隠二首《しょういんにしゅ》　其《そ》の二《に》

杖策招隠士　荒塗横古今○
策《つえ》を杖《つえ》つきて　隠士《いんし》を招《まね》かんとするに、荒塗《こうと》は　古今《ここん》に横《よこ》たわる。
巖穴無結構　丘中有鳴琴○
巖穴《がんけつ》には　結構《けっこう》無《な》きも、丘中《きゅうちゅう》には　鳴琴《めいきん》有《あ》り。
白雲停陰岡　丹葩曜陽林○
白雲《はくうん》　陰岡《いんこう》に停《と》まり、丹葩《たんぱ》　陽林《ようりん》を曜《て》らす。
石泉漱瓊瑤　纖鱗或浮沉○
石泉《せきせん》　瓊瑤《けいよう》を漱《そそ》ぎ、纖鱗《せんりん》　或《ある》いは浮沈《ふちん》す。
非必絲与竹　山水有清音○
糸《いと》と竹《たけ》とを必《ひつ》するに非《あら》ず、山水《さんすい》に　清音《せいおん》有《あ》り。
何事待嘯歌　灌木自悲吟○
何《なん》ぞ　嘯歌《しょうか》を待《ま》つを事《こと》とせん、灌木《かんぼく》　自《おの》ずから悲吟《ひぎん》す。
秋菊兼糇糧　幽蘭間重襟○
秋菊《しゅうきく》　糇糧《こうりょう》を兼《か》ね、幽蘭《ゆうらん》　重襟《ちょうきん》に間《まじ》わる。
躊躇足力煩　聊欲投吾簪○
躊躇《ちゅうちょ》して　足力煩《そくりょくわずら》い、聊《いささ》か　吾《わ》が簪《かんざし》を投《とう》ぜんと欲《ほっ》す。

（杖をつきながら、山中の隠者を招こうと訪ねる、荒れた道が昔より行く手をふさぐ。岩穴には、立派な構えはなく、自然の中には、琴の響きがある。北側の岡には白雲がたなびき、紅い花が南側の林に映える。石走《いわばし》る泉は玉のしぶきを上げ、稚魚が銀鱗をきらめかせて浮き沈みする。管弦が必ず要るとは限らない、山水にはおのずと清らかな音があるから。声を伸ばして歌う必要もなく、群生する木々が自然と音を奏でる。秋の菊は見目良いばかりではなく食用にもなり、奥深い谷に咲く蘭は重ね着に飾られる。あちらこちらを歩めば足は疲れる、この遊びに専念するため、役人を辞めることにしよう）

『楚辞《そじ》』には、漢・淮南王《わいなんおう》劉安《りゅうあん》が在野の学識ある人を招くために作らせた「招隠詩」があり、『文選《もんぜん》』（巻二二）はそれを受けて「招隠」を部門として立てている。この題材は、晋代になると多作されだした。張華《ちょうか》、張《ちょう》載《さい》、閭丘沖《りょきゅうちゅう》などに作がある。この時期になると、山中の隠者を訪ねたり、自らを隠者に擬したり、山中の生活にあこがれたりするものが多くなる。後漢以降に士人の間に流行した「隠逸《いんいつ》」の気風を受けるものである。世俗を避けて、山中に生活することを理想と見なす風潮が背景にあった。山中が人を拒む厳しい様相をもつ時代から、人々にとって好ましい自然へと転換するのに、「招隠詩」は大きな役割を果たした。

遊仙詩十四首　其三
翡翠戯蘭苕　容色更相鮮○
緑蘿結高林　蒙籠蓋一山○
中有冥寂士　静嘯撫清絃○
放情凌霄外　嚼蘂挹飛泉○
赤松臨上遊　駕鴻乘紫煙○
左挹浮丘袖　右拍洪崖肩○
借問蜉蝣輩　寧知龜鶴年○

遊仙詩《ゆうせんし》　十四首《じゅうよんしゅ》　其《そ》の三《さん》
翡翠《ひすい》　蘭苕《らんちょう》に戯《たわむ》れ、容色《ようしょく》　更《こも》ごも相鮮《あいあざ》やかなり。
緑蘿《りょくら》　高林《こうりん》に結《むす》び、蒙籠《もうろう》として　一山《いちざん》を蓋《おお》う。
中《なか》に　冥寂《めいじゃく》の士《し》有《あ》り、静嘯《せいしょう》して　清絃《せいげん》を撫《ぶ》す。
情《じょう》を放《はな》ちて　霄外《しょうがい》を凌《しの》ぎ、蘂《ずい》を嚼《か》みて　飛泉《ひせん》に挹《く》む。
赤松《せきしょう》　上遊《じょうゆう》に臨《のぞ》み、鴻《こう》に駕《が》して　紫煙《しえん》に乗《の》る。
左《ひだり》に　浮丘《ふきゅう》の袖《そで》を挹《と》り、右《みぎ》に　洪崖《こうがい》の肩《かた》を拍《う》つ。
借問《しゃもん》す　蜉蝣《ふゆう》の輩《やから》、寧《いず》くんぞ知《し》らん　亀鶴《きかく》の年《とし》を。

（カワセミが蘭の花に戯れる、その彩りは互いに映発して一層鮮やかに見える。緑のカズラが高い林にまとわりつき、鬱蒼と茂って山全体を覆い尽くす。山中には物静かな隠者が居て、そっと嘯《うそぶ》き清らかな弦を奏でる。天の外まで気持ちを開放し、薬草を食し滝のしぶきを飲む。赤松子は川の上流に臨み、オオトリに乗り紫の靄に浮かぶ。左に浮丘公の袖をとって遊び、右に洪崖の肩をたたいて楽しむ。ちょっと尋ねるが短命のカゲロウ諸君、長寿の亀や鶴の齢《よわい》を知らぬであろう）

本来、「遊仙詩」とは、魏・曹植から始まり、現実を離れ、仙界に遊ぶことをテーマとする。本詩は作者に伝わる十四首のうちの一首。仙界は別世界にあるのではなく、自らの経験の延長線上にあると考えられた。実際に自らの隠遁を希求する経験をいかして自然をとらえている。同時に才能を抱きながら、家門低く不遇の身を歎く思いを託している。しかし、全体としては、世俗の風塵を超越する高踏的な作風が指摘できる。

また、魏晋・南北朝を通して、山水詩との関わりの上で指摘すべきは、所謂「正始《せいし》の玄学《げんがく》」である。正始とは、魏の年号（二四〇～二四九）である。漢代儒教の閉塞した状況を打開しようとした哲学的風潮を言う。玄学とは、『老子』（第一章）「此の両《ふた》つの者は、同じきより出でたるも而《しか》も名を異にす。同じきものは之を玄と謂う、玄の又《また》玄、衆妙の門なり」を踏まえている。ここに言う「両者」とは隠された本質、あるいは玄妙な働きを指す「妙」と、その結果だけを指す「徼《きょう》」を言う。真実、欲望から開放された者がこの奥深い道理を覚ると考えられた。正始の玄学を代表するのが、魏・何晏《かあん》（一九三？～二四九）と魏・王弼《おうひつ》（二二六～二四九）である。

西晋から東晋にかけて流行し、玄学の拠り所となった老荘思想を内容とした詩歌を「玄言詩《げんげんし》」と呼ぶ。だが、すでに「中朝玄を貴《たつと》びてより、江左《こうさ》（東晋王朝）は盛んなりと称せられ、談の余気に因り、流れて文体となる。是を以て世は迍邅《ちゅんてん》（世の騒乱）を究むるも、辞意は夷泰（平穏）なり。詩は必ず柱下（老子）の旨帰にして、賦は乃ち漆園（荘子）の義疏なり。」（『文心雕龍《ぶんしんちょうりょう》』時序、第四五）とあって、三玄を尊ぶ「清談《せいだん》」の余波により、その風潮が文学にまで及び、現実は争乱の世でありながら、平和を歌うような矛盾を呈していたことが指摘されている。しかも、こうした詩歌は詩歌本来の生命を忘れ、『老子』『荘子』の注釈に堕していたというのである。

また、「永嘉《えいか》の時（三〇七～三一二）、黄老を貴び、稍《ようや》く虚淡を尚《たつと》ぶ。時に于《お》いて篇什（文学作品）、理は其の辞に過ぎ、淡乎として味わい寡《すくな》し。（略）諸公の詩は、皆平典（平板）にして道徳論に似、建安の風力尽《つ》けり。」（『詩《し》品《ひん》』序）と指摘されるように、玄言詩は哲理の勝った老荘の注釈のごとき、精彩がなく、「建安の風骨」を伝える力強さは失われていた。

形骸化が非難される玄学ではあるが、山水詩の進展において看過されぬ主題がある。それは、「言意《げんい》の弁《べん》」である。有限な「言」（言語表現）により無限である「意」（情意）の表現が可能かの命題にまつわる議論である。

魏晋期の「言意の弁」は、概ね「言は意を尽くさず」論が優勢であったが、王弼が「言」「意」の間に介在させるものとして「象」を強調したことで、新たな展開を促した。

尽きることのない意を限られた言葉にいかに盛るかということは、文学にとっても重要な関心事であり、玄学的思弁において王弼が「忘言」「忘象」から「得意存象」に至る過程を弁証的に案出したごとく、その試みがなかったわけではない。西晋・陸機《りくき》（二六一～三〇三）が「恒《つね》に意は物に称《かな》わず、文は意に逮《およ》ばざるを患《うれ》う」（『文選』巻一七「文賦」）と言い、意と文の中間に物象を想定しており、梁・劉勰《りゅうきょう》が「故に思理の妙たるや、神と物と遊ぶ。神は胸臆に居りて、志気其の関鍵を統《す》べ、物は耳目に沿いて、辞令其の枢機を管《つかさど》る」（『文心雕龍』神思第二六）、「物色尽きて情余り有る者は、会通に暁《あきら》かなるなり」（同上、物色第四六）と言及するのも、言意と物象との事情を指摘したものであろう。

玄学における「言不尽論」も、玄妙な「道」が固定化や既定化を拒むものであり、かつ言語表現によって束縛されることを嫌い、もっぱら内心の直観を重視する立場にあった。こうした玄学の傾向は、従来の訓詁を中心とする両漢の学問を打破し、仏教学隆盛の下地を形成した。

玄言詩は理が勝ち、実作も少ない。むしろ意と言の中間に客観世界を置き、主観の認識が如何に客観世界をとらえ、またそれを言語表現に反映させるかという点で成功をおさめたのは、東晋・陶淵明《とうえんめい》と南朝宋・謝霊運《しゃれいうん》とであろう。

五　東晋～六朝・宋――陶淵明と謝霊運

出仕の理想や挫折を述べる詩歌に対して、退隠の世界を描く作品は必ずしも多くはない。陶淵明から始まると見て良いであろう。退隠の世界として、自らの生きる世界を構築できたからである。陶淵明の自叙伝的作品と指摘される「五柳先生伝」の特徴は、大きく以下の点に集約される。①出身地・姓名不詳（「先生は何許《いずこ》の人なるかを知らざるなり。亦《ま》た其の姓字も詳《つまびら》かにせず」）②寡黙にして名利を追わない（「閑静にして言少なく、栄利を慕わず」）③学問好きではあるが、突き詰めて考えない（「書を読むことを好めども、甚《はなは》だしくは解することを求めず。意に会する有る毎《ごと》に、便《すなわ》ち欣然として食を忘る」）④酒好きである（「性酒を嗜《この》む」）⑤貧窮に甘んじて自足している（「環堵《かんと》蕭然として、風日を蔽《おお》わず、短褐穿結《たんかつせんけつ》し、箪瓢屢々《たんぴょうしばしば》空しきも、晏如《あんじょ》たり」）等である。

　これを要するに、『後漢書』逸民伝以降の隠者の列伝と比較すれば、概ねその常套的な表現と共通していることが理解できる。①につき見れば、当時の出自や家門を重視する門閥貴族中心の権力構造を批判し、何処の誰かも問わないと主張しているのである。②および③は、両漢から六朝の学問、文字の詮索《せんさく》や訓詁《くんこ》を中心とする所謂「章句《しょうく》の学」を否定し、文字の言わんとする所を感得することこそが大事であると見なす考えが窺われる。④と⑤は、陶淵明の詩歌を考察する際には、本質に触れる重要な要素である。従来の否定的な価値を伴う言葉を陶淵明は敢えて使用し、かえってそれを拠り所とする。「閑居」「固窮」「貧賤」等、従来の価値観を否定する「反価値」を敢えて標榜するのである。

　人為の象徴として政治や仕官があり、その対置するものとして田園をしつらえた所に陶淵明の独自性が認められる。従来の詩人たちが見ても見えなかった日常に焦点を当て、そこを自らの生きる場として押し出したのである。代表作を挙げよう。

　帰園田居　六首　其一　　園田《えんでん》の居《きょ》に帰《かえ》る　五首《ごしゅ》　其《そ》の一《いち》　陶淵明《とうえんめい》
少無適俗韻　性本愛丘山○　少《わか》くして　俗韻《ぞくいん》に適《てき》する無《な》く、性《せい》　本《もと》　丘山《きゅうざん》を愛《あい》す。
誤落塵網中　一去三十年○　誤《あやま》って塵網《じんもう》の中《うち》に落《お》ち、一去《いっきょ》　三十年《さんじゅうねん》。

羈鳥恋舊林　池魚思故淵○
開荒南野際　守拙歸園田○
方宅十餘畝　草屋八九間○
楡柳蔭後簷　桃李羅堂前○
曖曖遠人村　依依墟里煙○
狗吠深巷中　鷄鳴桑樹顚○
戸庭無塵雜　虚室有餘閑○
久在樊籠裏　復得返自然○

羈鳥《きちょう》　旧林《きゅうりん》を恋《こ》い、池魚《ちぎょ》　故淵《こえん》を思《おも》う。
荒《こう》を開《ひら》く　南野《なんや》の際《さい》、拙《せつ》を守《まも》って　園田《えんでん》に帰《かえ》る。
方宅《ほうたく》　十余畝《じゅうよほ》、草屋《そうおく》　八九間《はちくけん》。
楡柳《ゆりゅう》　後簷《こうえん》を蔭《おお》い、桃李《とうり》　堂前《どうぜん》に羅《つら》なる。
曖曖《あいあい》たり　遠人《えんじん》の村《むら》、依依《いい》たり　墟里《きょり》の煙《けむり》。
狗《いぬ》は吠《ほ》ゆ　深巷《しんこう》の中《うち》、鶏《とり》は鳴《な》く　桑樹《そうじゅ》の顚《いただき》。
戸庭《こてい》に塵雑《じんざつ》無《な》く、虚室《きょしつ》に余閑《よかん》有《あ》り。
久《ひさ》しく樊籠《はんろう》の裏《うち》に在《あ》りしも、復《ま》た自然《しぜん》に返《かえ》るを得《え》たり。

（若い頃より俗世間とうまくかみ合わず、生まれつき自然が好きだった。誤って汚れた網に落ちてしまい、はや長い月日が過ぎてしまった。旅の鳥が古いねぐらを恋しく思うごとく、池の魚がもと居た淵を懐かしむように。南の荒野を開拓し、自分の生き方を守り、田園に帰る。十余畝ほどの四角い敷地に、八九間ほどの草葺きの家を建てる。ニレやヤナギが後方のひさしを隠し、表座敷にモモとスモモが並ぶ。遠くの村はかすんではっきり見えず、田舎の村落からは立ち上る煙が見える。奥まった路地に犬の鳴き声が聞こえ、桑の木の頂きから鶏の声が響く。庭先には何一つ煩わしさが無く、がらんとした部屋にはたくさんの暇がある。長い間鳥かごの生活であったが、ふたたび、本来の生活に戻ることができた）

作者の田園に帰る決意を「帰去来《ききょらい》の辞《じ》」と共に代表する一首である。冒頭、世俗の塵にまみれたことを「誤って塵網の中に落ち」と表現している。役人世界が、自由を束縛し、自らの意志を阻害する世界であったことを端的に指摘している。「守拙」とは、世渡り下手な自分を守って、うまく立ち回ろうとしないこと。「拙」とは、つたない生き方、拙劣な自分を是認し、それを大事に守っていこうとする宣言である。「守拙」とは、生まれたままの「素質」を大切に、人為や作為を弄することを避ける生き方。「方宅　十余畝、草屋　八九間」以下が、陶淵明が構築し得た自分の世界である。ささやかではあるが、自分の求めるものがすべてである。

　飲酒　二十首　其五　　飲酒《いんしゅ》　二十首《にじっしゅ》　其《そ》の五《ご》

結廬在人境　而無車馬喧○　廬《いおり》を結《むす》びて人境《じんきょう》に在《あ》り、而《しか》も車馬《しゃば》の喧《かまびす》しき無《な》し。
問君何能爾　心遠地自偏○　君《きみ》に問《と》う　何《なん》ぞ能《よ》く爾《しか》ると、心遠《こころとお》ければ　地自《ちおの》ずから偏《へん》なり。
採菊東籬下　悠然見南山○　菊《きく》を採《と》る　東籬《とうり》の下《もと》、悠然《ゆうぜん》として南山《なんざん》を見《み》る。
山気日夕佳　飛鳥相與還○　山気《さんき》　日夕《にっせき》に佳《よ》く、飛鳥《ひちょう》　相与《あいとも》に還《かえ》る。
此中有真意　欲辨已忘言○　此《こ》の中《うち》に真意《しんい》有《あ》り、弁《べん》ぜんと欲《ほっ》して已《すで》に言《げん》を忘《わす》る。

（人里に家を構えるが、訪れる人の車馬の音も聞こえない。どうしてそのようなことが可能なのかと問えば、心の持ち方が俗世間から遠ければ、住む場所は自然と田舎暮らしも同然なのだ。東の籬《まがき》のもとで菊をとり、ゆったりと廬山《ろざん》を見やる。山の佇まいは夕刻が最も良く、飛ぶ鳥が連れ立ってねぐらに帰る。こうした中にこそ自然の本質があり、それを表現しようと試みるが、言葉にならない）

　陶淵明が好んだモチーフである「飛ぶ鳥」「帰る鳥」が描かれる。人の住まいは立地が左右するのではなく、そこに住む人の心持ちが重要であると主張する。そして、その心持ちを代弁するのが「菊を採る東籬の下」以下の四句である。最後の二句、「此の中に真意有り、弁ぜんと欲して已に言を忘る。」とは、こうした自然の在り方の中にこそ「真意」があると言い、それを説明しようとして言葉にならない、と主張するのである。と言いつつこの詩はその境地を表現しているのである。突き詰めて表現しない、留保しながら、余白を残すことによって、かえってその「真理」の把握を可能にしているようである。

「酒」は、陶淵明を語る時に不可欠である。しかし、詩歌に詠まれる酒は、酩酊《めいてい》酔狂を詠じるためではなく、むしろ陶然とした中に、人生の本質や生きることの意味を尋ねる作が多いようである。

最後の二句「此の中に真意有り、弁ぜんと欲して已に言を忘る。」とは、玄学における「言意の弁」を陶淵明はいとも簡単に克服昇華したようである。ゆったりとした自然との一体感、突き詰めて考えない余裕、「言葉にしたいのだが、言葉にならぬ」と言いながら詩歌に託している思い、その放棄することによって漠として把握しようとする表現が、従来の有限な言語表現によって無限な「意」を捉えることに成功しているようである。

謝霊運の代表作を二首挙げることにする。

過始寧墅　始寧《しねい》の墅《しょ》に過《よ》ぎる　南朝宋・謝霊運《しゃれいうん》

束髪懐耿介　逐物遂推遷○　髪《かみ》を束《つか》ねてより　耿介《こうかい》を懐《いだ》くも、物《もの》を逐《お》いて　遂《つい》に推《お》し遷《うつ》る。
違志似如昨　二紀及茲年○　志《こころざし》　に違《たが》うこと　昨《さく》の如《ごと》きに似《に》たるも、二紀《にき》にして　茲《こ》の年《とし》に及《およ》ぶ。
緇磷謝清曠　疲苶慙貞堅○　緇磷《しりん》して　清曠《せいこう》に謝《しゃ》し、疲苶《ひでつ》して　貞堅《ていけん》に慙《は》づ。
拙疾相倚薄　還得靜者便○　拙《せつ》と疾《しつ》と　相倚《あいよ》り薄《せま》り、還《かえ》って静者《せいじゃ》の便《べん》を得《え》たり。
剖竹守滄海　枉帆過舊山○　竹《たけ》を剖《さ》きて　滄海《そうかい》に守《しゅ》となり、帆《ほ》を枉《ま》げて　旧山《きゅうざん》に過《よ》ぎる。
山行窮登頓　水渉盡洄沿○　山行《さんこう》しては　登《のぼ》り頓《くだ》りを窮《きわ》め、水渉《すいしょう》しては　洄《のぼ》り沿《くだ》りを尽《つ》くす。
巖峭嶺稠畳　洲縈渚連綿○　巌《いわお》は峭《けわ》しくして　嶺《みね》は稠畳《ちゅうじょう》たり、洲《なかす》は縈《めぐ》りて　渚《なぎさ》は連綿《れんめん》たり。
白雲抱幽石　緑篠媚清漣○　白雲《はくうん》は　幽石《ゆうせき》を抱《いだ》き、緑篠《りょくじょう》は　清漣《せいれん》に媚媚《こ》ぶ。
葺宇臨廻江　築觀基曽巓○　宇《う》を葺《ふ》いて　廻江《かいこう》に臨《のぞ》み、観《かん》を築《きず》いて　曽巓《そうてん》に基《もとい》す。
揮手告郷曲　三載期歸旋○　手《て》を揮《ふ》りて　郷曲《きょうきょく》に告《つ》げ、三載《さんさい》にして　帰旋《きせん》を期《き》す。
且爲樹枌檟　無令孤願言○　且《しばら》く為《ため》に　枌檟《ふんか》を樹《う》えよ、願《ねが》いに　孤《そむ》かしむること無《な》かれ。

（元服してより節操を守ってきたが、官途に就いてよりはその志も変わってしまった。節を改めたのは昨日のように思えるが、はや二十余年経過し、この年になってしまった。志もそぎ削られ、黒に染まって、清廉な隠者に恥ずかしく思われる。疲労困憊《こんぱい》して、貞節を持す人に申し訳なく思う。官途での躓きと病気が相迫り、かえって道を体現する「静なる者」に近づくことができた。割り符を持参して永嘉の太守につき、航路を枉げて、故郷の始寧に立ち寄る。山歩きしては上り下りを窮め尽くし、水渡りしては流れを上下して見尽くす。山は聳えて峻険に峰は幾重にもたたなわり、中洲はぐるりと巡り渚はずっと続いている。白い雲は、黒い岩を抱えるように湧き、緑の竹が、清らかなさざ波の気を引くようになびく。川の水に沿って、屋敷を構え、山の頂に楼閣を建てる。手を振って郷里の人々に別れを告げ、三年経ったら帰ってきたいと願う。そのためにニレとヒサギを植えておいてほしい、わが願いに背くようなことはしないでくれたまえ）

永嘉太守への赴任の途中、故郷の始寧の別荘に立ち寄った折りの作。七句目と八句目「拙と疾と　相倚り薄り、還って静者の便を得たり」とは、分かりにくい表現である。『老子』（十六章）「虚を致すこと極まり、静を守ること篤《あつ》くす。万物、並び作《おこ》るも、吾は以て復《かえ》るを観る。夫の物の芸芸《うんうん》たる、各おの其の根に復帰す。根に帰るを静と曰う、是《こ》れを命に復すと謂《い》う」（空虚に向かって進めるだけ進み、静寂を守る。さすれば万物は伸張する。すべての生物は、やがて根本に帰る。根本に帰ることを静寂と呼び、それは運命に従うことだ）等を踏まえている。謝霊運は、時に老荘思想や仏教思想によって自分の生き方を照らしてみている。最後の二句は、季文子が自らの棺用に門外にニレとヒサギを植えた故事を援用している。みずからの終焉の地を、故郷に決めたと言っているのである。

従斤竹澗越嶺渓行

猿鳴誠知曙　谷幽光未顯●
巖下雲方合　花上露猶泫●
透迤傍隈隩　苕遞陟陘峴●
過澗既厲急　登棧亦陵緬●
川渚屢径復　乗流翫回転●

斤竹澗《きんちくかん》より嶺《みね》を越《こ》えて渓行《けいこう》す　（南朝）宋・謝霊運《しゃれいうん》

猿《さる》鳴《な》いて　誠《まこと》に曙《あけぼの》なるを知《し》るも、谷幽《たにくら》くして　光《ひかり》は未《いま》だ顕《あきら》かならず。
巌《いわお》の下《した》に　雲《くも》は方《はじ》めて合《がっ》し、花《はな》の上《うえ》に　露《つゆ》は猶《な》ほ泫《したた》る。
透迤《いい》として　隈隩《わいおう》に傍《そ》い、苕遞《ちょうてい》として　陘峴《けいけん》を陟《わた》る。
澗《たにがわ》を過《す》ぎて　既《すで》に急《きゅう》なるを厲《わた》り、桟《かけはし》に登《のぼ》りて　亦《ま》た緬《はる》かなるを陵《こ》ゆ。
川渚《せんしょ》は　屢《しば》しば径復《けいふく》し、流《なが》れに乗《の》りて　回転《かいてん》を翫《たの》しむ。

蘋萍泛沈深　菰蒲冒清浅●　蘋萍《ひんぴょう》は　沈深《ちんしん》に泛《うか》び、菰蒲《こほ》は　清浅《せいせん》を冒《おお》う。
企石挹飛泉　攀林摘葉巻●　石《いし》に企《つまだ》ちて　飛泉《ひせん》を挹《く》み、林《はやし》を攀《よ》じて　葉《は》の巻《ま》けるを摘《つ》む。
想見山阿人　薜蘿若在眼●　想《おも》い見《み》る　山阿《さんあ》の人《ひと》、薜蘿《へいら》　眼《め》に在《あ》るが若《ごと》し。
握蘭勤徒結　折麻心莫展●　蘭《らん》を握《にぎ》りて　勤《おもい》を徒《いたず》らに結《むす》び、麻《あさ》を折《お》るも　心《こころ》を展《の》ぶる莫《な》し。
情用賞爲美　事昧竟誰辯●　情《じょう》は　賞《しょう》を用《も》って美《び》と為《な》すも、事昧《ことくら》くして　竟《つい》に誰《たれ》か弁《べん》ぜん。
觀此遺物慮　一悟得所遣●　此《こ》れを観《み》て　物慮《ぶつりょ》を遣《わす》れ、一《ひと》たび悟《さと》りて　遣《や》る所《ところ》を得《え》たり。

（猿の鳴き声を聞き朝の訪れを知るも、谷は深くかつ暗く朝日は届かない。山の巌の下に雲がはじめて集まり、花の上には未だ露の潤いが残る。曲がりくねる谷川沿いに進み、はるかに続く山並みを越えていく。谷川は早瀬の箇所を渡り、また山並みは桟道を踏んでいく。中洲があればそこを行き来し、渦巻く流れに船を運んで楽しむ。水面の浮き草は深みにうかび、マコモやガマが澄んだ浅瀬を覆う。岩を踏んで吹き出る泉を汲み、林の枝をよじり若い芽を摘み取る。この付近には山の隈に住む人が、つる草を身にまとって眼前に現れる気がする。蘭を贈ろうと結ぶがかえって気が結ぼれるだけ、麻を摘み取るが贈る相手もなく気が晴れない。ものの真価は自然を愛でる気持が美を見いだすことであり、この真理は分かりにくく誰も説明はできない。自然を観賞すると俗世の煩わしさを離れることができ、これを悟るものは、物我の違いを超克することができる）

詩の題は、斤竹澗から山の峰を越え、谷川沿いに進んだ景色を詠じている。詩中の「山阿人」は、山の奥にいる人。『楚辞』九歌「山鬼」に「人有るが若《ごと》し 山の阿《くま》に、薜茘《へいれい》を被《き》、女蘿《じょら》を帯ぶ」（山の一角に人がいるようだ、マサキノカズラを着て、蔓草《つるくさ》の女蘿の帯を締める。）を踏まえ、「折麻」とは疏麻の花、瑤華を言う。神話上の花で、食べれば長寿を得るという。『楚辞』九歌「大司命」に「疏麻《そま》の瑤華《ようか》を折りて、将《まさ》に以て離居に遺《おく》らんとす。」を踏まえる。山水詩における『楚辞』の影響が見える。

謝霊運の山水詩は、作者自らが自然の中に、ずんずんと進んでいく力強さが感じられる。それは、あたかも自然の中にある「道」や「理」を探らんとして悪戦苦闘している趣がある。この詩の末尾の四句は、解釈が容易ではない。「一たび悟りて　遺《や》る所を得たり」とは、『荘子』（斉物論）の晋・郭象《かくしょう》の注釈には、「将に夫《そ》れ類せざらんとすれば、心を無にするに若《し》くは莫《な》し。既に是非《ぜひ》を遣り、又た其の遣る所を遣る。これを遣り又た之を遣りて、以て遣ること無きに至り、然《しか》る後に遣る無く、遣らざる所無く、而して是非は自《おのずか》ら去るなり」（是非の区別をなくすためには、その区別を忘れ、忘れたことも忘れ、さらにそれをも忘れると、忘れると忘れないとの区別もなくなり、是非の観念はなくなる）を踏まえている。こうして主客や物我が一体となり、自然の美はおのずと現れ出てくると考えたのである。この場合の「忘」という言葉は、「忘却」という意味ではなく、「物我」あるいは「主客」「是非」の二律が衝突や矛盾をする場合に、さらに高次の概念によって克服し、昇華する意味であると考えると分かりやすい。

　謝霊運の山水詩は風景に交えて、右の詩のように、あるいは卒章に、あるいは中間に説理的言辞を配している作品がある。右の詩の「此れを観て　物慮を遺れ、一たび悟りて　遺る所を得たり」、また例えば「名に矜《ほこ》れば道に足らず、己を適《かな》えば　物を忽《ゆるが》せにすべし。」（『謝康楽詩注』巻二、「赤石に遊び進みて海に汎ぶ」）、「慮淡《たん》なれば物自《おのずか》ら軽く、意愜《こころよ》ければ理違《たが》うこと無し。」（同巻三、「石壁精舎より湖中を還るの作」）、「賞心忘るべからず、妙善冀《ねが》わくは能《よ》く同せんことを」（同巻三、田南に園を樹《つく》り流れを激《そそ》ぎて楥《かき》を殖《う》う」）などである。これを玄言詩の余習とみなすのは正しくない。謝霊運が言う「妙善」は、道家の主客融合した境地を意味し、「適己物可忽」は、外物に掣肘《せいちゅう》されずに自己を自在におくことであり、「一悟得所遣」とは差別のない「物我一体」の悟達を言うものである。これらは、主観と客体との在り方を直截的に表現した句と言うべきであろう。

　南朝梁・沈約《しんやく》（四四一～五一三）が『宋書』（巻六七）謝霊運伝の賛に、「高言妙句、音韻天成に至りては、皆闇《あん》に理と合す。思《し》に由《よ》りて至るに匪《あら》ず。」と評している。「闇與理合」は、言語による表現が「理」と合致し、思慮によって案出されたものではないことの消息を指摘している。『荘子』（内篇、養生主、第三）の有名な包丁の寓話に言う「臣は神遇《しんぐう》を以てし、目睹《もくと》を以てせず。」に付された郭象注が「闇に理と合す」と言うのも、客体の観照を通して「理」を心により悟ることの証左となる。

魏・王弼の「意を得るは忘象に在り」と前後して、仏教では『般若経《はんにやきよう》』を中心に「色即是空《しきそくぜくう》、空即是色《くうそくぜしき》」、つまり物色世界の感応を通して心境の空寂に至ることが標榜された。般若経の小品《しようほん》・大品《だいほん》の対比を示した東晋・支遁《しとん》（三一四〜三六六）は、悟りに至る過程に天分による遅速があると認めた。つまり、「漸悟《ぜんご》」「頓悟《とんご》」である。謝霊運に思想的な影響を与えた南朝宋・道生《どうしよう》（三五五?〜四三四）は「頓悟説」を主張し、謝霊運は法勖《ほうきよく》・僧維・王弘などの漸悟派に反駁した「弁宗論《べんそうろん》」を著している。

修行によって得た知は「仮知」であって「真知」ではなく、頓悟こそ「真知」であるとし、「物我同忘《ぶつがどうぼう》」「有《う》無壱観《むいつかん》」の言葉に示されるごとく、主客を超えた空寂を瞬時に悟ることであった。実と空を分け、自己と他者を設けることは差別《しやべつ》区分に執着停滞し、それ以上展開しない。主客、有無を超えた「空」を頓かに悟ること、これが「頓悟」の考えであった。謝霊運の説理的言辞はこうした考えの反映であろうし、その山水詩は自然観照より得た妙悟の結実と言えよう。

六　唐代――山水詩の展開「王孟韋柳」

唐代、武后朝に重んじられた神秀の禅は、大鑑慧能《えのう》の門下荷沢神会《かたくじんね》の宗教運動により「北宗禅《ほくしゆうぜん》」と呼ばれ、慧能以下、南嶽懐譲《えじよう》・青原行思《せいげんぎようし》・馬祖道一《ばそどういつ》へと続く法系を「南宗禅《なんしゆうぜん》」と呼ぶ。南宗禅は、慧能により「頓悟菩提《ぼだい》」が唱えられ、頓悟主義によって発展した。唐に起こった禅は、伝統的な儒仏道から見れば、経典を重視せず、文字にとらわれぬ直観をたっとび、中国化した宗教として人々に受け入れられやすかった。

唐代の文人は、習禅の風潮が認められ、詩文における「言意の弁」も文学の隆盛に伴い認められるようになる。事象をつぶさに観照し、ただちに寂静を悟達する禅は、自然観照を重視するいわば自然詩派とも言うべき、王維《おうい》や孟浩然《もうこうねん》に影響を与えたとしても不思議ではない。

唐・王維（七〇〇～七六二）は慧能の碑文を書いている。また、心印のさまを「法は言説を離れ、言説を了すれば即ち解脱する者なり。終日言うべきも、法に名相なし。名相を知るは即ち真如《しんにょ》なる者なり。何ぞ嘗《つね》に相を壊《こぼ》たんや。実際（真際《しんさい》とも言う。相対的差別を超えた事象の究極的境界）は無際を以て示すべく、無生《むしょう》（一切のものが空で、生成変化を超えていること）は不生を以て相伝う。夫《か》の自ら性の空なるを得るに非ず、密《ひそ》かに心地に印す」（「為幹和尚進註仁王経表」）と言う。王維の代表作である「輞川《もうせん》集」二十首が禅であると評されるのは、自然観照より得た妙悟が典型的に認められるからである。

また、唐・孟浩然（六八九～七四〇）は、「理を会して無我を知り、空を観て有形を厭う。迷心応《まさ》に覚悟すべし、客思寧《やす》んずるに遑《いとま》あらず」（「陪姚使君題慶上人房」）、また「象を棄て玄応《まさ》に悟るべし、言を忘るるも理必ず該《そな》わる。静中何ぞ得る所ぞ、吟詠也《ま》た徒なるかな」（「本闍黎新亭作」）と表白している。しかし、「言・象・意」三者の関係を超える概念を、王維や孟浩然は提出していない。だが、自然の観照を通して「空」「理」を直観頓悟し、詩作に反映させていることは認められる。

唐代にいたり禅の影響を受けつつも、山水詩が新たな段階の立ち至ったのは、自然観や処世観との関わりにおいてであろう。六朝時代に門閥貴族の間で流行した山居の風尚は、一方で園林文化を促し、他方で隠逸の実態との齟齬に士大夫は悩まざるを得なかった。

東晋王朝は脆弱な権力基盤により臣下に服従を強いた。そのため士人は処世に慎重にならざるを得なかった。

東晋・謝安の豪遊ぶりを一瞥しておこう。「(謝)安、情を丘壑《きゆうがく》に放《はな》つと雖《いえど》も、然るに游賞する毎《ごと》に、必ず妓女を以て従わしむ」(『晋書』巻七九)、「また土山に墅《しょ》(別荘)を営み、楼館林竹甚だ盛んなり。毎《つね》に中外の子姪を携え往来游集す。肴饌も亦た屢々《しばしば》百金を費やす。世頗《すこぶ》る此を以て譏《そし》る。而《しか》れども安殊に以て意に屑《かえり》みず」というものであった。漢代の隠逸とはまったく似て非なる内容であった。

謝安の山中隠居の実態は如上のごときものであったが、謝安を典拠とする「吏に非ず隠に非ず晋尚書」(劉憲『全唐詩』巻七一、「奉和聖製幸韋嗣立山荘」)、「謝公出処《しゆっしょ》を兼ね、妓を携《たずさ》えて林泉を玩《もてあそ》ぶ」(崔泰之『全唐詩』巻九一「奉酬韋嗣立祭酒偶遊龍門北渓忽懐驪山別業因以言志示弟淑奉呈大僚之作」)には、後世に進展する、「官吏」と「隠者」の並立を予想させる言辞が認められる。

王維が山中で作成した詩を見ることにする。

早秋山中作　王維　　早秋山中《そうしゅうさんちゅう》にての作《さく》　王維《おうい》

無才不敢累明時○　思向東溪守故籬○　　無才《むさい》　敢《あ》えて明時《めいじ》を累《わずら》わさず、思《おも》う　東渓《とうけい》に向《む》かって故籬《こり》を守《まも》らんことを。

豈厭尚平婚嫁早　却嫌陶令去官遲○　　豈《あ》に尚平《しょうへい》の婚嫁《こんか》の早《はや》きことを厭《いと》わんや、却《かえ》って嫌《きら》う　陶令《とうれい》の官《かん》を去《さ》ることの遅《おそ》きを。

草間蛩響臨秋急　山裏蟬聲薄暮悲○　　草間《そうかん》の蛩響《きょうきょう》　秋《あき》に臨《のぞ》んで急《きゅう》なり、山裏《さんり》の蟬声《せんせい》　薄暮《はくぼ》に悲《かな》し。

寂寞柴門人不到　空林獨与白雲期○　　寂寞《せきばく》たる柴門《さいもん》　人到《ひといた》らず、空林《くうりん》　独《ひと》り　白雲《はくうん》と期《き》す。

(菲才《ひさい》の私が官につくのは太平の世を乱すこと、東の谷川わが古き住まいに帰り昔通りの生活をしよう。向長《しょうちょう》が子供らの結婚話を早く片付けたことに賛成するが、陶淵明《とうえんめい》が官を捨てのは少し遅かったのではないか。草の間で鳴くコオロギは秋になっていよいよせわしく、山の中で鳴くセミは夕刻にひときわ悲しく鳴く。このもの寂しい

柴の戸に訪れるものもなく、秋が深まる林に白雲と合う約束をしよう）

「寂寞」とは、本来は「ひっそりともの寂しいさま」を表わす言葉である。しかし、王維は、「寂寞として　柴《さい》扉《ひ》を掩い、蒼茫として　落暉《らくき》に対す」（「山居即事」）などのように、「寂寞」に、王維は特別な意味を持たせている。『荘子』（天道）に「夫《そ》れ虚静恬淡《きょせいてんたん》、寂寞無為《むい》なる者、万物の本なり」（いったい虚心で平静であること、無欲でさっぱりしていること、静かで無為であること、これらが万物の在り方の根本である）、また漢・揚雄《ようゆう》の「解嘲」（『文選』巻四五）に言う「惟《た》だ寂惟だ漠として徳の宅を守る」（ただ空虚恬淡にして、高尚な道徳を守る）などを踏まえていると思われる。

またこの言葉は、仏教の「寂滅《じゃくめつ》」（心の静まりかえった状態、煩悩が静められた究極の安らぎ、悟りの境地）にも通じて意識されたようである。

「白雲」は、王維が好んで使う詩語である。「芳草隠処に空しく、白雲故岑《こしん》に余《あま》す」（「送権二」）、「但《た》だ去れ復《ま》た問うこと莫《な》からん、白雲尽くる時無し」（「送別」）などと詠じられる。こうして詠まれる白雲は、世俗的なものを拒否し、自らの生きる世界を支える隠逸的な空間や理想的な世界を象徴している。六朝までは出仕と退隠は峻別されてきた。王維の処世観は、いわば「半官半隠《はんかんはんいん》」（仕官しながら隠者の趣を求める）とも言うべきもので、相克を止揚したところに独自性と後世への影響力もあった。

王維が輞川《もうせん》の別荘を構えたのは、おそらくは開元二十一年（七三三）以降、天宝八年（七四九）以前と考えられる。それまでは経済的にも精神的にも余裕がなかった。輞川での生活は、開元二十八年（七四〇）から天宝十五載（七五六）に安禄山の乱が勃発して唐王朝が滅亡の危機に瀕するまでの間と考えられる。王維が四十歳から五十六歳までとなり、生涯のうちで最も充実していた時期であった。同時に、完全な隠棲ではなく、いわば出仕と退隠の相克矛盾を克服した生き方で、処世観の上で後世に大きな影響を残した。

輞川《もうせん》の谷間の別荘を「輞川荘」と呼ぶ。その景勝地を二十ほど選んで詩を作ったのが「輞川二十景」である。その序文によれば、「孟城坳《もうじょうよう》・華子岡《かしこう》・文杏館《ぶんきょうかん》・斤竹嶺《きんちくれい》・鹿柴《ろくさい》・木蘭柴《もくらんさい》・茱萸沜《しゅゆはん》・宮槐陌《きゅうかいはく》・臨湖亭《りんこてい》・南陀《なんだ》・欹《い》湖《こ》・柳浪《りゅうろう》・欒家瀬《らんからい》・金屑泉《きんせつせん》・白石灘《はくせきたん》・北陀《ほくだ》・竹里館《ちくりかん》・辛夷塢《しんいお》・漆園《しつえん》・椒園《しょうえん》などである。裴迪《はいてき》と暇な時を見つけては、それぞれに絶句を作った」とある。その一首を左に挙げよう。

輞川集　欒家瀬　　王維
颯颯秋雨中　淺淺石溜瀉●
跳波自相濺　白鷺驚復下●

輞川集《もうせんしゅう》　欒家瀬《らんからい》　王維《おうい》
颯颯《さつさつ》たり秋雨《しゅうう》の中《うち》、淺淺《せんせん》として石溜《せきりゅう》瀉《そそ》ぐ。
波《なみ》を跳《おど》らし　自《みずか》ら相濺《あいそそ》ぐ、白鷺《しらさぎ》　驚《おどろ》き復《ま》た下《くだ》る

（秋雨がしとしとと降るなか、岩場の流れが音を立てて下る。波しぶきを上げてそそぎ落ち、その音に驚いたのか白鷺が飛び立ちまた舞い降りる）

王維の「輞川集」は、「往々禅に入り、意を得て言を忘るるの妙有り」（王士禎『香祖筆記』）（しばしば禅の境地に入り、悟りを得てそれを言葉にはできない妙趣がある）と評されるように、「詩禅相関説《しぜんそうかんせつ》」によって理解されることが多い。それはまた、自然を観察するなかで、禅の境地を観照する「動中の静」あるいは「静中の動」という言葉によって説明されることもある。描写は自然の一場面に過ぎないが、時により、一瞬のきらめきの中に生命の真相や人間存在の在り方を示しさえする。

王維によって構築された山水詩は、後世その系譜を受け継ぐ者として、王維、孟浩然、韋応物、柳宗元を併称して「王・孟・韋・柳」と呼び、その系譜を跡付けすることがつねとなった。当初は、唐・司空図《しくうと》（八三七～九〇八）によって王維と韋応物、即ち「王韋」が「澄淡精緻」を共有する者として李白や杜甫に匹敵すると評価され、のち北宋・蘇軾《そしょく》（一〇三六～一一〇一）によって韋応物と柳宗元、即ち「韋柳」が「簡潔古雅」を求め、「至味」を淡泊に表現できていることが評価された。こうして、唐・韋応物（七三七～七九一）を仲介して、四家は併称され、山水詩の

代表的な詩人と目されるに至るのである。

とりわけ、唐代中期に至っては、処世観の上で注目すべき進展があった。王維がめざした、所謂「半官半隠」がより実際的に希求されだしたからである。唐代中期に勃発した「安禄山の乱」は、時代の担い手を門閥貴族から科挙官僚もしくは庶族出身の官僚へと転換する契機となり、処世観や世界観の上で大きな価値観の転換があった。

その典型が「吏隠」と呼ばれる概念である。これは官吏の中に隠棲するという意味であり、従来は「出仕」と「退隠」を峻別したがそれを並立させようとする発想である。

韋応物は貴族に出自を持ち、安禄山の乱を朝廷内部で経験した詩人である。乱を招いた反省や自問より詩作を始め、独自な境地を開拓した詩人として四家の中でも得意な地位を占めている。その特徴は、仕官と隠棲が交互に認められ、独自に「棄官」していることからも処世観の上で注目すべきである。その隠棲の心構えを見る。

幽居　韋応物
貴賤雖異等　出門皆有営○
獨無外物牽　遂此幽居情○
微雨夜來過　不知春草生○
青山忽已曙　鳥雀繞舍鳴○
時與道人偶　或隨樵者行○
自當安蹇劣　誰謂薄世榮○

幽居《ゆうきょ》　韋応物《いおうぶつ》
貴賤《きせん》　等《とう》を異《こと》にすと雖《いえど》も、門《もん》を出《い》ずれば　皆営《みないとな》むこと有《あ》り。
独《ひと》り外物《がいぶつ》の牽《ひ》く無《な》くんば、此《こ》の幽居《ゆうきょ》の情《じょう》を遂《と》ぐ。
微雨《びう》　夜来過《やらいす》ぎ、知《し》らず　春草《しゅんそう》の生《しょう》ずるを。
青山《せいざん》　忽《たちま》ち已《すで》に曙《あ》け、鳥雀《ちょうじゃく》　舎《しゃ》を繞《めぐ》りて鳴《な》く。
時《とき》に道人《どうじん》と偶《ぐう》し、或《ある》いは樵者《しょうしゃ》に随《したが》いて行《い》く。
自《みずか》ら当《まさ》に蹇劣《けんれつ》に安《やす》んずべく、誰《たれ》か謂《い》わん　世栄《せいえい》を薄《かろ》んずと。

（身分の貴賤を問わず、一歩外に出れば万事思うようにはいかない。世間の価値観に引きずられなければ、「幽居」の思いを遂げることができる。小雨が夜に降り出し、知らぬ間に春の草が生えてくる。青い山並みにはや朝が訪れ、小鳥が家の回りにさえずり飛ぶ。あるときは道士と同道し、またあるときは樵夫に従って行く。世とうまく立ち回れぬのは自分でも承知、世の中の価値観を軽んじているわけでもない）

詩の題の「幽居」は、世の煩わしさを避けて静かに暮らすこと。作者の処世観や価値観を知る上で重要な語である。詩人が好んで使用する「閑居」と同義である。世間の価値観から離れて独自の世界を構築するために、それまでは否定的な価値観であった言葉をあえて使って強調した。そうすることで、既成の言葉が持つ枠組みを壊し、新たな意味を付与することができた。「幽居」「閑居」もそうであり、「蹇劣」（にぶく劣る）もそうである。

韋応物が「閑居」や「吏隠」と言った新たな概念を提出でき、また同時期の唐・白居易（七七二~八四六）の「中《ちゅう》隠《いん》」と言った概念に影響を与えることができたのも、中年以降滁州《じょしゅう》、江州《こうしゅう》、蘇州《そしゅう》等の江南の諸州の長官として赴任したことと関係がある。地方の刺史の官舎を「郡斎《ぐんさい》」と呼ぶ。この郡斎は、私的な生活空間であると同時に、公務を行い、人民のために祈禱や潔斎を行う宗教的な空間でもあり、期せずして「公」と「私」、あるいは「出仕」と「退隠」を並存する空間であったからだ。その一つを左に掲げる。

郡中西齋　韋応物

似與塵境絶　蕭條齋舎秋○
寒花獨経雨　山禽時到州○
清觴養真氣　玉書示道流○
豈將符守戀　幸以棲心幽○

郡中《ぐんちゅう》の西斎《せいさい》　韋応物《いおうぶつ》

塵境《じんきょう》と絶《ぜつ》するに似《に》たり、蕭條《しょうじょう》たる斎舎《さいしゃ》の秋《あき》。
寒花《かんか》独《ひと》り雨《あめ》を経《へ》、山禽《さんきん》時《とき》に州《しゅう》に到《いた》る。
清觴《せいしょう》真気《しんき》を養《やしな》い、玉書《ぎょくしょ》道流《どうりゅう》を示《しめ》す。
豈《あ》に符守《ふしゅ》を将《も》って恋《こ》いんや、幸《ねが》わくは以《もっ》て心《しん》を幽《ゆう》に棲《す》まわせん。

（ここは俗世間と隔絶した空間である、ものしずかな秋の書斎。秋に咲く花はぽつんと雨を浴び、山に帰る鳥はにわかに巣にもどる。清酒を盛った杯は真の心を養い、道教の経典は道家の生き方を指し示す。どうして役人生活に未練があろうか、できれば心を隠棲生活の中で養いたいものだ）

六朝期までの隠棲は、城中と隔絶した山林に隠遁し、大自然に没入することが「隠逸」と考えられた。しかし、唐代中期に想到された「吏隠」や「閑居」「中隠」は、むしろ大自然を自らの空間に取り入れることを可能と考える、大きな発想の転換が行われた。壺の中に別天地があると言う「壺中天《こちゅうてん》」を意識した世界観上の一大転換点である。

七 「詩境」という考え方――唐・釈皎然の『詩式』

物と意、言と意との間の関係を、「境」を使って体系的に把握しようとしたのが中唐の詩僧である皎然《こうねん》である。いま、景色と心情が交融する歴程に占める皎然の位置を確認する前に、皎然の文学観および当代に対する文学への評価を一瞥しておきたい。

皎然は、文学は唐代に至るまでに大きく四変したとする認識をもち、風雅の伝統の衰微を愁い『詩式《しき》』を著した。この『詩式』は、皎然の理論に基づく格式と詩句の挙例集であり、『文鏡秘府論《ぶんきょうひふろん》』所引の「詩議」と共に皎然の文学観を伝えている。建安の風骨が代表する文学の風格を重視する一方で、その当時批判的であった「斉《せい》梁《りょう》体」を重視し、文学の修辞をないがしろにしない態度を鮮明にした。これは、初盛唐以来定着しつつあった観のある、陳子昂《ちんすごう》の復古主義への評価、沈佺期《しんせんき》・宋之問《そうしもん》への批判とは一線を画し、相反する評価と言って良い。また、族祖である謝霊運をことのほか尊崇し、祖述する対象として意識されている。

文学理論においては、自然を重視しながらもその自然は相当の熟慮思索の結果自然と見えるのを上出来とみなし、詩歌の「作用《さよう》」「勢《せい》」「重意《じゅうい》」などを詩歌創作において重要な機能として認めている。就中、「境」「取境」は、皎然詩論中の関鍵と言ってよく、景と情との関係性を窺う際に画期をなすと考えられる。いま、その詳細を説明する紙幅はないが、皎然の考えを最も知ることができる「取境」を一瞥する。

「取境」については、以下のようにある。

評して曰く、或るひと云う、詩は修飾に仮りず、其の醜樸に任せ、但だ風韻正しく、天真全ければ、即ち上等と名づく、と。予曰く、然《しか》らず。無塩容を闕《か》きて徳有るも、曷《なん》ぞ文王太姒《たいじ》の容有りて徳有るに若《し》かんや、と。又曰く、苦思するを要せず、苦思すれば則ち自然の質を喪《うしな》う、と。此も亦然らず。夫《そ》れ虎穴に入らずんば、焉《いず》くんぞ虎子を得んや。取境の時、須らく至難至険たるべくんば、始めて奇句を見る。成篇の後、其の気貌を観《み》るに、等閑に似て思わずして得ること有るは、高手なり、と。時に意静かに神王《さか》んに、佳句縦横たれば、遏《とど》むべからず、宛《あた》かも神助の如し、と。然らず、蓋《けだ》し先ず精思を積むに由りて、神王んなるに因りて得るか、と。

三つの「或云」に答える形で進むこの議論を要するに、「境」は容易に得られるものではなく、苦思・精思を経てようやくにして到達できるものであり、そうして得られた詩境は自然に見えはするが修辞に裏打ちされたものである。王昌齢の「境」の考えを発展させ、修辞を看過軽視しない内容、作意や構想を重視するなど、皎然の立場を明確にしている。

今日伝わる皎然の『詩式』は、それまでに草稿として置いてあったものを、湖州長史として流されてきた李洪の慫慂によって貞元五年（七九〇）完成されたものと考えられる。したがって、『詩式』の編集自体は皎然の晩年に属し、それまでの文学的な営為の集大成とも言える。また、皎然の言う「境」は、仏教の六根に対する「六境」の影響を受けていると考えられるが、本来客観存在を認めない仏教の教えとも一線を画し、「空は何ぞ色在るを妨げんや、妙は豈《あ》に身の存するを廃せんや。寂滅は本寂に非ず、諠譁は曽《すこ》しも未だ諠ならず」（『杼山集』巻六、「禅思」）と言うごとく、外界世界としての色を必ずしも否定していない。同時に、空や無を観照する手立てとして色が意識されたように、「境」は情や意を表す手立てとして認識された。ここに、皎然がいかなる「意」をもち、いかなる心の持ち方に往時の江南における士人が惹かれたのかを注意する必要がある。王昌齢の詩論が、意と境の円満な協調を意味していたのに対して、皎然はむしろ意を主に据えた「境」をしつらえているように思える。

皎然は「境」について『詩式』成書以前に、詩句の中でもいくたびかふれており、その理解の一助となる。いま、試みにその一を見ることにしよう。「奉和顔使君真卿與陸處士羽登妙喜寺三癸亭」(巻三)には、次のようにある。

秋意西山多　列岑縈左次　　秋意　西山に多く、列岑《れっしん》を列ね左に縈《めぐ》りて次す。
繕亭歴三癸　疏趾鄰什寺　　亭を繕うこと三癸を歴《へ》、趾を疏して什寺に鄰す。
元化隱靈蹤　始君啓高誄　　元化　霊蹤を隠し、始めて君高誄を啓く。
誅榛養翹楚　鞭草理芳穗　　榛を誅して翹楚を養い、草を鞭ちて芳穂を理《おさ》む。
俯砌披水容　逼天掃峰翠　　砌に俯しては水容を抜き、天に逼りては峰翠を掃く。
境新耳目換　物遠風煙異　　境新にして耳目換わり、物遠にして風煙異なれり。
倚石忘世情　援雲得真意　　石に倚《よ》りては世情を忘れ、雲を援《ひ》きては真意を得たり。
嘉林幸勿剪　禪侶欣可庇　　嘉林　幸《ねが》わくは剪《き》る勿《な》かれ、禅侶　庇《おお》うべきを欣《よろこ》ぶ。
衛法大臣過　佐遊群英萃　　法を衛《まも》りて大臣過り、遊を佐《たす》けて群英萃《あつ》まる。
龍池護清澈　虎節到深邃　　龍池　清澈を護《まも》り、虎節　深邃に到る。
徒想嵊頂期　於今沒遺記　　徒《た》だ想う嵊頂の期、今に於《いた》るまで遺記没《な》し。

湖州刺史に着任した顔真卿は、苕渓にある妙喜寺に隣接する陸羽の手になる三癸亭を訪れた。この作は、大暦八年に皎然が奉和した作。詩は苕渓にある妙喜寺を取り囲む立地から歌い起こし、陸羽が三癸亭を創設することで隠されていた自然の美を発見したことを述べ、中間八句がその外界の風景を詠む。後半は浙江にある嵊山であった謝霊運の文会をふまえて、この緇流《しりゅう》（僧侶）と儒者の交流が得がたいものであることを記して終わっている。

ここで詠まれる「境」は、付近の自然に手を加え新たに現出した風景を直接的には指しており、それによって生まれる環境を「遠」とみなしている。ここで言う「遠」は、おそらくは『詩式』「弁体有一十九字」中の「遠」すなわち「渺々として水を望み、杳々として山を看るが如きに非ず、乃ち意中の遠を謂ふ。」と説明する詩的境地に連絡すると思われる。また、「境」が「物」と対応していることにより、外的な「物」と内的な「意」との交感を「境」を媒介にして融合を意図していることが窺われる。

こうした「境」字の用例は、「釋印及秋夜、身閑境亦清。風襟自瀟灑、月意何高明」（巻一、酬烏程楊明府華將赴渭北對月見懐）、「是時寒光澈、萬境澄以静。高秋日月清、中氣天地正。遠情偶茲夕、道用増寥敻」（巻一、答鄭方回）、「錦帳唯野花、竹屛有窓篠。朝行日色淨、夜聽泉聲小。釈事情已高、依禪境無擾」（巻一、奉酬顔使君真卿王員外圓宿寺兼送員外使迴）、「蒼林有靈境、杳映遙可羨」（巻一、兵後早春登故鄣南樓望崑山寺白鶴觀示清道人并深道士）、「偶來中嶺宿、閑坐見眞境。（略）從他半夜愁猿驚、不廢此心長杳冥」（巻二、宿山寺寄李中丞洪）、「望遠渉寒水、懐人在幽境。爲高皎皎姿、及愛蒼蒼嶺。（略）精疑一念破、澄息万縁静。世事花上塵、恵心空中境。清閑誘我性、遂使腸慮屛」（巻二、白雲上精舎尋杼山禪師兼示崔子向何山道上人）、「雙峰開鳳翅、秀出南湖州。地勢抱郊樹、山威増郡樓。（略）披雲得靈境、拂石臨芳州。積翠遙空碧、含風広澤秋」（巻三、同顔使君真卿李侍御萼遊法華寺登鳳翅山望太湖）などにも認められる。これらは外界としての「境」ではなく、「意」や「情」を託しうるもの、あるいは「意」や「情」はそのままでは伝わらないので、それらを詩的境地として読む者に想到させうるものと理解すべきであろう。

そして、「境」は多く清浄澄徹かつ幽暗静寂な境地として意識され、「弁体有一十九字」「静」に「松風動かず、林狖《りんゆう》未だ鳴かざるが如きに非ず。乃ち意中の静を謂ふ」というような意中の境地を反映する。

こうした作者の主体としての意を重視する認識は、中国詩歌の発展上注意すべき事象といえる。なぜならば、六朝以来の「物」「景」に向けての「情」「意」が触発される動きに注目した認識から、「意」「情」を主とした「物」「景」のとらえ方に推移しているからである。換言すれば、「意」を表白すべきための「景」であり、従来の嘱目の風景を詠ずる方法ではなく、「意」を伝えるための「象」あるいは「境」として把握したのである。それは「境」が、しばしば道情や法性と呼応して詠まれることからも明らかである。「物に応ずるは宿心に非ず、身を遣るは是れ我が策。」「道心野猿を制し、法語幽客に授く。境浄くして萬象真なり、目を寄するに皆益有り。」（巻二、苕渓草堂自大暦三年夏新営泊秋及春彌覺境勝因紀其事簡潘丞述湯評事衡四十三韻）、「鑪峰に依りて住むが爲に、境は勝りて道情を増す。」（巻三、夏日與綦毋居士昱上人納涼）、「霊境若し託すべくんば、道情従る所を知らん。」（巻三、奉陪陸使君長源諸公遊支硎寺）、などはこの間の消息をよく伝えている。

皎然が「境」に言及する場合、その多くが湖州における刺史・僚佐との間の贈答詩や奉和応酬に認められる。士大夫は僧侶から教義を学び、談論の中に知識を吸収していった。一方、僧は仏教の弘通《ぐづう》を図り、新たな展開を促しながら地域の有力者に庇護を期待したのである。士人が僧侶に何を求め、いかなる文会を結んだかを見るに好個の例がある。「秋日遙和盧使君遊何山寺宿歇上人房論涅槃經義」（巻一）である。

江郡當秋景　期將道者同　　江郡　秋景に当たり、道者と同せんことを期す。
跡高憐竹寺　夜靜賞蓮宮　　跡は高く　竹寺を憐み、夜静かにして蓮宮を賞す。
古磬清霜下　寒山曉月中　　古磬　清霜の下、寒山　暁月の中。
詩情縁境發　法性寄筌空　　詩情は境に縁《よ》りて発し、法性《ほっしょう》は筌《せん》に寄せて空し。
翻譯推南本　何人繼謝公　　翻訳　南本を推《お》す、何人《なんぴと》か謝公を継《つ》がん。

湖州刺史盧幼平が何山寺を訪れ、歇《よう》上人の房に宿り、涅槃経の講説に及んだ詩に皎然が遥和した作。盧使君は、秋に仏道を究めようとする人と何山寺に足を運び、寺院のたたずまいを愛でた。涅槃経に関わる論議は、夜更けから明け方まで続いた。「法性寄筌空」は『荘子』外物篇にある「魚を得て筌を忘る」を借りた表現であり、経論は「一切皆空」の真理に至る手段に過ぎないことを言い、それと対をなす「詩情は境に縁りて発す」も「境」は情を伝える手段であり、「境」そのものを詠ずることが目的ではないことを指摘している。終章二句は、北涼の曇無讖《どんむせん》が訳した『大般涅槃経《だいはつねはんぎょう》』を慧観《えかん》・慧厳《えげん》・謝霊運らが南本として修治したことを指し、原唱の講説をふまえて盧幼平と歙上人との交流を謝霊運と慧観らに仮託し、その雅趣にならおうとしているのである。同時に右の詩は、こうした儒仏の交流において、経典に関する講説の他に詩歌に関わる論議が交わされたことを物語っている。

北本涅槃経が江南に伝えられたことにより、竺道生《じくどうしょう》の「一闡提成仏《いっせんだいじょうぶつ》」説が根拠を得、南方の涅槃学派が誕生し、慧観の頓漸五時の経相判釈により釈尊最後の教えとみなされた。自然観照に頓悟を認めうる謝霊運の山水詩は、こうした背景を持つのであろう。

八　まとめ

中国古典詩の特色の一つは、所謂「景情交融」即ち景色と情感が相互に感応して表現されることと考えられる。山水詩は、その意味で詩歌の精華と言える。中国詩歌の進展上、自然が詠じられるのは、けっして新しいことではない。しかし、個人の感情が風景に託して、あるいは景色に反映して心情が詠じられることは詩歌の発生とともにあったわけではない。中国の詩歌が不特定多数の感情の発露として詠まれた時代から、個人の感情を表現する手段としての地位を獲得してから、そのいくつかの試みがあった。

その際に留意すべきは、「人為」と「自然」の対蹠的認識が、同時に「出仕」と「退隠」の対立概念とともに想起されたことである。漢代から六朝にかけては、「人為」の跼蹐や束縛からは「自然」へ逃避することで回避しようとした。つまり、自然に没入することで人為の束縛を離れたのである。隠逸の流行である。隠逸は現実的には過酷な山居を意味したが、理想世界への飛翔は同時に、「遊仙詩」や「招隠詩」を生み出し、理想世界の具象化や表現に成果をもたらした。こうした時代、人間にとって自然は対立する大きな存在であった。

老荘思想が流行する魏末期から西晋・東晋にかけて、所謂「清談」や「玄言詩」が行われ、それが文学にも及んだ。とくに「言意の弁」の命題は、文学にとって重大であった。有限な言語表現により無限である意や情を表現しうるかという課題は、陶淵明の余白の使用や謝霊運による自然景物を観照することによる道理や真理を発見しようとする試みによって、新たな局面を開いた。

こうした山水詩の進展は、漢魏以降の南進の歴史と不可分にあった。江左の開拓は版図の広がりをもたらしただけではなく、温暖湿潤な江南の美の発見の大きな契機となったのである。陶淵明にとっての潯陽（現在の江西省九江市）、謝霊運にとっての永嘉（現在の浙江省温州市）が果たす役割は大きい。

唐代に至ると、前代までの自然観は処世観と結びつき、六朝までの大自然への逃避から、大自然を自らの側に取り込むことを可能とする考えを創出するに至る。それは、従来対立してきた「出仕」と「退隠」を並存させる処世観であり、士大夫にとって安定し、かつ持続しやすい思想的な基盤となった。この背景には、唐代の中葉にいたって文学や思想における、世界を自らが認識できると考える自負と、折り合いを付けられる自信が生まれたからである。

中国の山水詩は、無限の意や情を「詩境」を設けることによりその限界性を克服できたようである。「景情交融」「景情一致」を重んずる歴程は、以上のごとき系譜を紡いで発展してきた。

Ⅱ　万葉集と漢文文献

万葉集と漢文文献

万葉集が漢字により表記されたことは、それが東アジアの文学として成立したことを物語るものである。漢文文献によって倭国は初めて文字を理解し、中国や韓国の文字文献の理解を可能としたのである。古代の習書木簡にみるように、官人たちは文字の練習に励んだ。それは官僚としての知識の獲得であるが、それをもって倭国の歴史や文化や文学を書き留めることを可能としたのである。万葉集の時代は、まさに無文字社会から文字社会を含みもって形成される。その文字をもたらしたのが韓半島の百済であることを思いみれば、倭国の文字文化は百済的だといえる。天皇の詔に応じるのも、亡き人を悼むのも、史書を綴るのも、百済の文字文化に依拠するとすれば、万葉集の新たな頁が開かれる可能性があろう。ただ、惜しまれるのは韓半島の古代漢字文献が多く消滅したことである。その意味では、日本の古代文献が韓半島の状況を語ることになることも期待される。

万葉集と漢字文化圏
――東アジア文学史に触れて――

辰巳　正明

一　はじめに

中華に成立した漢字という文字文明は、その発生段階の意図や機能を超えて、数千年の歴史を通して東アジア人類史の上に最先端の文明をさまざまに形成し続けてきた。コンピュータの時代を迎えても、漢字という文字言語の消滅は考えがたく、むしろ、表意文字の漢字は近代技術を駆使するコンピュータの先端技術にもっとも適応性のある文字言語であることが証明されつつある。この漢字という文字文明は、中華にとどまらずに広く古代東アジアに及び、東アジアの漢字文化圏を形成したのも事実である。韓半島の漢字受容は早く、古代日本には韓半島の百済からもたらされた。欽明天皇の時代に王仁（和邇）吉師という学者が千字文と論語をもたらしたと伝えている。千字文は四字熟語の漢字練習の基本テキストであるとともに、その四字熟語によって漢字の意味を知る基本図書であった。一方の論語は、孔子が論じ述べた人倫道徳や政治思想を弟子たちが纏めた言行録である。そのころ無文字社会であった古代日本は、声を伝達の手段としていた。その声を通して語られるクニの重要な伝承は、神話、伝説、歌謡にあった。それらはクニの祭祀、儀礼の主要なテキストとして存在したのである。しかし、文字文明の受容は、古代日本のあらゆる部門において想像を絶する変革をもたらしたのである。

このような漢字文化圏の中において、ある一つの大きな特徴が存在する。それは漢字文化の花形が漢詩にあるとすれば、中国文学史はこの漢詩によって特徴づけられてきた。『詩経』に始まる詩は、漢代から六朝期を経て唐詩によって完成する。それは漢字文化の本流として中国漢族に留まらず、漢字を使用する国や民族は漢詩という表現方法を受け入れ学ぶことで自国文学史の一ページとしたことである。すでに日本漢詩も七世紀後半の近江朝において出発を告げることとなった。この漢詩に対して漢字文化圏の周辺国は、漢文や中国語を手に入れながらも、漢詩とは異なるもう一つの自国文学史を形成していたのである。それは歌謡を起源とする自民族語による〈ウタ〉である。韓国では時調であり、日本では和歌である。もとより、漢詩の起源が詩にあるとすれば、『詩経』の「風」と呼ばれる詩は民間歌謡である。黄河の流域に歌われていた歌が採集され、それらが三百余編の詩として孔子により編纂されたともいわれる。その民間歌謡は、民の声を聞く政教的な歌としての役割を担わされて、漢代には楽府という役所が設けられ民間歌謡が多く集められた。それらは政教的・儒教的解釈のテキストとなった。さらに南に降った王朝は長江流域の民間歌謡を採集して六朝楽府を残している。この段階では歌謡は広義の文学であり、今日のいう文芸としての文学ではなかった。

この民間歌謡は、漢字文化圏の中で新たな様相を見せることになる。民間歌謡は自民族語による伝統的な歌詞やまた楽曲であるが、漢字文化圏の中にあることによって伝統的な歌は、『詩経』や漢・六朝の「楽府」、あるいはその時代の詩人たちの詩を受容することで、新たな運命をたどることになるのである。中華文明の周辺の国や民族、いわゆる東アジア圏の国や民族は、漢詩文化との接触によって第三の文学を創出したのである。韓国の時調、日本の和歌はそうした文学として形成されたのである。このようにして漢字文化圏における文学の生成は、第一に自民族語による伝統的な歌の継承（伝統文化）、第二に中華文明の漢詩の受容による漢詩の創作（外来文化）、第三に漢詩の受容を通して自民族語による歌の生成（東アジア文化の生成）ということが認められる。このような様相の中に漢字を受け入れた東アジア圏の文学生成の特質があったのであり、そこに東アジア文学史の生成する情況も存在したのである。

二　楽府と東アジアの歌謡

「時調」というのは、韓国の歌謡を代表する名称である。韓国時調の成立は明確では無いが、一般的には英祖朝（一七二五〜一七七六）時の中光洙の『石北集』の「関西楽府」に見えると指摘されている。歌客の李世春が〈時調〉という曲を作ったことに起因しているが、もとは短歌、詩余、新翻、長短歌、新調などと呼ばれていたという。時調の意味は時節短調で当代に流行する歌謡ということであり、三国新羅の「郷歌」が源であるともいう。[注1]韓国時調には平時調、辞説時調、連時調などがあり、道文一致思想、逃避思想、享楽思想、諧謔性、楽天性、即興・即物の機知性などの性質が挙げられ、また、人倫、隠遁、無為自然、自然景観、慨世、嘆老、閑古、熱狂、恋君、教訓などが内容として見られるのだという。[注2]韓国時調のこのような特質は、韓国固有に展開した歌謡ではあるが、これを「楽府」いうことによれば、中国漢代以後の「楽府」の流れを含み持つことも推測されるように思われる。崔東元氏によれば時調の起源は外来説起源として仏歌起源説と漢詩起源説とがあるといい、在来起源説には俗謡・神歌・巫歌があるという。[注3]おそらくそのいずれもが時調起源の根拠であると思われ、そのことは韓国時調もまた東アジア歌謡の一端を担っていることが知られるのである。

東アジアの古代歌謡は、『詩経』に始まると考えられる。もちろん『詩経』はすでに高度に歌謡形成を遂げていることからみると、『詩経』以前の「前詩経」の歌謡が想定されることになろう。この『詩経』に集められた古代歌謡は、風・雅・頌に分類される内容を持ち、風は国風歌謡を、雅は宮廷正楽を、頌は宗廟楽歌を示すものである。この歌謡の三要素は古代歌謡の基本であり、風は民の暮らしを、雅は宮廷の礼楽を、頌は祖先祭祀をいい、これによって国の秩序が形成されることになる。いずれも礼楽を国の基本に据えるものであり、東アジアの礼の規範書である『礼記』には「大楽は天地と同和し、大礼は天地と同節する。和するからである。故に百物は失われず。節するからである。故に天を祀り地を祭る。明にはすなわち礼楽がある。幽にはすなわち鬼神がある。このようであれば、すなわち四海の内は敬を合わせ愛を同じくするのである。」（「楽記」注4）という。大楽は天地と同和し大礼は天地と同節であることにより、天下は「合敬同愛」なのだという。礼と楽の調和によって古代国家の形成が説かれるのは、音が天と呼応し感応し合うという天人感応の哲学に基づくからであろう。楽が天地と同和するというのは、このことであると思われる。それゆえに、孔子によって詩の編纂が行われたのであり、そのことからすれば『詩経』は礼楽のテキストであった。すでに『周礼』の「春官宗伯」に「もって礼楽は天地の化を合わせる。百物の産するところである。もって鬼神に事え、もって万民を諧える。注5」という思想を見るのは、孔子の思想形成の重要な部分であったと思われる。

『詩経』の国風歌謡は単に民間歌謡という領域にあるのではなく、『毛詩』の序に見るように「風は風である。教である。風はこれを動かし、教はこれを化す」に始まる風は教化を指すのだとする。また「詩は志の行く所のものであり、心にあるものを志とし、言に発するのを詩とする。情は中に動いて言に形われ、言が足りなければこれを嗟歎する。嗟歎しても足りなければ故に永歌する。永歌するも足りなければ、手の舞い足の踏むことを知らないのである。情が声に発し、声が文をなすのを音という。治世の音は安らかにして楽しむ。その政が和すからである。乱世の音は怨み以て怒る。その政が乖くからである。亡国の音は哀しみ以て思う。その民が困するからである。故に得失を正し、天地を動かし、鬼神を感動させるのは、詩に近いものは無い。先王はこれを以て夫婦を経し、孝敬をなし、人倫を厚くし、教化を美にし、風俗を移すのである。」（「周南」）[注6]のように、それはすでに人倫道徳の基本であり、詩の教化主義の態度であり、詩の理解もこの教化思想の枠組みにおいて解釈の歴史をたどったのである。国風は風俗の歌謡でありながら、儒教的解釈によって民の心が理解されるということに至ったのである。儒教国家を形成した漢代におけるこの解釈は、民の声を聞く枢要な方法として位置づけられた。『尚書』にいう「民は惟れ邦の本なり。本固ければ邦は寧んじる。」[注7]という思想は後代にも引き継がれる民本の思想であり、漢代はこれを受けて「採詩の官」の設置に向かうのである。『漢書』「芸文志」の記事によれば、「書に曰う、詩は志を言う。歌は言を詠じる。師古が曰う、虞書舜典の辞である。心にあるを志となし、言に発するを詩となす。詠は、永である。永は長である。歌は長言する所以である。故に哀楽の心は感じて、歌詠の声を発する。その言を誦するのを詩と謂い、その声を詠ずるのを歌と謂う。故に古に採詩の官があり、王者は風俗を観察し、得失を知り、自ら考正する所以である。孔子は純に周詩を取り、上は殷を採取し、下は魯を採取し、凡そ三百五篇、秦に遭い全きは、以てそれを諷誦し、竹帛にあるのは独つではない。漢が興り、魯の申公は詩の訓をなし、斉の轅固、燕の韓生は皆これを伝えた。[注8]」とある如きである。「書曰」というのは『尚書』に「詩の言は志。歌は永言す。声は永に依る。和声を律し、八音みな諧う。互いに倫を奪うことは無い。神人は以て和すのである。」（「虞書・舜典」）によるものであり、「詩は志を言う」は中国の詩歌史のみならず、東アジアの詩の原理を確定した詩言志説の銘言であった。さらに「故に古に釆詩の官があり、王者は風俗を観察し、得失を知り、自ら考正する所以である。」というのは、古い時代には王者が人々の風俗を観察するために採詩の官を置いてその得失を知り、自らの政治を正したということにある。その「古」とは周の時代であり、孔子は周を理想として三百余篇の詩を集めたということに基づく。そのようにして集められた国風歌謡は、漢代に「楽府」の設置によって管理された。『漢書』の「すなわち楽府を立てる」の顔師古の注によれば、「始めてこれを置いた。楽府の名はおそらくこれにより起こった。哀帝の時に罷む。」とみえる。ここに楽府という役所が置かれて各地の国風歌謡が蒐集され管理されることになったのである。

「楽府」は民間歌謡を蒐集し管理する役所の名であるが、そこに蒐集された歌辞も「楽府」と呼ばれた。楽府がこのような政治的思想性を負いながら蒐集されたことは、その政治性を抱えながら東アジア圏に展開したことが考えられる。その楽府詩には民間歌謡とともに宮廷儀礼歌も宗廟歌辞も存在する。これは『詩経』の風・雅・頌の枠組みを継承するからであり、また多くの詩人たちも楽府体詩を詠んでいる。いわば、楽府詩は民間歌謡から天子を始めとして詩人・文人たちの世界に広く展開したのである。そのような中でも梁の時代の武帝は積極的に楽府題詩を詠んだ詩人である。「臨高台」の詩は梁の簡文帝の詩とも伝えるが、恋愛詩を得意とする梁の武帝に相応しい。「高台半ば行雲、望望として高く極まらず。草樹は参差無く、山河は同一の色。彷彿とす洛陽道、道遠く別識し難し。玉階の故情の人、情来りて共に相憶う。[注9]」という「臨高台」は楽府の定型題であり、「登高詩」の系統にある。高きに登って故郷を思うのを主旨とするが、故郷の愛しい人もその思いの中にあることにより、「登高詩」は恋愛詩としても成立することになる。武帝がこのような詩を詠むのは、南朝の置かれた朝廷と深く関わるように思われる。南朝の置いた都は長江下流の南京である。南京は長江の船運によって湊は栄え、湊には多くの妓館が営まれた。この妓館には多くの歌姫（妓女）がいて南方の歌謡を歌っていたのである。そのような遊郭に貴族文人たちは出入りしていたと思われ、都の文人と妓館の歌姫とが出逢う環境は整えられていた。長江沿いの妓館で歌われる歌謡は土地の言葉であったが、その内容を漢詩に写し取ったのが南朝の詩人たちであった。それゆえに、彼らの詠んだ詩は妓女たちの恋愛詩の翻案であったのである。ここに男によって女性の心を詠み上げる詩が誕生し、恋愛詩の盛期を迎えたのである。これらを蒐集した梁の徐陵は『玉台新詠』の序文で

「凡そ十巻とする。曽ち雅頌に参する無く、亦風人に濫れることは靡い。涇渭の間の、清濁の違いがあるていどである。」[注10]と述べている。この艶詩は『詩経』を辱めるものではなく、風流人の楽しむ所のものであり、その差は涇水と渭水との濁りの相違程度だというのである。儒教的文人の詩に対して徐陵が纏めた『玉台新詠』は中国文学史の上では亡国の詩として貶められるが、『玉台新詠』が民間歌謡の流れを受けることから考えるならば、そこにこそ詩の本質が存在することを説いたのが徐陵であり、その本質とは極めて人間的な思いを主旨とする恋愛詩（艶詩）にあったということなのである。そこには北方文化とは異なる、『楚辞』以来の南方を特色づける恋情の文化が存在したのである。

楽府がこのような恋愛歌謡を取り込むことによって、詩人たちの新たな表現世界を広げる結果となった。「詩、志也」という漢代詩学以降の儒教的教化主義に対して、民間から採集された歌謡の中に見る多くの恋愛歌謡の存在は、儒教主義の詩作を遥かに凌駕するものであったに違いない。そのことによって、むしろ「詩とは何か」という問い掛けの中で、六朝詩人たちの見出した答は、恋愛歌謡の中に詩の本質を見たということである。むしろ、詩人たちはこのような民間歌謡を源泉として新たな創作に向かったのである。六朝文人の多くの楽府題の詩や唐の白居易の新楽府の創作も、そのような営為の一端であろう。韓国の「時調」が人倫、隠遁、無為自然、自然景観、慨世、嘆老、閑古などに並んで、多くの恋愛詩を掲げているのは、「楽府」を基本として詠まれた東アジア民間歌謡の基本を踏むことにあるからだといえる。

三　韓国の時調と万葉集の相聞歌

中国民歌に「天津時調」というのがある。これは「時調は小曲の一種。天津の当地の小調により発展したものである。初めは単曲の演唱に起き、内容は多く男女の愛情や、四時の景色を唱う。後に発展して聯曲体となる。[注11]」と説明される。天津時調が「小曲」であるというのは、これは小歌系の歌であることを示すものであり、宮廷性を持つ大歌とは異にする民間歌謡の歌であることを特徴とするものである。それが天津地方に流行していたことが知られ、その内容は「男女愛情」と「四時景色」とにあるという。これは雅の宮廷正楽や頌の宗廟楽歌という大歌とは異なる、詩における〈風〉の国風歌謡を継承する歌であることを意味する。男女の愛情を歌うというのは恋愛歌謡を言うものであり、それは『詩経』の国風以来の民間歌謡の特色である。しかし、『詩経』はその成立において儒教的教化主義の中にあり、それゆえに詩の解釈も儒教道徳の範疇において説明された。卜子夏の「毛詩大序」では冒頭に「関雎は后妃の徳である。風の始めである。それで天下を風して、夫婦を正すのである。そこでこれを郷人に用い、邦国に用いるのである。風は風であり、教である。風はこれを動かし、教はこれを化すのである。[注12]」という言挙げをするのは、「風」が教化の歌としての目的を意図化されたからであり、それゆえに恋愛歌謡は「淫風」として排斥されたのである。しかし、これらの風の歌が民間に流行した恋愛歌謡を多く含むことについては、すでに多くの指摘がある。[注13]「原詩経」という存在を想定すれば、そこには豊かな恋愛歌謡が広がっていたはずである。

韓国古時調が「時節短調」であるというのは、天津時調の四時景色を内容とする小曲と性質を同じくするものであるように思われる。四時という時節を歌うのは、楽府系統の詩に特徴として見られ、その系統が予想される。梁の武帝には春歌・夏歌・秋歌・冬歌を主題とする歌が詠まれていて、六朝時代に四時の時節歌が好まれて歌われていたのである。武帝の春歌の「蘭葉始満地」では「蘭葉は始めて地に満ち、梅花は已に枝を落つ。此の可憐の意を持ち、摘んで以て心知を寄す。[注14]」という。蘭の葉が地に満ちて梅花は散り、季節が移ろう可憐な風景を摘んで心知の人に寄せたいという。蘭や梅は春の景物でありその移ろいの中に恋しい人を思うという詩である。そのように季節と恋とを重ねるのは、武帝詩に詠まれる楽府題の「子夜四時歌」がある。楽府詩の「子夜四時歌」に分類された歌は七十五首あり、春歌二十首、夏歌二十首、秋歌十八首、冬歌十七首を収める。[注15]これは「子夜歌」という恋愛歌謡を四時の季節に分けたものであり、楽府の「清商曲辞」が収める「呉声歌曲」として「子夜歌」に四十二首の詩が見られる。「清商曲辞」は『楽府詩集』の解題によれば「清商楽。一に曰う清楽。清楽は、九代の遺声である。その始めは即ち相和三調である。並びに漢、魏已来の旧曲である。その辞はみな古調である。」と説明される。漢魏以来の旧曲にして古調だという。また「詩紀にいう。思うに清商曲の古辞は雑って各代に出る。子夜は晋の時の人とする。それで晋に繋ぐ。その他は宋碧玉、華山畿、読曲、寿陽楽のごくである。」ともいう。「子夜」は晋時代の人で、古辞を受けて恋愛歌謡を詠んだという。この「子夜」というのを人名とするのは「呉声歌曲」の注にも「唐書楽志の、子夜歌は、晋曲である。晋に女子名は子夜があり、この声を造った。声は哀苦に過ぎた。楽府解題にいうには、後人がさらに四時行楽の詞に分けた。これを子夜四時歌と謂う。また大子夜歌、子夜警歌、子夜変歌があるが、みんな変曲である。」という。「子夜」というのは女子の名で、その声は哀切であるとする。この伝えはまた『晋書』の「志」でも「子夜歌は、女子名は子夜、この声を造る。孝武太元中に、琅邪王軻の家に鬼あり子夜を歌う。すなわち子夜はこの時以前の人である。[注16]」といい、「女子名子夜」と伝え、この子夜歌を琅邪王軻の家に鬼があり子夜を歌っていたという。しかし、王熙運氏はこのような説は付会のものであり、その創始は晋代の無名の女子であり、この女性は多情な女であり、夜間に情人の来るのを待つが彼女の情人はある者の情郎となっていて、彼女は失望して哀苦を歌ったのであり、それが「子夜来」であり恋焦がれた苦痛の情を詠んだのだという。[注17]この説は「子夜歌」が恋愛歌謡であることを説くものであり、子夜は女子の名ではなく、むしろ「子夜来（あなた、夜に来てください）」の意であれば、恋焦がれる女子の哀切な願いの歌ということになろう。

もちろん、子夜歌を鬼が歌っていたということも、情人を失ったある女子の歌ということも、注釈が必用であろう。おそらく鬼が歌っていたというのは、この恋歌が鬼の歌として忌避される者たちが歌っていたという意であろうし、それは情人を待つ女たちの歌であったということであろう。そのようであれば、子夜歌を歌う女子とは恋歌を歌うことを可能とする専門歌手の間の歌ということが考えられよう。その専門歌手とは客人を相手に恋人となり、妻となり、愛人となり、棄婦となる妓館を中心とする技芸の女子たちであろうと思われる。「子夜四時歌」の四時の歌では、以下のように歌われている。

春歌

春風動春心　流目矚山林　春風は春の心を動かし、流し目はちらと山林を見る。

山林多奇采　陽鳥吐清音　山林は美しい花が盛りで、春の鳥が鳴いている。

夏歌

高堂不作壁　招取四面風　高堂に壁は作らず、四方から風を受け入れる。

吹歓羅裳開　動儂含笑容　あの人の羅裳をめくると、私は嬉しく微笑むのです。

秋歌

風清覚時涼　明月天色高　秋風は清らかに吹いて、満月は天に懸かり美しい。

佳人理寒服　万結砧杵労　いい人は冬服を整え、砧に勤しんでいる。

冬歌

淵冰厚三尺　素雪覆千里　川の氷は三尺、白い雪は千里を覆っている。

我心如松柏　君情復何似　我が心は松柏の如きでも、君の心はどうでしょう。

四時の季節の風物を通して季節に沿う情緒を詠むのであり、ここに「季と恋」という文芸の形が成立していたのである。季節の風物を写せば季節の歌となり、その風物に恋の思いを写せば恋歌となる。そうした「季と恋」という文芸は、すでに高度に洗練された風流を形成したのである。韓国の古時調もこのような時節を表面に描きながら、そこに恋の思いを詠む傾向を見せるのは、まさに楽府系統の曲辞にあるといえる。

黄真伊

青山こそは変わらないわたしの心、緑水こそはうつろいやすい君の情なのだ。
緑水は流れ行くとても、青山だけは変わるはずもない。
緑水も青山を忘れかねてか、泣きながら流れ行く。

梅花

梅花の古木の切り株に、春の季節が巡り来たので、
かつて咲いた枝々に再び花のほころぶ兆しはあるが、
時ならぬ春雪が入り乱れるので、花は咲くやら咲かぬやら。[注18]

黄真伊も梅花も十六世紀の妓女たちであり、当時の文人たちとの交流が多かったという。尹学準氏によれば彼女たちの階級は一牌から三牌に別れて、「一牌である妓生は歌舞を習得し、上流階級の各種の宴会にはべるかつての官妓の伝統を受け継ぐもので、国の公式な宴会に呼ばれたりする」という。まさに彼女たちは技芸の専門家であり、時調の詠み手の一端を担ったのであった。不実な男に思いを寄せながら自省するわが心を詠み、古木に芽を出した梅の花は突然の春雪に咲くのか咲かないのか、その春の景に揺れ動くわが心を描く。韓国時調が時節短調であるというのも、このような歌から窺える。そこには楽府の「子夜四時歌」の流れは十分に認められるであろう。

このような「子夜四時歌」の流れは、中国では「山歌」として集められているが[注19]、そこには掛枝児、山歌、夾

竹桃などが載り、掛枝児は万歴ころに流行した民間時調小曲であり、山歌は酒席で歌われ、五代始めには狂童と遊女が山歌を借りて問答をしていたという。このような小曲系の時調は、日本の平安後期に成立する『梁塵秘抄』にも展開した。それらは技芸の女子たちにより詠まれてきた歌謡であり、仏教歌謡や神歌および恋愛歌謡が収録されている。その意味でも韓国の時調が仏歌起源説や漢詩起源説とともに俗謡・神歌・巫歌に起源があるという説も首肯される。日本には「時調」という歌曲の分類名はないが、日本古代に成立した万葉集では「子夜歌」や「子夜四時歌」に類する歌を「相聞歌」として分類した。「相聞」というのは手紙などのやり取りを言う語であるが、そのやり取りが男女の恋のやり取りが主であることによって恋歌の性格を持ったのである。その相聞歌が季節の恋歌へと展開しえたのは、明らかに「子夜四時歌」が意識されたことによるものと思われる。[注20]

春相聞　　作者未詳

梅の花咲き散る苑に吾去かむ君が使を片待ちがてり　（巻十・一九〇〇）

夏相聞　　大伴坂上郎

夏の野の繁みに咲ける姫百合の知らえぬ恋は苦しきものそ　（巻八・一五〇〇）

秋相聞　　作者未詳

秋芽子の開き散る野辺の暮露に沾れつつ来ませ夜は深けぬとも　（巻十・二二五二）

冬相聞　　藤皇后

わが背子と二人見ませば幾許かこの降る雪の嬉しからまし　（巻八・一六五八）

これらの恋歌は梅花・姫百合・秋萩・雪といった季節の風物に恋を合わせることにより、季節の中の恋の情緒を作り出したものである。そのような恋の情緒を季節と結び付けるのは、およそ七世紀から八世紀にかけて現れた表現であり、平安時代初頭の『古今和歌集』はこの季節と恋の表現を完成させるのである。「子夜四時歌」が鬼の歌っていた歌であり、宴楽の歌であり、妓楼の歌であることを考えれば、儒教的な社会風俗としては忌避されるものであった。それが古代日本においては、作者未詳とともに皇后や高級貴族の女子の歌として歌われていたのであり、後宮でも貴族の邸宅でも民間の衆庶の間でも好まれて歌われたのである。それのみではなく『古今和歌集』を始めとする勅撰和歌集において恋歌は欠かせない歌材であった。妓女たちの恋歌が、なぜ日本古典では季節に基づく時節歌とは別に恋愛歌謡を歌うことになったのか、東アジア歌謡史における一つの大きな問題として存在するように思われる。

四　万葉集における漢と和の形成

歌謡の生成とは別に、漢詩文化を受けてそれと直接に向き合う詩歌の生成が見られる。これは漢字文化を使いこなす知識人たちの文学として生成した。特に第七次遣唐使以降の大陸文化の流入と軌を一にしている。そのような漢詩と向き合う大和の文学は、集団的運動として出発したように思われる。そうした集団的文学運動は、中国六朝の一つの傾向でもあった。この集団的文学運動を魏の曹丕の鄴宮における詩宴に求めた謝霊運は、天下良辰・美景・賞心・楽事を理念として謝氏集団を形成したが、それは六朝の一時期に収束する問題ではなかった。白居易も「答元八宗簡同遊曲江後明日見贈」に「時景不重来、賞心難再幷」（巻五）[注21]というのも、謝霊運の賞心を受けるものであろう。一方、古代日本に漢詩が受け入れられ、漢詩文化が花開くのは近江朝である。この時代の文学状況は万葉集においてしか知られないが、ただ、近江朝から奈良朝後期にいたる詩人たちの詩を収録した『懐風藻』には、その序文に近江朝時代の漢詩成立の事情が詳しく述べられている。

淡海の先帝の受命に至るに及び、帝業を恢開し、皇猷を弘闡し、道は乾坤に格り、功は宇宙に光る。既にして以為うに、風を調え俗を化すは、文に尚きは莫く、徳を潤し身を光らすは、孰れか学に先ならん。爰に則ち庠序を建て、茂才を徴し、五礼を定め、百度を興す。憲章法則、規摹弘遠にして、敻古以来、未だこれあらざるなり。是に三階平煥、四海殷昌し、旒纊無為、巌廊暇多し。旋文学の士を招き、時に置醴の遊びを開く。此の際に当たりて、宸翰文を垂らし、賢臣頌を献る。雕章麗筆、唯百篇に非ず。時に乱離を経て、悉く煨燼に従う。言に湮滅を念い、輙ち傷懐を悼む。[注22]

天智天皇の近江朝時代には、天皇がその事業を進めたので政治の道は照り輝いていたこと、風俗を調え人々を教育するには文章が最も勝れていること、徳を身につけるには学問を優先すべきことにより、天皇は学校を創設し、いろいろな制度を定めた結果、いまだ無かった太平の世がもたらされ、そこで天皇はしばしば文学の士を招いて置醴の遊びを開いたこと、この折に天皇が臣下に文章を示し、賢臣たちは頌詩を献呈したこと、すぐれた詩文は百編以上存在したが、戦乱の時にすべて失われことが述べられている。ここでは日本漢詩の興起が近江朝にあったことを指摘し、安定した政治を造り上げた天智天皇は、賢臣らを召して「置醴の遊」を開き、君臣の唱和が行われたと言う漢詩文学の歴史が説かれているのである。特に注目すべきことは、「旋文学の士を招き、時に置醴の遊びを開く」と、「宸翰文を垂らし、賢臣頌を献る」とにある。この二文から知られることは、天智朝に文学集団が成立し、そこに集団的文学運動が存在したことの確認である。この序文の作者は知られないが、序文に「天平勝宝三年冬十一月」とあることから、奈良朝後期の西暦七五一年に『懐風藻』の編集が終了して序文が記されたものと思われる。序文全体の文学史上の理解は正確であり、天智朝に関する文学史も信頼できるように思われる。

しかし、近江朝の漢詩は戦乱で失われて現在に見ることは出来ない。辛うじて大友皇子の五言詩二首が残されるのみであり、そこから近江朝漢文学史を想定することは困難である。ただ、『懐風藻』の大友皇子伝には、学士である沙宅紹明・塔本春初・吉太尚・許率母・木素貴子の五人が太子賓客（教育係）として名が挙げられており、彼らは百済の亡命知識人たちであり、皇子の漢詩はこのような渡来系人により教育されたことが知られる。そこでこの序文を頼りに、近江朝に展開したと推測される「置醴之遊」および「宸翰垂文」と「賢臣献頌」を求めると、その断片が万葉集の額田王の作品（巻一・一六）の中に見出されるように思われる。作品の題詞によれば、「天皇、詔内大臣藤原朝臣、競春山万花之艶秋山千葉之彩時、額田王、以歌判之歌[注23]」とある。この題詞からは、近江朝の具体的な文学状況が認められるように思われる。まず、第一に、「天皇、詔内大臣藤原朝臣」からは、天智天皇が内大臣である藤原鎌足に「詔」を下したことが知られ、ここに公的な君臣の関係が示されている。第二に、その詔は「競春山万花之艶秋山千葉之彩」にあり、天皇は臣下である鎌足に「春山万花の艶」と、「秋山千葉の彩」とを競えと言う詔を出したというのである。ここに「宸翰垂文」の具体相を見ると共に、その内容が大きく文学表現に関わることが知られる。第三に、この詔を受けた鎌足は、詩人らにこの詩題を以て詩を詠むことを命じ、それに応じて詩人らは春山と秋山の優劣を競う詩を天皇に献呈したことが推測される。それが「賢臣献頌」であろう。しかし、それらの詩は失われて残らないが、第四に、ここに同席した額田王が、この題に基づいて「以歌」て判定したと言うのは、本来はここは詩を以て献呈することを示したもので、この推測に基づけば、ここに「賢臣献頌」の残存を推測することが可能であろう。第五に、この場が近江朝の「置醴之遊」であったと思われ、それは詩宴であったと想定されることである。第六に、ここに近江朝の「置醴之遊」を通して君臣唱和や君臣和楽の集団的文学運動の存在が想定出来るということである。

ここに『懐風藻』の序文が記す近江朝漢文学史の状況が、額田王の作品の題詞から推測されるのであるが、さらに、天皇が鎌足に詔した「競春山万花之艶秋山千葉之彩」の題は、謝霊運の「擬魏太子鄴中集詩」の序文に見た、「良辰美景、賞心楽事」を具体的に受けていることが推測される。春山や秋山は最も良い時（良辰）の季節の山々を指し、万花や千葉はその季節の山の最も美しい風景（美景）を指し、艶や彩を競うのはそれらを賞美することを指し、それにより詩歌に詠むのは楽事を指すと考えられるからである。その上で額田王の歌はみごとな対句仕立てで、春の山は美しい花が咲き鳥が来て歌うのだが、草が茂り花を折り取ることが出来ないこと、秋の山では黄葉の彩りが美しく、手に折り取って賞美することが出来るので秋の山が良いと判定するが、その判定の基準は手に折り取って「しのふ」ことにある。この「しのふ」の語は人や故郷への思いを言うのが本来であるが、季節や風物に用いるのはこれが最初の用例である。ここでの「しのふ」は「賞美する」の意であり、良辰・美景に続く賞心がこの「しのふ」に翻訳されているのである。謝霊運は賞や賞心に強い関心を示した詩人であり、多くの作品は山水への賞や賞心を詠むことを特質としている。この賞や賞心を詠むのは『懐風藻』の詩も同じであり、明らかに謝霊運の文学の流れが見られるのである。[注24]

近江朝の集団的文学運動をこのように想定するが、さらに奈良朝に入ると長屋王邸で行われた詩宴に、集団的文学運動の形跡が濃く残されている。王邸には皇太子学士や大学頭や図書頭などの多くの詩人たちが参加し、季節の詩宴や新羅からの使者を迎えての餞宴が開かれ、そこに詠まれた詩を合わせると『懐風藻』の約一割の詩が王邸で作詩されている。さらに勒韻と言う韻を分ける方法で詩を詠み合うことが見られ、ここからは具体的な集団的文学運動を認めることが出来る。さらにまた、藤原四氏（武智麻呂・総前・宇合・万里）らにも集団的運動が認められ、特に武智麻呂は伝によれば「季秋に至り、毎に文人才子と、習宜の別業に集い、文会を開いた。時の学者は、競って座に預かろうとした。名づけて龍門点額といった。[注25]」と見られる。武智麻呂の漢詩は今日残らないが、ここにも学者たちが競って集まる文学集団が認められるのである。

このような文学集団は、先に近江朝の文学集団が想定されたが、『懐風藻』の大津皇子伝にも、「幼年好学。博覧而能属文。及壮愛武。多力而能撃剣。性頗放蕩。不拘法度。降節礼士。由是人多付託。」とあり、皇子のもとに多くの知識人たちが集まり皇子文化サロンが成立していたことが知られる。奈良朝の天平期に至ると、大宰府の文学集団が実態として認められる。この集団は大伴旅人が大宰府長官として赴任したことから始まり、ことに天平二年（七三〇）正月に詠まれた「梅花の歌」に見る三十二首の歌群は、万葉集に見える集団的文学運動としては最大のものである。そこには「梅花歌卅二首并序」の題のもとに漢文序が見られる。この序文は大伴旅人の手になると思われる。

天平二年正月十三日、帥老の宅に萃まりて、宴会を申す。時に、初春の令月にして、気淑く風和らぎ、梅は鏡前の粉を披き、蘭は珮後の香を燻す。加以、曙の嶺に雲移り、松は羅を掛けて蓋を傾け、夕の岫に霧結び、鳥は縠に封じらえて林に迷ふ。庭に新蝶舞ひ、空に故鴈帰る。ここに天を蓋とし地を坐とし、膝を促け觴を飛ばす。言を一室の裏に忘れ、衿を煙霞の外に開く。淡然として自ら放にし、快然として自ら足る。若し翰苑に非ずは、何を以てか情を攄べむ。詩に落梅の篇を紀す。古今夫れ何ぞ異ならん。宜しく園梅を賦し聊か短詠を成さん。

旅人官邸で行われた梅花の宴における「梅花歌卅二首」の序文が語るこの宴会の様子は、現前の風光ではなく、明らかに春と言う季節のあるべき風光を描いたものである。それは、初春の気の良い日に梅が開き蘭が香り、曙の山の雲や松の羅や夕方の霧や新蝶や帰雁などの風光が並べられ、この風光の時こそがこの宴会に相応しいことを言うことにある。その上で詩の「落梅之編」に倣い、官邸の園梅を歌に詠もうと言うのである。そのことにより大宰府管内の役人たちが三十二人集まり、一人一首の歌を詠み継いでゆくのであるが、しかも、その三十二首の中には、梅の花の散る様子を歌うものも少なからず見られ（旅人の八二二番歌に「吾が園に梅の花散る」とある）、ここには明らかに楽府詩の「梅花落」を隠しテーマとしていることが知られ、序の「落梅之編」とはこのことを指していよう。[注26] その上に、この「梅花の歌」の序文が意図しているのは、あの謝霊運の序に見た良辰・美景・賞心・楽事のスローガンであったと推測され、その四者に基づいて三十二人の集団的な歌宴が成立しているのである。そして、この宴会の開かれる季節を「初春令月」とするのは、春の良辰である。その令月は「気淑風和、梅披鏡前之粉、蘭薫珮之香」といい、「曙嶺移雲、松掛羅而傾蓋、夕岫結霧以」といい、「鳥封縠而迷林、庭舞新蝶、空帰故鴈」という風景であり、それは春のあるべき美景である。そのあるべき美景がいま眼前に現れ、それを楽しむことにより、「淡然自放、快然自足」と言うように、それらを賞美する人たちの美景への賞心である。そのような風景と向き合い、園梅を賦し短詠をなそうと言うのは楽事である。その梅花の歌は、次のように詠まれている。

梅の花散らまく惜しみわが園の竹の林に鶯鳴くも　（巻五・八二四）
春されば木末隠れて鶯そ鳴きて去ぬなる梅が下枝に　（同・八二七）
春の野に霧り立ち渡り降る雪と人の見るまで梅の花散る　（同・八三九）

梅の花が散るというのは、「梅花落」（梅の花散る）がこの宴の主題だからである。そこに鶯が鳴き春の雪のように梅の花が散るという。倭の歌には極めて新しい素材や風景が描かれているのであり、そうした進取の表現が集団的運動の中に形成されているのである。ここには、集団的文学が展開されるための基本的な図式が認められよう。これらの風景が叙述されるために、そこには良辰・美景・賞心・楽事という謝霊運の「擬魏太子鄴中集詩」の序文を基準としていることが十分に考えられる。以後の大伴家持の作品も、自然への賞美を「しのふ」ことにおいて表現するのは、以上の基準への理解が存在したからであろうと思われる。[注27]

五　大伴家持の漢と和の達成

その大伴家持は、越中へと赴任して多くの作品を残すことになるが、その特徴の一つに漢詩・漢文と歌との融合を果たしたことである。すでに父の旅人や山上憶良らが漢詩・漢文と向き合うことで新たな倭歌の形式や表現を確立していたが、家持もまた自らが漢文を書くことを通して歌のイメージを高めたことにあろう。しかも、家持の場合は歌を詠むための表現を直接に対象と向き合うことによるのではなく、その対象を漢詩・漢文に置き換える作業を通して対象に帰してゆくという方法である。そのことによって得られるイメージが家持の歌の基本を形成したのである。越中へ赴任した折に病を得て創作したという漢文の文章は、そのことを良く語っている。

忽ちに枉疾に沈み、累旬するも痛苦す。百神を禱り恃み、且らく消損を得る。しかもなほ身体は疼み羸れ、筋力は怯軟にして、未だ展謝に堪へず。係恋いよいよ深し。方今、春朝には春花、馥を春苑に流へ、春暮には春鶯、声を春林に囀る。此の節候に対し琴罇翫ぶべし。興に乗るの感あると雖も、策杖の労に耐へず。独り帷帳の裏に臥し、聊かに寸分の歌を作り、軽しく机下に奉り、玉頤を解かむことを犯す。其の詞に曰はく、

波流能波奈　伊麻波左加里尓　仁保布良牟　乎里弖加射佐武　多治可良毛我母　（巻十七・三九六五）

春の花今は盛りににほふらむ折りてかざさむ手力もがも

宇具比須乃　奈枳知良須良武　春花　伊都思香伎美登　多乎里加射左牟　（同・三九六六）

鶯の鳴き散らすらむ春の花何時しか君と手折りかざさむ

越中の掾である部下の大伴池主との書簡体による交流の始まりの作品である。冒頭に重い病に罹り、身体が自

由にならないことを述べて、春の季節への思いを綴るのである。その漢文に歌を添えることで、漢文の内容を情によって描くのである。しかも、漢文を意識することによって、歌の表記は「春花」を除いて字音仮名表記へと向かっていることが知られる。病を素材に文学を形成するのは憶良にも見られたが、憶良においてはそれが人事であるのに対して、家持のそれは自然である。家持の病は肉体的な苦痛であるよりも、春の良い季節にそれを愛でることの叶わない悲しみへと傾いている。病による身の不安の中で良い季節の過ぎゆくのを悲しむのが家持であり、その良い季節とは外景ではなく内景の問題である。内景としての風景は、詩の言葉によって得られるのである。家持の内景による春の風景というのは「春朝春花、流馥於春苑、春暮春鶯、囀声於春林。」としてあるのである。春朝と春暮は良い季節としての「良辰」であり、春花、春苑、春鶯、春林は春の「美景」である。これらは六朝頃に流行する詩語である。たとえば、「花色乱春朝」（陳詩・八音詩）、「落日芳春暮」（梁詩・棗下何纂纂）、「思見春花月」（晋・子夜四時歌）、「佳人歩春苑」（晋・子夜四時歌）、「春鶯旦夕喧」（宋詩・懐園引）、「春林花多媚」（晋・子夜四時歌）などのように、この時代に多く現れるのを特徴としている。このような詩語を通して家持の春の内景が導かれているのであり、家持にはそれが理想とする春の風景だということになる。

それゆえに家持は、続いて「対此節候琴罇可翫矣」ということを求めるのである。節候は春の良辰・美景である。そのような季節に琴罇を翫ぶべきだという。良辰・美景の折に琴罇を翫ぶというのは、良辰・美景を賞美することをいう。琴罇は文酒・文遊のことであり、琴罇の賞を指す。琴や酒を以てこの良辰・美景を愛で尽くすことである。そこに歌を詠むことで楽事が揃うというのであろう。あの謝霊運が難しいといった良辰・美景・賞心・楽事がここにおいて揃うのであり、家持はそのことを歌の基準としたのである。それを基準として展開する二首の歌は、強い「春花」への関心である。春花は春の美景であり、琴酒の遊びも春花を賞美することにある。そのような春への関心は、先にも見た「子夜四時歌」の態度でもある。

春風動春心　流目矚山林　春風は春心を動かし、流し目でちらと山林を矚る。
山林多奇采　陽鳥吐清音　山林には美しく花が咲き、春の鳥は清らかに鳴く。
杜鵑竹裏鳴　梅花落満道　杜鵑は竹の中に鳴き、梅花は散って道に満ちる。
燕女遊春月　羅裳曳芳草　燕女は春月に遊び、スカートは香の草を曳く。
春林花多媚　春鳥意多哀　春林の花は媚び、春鳥の心は悲しい。
春風復多情　吹我羅裳開　春風は多情にして、わたしのスカートを開く。
春園花就黄　陽池水方淥　春園の花は黄色く、春の池の水は清らかだ。
酌酒初満杯　調絃始成曲　酒を酌んで杯に満たし、琴を取って曲をなす。
明月照桂林　初花錦繡色　明月は桂林に照り、初花は錦の彩り。
誰能不相思　独在機中織　誰か思わないだろうか、独り機を織っているのを。[注28]

これらを見れば、「子夜四時歌」の春の風光の傾向が知られる。ただ異なるのは、これらが恋愛詩であるということである。春の風光の中に男女が戯れることが描かれるのであり、そこには玉台詩の世界と近接していることが知られる。それでありながら家持が「春花伊都思香伎美登多乎里加射左牟」（「春の花何時しか君と手折り挿頭さむ」）という時、その「君」は書簡を送る池主である。そのことが知られなければ、これは立派な恋愛詩である。この一連の贈答の中には「葦垣の外にも君が寄り立たし恋ひけれこそば夢に見えけれ」（巻十七・三九七七）

のような歌が現れるのは、女子が愛しい男子を夢に見たことをいう恋歌の典型でありながらも、これが池主へ贈った歌であることを考えると、春の景と男女の情を詠む「子夜四時歌」との接近は否定出来ない。それを男子同士の歌とすることにより、これが交友（交遊）へと転換された、交友の理念を意図したものであることが知られよう。注29 男女の関係が男子同士の関係へと転換されることで、家持の新たな漢詩・漢文の展開が示されたのである。

このような家持の態度は、家持の作品形成の基本となる態度である。外景の自然が直接に言葉として取り出されるのではなく、それを漢詩・漢文に置き換えることで新たな歌の製作を可能としたことである。

春苑　紅尓保布　桃花　下照道尓　出立嬬嬬　（巻十九・四一三九）

春の苑紅にほふ桃の花下照る道に出で立つ少女

吾園之　李花可　庭尓落　波太礼能未　遺在可母　（同・四一四〇）

吾が園の李の花か庭に散るはだれのいまだ残りたるかも

宇良宇良尓　照流春日尓　比婆理安我里　情悲毛　比登里志於母倍婆　（同・四二九二）

うらうらに照れる春日に雲雀上がり情悲しも独りし思へば

最初の二首は天平勝宝二年三月一日の暮れに「眺矚春苑桃李花」して詠んだものである。後者は天平勝宝五年二月二十五日に作った歌だとあり、左注に「春日遅〻鶬鶊正啼。悽惆之意非歌難撥耳。仍作此歌、式展締緒。」とある。前者の桃李は漢詩に広く見られる春の景であり、「江南二月春。東風転緑蘋。不知誰家子。看花桃李津。」（梁詩・詠美人春遊詩）は、春を楽しむ美人を詠む詩であるが、桃李は美人の化粧として重ねられる。美人の顔は「桃紅李白若朝粧」（梁詩・和蕭侍中子顯春別詩）というように、桃紅李白である。その桃紅李白が家持の歌の心を導くのである。しかも、「春苑紅尓保布桃花」はそのままに「春苑紅桃の花」という漢詩句となり、それはこのような漢詩句が優先していることによる表現である。[注30]それは後者の歌が左注に「春日遅〻鶬鶊正啼」と記すのは、古く契沖の『万葉代匠記』が指摘するように、これが『詩経』の「七月流火。九月授衣。春日載陽。有鳴倉庚。女執懿筐。遵彼微行。爰求柔桑。春日遅遅。采蘩祁祁。女心傷悲。殆及公子同帰。」（豳風七月）や「春日遅遅。卉木萋萋。倉庚喈喈。采蘩祁祁。」（小雅出車）に見合うものであれば、それもまた詩の表現を先立たせて独りの春情を描いたことになる。家持の漢と和という理解は、漢の翻訳としての〈倭詩〉の新たな文学創出の方法であった。[注31]それが第三の文芸の達成であったといえる。

六　おわりに

民間歌謡は、『詩経』以来の文学発生の基本となる表現形式である。『詩経』がその表現形式を風・雅・頌・賦・比・興という六義に分類したのは、歌謡という表現原理の理解にある。そのような六義という表現原理は『古今和歌集』の序にも引かれ、東アジアに共有されたのである。もちろん、民間歌謡は『詩経』を原初とするものではない。なぜなら、歌謡は民族文化の原初であり、いかなる民族も歌謡をもってその文化を形成してきたからである。それらは無文字社会の基本となる文化形態であった。その民族の歌謡の上に、東アジアにおいては漢字文化が覆うことになり、歌謡は東アジア圏の中で新たな様相を見せることになる。民間歌謡は自民族語による伝統的な歌詞やまた楽曲であるが、漢字文化圏の中にあることによって伝統的な歌は、『詩経』や漢・六朝の「楽府」、あるいはその時代の詩人たちの詩を受容することで、新たな運命をたどることになったのである。その結果として中華文明の周辺の国や民族、いわゆる東アジア圏の国や民族は、漢詩文化との接触によって漢字文化とは異なる第三の文学を創出することになったのである。韓国の時調、日本の和歌はそうした文学として形成されたのである。そのようにして漢字文化圏における文学の生成は、繰り返すならば、第一に自民族語による伝統的な歌の継承（伝統文化）、第二に中華文明の漢詩の受容による漢詩の創作（外来文化）、第三に漢詩・漢文の受容による自民族語の歌の生成（東アジア文学の生成）ということが認められる。このような様相の中に漢字を受け入れた東アジア圏の文学生成の特質があったのである。それは、すでに万葉集において達成したことが確かめられるのであり、そのことにおいて万葉集という古代日本文学は、東アジアの文学史に確かに位置づけることが可能なのである。

注

1 岩松実『韓国の古時調』（高麗書林）、および尹学準『朝鮮の詩ごころ／「時調」の世界』（講談社文庫）の解説による。
2 岩松実『韓国の古時調』注1の解説による。
3 崔東元『古時調論』（三英堂）の解説による。
4 『新釈漢文大系　礼記』（明治書院）による。
5 『周礼鄭注』（新興書局／台湾）による。
6 『毛詩鄭箋』（台湾中華書局）による。
7 『全釈漢文大系　尚書』（集英社）による。以下同じ。
8 『漢書』（中華書局）による。以下同じ。
9 四部備要本『楽府詩集』（台湾中華書局）による。以下同じ。
10 明趙寒山復刻『玉台新詠』（世界書局）。による。
11 馬名超・王彩雲「天津時調」『中国民間文学大辞典／上』（黒竜江人民出版社）。
12 李善注『文選』（中文出版）による。

13　マーセル・グラネー『支那古代の祭礼と歌謡』(清水弘文堂)、金啓華『詩経全訳』(江蘇古籍出版社)、廖群『詩経与中国文化』(東方紅書社)、楊合鳴・李中華『詩経主題弁析　上編』(広西教育出版社) など参照。
14　明趙寒山復刻『玉台新詠』注10による。
15　四部備要本『楽府詩集』注9による。
16　『晋書』(中華書局) による。
17　「六朝楽府与民歌」『中国学術類編』(鼎文書局)。
18　岩松実『韓国の古時調』注1による。
19　馮夢龍等編『明清民歌時調集』(上海古籍出版社) 参照。
20　中西進「万葉集の編纂」『中西進 万葉論集　第二巻 万葉集の比較文学的研究 (下)』(講談社) 参照。
21　『白居易集　第一冊』(中華書局) による。
22　辰巳『懐風藻全注釈』(笠間書院) による。以下同じ。
23　中西進『万葉集 全訳注 原文付』(講談社) による。以下同じ。
24　辰巳「近江朝文学史の課題」『万葉集と中国文学 第二』(笠間書院) 参照。
25　竹内理三編『寧楽遺文 下巻』(東京堂出版)「文学編」による。
26　辰巳「落梅の篇――楽府『梅花落』と大宰府梅花の宴――」『万葉集と中国文学』(笠間書院) 参照。
27　辰巳「美景と賞心」注24参照。
28　四部備要本『楽府詩集』注9による。
29　辰巳「交友の詩学」『万葉集と比較詩学』(おうふう) 参照。
30　中西進『大伴家持6』(角川書店)。
31　辰巳「家持の越中賦」注26参照。

亡妻挽歌の成立とその後
――柿本人麻呂「泣血哀慟」歌の成りたちと悼亡詩――

榎本　福寿

一　柿本人麻呂の亡妻挽歌に関する主な先行説

萬葉集に、いわゆる亡妻挽歌なる呼称をもつ歌がある。一方、中国の詩のなかにも、これにほぼ通う悼亡詩がある。入谷仙介氏「悼亡詩について――潘岳から元稹まで――」（『入谷教授・小川教授　退休記念中國文學・語學論集』両教授退休記念会編、昭和四十九年十月）に、「文字通りには死者を悼む詩であるけれども、この死者は特定の死者、詩人の妻である。詩人が、自分に先立ってみまかった妻を追悼する詩、それが悼亡詩である。」（一〇七頁）と説き、続けて「悼亡の詩と、亡妻に捧げる詩を悼亡と呼ぶことは、西晋の潘岳（二四七～三〇〇）に始まる」と指摘し、以下に「この悼亡詩の文学的展開の過程をたずねること」という目的のもと、具体例をもとに悼亡詩の変遷をたどる。

この悼亡詩と亡妻挽歌とをめぐっては、すでに潘岳と柿本人麻呂とのそれぞれ該当作品について「類似性」を指摘する一群の先行研究がある。もちろん、一方に「これらの関係については特に後者の例（2、二一一を指す。榎本補筆）は類似性が濃いが、死といふ共通の地盤をもつ以上、これらの詩が人麻呂の歌の源泉をなしたか否かは断定しかねる。」（小島憲之氏『上代日本文學と中国文學　中』九〇六頁。塙書房、昭和四十六年十月。初版は同三十九年三月）という慎重な見解があり、無限定に双方を関連づける安易な研究に歯止めをかけてもいる。しかし実際には、潘岳の「悼亡詩」（三首。潘岳集巻一）「哀永逝文」（同巻五）と人麻呂の「泣血哀慟歌」（柿本人麻呂妻死之後、泣血哀慟作歌二首幷短歌。2、二〇六〜二一六）とに、「類似性」以上のつながりを認めるのが例である。その研究は、年を追って精緻の度を増してさえいる。辰巳正明氏『万葉集と中国文学』（その「第八章　潘岳の『寡婦賦』と泣血哀慟歌」二六九頁以下。笠間書院、昭和六十二年二月）に、両者のかかわりを具体例にそくして指摘した中西進氏、橋本達雄氏などの論述を引き、「潘岳の『悼亡詩』及び『哀永逝文』は、人麻呂の泣血哀慟歌の形成に動かし難い粉本の一つとして考えられる。」と説く。その上で、改めて「泣血哀慟歌の二首目の長歌およびその反歌三首について、構成上「（1）婚姻の喜びと期待、（2）逆接の接続部、（3）妹の死の形象、（4）形見の緑児のこと、（5）嬬屋のこと、（6）妹への思慕と嘆き、（7）山に妹を求めること、（8）妹の死の自覚、（9）別離の時の隔たり、（10）妹を葬り自分の心も喪失したこと、（十一）嬬屋の床の妹の木枕のこと」と区切った各項（（9）以下は反歌）にわたり、「寡婦賦」と逐一つき合わせながら詳細に検討を加えている。「寡婦賦」は、二十歳の若い夫に先立たれた寡婦に代わってその情を叙したと潘岳じしんがその「序」に述べるとおり、悼亡には該当しない。そのことにも留意し、辰巳氏は「この構成から見るならば、（中略）もっとも良く対応を示すところから、人麻呂が亡妻哀傷の手本とした作品」とみる。個別の表現の上でも、人麻呂歌の「緑児を形見とすることも、山に死者を求めることも、明らかに『寡婦賦』によって可能とした発想であると思われる。」（二八六頁）と説く。確かに区分の「（4）形見の緑児のこと」のなかには、他の悼亡詩に遺児の例をみないその独自をめぐって、斬新な見解を展開している。人麻呂歌は「我妹子が形見に置ける、みどり児の乞ひ泣く如に、取り与ふ物し無ければ、男じもの腋はさみもち」と妻に先立たれた男やもめが残された幼な児をもて余し、その世話に手を焼くさまをうたう。一方、『寡婦賦』のばあい、辰巳氏が示す訓読文に対応する原文を示せば「提孤孩于坐側」（第一節）「鞠稚子于懐抱、羌低徊而不忍」（第二節）「省微身兮孤弱、顧稚子兮未識。如渉川兮無梁、若陵虚兮失翼」（第三節）というように父のない幼児の「孤」に焦点を当て、その支えを失った寄る辺ない「稚子」を抱きしめながら先行きを案じる寡婦を詠む。たがいに全く独自なだけに、辰巳氏の「妻を亡くした若い夫と、夫を亡くした若い妻といった、対象の死者の異なりをもちながらも、等しく幼い児を通して若い夫あるいは若い妻の悲嘆の表現がとられる。」（二八一頁）という指摘に、どれほど説得力があるだろうか。さらに「山に死者をもとめること」に関しても、潘岳の「悼亡詩」との関連を中西氏が指摘する。

二　人麻呂亡妻挽歌をめぐる悼亡詩との関連、付「袖振り」

それだけに、潘岳の『寡婦賦』を「手本」とみる辰巳説は再考の余地を残すが、その一方、先行説の課題あるいは説得力の不足をそれが鋭く衝いている事実は重要である。そもそも人麻呂の亡妻挽歌とは何か、この成りたちをめぐる内実に至っては、なお大筋さえ解明し尽くしているとは言い難い。こうした現状を踏まえ、潘岳の悼亡詩とのかかわりに「類似性」を指摘した中西氏の挙げる例を、改めてその辰巳氏の引用した中西氏著書にたちかえって検証する必要がある。たとえば、氏はまず次の例を挙げる

吾妹子と二人吾が寝し枕づく嬬屋の内に昼はもうらさび暮し夜はも息づき明かし嘆けどもせん術知らに恋ふれども逢ふ因を無み　（二一〇）

孤魂を想ひて旧宇を眷みれば、視ること倏忽にして髣髴たるが若し。徒に髣髴として慮に在り、耳目の一た

び遇はんことを靡ひ、駕を停めて淹留し故処に徘徊す。周く求むるも何ぞ獲ん。（哀永逝文）

盧を望んで其の人を思ひ、室に入りて歴し所を想ふ。（悼亡詩）

歳寒与に同うするなく、朗月何ぞ朧々たる。展転して枕席を眄みれば、長簟牀の空しきに竟る。牀空うして清塵委り、室虚しうして悲風来る。独り李氏の霊髣髴として爾の容を観るなし。（悼亡詩）

中西氏が著書（『万葉集の比較文学的研究』の「第五章　人麻呂と海彼」一七〇頁。桜楓社、昭和四十三年六月）に「発想を同一にしている。同じ妻の死という題材によって、粉本として念頭においたものではなかろうか。」と指摘する一節を、辰巳氏はほぼそのまま引用して前掲のとおり「粉本」説を展開するのだが、「発想を同一にしている」というかぎりでは、ほとんどただ私見を示した域を出ない。だい一、（哀永逝文）と（悼亡詩）のどちらのどの部分が対応するのかさえ確かめ難い。実際には、むしろ対応を確認する決め手を欠くのではないか。辰巳氏の『寡婦賦』「手本」説は、出るべくして出た観が強い。

しかしながら、振りかえってみれば、人麻呂歌の右に引用した一節は、「吾妹子と二人吾が寝し枕づく嬬屋の内」で悲嘆にくれる鰥夫をうたう。中西氏所掲悼亡詩の右に引用した後者（潘岳の悼亡詩三首のうちの二首目。便宜、新釈漢文大系の番号に従い、これを一一九詩とし、残る二首をそれぞれ一一八詩、一二〇詩と仮称する。中西氏所掲悼亡詩の前者「盧を望んで」以下は、一一八詩の一節）の直後に続く一節でも、「牀空うして清塵委り　室虚しうして悲風来る」というその室で悲嘆にくれる鰥夫を次のように詠む。

衿を撫して長く嘆息し、覚えず涕は胸を霑す。胸を霑すこと安んぞ能く已めん、悲懐は中より起る。寝興にも目は形を存し、遺音は猶ほ耳に在り。

最愛の妻を失った悲嘆の情は、寝ても覚めてもその妻がまぶたに浮かび、生前のことばが残響のように聞こえてくるという幻覚につながる。この幻覚に、実体など伴うはずがない。悲嘆やこの幻覚は、中西氏所掲の一一九詩の右に引く最後の一節に「独り李氏の霊の、髣髴として爾《なんぢ》の容を観すこと無し。」（中西氏の訓みを、全釈漢文大系に従い改訓）という「漢の武帝が、李夫人の死を嘆いていたとき、道士の李少君が、夫人の魂を招き寄せて、武帝に見せたという故事」（同大系の「通釈」四〇五頁）にもとづき、亡妻がたとえ幻にでも姿をあらわさないことに結びついている。人麻呂歌に「恋ふれども逢ふ因を無（み）」は、まさにこれに当たる。

また一方、中西氏所掲の（哀永逝文）のほうは、後に言及するように潘岳の悼亡詩を特徴づける構造上、始めの一節が人麻呂歌の嬬屋に関連した描写に当たるだけにすぎない。自余の部分は、むしろ人麻呂歌のその嬬屋から出たあとをうたった一節に通じる。両者のその対応を、次にたがいにつき合わせて確かめてみる。人麻呂歌の当該一節は、構成上、「ば」の承ける句のまとまりが継起的に展開するかたちをとるので、これをもとに、便宜、段落わけを施す。

〈人麻呂歌二〇七〉

言はむすべせむすべ知らに、音のみを聞きてあり得ねば、（1）
我が恋ふる千重の一重も、慰もる心もありやと、我妹子が止まず出で見し、軽の市に我が立ち聞けば、（2）
玉だすき畝火の山に、鳴く鳥の声も聞こえず、玉桙の道行き人も、ひとりだに似てし行かねば、（3）
すべをなみ妹が名呼びて、袖そ振るりつる。（4）

〈哀永逝文〉

孤魄を想ひて旧宇を眷みれば、視ること倏忽にして髣髴たるが如し、（一）
徒に髣髴として慮に在り、耳目の一たび遇はむことを靡ひ、駕を停めて淹留し故地に徘徊す。（二）
周く求むるも何ぞ獲ん、（三）
身を引きて当に去るべし、（四。この句を中西氏は引かない。私に補足）

両者対応の核心は、（2）と（二）である。亡妻の幻影は徒らに意識に残留するだけ、そこでこの耳と目でせめて一度だけでも直に遇おうとして、「故地」すなわち亡妻ゆかりのもとの地にあちこちさまよい求めるという（二）に対して、（2）は「我」の悲嘆の心情にそくして慰めを求めるという目的を表向きうたうけれども、（3）に亡妻の「声も聞こえず、玉桙の道行き人もひとりだに似てし行かねば」というように、やはり直に耳と目で一度遇いたいという僭在的な願望を秘めていたとみなすのが自然である。（二）の「故地」には、「我妹子が止まず出で見し軽の市」が当たる。亡妻はもちろん、よすがすら求めて得られないという結果を、（三）（3）が共にあらわす。現実が、まさに亡妻の死去を改めて、そして最終的にも確認させる。それを具体的な行為、行動によって表現したのが（四）（4）である。こうして内容や構造の上でも、密接に対応する。

それだけに当該亡妻挽歌について論じた茂野智大氏「『泣血哀慟歌』第一歌群の構成」（『萬葉』第二百二十二号、平成二十八年五月）は、私には肯いがたい。右の段落に分けたなかの（4）をめぐって「ここでの名喚び・袖振りはともに、それを聞く者・見る者を、行き交う人々の中に想定した行為と考えられるのである。だからこそ、死者の赴く『山』（第一短歌、後述）ではなく、生者の行き交う『市』で行う意味がある。」「聞かれるための声を発し、見られるための姿を晒し、自己の存在に気付いてもらう以外、方法は残されていない。生きて市にいるかもしれない『妹』に向けたその行為は、第一段以来の生別離の現状に対してなし得る、最後の抗いと理解できよう。」（六四頁）と説く。「聞く者・見る者」「聞かれるための声」「見られるための姿」を強調するこの論の拠りどころとするのが、「袖を振ることにおいて期待されているのは、まずは思う相手にそれが見られること」という鉄野昌弘氏の指摘（『袖振り』考――『石見相聞歌』を中心に――」。西宮一民編『上代語と表記』所収。おうふう、二〇〇〇年十月）である。この指摘じたい、実際には無限定にあてはまるわけではない。もちろん、袖振る相手、対象を思い描かないはずはないが、たとえば「白波の寄そる浜辺に別れなば、いともすべなみ八度袖振る」（20・四三七九）とうたう防人のばあい、見られることを期待したというより、それじたい「すべなみ」ゆえのそうするほかない惜別の行為といった意味あいが強い。また大伴旅人の上京に際して「于レ時、送レ卿府吏之中、有二遊行女婦一。其字曰二児嶋一也。於レ是、娘子傷二此易レ別、嘆二彼難レ会、拭レ涕自吟二振袖之歌一。」と左注に伝えるとおり、「嘆二彼難レ会」と再会できない悲嘆が「振レ袖之歌」の口吟につながる。その歌に「大和道は雲隠りたり、然れども我が振る袖を無礼ともふな」（6・九六六）とうたう児嶋は、雲に隠れた大和道を過ぎ行く旅人に向って振る袖を、旅人じしんが見ることを想定などするはずがない。あくまでも惜別の情を表す象徴的な行為だから、相手が見る見ないにかかわらず、別離には必然的に伴う。惜別の情は抑えがたいからこそ、無礼を承知で袖を振る。旅人がこれに和した歌も、その惜別の情をくんで「大和道の吉備の児島を過ぎゆかば、筑紫の児島念ほえむかも」（6・九六七）と忘れ難い思いをうたう。児島歌の左注にいう「娘子傷二此易レ別、嘆二彼難レ会」には、大伴佐提比古との別離を悲嘆した松浦佐用姫が領巾を振ったという「領巾《ひれ》麾嶺《ふりのみね》」をめぐる一連の歌の題詞にいう「妾也松浦佐用嬪面、嗟二此別易一、歎二彼会難一」が通じる。この題詞は、直後に「即登二高山之嶺一、遙望二離去之船一。悵然断レ肝、黯然銷レ魂。遂脱二領巾一麾之。傍者莫レ不レ流レ涕。」と続き、この領巾振りに関連した歌を導く。これらの歌にあって、領巾振りの目的は「夫《つま》恋ひに領巾《ひれ》振りし」（八七一）「山の名と言い継げとかも、佐用姫がこの山の上に領巾を振りけむ」（八七二）「万代に語り継げとしこの岳に領巾振りけらし」（八七三）「海原の沖行く船を帰れとか領巾振らしけむ」（八七四）などと区区だが、相手が見ることをいささかも想定していなければ、前提ともしていない。別離に伴う当人の思いを、その振るという行為に託すという点では、領巾と袖とに、本質的な違いはなかったはずである。

　されば、袖振りだからといって、いずれのばあいもその行為を相手が見るなどと、それこそ杓子定規に構えるまでもない。むしろ別離に際してその相手に向け惜別の情を表すことに、行為じたいは主眼を置く。しかも茂野氏の指摘するように「名呼び・袖振り」と二つが、あいたぐう等価の行為として並び立っているのではない。そもそも「妹が名呼びて袖そ振りつる」という行為には、先後がある。「妹が名呼び」は「袖そ振りつる」の前提として位置し、句関係の上では、その目的に対して手段に当たる。名の言表によって亡妻を意識のうちに喚び起し、その亡妻に向け惜別（永訣）の情を表したものとみるのが相当である。生別にあっては、袖振りが「妹が名呼び」を伴うこと、ましてそれを前提とする例など原則上あり得ない。

三　悼亡詩の展開と江奄

この袖振りに関連した原則に照らしても、人麻呂の亡妻挽歌をめぐる特異が際立つ。すぐれて発想や内容に根ざすだけに、その独自の由来を糺せば、「哀永逝文」におのずから到る。ただ、（4）の「妹が名呼びて袖そ振りつる」にそれはとどまらない。継起的に展開するその全体に及ぶはずだから、もちろん、個別の表現に対応を求めても、先学の陥った轍を踏むだけで、実態の解明にはつながらない。肝心な眼目は、あくまで歌の構造である。

この歌の構造上、ここに改めて注目すべきなのが、冒頭に採りあげた入谷氏の論考である。潘岳の悼亡詩が、鍾嶸の「詩品」に上品の位置を占め、また江奄が古来の名家三十人の擬作として「雑体三十首」を作ったなかで潘岳の作品からは「悼亡」を選んでいるように、後に高い評価を得ると、「古典詩人潘岳、その代表作『悼亡』という認識ができあがった。一たん古典として位置が定まってしまうと、それは軌範的意義を持ち、追随者を出さねばやまない。江奄（四四四～五〇五）と沈約（四四一～五一三）庾信（五一三～五八一）とがそれである。」と指摘した上で、具体例を示す。沈約の「悼亡」については、「まったく潘岳の作の要約ともいうべきもの」との見立てだが、そのなかでも「潘岳『悼亡』其二の次の四句を明らかに踏襲している。」（一一二頁）と説く四句を次に引用してみる。なお、この詩はさきに仮称した一一九詩に当たる。

悼亡其二　　潘岳

展転眄枕席　　展転　枕席を眄れば
長簟竟牀空　　長簟　牀を竟して空し
牀空委清塵　　牀空しくして清塵に委ねられ
室虚来悲風　　室虚しくして悲風来たる

悼亡　　沈約

簾屏既毀撤　　簾屏　既に毀撤し
帷席更施張　　帷席　更に施張す
游塵掩虚座　　游塵　虚座を掩い
孤帳覆空牀　　孤帳　空牀を覆う

この対応をもとに、入谷氏は「要するに沈約は潘岳の権威に安心してもたれかかっているのである」と結論づける。委細にみれば、表現の多彩な展開をはかっているので、いささか手厳しい批評だが、沈約じしんとしては、表現の型を踏襲しただけにすぎなかったはずである。その型を、潘岳は「悼亡賦」にも使っている。該当する句を次に抜き出す。

悼亡賦　　潘岳

入空室兮望霊座　　空室に入り、霊座を望む
帷飄飄兮燈熒熒　　帷は飄飄、燈は熒熒

燈熒熒兮如故　燈の熒熒たるは、故の如し
帷飄飄兮若存　帷の飄飄たるは、存する若し
物未改兮人已化　物未だ改まざるに、人已に化す
饋生塵兮酒停樽　饋は塵を生じ、酒は樽を停む

「悼亡其二」の右掲最後の句にいう「室虚」が、この最初の句の「空室」に当る。もとは妻のいた居室のガランとした空虚を表したこれらの表現に、沈約「悼亡」の「虚座」「空牀」は明らかに対応する。

型の踏襲は、なにも沈約だけに限らない。いわば表現上の約束事だから、もちろん他にも散見する。入谷氏が「沈約に比べて、潘岳を乗越えようという意欲の見られるのは江奄の『悼室人』十首である。」（一一二頁）と評価するその十首の八首目も、やはり型通りの表現から成りたつ。該当する句を次に示す。

悼室人其八　江奄

空座幾時設　空座　幾時か設けん
虚帷無久垂　虚帷　久しく垂ること無けん
暮気亦何勁　暮気　亦た何ぞ勁《つよ》し
厳風照天涯　厳風　天涯を照らす

潘岳のいう「空室」の情景を、型通りの表現を使って表している。しかし実際には、潘岳の、たとえば前掲「悼亡賦」に「物未改兮人已化」というように妻とその使用した物とを対比し、妻が死去して遺されたその物を「空」「虚」と表現はしても、依然として遺されている物とする扱いとは違って、その物がさながら亡妻同様にもはや間もなく消えてなくなることに、江奄は確実に表現上の力点を置く。入谷氏が「最初の八首は、潘岳にのっとって四季の推移に妻を失った悲しみを重ね合わせている。」（一一三頁）と説くだけにとどまるのではない。

四　潘岳悼亡詩から江奄擬詩へ

もっとも、そうした江奄の新しさも、実は潘岳の悼亡詩に根ざす。それが、三首の最後に配する一二〇詩である。先行する二首より、妻の死後さらに時間の経過したあとに焦点を当てる。まずは冒頭に「曜霊は天機を運らし、四節は代るがはる遷り逝く。凄凄として朝露は凝り、烈烈として夕風厲し」と天の運行に伴い季節も移り、寒気が厳しく朝露は凝り、夕風もすさまじく強く吹くようになったことをいう。これが、以下に展開する表現を導く。「此を念ふに昨日の如くなるも、誰か知らん、已に歳を卒へんとは」は死後はやくも一年が過ぎてしまったことを、続いて「服を改めて朝政に従う」と喪が明け、朝政に復帰しても、「茵幬を故房に張り、朔望には爾の祭りに臨む」と一日と十五日の祭りを欠かさないことをいう。しかし肝腎なのは、このあとである。

爾祭詎幾時　　爾の祭り、詎幾《いくばく》時
朔望忽復尽　　朔望、忽ち復た尽く
衾裳一毀撤　　衾裳、一たび毀撤すれば
千載不復引　　千載、復た引《つら》ねざらん

祭りはいつまで続くのか。やがてその祭りすら尽き、夜具などもとり払われてしまえば、もう永久につらねられることはないと、喪明け、祭事に続く後片付けをいう。江奄の前掲「悼室人其八」は、「空座幾時設」が右の初句傍線部の「詎幾時」に対応するのを始め、「虚帷無㆓久垂㆒」なども右の末二句を明らかに踏まえる。

そしてこの直後には、右の遺品等の撤去後のそれに伴ってわき起こる心情の表現に移る。この心情が、また新たな行動へと駆りたてる。一連のこの展開も、後の悼亡詩がひき継ぐ。悼亡詩のここが最後の山場に当る。

亹亹朞月周　亹亹《びび》として朞《き》月は周《めぐ》り
戚戚彌相愍　戚戚として彌《いよいよ》相愍《あひいた》む
悲懐感物来　悲懐、物に感じて来り
泣涕応情隕　泣涕、情に応じて隕《お》つ
駕言陟東皐　駕して言《ここ》に東皐《とうふ》に陟《のぼ》り
望墳思紆軫　墳を望んで思ひ紆軫《うしん》す
徘徊墟墓間　墟墓の間を徘徊し
欲去復不忍　去らんと欲するも、復た忍びず

月日が移って丸一年過ぎ、心憂え、いよいよあわれみいたむ。景物に感じて悲しみのおもいが起こり、その情につれて涙がとまらない。妻を喪った悲しみが、薄れるどころか、逆にますます募って耐えがたくなったところで、妻の墳墓に足が向く。全釈漢文大系（第二十八巻『文選』詩騒編三）が「東皐」を「東の山」（通釈の語注。四〇九頁。後掲の江淹『雑擬』の「潘黄門［岳］述哀」も「遠山」とする）と解くとおり、亡妻の眠る山にのぼり、墳墓を望んでは心が鬱結して傷み悲しむ。荒れはてた墓のあたりを行きつもどりつしながら、容易には去るに忍びない。このあと「落葉、埏側《えんそく》（墓に入る道の側）に委《つも》り、枯荄《こがい》（枯草の根）、墳隅を帯《めぐ》れり」という荒れはてた光景にあい応じるかのように、亡妻の霊魂をめぐる次の二句がつづく。

孤魂独煢煢　孤魂、独り煢煢《けいけい》たり
安知霊与無　安《いづく》んぞ知らん、霊と無とを

この「孤魂」を、新釈漢文大系（第十四巻、文選（詩編）上）は「通釈」に「わが魂は（妻と離れて）」と訳すが、直前に墓の荒れはてた周囲のさまを表す二句との対応上、全釈漢文大系の「連れのない御身の魂は」という「通

釈」の訳を採る。孤魂は独り寂しいことだろうけれども、しかしそもそも霊があるのか無いのか、知ることなどできない。そうした現実を前に、ついに「心を投じて朝命に遵《したが》はんとし、涕を揮《ふる》ひ強ひて車に就く」と無理にも心を朝命に従うことに向け、涕を払って帰途につくことになる。

いくぶん執拗なまでに丁寧に展開をたどったのも、後に江淹が潘岳悼亡詩の代表作としてこれに擬した「潘黄門述哀」（江文通雑体詩三十首の一首。文選第三十一巻「雑擬下」所収）を作り、右の詩句を踏襲しているからというのが理由の一つ、もう一つの理由が、人麻呂歌にそれとのかかわりを認め得るからである。問題は、その内実である。具体的にそれを探るため、次に三者をつき合わせてみる。ただ播岳の悼亡詩は三首あり、右に展開をたどった一二〇詩に先行する二詩にも、とりどりに対応が及んでいるので、対応する詩句を中心に、それらも採りあげる。なお、付言すれば、江淹の当該「述哀」については、前掲全釈漢文大系に「尤本は悼亡に作るが、胡克家は『考異』で改めるべきことをいう。集

［一一八詩］

一―1 望レ廬思二其人一
一―2 入レ室想レ所レ歴
一―3 帷屛無二髣髴一
一―4 翰墨有二余跡一
（中略）
一―5 寝興何時忘 →（X）
一―6 沈憂日盈積

［一一九詩］

二―1 展転眄二枕席一
二―2 長簟竟二牀空一
二―3 牀空委二清塵一
二―4 室虚来二悲風一
二―5 独無二李氏霊一 → q, r
二―6 髣髴覩二爾容一 → l, p
二―7 撫レ衿長歎息 → i
二―8 不レ覚涕霑レ胸

［江奄擬詩］

（a～hまで前略）
i 撫レ襟悼二寂寞一
j 怳然若レ有レ失
k 明月入二綺窓一
l 髣髴想二蕙質一
m 消レ憂非二萱草一
n 永懐寧夢寐
o 夢寐復冥冥
p 何由覩二爾形一
q 我慙二北海術一
r 爾無二帝女霊一

［一二〇詩］

三―1 亹亹朞月周
三―2 戚戚彌相慼
三―3 悲懐感レ物来
三―4 泣涕応レ情隕
三―5 駕言陟二東阜一 → s
三―6 望レ墳思紆軫
三―7 徘二徊墟墓間一 → t
三―8 欲レ去復不レ忍
三―9 徘徊不レ忍レ去
三―10 徙倚歩踟蹰
三―11 落葉委二埏側一
三―12 枯荄帯二墳隅一
三―13 孤魂独焭焭
三―14 安知二霊与レ無

（一―5）→ x

［江奄擬詩］

s 駕言出二遠山一
t 徘徊泣二松銘一
u 雨絶無レ還レ雲
v 華落豈留レ英
w 日月方代序
x 寝興何時平

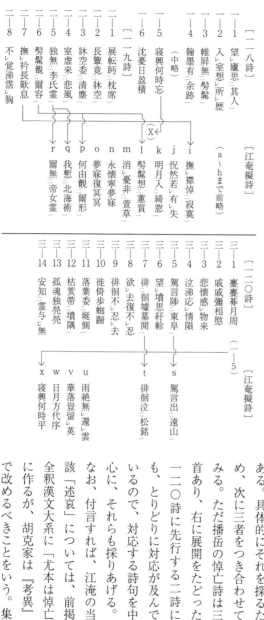

注本に従って改める。」（五五一頁）と説く。またこの「通釈」の語注に、潘岳の悼亡詩とのかかわりを若干指摘する。ここでは、概ねこの大系の見解に従う。さらに潘岳悼亡詩と江淹擬詩との対応する詩句を、それぞれ前者は上段に、そして後者は下段に掲げ、そのあと人麻呂歌を掲出する。下段の擬詩については、悼亡詩の句と対応する句（上掲ⅰ以下）に限って挙げ、二十四句構成の各句に、配列順番に従いａ以下の記号を付す。

右に掲出した以外にも、二、三該当する例があるとはいえ、それらを含めても、対応は低調というほかない。しかも、対応に偏りがある。たとえば二―2「牀空」、二―4「室虚」など妻の死去に伴う空虚な室とここで独り悲嘆にくれる鰥夫とに焦点を当てた一一九詩には、江奄擬詩のｉ～ｒが対応する一方、一二〇詩にはむしろ亡妻を葬った山に出かけてその松下の墓碑のあたりを徘徊するというｓ、ｔが対応する。

言わば、亡妻の居なくなった空室と埋葬した墓所とを切り分け、それぞれ一一九詩と一二〇詩とに対応させている。それだけでも、擬詩としては多分に意欲的だが、江奄の擬詩をめぐっていっそう注目に値するのが、前述のとおり沈約が潘岳の悼亡詩のとりわけ一一九詩二―1～4をはじめ踏襲したと入谷氏の指摘する詩句を、ことさら避けている点である。かわって、二―5、6をもとに、ｌ～ｒにわたり亡き妻の面影を追い求めて一目だけでも見たいと願いながらそのかなわない悲痛に焦点を当てる。二―5の「李氏霊」について、全釈漢文大系（『文選』、詩騒編三）の当該「通釈」（四〇五頁）の語注に「漢の武帝が、李夫人の死を嘆いていたとき、道士の李少君が、婦人の魂を招き寄せて、武帝に見せたという故事に基づく語」と説く。一方、新釈漢文大系では、典拠に「桓子新論」を挙げる。それには「乃ち夜、燭を設け幄を張り、帝をして他の帳に居らしむ。遥かに見る、好女の夫人の状に似たるもの、帳に還って座するを。」（二三六頁）とあり、まさに「夫人の状に似たるもの」を、武帝は帳越しに見たとする。「李氏霊」は、これに当る。これを引き継ぐｒ「帝女霊」についても、同じく新釈漢文大系が典拠の「高唐賦」の一節を引く。そこに「昔先王の高唐に遊ぶや、怠りて昼に寝ぬ。夢に一婦人を見る。自ら云ふ、我は帝の季女にして名を瑤姫といふ。未だ行かざるうちに（死）亡し、巫山の台に封ぜられたり。いま王の来り遊ぶを聞く、願はくは枕席を薦めんと。王は因って之を幸す。」（七三〇頁）とつたえる死んだ瑤姫を、「帝女霊」は指す。q「北海術」も、「北海の営陵に道人あり、能く人をして死人と想見しむ。（新釈漢文大系所引「列仙伝」）という道人が、死んだ婦人を見たいという男の願いを「遂に其れをして之を見しむ。是に於いて婦人と想見るに、言語・悲喜・恩情は生けるときの如し」とかなえた故事にもとづく。亡妻の霊を見る「北海術」を私はもたず、死んだお前には「帝女霊」がない、つまりは姿を見せることがない。亡妻を見ることがかなわないというそのことが、墓所に向かわせる。sの「遠山」はその墓所の山、また松の下のその墓の碑銘がtの「松銘」である。亡妻の墓に行き、そこをさまよい歩いては墓碑を前にして泣く。まぎれもない厳然とした妻の死を、そうした墓や碑銘が訴えかける。直後には、まずそのu「雨絶」に、全釈漢文大系が「通釈」の語注に「死ぬことを指す」と説く一方、v「華落」に「そのように亡き妻もかえってこぬ。」と付言する二句が続く。しかし死そのことより、雨がやめば（雨と共に湧く雲は消えてしまい）もはやその雲を還らせることはできず、花が散ってしまえば（その花の房になって咲く）はなぶさを留め得ないというように、「雨」「華」が本体に当たり、その本体に伴ってかたちをなす象徴的な「雲」「英」の不可逆的な消滅にむしろ力点を置く。比喩の関係の上では、その主体が妻であり、その死によって妻の妻たるゆえんの最も象徴的な内実が消滅したことを、それら比喩表現により暗示する。pに「何由観二爾形一」と問い、rに「爾無二帝女霊一」と嘆くこうした亡妻の「形」「霊」などのなおかたちやあらわれを見ることに執するありかたから転じ、もはや喪失の現実を凝視し、だからいわば無常の感慨さえその比喩は含意してもいる。潘岳の悼亡詩離れは、ここにまさに極まるといっても過言ではない。

五　人麻呂亡妻挽歌の悼亡詩との関連とその構造

そしてこの江奄擬詩を踏まえ、その構成の枠組みにそくして対応をはかったのが、ほかならぬ人麻呂歌である。両者の対応を検証するここからが、本題である。具体的には、とりわけ擬詩を構成する二つの部分、まず亡妻の姿を一目だけでも見たいと遠山に出かけ、その墓所をあちこち歩いても碑銘を前に泣くほかなく、ついに亡妻の姿を見ることのかなわない現実を覚るという一二〇詩に対応する展開の詩句と、これに先立ち亡妻ゆかりの室で思いを募らせては、その姿を見るすべのない無力を嘆くという一一九詩に対応する展開の詩句との、この二つのそれぞれの内容やたがいの相関に至るまで、人麻呂歌の次の一節が対応する。

我妹子と二人我が寝し　枕づくつま屋のうちに　昼はもうらさび暮らし　夜はも息づき明かし

嘆けどもせむすべ知らに　恋ふれども逢ふよしをなみ

一一九詩に対応するｉ～ｒ（亡妻と暮らした居室を舞台とする展開）

大鳥の羽易の山に　我が恋ふる妹はいますと　人の言へば　岩根さくみてなづみ来し　良けくもそなき

うつせみと思ひし妹が　玉かぎるほのかにだにも　見えなく思へば

一二〇詩に対応するｓ～ｖ（遠山に在る亡妻の墓地を舞台とする展開）

対応は、各部分の内容やそれの前段から後段への展開に及び、まさに構造それじたいの共有に根ざす。カッコのうちに付記した各部分の展開する場の一致が、その構造的な対応を裏付ける明確な証左である。

しかもこの対応は、なかんずく構造的なそのありかたにおいて、前述（一八六頁）した〈人麻呂歌二〇七〉と〈哀永逝文〉との対応に明らかに重なる。いまこの重なりにそくして表記を揃えれば、右掲〈人麻呂歌二一〇〉

と〈江奄擬詩〉との両者の核心に、「羽易の山」と「遠山」という場をめぐる対応がある。前述のとおり〈人麻呂歌二〇七〉と〈哀永逝文〉との間にも、同じく「我妹子が止まず出で見し軽の市」と「故地」という亡妻ゆかりの地をめぐる対応が成りたっている。こうして歌と詩のそれぞれの展開に伴い、なおかつそれにもかかわらず亡妻関連の場が緊密に対応するということ、これが重要である。そこで改めて人麻呂歌に焦点を当て、対応を中心とした表現の成りたちを考えてみたばあい、両歌は、それぞれ〈哀永逝文〉と〈江奄擬詩〉とをいわば切り分けて成りたちに参与させたとみるのが筋である。すなわち、歌二首の相関、展開にそくして、詩二首をそれぞれにとり込んでいる。成り立ちの上で、亡妻関連の場が構造的な対応をもつ以上、歌そのものも、これまた構造的に対応することはおのずから見通し得る。

もっとも、歌じたいについては、先行研究の厖大な蓄積があり、ここで深入りはできない。ただ両歌の関係をめぐって、曽倉岑氏「泣血哀慟歌」(『セミナー　万葉の歌人と作品』第三巻、和泉書院、一九九九年十二月)が「妻は同人か別人か」「連作性をめぐって」「歌群の先後について」など各項にわたり先行研究に周到かつ犀利な批評を加えたなかにも、構造的な対応には言及がない。ほかにたとえば身崎壽氏『人麻呂の方法』(その第一部第六章「泣血哀慟歌」北海道大学図書刊行会、二〇〇五年一月)に、〈人麻呂歌二〇七〉の「我妹子が　止まず出で見し軽の市」を「歌垣がもようされるところ」とみなした上で「春秋の祝祭のときにあたって、ことなるむらやさとのわかい男女が一堂にあいつどい、うたいかわし、それぞれにふさわしい異性にめぐりあい、そしてむすばれる『歌垣』、それこそがⅡ群長歌冒頭(①)にうつくしくまた具体的なイメージをともなってえがきだされた『春の祝祭の日』の実体だったのではないだろうか。」(一五九頁)と説く。「軽の市」にたとえ歌垣が催されたにせよ、「我妹子が止まず出で見し」という表現や、Ⅱ群長歌冒頭(①)という〈人麻呂歌二一〇〉の「我が二人見し、走り出の堤」などとその歌垣がどう関連するのか、不明というほかない。

構造的な対応とは、あくまで歌の内部構造に根ざすものでなければならない。〈人麻呂歌二〇七〉では、冒頭の「天飛ぶや軽の道は、我妹子が里にしあれば、ねもころに見まく欲しけど」に、「軽の道」を（妻の里があるので）心ゆくまで見たいという願望をいう。ここに「軽の市」が立つはずだし、そうであればこそ「我妹子が止まず出で見し」におのずからつながる。この「軽の道」（我妹子が里）と「軽の市」（我妹子が止まず出で見し）との「軽」の地にちなむ対応に重なるのが、〈人麻呂歌二一〇〉の「走り出の堤」と「大鳥の羽易《はがひ》の山」とのたがいに特異な形状（地形）の場をめぐる対応である。

まず前者の「走り出」については、類例がある。『日本書紀』雄略天皇六年二月条に「天皇遊㆓於泊瀬小野㆒、観㆓山野之体勢㆒、慨然興感歌曰」という説明に続いて、その歌を次のようにつたえる。

隠国の泊瀬の山は　出で立ちのよろしき山　走り出のよろしき山の　隠国の泊瀬の山は　あやにうら麗《ぐは》し
あやにうら麗し

さらに万葉集にも、挽歌に「隠りくの長谷の山　青幡の忍坂《おさか》の山は　走り出の宜しき山の　出で立ちの妙《くは》しき山ぞ」（13・三三三一）とあり、「走り出」は、山が麓に向かって走り出たように延びるさまをいう。どちらもその山のさまを「宜しき」と形容するように、くだんの例も、そうしたまことに宜しい景観の「走り出の堤」に立つ槻の木であればこそ、その葉を「我が二人見し」その時に「こちごちの枝の春の葉の繁きがごとく思へりし妹」と春の枝葉の繁るような生の盛りを思ったはずだから、いわば二人にゆかりのその愛のかたみの場が「走り出の堤」である。妻の死後、〈人麻呂歌二〇七〉にうたう「軽の市」のように、かたみ、ゆかりを希求する先として、そここそがめざすべき地にはふさわしい。その自然のなりゆきではないというのも、「大鳥の羽易の山に　我が恋ふる妹はいますと　人の言へば」という理由による。「はかひ」とは、「羽＝交（→かふ「替」）」（時代別国語辞典　上代編）という羽を交わすことを原義とする。その名をもつ山は、「我が二人見し走り出の堤に立てる槻」

「我妹子と二人寝し枕づくつま屋の内」と繰り返す仲睦まじい関係を喚起するであろう。この関係の始まった場の「走り出の堤」に、関係の消滅を最終的に確認する場となる「大鳥の羽易の山」を対応させていることは、それはそれで自然というほかない。

二首の対応も、当然これに伴う。妻との関係の始まった場を冒頭に置き、その死によって関係の断絶したあと、その亡妻との関係にちなむ場で関係の全き消滅を最終的に確認するという歌を構成する大枠を共有し、かつ妻の死後をめぐっては、前述のとおり中国の古典の伝統に根ざす悼亡にそくして、かたや「故地」かたや「遠山」を場に展開をはかる。構造的に対応するこの二首の間には、実はもう一つまた別の関係が成りたっている。

それが、前者の「軽」と後者の「走り出」との関連である。〈二〇七歌〉は、「玉かぎる磐垣淵の　隠りのみ恋つつあるに」とうたう隠り妻をめぐる悲恋を内容とする。隠り妻に関しては、「軽」をよみこんだ歌が名高い。

天飛ぶや軽の社の斎《いは》ひ槻　幾世まであらむ隠り嬬《つま》そも　（11・二六五六）

隠り妻の状態を、軽の社の斎き守り人の触れることのできない槻にたとえている。「軽」といえば、古事記、日本書紀ともに允恭天皇条に軽太子と同母妹の軽大郎女との密通（日本書紀は「内乱」）をつたえ、そこに「天飛《だ》む軽嬢子《かるをとめ》　甚泣《いた》かば人知りぬべみ　はさの山の鳩の下泣きに泣く」と太子がうたっている。日本書紀にこの罪を犯す太子の「徒空死者、雖レ有レ刑、何得レ忍乎。遂竊通。」（二十三年三月）という暴発する恋を、古事記が「した娉《と》ひに我が娉ふ妹を」とうたう。「軽」と隠り妻とをめぐる分かち難い伝承の圏内に、〈二〇七歌〉も恐らくは足場を置く。

一方、隠り妻に関しては、男女の唱和歌に、「隠口《こもりく》の泊瀬の国にさ結婚《よばひ》に吾が来たれば」に始まる男の誘いに、その妻が「隠口の長谷小国によばひ為《せ》す吾が天皇《すめろき》よ」以下にすぐには応じかねる不如意を「幾許《ここだく》も念ふごとならぬ隠り嬬《つま》かも」（13・三三一〇、一二）とうたう。隠り妻は、この泊瀬の枕詞「隠口」が喚起する意味を介して、容易に泊瀬の地につながる。それだけ、だから「隠り口の泊瀬」と言えば、「隠り嬬」に難なく連想もはたらくであろう。そしてまさにこの泊瀬こそ、前述（一九六頁）のとおり「走り出のよろしき山の　隠り国の泊瀬の山」（雄略紀）「隠来の長谷の山　青幡の忍坂の山は　走り出の宜しき山」（万葉集）という走り出の山の所在地にほかならない。さらに補えば、前掲歌に、隠り妻の状態の比喩として「軽の社の斎ひ槻」とうたうが、この「軽」の槻は、「軽の道」の一画に立つばかりではなく、「走り出の宜しき山」の泊瀬を介して、隠り妻をめぐって「軽」と「泊瀬」が関連するように、当の「走り出の堤に立てる槻」に一連のつながりをもつ。歌のなかでも、それぞれ「軽の道（我妹子が里）」と「走り出の堤（我が二人見し）」という二人の関係の成りたつゆかりの場を、そうしたつながりにそくして対応させ、かつまた前者をもとに後者が展開するという相関を成りたたせているはずである。

六　亡妻挽歌の短歌相互の関連

さて、この両歌には、ともに「短歌二首」という短歌が伴う。両歌が構造的な対応のもとに成りたつだけに、それが短歌にも及ぶことは容易に見通し得る。この短歌は、長歌とそれぞれ内容の上でも深くつながっていることはもとより、短歌どおしたがいに相関する。ただ、長歌の成りたちの違いに応じて、そのつながりには濃淡がある。濃い方が、先行する〈二〇七歌〉に伴う短歌である。

たとえばその二首の短歌の後者、〈二〇九歌〉の「もみち葉の散り行くなへに　玉梓の使ひを見れば　逢ひし日おもほゆ」では、長歌の「もみち葉の過ぎて去にきと　玉梓の使ひの言へば」と、さらに「さね葛《かづら》後も逢はむと」にいう逢瀬の日とに、それぞれ対応する。二首のもう一方の前者〈二〇八歌〉は、こうした語句の明確な対応をもたないけれども、長歌の結びに深い関連をもつ。

秋山の黄葉《もみち》を繁み　惑ひぬる妹を求めむ　山道《やまぢ》知らずも

この歌の「惑ひぬる妹を求めむ」とは、死んだ妻を求めることだから、長歌に妻の訃報を聞いたあとに続いて「音のみを聞きてあり得ねば（中略）我妹子が止まず出で見し、軽の市に我がたち聞けば」と生前の妻にゆかりの地に立ち亡き妻を求めたことに重なる。長歌は、遂にそれがかなわなかったので、「すべをなみ」、このいかんともなし得ないことを理由に「妹が名呼びて袖そ振りつる」と永訣を告げるほかなく、この一句をもって結ぶ。長歌の「すべをなみ」に当たるのが、短歌の「秋山の黄葉を繁み」である。同じく「み」により、黄葉が道を隠している、だから「惑ひぬる妹」、道に迷って出てこれない妻を求めようにも、「山道知らずも」、その道が分からないと、もはや探し出せない、断念せざるを得ない嘆きをうたう。ちなみに、この「秋山の黄葉を繁み惑ひぬる妹」という連続する一体的な表現の上では、たとえば「妹が目の見まく欲しけど　夕闇の木の葉隠れる月待つごとし」（11・二六六六）とうたう木の葉隠れの月が通うように、長歌に「玉かぎる磐垣淵の　隠りのみ恋ひつつあるに」とうたう隠り妻の暗喩表現につながってもいる。

一方、後出〈二一〇歌〉の「短歌二首」は、むしろ長歌とのつながりが薄い。その〈二一一歌〉の「去年《こぞ》見てし秋の月夜は照らせども　相見し妹はいや年離《さか》る」に、長歌と直接対応する表現は認め難い。関連は、辰巳氏前掲書（二七〇頁）も引く橋本達雄氏『万葉宮廷歌人の研究』（その第三章の「四　万葉悼亡歌の諸相――人麻呂歌の創造――」笠間書院、昭和五〇年二月）の指摘する潘岳の悼亡詩との対応に著しい。その悼亡詩のさきの表示では一一九詩の冒頭「皎皎たる窓中の月、我が室の南端を照らす」に、〈二一一歌〉の前半「照らせども」までの一節が、また一一八詩の冒頭「荏苒として冬春謝し、寒暑は忽ち流易す、之の子窮泉に帰し、重壌は永く幽隔す」に同歌の後半「いや年離る」までがそれぞれ対応すると、橋本氏は指摘する。

対応はしても、しかしその内実が問題である。潘岳の悼亡詩の「追随者」と入谷氏前掲稿（一一一頁）の説く沈約や庾信に、いっそう対応の度合いの高い詩句がある。次にその一部を引く。

去秋三五月、　今秋還照レ梁　（沈約集巻一「悼亡」）

還是臨レ窗月、　今秋廻照レ松　（庾信集巻六「傷往」二首の第二首目）

いずれも過ぎ去ったあとまためぐってきた今秋の月が照らすことにそくして、妻の死後の時間の迅速な経過をあらわし、それが定型表現として根づいていることを示唆する。この表現も、やはり潘岳の悼亡詩をひき継ぐが、時間の経過をあらわすという点でも、橋本氏の引く限りではなく、一一九詩のさらに広汎にわたる詩句を対象とするであろう。

皎皎窓中月　照二我室南端一

清商応レ秋至　溽暑随レ節闌

凛凛涼風升　始覚二夏衾単一

豈曰レ無二重纊一　誰与同二歳寒一

白い月の光が窓からさして室の南端を照らす。秋風が吹いて暑さがうすらぎ、涼風が吹いて夏のかけ布団一枚だったことに気づく。重ね綿入れが無いわけではないが、歳の暮れの寒さを共にする者はどこにいようというのが大意、この月の変わらずに照る恒常とは逆に、季節の推移に伴い妻を喪失した寒さがいよいよ募る、それだけ時間が経過したことをいう。月が去年と変らず照らす情景と亡妻の遠離りとを対比する人麻呂歌の、その対比を含む一首全体に、対応は確実に及ぶ。

それだけに、この悼亡詩との対応を、続く〈二一二歌〉「衾道を引き手の山に妹を置きて　山道を行けば　生けりともなし」にも認めるのが筋である。げんに、さきに悼亡詩との関連を確認した長歌の「大鳥の羽易の山に我が恋ふる妹はいますと人の言へば　岩根さくみてなづみ来し　良けくもそなき」とは、亡妻が山に所在する同じ事態にそくして、長歌の往路、〈二一二歌〉の帰路という逆方向をたどりながら、その結果を「良けくもそなき」という前者に対して、恐らくそれを前提に、帰路の喪失感を後者が「生けりともなし」とうたっているはずだから、もともと一連のつながりをもつ。しかし従来は、このつながりを看過しがちである。注釈では、たとえば伊藤博『萬葉集釋注一』が「引手の山」の語注に「山と山とが手を引き合うように重なる、その山麓に着目したのが長歌の『羽がひの山』なのであろう」と説くように、むしろ山そのものを問う傾向が強い。この同一山説を否定する土屋文明『萬葉集私注一』は、「作意」のなかに「あれ（羽易の山）は死後の妹が居ると人の傳へる山、此（引手の山）は現實に葬った山であるから、同一所なるを要しない。寧ろ両者は別々なのが當然であろう。」と明確に峻別し、歌について「妻の亡骸を引手の山にをさめて、歸途山路を歩いて居る趣である。」と論じている。表現に忠実な見方には違いないが、だからといって、「両者は別々なのが當然」と断定できるのか、これはこれでやはり肯いがたい。ちなみに、『釋注』は前出歌を踏まえ「といって、人麻呂は、いつまでもそこ（羽がひの山）に立っているわけにもいかない。こうして人麻呂は山の中をさまよい行く。視界のうちに妻は不在であるからだ。あてどはないにしても、じっとしてはいられない。絶望を押しやる力もなく放浪する。その人麻呂に月光は容赦なくそそぐ。」（四七二頁）と「泣血哀慟歌の詩情」を語る。

先学の見解は、おおむねはこの『釋注』と『私注』とが代表するであろう。たがいにあい容れないとはいえ、羽易の山と引手の山じたいは、相互に没交渉というわけではない。先学の説く限りでも、たとえば『釋注』は山の上方と山麓、『私注』は別々の山の往路と帰路という対応を指摘する。しかし二つの山に対応があり、それぞれその山をめぐって「岩根さくみてなづみ来し」（羽易の山）と「山道を行けば」（引手の山）とがそれに伴う関連をもつ以上、二つをつなぐ仲だちは、むしろ悼亡詩でなければならない。前述のとおりその潘岳悼亡詩の前掲一二〇詩の詩句、具体的には三―5、三―7に、羽易の山をめぐる一節が対応したように（実際には、江淹の「潘黄門述哀」に基づく）、この引手の山に関して「妹を置きて山道を行けば」という一節にその二句に続く山の墓所をめぐる次の詩句が明らかに対応する。（前後の詩句は一九〇頁に掲出）

徘㆓徊墟墓間㆒　　墟墓の間を徘徊し（三―7）
欲㆑去復不㆑忍　　去らんと欲するも復た忍びず（三―8）
徘徊不㆑忍㆑去　　徘徊して去るに忍びず（三―9）
徙倚歩蜘蹰　　徙倚して歩みては蜘蹰す（三―10）

最後の詩句に、全釈漢文大系（『文選（詩騒編）三』）が「通釈」の語注に「『徙倚』はさまよい歩む。『楚辞』の遠遊の『歩むこと徙倚として遥かに思ふ』から出る語。『蜘蹰』はたちもとおる。」と説明を付す。この詩句のもとづく『楚辞』の一節に表すとおり、さまよい歩くことには、はるかな思いがおのずから伴い、逆にはるかな思いを抱けばこそ、さまよい歩くという相関をなす。「徘徊」以下のどこにも心情を表現してはいない、というよりその四つの詩句の表現する行動に、言葉にはあらわし得ない心情を込めたはずである。その心情を言葉にしたのが、人麻呂の「生けりともなし」だったに相違ない。

この潘岳一二〇詩との関連を踏まえた上で、改めて振りかえってみるに、そもそも一二〇詩は冒頭に「曜霊運㆓天機㆒、四節代遷逝」と太陽が天を巡らせて季節が移りゆくことをいい、厳しい時節を迎えて「奈何悼㆓淑儷㆒、儀容永潜翳」と亡妻を悼んでも詮なく、もはや永遠に戻らないと続けたあと、次のようにいう。

念㆑此如㆓昨日㆒　　此を念へば昨日の如し
誰知已卒㆑歳　　誰か知らん、已に歳を卒へんと

この妻の死後すでに経過した時間をめぐる「如㆓昨日㆒」という想念と、「已卒㆑歳」という現実との乖離に焦点

を当てた表現には、人麻呂歌の前出〈二一一歌〉の同じく死後経過した時間をめぐる「去年《こぞ》見てし　秋の月夜《つくよ》は照らせども」という月夜の連続・不変と「相見し妹はいや年離る」というその月夜を共に見た妹のいよいよ遠ざかる不在の現実との際立つ対照をうたう表現が確実に対応する。さきに掲げた潘岳一二〇詩の四つの詩句は、この「卒レ歳」（一年経過）の今をいう。時間軸の上では、これに対応する人麻呂歌の後出〈二一二歌〉も、「いや年離る」と〈二一一歌〉にうたう時間の経過を共有する。そしてその今を「衾道《ふすまぢ》引手《ひきて》の山に妹を置きて山道を行けば」と表現する以上、潘岳の悼亡詩との対応がここまで及んでいるとみるのが筋である。二首がかくて潘岳の悼亡詩を拠りどころにする以上、この時間の推移と内容との相関こそが、歌群の成りたちに決定的な意味をもつであろう。

　当該〈二一一歌〉〈二一二歌〉に、直後の「或本歌」の長歌に伴う「短歌三首」のうち二首、すなわち〈二一四歌〉〈二一五歌〉が、異なるテキスト所載歌として対応する。しかしその実、歌詞の一部を変えた異伝として位置する。一方、最後の〈二一六歌〉は、そもそも異伝歌ではなく内容もまた次のように新しい展開をみせる。

　　家に来て我が屋を見れば　玉床の外に向きけり　妹が木枕《こまくら》

この情景じたいは、しかしさきに関連に言及した潘岳の一一九詩の前掲二―1～4の詩句に対応する。「枕席」「牀空」「空虚」などの亡妻の居ない室の空虚をいう。さらに歌の前半「家に来て我が屋を見れば」については、『釋注』に「妻を山中の『灰』として決定づけ、『山』をかなたに置いてしまった歌群では、家に帰り着き、妻にゆかりの物でも見て泣かないかぎり、抒情におさまりはつかないであろう。」（四五〇頁）と説くとおり、〈二一五歌〉に続き、引手の山から帰宅した際をうたうはずだが、内容の上では、明らかに一一八詩の一―1、2に「望レ廬思二其人一、入レ室想レ所レ歴」というわが家（「廬」は自宅）を見渡し、もとの部屋に入った時をいう詩句に通じる。とはいえ、一一八詩や一一九詩の後に、一二〇詩のあの亡妻の墓をさまよい歩くさまをいう前掲四つの詩句が位置し、これに〈二一一歌〉〈二一二歌〉が対応はしても、墓から帰宅したあとの妻不在の室の光景を潘岳の悼亡詩は採りあげないのであるから、悼亡詩の展開、そしてこれに対応する人麻呂歌の配列に照らして、右の〈二一六歌〉を、そうした対応を踏まえながら、墓から帰宅した「我が屋」の光景という従来の悼亡の枠組みをつき破る新たな展開をはかり、これをもって歌群を閉じる、そうした幕引きに当てた可能性が高い。

七　「山道」をめぐる歌群間の相関

ここに問題は、その検証である。悼亡詩との対応も、潘岳のその三連の詩群が時間軸の上に展開するだけに、亡妻挽歌の時間軸にのっとった成りたちを強く示唆する。この成りたちの実態をつきとめることに、検証では主眼を置く。このため、作業は亡妻挽歌じたいの解明をなにより優先しなければならないが、紙幅の制約上、可能な限り論点を絞り込んで取り組む必要がある。

従来は、しかしこの時間軸にそくした展開には、管見の限りほとんど関心すら寄せない。先行研究の成果をひろく採りあげて検討を加えた曽倉氏前掲稿が、第一歌群（二〇七〜二〇九）、第二歌群（二一〇〜二一二）、第三歌群（二一三〜二一六）の「連作性をめぐって」のなかに「第一歌群の存在を前提として第三歌群が作られた。」、さらに「歌群の先後について」のなかには「第二歌群と第三歌群の成立は、推敲説による限り後者が先と考えられ異論はない。」（共に九六頁）と説く。『釋注』も、「灰にていませば」（第三歌群）から「見えなく思へば」（第二歌群）への「改変」を論じている。「推敲」あるいは「改変」などを指摘しても、確たる根拠は必ずしも認めがたい。なにより歌群間の相互関連を裏付ける徴証、そしてその内実を見極めなければならない。そこで、まずは時間軸に着目する。

時間軸にそくした展開とは、各歌群の対象とする内容、その妻を亡くした夫の行為、心情を中心とした変化や移りかわりをいう。各歌群に共通する「山道《やまぢ》」をめぐる表現に、なかんずくそれが顕著なあらわれをみせる。どの歌群でも、短歌がそれをつたえる。最初は、第一歌群の次の〈二〇八歌〉の例である。

秋山の黄葉を繁み　迷ひぬる妹を求めむ　山道知らずも

この歌には、「山吹の立ちよそひたる山清水　汲みに行かめど道の知らなく」（2・一五八）という類歌がある。「十市皇女薨時、高市皇子尊御作歌三首」と題詞にあり、天武天皇七年四月七日薨去、同十四日葬（日本書紀）というこの初夏の時節にちなむ「山吹の立ちよそひたる山清水」などの表現から推して、薨去後それほど時間の経過してはいない心情をうたう。『釋注』の「妻は死んだのではない、軽の市にいないのは、近くの山に迷いこんだからなのだ。人麻呂はここでも、妻の死を死として認めまいとしている。」（四六三頁）という解釈、あるいは『私注』の「秋の紅葉の頃にみまかつた妻を、山の紅葉のしげきがために、そこに道を迷つて歸つて來ないと、作者は感じて居るのである。」（四四一頁）という指摘など、「妹を求めむ」という心情のなお断ちがたい状態にあることをいずれも前提とするであろう。しかし長歌〈二〇七歌〉に永訣につながる「すべをなみ」とうたう以上、そしてこれが「山道知らずも」に照応するからには、まさにそうして妻の死を事実として受け容れた段階に当たるとみるのが自然である。

次の第二歌群は、長歌〈二一〇歌〉が葬送後に遺児を扱いかね、昼夜悲嘆の挙句に「恋ふれども逢ふよしをなみ」ともはや逢うべくもないので、人の言にしたがい難渋して行った「羽易《はかひ》の山」でも「うつせみと思ひし妹がほのかにだにも見えなく思へば」とうたう。この山行きに関連した〈二一二歌〉に、次のように「山道」の例がある。

衾《ふすま》道《ぢ》を引き手の山に妹を置きて　山道を行けば　生けりともなし

前述のとおり長歌にうたう「羽易の山」とこの「引き手の山」との関連をめぐって議論はあるにしても、「引き手の山に妹を置きて」という事じたいは揺るがない。第一歌群の「山道知らずも」というその存在すら確かめ得ない不知の段階から転じ、げんに今まさにその山に妹を置いて「山道を行けば」という実際の山行に時を移す。しかもこの時をめぐっては、直前の〈二一一歌〉に明示する「いや年離《さか》る」と通じ、『釋注』が「『注釈』に『今迄にもそこばくの月日はたつてゐるが、かくて妻亡き年月がいよいよ重くなつてゆく事を思つての、将来をかけての悲歎がこめられてゐる』とあるのが、最もすぐれた解釈と思われる。」（四七六頁）と説明を付すその表現との対応の上でも、妻と共にした時を「去年」と振り返る時点に明らかに立つ。

問題は、第三歌群である。もともと「或本の歌に曰く」という第二歌群の異伝歌群として位置する。かの「推敲」説は出るべくして出たはずだが、翻って委細に目を凝らせば、当該「山道」をめぐる表現にも、明確な違いがある。第三歌群のその例をつたえる〈二一五歌〉が、「短歌三首」の二首目に当たり、直前の〈二一四歌〉をひき継ぐ一方、後に続く〈二一六歌〉を導く位置を占める点は、とりわけ重要である。その例を次に示す。

衾道を引き手の山に妹を置きて　山道思ふに　生けるともなし

「ここでは山道をかなたに置いた表現を採っている」（『釋注』四八〇頁）と指摘するとおり、「山道」をもはや振り返り、想念ないし回想の対象とする。ただ、その時も場も、不明というほかない。

そこで、右に言及した前後の関連に目を向けてみるに、直前の〈二一四歌〉も、第二歌群の〈二一一歌〉とは一語しか違わない。その違いに込めた意味はなかなかに重い。いく分わき道にそれるけれども、次に両者を比較してみることにする。

去年《こぞ》見てし　秋の月夜は照らせども　相見し妹は　いや年離る〈二一一歌〉

去年見てし　秋の月夜は渡れども　相見し妹は　いや年離る〈二一四歌〉

前者の「照らせども」は、去年と変らずに照らしていることをいう。去年のその月を「相見し妹はいや年離る」だから、遺された我一人を照らすだけでしかない。去年は共に見た月だけに、照らすことが妹の不在〈死去〉とその速かな時の経過に思いを募らせる。その思いが「相見し妹はいや年離る」を導く。しかし、「照る」ならぬ「照らす」という以上、その照らす（つまり照らされる）対象に焦点を当てればこそ、一人だけのいわば喪失感を強調することにつながるが、〈二一四歌〉は、それを「渡れども」とする。類歌に「さ宵中《よなか》と夜は深《ふけ》ぬらし雁音《かりがね》の聞こゆる空に月渡る見ゆ」〈9・一七〇一〉、「朝霧にしののに濡れて呼子鳥　三船の山ゆ鳴き渡る見ゆ」（10・一八三一）などと景物の「渡る」行為を「見ゆ」で承ける例がある。佐竹昭広氏「『見ゆ』の世界」（『萬葉集抜書』一九八〇年五月。岩波書店）がこの「見ゆ」について、「『現在何々しつつある』気持だということを指摘した」五味保義氏の解釈に「『見ゆ』の形状性が見事に掴まれている」と述べた上で、「存在を見えるすがたにおいて描写的に把捉しようとする古代の心性」（三〇、三二頁）にもとづくことを指摘している。当該歌は「見ゆ」を伴わないけれども、「月渡る見ゆ」に通じるはずだから、やはり「秋の月夜」の空を渡っていく光景を「描写的に把捉」して成りたつであろう。この「秋の月夜」を中心とする上句では、今まさにその光景が去年と変わらずに展開しつつあることに主眼を置く。これと、続く「相見し妹はいや年離る」という妹が時の経過につれていよいよ遠ざかることとの句相互の対比は、博通法師のうたった「常磐《ときは》なす岩屋は今もありけれど　住みける人そ常無かりける」（3・三〇八）という上句と下句との相関に重なるだけに、無常の意味あいさえ帯びる。

一方、「秋の月夜」の照らす光景がその今の限りの感懐を集約的にあらわすのに対して、「渡る」じたい、前掲歌が「さ宵中と夜は深ぬらし」という推測に「雁音の聞こゆる空に月渡る見ゆ」を根拠に当てるように、「秋の月夜」とのつながりのなかでは、必然的に夜が深更に及んでいる意を宿す。無常の意味あいは、もちろんこの時間とも無縁ではない。夜の深まりにつれ、月の空渡る景の恒常が、いよいよ死後の妹（亡妻）との距離を遠ざけ、無常に通じる感懐さえ募らせるというこの〈二一四歌〉の展開こそ、続く〈二一五歌〉が「山道思ふに」にひき継ぐはずである。〈二一二歌〉に「山道を行けば」とうたうこの行為を、その展開にそくして振り返る。深い観照をひき継げばこそ、「山道を行けば」という現実の行為ではなく、「山道思ふに」という振り返りのかたちをとるはずである。この振り返りは、だから〈二一四歌〉の「秋の月夜」の観照を踏まえ、そこに「いや年離る」とはいえ、なお依然として「相見し妹」だったその亡妻に、みずから「引き手の山に妹を置きて」という処置により決着を付け、新たに「山道」につながる妹へ変容をもたらす意味が強い。「山道」を思うとは、往に来にそこを経てあの「引き手の山」に一人置き残してきた妹を思うことにほかならない。荒涼、凄惨な心象風景が広がるだけに、続けて「生けるともなし」と表現はしても、〈二一二歌〉の「山道を行けば」に伴いあくまで現実に根ざすそれではない。心中のその思いは、格段に切実である。

これに、「短歌三首」の最後に位置する歌が続く。第二歌群に対応する歌はなく、先行歌二首の展開が、むしろ必然的に当該歌を導いたに違いない。げんに、内容も次のように「山道思ふに」をひき継いだその後に焦点を当てる。

家に来て　我が屋を見れば　玉床の　外《よそ》に向きけり　妹が木枕《こまくら》

この「我が屋」は、長歌の「我妹子と二人我が寝し枕づくつま屋」に当たる。「妹が木枕」も、この「つま屋」に冠する「枕づく」にちなむ。しかし長歌に「枕づくつま屋のうちに　昼はもうらさび暮らし　夜はも息づき明かし嘆けども」とうたう嘆きはもとより、そのほか一切の感情をここでは表さない。これじたい、先行する〈二一五歌〉の心底「生けるともなし」という胸中をひき継ぐ証しにほかならない。しかも、表現の上では、「短歌三首」のまとまりにそくして、一首目が「秋の月夜」を見た際の感懐を「相見し妹はいや年離る」、二首目が「山道」を思った際の感懐を「生けりともなし」とそれぞれ表現したあとを承け、最後に「我が屋」を見た際の感慨を表現するところに、感情表現を一切伴わない「玉床の外に向きけり妹が木枕」を充てたはずだから、それをあえて選びとったとみなければならない。さきに悼亡詩との対応に言及（二〇二頁）したなかに、墓から帰宅後に妻のいない室の光景をそれら悼亡詩は採りあげていないため、墓参に至る以前の死後をつたえる詩句を参照していることを指摘した上で、歌群を閉じる幕引きに当該歌を当てた可能性について論じているが、先行する〈二一五歌〉の「生けるともなし」に続く感情表現も及ばない、あり得ないと見切ったところに、その木枕だけを、ことには「外に向きけり」という状態に置く。まさに人麻呂の手腕が冴えわたる表現だから、安直な解釈を容れる余地などないが、強いていえば、もはや我に背を向けて一切応じない亡妻とその死後の経過した時間を象徴するか、さらにその死をめぐる空虚、空漠といった心象風景を象徴するのではなかろうか。

八　歌群の時間軸にそくした展開の振り返り

いずれにせよ、一連の歌群の最後を締めくくる位置に相応しく、題詞に「妻死之後、泣血哀慟」というその心情なり思念なりの到達した極地（極致）をあらわす。この一首を含む第三歌群の長歌が「或本歌曰」と題詞に明示し、歌じたい第二歌群の異伝のかたちをとるけれども、この第二歌群を承け、表現、内容に改変を加えて第三歌群は成り立つというのが内実である。その最後に、一連の歌群に展開して到達した極地をうたう歌を置く以上、さきに指摘した悼亡詩と同じく時間軸の上に歌群の展開をはかっていることも明らかである。それだけに、第一歌群と第二歌群との関係について、たとえば曽倉氏前掲稿が先行研究を含め詳細に検討を加え「同一テーマによる連作的作品であって、同人でないことが確かめられるであろう。」（九六頁）と説くが、根拠に乏しく、こうした立論じたい肯いがたい。

そこで、論点の整理やまとめを兼ね、改めて時間軸にそくした歌群の展開を振りかえれば、第一歌群は、隠り妻を対象とする。この隠り妻という独自なありかたは、悼亡詩の亡妻になじまない。長歌の後半にわずかに関連を認め得る程度にとどまり、短歌には、この長歌をひき継ぐ以外に、悼亡詩との対応はほとんど無い。隠り妻だからこそ、たとえば「泊瀬小国に妻しあれば、石は踏めどもなほし来にけり」とよばいする夫に、父母が障害となって会えない妻が「ここだくも思ふごとならぬ隠り妻かも」（13・三三一一、一二）と応じているとおり、不如意な関係が続き、そこに歌は焦点を当てる。

この隠り妻をめぐる展開から転じて、まず妻との馴初めに始まるが、この当初の期待や願いが一変し、死および葬送に移るかたちをとるのが第二歌群である。ひき続いて、遺された子に手を焼く夫とその哀傷のさまを中心に長歌が展開する。とりわけ哀傷に関連した表現、それも特に短歌に、悼亡詩との対応が著しい。そうして馴初めと死後の哀傷とを軸に第二歌群が成り立つというのも、主には隠り妻をめぐる夫婦の関係にそくして成り立つ第一歌群を承け、対象を切り分けて互いにあい補うかたちをとるからにほかならない。

時間軸の上でも、第一歌群は「沖つ藻のなびきし妹は　もみち葉の過ぎて去にきと　玉梓の使ひの言へば」という妻の死去した直後に焦点を当てる。これを承け、第二歌群では、馴初めの当初に続く「世の中を背きし得ねば　かぎろひのもゆる荒野に　白たへの天領巾《あまひれ》隠《がく》り　鳥じもの朝立ちいまして　いり日なす隠りにしかば」という死と葬送のあと、「大鳥の羽易の山に　我が恋ふる　妹はいますと人の言へば」とその山に亡妻を求めている。第一歌群の死後間もない時点から、時間をあとにずらし、哀傷は二つの段階にわたる。

それでも、第二歌群は、さきに「短歌」を比較した結果にしたがえば、第三歌群に時間上先行する。実は、この先後を象徴する表現が長歌にもある。それが第二歌群の「大鳥の羽易の山に　我が恋ふる妹はいますと」と第三歌群の「大鳥の羽易の山に　汝が恋ふる妹はいますと」という一字を除いて全く同じ一節の表現である。直後は、共に「人の言へば」が承ける。事情を知る他者が口にする妹についての情報を伝聞するというかたちをとる。「汝が恋ふる妹」といえば、妹との恋（結婚）を他者は知っているし、またそうであればこそ、第二歌群の「我が恋ふる妹」のばあい、伝聞という表現にもかかわらず、その妹との恋は、他者が知らないか、知らないこともあり得る。否、同じ表現をとる一節のなかで、「我」と「汝」とを対応させている以上、「汝が恋ふる妹」とは対照的に、妹との恋を他者は知らないという事実を前提に、すなわち私だけの知る事実として強調すべく「我が恋ふる妹」という表現を採ったとみるのが相当である。この私だけの知る恋の相手こそ、第一歌群にうたう隠り妻だから、第二歌群はいわば第一歌群と地続きの関係にある。

一方、「汝が恋ふる妹」というように他者の知る、場合によっては周知、公然の関係を思わせるのが、第三歌群である。「我が恋ふる妹」と対照的に対応させている事実にかんがみて、そのかたちを選びとったことは疑いない。第二歌群の異伝にもかかわらずというより、むしろ異伝というかたちをとって、第二歌群を襲いながら時間を後にずらし、その時間の経過に伴う推移をもとに、長歌にうたったあの「我妹子と二人我が寝し枕づくつま屋」の今を、その荒寥たる情景にそくしてさながら一切を捨象したかの如くあらわす。隠り妻との恋（結婚）をめぐる悲劇という第一歌群のうたい起こした主題に、そうして決着をはかる。悼亡詩を梃子にしていることも、すでに明らかである。一連の展開上、第三歌群のみならず歌群全体の最後に位置し、その掉尾を飾る〈二一六歌〉の全く独自なその表現・内容に、独創の冴えをみせる。人麻呂の面目躍如というべきか。

九　人麻呂亡妻挽歌のその後

最後に、亡妻挽歌をめぐるこのあとの展開について多少なりと付言してみるに、ここに挙げて置くべき論考が、やはり冒頭にまず引いた入谷氏前掲稿である。そのなかに「潘岳を乗越えようという意欲の見られるのは江淹の『悼室人』十首である。（中略）十首、最初の八首は、潘岳にのっとって四季の推移に妻を失った悲しみを重ね合わせている。一首を十句にして短くした代わりに、詩を多くして、季節の刻みを精密にとらえ、（例示詩句省略）と、自然描写にも見るべきものがあり、（例示詩句省略）と、ありし日の妻の生活を追想する努力もなされており、（中略）具体性を持っている。」（一一三頁）と説く。「潘岳の権威に安心してもたれかかっている」沈約や「追随者」にとどまる庾信などとは違い、明らかに独自な悼亡詩の創作に歩み出している。

ところで、従来は「『万葉集』の亡妻悲傷歌は、人麻呂—憶良—旅人—家持と、専門歌人のあいだで系譜を持つが、憶良以下に強い影響を与えたのは、むしろこの或本の歌群（第三歌群—榎本補筆）であった。」（『釋注』四八一頁）、またあるいは憶良の「日本挽歌」をめぐって「結局は人麻呂の傘下に大きく包みこまれていることを知るのである。そしてこれは単に憶良のみのことではなく、以後の作家に共通したことである。」（橋本達雄氏前掲書一八六頁）などと人麻呂歌を後の歌人がひき継いだその跡をたどる研究が主流をなしている。橋本氏は、先行研究の成果をもとに、人麻呂の亡妻挽歌と憶良以下の歌人の歌とをつき合わせ、「踏襲」「類似」を具体的に指摘する。確かに見るべき成果も少なくはないけれども、往往にして、ややもすると人麻呂歌との近さにもっぱら目を向けがちである。しかし亡妻挽歌の歴史の上では、むしろその逆の流れの強まる傾向のほうが著しい。

憶良の「日本挽歌」（5・七九四〜七九九）は、当該人麻呂亡妻挽歌のどの歌群であれその長歌の半分にも満たない分量の長歌を交える。小川靖彦氏「日本挽歌の反歌五首をめぐって」（稲岡耕二先生還暦記念『日本上代文学論集』塙書房、一九九〇年四月）が、「言むすべ　せむすべ知らに」を採りあげ、「明らかに人麻呂歌の泣血哀慟歌に学んだ歌句である。」と認めた上で、この歌句をめぐる人麻呂、憶良歌それぞれの特質を論じる。傾聴すべき内容だが、第一歌群のそれに対して、第二歌群が「嘆けどもせむすべ知らに　恋ふれども逢ふよしをなみ」と表現を変えたその展開に目配りを欠く。憶良歌に、この内容と不可分の展開など見るべくもない。しかもこの長歌に反歌を五首も付し、それにむしろ比重を置く構成をとる。旅人の「思二恋故人一歌」に関連した連作（3・四三八〜四四〇）（四四六〜四五三）に至っては、長歌が一切なく、短歌を主体とし、かつまた内容も、江淹の悼亡詩について入谷氏の指摘した特徴を、いっそう徹底したかたちで具備する。

極めつけが、家持の「悲二傷亡妻一挽歌」に関連した一群の作品（3・四六二〜四七四）である。この冒頭歌「今よりは秋風寒く吹きなむを、如何にか独り長き夜を寝む」では、潘岳一一九詩の「清商応レ秋至」「凛凛涼風升」「豈曰レ無二重纊一、誰与同二歳寒一」などに通じる内容を、歌群のいわば幕開けとしてはいるけれども、以下に短歌を主体に旅人歌以上に多彩な展開をはかっている。その短歌に「日本挽歌」とのつながりを認めるのが通例だし、さらに歌群ただ一首の長歌でも、たとえば「水鴨なす二人並び居《ゐ》手《た》折《を》りても」は「日本挽歌」の長歌に「にほ鳥の二人並び居語らひし」という表現を襲っている。その一方、死をめぐっては、長歌の「あしひきの山道をさして、入日なす隠りにしかば」が、人麻呂歌の第二歌群に「入日なす隠りにしかば」（長歌）「衾道を引手の山に妹を置きて、山道を行けば」（短歌）という表現に恐らくは倣う。したがって死の原因をいう「うつせみの借れる身なれば」も、同じく第二歌群の「世の中を背きし得ねば」に拠るはずだが、しかし「借れる身」には、「仏典に基づく」（日本古典文学全集当該頭注）という指摘がある。さらに長歌を結ぶ「跡もなき世の中なればせむすべもなし」、また直前の短歌の「うつせみの世は常なしと知るものを、秋風寒み偲びつるかも」という傍線部の表現について、倉持しのぶ・身崎寿両氏「亡妾を悲傷しびて作る歌」（『セミナー万葉の歌人と作品』第八巻・七九頁。和泉書院、二〇〇二年五月）が先行研究を挙げて「無常観」を指摘する。また西澤一光氏「『万葉集』と『無常』」（高岡市万葉歴史館論集13『生の万葉集』笠間書院、平成二十二年三月）も、それらを含むいっそう広汎な「無常」の諸相を示す。

とりどりに人麻呂の亡妻挽歌の命脈を保つとはいえ、もはや長歌を主体に歌群を構成するほどの劇的な展開はどこにも痕跡すらとどめず、かわって現実の人の身、人の世のありようやそれをめぐる抒情などに軸足を移す。そうして仏教思想を基調とする新たな展開を遂げている。江淹の悼亡詩の達成以上に、悼亡を仏教思想によって染めあげるといったこの変容、転換を果たしたあと、やがて亡妻挽歌も終焉を迎えるに至る。

大伴旅人の文人的文学の始発
――応詔の詩と歌の生成をめぐって――

鈴木　道代

一　はじめに

大伴旅人は、『万葉集』第三期に活躍する歌人であり、奈良朝初頭に大宰府の長官として赴任し、山上憶良らとともに大宰府文化圏を形成したことで知られる。その旅人は『懐風藻』と『万葉集』との両集に作品を残している。一方は漢詩であり、一方は和歌である。『懐風藻』には「初春侍宴」と題した詩を一首のみ残しており、一方『万葉集』には、「大宰帥大伴卿讃酒歌十三首」、「梅花歌卅二首并序」（八二二）、「遊松浦河序」などを含め、七十首余りの歌を残している。その『万葉集』の旅人の歌の中で、吉野行幸の際に詠まれるはずであった「奉勅」の歌がある。[注1] この吉野行幸の際の奉勅歌と初春侍宴詩の両者の儀礼的詩歌については、旅人の初期の作品として注目される。

〈万葉集〉

暮春の月に芳野の離宮に幸しし時に、中納言大伴卿の勅を奉りて作れる歌一首〔幷せて短歌、いまだ奏

上を経ざる歌〕
み吉野の　芳野の宮は　山柄し　貴くあらし　川柄し　清けくあらし　天地と　長く久しく　万代に　変らずあらむ　行幸の宮　（巻三・三一五）

反歌

昔見し象の小河を今見ればいよよ清けくなりにけるかも　（同・三一六）

暮春之月幸芳野離宮時、中納言大伴卿奉勅作歌一首〔并短歌、未逕奏上歌〕
見吉野之　芳野乃宮者　山可良志　貴有師　水可良思　清有師　天地与　長久　萬代尓　不改将有　行幸之宮

反歌

昔見之　象乃小河乎　今見者　弥清　成尓来鴨[注2]

〈懐風藻〉

五言。初春侍宴。一首。　大伴旅人（詩番四四）

寛政情既遠。迪古道惟新。穆穆四門客。済済三徳人。

梅雪乱残岸。烟霞接早春。共遊聖主沢。同賀撃壌仁。

〔政治の法度や刑罰を寛大にされた天皇の恵みの情はすでに遠い昔から続き、古い仕来りを踏襲する政治の方法はかえって新しい。四方の門から入ってくる美しく立派な姿の賓客、威儀を整えた智・仁・勇の三徳の人たちが春の宴会に参列する。梅花が雪のように散って池の岸辺に乱れ、木々に掛かる靄は早春に連なっている。これらの客人たちは共に天皇の素晴らしい恩恵に預かり、我々は一緒になって尭帝の時の老人のように楽器を撃って天皇の政治を言祝ぐことである。[注3]〕

『万葉集』の巻三・三一五〜三一六番歌（本稿では以下、吉野奉勅歌とする）は、吉野行幸の時を「暮春之月」とする。旅人が中納言に任ぜられた時期が、養老二年（七一八）から神亀五年（七二八）頃であることから、旅人の吉野奉勅歌は、神亀元年（七二四）三月の聖武天皇即位後の行幸の折であると思われる。[注4]一方、『懐風藻』の詩番四四（以下、初春侍宴詩とする）は、小島憲之氏によると、詩の配列から「その詩（44）はやはり第二期の頃かとみられ、全体としてこの期は和銅頃（養老以前）までの作」であるという。[注5]また、李満紅氏は、「古」が持統朝であり、「新」が即位直後の聖武の政治を指すという分析から「神亀二年（七二五）の聖武天皇が即位後の初めての正月の作だと推定できる」という。[注6]このように旅人の初春侍宴詩の作歌時期についての確定は困難であるものの、聖武即位後に作歌された可能性は否定できない。[注7]しかしいずれにしても、旅人の『万葉集』の歌の作歌時期を基準とすると、当該の詩と歌とも旅人が大宰の帥に任ぜられる前の初期の作品と位置づけられるように思われる。なぜなら大宰府以後の旅人の作品は、この二つの作品の性質とは大きくことなるからである。

この二作が共通するのは、吉野奉勅歌にしても初春侍宴詩にしても、天皇へ捧げることを目的として詠まれている作品であるという点である。応詔とは記されていないが、旅人には応詔への意識が強く存在したものと思われる。そこに二つの作品の重なりが認められるのであり、本稿では、旅人の初期の作品における吉野奉勅歌と侍宴詩とを取り上げ、天皇の前で奏上する旅人の儀礼に対する態度や儀礼という場に奏上される作品創作の態度から、旅人の作品の形成する問題を、詩と歌という関係から考察したい。

二　応詔歌と応詔詩

旅人の吉野奉勅歌に見られる「奉勅」の語は、天皇の詔に対して応じ奉る意であり、このような「奉勅」の作品は、以下のように見られる。

二年の春正月三日に、侍従・竪子・王臣等を召して、内裏の東の屋の垣下に侍はしめ、即ち玉箒を賜ひて肆宴しき。時に内相藤原朝臣勅を奉りて（奉勅）、宣はく「諸王卿等、堪ふるまにま、意に任せて、歌を作り幷せて詩を賦め」とのりたまへり。仍りて詔旨に応へ、各〻心緒を陳べて歌を作り詩を賦めり。〔いまだ諸人の賦める詩と作れる歌とを得ず〕（巻二十・四四九三、題詞）

ここでは、正月三日の子の日に侍従・竪子・王臣など、天皇側近の臣を召して玉箒を下賜し、肆宴を催したという。この時に、内相藤原朝臣が天皇の勅を奉って、側近の臣たちに、能力に応じて心のままに歌または詩を作れと述べ、臣たちはその詔旨に応じて歌や詩を作った。この題詞に示されるように、「奉勅」により、臣下たちは歌や詩をもって詔に応えるのであり、旅人の歌に「奉勅作歌」とあるのは、詔に応えるための応詔歌と同義であると考えられる。

『万葉集』の中で、「応詔」と明記される歌は、前出の題詞を含めると十五歌群に見ることができる。

①長忌寸意吉麿應詔歌一首（巻三・二三八）

②六年甲戌、海犬養宿祢岡麿、應詔歌一首（巻六・九九六）

③右一首、遊覧住吉濱、還宮之時、道上、守部王應詔作謌。（巻六・九九九／左注）

④八年丙子夏六月、幸于芳野離宮之時、山邊宿祢赤人、應詔作謌一首幷短歌（巻六・一〇〇五～一〇〇六）

⑤橘宿祢奈良麿、應詔謌一首（巻六・一〇一〇）

⑥右一首、山上臣憶良類聚歌林曰、長忌寸意吉麿、應詔作此謌。（巻九・一六七三／左注）

⑦十八年正月、白雪多零、積地數寸也。於時、左大臣橘卿率大納言藤原豊成朝臣及諸王諸臣等、参入太上天皇御在所〔中宮西院〕、供奉掃雪。於是降詔、大臣参議幷諸王者、令侍于大殿上、諸卿大夫者令侍于南細

殿、而則賜酒肆宴。勅曰、汝諸王卿等、聊賦此雪各奏其謌。左大臣橘宿祢應詔歌一首
（巻十七・三九二三〜三九二六）

⑧向京路上、依興預作侍宴應詔歌一首并短歌
（巻十九・四二五四〜四二五五）

⑨為應詔、儲作歌一首并短歌
（巻十九・四二六六〜四二六七）

⑩廿五日、新甞會肆宴、應詔歌六首
（巻十九・四二七三〜四二七八）

⑪幸行於山村之時歌二首　先太上天皇、詔陪従王臣曰夫諸王卿等、宣賦和謌而奏、即御口号曰、
（巻二十・四二九三）

⑫舎人親王、應詔奉和歌一首
（巻二十・四二九四）

⑬薩妙観、應詔奉和歌一首
（巻二十・四四三八）

⑭冬日幸于靫負御井之時、内命婦石川朝臣應詔賦雪歌一首　諱曰邑婆
（巻二十・四四三九）

（左注）于時水主内親王、寝膳不安、累日不参。因以此日、太上天皇、勅侍嬬等曰、為遣水主内親王賦雪作歌奉獻者。於是諸命婦等不堪作歌。而此石川命婦、獨此歌奏之。右件四首、上総國大掾正六位上大原真人今城、傳誦云尒。〔年月未詳〕

⑮二年正月三日、召侍従豎子王臣等、令侍於内裏之東屋垣下、即賜玉箒肆宴。于時内相藤原朝臣奉勅、宣諸王卿等、随堪、任意、作歌并賦詩。仍應詔旨、各陳心緒作歌賦詩。〔未得諸人之賦詩并作歌也〕
（巻二十・四四九三／左注）

およそこれらの応詔歌は以下のように分類される。

A、詔に対して即興で応えた歌――①③⑤⑥⑦⑩⑪⑫⑬⑭⑮

B、詔に応えるために予め作った歌――④⑧⑨

A、Bのいずれに入るかは判別がつかない例として②があり、これは天皇の治世に「御民われ生ける験あり」と天皇を讃美する内容であることから、六年甲戌の賀宴で披露する歌として予め作った歌である可能性が高い。Aの歌は、宴席の余興と思われる歌①③⑥⑩⑪⑫の他に、天皇の歌に和した歌⑤⑬や、詔をうけて臣下たちが順番に歌い継いだ歌⑦⑩などがある。例えば⑦については、「雪を賦して各々その歌を奏せ」という詔に対して、「白髪」になるまで仕えることが「貴くもあるか」（三九二二）といい、この語を受けて「雪の光を見れば貴くもあるか」（三九二三）という。そしてずっと降り続く雪に天皇の大いなる徳を託し（三九二四）、雪が降るのは豊年の徴であり（三九二五）、降った雪は見飽きることがない（三九二六）というように、連続する内容の歌を詠む点において、歌の即興性が認められよう。

Bの歌は、④が赤人の長反歌よりなる吉野行幸歌であり、人麿以来の吉野行幸歌の伝統の中にある。⑧は家持が越中国より都へ帰還するときに作った侍宴応詔歌であり、題詞に「預作」とある。⑨も家持の応詔歌であり、「儲作」と記されている。旅人の吉野奉勅歌にはこうした「預作」や「儲作」などの記述はないものの、「未逕奏上歌」であることから、Bの歌の系列に位置づけられる。おそらく、旅人は吉野行幸を前にして、応詔の場で披露することを想定して吉野奉勅歌を作ったものと思われる。

一方、『懐風藻』の旅人詩は「初春侍宴」と題されている。『懐風藻』の中から詩題に「侍宴」と見られるものは、

五言侍宴一首　山前王（詩番四一）

五言初春侍宴一首　大伴宿祢旅人（詩番四四）

五言春日侍宴　息長真人臣足（詩番五五）

五言春日侍宴一首　黄文連備（詩番五七）

五言春日侍宴　安倍朝臣広庭（詩番七〇）

五言侍宴　守部連大隅（詩番七八）
五言侍讌　箭集宿祢虫麻呂（詩番八一）
五言侍宴一首　藤原朝臣総前（詩番八七）

とあり、旅人詩を含めると九例を見出すことができる。また、この「侍宴」と「応詔」とが結びついた詩題として、

五言春日侍宴応詔一首　藤原朝臣史（詩番三〇）
五言侍宴応詔一首　大石王（詩番三七）
五言春日侍宴応詔一首　釆女朝臣比良夫（詩番四二）

の三例がある。『懐風藻』に詠まれる侍宴詩は、「至徳洽乾坤。清化朗嘉辰。（この上も無い天皇の徳は天地四方に普く行き渡り、清らかに澄んだ天皇の教化はこの良い時期に明朗である）」（詩番四一）、「帝徳被千古。皇恩洽万民。（帝王の徳は千年に及んで被り、天皇の恩恵は万民に遍く行き渡っている）」（詩番五五）、「欽逢則聖日。束帯仰韶音。（天皇の主催する宴に逢うのはこの聖徳の日であり、正装して威儀を正し厳粛な音楽をお聞きすることである）」（詩番五七）のように見える。山前王の詩は、宴が開催されるこの日は天子の徳が天地にあまねく行き渡り、天子の清らかな徳化はこの良い時節に晴れやかであるという。また、息長真人臣足の詩は、天子の徳は太古の昔から今に至るまで及び、天子の恩徳は万民にあまねく行き渡るという。さらに、黄文連備の詩は、素晴らしい聖天子に逢うこの日に、威儀を正して虞舜が作ったという玉音を仰ぎ聞くことはありがたい喜びであるという。このように、『懐風藻』の侍宴詩は、応詔詩と重なりながら、天皇の徳が臣下を始めとする万民に行き渡ることを詠むものであり、基本的に天皇への讃歌であるといえる。

これら『万葉集』の応詔歌と『懐風藻』の応詔詩とは、天皇の徳を享受し、それに対して臣下が奉仕することを詠むものであり、基本的に旅人の吉野奉勅歌と初春侍宴詩とはこの枠組みの中に存在するものであるといえよう。

三　旅人の吉野奉勅歌と初春侍宴詩の思想

旅人の吉野奉勅歌が、『万葉集』の応詔歌の枠組みにあることは先に述べた通りである。そこでここでは、吉野奉勅歌が、いかなる思想のもとに、天皇讃歌として形成されたかということについて検討してゆきたい。『万葉集』の吉野行幸歌は、人麿を始発とする宮廷詞人たちの伝統の中にあり、旅人の吉野奉勅歌もおよそこの枠組みの中にあると思われる。旅人の吉野奉勅歌は、「み吉野の　芳野の宮は　山柄し　貴くあらし　川柄し　清けくあらし」と詠み、吉野の山川によって「行幸の宮」を讃美する。この表現の規範は人麿にあるといって良い。

…この川の　絶ゆることなく　この山の　いや高知らす　水激つ　滝の都は　見れど飽かぬかも
（巻一・三六）

…畳はる　青垣山　山神の　奉る御調と　春べは　花かざし持ち　秋立てば　黄葉かざせり（一は云はく、黄葉かざし）逝き副ふ　川の神も　大御食に　仕へ奉ると　上つ瀬に　鵜川を立ち　下つ瀬に　小網さし渡す　山川も　依りて仕ふる　神の御代かも
（巻一・三八）

人麿の三六番歌では、この川が絶えることがないように、この山が高いように、永遠に激流がほとばしる滝の都は見飽きることがないという。ここでの山川は永遠であることの比喩となっている。また、三八番歌では、山神が春には花をかざし持ち、秋には黄葉をかざして天皇に奉仕し、川の神も天皇の食膳のために上流には鵜飼を催し、下流には網をかけて魚をとり、このように山川も天皇に奉仕するのだということを歌う。ここでは、山川の神が天皇に奉仕する姿を描く。このように山川によって天皇の高大な力と徳とを示してゆくという構造は、以降の吉野行幸歌に引き継がれてゆくのである。

①…み吉野の　蜻蛉の宮は　神柄か　貴くあるらむ　国柄か　見が欲しからむ　山川を　清み清けみ　うべし神代ゆ　定めけらしも

（「養老七年癸亥夏五月、幸于芳野離宮時、笠朝臣金村作歌一首幷短歌」巻六・九〇七）

②…み吉野の　真木立つ山ゆ　見降せば　川の瀬ごとに　明け来れば　朝霧立ち　夕されば　かはづ鳴くなへ　紐解かぬ　旅にしあれば　吾のみして　清き川原を　見らくし惜しも

（「車持朝臣千年作歌一首幷短歌」巻六・九一三）

③あしひきの　み山もさやに　落ち激つ　吉野の川の　川の瀬の　清きを見れば　上辺には　千鳥数鳴き　下辺には　かはづ妻呼ぶ　ももしきの　大宮人も　をちこちに　繁にしあれば　見るごとに　あやに羨しみ　玉葛　絶ゆること無く　万代に　かくしもがもと　天地の　神をそ祈る　畏くあれども

（「神亀二年乙丑夏五月、幸于芳野離宮時、笠朝臣金村作歌一首幷短歌」巻六・九二〇）

④やすみし　わご大君の　高知らす　吉野の宮は　畳づく　青垣隠り　川次の　清き河内そ　春べは　花咲きををり　秋されば　霧立ち渡る　その山の　いやますますに　この川の　絶ゆること無く　ももしきの　大宮人は　常に通はむ

（「山部宿禰赤人作歌二首幷短歌」巻六・九二三）

①は、山川が清くさやかであることが保証となって、神代から吉野宮に離宮が定まったという。山川が清らかなことが賛辞となっている例として③がある。③では、「み山もさやに」「川の瀬の清きを見れば」とあり、山がさやかであること、川の瀬が清らかであることを詠む。ただしさらに千鳥やかわずの鳴き声を詠み、その声を「あやに羨しみ」というように吉野の自然を鑑賞する態度が窺える。さらに④においても、「畳づく　青垣隠り　川次の　清き河内そ」と重なり逢う山々と清らかな河内を詠み、人麿歌と同様に山川によって大宮人が常に通うという永遠性を詠む。また②は、「み吉野の真木立つ山」と「川の瀬」とを詠むが、「紐解かぬ　旅にしあれば」

と旅情へと展開してゆき、不在の妻へ思いを寄せて独りで清き川原を見ることが惜しいというのである。『万葉集』の吉野行幸歌は、基本的に山川がさやけく清らかであることによって、吉野の宮、及びその場所に行幸する天皇を讃美する形式をとるのである。

一方、『懐風藻』においても、吉野を詩題とする詩を見ることができる。『懐風藻』の吉野詩は「従駕吉野宮応詔」「従駕吉野」など行幸の詩であることが記されている詩題の他に、「遊吉野宮」「遊吉野川」「遊吉野」「遊吉野川」「吉野之作」などもあり、吉野への遊覧を詠んだ詩も含まれる。これらの吉野詩においても、『万葉集』と同様に、山川が詠み込まれている。

飛文山水地。命爵薜蘿中。（藤原朝臣史「五言。遊吉野。二首」詩番三二）

山水随臨賞。巌谿逐望新。（丹墀真人広成「五言。遊吉野。」詩番九九）

このほかに、『懐風藻』の吉野の山川は、「仁智」という語と合わせて用いる傾向にある。例えば、次のような詩がある。

① 五言。遊吉野宮。二首。　中臣朝臣人足（詩番四五）

惟山且惟水。能智亦能仁。万代無埃坌。一朝逢異民。

風波転入曲。魚鳥共成倫。此地即方丈。誰説桃源賓。

〔この山は高くまたこの川は清く、実に智がありまた実に仁がある。万代に亙って塵埃の湧くことの無い清浄な処であり、朝には仙郷に住む異民に逢う処でもある。風と波の音は転じて曲の中に入り込み、魚と鳥とは一緒になって友となるほどだ。この土地はただちに三神山の方丈であり、誰か桃源郷を訪れたという賓客のことなどを話題にするだろうか。〕

② 五言。従駕吉野宮応詔。二首。　大伴王（詩番四八）

山幽仁趣遠。川浄智懐深。欲訪神仙迹。追従吉野涛。

〔吉野の山は幽寂にして仁者の雰囲気は遠い昔からあり、吉野の川は静寂にして智者の心が奥深いことである。私は神仙の場所を訪ねようとして、天皇の行幸に追随し吉野の水が滾る宮滝へと来たことである。〕

③　五言。遊吉野川。　藤原朝臣万里（詩番九八）

友非干禄友。賓是飡霞賓。縦歌臨水智。長嘯楽山仁。梁前柘吟古。峡上簧声新。琴樽猶未極。明月照河浜。

〔我が友は俸禄を貪るような友ではなく、ここに集まった賓客はまさに霞を食べる立派な客人である。ほしいままに歌っては川の智の徳に接し、長く口笛を吹いては山の仁の徳を楽しむ。梁の前で仙女と歌を唱い合ったというのは昔の話であるが、峡上から聞こえてくる笛の音が鮮に聞こえて来る。それにしても琴の音も酒もまだ十分に楽しんでいないのに、もう明月が河浜を照らし始めたことだ。〕

①は、吉野の山川は仁と智とが適った土地であり、塵外の場所であるという。②は、吉野の山はひっそりと静かで仁者の趣があり、川は静寂として知者の懐が深いようであるという。また③は、友との交わりによって吉野の川の智徳に接し、山の仁徳に遊ぶという。このように、吉野の山川は仁智によって讃えられている。この山川を仁智として捉えることは、『論語』の「子曰く、知者は水を楽み、仁者は山を楽む。知者は動き、仁者は静かなり。知者は楽み、仁者は寿し。」（雍也篇）によることが、先学によって指摘されている。吉野詩の「山川」による儒教的山水観について、辰巳正明氏は「韓詩外伝[注8]」を挙げて、次のように述べている。

山水が仁智を意味することは『論語』の思想によって明らかである。山を仁とするのは山が万物を生じ万物をはぐくみ私をしないからである。そのことにより天地は生成し国家は安寧なのである。また、水はその性質が智・礼・勇・命・徳を備えるがゆえに、天地は成り群物生じ、国家は安寧で万物は平らぐのであり、従って水は智なるものであると考えるのである。謂わば、儒教的山水思想はこのような国家安寧を意味し、それゆえに山水は貴く清く、かつ天地長久であり万物不変のものとなるのである。天皇の行幸の宮は、まさにそうした仁智のすぐれた聖地として讃められると言うことに他ならない。注9

辰巳氏は、「韓詩外傳」の山水による仁智の思想が『論語』に基づきながら、山水の根本的性質が仁智の理に適っているため、万物を生成し、国家が安寧となるという思想へ展開していることを指摘する。「智水仁山」の思想は、智者や仁者の生き方という枠組みを超えて、政治的な側面を有し、儒教的な国家治世の根本となっているのである。

旅人の吉野奉勅歌は、このような吉野の宮が永遠であることを願うことを詠む。人麿や赤人の吉野行幸歌では、「この川の　絶ゆることなく　この山の　いや高知らす」（三六）、「その山の　いやますますに　この川の絶ゆること無く」（九二三）といい、旅人の吉野奉勅歌の永遠性もこれらの表現に連なるものであろうと思われる。しかし、旅人の吉野奉勅歌では、「天地と　長く久しく　万代に　変らずあらむ（天地与　長久　萬代尓　不改将有）」と詠まれている。「天地長久」の語は、『老子』に、「天長地久」とあるのと同様であり、『老子』によると、天地が長く久しいのは、自ら永遠であろうという意識がないからであるという。この「天地長久」の思想は、「是を以て聖人は其の身を後にして身先んじ、其の身を外にして身存す。其の私無きを以てに非ずや。故に能く其の私を為す。注10」というように、聖人が無私であることによって私を為し得るという生き方を説くのである。加えて、吉野奉勅歌の表記は、「天地」「長久」「萬代」「不改」というように漢語的な表記により成り立っている。注11おそらく、旅人の歌の訓みは、これらの漢語を和語として翻訳した結果であると思われる。また、歌表記と歌の訓みとの関係において、漢文学に対応する和の儀礼歌が意識されていたと考えられる。

このように、旅人は儒教的思想と老荘的思想とを併せ持つ、非常に中国的な有徳の天皇像を描いてゆくのである。

次に、『懐風藻』に載る旅人の初春侍宴詩について、検討してみたい。詩は八句から成り、詩の構成と内容とは以下の通りである。

一、二句……天皇が優れた政治を行うということ

三、四句……優れた為政によって、有能な詩人たちが宴に参集するということ

五、六句……泰平の世に現れる春景

七、八句……君臣が一体となって天皇の治世を言祝ぐこと

一、二句は、寛大な政治を行う天皇の仁徳ある心はすでに遠い昔から続き、古の道を踏む政道は今や新しいという。三句目の「四門客」とは、『尚書』「尭典第一」に、「四門に賓せしめて、四門穆穆たり[注12]」とあり、『尚書正義』に「穆穆は美なり。四門は四方之門、舜四凶の族に流るるに、四方諸侯來りて朝する者は、舜之を賓迎して、皆美徳有りて凶人無し[注13]」とある。また、『史記』巻一には、「四門を賓す、四門穆穆、諸侯は遠方より客を賓して皆敬ふ。[注14]」とあり、『集解』に、「馬融曰はく、四門は四方の門なり。諸侯羣臣の朝する者は、舜之を賓迎して、皆美徳有るなり。[注15]」とあり、四門において諸国から来朝する賓客の先導にあたらせたところ、礼儀が良く整ったという故事による[注16]。また四句目の「三徳人」とは、『中庸』に「知・仁・勇の三者は、天下の達徳なり[注17]」という典拠により、三つの徳を持った人々が宴席に侍ることをいう[注18]。続く五、六句目は、梅花が雪のように乱れ散って、春の靄が早春の空にたなびくという、春の美しい景を詠む。この春景は、天皇の徳により現れた景であり、泰平の世を春景によって表しているのである。また、七、八句目は、宴の列席者たちは天皇の恩沢を授かり、「撃壌仁」のように、天皇の治世を言祝ぐという。「撃壌仁」とは、『藝文類聚』「帝堯陶唐氏」に、「天下大いに和し、百姓事無し。五十老人有り、壌を道に撃つ[注19]」とあり、堯帝の徳政によって老人が鼓を打ったという

故事を指している。この続きとして、「観る者歎じて曰く、『大なるかな、帝の徳たるや』と。老人曰く、『吾日出でて作し、日入りて息ふ。井を鑿ちて飲み、田を耕して食ふ。帝何ぞ我に力あらんや』と。是に於て景星は天に曜き、甘露は地に降り、朱草は郊に生じ、鳳皇は庭に止まり、嘉禾は畝に孳り、澧泉は山に湧く」（同掲書）とある。ここでは、ある人が天皇の徳により老人が道で鼓を打っていることを悟る。そしてこの徳によって、天には星が輝き、天子の仁政により甘露が降り、伝説の草が生え、鳳凰が庭に止まり、作物が田畑に繁り、泉が湧き出すという瑞祥があらわれるというのである。

このように旅人の初春侍宴詩は、基本的に儒教思想を基盤とした典拠により整えられている。中国の故事により天皇の徳を讃えるという手法は、いわゆる『懐風藻』における応詔詩の枠組みの中では、常套的な作歌方法といってよいだろう。しかし、このような中国典籍を意識した応詔の詩歌を作歌し、天皇の前で奏上することに意味があったのではないだろうか。

四　新帝讃美と言語侍従の臣

ここでは、旅人がこのような和歌と漢詩とを作歌した意図について考えてみたい。旅人の吉野奉勅歌は、儒教思想と老荘思想とにより、吉野離宮――ひいては天皇による国家安寧の治世とその永遠性とを歌ったものである。また初春侍宴詩は、儒教的な聖帝の故事になぞらえて、現天皇の徳ある政治とそれを享受する臣下（民）の君臣和楽を言祝いだ内容であり、共に歴代の天皇に次ぐ新帝の誕生を言祝ぐことを主旨としている。これらの歌と詩とは、中国の聖帝と同質の天皇像を形成しており、儒教的な中国の聖帝のごとき天皇の姿を詠むことこそが、応詔詩歌の理念として要請されていたに違いない。

また、応詔詩の理念として『懐風藻』の序文には、「是に三階平煥、四海殷昌し、旒纊無為、巖廊暇多し。旋文学の士を招き、時に置醴の遊びを開く。」とあり、天下が泰平となり、何もしなくても世の中が治まるようになり、余暇が多くなったのでしばしば文学の士を招いて詩宴を開いたという。このような詩宴において、「宸翰文を垂らし、賢臣頌を献」ったことが記されている。この点について辰巳正明氏は、近江朝の漢文学による宮廷遊宴の文学が展開したのは、謝霊運の「擬魏太子鄴中集詩八首」による建安七子たちの良辰・美景・賞心・楽事の四つが揃う理想的な遊宴の詩観を直接的に受け入れたとし、これにより君臣和楽の詩観が近江朝より出発したことを指摘した。注20

旅人がこのような応詔詩歌を天皇に奏上しようとしたのも、『懐風藻』の序文にいう「賢臣」として天皇に忠義を尽くそうとしたからだと思われる。また、吉野奉勅歌を見るならば、先述したように、漢語的な歌の表記を和語に翻訳しているのであり、ここには歌が記述されるということが意識されていたように思われる。この点において、人麿より受け継がれてきた吉野行幸歌との差異が認められよう。旅人の詩歌が奏上され、それが記述されて後世に残ることこそが、旅人の文人としての自負となったのではないだろうか。

中国には古くから天子を讃美する詩賦を奏上する伝統がある。例えば『文選』は、「京都」の賦から始まるのであるが、「両都賦序」には、周の初期の王である、成王・康王が世を去って、頌歌の声が止み、王の恩沢が尽きて詩が作られなくなり、漢の国が始まったころには詩を作る暇が無く、前漢の武王・宣王の時代になってようやく礼楽の制度を重視し、文教政策を考えるようになったという。そして、金馬門という文学の士を集めた役所や、石渠という図書館を設け、また楽府の音楽を司る役所や、協律都尉という音楽長官の職を定めて、天子の偉業を辞で飾り、このことによって、民たちは喜び楽しみ、瑞祥が現れたというのである。ここに辞賦と礼楽の重要性が説かれるのであるが、これと同時に文学の士が現れた。この「両都賦」序では、「言語侍従之臣」として司馬相如・虞丘寿王・東方朔・枚皐・王褒・劉向の名が挙げられている。これら「言語侍従之臣」は、朝に夕に論思し、絶えることなく天子に辞賦を奏上したとある。ここに名を連ねる人物は、すべて『漢書』の列伝に名を残す者である。司馬相如は、始め景帝に仕えていたが後に武帝に文才を見出され孝文園令となった。虞丘寿王も武帝の側近であり、「吾丘寿王」六篇、「虞丘説」一篇、「吾丘寿王賦」十五篇などを作った。東方朔も武帝に見出され、金馬門の官署についた。枚皐は、武帝に高く認められ巡行や狩猟などに従駕し、賦を奏上した。王褒は、宣帝の時に文才を認められ、六藝の群書に通じていた。また、劉向は宣帝に重用され、石渠で五経を講じ、「説苑」「洪範五行伝」「新序」「列女伝」などを作った。

このように、「言語侍従之臣」と呼ばれる人々は、天子に辞賦や文章の才能を認められて、取り立てられ高官についた人物である。そして「言語侍従之臣」によって作られた辞賦は、「故に孝成の世、論じて之を録す。蓋し奏御せる者千有餘篇なり。而る後大漢の文章、炳焉として三代と風を同うせり」[注21]とあり、成帝の時に、整理し記録されて、天子に奏上されたものは数千篇あり、このことによって夏・殷・周の三代と文風を同じくしたという。「言語侍従之臣」の辞賦は、天子に奏上され、また記録されることによって、後世にその作品を残すことになった。辰巳氏は『万葉集』において人麿を初めとする宮廷詞人が登場した理由について、この中国の「言語侍従之臣」と同様の事情があったとし、「行幸儀礼歌が晴の宮廷文学として成立する根拠はここにあり、それは言語侍従の臣らが天子へ献呈した宮廷詩と等価の儀礼歌の誕生を意味していたのであり、懐風藻の詩人たちもまたそのように天皇を賛美したのであり、ここに古代日本の文化も思想も東アジアという範疇において均質に現れ始めた」と指摘している。[注22]このように、宮廷儀礼歌の誕生は、宮廷詞人たちを生み出した。人麿や赤人などの宮廷詞人はこうした東アジア的な古代日本の文化の中で要請された歌人たちであったといえよう。一方旅人は、人麿や赤人などに比して官人的な側面が強い点において、同列とはいえない。むしろ、旅人は主体的に宮廷儀礼の詩歌を作り、それを天皇へ献呈することで、中国的な「言語侍従之臣」としての地位を確立しようとしたのではないか。

宮廷儀礼の詩と歌とを残した旅人は、おそらく中国文人と同等の「言語侍従之臣」となることを意識していたのではないかと思われる。天皇を讃美する詩歌を奏上し、天皇に認められて筆録され、詩歌を後世に残す、このことによって「言語侍従之臣」となり得たのである。旅人が、中国の聖帝と同質の天皇の治世と君臣和楽の様を詠み、また吉野奉勅歌において筆録されることを意識して作歌したことの意味は、自らが「言語侍従之臣」となることを目指したことにあり、これが旅人の文学の始発となったのである。

五　おわりに

旅人文学の始発は、吉野奉勅歌と初春侍宴詩にある。これらの作品において、旅人は儒教的な山水仁智の思想と無為自然の老荘思想の理解によって天皇の徳によって現れた国家安寧の治世とその永遠性を歌い、また儒教的聖帝の故事になぞらえて君臣和楽の宴の様を詠んだのである。これらの歌と詩とは、応詔の場にあって天皇の奏上することを目的として作歌したものであった。

中国の辞賦の成立には、文章によって国を治めるという伝統があり、天子を讃美する辞賦が奏上された。そこには、「言語侍従之臣」という天子に重用されて辞賦を残した文人たちの存在があり、彼らは天子に見出されて、その作品が記録され後世に残されたのである。

旅人は、日本の朝廷において、このような中国の「言語侍従之臣」の如き誇りをもってこれらの詩歌を奏上しようとしたものと思われる。その後藤原氏の台頭によって、旅人は政権の中心から外れてゆき、世間の無常を詠み、また「讃酒歌」を詠むに至るが、[注23] 旅人の初期の作品は、文人として天皇への「言語侍従之臣」としての忠義を果たそうという気概に満ちたものであったと考えられるのである。

注

1 「未逕奏上歌」の理由については、「歌を奉れよといふ詔もなく奏上するに至らなかつた」（吉沢義則『万葉集総釈』）や、「旅人が新帝の命をうけた気持になって作った」が「奏上の機会を得ぬまま、都に帰った」（伊藤博『萬葉集釋注』）、「奏上した歌があったかもしれない」が「奏上されたものは控えを失し、素稿もしくはより劣る（と旅人によって考えられた）方が手許に残り、それが現前のごとき登載を見るに至った」（川口常孝「大伴旅人の吉野讃歌」『万葉集を学ぶ　第三集』有斐閣、一九七八年）などと論じられてはいるが、その理由は明らかではない。

2 『万葉集』の本文引用、および書き下しは中西進『万葉集　全訳注原文付』（講談社）による。以下同じ。

3 『懐風藻』の本文引用、および現代語訳は辰巳正明『懐風藻全注釈』（笠間書院、二〇一二年）による。以下同じ。

4 『続日本紀』養老二年三月に「大伴宿禰旅人為中納言」の記事がある。大納言への昇進時期は『続日本紀』に記述はないが、『万葉集』の「大宰帥大伴卿報凶問歌一首」の左注に「神亀五年六月二十三日」とあることから、この頃に大納言に任ぜられたと思われる。『続日本紀』の引用は、新日本古典文学大系（岩波書店）による。以下同じ。

5 『続日本紀』神亀元年三月に「三月庚申、天皇幸芳野宮」の記事がある。聖武天皇は、同年二月に即位した。

6 小島憲之校注『懐風藻　文華秀麗集　本朝文粋』日本古典文学大系六九（岩波書店、一九六四年）の解説による。

7 李満紅「大伴旅人の『吉野奉勅歌』と『初春侍宴詩』」（『青山語文』四三号〔大上正美教授退任記念号〕、二〇一三年三月）。

8 「韓詩外傳」では、「韓詩外傳曰。仁者何以樂山。山者萬物之所瞻仰也。草木生焉。萬物殖焉。飛鳥集焉。走獸休焉。吐生萬物而不私焉。出雲導風。天地以成。國家以寧。此仁者所以樂山。〔韓詩外傳に曰く、仁者は何を以て山を樂しむ。山は萬物の瞻仰する所以なり。草木焉に生じ、萬物焉に殖し、飛鳥焉に集ひ、走獸焉に休ふ。萬物を吐生して私せず。雲を出し風を導き、天地は以て成り、國家以て寧し。此れ仁者の山を樂しむ所以なり。〕」（『藝文類聚』巻七、山部）、「韓詩外傳曰。夫水者緣理而行。不遺小。似有智者。重而下。似有禮者。蹈深不疑。似有勇者。鄣防而清。似知命者。歷險致遠。似有德者。天地以成。羣物以生。國家以寧。萬事以平。此智者所以樂於水也。〔韓詩外傳に曰く、夫れ水は理に緣りて行く。小を遺さざるは、智有る者に似たり。重くして下るは、禮有る者に似たり。深きを蹈むも疑はざるは、勇者有るに似たり。鄣防して清きは、命を知る者に似たり。險しきを歴て遠きに致すは、德有る者に似たり。天地は以て成り、羣物は以て生じ、國家は以て寧く、萬事は以て平らかなり。此れ智者の水を樂しむ所以なり。〕」（『藝文類聚』巻八、水部）とある。『藝文類聚』の本文および書き下し文は、『藝文類聚訓讀付索引』（大東文化大学東洋研究所）による。

9 辰巳正明「反俗と憂愁」『万葉集と中国文学　第二』（笠間書院、一九九三年）。

10 『老子』は、『老子・荘子』上（新釈漢文大系、明治書院）による。

11 清水克彦「旅人の宮廷儀礼歌」『万葉論集』（桜楓社、一九七〇年）。

12 『尚書』は、『書経』上（新釈漢文大系、明治書院）による。

13 『尚書正義』は、（十三経注疏）（北京大学出版社、二〇〇〇年）による。

14 『史記』は『史記』（新釈漢文大系、明治書院）による。

15 『史記』點校本二十四史修訂本（中華書局、二〇一三年）による。書き下し文は私訳による。

16 小島憲之校注『懐風藻　文華秀麗集　本朝文粋』日本古典文学大系六九（岩波書店、一九六四年）の頭注では『尚書』の例を挙げている。

17 『中庸』は、『中庸』（新釈漢文体系、明治書院）による。

18 「三徳」は複数の意味を持つ。辰巳正明『懐風藻全注釈』は、『尚書』洪範の「三徳。一曰正直。二曰剛克。三曰柔克」を挙げる。

19 『藝文類聚』巻一一、「帝堯陶唐氏」による。

20 辰巳正明「近江朝文学史の課題」『万葉集と中国文学　第二』（笠間書院、一九九三年）。

21 『文選』は、『文選』（新釈漢文大系、明治書院）による。

22 辰巳正明「天皇と行幸——人麿と言語侍従之臣について」『万葉集と比較詩学』（笠間書院、一九九六年）

23 注9に同じ。

漢文学の受容と奈良朝の漢文

――古事記序文の歴史思想の形成――

髙橋　俊之

一　はじめに

日本古代の史書として成立した『古事記』は、神話を始まりとして、推古天皇までの歴史を三巻に分けて書き記している。和銅五年（七一二）に太安萬侶の手に成ったものである。『古事記』には正格漢文の序が付されており、当時の知識人の漢文の素養が窺える。序文には、「上五経正義表」をはじめとして、漢籍を典拠とした表現が、多く見出される。しかし、この序文が、何故、漢籍に依拠したのかについて、それを論じた論考は少ない。序文を漢文で書き記すという行為は、すでに漢字文化圏の基本であるという理解が存在したものと思われる。ここでは典拠となる漢籍を再検討することで、この序文と漢籍との関係の中から、序文が漢籍を受容したことの意図を明らかにしたい。その古事記序文（以下、記序）の全文は、次のように記されている。[注1]

【第一段】

臣安萬侶言、夫、混元既凝、氣象未レ效、無レ名無レ為、誰知二其形一。然、乾坤初分、参神作二造化之首一、陰陽斯開、二霊為㆓群品之祖㆒。所以、出㆓入幽顕㆒、日月彰㆓於洗㆑目、浮㆓沈海水㆒、神祇呈㆓於滌㆑身。故、太素杳冥、因㆓本教㆒而識㆓孕㆑土産㆑嶋之時㆒、元始綿邈、頼㆓先聖㆒而察㆓生㆑神立㆑人之世㆒。寔知、懸㆑鏡吐㆑珠、而百王相續、喫㆑釼切㆑虵、以万神蕃息與。議㆓安河㆒而平㆓天下㆒、論㆓小濱㆒而清㆓国土㆒。是以、番仁岐命、初降㆓于高千嶺㆒、神倭天皇、経㆓歴于秋津嶋㆒。化熊出㆑川、天釼獲㆓於高倉㆒、生尾遮㆑経、大烏導㆓於吉野㆒。列㆑儛攘㆑賊、聞㆑歌伏㆑仇。即、覺㆑夢而敬㆓神祇㆒、所以稱㆓賢后㆒。望㆑烟而撫㆓黎元㆒。於㆑今傳㆓聖帝㆒。定㆑境開㆑邦、制㆓于近淡海㆒、正㆑姓撰㆑氏、勒㆓于遠飛鳥㆒。雖㆓歩驟各異文質不㆒㆑同、莫㆑不㆘稽㆑古以縄㆓風猷於既頽㆒、照㆑今以補㆗典教於欲㆖㆑絶。

【第二段】

曁㆘飛鳥清原大宮御㆓大八州㆒天皇御世㆖、潜龍體㆑元、洊雷應㆑期。聞㆓夢歌㆒而相㆑纂㆑業、投㆓夜水㆒而知㆑承㆑基。然、天時未㆑臻、蟬㆓蛻於南山㆒、人事共給、虎㆓歩於東國㆒。皇輿忽駕、淩㆓度山川㆒、六師雷震、三軍電逝。杖矛擧㆑威、猛士烟起、絳旗耀㆑兵、凶徒瓦解。未㆑移㆓浹辰㆒、氣沴自清。乃、放㆑牛息㆑馬、愷悌歸㆓於華夏㆒、巻㆑旌戢㆑戈、儛詠停㆓於都邑㆒。歳次㆓大梁㆒、月踵㆓侠鐘㆒、清原大宮、昇即㆓天位㆒。道軼㆓軒后㆒、徳跨㆓周王㆒、握㆓乾符㆒而捴㆓六合㆒、得㆓天統㆒而包㆓八荒㆒、乗㆓二氣之正㆒、齊㆓五行之序㆒、設㆓神理㆒以奬㆑俗、敷㆓英風㆒以弘㆑国。重加、智海浩汗、潭探㆓上古㆒、心鏡煒煌、明覩㆓先代㆒。

於㆑是、天皇詔之「朕聞、『諸家之所㆑賫帝紀及本辞、既違㆓正實㆒、多加㆓虚偽㆒』。當㆓今之時㆒、不㆑改㆓其失㆒、未㆑経㆓幾年㆒其旨欲㆑滅。斯乃、邦家之経緯、王化之鴻基焉。故惟、撰㆓録帝紀㆒、討㆓覈舊辞㆒、削㆑偽定㆑實、欲㆑流㆓後葉㆒」。時有㆓舎人㆒。姓稗田、名阿礼、年是廿八、為㆑人聡明、度㆑目誦㆑口、拂㆑耳勒㆑心。即、勅㆓語阿礼㆒、令㆑誦㆓習帝皇日継及先代舊辞㆒。然、運移世異、未㆑行㆓其事㆒矣。

【第三段】

伏惟、

皇帝陛下、得レ一光宅、通レ三亭育、御二紫宸一而徳被二馬蹄之所レ極、坐二玄扈一而化照二船頭之所レ逮。日浮重レ暉、雲散非レ烟。連レ柯幷レ穂之瑞、史不レ絶レ書、列レ烽重レ譯之貢、府無二空月一。可レ謂下名高二文命一、徳冠中天乙上矣。

於レ焉、惜二舊辞之誤忤一、正二先紀之謬錯一、以二和銅四年九月十八日一、詔二臣安萬侶一、撰二録稗田阿礼所レ誦之勅語舊辞一以献上者、謹随二詔旨一、子細採摭。然、上古之時、言意並朴、敷レ文構レ句、於レ字即難。已因レ訓述者、詞不レ逮レ心。全以レ音連者、事趣更長。是以、今、或一句之中、交二用音訓一、或一事之内、全以レ訓録。即、辞理叵レ見、以レ注明、意況易レ解、更非レ注。亦、於レ姓日下謂二玖沙訶一、於レ名帯字謂二多羅斯一、如レ此之類、随レ本不レ改。大抵所レ記者、自二天地開闢一始、以訖二于小治田御世一。故、天御中主神以下、日子波限建鵜草葺不合命以前、為二上巻一、神倭伊波礼毗古天皇以下、品陀御世以前、為二中巻一、大雀皇帝以下、小治田大宮以前、為二下巻一、幷録二三巻一、謹以献上。臣安萬侶、誠惶誠恐、頓〻首〻。

和銅五年正月廿八日　正五位上勲五等太朝臣安萬侶

記序の第一段は、『古事記』の本文の内容を利用しながら、神世から允恭天皇までの治世を記し、その治世のあり方の違いを「雖二歩驟各異文質不レ同一」と結んでいる。第二段では、前半に大海人皇子（天武天皇）と大友皇子の壬申の乱と天武天皇の即位を記述し、後半で天武天皇の『古事記』編纂の詔が記されている。第三段前半では、元明天皇の聖徳と天武朝に完成しなかった『古事記』の編纂を、元明天皇が太安萬侶に詔したことが記されている。そして、第三段後半では、太安萬侶が『古事記』の編纂にあたり行った、『古事記』の表記についてを記している。この序文を書き記すにあたって、太安萬侶は多くの漢籍を用いている。それらの漢籍は、倭の故事来歴を記すための文飾として用いられたわけではなく、漢籍を通して、歴史を書き記すという歴史思想のために用いられたことが知られるのである。以下にその問題について論じていきたい。

二　記序における漢籍の受容とその意図

記序の文章は、岡田正之氏が「上五経正義表」に依拠していることを指摘したことをはじめ[注2]、志田延義氏が「進律疏表」も利用していることを指摘している[注3]。また、古くは『古事記傳』[注4]が『文選』の句を典拠としていることを指摘している（七四頁）。これらの指摘に見られる「上五経正義表」や「進律疏表」、および『文選』の典拠は、記序の歴史思想を記定する態度とどのように関与するものであるのか、記序がどのような態度で漢籍に依拠しているのかについて、以下に各章段ごとにみていきたい[注5]。

【第一段】

1 古事記序 臣安萬侶言
上五経正義表 臣無忌等言
進律疏表 臣無忌等言

2 古事記序 混元既凝……乾坤初分
上五経正義表 混元初闢
進律疏表 三才既分、法星著二於玄象一、六位斯列、習坎彰二於易經一。故知出レ震乗レ時、開レ物成レ務、莫レ不下作レ訓以臨二函夏一、垂レ教以牧中黎元上。昔周后登レ極、呂侯闡二其茂範一、虞帝納レ麓、皐陶創二其彝章一。大夫之述二三言一、金篆騰二其高軌一、安衆之陳二九瀍一、玉牒播二其弘規一。前哲比レ之以二隄防一、往賢譬レ之以二銜勒一。輕重失レ序、則繫レ之以二存亡一。寬猛乖レ方、則階レ之以二得喪一。泣レ辜愼レ罰、文命所二以會昌一、斮レ脛剖レ心、獨夫於レ是盪覆。三族之刑設、禍起二於望夷一、五虐之制興、師亡二於涿鹿一。齊景網峻、時英有二踊貴之談一、周幽獄繁、詩人致二菀柳之刺一。所以當塗撫レ運、樂平除二慘酷之刑一、金行提レ象、鎭南削二煩苛之法一。而體レ國經レ野、御レ辨登レ樞、莫レ不下崇二寬簡一以弘レ風、樹二仁惠一以裁上レ化。景冑以レ之碩茂、寶祚於レ是克崇、徽猷列二於緗圖一、鴻名勒二於靑史一。曁二炎靈委レ御、人物道銷一、霧翳二三光一、塵驚二九服一。秋卿司二於邦典一、高下在レ心、獄吏傳二於爰書一、出没由レ己。内史溺二灰然一而被レ辱、丞相見二牘背一而行レ賕。戮逮二棄灰一、誅及二偶語一、長平痛二積寃之氣一、司敗切二瘦死之魂一。遂使下五樓之羣、争迴二地軸一、十角之旅、競入中天田上。國步於レ是艱難、刑政於レ焉弛紊。殷憂俟二來蘇之后一、多難佇二撥亂之君一。大唐握二乾符一以應レ期、得二天統一而御レ歷。誅二阪泉之巨猾一、勦二丹浦之凶渠一、掃二旬始一而靜二天綱一、廓二妖氛一而清二地紀一。朱旗乃擧、東城高二滅レ楚之功一、黃鉞裁麾、西土建二翦レ商之業一。總二六合一而光宅、包二四大一以凝旒。異域於レ是來庭、殊方所二以受一レ職。航二少海一以朝二絳闕一、梯二崐山一以謁二紫宸一。椎髻之酋、加レ之以二文冕一、窮髮之長、寵之以二徽章一、王會之所レ不レ書、塗山之所レ莫レ紀。歌二九功一以協二金奏一、運二七政一以齊二玉衡一、律增二甲乙之科一、以正二澆俗一、禮崇二升降之制一、以拯二頽風一。蕩蕩巍巍、信無二德而稱一也。伏惟皇帝陛下、體レ元纂レ業、則レ大臨レ人、覆載並二於乾坤一

3 古事記序 所以、出二入幽顯一、日月彰二於洗レ目

上五経正義表 所以七教八政

進律疏表 習坎彰二於易經一

4 古事記序 懸レ鏡吐レ珠、而百王相續、喫レ釼切レ蛇、以万神蕃息與

上五経正義表 所以七敎八政、垂二烱戒於百王一、五始六虚、貽二徽範於千古一

5 古事記序 議二安河一而平二天下一、論二小濱一而清二国土一

進律疏表 掃二旬始一而静二天綱一、廓二妖氛一而清二地紀一

6 古事記序 雖二歩驟各異文質不一レ同、莫レ不下稽レ古以縄二風猷於既頽一、照レ今以補中典教於欲上レ絶

上五経正義表 雖二歩驟不一レ同、質文有レ異、莫レ不下開二兹膠序一、(崇)以二典墳一、敦二稽古一以弘レ風、闡二儒雅一以立レ訓、啓二含靈之耳目一、賛中神(化)之丹青上

1は記序の冒頭である。「臣〜言」という句は、「上五経正義表」や「進律疏表」のほかにも、『文選』をみれば、「臣亮言」(巻三十七・「出師表」)や「臣植言」(同・「求自試表」、「求通親親表」)、「臣密言」(同・「陳情事表」)などの用例があり、上表文の定型であって、「上五経正義表」や「進律疏表」を典拠と見做す必要は必ずしもない。

2は、記序の天地開闢についての記述である。これは『古事記』本文にはない記述であって、『古事記傳』が「此は天地のいまだ剖れざりし前の狀を、漢籍に云る趣もて云るなり」(六六頁)と指摘するように、漢籍に典拠を求めてよいであろう。「上五経正義表」の「混元初闢」については、記序にも「混元」や「初分」とあって、典拠とみてもよさそうである。しかし、「進律疏表」の「既分」と「乾坤」については、嵐義人氏が「これほど離れ、かつ意味するところも乖離してゐて典據に擬すことは無理であらう」[注6]と指摘するとおりである。「進律疏

表」の記述は記序の典拠とは考えがたい。

3は、記序に記された黄泉国訪問譚と禊についての記述である。『全註釈』[注7]は、記序と「上五経正義表」の「所以」と、記序と「進律疏表」の「彰於」がそれぞれ対応することを指摘しているが（七～八頁）、如何であろうか。まず、「所以」は、接続詞であって、「上五経正義表」を典拠と考える必要はない。また、「彰於」については、記序は、日神・月神が〝出現〟する意であるのに対して、「進律疏表」は、「習坎」が「易經」に〝明確に記述〟されているのであって、意味合いが異なっている。「上五経正義表」の「所以」も「進律疏表」の「彰於」も記序の典拠とは認めがたい。

4は「百王」の記述が対応している。記序の記述は、天石屋戸籠りと天安河でのうけひの記述で、「百王相續」は神世から皇統が連綿と続いている意である。「上五経正義表」の記述は、「七教八政」や「五始六虚」といった戒めや規範は遠い昔から歴代の皇帝に継承されてきたという文意である。ここで用いられている「百王」はともに歴代の天皇や皇帝を指す語であり、意味はほぼ同じであるといってよい。典拠と認めてもよいが、「百王」は漢籍に多く見えるほか、『続日本紀』にも「百王不易之道也」（巻八・養老五年三月乙卯条）などの用例があり、「百王」の二字だけで、「上五経正義表」を記序の典拠と認めてよいか疑問は残る。

5は、記序の「而清㆓国土㆒」と「進律疏表」の「而清㆓地紀㆒」が対応している。この記述に対して嵐義人氏は、「進律疏表」の記述は「妖氛」である蚩尤を掃き廓《はら》うという文脈であるのに対して、記序は伊耶佐の小濱で葦原中国の統治を論じているのであり、対応しているとは言い難いとしている。[注8]しかし、記序のここの記述は対句であって、「議㆓安河㆒」と「論㆓小濱㆒」を対応させて考えるべきである。つまり、天安河で神々が議り、建御雷神が伊耶佐の小濱で論じたことは、「伊多久佐夜藝弖有那理」という状態の葦原中国の平定である。「進律疏表」の蚩尤という「妖氛」を廓《はら》い、「地紀」を清めるという文脈と、記序の葦原中国を平定し、「伊多久佐夜藝弖」ある「国土」を清めるという文脈は、十分に対応し得ると考えられる。

6の記序の記述は、記序第一段の総括にあたり、神世から歴代天皇の事跡を述べた後に、歴代天皇の政治のあり方が異なっていても、「風猷」「典教」を正して、王化を行ったことを記すものである。「上五経正義表」の記述は皇帝が政治のあり方は異なっていても、学問を盛んにし、王化を進めたことを記している。字句の一致や文意を考慮しても典拠と認められ得る。

【第二段】

7 古事記序 潜龍體レ元、洊雷應レ期。聞二夢歌一而相レ纂レ業、……皇輿忽駕、淩二度山川一、六師雷震、三軍電逝。……絳旗耀レ兵、凶徒瓦解。……乃、放レ牛息レ馬、愷悌歸二於華夏一、巻レ旌戢レ戈、儛詠停二於都邑一。……清原大宮、昇二即天位一。道軼二軒后一、徳跨二周王一、握二乾符一而捴二六合一、得二天統一而包二八荒一、……伏惟、皇帝陛下、得レ一光宅

進律疏表 大唐握二乾符一以應レ期、得二天統一而御レ歴。誅二阪泉之巨猾一、勦二丹浦之凶渠一、掃二旬始一而静二天綱一、廓二妖氛一而清二地紀一。朱旗乃舉、東城高二滅レ楚之功一、黄鉞裁麾、西土建二翦レ商之業一。總二六合一而光宅、包二四大一以凝旒。異域於レ是來庭、殊方所二以受レ職。航二少海一以朝二絳闕一、梯二崐山一以謁二紫宸一。椎髻之酋、加レ之以二文冕一、窮髪之長、寵之以二徽章一、王會之所レ不レ書、塗山之所レ莫レ紀。歌二九功一以協二金奏一、運二七政一以齊二玉衡一、律増二甲乙之科一、以正二澆俗一、禮崇二升降之制一、以拯二頽風一。蕩蕩巍巍、信無二徳而稱一也。伏惟皇帝陛下、體レ元纂レ業

文選（東都賦） 於レ是聖皇乃握二乾符一、闡二坤珍一、披二皇圖一、稽二帝文一、赫然發レ憤、應若二興雲一、霆二撃昆陽一、憑怒雷震、遂超二大河一、跨二北嶽一、立二號高邑一、建二都河洛一、紹二百王之荒屯一、因二造化之盪滌一、體レ元立レ制、繼レ天而作、系二唐統一、接二漢緒一、茂二育羣生一、恢二復疆宇一、勳兼二乎在昔一、事勤二乎三五一

8 **古事記序** 乃、放レ牛息レ馬、愷悌歸二於華夏一、巻レ旌戢レ戈、儛詠停二於都邑一

尚書（武成） 乃偃レ武修レ文、歸二馬于華山之陽一、放二牛于桃林之野一、示二天下弗レ服

9 **古事記序** 乘二二氣之正一、齊二五行之序一、設二神理一以奨レ俗、敷二英風一以弘レ国

上五経正義表 乘二天地之正一、齊二日月之暉一。敷二四術一而緯レ俗經レ邦、蘊二九德一而辯レ方軌レ物

文選（王元長三月三日曲水詩序） 皇帝體膺二上聖一、運鍾二下武一、冠二五行之秀氣一、邁二三代之英風一。昭二章雲漢一、暉二麗日月一、牢二籠天地一、彈二壓山川一。設二神理一以景レ俗、敷二文化一以柔レ遠

10 **古事記序** 天皇詔之……撰二録帝紀一、討二覈舊辞一

上五経正義表 奉レ詔修撰。雖レ加二討覈一

11 **古事記序** 斯乃、邦家之経緯、王化之鴻基焉

上五経正義表 斯乃邦家之基、王化之本者也

12 **古事記序** 時有二舍人一。姓稗田、名阿礼、年是廿八、為レ人聡明、度レ目誦レ口、拂レ耳勒レ心

上五経正義表 宏材碩學、名振二當時一

文選（東方朔畫贊） 大夫諱朔、字曼倩、平原厭次人也。魏建安中、分二厭次一以爲二樂陵郡一、故又爲二郡人一焉。事二漢武帝一、漢書具載二其事一。先生瓌瑋博達、思周二變通一、以爲濁世不レ可二以富貴一也、故薄遊以取レ位、

苟出不レ可二以直一レ道也、故頡頏以傲レ世。傲レ世不レ可二以垂一レ訓也、故正諫以明レ節。明レ節不レ可二以久一レ安也、故詼諧以取レ容。潔二其道一而穢二其迹一、清二其質一而濁二其文一。弛張而不レ爲レ邪、進退而不レ離レ羣。若二乃遠心曠度、贍智宏材。倜儻博レ物、觸レ類多能一。合レ變以明レ筭、幽贊以知レ來。自二三墳五典八索九丘、陰陽圖緯之學、百家衆流之論、周給敏捷之辯、支離覆逆之數、經脉藥石之藝、射御書計之術一。乃研レ精而究二其理一、不レ習而盡二其功一、經レ目而諷二於口一、過レ耳而闇二於心一

文選（薦禰衡表）竊見處士平原禰衡、年二十四、字正平、淑質貞亮、英才卓躒。初渉二藝文一、升レ堂覩レ奥、目所二一見一、輒誦二於口一、耳所二暫聞一、不レ忘二於心一、性與レ道合、思若レ有レ神

7は、少し複雑であるため、記序と「進律疏表」の対応箇所の右傍に二重線を付した。また、記序と『文選』「東都賦」の対応箇所には左傍に波線を付した。記序の記述は、天武天皇が壬申の乱を経て皇位に就いたこと、また、その徳が黄帝や周の武王よりも偉大であることを記した記述である。「進律疏表」は、唐の高祖が天の瑞祥を得て挙兵し、建国したことが記されている。『文選』「東都賦」は、漢の光武帝が王莽の乱に際して挙兵し、乱を平定したことが記されている。「進律疏表」は字句の一致から、記序の典拠と見てもよいが、嵐義人氏が「別の書を典拠に擬すことができ、特に『進律疏表』に限定する必要はない」[注9]と指摘するように、『漢書』などにも一致する字句がみえる。『文選』「東都賦」の記述は、一致する字句は多くはない。しかし、光武帝が王莽の乱を平定したことを記した「超二大河一、跨二北嶽一」などは字句こそ一致しないが、記序の「淩二度山川一」などと対応するとみても良さそうである。「進律疏表」、『文選』「東都賦」、ともに記序の直接の典拠とみてよいか疑問はあるが、記序の記述が漢籍に依拠した表現であることは間違いなかろう。

8の記序の記述は、早くに『古事記開題』[注10]（九七〜九八頁）や『古事記傳』（七〇頁）が指摘するように、『尚書』「武成」にみえる周の武王が殷王朝に勝利した時の故事に拠ったものである。

9の記序の記述は、「二氣之正」や「五行之序」といった天武天皇の王化が国に普く及んだことを頌徳した記述である。「上五経正義表」や『文選』の記述も、それぞれ唐の太宗、斉の武帝の徳によって国中に王化が行き渡ったことを記した記述であり、字句の一致を考えても、記序の典拠と考えることができるだろう。

10の記序の記述は、天武天皇が帝紀・舊辞の撰録・討覈を詔したことを記した記述である。この記述の後に、阿礼が帝皇日継と先代舊辞を誦習し、帝紀・舊辞の撰録・討覈が果たされなかったことが記される。「上五経正義表」の記述は、貞観年間中に孔穎達等による一度目の『五経正義』の修撰を終えたが、その修撰に異議があり、未だ完全ではなかったことを記した記述である。[注11] 天武天皇が果たそうとして果たせなかった帝紀・舊辞の撰録・討覈という記序の記述と、一度目の修撰では完成しなかった『五経正義』の修撰事業という「上五経正義表」の前後の文脈を考えれば、典拠として認められ得るだろう。

11の記序は諸家が賷《も》たる誤った「帝紀」と「本辞」を撰録・討覈して、正しく後の世に伝えることが、国家の根本（「邦家之経緯、王化之鴻基」）であるという記述である。対して、「上五経正義表」の記述は、古から今に到るまで世の盛衰を経ても絶えず受け継がれてきた五経の教えこそが「斯乃邦家之基、王化之本者也」であるという記述である。両者とも古から伝えられた「帝紀」や「本辞」、そして五経といったテキストを正しく後の世に伝えるために、修撰事業があることを語る重要な記述である。双方の字句の一致などをみても、「上五経正義表」の記述は、記序の典拠であるといえる。

12の記序の記述は、稗田阿礼の聡明さを語る記述である。倉野憲司氏は、この記序の記述が「上五経正義表」の孔穎達を評した「宏材碩學、名振二當時一」という記述を典拠としていることを指摘している。[注12] 記序と「上五経正義表」の記述は字句こそ、一致するものはないが、経書の乱れを正すため、『五経正義』の修撰に際し、聡明である孔穎達に勅が降ったという「上五経正義表」の文脈を考慮すれば、記序の典拠として十二分に首肯することができるだろう。『文選』の「薦禰衡表」は、禰衡の年齢や字が記され、また、禰衡の才を評した「目所二一見一、輒誦二於口一、耳所二暫聞一、不レ忘二於心一」という文章は、字句の面からみても記序の典拠とみて間違いない。「東方朔畫贊」は、東方朔の諱や字が記述され、東方朔の才を記した「經レ目而諷二於口一、過レ耳而闇二於心一」という記述があることから、記序の典拠として認めても良さそうであるが、「經レ目而諷二於口一、過レ耳而闇二於心一」の李善注には、「孔融薦禰衡表曰、目所二一見一、輒誦二於口一、耳暫聞、不レ忘二於心一」とあり、このことからも、12の記序の記述は「東方朔畫贊」よりも「薦禰衡表」に依拠したとみるべきである。では何故、表現を「上五経正義表」ではなく、「薦禰衡表」に依拠したのか。西宮一民氏は、孔穎達の『五経正義』の修撰作業が訓詁を討覈することであったのに対して、稗田阿礼は字を読み諳んずることが仕事であり、仕事の内容が異なることを指摘している[注13]。首肯される指摘である。しかしながら、記序や『文選』の記述において、さらに注目されるのは、稗田阿礼や禰衡の歳を記述していることである。孔穎達が『五経正義』修撰の詔を奉勅したのが齢六十五の時であり、『五経正義』修撰の完了が齢六十七の時である。天武天皇から誦習の詔を賜った段階において、稗田阿礼は「年是廿八」とあり、また、「薦禰衡表」の禰衡の記述には「年二十四」とあって、両者は年若くして、聡明であったことを記しているのである。ここは「上五経正義表」を文脈上の骨子としながらも、孔穎達と稗田阿礼の仕事の内容の違いや、阿礼が年若くして、聡明であったことを『文選』の「薦禰衡表」の表現に依拠したとみるべきである。

【第三段】

13 古事記序 伏惟、皇帝陛下、得レ一光宅、通レ三亭育、御二紫宸一而徳被二馬蹄之所レ極、坐二玄扈一而化照二船頭之所レ逮。日浮重レ暉、雲散非レ烟。連レ柯幷レ穂之瑞、史不レ絶レ書、列レ烽重レ譯之貢、府無二空月一。可レ謂下名高二文命一、徳冠中天乙上矣

上五経正義表　伏惟皇帝陛下、得レ一繼レ明、通レ三撫レ運、乗二天地之正一、齊二日月之暉一。敷二四術一而緯レ俗經レ邦、蘊二九徳一而辯レ方軌レ物。禦二紫宸一而訪レ道、坐二玄扆一以裁レ仁。化被二丹澤一、政洽二幽陵一。三秀六穗之祥、府無二虚月一、集囿巣閣之瑞、史不レ絶レ書。照二金鏡一而泰階平、運二玉衡一而景宿麗。可レ謂下鴻名軼二於軒昊一、茂績貫中於勳華上

進律疏表　伏惟皇帝陛下、體レ元纂レ業、則レ大臨レ人、覆載並二於乾坤一、照臨運二於日月一、坐二青蒲一而化二光四表一、負二丹扆一而徳被二九圍一

文選（顔延年三月三日曲水詩序）　禎莖素毳、幷柯共穗之瑞、史不レ絶レ書、棧レ山航レ海、踰レ沙軼レ漠之貢、府無二虚月一。烈二燧千城一、通二驛萬里一

14 古事記序　詔二臣安萬侶一

上五経正義表　勅二太尉揚州都督監修國史上柱國趙國公臣無忌、司空上柱國英國公臣勣、尚書左僕射兼太子少師監修國史上柱國燕國公臣志寧、尚書右僕射（兼）太子少傅監修國史上護軍北平縣開國公臣行成、光祿大夫吏部尚書侍中兼太子少保監修國史上護軍蓨縣開國公臣季輔、光祿大夫吏部尚書監修國史上柱國河南郡開國公臣褚遂良、銀青光祿大夫守中書令監修國史上騎都尉臣柳奭、前諫議大夫弘文館學士臣谷那律、國子博士弘文館學士臣劉伯莊、朝議大夫守國子博士臣王徳韶、朝散大夫行太學博士臣賈公彦、朝散大夫行太學博士弘文館直學士臣范義頵、朝散大夫行太常博士臣柳宣通、直郎守太學博士臣齊威、宣徳郎守國子助教臣史士弘、宣徳郎行太常博士臣孔志約、右内率府長史弘文館直學士臣薛伯珍、兼太學助教臣鄭祖玄、徵事郎守太學助教臣隨徳素、徵事郎守四門博士臣趙君賛、承務郎守太學助教臣周玄達、承務郎守四門助教臣李玄（植）、儒林郎守四門助教臣王眞儒等一

15 古事記序 謹随二詔旨一、子細採摭。然、上古之時、言意並朴、敷レ文構レ句、於レ字即難。已因レ訓述者、詞不レ逮レ心。全以レ音連者、事趣更長。是以、今、或一句之中、交二用音訓一、或一事之内、全以レ訓録

上五経正義表 上二稟宸旨一、旁摭二羣書一

文選（尚書序） 承レ詔爲二五十九篇一作レ傳、於レ是遂研レ精覃レ思、博二考經籍一、採二摭羣言一、以立二訓傳一、約レ文申レ義、敷二暢厥旨一

文選（春秋左氏傳序） 若下夫制作之文、所二以彰レ往考レ來、情見二乎辭一、言高則旨遠、辭約則義微上、此理之常、非レ隱レ之也

16 古事記序 謹以獻上臣安萬侶、誠惶誠恐、頓〻首〻

上五経正義表 謹以上聞

進律疏表 臣無忌等誠惶誠恐、頓首頓首

13の記序の記述は元明天皇の徳が天下に普く行き渡り、瑞祥が絶えることなく、朝貢の貢ぎ物も倉に尽きることがないと讃えた記述である。「上五経正義表」も「進律疏表」も「伏惟皇帝陛下」から記述が始まり、唐の太宗を讃えた記述である。特に「上五経正義表」は多くの字句が一致しており、記序の典拠と認められ得る。対して、「進律疏表」は、唐の太宗を頌徳した記述ではあるが、「上五経正義表」に比して、字句が一致しているとは言い難い。また、『文選』「三月三日曲水詩序」は、宋の文帝を讃えた記述が、記序の字句と一致しており、記序の典拠とみてよいだろう。

14の記序の記述は、元明天皇が安萬侶に『古事記』の編纂を命じた記述である。「上五経正義表」の記述で

は、一度目の『五経正義』の修撰が終わり、孔穎達の死後、二度目の『五経正義』刊定の勅が長孫無忌等に降ったことを記した記述である。いずれも皇帝・天皇の勅が降ったことを記しているのみであって、典拠と見做す必要は必ずしもない。

15では、記序の「謹随二詔旨一、子細採摭」と「上五経正義表」の「上稟二宸旨一、旁摭二羣書一」の記述が対応している。ここの記序の記述は、元明天皇の詔を承け、太安萬侶が稗田阿礼の誦習していた勅語舊辞を子細に撰録し、その撰録の際における『古事記』本文の表記方法を述べた記述である。対して、「上五経正義表」の記述は、長孫無忌等が詔を承け、羣書を広く調べたことを記した記述である。字句が完全に一致するわけではないが、字句が近似する点や文脈的にも記序の典拠とみてよいだろう。また、『全註釈』は、記序が『文選』の「尚書序」と「春秋左氏傳序」を参考としていることを指摘しており（一二頁）、その指摘によれば、記序の「謹随二詔旨一、子細採摭。……已因レ訓述者、詞不レ逮レ心。全以レ音連者、事趣更長。是以、今、或一句之中、交二用音訓一、或一事之内、全以レ訓録」は、右に挙げた『文選』の「尚書序」と「春秋左氏傳序」の記述に対応していることになる。記序と『文選』のそれぞれの序を比較してみると、「尚書序」の記述は、焚書坑儒を逃れた『古文尚書』五十九篇に対して、「經籍」や「羣言」を採り集め、注釈である「傳」を作ったという記述であり、その内容は、一致する字句があるといっても、安萬侶が『古事記』本文の表記について記した記述とは異なっており、記序の典拠とはいえず、または参考とした漢籍として見ることにも無理があるだろう。また、「春秋左氏傳序」については、『春秋』の経文の意義を記した記述の一節であって、これも記序の記述とは意味合いが異なり、典拠とは認めがたい。

16の記述は、記序冒頭の「臣安萬侶言」と同じく上表文の定型である。『文選』に「臣植誠惶誠恐、頓首頓首、死罪死罪」（巻二十・「上責躬應詔詩表」）や「奉レ表以聞。臣諱誠惶誠恐」（巻三十八・「為齊明帝讓宣城郡公第一表」）などの例もあって、「上五経正義表」や「進律疏表」を記序の典拠とみる必要はないだろう。

以上の記序と漢籍の比較を通して、漢籍を出典とする記序の記述は次のように示すことができる。従来、漢籍の出典が指摘されていた記述には四角囲みを付し、本節で考察を行い、出典として認められ得る記序の記述を網掛けで示した。

【第一段】

臣安萬侶言、夫、混元既凝、氣象未レ效、無レ名無レ為、誰知二其形一。然、乾坤初分、叅神作二造化之首一、陰陽斯開、二霊為二群品之祖一。所以、出二入幽顕一、日月彰二於洗レ目、浮二沈海水一、神祇呈二於滌レ身。故、太素杳冥、因二本教一而識二孕レ土産レ嶋之時一、元始綿邈、頼二先聖一而察二生レ神立レ人之世一。寔知、懸レ鏡吐レ珠、而百王相續、喫レ劔切レ蛇、以万神蕃息與。議二安河一而平二天下一、論二小濱一而清二国土一。是以、番仁岐命、初降二于高千嶺一、神倭天皇、経二歴于秋津嶋一。化熊出レ川、天劔獲二於高倉一、生尾遮レ経、大烏導二於吉野一。列レ儛攘レ賊、聞レ歌伏レ仇。即、覺レ夢而敬二神祇一、所以稱二賢后一。望レ烟而撫二黎元一。於レ今傳二聖帝一。定レ境開レ邦、制二于近淡海一、正レ姓撰レ氏、勒二于遠飛鳥一。雖二歩驟各異文質不一レ同、莫レ不下稽レ古以繩二風猷於既頽一、照レ今以補中典教於欲上レ絶。

【第二段】

曁下飛鳥清原大宮御二大八州一

天皇御世上、潜龍體レ元、洊雷應レ期。聞二夢歌一而相レ纂レ業、投二夜水一而知レ承レ基。然、天時未レ臻、蟬二蛻於南山一、人事共給、虎二歩於東國一。皇輿忽駕、淩二度山川一、六師雷震、三軍電逝。杖矛擧レ威、猛士烟起、絳旗耀レ兵、凶徒瓦解。未レ移二浹辰一、氣殄自清。乃、放レ牛息レ馬、愷悌歸二於華夏一、巻レ旌戢レ戈、儛詠停二於都邑一。歳次二大梁一、月踵二俠鐘一、清原大宮、昇即二天位一。道軼二軒后一、徳跨二周王一、握二乾符一而摠二六合一、得二天統レ而包二八荒一、乗二二氣之正一、齊二五行之序一、設二神理一以奨レ俗、敷二英風一以弘レ国。重加、智海浩汗、潭探二上古一、心鏡煒煌、明覩二先代一。

於レ是、天皇詔之「朕聞、『諸家之所レ賷帝紀及本辞、既違二正實一、多加二虚偽一』。當二今之時一、不レ改二其失一、未レ経二幾年一其旨欲レ滅。斯乃、邦家之経緯、王化之鴻基焉。故惟、撰二録帝紀一、討二覈舊辞一、削レ偽定レ實、欲レ流二後葉一」。時有二舍人一。姓稗田、名阿礼、年是廿八、為レ人聡明、度レ目誦レ口、拂レ耳勒レ心。即、勅二語阿礼一、令レ誦二習帝皇日継及先代舊辞一。然、運移世異、未レ行二其事一矣。

【第三段】

伏惟、

皇帝陛下、得レ一光宅、通レ三亭育、御二紫宸一而徳被二馬蹄之所一レ極、坐二玄扈一而化照二船頭之所一レ逮。日浮重レ暉、雲散非レ烟。連レ柯幷レ穂之瑞、史不レ絶レ書、列レ烽重レ譯之貢、府無二空月一。可レ謂下名高二文命一、徳冠中天乙上矣。

於レ焉、惜二舊辞之誤忤一、正二先紀之謬錯一、以二和銅四年九月十八日一、詔二臣安萬侶一、撰二録稗田阿礼所レ誦之勅語舊辞一以獻上者、謹随二詔旨一、子細採摭。然、上古之時、言意並朴、敷レ文構レ句、於レ字即難。已因レ訓述者、詞不レ逮レ心。全以レ音連者、事趣更長。是以、今、或一句之中、交二用音訓一、或一事之内、全以レ訓録。即、辞理叵レ見、以レ注明、意況易レ解、更非レ注。亦、於レ姓日下謂二玖沙訶一、於レ名帯字謂二多羅斯一、如レ此之類、随レ本不レ改。大抵所レ記者、自二天地開闢一始、以訖二于小治田御世一。故、天御中主神以下、日子波限建鵜草葺不合命以前、為二上巻一、神倭伊波礼毗古天皇以下、品陁御世以前、為二中巻一、大雀皇帝以下、小治田大宮以前、為二下巻一、幷録二三巻一、謹以獻上臣安萬侶、誠惶誠恐、頓〻首〻。

和銅五年正月廿八日　正五位上勲五等太朝臣安萬侶

右に示したように、従来出典として指摘されていた記述から、上表文の定型や出典として認めがたい記述を除けば、記序の記述は、第一段の「雖二歩驟各異文質不レ同、莫レ不下稽レ古以縄二風猷於既頽一、照レ今以補中典教於欲上レ絶」や第二段の「斯乃、邦家之経緯、王化之鴻基焉」「撰二録帝紀一、討二覈舊辞一」などの歴代天皇の治世の総括や史書編纂の動機を記した記述を「上五経正義表」に依拠していることがわかる。『古事記』に記された歴代天皇の正しい治世のあり方や『古事記』という史書の編纂事業が、『五経正義』という経書が伝えられてきた所以や『五経正義』の編纂事業に重ね合わされていると考えるべきだろう。以上のほかには、第二段の天武天皇や稗田阿礼、第三段の元明天皇の記述も、すでに見たように漢籍の表現に依拠していることが理解される。稗田阿礼の記述が漢籍に依拠している理由は先に述べた通りである。しかしながら、天武・元明天皇の記述を、何故、漢籍に依拠しながら記す必要があったのであろうか。

次節では、記序の記述の中で、天武・元明天皇の瑞祥表現に注目して、記序が漢籍の思想をどのように受容しながら、漢籍の表現を用いているのかについて考察を加えたい。

三　漢籍と記序の歴史思想

記序は、天武・元明天皇の記述を漢籍の表現に依拠して記している。それでは、何故に天武・元明天皇の記述を漢籍に依拠する必要があったのか。まず、天武天皇についての記述である。記序は、天武天皇が壬申の乱において勝利して、飛鳥浄御原宮に即位し、その徳が普く国中を教化したことを次のように記す。

曁下飛鳥清原大宮御二大八州一天皇御世上、潜龍體レ元、洊雷應レ期。聞二夢歌一而相レ纂レ業、投二夜水一而知レ承レ基。然、天時未レ臻、蟬二蛻於南山一、人事共給、虎二歩於東國一。皇輿忽駕、淩二度山川一、六師雷震、三軍電逝。

杖矛擧レ威、猛士烟起、絳旗耀レ兵、凶徒瓦解。未レ移二浹辰一、氣殄自清。乃、放レ牛息レ馬、愷悌歸二於華夏一、巻レ旌戢レ戈、儛詠停二於都邑一。歳次二大梁一、月踵二侠鐘一、清原大宮、昇即二天位一。道軼二軒后一、徳跨二周王一、握二乾符一而捴二六合一、得二天統一而包二八荒一、乗二二氣之正一、齊二五行之序一、設二神理一以奨レ俗、敷二英風一以弘レ国。重加、智海浩汗、潭探二上古一、心鏡煒煌、明覩二先代一。（記序・第二段）

前節において、この天武天皇の記述が、「上五経正義表」や「進律疏表」、『文選』の「東都賦」「三月三日曲水詩序」、『尚書』の「武成」に依拠していることを確認した。天武天皇の記述の中で、殊のほか注目されるのは、「乾符」、「天統」、「絳旗」という表現である。「乾符」や「天統」は、「進律疏表」や、さきに確認した『文選』「東都賦」のほかに、『史記』や『漢書』、あるいは『藝文類聚』にみえる。

Ⅰ大唐握二乾符一以應レ期、得二天統一而御レ歴。……朱旗乃擧、東城高二滅レ楚之功一、黄鉞裁麾、西土建二翦レ商之業一。（「進律疏表」）

Ⅱ於レ是聖皇乃握二乾符一、闡二坤珍一……系二唐統一、接二漢緒一（『文選』巻一・「東都賦」）

Ⅲ三王之道、若二循環一、終而復始。周秦之閒、可レ謂二文敝一矣。秦政不レ改、反酷二刑法一、豈不レ繆乎。故漢興、承レ敝易變、使二人不一レ倦、得二天統一矣。（『史記』巻八・「高祖本紀」）

Ⅳ伏聞、周封二八百一、姫姓並列、奉二承天子一。康叔以二祖考一顯、而伯禽以二周公一立、咸爲二建國諸侯一、以相傳爲レ輔。百官奉レ憲、各遵二其職一、而國統備矣。竊以爲、並二建諸侯一、所三以重二社稷一者、四海諸侯、各以二其職一奉二貢祭一。支子不レ得レ奉二祭宗祖一、禮也。封建使レ守二藩國一、帝王所二以扶レ徳施一レ化。陛下奉二承天統一、明二開聖緒一、尊レ賢顯レ功、興レ滅繼レ絶。續二蕭文終之後於酇一（『史記』巻六十・「三王世家」）

Ⅴ由レ是推レ之、漢承二堯運一、徳祚已盛、斷レ蛇著レ符、旗幟上レ赤、協二于火徳一、自然之應、得二天統一矣。（『漢書』巻一下・「高帝紀」）

Ⅵ其後以レ母傳レ子、終而復始、自二神農・黄帝一下歴二唐虞三代一而漢得レ火焉。故高祖始起、神母夜號、著二赤帝之符一、旗章遂赤、自得二天統一矣。

（『漢書』巻二十五下・「郊祀志」）

Ⅶ漢書曰、漢承二堯運一、徳祚已盛、断レ蛇著レ符、旗幟尚レ赤、協二于火徳一、自然之應、得二天統一矣

（『藝文類聚』巻十二・帝王部・「漢高帝」）

Ⅷ於レ是聖皇乃握二乾符一、闡二坤珍一、披二皇圖一、稽二帝文一、赫爾發レ憤、應若二興雲一、霆二發昆陽一、憑怒雷震。

（『後漢書』巻四十下・「班彪傳」）

Ⅰの「進律疏表」の記述は、「乾符」や「天統」を得た大唐が、「朱旗」を挙げて挙兵し、国を治めたという記述である。Ⅱは、漢王朝を再興した後漢の光武帝が「乾符」を握って、王莽の乱を平定したことを記している。Ⅲは、『史記』の記述で、王朝交替の理論を述べた記述である。周秦の政の弊害を改革したことによって、漢王朝が「天統」を得たと漢王朝の興りを記している。Ⅳの『史記』の記述は、臣下が漢の武帝に三人の皇子を諸侯王にするように奏上した記述である。武帝を周の武王になぞらえて、天から正統性を受けたことを「奉二承天統一」と記している。Ⅴは、漢王朝が堯の火徳を承けて、「天統」を継承したことが記されている。Ⅵは漢の高祖が「赤帝之符」という火徳を得たことを「天統」を得たと記しており、「赤帝之符」を得たことにより、「旗章遂赤」とある。Ⅶは『藝文類聚』所引の『漢書』の記述であり、Ⅴと同じである。Ⅷの『後漢書』の記述は、Ⅱと同じ内容で、Ⅷの光武帝の記述の李賢注には、「乾符、坤珍謂二天地符瑞一也」とあって、「乾符」が瑞祥であるというものである。以上のように、天から帝位の正統性を承けたことを「乾符」「天統」と表わしており、それはⅧの『後漢書』の記述にもあるように、瑞祥という形で現れたことが記されているのである。ここで注意されるのが、漢王朝が火徳を得たと記すⅤⅥⅦの記述である。漢王朝の正統性は、Ⅵの「赤帝之符」のような赤い瑞祥を得たことによって保証されるのであり、赤い瑞祥を得るということは、火徳を得るということである。

元来、火徳を得たことを示す赤い色の瑞祥は周王朝の正統性を表わす瑞祥である。『史記』の「周本紀」には次のような記述がある。

武王渡レ河、中流、白魚躍二入王舟中一、武王俯取以祭。既渡、有レ火自レ上復二于下一、至二于王屋一、流爲レ烏、其色赤、其聲魄云。

（『史記』巻四・「周本紀」）

武王が殷王朝を放伐するために挙兵し、黄河を渡ろうとした時、白い色の魚が舟の中に入り込み、それを捕まえて天に祭り、さらに黄河を渡りきると、今度は火がおこり、それが武王の屋に到ったとき、赤い烏となったと記されている。これは殷王朝を象徴する白い色の魚を周王朝が捕らえ、周王朝に天下を治めるように、赤い色の烏という天からの瑞祥が現れたことを記しているのである。ここで重要なのは、火が赤い烏という瑞祥となったと記されていることである。このことからも『史記』や『漢書』に記されているように、周王朝や漢王朝が得た赤い瑞祥は「火徳」を得たということである。

さて、記序には、壬申の乱の天武天皇の軍勢を指して「絳旗」とあった。「絳」は、高山寺本原本系『玉篇』（巻二十七）には「説文大赤繒也[注14]」とあり、「絳旗」が赤い色の旗であることがわかる。『万葉集』の柿本朝臣人麿の高市皇子挽歌には、天武天皇の軍勢を象徴する赤い旗が靡く様を次のように記している。

……捧げたる　幡の靡は　冬こもり　春さり来れば　野ごとに　着きてある火の　〔一は云はく、冬ごもり　春野焼く火の〕　風の共　靡くがごとく……

（『万葉集』巻二・一九九）

高市皇子挽歌の内容を見れば、天武天皇の軍勢の赤い旗が、火のようにたなびいていたことが理解できる。つまり、「絳旗」は、ただ赤い旗というだけでなく、赤い旗がたなびく様子から、周王朝や漢王朝のごとく火徳を得たことを記しているのである。『日本書紀』の天武天皇条には、「筑紫大宰献二赤烏一」（天武天皇六年十一月条）、「癸未、朱雀有二南門一」（天武天皇九年七月条）、「秋七月戊辰朔、朱雀見之」（天武天皇十年七月条）と三度にわたって、瑞祥である赤い鳥が出現したことが記されており、それが、「戊午、改元曰二朱鳥元年一。〔朱鳥、此云二阿訶美苔利一。〕仍名レ宮曰二飛鳥浄御原宮一。」（朱鳥元年七月条）という朱鳥元年の改元の詔に繋がっていくのである。このことからも、記序のみならず、『日本書紀』や『万葉集』においても天武天皇を周の武王になぞらえていることがわかる。以上のほかに、記序の「乃、放レ牛息レ馬、愷悌帰二於華夏一、巻レ旌戢レ戈、儛詠停二於都邑一」は、『尚書』「武成」の「乃偃レ武修レ文、帰二馬于華山之陽一、放二牛于桃林之野一、示二天下弗レ服一」という周の武王の故事に基づいており、また、天武天皇の治世を頌徳した「乗二二氣之正一、齊二五行之序一、設二神理一以奨レ俗、敷二英風一以弘レ国」の記述は、典拠である『文選』「三月三日曲水詩序」をみれば、「皇帝體膺二上聖一、運鍾二下武一、冠二五行之秀氣一、邁二三代之英風一」とあり、これも「運鍾二下武一」と斉の武帝を周の武王になぞらえていることがわかる。以上のように記序の壬申の乱から天武天皇の聖徳を記した記述に到るまで、天武天皇の記述は漢籍を典拠としながら、その背後に、天武天皇を周の武王になぞらえる意図が看取されるのである。このように記序が天武天皇の記述を周の武王になぞらえていることの意義については、辰巳正明氏が次のように述べていることは注意すべきである。

　天武天皇は前朝の悪を天命により平定し、新たな受命の王としてこの地上に王となったというのは、周王朝のイデオロギーを直接に引き受けながら、秦の始皇帝の皇帝観を受けて天武朝史観を作り上げたものだとえる。それは直接的に『古事記』という史書編纂へと向かい、さらに『日本書紀』という史書を生み出すエネルギーとなり、そこに天武史観が実現されて行くこととなるのである。注15

「邦家之経緯、王化之鴻基焉」である帝紀・舊辞の撰録・討覈という『古事記』編纂の詔を記す記序の第二段において、これほど多くの表現を漢籍に依拠しながら、天武天皇の壬申の乱や聖徳を記述するのも、周の武王が天から瑞祥という正統性を得て、殷王朝を放伐し帝位に就いたという歴史思想を背後に持つことからすれば、天武天皇の壬申の乱と即位の正統性が『古事記』という史書編纂の動機と不可分であるからに違いない。壬申の乱は兄の王朝を簒奪した謀叛であってはならないのである。それは辰巳氏が指摘するように、周王朝のイデオロギーを引き受けた天武天皇が、自身の正統性を示すための史書編纂へとつながていくのであると考えられるのである。

次に、元明天皇の記述について確認したい。

伏惟、皇帝陛下、得レ一光宅、通レ三亭育、御二紫宸一而徳被二馬蹄之所一レ極、坐二玄扈一而化照二船頭之所一レ逮。日浮重レ暉、雲散非レ烟。連レ柯幷レ穂之瑞、史不レ絶レ書、列レ烽重レ譯之貢、府無二空月一。可レ謂下名高二文命一、徳冠中天乙上矣。

（記序・第三段）

記序は、元明天皇の記述にも、天武天皇と同様に「重レ暉」「非レ烟」「連レ柯」「幷レ穂」といった多くの瑞祥が現れたことを記している。元明天皇の瑞祥に関する表現に注目するならば、まず、「非レ烟」については、『古事記傳』が瑞祥の「慶雲」であることを指摘しており、これを承けて、『序文講義』[注16]は『孫氏瑞應圖』や『史記』の「天官書」を挙げ、「非烟の二字だけを取つて、あとを思はせる様にしてゐる」（一七六頁）と述べる。

『史記』「天官書」や『藝文類聚』所引の『孫氏瑞應圖』をみれば次のようにある。

若レ煙非レ煙、若レ雲非レ雲、郁郁紛紛、蕭索輪囷、是謂二卿雲一。卿雲（見）、喜氣也。[注17]

（『史記』巻二十七・「天官書」）

孫氏瑞應圖曰、景雲者、太平之應也。一曰、慶雲、非レ氣非レ煙、五色氛氳、謂二之慶雲一。

（『藝文類聚』巻九十八・祥瑞部上・慶雲）

『史記』「天官書」や『孫氏瑞應圖』には、ともに「非レ煙」とある。「烟」は煙の意であるから、記序の「非レ烟」は「非レ煙」に同じである。両者の記述からは、煙のようで煙でないもの、雲のようで雲でないもの、気のようで気でないものが、慶雲であり、『孫氏瑞應圖』に「太平之應」とあるように、世が太平の時に現れる瑞祥であることがわかる。また、「非レ烟」は、日本の文献では、『延喜式』「治部省」（巻二十一）の瑞祥部の大瑞にも「慶雲。〔狀若レ烟非レ烟。若レ雲非レ雲。〕」とあり、瑞祥の「慶雲」のことであるとする『古事記傳』『序文講義』の指摘は首肯される。

次に「重レ暉」については、『序文講義』が「明徳の君が續いて重ねて光を放つのである。（中略）重暉は、太平の象のみではない。天武持統文武と代々英明の君がつづき給ひしを云ふのである」（一七五頁）と述べている。これを承けて、『全註釈』は、「ここは元明天皇の聖徳を賛称するのが目的であるから、代々英明の天子が相続いて出で給うたと解するのは如何であらうか。（中略）ここはむしろ瑞祥と解する方が穏やかであらう」（二一七頁）と述べている。『序文講義』や『全註釈』は、「重暉」が「重光」と同じ意であることを指摘し、『尚書』「顧命」を挙げる。

王曰、嗚呼、疾大漸、惟幾、病日臻。既彌レ留、恐不レ獲レ誓二言嗣一、茲予審訓二命汝一。昔君文王・武王、宣二重光一、奠レ麗陳レ教、則肄肄不レ違、用克達レ殷集二大命一。在レ後之侗、敬二迓天威一、嗣二守文・武大訓一、無二敢昏逾一。今天降レ疾殆、弗レ興弗レ悟。爾尚明二時朕言一、用敬二保元子釗一、弘濟二于艱難一、柔レ遠能レ邇、安二勸小大庶邦一。思三夫人自亂二于威儀一。爾無三以レ釗冒二貢于非幾一。

（『尚書』・「周書」・「顧命」）

『尚書』「顧命」の記述は、病に伏した成王の遺言で、ここでの「重光」は、かつて文王・武王が、二代にわたって光のごとき徳で国を教化したことを記すものであり、「重光」は、武王が文王の徳を受け継ぎ、光の如き徳を輝かせ、先帝の遺業を継いだことを記すものである。また、日本上代文献では、『日本書紀』に「重レ暉」の語がみえる。

及二年四十五歳一、謂二諸兄及子等一曰、昔我天神、高皇産霊尊・大日孁尊、挙二此豊葦原瑞穂国一、而授二我天祖彦火瓊瓊杵尊一。於レ是火瓊瓊杵尊闢二天関一披二雲路一、駆二仙蹕一以戾止。是時運属二鴻荒一、時鍾二草昧一。故蒙以養レ正、治二此西偏一。皇祖皇考、乃神乃聖、積レ慶重レ暉、多歴二年所一。自二天祖降跡一以逮、于レ今一百七十九万二千四百七十餘歳。而遼邈之地、猶未レ霑二於王沢一。遂使二邑有レ君、村有レ長、各自分レ疆、用相凌躒一。抑又、聞二於塩土老翁一。曰、東有二美地一。青山四周。其中、亦有ト乗二天磐船一而飛降者上。余謂、彼地必当レ足下以恢二弘大業一、光中宅天下上。蓋六合之中心乎。厥飛降者、謂是饒速日歟。何不二就而都一之乎。

（『日本書紀』巻三・神武天皇即位前紀）

右は、神武天皇の東征の宣言の記述である。そこには、「皇祖皇考、乃神乃聖、積レ慶重レ暉、多歴二年所一」とあって、神武天皇の皇祖や父神が慶事や「暉」を重ねて、多くの歳を経たことが記されている。皇祖から続く、天皇としての徳や遺業を神武天皇が引き継いだことを述べていることが理解される。また、「重レ暉」は「積レ慶」とともに用いられていることからも、先代の遺業を継ぐ意であると同時に瑞祥の意であることも確認されるのである。このことから、「重レ暉」は先代の遺業を継ぐような賢明な君主に現れる光のような瑞祥であることが理解される。ただ、『全註釈』が指摘するように、元明天皇の記述に天武・持統・文武天皇が記されているのはおかしい。しかし、記序の文脈は、元明天皇にただ瑞祥が起こったとみるよりは、天武天皇に「乾符」「天統」という瑞祥があったように、元明天皇にも「重レ暉」「非レ烟」という瑞祥があり、元明天皇が天武天皇の徳や遺業を引き継いだという文脈として理解すべきである。

次に、「連レ柯」「幷レ穂」についてである。「連レ柯」「幷レ穂」は、典拠である『文選』「三月三日曲水詩序」に次のようにみえる。

頳莖素毳、幷柯共穂之瑞、史不レ絶レ書、棧レ山航レ海、踰レ沙軼レ漠之貢、府無二虚月一。烈二燧千城一、通二驛萬里一。［頳莖、朱草也。素毳、白虎也。幷柯、連理也。共穂、嘉禾也。］

（『文選』巻四十六・「三月三日曲水詩序」）

『文選』の記述を参照すれば、記序の「連レ柯」「幷レ穂」は、『文選』の「幷柯」「共穂」のことであることが理解される。そして、李善注によれば、「幷柯」は「連理」の樹、「共穂」は「嘉禾」のことであることがわかる。「連理」や「嘉禾」は、『白虎通徳論』や『尚書』に次のようにみえる。

天下太平符瑞所二以來至一者、以為王者承二統理一、調二和陰陽一、陰陽和、萬物序、休レ氣充レ塞、故符瑞並臻、皆應レ徳而至。徳至レ天則斗極明、日月光、甘露降。徳至レ地則嘉禾生、蓂莢起、秬鬯出、太平感。徳至二文表一則景星見、五緯順軌。徳至二草木一朱草生、木連理。[注18]

(『白虎通徳論』巻五・「封禅」)

唐叔得レ禾、異レ畝同レ穎、獻二諸天子一。王命二唐叔一歸二周公于東一、作二歸禾一。周公既得二命禾一、旅二天子之命一、作二嘉禾一。

(『尚書』・「周書」・「微子之命」)

『白虎通徳論』の記述は、太平の瑞祥が現れる所以を説いた記述である。それによれば、王の徳が地に至ると「嘉禾」が生え、王の徳が草木に至ると「木」が「連理」するのだという。また、『尚書』の「微子之命」には、『尚書』の失われた篇目名として「歸禾」「嘉禾」がみえる。[注19] 唐叔が「異レ畝同レ穎」の「禾」を得たことで作られたのが、「歸禾」「嘉禾」の篇目である。「微子之命」の記述に対して、孔安国伝には「異レ畝同レ穎、天下和同之象、周公之徳所レ致」とあり、さらに、唐の孔穎達の疏にも「正義曰、禾者、和也、異レ畝同レ穎、是天下和同之象、成王以爲周公徳所二感致一」とあって、周公旦の徳に応じて現れた太平の瑞祥が「異レ畝同レ穎」の「禾」であることがわかる。このことからも「嘉禾」や「連理」が王の徳に応じて現れる太平の瑞祥であることが理解されよう。日本においても、『延喜式』「治部省」(巻二十一)の瑞祥部の下瑞に「嘉禾。〔或異畝同穎。或孳連數穗。或一稃二米也〕……木連理。〔仁木也。異本同枝。或枝旁出。上更還合。〕」とあり、その受容が窺われる。記序に記された「連レ柯」「幷レ穂」は、「連理」の樹と「嘉禾」のことであるから、元明天皇に太平の瑞祥が現れたことを記しているのである。

以上のように、記序は天武天皇について「乾符」「天統」といった瑞祥が現れ、さらに「絳旗」という表現によって周の武王になぞらえながら火徳を得た正統な天皇として描く。また、元明天皇についても「重レ暉」「非レ烟」「連レ柯」「幷レ穂」などの瑞祥が現れ、天武天皇の徳や遺業を継いだ正統な天皇として描く。記序が天武・元明天皇について、多く瑞祥を記すのは、瑞祥が現れることが周王朝の天の思想に基づくものだからであり、その〈天〉の思想は天武朝の歴史思想とされたのであり、それゆえに瑞祥によって天武・元明天皇の正統性が保証されたことを記したのである。

四　おわりに

本稿では、記序と漢籍との比較を通して、記序の持つ思想について考察した。第二節では記序とその出典とされる漢籍の比較から、記序が特に天武・元明天皇の記述について、漢籍の表現に依拠していることを明らかにした。その上で、第三節では、天武・元明天皇の記述に用いられる表現から瑞祥表現に注目し、漢籍との比較を通じて、記序の持つ歴史思想について考察を行った。

以上の考察から言えることは、記序は、天武天皇の記述に「乾符」「天統」といった瑞祥を記しており、また、「絳旗」という語が示すように、天武天皇を周の武王になぞらえて、火徳を得た天皇として描いている。そこには、壬申の乱を経て、即位した天武天皇を「乾符」「天統」といった天からの瑞祥を得た正統な天皇として描く意図が看取される。また、元明天皇の記述には、「重レ暉」「非レ烟」「連レ柯」「幷レ穂」といった太平の世に現れる瑞祥が多く記され、それは「重レ暉」が示すように、天武天皇の徳や遺業を継いだ元明天皇の正統性を表しているのである。記序が第二段・第三段という『古事記』の成立を語る重要な記述において、天武天皇の壬申の乱やその聖徳、また、元明天皇の聖徳の記述を、漢籍に依拠しながら、多くの紙幅を割いて記すのは、ただ漢籍の表現を用いて天皇を褒め讃えたといったことではなく、中国古代王朝の正統性が周の革命に基づくように、周王朝のイデオロギーを受容しながら、天武・元明天皇が正統な天皇であると描くためである。記序は、天武・元明天皇が正統な天皇であることを表すと同時に、〈天〉という超越的存在を論理として導き、正統な王朝という歴史思想を作り上げたのである。それは『古事記』という〝史書編纂の動機〟へと結びついているといえるのである。

注

1　本稿で使用したテキストは以下の通りである。
『古事記』は、西宮一民『古事記 修訂版』（おうふう、二〇〇〇年十一月）に拠り、諸本を参看して、一部私に改めた。章段の区分も『古事記 修訂版』に拠った。

『日本書紀』は、新編日本古典文学全集本『日本書紀』1・3（新編日本古典文学全集2・4、小島憲之・直木孝次郎・西宮一民・蔵中進・毛利正守校注・訳、小学館、一九九四年四月〜一九九八年六月）に拠った。

『万葉集』は、中西進訳注『万葉集全訳注原文付』（1）（講談社文庫、講談社、一九七八年八月）に拠った。

『続日本紀』は、新日本古典文学大系本『続日本紀』二（青木和夫・稲岡耕二・笹山晴生・白藤禮幸編、岩波書店、一九九〇年九月）に拠った。

「上五経正義表」は、宋版単疏本『尚書正義』（『宋槧尚書正義』巻第一、大阪毎日新聞社、一九二八〜一九二九年）に拠り、底本の欠損部を、四部叢刊續編本『春秋正義』（景鈔正宗寺本、商務印書館）を参看して、（ ）を附し、補った。「上五経正義表」の標題については、宋版単疏本『尚書正義』や四部叢刊續編本『春秋正義』には「上五経正義表」とあり、武英殿本『欽定全唐文』巻一百三十六（〔清〕董誥等編、一八一四年）には「進五経正義表」とある。本稿では、宋版単疏本『尚書正義』の表記に従う。

「進律疏表」は、岱南閣叢書本『故唐律疏議』（律令研究會編『譯註日本律令 四 律本文篇 別冊』東京堂出版、一九七六年九月）に

拠った。「進律疏表」の標題は、岱南閣叢書本『故唐律疏議』や官版『故唐律疏議』（一八〇五年刊）には、「進律疏表」とあり、武英殿本『欽定全唐文』巻一百三十六に「進律疏議表」とある。本稿では、岱南閣叢書本『故唐律疏議』の表記に従う。なお、標題については、嵐義人「古事記上表文と進律疏表――進律疏表を典據とすることへの疑――」（青木周平先生追悼論文集刊行会編『青木周平先生追悼古代文芸論叢』おうふう、二〇〇九年十一月）に精緻な考証があり、「進律疏表」と称すべきことを指摘している。

『延喜式』は、新訂増補国史大系本『延喜式』中篇（吉川弘文館、一九八一年四月、普及版）に拠った。

『尚書』は、阮元本『重栞宋本尚書注疏附挍勘記』（藝文印書館、一九八九年一月）に拠った。

『文選』は、四部備要本『文選李善注』上・下（中華書局）に拠った。

『史記』は、中華書局本『史記』（中華書局、一九五九年九月）に拠った。

『漢書』は、中華書局本『漢書』（中華書局、一九六二年六月）に拠った。

『後漢書』は、中華書局本『後漢書』（中華書局、一九六五年五月）に拠った。

『白虎通徳論』は、四部叢刊初編本『白虎通徳論』二（景元大徳九年重栞宋監本、商務印書館）に拠った。

『藝文類聚』は、『藝文類聚』（汪紹楹校、上海古籍出版、一九九九年五月、新二版）に拠った。

2 岡田正之『近江奈良朝の漢文学』（養徳社、一九四六年十月、一三三～一三四頁）。岡田氏は、「上五経正義表」のほか、裴松之の「上三国志注表」も記序の典拠として指摘している。

3 志田延義「古事記上表と進五経正義表・進律疏議表」（『古事記とその周辺・芭蕉と俳文学 志田延義著作集 第2巻』至文堂、一九八二年十二月）。

4 本居宣長『古事記傳』二之巻（大野晋『本居宣長全集』第九巻、筑摩書房、一九六八年七月）。『古事記傳』は以下同じ。

5 記序と「上五経正義表」との比較については、大槻信良「五経正義表と古事記序」（『東方学』第三七輯、一九六九年三月）、瀬間正之「記序は何故「進五経正義表」に依拠したのか」（菅野雅雄博士喜寿記念『記紀・風土記論究』おうふう、二〇〇九年）に、また、記序と「進律疏表」との比較については、嵐義人、注1前掲論文に、精緻な考察がある。

6 嵐義人、注1前掲論文（六九頁）。

7 倉野憲司『古事記全註釈第一巻序文篇』（三省堂、一九七三年十二月）。『全註釈』は以下同じ。

8 嵐義人、注1前掲論文（七〇頁）。

9　嵐義人、注1前掲論文（七一頁）。

10　河村秀興・秀根『古事記開題』（『書紀集解』附録「河村氏家学拾説」所収、臨川書店、一九六九年九月）。

11　『五経正義』の成立過程については、野間文史「五經正義の編纂」（『五經正義の研究――その成立と展開』研文出版、一九九八年十月）に詳しい。野間氏によれば、『五経正義』の成立は、大きく三つの段階を経ているという。まず、『五経正義』修撰に先だって、貞観四年（六三〇）に顔師古に五経校定本作成の詔が下り、その校定作業が終了したのが、貞観七年（六三三）のことである。これが、第一段階である。次に、貞観十二年（六三八）に孔穎達等に『五経正義』修撰の詔が下り、貞観十四年（六四〇）に『五経正義』の修撰が完了する。これが第二段階である。しかし、修撰が完了した『五経正義』に対して、太学博士の馬嘉運からの批判があったため、永徽二年（六五一）三月に長孫無忌等に『五経正義』刊定の詔が下る。そして、永徽四年（六五三）に『五経正義』の刊定が完了する。これが第三段階である。「上五経正義表」に記された『五経正義』編纂の事情は、この第二段階から第三段階にかけての記述である。

12　倉野憲司「古事記の研究」（『岩波講座日本文学』第六巻、岩波書店、一九三二年五月、一二頁）。

13　西宮一民「漢文学による潤色」（『古事記の研究』・1成立の部・Ⅱ本文篇・第二章「太安萬侶の文章記定の考察」・第三節「漢文学による潤色」おうふう、一九九三年十月、二〇八頁）

14　原本系『玉篇』は、東方文化叢書本『國寶古鈔本玉篇』（東方文化學院、一九三三年）に拠る。四部叢刊初編本『説文解字』（景岩崎本、商務印書館）には「大赤也」とあり、高山寺本『篆隷万象名義』（『弘法大師空海全集』第七巻、筑摩書房、一九八四年八月）には「赤繒」（第六帖・一三一ウ）とある。

15　辰巳正明「世界は神を始めとする†皇神」（『詩霊論』、笠間書院、二〇〇四年三月、一一～一二頁）。

16　山田孝雄『古事記序文講義』（志波彦神社 塩釜神社、一九三五年十一月）。『序文講義』は、以下同じ。

17　『史記』「天官書」の記述は、『藝文類聚』（巻九十八・祥瑞・慶雲）にも、『孫氏瑞應圖』と並んで収載されている。

18　『白虎通徳論』の記述は、『藝文類聚』（巻九十八・祥瑞部上・祥瑞）にも収載されている。『藝文類聚』所引の『白虎通』には「徳至レ地、即嘉禾生」とあるが、「木連理」の記述はみえない。

19　「微子之命」の「歸禾」や「嘉禾」に関する記述は、元来は、それぞれの篇目の序と考えられ、その内容は、奈良朝には既に散佚していたと思われるが、序の記述は、四部叢刊初編本『尚書』（景嘉業堂蔵宋槧本、商務印書館）や宋版単疏本『尚書正義』（注1前掲書）を見れば、ともに「微子之命」の篇目中に収載されており、日本の上代においても受容していたと考えられる。

Ⅲ　万葉集と仏教思想

万葉集と仏教思想

インドに発した仏教は、後漢の時代に中国に入る。以後、シルクロードは仏教伝来の道となり、中国で漢訳された仏教は、やがて韓半島の百済を経て倭国に伝わる。後漢に伝来した仏教は、中国では儒教や道教が立ちはだかった。儒教は死者を祖先として祀り、道教は不老長生を目指すことから、死という概念は排除した。対する仏教は死後の幸福を目指す教えである。この儒・仏・道の三教は死後の有無をめぐり、互いに論難する。しかし、六朝時代になると、因果応報説が論じられ知識人たちを震え上がらせたのである。そこから次第に三教が互いに同じ教えであることも論じられるようになる。このような中国仏教が百済から倭国に伝えられることで、倭国の仏教は三教の対立や一致の形で理解され始めた。仏教の世間無常や愛着の否定の教えを理解しつつも、男女の愛着は断ちきれないところに万葉人の態度がある。それでもなお、仏教は執拗に仏の真理を説くのである。

『万葉集』と仏教思想

寺川　眞知夫

はじめに

『万葉集』の仏教受容の様相に関する研究についてみると、典拠説については詳細な業績が着実に積みあげられている。しかし、歌人達が如何なる仏教思想に立って表現しているかについては十分検討されているとはいえないところもある。人麻呂ははやく仏教の表現に注目し、自らの表現に利用している。その思想についてみると無常観が中心であるから、大きな網で掬うことができ、特に仏教思想の細部に入って言及する必要がないということかもしれない。それは確かとしても、憶良になるとかならずしもそのような態度では接し得ないところもある。彼は普通に考えると違和感のある表現もしているからである。彼は如何なる立場に立って表現しているのか、考える必要もありそうに思われる。

同時に、人麻呂にせよ憶良にせよ、如何なる経典を学んだのか、簡単に接し得ない経典の表現を歌に生かしている場合もある。僧侶でない人麻呂や憶良はどのようにして経文に接し、どのレベルまで思想を受容していたか。乏しい知識ながらここから考えてみたい。

一　人麻呂の時代に至るまでの経典受容の歴史

仏教の日本への伝来については、周知のごとく『日本書紀』と『元興寺縁起』とで十四年ずれるが、ともに欽明朝に百済の聖明王が伝えたとする。崇峻朝における崇仏排仏戦争を経、聖徳太子や蘇我馬子の領導によって寺院が建立され、諸豪族にも受容され、さらに周辺の人々にも広まったとされる。もとよりそれ以前から渡来人の間に受容されていたとみてよいのであろう。

聖明王の伝えた経名は不明であるが、その後如何なる経典が伝えられたのか。『日本書紀』に記す経名の例だけを時代順に示すと、

『勝鬘経』　推古天皇十四年七月（聖徳太子、講説）
『法華経』　推古天皇十四年（聖徳太子岡本宮で講説）
『無量壽経』　舒明天皇十二年五月（恵隠設斎で講説）
『大雲経』等　皇極天皇元年七月（馬子、祈雨のため仏菩薩像・四天王像を据えて大乗経典転読）
一切経　孝徳天皇白雉二年十二月晦（二千一百余の僧尼味経宮で転読）
『安宅』・『土側』等　孝徳天皇白雉二年十二月晦夕（僧尼二千一百余味経宮で転読）
『無量壽経』　孝徳天皇白雉三年四月（恵隠内裏で講説）
『盂蘭盆経』　斉明天皇五年七月（諸臣の七世父母への報恩のため京内の諸寺で講説）
一切経　天武天皇二年三月（川原寺で写経）

『金光明経』・『仁王経』　天武天皇五年十一月（京近隣の諸国で放生し、転読）
一切経　天武天皇六年八月（設斎で転読）
『金光明経』　天武天皇九年五月（諸寺の他、宮中でも初めて転読）
『金剛般若経』　天武天皇十四年十月（宮中で講説）
『薬師経』　天武天皇朱鳥元年五月（川原寺で安居講説）
『金光明経』　天武天皇朱鳥元年七月（天皇のために一百の僧、読経）
『観世音経』　天武天皇朱鳥元年七月（諸王臣等天皇のために観世音像を造像し、大官大寺で講説）
『観世音経』　天武天皇朱鳥元年八月（百の菩薩を宮中に坐え二百巻を転読）
『金光明経』　持統天皇六年（大水のため京と四畿内において講説）
『仁王経』　持統天皇七年十月（諸国で四日間講説）
『金光明経』　持統天皇八年五月（一百部を諸国に配り、毎年正月上玄に転読）

このほかに、天武天皇は十四年三月に、「諸国、家毎に、仏殿を作って、仏像と経を置いて礼拝供養せよ」と命じた記事もみえる。

『日本書紀』は天皇による統治の歴史を記すから、天皇の行動の記録が中心になるが、これによると仏教伝来以来、天皇の主導によって仏教が流布したようにみえる。金光明経の受容は既に玉虫厨子の図にみえるが、天武天皇はとくに仏教による鎮護国家を進めた天皇といえる。もとより、私寺が各地に少なからず建立されており、各氏族の利益を願ったり、七世の父母に追福したりする動き、さらに個人の信仰も広まったとみてよく特に盂蘭盆経などはその動きと連動して広く受容されたものとみられる。とはいえ、盂蘭盆経は19・四二五七番歌の「七世」の語以外万葉集歌の表現に影響を与えたところはないようである。餓鬼も注意されるが、この経との関係に限定されるわけではない。

ここにみたような経典の講説は、大寺や宮中、地方では有力氏寺でなされたであろうから、俗人一般が仏教に出会う機会となったか不明である。ただ氏寺が建立され、経典の講説が行われると、また天武の「諸国、家毎に仏殿を作りて、仏像と経を置いて礼拝供養をせよ」との勅が実践され、また個人宅で追善供養も行われるようになると、人々が仏典の内容や表現に近づく機会は増えたであろう。憶良は「沈痾自哀文」の冒頭で、

我胎生より今日に至るまでに、みづから修善の志あり、曾て作悪の心無し〈謂ふこころは、諸悪莫作、諸善奉行の教を聞くことをいふ。〉。所以に三宝を礼拝して、日として勤めずといふこと無く〈毎日誦経し、発露懺悔するなり。〉、百神を敬重して、夜として闕くこと有りといふこと鮮《な》し〈謂ふこころは、天地の諸神等を敬拝することをいふ。〉。

という。彼は何仏の像を礼拝したのか、如何なる経典を読んだのかは触れないが、すくなくとも官僚層の一部において仏教への帰依が始まっていたことを窺わせる。しかしながら、天武が書写させた一切経が諸寺の経蔵に収められたとしても、庶人がたやすく一切経を構成する諸経に接しえる状況が生まれていたか不明である。経典と『万葉集』の仏教的表現の受容の間には、なお深い溝があったといわねばなるまい。

次に『続日本紀』の記録にみえる経典名の初出年月と記録数とを示すと、『金光明経』（7）【大宝二年（七〇二）十二月十三日】、『大般若経』（19）【大宝三年（七〇三）三月十日】、『薬師経』（4）【養老四年（七二〇）八月二日】、『華厳経』（八十巻）（2）【養老六年（七二二）十一月十九日】、『大集経』（2）【養老六年（七二二）十一月十九日】、『大菩薩蔵経』（1）【養老六年（七二二）十一月十九日】、『観世音経』（2）【養老六年（七二二）十一月十九日】、『涅槃経』卌巻（1）【養老六年（七二二）十一月十九日】、『金光明最勝王経』（最勝王経）（13）【神亀二年（七二五）七月十七日】、『金剛般若経』（3）【神亀四年（七二七）二月十八日（銷災異）】、『仁王（般若）経』（7）【神亀六年

（七一九）六月朔日】、『法華経』（5）【天平六年（七三四）十一月廿一日】、『五穀成熟経』（1）【天平十一年（七三九）七月十四日】他となる。これによると、数の多いのは天武・持統朝からみえる『金光明経』・『最勝王経』で一三例、文武朝に始めてみえる『大般若経』が一九例である。傾向としてみえるのは、やはり鎮護国家の為の経典が多いことである。しかし、他方で、経典の読まれる斎会として追善供養の為の忌斎もみえるようになる。先にも触れたように、経と俗人との関係ではこの追善のための忌斎が注目される。国家の関与がなくても、官僚達の個人レベルでも行いえたからである。その名称は、設斎、初七、二七、三七、四七、五七、六七、七七斎、百日斎、百七斎、周忌斎、周忌御斎、周忌御斎会、周忌設斎、国忌など、多様で、国家規模のものも含めて、『続日本紀』には少なからずみえる。初見は大宝二年（七〇二）十二月二十二日に崩じた持統太上天皇のために行われた、同年十二月二十五日の初七の「設斎」である。設斎は二八例みえ、これを基点にして、二十年区切りでみてみると、七〇二年から七二一年の間に五例、七二二年から七四一年の間に二例、七四二年から七六一年の間に九例、七六二から七八一年の間に一〇例、七八二年から七九一年の間に二例となる。この他周忌斎を含む忌斎が六例みえる。忌斎といっても読経の経典名がみえる例はほとんどなく、養老六年十一月一九日の元明太上天皇の追善のために書写された『華厳経』八十巻、『大集経』六十巻、『涅槃経』卌巻、『大菩薩蔵経』廿巻、『観世音経』二百巻がめだつだけである。これらは十二月七日に奈良京と畿内の諸寺で、僧尼二千六百三十八人を屈請し、斎供を設けて読誦している。追善供養に読誦される経名は他ではほとんど記されないが、ここには複数の経名をあげている。中に憶良と関係が深いとみられている『涅槃経』がみえるのが注目される。また、同年十二月十三日には、これも追善供養であるが、天武天皇の為には弥勒像、持統天皇の為には釈迦像を造り、『本願縁記』を金泥で写して仏殿に安置したという。また、天平宝字四年（七六〇）七月二十六日、光明皇太后の七七の斎には、東大寺と京内の諸の小寺、天下諸国において、国毎に阿弥陀浄土の画像を造り、国内の僧尼の数を見はからい、『稱讃浄土経』を写し、各、国分金光明寺で礼拝供養させている。さらに、天平宝字五年（七六一）六月七日に皇太后の周忌斎を、法華寺西南隅に忌斎の為に阿弥陀浄土院を造り、諸国の国分尼寺には阿弥陀丈六像一軀と脇侍菩薩像二軀を造らせて行ったという。さらに天平宝字五年（七六一）六月八日条によると、藤原氏ゆかりの山階寺（興福寺）では毎年、皇太后の忌日に『梵網経』を講じ、法華寺では忌日から十七日間、僧十人に阿弥陀仏礼拝させるのを例としたという。追善の為の造像も写経も講経も一定しないが、官人達も倣って自宅で親の忌斎や周忌斎を行い、僧侶を招いて講経を聞くようになったとみると、経典と万葉の歌人の中核をなした官僚たちが仏教の説く思想や経典の表現に近づく機会は増えたとみられよう。

時代は下るが、『日本霊異記』にも、

○上巻第十	方広悔過（悔過・父への追福）	大和国個人宅（大化二年以前）
○中巻第十五	法花経供養（母への追福）	個人の家
○中巻第二十四	金剛般若経誦経（鬼のための追福）	大安寺
○中巻第三十二	追善供養（牛に化した者への）	伊国名草郡三上村薬王寺
○中巻第三十三	追善供養（鬼に食われた娘への）	大和の個人宅
★中巻第三十三	韓筥に頭を入れ、初七日の朝に、三宝の前に置きて斎食を為しき。	
○中巻第三十八	追善供養（蛇に化した師への）	諾楽京馬庭山寺
★中巻第三十八	然して死にし後、七七日を経て、大きなる毒の蛇在りて、云々。	
○下巻第十六	追善供養（苦しむ亡母への）	越前国加賀郡部内
○下巻第二十六	追善供養（牛に化した母への）	讃岐国美貴郡大領の家
○下巻第三十五	大法会（地獄にいる物部古丸に追福）	平城京野寺

○下巻第三十七　法花経供養（夫への追福）　佐伯伊太知の遺族宅
★下巻第三十七　卒《みまか》りて七七日を経るまで、彼の恩霊の為に、善を修し福を贈ること既に畢はりぬ。
★下巻第二十五　驚き怪しびて言はく「海に入りて溺死し、七々日を逕て、斎食を為し、報恩すること既に畢はりぬ。

などとみえ、奈良時代に忌斎をも意識した追善供養を含む、亡者への追福が個人宅で行われていたこと、その際、『方広経』・『法華経』・『金剛般若経』などが読誦されていたことを伝える。このほかに、『霊異記』には病気平癒祈願の話もみえるが、僧侶に依頼し、祈願文を読むような斎会が行われたとすると、ここにもまた俗人と仏教の接点を見いだすことができるであろう。憶良の表現に祈願文にみられる表現のあることは中西進氏（中西進「沈痾自哀文」『中西進 万葉論集第八巻・山上憶良』一九九六年一月）、井村哲夫氏（『万葉集全注』巻第五、一九八四年六月）、辰巳正明氏（「沈痾――自哀と懺悔」『万葉集と中国文学』第二、一九九三年五月）、芳賀紀雄氏（「理と情」『万葉集における中国文学の受容』二〇〇三年一〇月）等の論じられたところであり、小生も触れたことがある（「沈痾自哀と患文」『万葉古代学研究所年報』第六号、二〇〇八年三月）。

二　人麻呂の経典受容

人麻呂が仏教思想を受容していたかどうかの議論は、宇治川の網代木の波を詠んだ、

柿本朝臣人麿、近江国より上り来る時、宇治河の辺に至りて作る歌一首
もののふの八十《や そ》氏河《うぢがは》の網代木《あじろき》にいさよふ波の行く方《へ》知らずも　（3・二六四）

をめぐってある。この解釈には、

　埴安の池の堤の隠沼の行方を知らに舎人はまとふ　（2・二〇一）

の「行方を知らに」を参考に、「いさよふ波の行く方知らずも」を「網代木のところで進みかねている波は行くべき方を分からずにいることだ」と波を擬人化して主語に据え、波のありさまを客観的に描きつつ自らの置かれた状況と重ねて歌っているので、仏教的無常とは無縁とみる説、「網代木に進路を阻まれ、そこで生じては消える波の行く先を知らないことだ」と、網代木に堰かれた水の上に消えては生じ、生じては消える波、その波の変化して止むことがないありように仏教的無常を認め、自らのありようと重ねていると解する説などがある。

　もとより、仏教的無常観も無常の語も先に紀によってみた天武朝から持統朝にいたる仏教受容の状況からすると、人麻呂が受容していたとしても不思議ではない。問題は彼が仏教に関心をもっていたかどうかである。この歌は、日並皇子の薨去（持統三年〈六八九〉）の忌日が国忌とされるのは慶雲四年（七〇七）四月庚辰（十三）のことであるが、それ以前から崇福寺で追善供養が行われたとみることはでき、人麻呂は治部省玄蕃寮の官人として出向き、近江への往来の旅の途中でのこの作をなした（吉田義孝「柿本人麻呂と近江朝――近江荒都歌の意味するもの――」『柿本人麻呂とその時代』一九八六年三月）とみうる。「無常」の語はさきにみた経のうち、同時代以前に名前のみえる『勝鬘経』に七例、『金光明経』に三例、『仁王経』に五例みえる。また『日本書紀』に経名はみえないが、聖徳太子の三経義疏に取り上げられた『維摩経』には一三例みえる。時代の降る『涅槃経』では五百例を越えるが、その経名の初出は『続日本紀』では養老六年（七二二）十一月十九日条であるから、人麻呂が先行する。もっとも『涅槃経』も孝徳・天武二朝にみえる一切経に含まれようから、経名はあげられなくても、早くから転読されていたとみてよいが、確認はできない。ここでは無常の語を問題にしたが、無常の比喩にあげられる語としては「維摩経十喩」などで知られるように、様々な比喩が用いられる。『維摩経』は、「聚沫・泡・炎・芭蕉・幻・夢・影・響・浮雲・電」などをあげるが波はみえない。『金光明経』も「沫」のみあげる。他の経で

もまだ「波」を上げるものを確かめえていない。その中で『仁王経』が、波について、

譬へば水の、波と一ならずして、異ならざるが如し。

（『仁王経』受持品第七『大正新修大蔵経』巻八、八三一頁下）

と説くのが注意される。水と波とは外見は同じではないが本質において異なることはないという。『広弘明集』に収載された謝霊運の十喩詩の「聚沫」でも、

水の性、本、泡無し。激流して聚沫と遂る。即ち異りて貌状を成す。消散して虚豁に帰す。云々。

（巻第十五、仏徳篇第三、『大正新修大蔵経』第五二巻二〇〇頁上〜下）

という。謝霊運も「水の性質は状況によって変化し、形状を異にしつつ、やがてまたその変化した形状を失って、平らな水の広がりへと戻る。」という。水と波は本質は同じながら姿は変化し、相を変えてやまぬもの、無常のものというのである。こうした認識を人麻呂は『仁王経』もしくは謝霊運の詩に学び、自らの歌に用いたのではないか。ただ、『広弘明集』は唐道宣が、麟徳元年（六六四＝天智三年）に選んだ書であり、持統四年までには二十六年しかないが、この間に日本に伝来し、人麻呂は十喩詩に接していたといえなくはない。また謝霊運は六朝宋の詩人であるから、他の経路で十喩詩が伝えられた可能性もある。いずれにせよ人麻呂が網代木にいさよう波にみていたものは水と波の変化してやむことのない相であり、まさに仏教的無常そのものであったのである。

今みた聚沫にかかわっていうと、人麻呂歌集の、

巻向の　山辺とよみて　去く水の　水沫《みなわ》の如し　世の人吾は

（7・一二六九）

との関係も注意されている。これも仏教の無常観を基底に据えた歌である。この歌については、新間一美・井村哲夫氏が「維摩経十喩」と謝霊運の十喩詩の表現に依拠したものであると説かれた（新間一美「仏教と和歌――無常の譬喩について――」『論集　和歌とは何か』一九八四年十一月、井村哲夫「万葉びとの祈り――現世安穏・後生善処

――」「上代文学」第五九号、一九八七年十一月）。人を沫に喩えた表現としては『金光明経』の「捨身飼虎」の物語中の表現なども参考になる（「人麻呂歌の水泡と経典」「仏教文学」第一七号、平成五年三月）。この歌も、一二六九番歌と同じく水と沫と己の身とを重ねる。これは単に聚沫をはかないとする『維摩経』の表現に直接よっているとはいえず、先にみた『仁王経』や謝霊運の十喩詩あるいはこの『金光明経』の認識を表す比喩表現などに触発され、変転自在であるとともに変化して止まないものとしての水と沫の関係への認識を押さえつつ、これを我が身に移して自らもまた沫のようなものだという認識に至っている。つまり、「巻向の山裾を音を響かせながら勢いよく流れ下る水は川底の地形の変化に応じて飛沫になるものの、またたくまに水の流れに戻るという変化を繰り返しながら流れ下る。世にあって雑事とかかわって生き方を変え、時の流れに従って年老いていく。そうした自分は、まさにその流水と飛沫のようなものだ」というのであろう。自分のありようを仏教の説く無常、すべてのものは変化して止まないのだ、という理によって見つめる人麻呂が、ここに誕生している。彼はこの歌を詠んだとき東アジアに共通する仏教の思想を共有したのである。

人麻呂の歌には他にも、経典の表現を用いた歌があることは早く、契沖が指摘している。それは

水の上に　数書くごとき　吾が命　妹に相はむと　うけひつるかも　（11・二四三三）

にみえる「水の上に　数書くごとき」の表現である。これについて、

涅槃経云。是ノ身無常ニシテ、念念ニ不ルコトレ住セ、猶シ如二電光ト暴水ト幻ト炎トノ一、亦如シ二画クニレ水ニ随テ画ケハ随テ合一フカ。

（『万葉集代匠記』〈精撰本〉第五巻〈『契沖全集』第五巻〉一九七五年一月）

であるが、確かに『大般涅槃経』には、

是の身の無常なること念念住まらず。猶し電光・暴水・幻・炎の如し。亦水に画くに画くに随ひて随合するが如し。」（北涼天竺三蔵曇無讖訳『大般涅泥経』巻第一『大正新修大蔵経』第十二巻三六七頁中、宋代沙門慧嚴等

依泥洹経加之『大般涅槃経』巻第一序品第一『大正新修大蔵経』第十二巻六〇六頁下）

とある。曇無讖訳『大般泥槃経』には他にも、「坏器、電光、亦、水に画きしが如く、」（『大正新修大蔵経』巻第一二、三七五頁上）、「譬へば、石に画けるは其の文常在し、水に画けるは速に滅して、勢久しく住せず。瞋は石に画けるが如く、諸善の根本は彼の水に画けるが如し。」（『大正新修大蔵経』巻第一二・四五四上）、「汝、今善く一切諸法を知る。幻の如く、焔の如く、乾闥婆城、水に画ける跡の如し。」（『大正新修大蔵経』巻第一二・四八八下）、「水上の泡、水に画ける迹の如し。」（『大正新修大蔵経』巻第一二・四九六中）の五例がみられ、慧厳等の『大般涅槃経』にもほぼ同じ例がある。さらに類似表現には、

亦た、水に画きて画を尋ぬるに尽滅せるが如し。

（『入涅槃金剛力士哀恋経』『大正新脩大蔵経』第十二巻一一一七下）

という例もある。もっとも、この『哀恋経』の名は正倉院文書では確認できない。したがって、『涅槃経』によったとみるべきであるが、歌は「水の上に数書くごとき」としていて経典の表現そのままではなく、数を画くと具体化し、経と異なる表現をしている。『涅槃経』は『続日本紀』養老六年の元明太上天皇の追善の際にはじめてみえることにはふれたが、まだ単独で流布されていなくても、一切経の一経としての『涅槃経』を元にしていたといえないわけではない。優婆塞貢進解には天平四年一例、天平六年二例、天平十四年四例、天平十五年一例、年次不明一の計九例、『涅槃経』が読める経としてあげられている。さらに時代は下るが、『霊異記』の話末には不正確な引用を含めて十例の引用がある。人麻呂も『涅槃経』の表現を、追善供養を介すなどして、何らかの方法で入手し、自らの表現に生かす工夫を凝らしていたと知られる。人麻呂は仏教の無常観にもその比喩表現にも関心をもって、世間を無常とみる思想を受容し、その多様な例示による比喩に学んで自らの歌の表現に活用していたとみられる。

これも先に触れたことであるが、人麻呂には他にも経典の表現に学んだとみられる、「我が身は千遍　死に反らまし」という表現がある。これは人麻呂歌集歌に収められる歌にみえる。

恋するに　死するものに　有らませば　我が身は千遍　死に反らまし　（11・二三九〇）

という歌である。「千遍　死に反らまし」の表現はこの後、笠女郎の歌、

笠女郎、大伴宿禰家持に贈る歌廿四首（17　二十四首中の十七番の歌、以下同じ）

思ふにし　死するものに　あらませば　千たびそわれは　死に返らまし　（4・六〇三）

に継承されている。小島憲之氏は人麻呂歌集歌と笠女郎の歌をあげて典拠に言及し、

「千遍死反」と云ふ表現の中に何か新奇な表現が感じられる。この歌なども恐らく『遊仙窟』の女主人公の美しさを述べた、能令㆓公子百廻生㆒、巧使㆓王孫千遍死㆒（醍醐寺本）に暗示を得たものであろう。

（「遊仙窟の投げた影」『上代日本文学と中国文学 中』一九五四年三月）

と説かれた。しかし、遊仙窟の伝来は文武天皇の慶雲年間に降る（八木沢元『遊仙窟全講 増訂版』一九七五年一月）とすると、人麻呂歌集歌への影響を説くには時間的に微妙なところがある。この表現については、むしろ『大智度論』の、

菩薩は諸の衆生の為に一日の中、千たび死し、千たび生ず（菩薩為㆓諸衆生㆒、一日之中、千死千生）。

（『大智度論』第十六、『大正新修大蔵経』第二五巻一七九頁上）

という表現に依拠したとみるべきではないか。中国においては時代的に『大智度論』が先行しており、『遊仙窟』もこれに想を得たといえないわけではない。日本で確認できる『大智度論』の写本で最も古いのは、播磨国既多寺知識経（天平六年）であるが、地方で写経される前に将来されていたとみてよかろう。また『大智度論』は一切経の論部に収められていたとすると、孝徳朝・天武朝に伝来していた可能性がある。既多寺知識経は後に石山

寺一切経に組み入れられていたことが知られている。正倉院文書では天平十一年七月十七日の文書（大日本古文書第七巻八五頁）で確認できる。この経においては、先の表現は、衆生救済のための菩薩の行為を称える表現として用いているのに対し、『遊仙窟』も『万葉集』も恋情にからむ表現として用いている。『万葉集』の歌には仏教の理念を素直に受容せず、元の意味を無視して仏典の表現だけを受け容れ、意味的には全く異なる文脈で、恋の表現に生かそうとする例がある。こうした受容の方法は、作者は仏教の理に触れながらも、全面的には同調していはいなかったことをのぞかせているともいえる。

いま一つ仏教的表現に触れると、万葉集には「〇〇の命の惜しけくもなし」「置く露の消ぬべきわが身惜しけくもなし」、「名の惜しけくもわれは無し」といった表現がみられることである。時代的にみると、これに先だって、

内大臣藤原卿、鏡王女を娉ふ時、鏡王女の内大臣に贈る歌一首

玉くしげ覆ふを安み開けていなば君が名はあれどわが名し惜しも　（2・九三）

と、「わが名し惜しも」の表現を用いた歌が先行している。名についていうと、周知の如く、『孝経』の「開宗明義章第一」に「身体髪膚は之を父母に受く。敢へて毀傷せざるは、孝の至始なり。立身して道を行ひ、名を後世に揚げて、以て父母を顕すは、孝の終なり。」とある。中国では名を立てることを重視したから、裏返しとして名を惜しむと表現したかと思われる。ただ、「名を惜しむ」という表現は中国では一般的ではない。『文選』にはその第三十一雑擬下、江文通雑体詩三十首の「劉太尉　傷乱」に、『孝経』の第一章をアレンジしたものか、「功名惜レ未レ立、玄髪已改レ素。」といった表現はみえる。しかし、「惜レ名」という表現はみえない。仏教系の詩文集『弘明集』、『広弘明集』にもみえない。中国には先行して、手本にすべき「名を惜しむ」という表現はなかったようである。先の『孝経』や『文選』の表現は憶良の「山上憶良沈痾之時歌一首」の、「士やも　空しかるべし　万世に　語り継ぐべき　名は立てずして」（6・九七八）に影響したかと思わせるが、それはともかく

「名を惜しむ」という表現は日本で生み出された表現ということになるのであろうか。

『万葉集』の「○を惜しむ」表現は事実はともかく、編纂上の時代的位置づけは早い。名を「命」に換えた、

麻続王、これを聞きて感傷して和《こた》ふる歌

うつせみの命を惜しみ浪にぬれ伊良虞《いらご》の島の玉藻刈りをす　（1・二四）

右、日本紀を案ふるに曰はく、天皇四年乙亥の夏四月戊戌の朔の乙卯、三位麻続王罪有り、因幡に流さる。一子は伊豆の島に流さる。一子は血鹿の島に流さるといへり。ここに伊勢国伊良虞の島に配さるといふは、けだし後人歌の辞に縁りて誤り記せるか。

にもみえる。これは単に惜しむ対象を変えたにしかすぎないのであろうか。この命を惜しむ表現は山上憶良の「世間の住まり難きを哀しみし歌」にも、

（前略）老男《およしを》は　斯くのみならし　たまきはる　命惜しけど　せむ術も無し　（5・八〇四）

などとみえる。『岩波文庫万葉集』は、これを珍しいとし、さらに、

大智度論十三に「一切の宝の中にて人命は第一なり。……世間の中にて、命を惜しむを第一となす。何を以てか之を知るや。一切の世人は、甘んじて刑罰を受く。刑残・拷掠せらるるも、以て壽命を護るなり」とある一文が想起される。

とする。「命あるものは、命をもっとも惜しむ」という認識が『大智度論』に依拠するとすると、これも仏教的表現になる。この麻績王の歌は『日本書紀』の記述に合わないことはすでに左注が触れているとおりで、伊勢神宮に奉仕した伊勢の麻績氏が形成した伝説であり、その中の歌であった可能性もある。するとかならずしも天武朝の歌とはいえなくなる。ともあれ、『万葉集』では、鏡皇女の歌っているように、古代日本人が惜しんだのは、噂によってともすれば安易に傷つけられかねない名誉と一体の名であり、またたやすく奪われかねない人間存在

の基本となる命であったということになる。

では、ある意味抽象的な観念によって成り立つ面をもつ名や命を惜しむという発想は日本人のなかから生まれたのであろうか。命については『岩波文庫万葉集』が示した『大智度論』十三の説があるが、うわさによって名誉や体面が傷つけられることを惜しむ意味での名を惜しむ歌はこの後も、

①大伴坂上大嬢、大伴宿禰家持に贈る歌三首（3）
わが名はも千名の五百名に立ちぬとも君が名立たば惜しみこそ泣け　（4・七三一）

②敏馬の浦を過ぐる時に、山部宿禰赤人の作る歌一首〈短歌を幷せたり〉
御食向ふ　淡路の島に　直向ふ　敏馬の浦の　沖辺には　深海松採り　浦廻には　名告藻刈る　深海松の　見まく欲しけど　名告藻の　己が名惜しみ　間使も　遣らずてわれは　生けりともなし　（6・九四六）

③妹が名もわが名も立たば惜しみこそ布士の高嶺の燃えつつ渡れ　（11・二六九七）

④数多あらぬ名をしも惜しみ埋木の下ゆそ恋ふる行方知らずて　（11・二七二三）

⑤磯の上に生《お》ふる小松の名を惜しみ人に知らえず恋ひ渡るかも　（12・二八六一）

⑥吾妹子《わぎもこ》に恋ひし渡れば劔刀名の惜しけくも思ひかねつも　（11・二四九九）

などと詠み続けられる。また、『大智度論』の説により近い、命を惜しむ歌も、

①追ひて処女の墓の歌に同《こた》ふる一首　短歌を幷せたり
（前略）朝夕に　満ち来る潮の　八重波に　靡く珠藻の　節の間も　惜しき命を　露霜の　過ぎましにけれ（後略）　（19・四二一一）

②挽歌一首幷に短歌
（前略）真澄鏡《まそかがみ》　見れども飽かず　珠の緒の　惜しき盛りに　立つ霧の　失せゆく如く　置く露の　消ぬる

が如く　玉藻なす　靡き臥伏《こいふ》し　（後略）　　　（19・四二一四）

③忽に枉疾《わうしつ》に沈み、殆《ほとほと》に泉路《よみぢ》に臨む。よりて歌詞を作りて、悲緒を申ぶる一首　短歌を并せたり

（前略）玉桙の　道をた遠み　間使《まづかひ》も　遣《や》るよしも無し　思ほしき　言伝て遣らず　恋ふるにし　情は燃えぬ　たまきはる　命惜しけど　為《せ》む為方《すべ》の　たどきを知らに　かくしてや　荒し男《を》すらに　嘆き臥《ふ》せらむ　　（17・三九六二）

④更に贈る歌一首短歌を并せたり

（前略）　たまきはる　命惜しけど　為む為方の　たどきを知らに　篭り居て　思ひ嘆かひ　慰むる　心は無しに　（後略）　　（17・三九六九）

などと家持の歌にみえる。これらは、名や命を惜しむというのであるから、『大智度論』を持ち出すまでもなく、己の素朴で飾らない思いの表明と捉えることもできる。つまり、素直な感情の吐露ということになる。したがって、『万葉集』には「惜しむ」思いが多様なうつろう物や心情を対象として表現されることになる。しかるに、これを裏返した、いわばこうした思いに忠実でない、名や命を「惜しくない」と表現する歌が数は多くないものの詠まれる。この表現ではないが、大伴家持の「追ひて処女の墓の歌に同《こた》ふる一首　短歌を并せたり」には、恋にからませて、「血沼壮士《ちぬをとこ》　菟原《うはら》壮士の　うつせみの　名を争ふと　たまきはる　命も捨てて」（19・四二一一）と名を守るために命を捨てるという表現もみられる。しかし、大事な名のためではなく、恋の為なら命も「惜しくもない」と歌う歌が先に詠まれている。名誉や恋のために命も惜しまないというには感情の高ぶりだけでなく、強い意志も込められている。そうした歌の最初は人麻呂歌集の先にふれた歌、

吾妹子に恋ひし渡れば劒刀名の惜しけくも思ひかねつも　　（11・二四九九）

である。末の二句はやや分かりにくく、「名が惜しいことも忘れてしまうよ」と訳する説（『万葉集全訳注原文付

〈三〉』一九八一年一二月）もあるが、以下の五首と比較し、「名の惜しさなど思いもかけないことだ」と訳する説（『岩波文庫万葉集』〈三〉二〇一四年一月）を取りたい。こなれない表現ではあるが、同じ思いの表現であっても積極性おいて後の解釈の方が強い表現になろう。これを継承した類似表現をもつ歌を拾うと、

①剱刀名の惜しけくもわれは無しこのころの間の恋の繁きに　（12・二九八四）

②山口女王、大伴宿禰家持に贈る歌五首（4）

剱太刀名の惜しけくもわれは無し君に逢はずて年の経《へ》ぬれば　（4・六一六）

③また、大伴宿禰家持の和ふる歌三首（1）

今しはし名の惜しけくもわれは無し妹によりては千たび立つとも　（4・七三二）

④ちはやぶる神の斎垣も越えぬべし今はわが名の惜しけくも無し　（11・二六六三）

⑤み空行く名の惜しけくもわれは無し逢はぬ日まねく年の経ぬれば　（12・二八七九）

などがある。これと対応する、身や命を惜しくないと歌う歌も、

①朝日さす春日の小野に置く露の消ぬべきわが身惜しけくもなし　（12・三〇四二）

②大伴宿禰家持娘子に贈る歌三首（3）

わが屋戸の草の上白く置く露の身も惜しからず妹に逢はざれば　（4・七八五）

に継承される。他にも以下にみる

③抜気大首の筑紫に任けらえし時に、豊前国の娘子紐児を娶きて作る歌三首（3）

斯《か》くのみし恋ひし渡ればたまきはる命もわれは惜しけくもなし　（9・一七六九）

④霊ぢはふ神もわれをば打棄《うつ》てこそしゑや命の惜しけくも無し　（11・二六六一）

⑤君に逢はず久しくなりぬ玉の緒の長き命の惜しけくもなし　（12・三〇八二）

⑥吾妹子に恋ふるに吾はたまきはる短き命も惜しけくもなし（15・三七四四）

⑦或本の反歌に曰はく

わが命は惜しくもあらずさ丹つらふ君に依りてそ長く欲りする（16・三八一三）

などとみえる。これらの歌は鏡王女の歌に触発されて、名は惜しくないとか、命も惜しくないとか歌ったとみられなくはないが、「置く露の消ぬべきわが身惜しけくもなし」の表現などは、露と沫の違いはあるが、思想的には先にみた、『金光明経』の「捨身飼虎」の薩埵太子の思惟と重なる。しかし、注意されるのは、『金光明経』の例も一例ながら、経論にはこうした表現が多くみえることである。

人は命こそ惜しむべき宝とするという表現が『大智度論』巻第十三にみえるとの指摘は先にみた。しかるに、『大智度論』にはこれを前提としたものか、「不惜身命」とこれに類する表現がみえる。四二例あるから常套的表現でもあろうが、経にも、『大品大般若経』（鳩摩羅什訳）に九例（「不惜壽命」を含む）、『大般若経』（玄奘訳）に三十例みられる。とくに、『大般若経』（鳩摩羅什訳・玄奘訳）では、「護持法」（鳩摩羅什訳『摩訶般若波羅蜜経』巻第十七「堅固品」第五十六（丹本転不転品『大正新修大蔵経』巻第八、三四三頁中）に二例、「護持正法」（『大般若波羅蜜多経』巻第三百二十七　三蔵法師玄奘奉詔訳「初分不退転品」第四十九之三『大正新修大蔵経』巻第六、六七六頁下）には、「菩薩は衆生の為に身命を惜しまない」とも説く。他にも、『維摩経』に二例（『維摩詰所説経』「仏道品」第八『大正新修大蔵経』巻第一四、五四九頁上、「菩薩行品」第十一『大正新修大蔵経』巻第一四、五五四頁中、ただし「不惜軀命」も含む。以下同。）、『大般涅槃経』に七例、『妙法蓮華経』にも三例みえる。また『金光明最勝王経』（義浄訳）には五例みえるが、『金光明経』（曇無讖訳譯）には「捨身品」第十七の「捨身飼虎」の場面にのみ一例用いられる。経典中には他に財産等を惜しまないという表現もみえるが、取り上げない。

『万葉集』には五例の「命の惜しけくもなし」の類がみえたが、これらは今見た経典にみえる「不惜身命」の句の影響のもとに成立した表現であるといってよかろう。その基底には、仏教の説く命は人間に最も大切な宝であるが、それよりも大切なものがあり、その為に命を捨てても惜しまないのが菩薩である、とする思想が踏まえられていよう。先にみた「わが名の惜しけくも無し」という表現はこの「身命」を「名」に変えた表現とみてよいのであはあるまいか。これらの表現は仏教の表現を受容しながらも、仏教がそれを「法（正法）」あるいは、法に説かれる理の遂行のためとする肝心の思想は外して、仏教が否定的にとらえて愛網の業とする恋の為とい い、しかも恋情表現における言葉の綾としてこれを用いているのである。それが『万葉集』の「命・身の惜しけくもなし」という表現であったというべきであろう。

このようにみてくると、人麻呂は仏教と全く縁のない立場にいたわけではないと知られる。そうして、無常など仏教の基本となる思想を受容しただけでなく、経論の表現を摂取し、それを歌の表現として異なる文脈で生かしたという点において時代的に先頭に立っていたことは確かである。しかも、これは天武・持統時代の空気を読んでいたからで、後の歌における仏教的表現の利用を領導したところがあったといえよう。

三

『万葉集』の仏教というと集中で仏教的表現を一番多く為している山上憶良に触れないわけにはいかない。憶良は「無題漢詩序」、「痾に沈みて自ら哀しぶる文」、「俗道の假に合ひ即ち離れ、去り易く留り難きことを悲嘆しぶる詩一首　序を幷せたり」などにおいて仏教的表現をなしている。沈痾自哀文については別に触れたことがあるが、憶良はその冒頭で仏教とのかかわりについて、

我胎生より今日に至るまでに、みづから修善の志あり、曾て作悪の心無し。〈謂ふこころは、諸悪莫作、諸善

奉行の教を聞くことをいふ。〉所以に三宝を礼拝して、日として勤めずといふこと無く〈毎日誦経し、発露懺悔するなり。〉、云々。

と述べている。これを信じれば、彼は仏教を信仰する家に生まれ、礼拝対象の仏像や読んだ経典は不明であるが、幼少より仏教に実践的になじんできた人物であったことになる。仏教全体に亘るものでなかったとしても、彼は仏教思想に深く触れていたとみてよい。

奈良時代の経典受容の一端を窺わせるのは『寧楽遺文』に纏められた優婆塞貢進解である。ここに読誦可能な経典名を上げている浄行者は天平四年から十七年までに貢進された者と貢進年不明の者である。貢進年不明の解にも師主を行基と記すものもある。憶良は天平五年に七四歳である（沈痾自哀文）から、やや時代が後にずれるが、出家を志す浄行者が読み習っていた経典は憶良の時代に関心が向けられていた経典と重なるとみてよいであろう。

では、憶良の仏教的表現はどのようなものであるのか、みてゆこう。

まず注意されるのは、憶良も歌に仏教的表現を用いるのは難しかったからか、仏教語は少ししか用いず、思想にかかわる逸話などは散文で用いることである。旅人の妻の死に際して贈ったとみられる日本挽歌とその序としての漢詩及び散文は、このことを象徴的に示している。日本挽歌に用いなかった仏教的表現を「無題漢詩序」では多く用いている。ここでは、この序の用語・表現をとりあげて、考察してみたい。その序は、

①けだし聞く、四生の起滅は夢の皆空しきがごとく、②三界の漂流は環の息まぬが喩《ごと》しと。③そゑに、維摩大士も方丈に在りて、染疾《ぜんしつ》の患を懐きしことあり、④釈迦能仁《のうにん》も双林に坐して、泥洹《ないをん》の苦を免れたまひぬといふこと無し。⑤故に知りぬ、二聖至極すら力負《りきふ》の尋ね至ることを払ふといふことあたはず、⑥三千世界に誰かよく黒闇の捜ね来ることを逃れむといふことを。二つの鼠競ひ走りて、目を度《わた》る鳥旦《あした》に飛び、四つの蛇争ひ侵して、隙を過ぐる駒夕に走る。ああ痛きかも。紅顔は三従と長に逝き、素質は四徳と永《とこしえ》に滅ぶ。

何そ、偕老の要期《えうご》に違ひ、独飛して半路に生きむといふことを図らむ。蘭室に屛風徒らに張りて、断腸の哀しびいよよ痛く、枕頭に明鏡空しく懸りて、染筠《せんゐん》の涙いよよ落つ。泉門一たび掩《おほ》はれて、また見るに由無し。ああ哀しきかも。

⑦愛河の波浪はすでに滅《つひ》え、⑧苦海の煩悩もまた結ぼほるといふことなし。

⑨むかしよりこの穢土を厭離《おんり》す。⑩本願をもちて生を彼の浄刹《じやうせつ》に託せむことを。

（日本挽歌は略す）

神亀五年七月二十一日　筑前国守山上憶良上る

この序においては①~⑩の番号を付したところに仏教語と仏教的表現が鏤められている。これに対して、挽歌には仏教語はみえない。仏教語および仏教的表現の典拠を何処に求めるか、見解の相違はありえようが、これらが仏典の語句を拾って利用した表現であることは井村哲夫氏（前掲『万葉集全注』）・芳賀紀雄氏（「憶良の挽歌詩」『萬葉集における中国文学の受容』二〇〇三年一〇月）等が綿密な調査によって示されている。

このうち、「紅顔は三従と長に逝き、素質は四徳と永に滅ぶ。」「泉門一たび掩はれて、また見るに由無し」など、特に「泉門」は墓誌に多く類似表現がみられる。「鏡」もみえるが、枕頭と結びつける例はない。また中国の早い時期の墓誌は仏教的表現を用いないが、憶良は仏典および関連書に典拠をもつ語を用い、中国の墓誌と異なる独自性も見せる。また黄徴・呉偉編『敦煌願文集』（一九九五年一一月）には「煩悩之愛河」（願文範本〈七六頁〉・比丘法堅発願文）、「苦海之間」（比丘法堅発願文）、「双林之滅」（願文範本〈七六頁〉）、塵累（願文範本〈七六頁〉）、紅顔（願文範本〈七五頁〉）等がみえる。

ここでは④と⑩にみえる「涅槃の苦」と「浄刹」を検討し、憶良の依拠した仏教について考えてみたい。

まず、⑩の祈願表現にみえる「浄刹」から検討しよう。これは願経などの末に付される「迴向文」などと同類の型のようにみえる（「道行般若経巻第五〈藤原夫人願経〉」『上代写経識語注釈』二〇一六年二月）。『敦煌願文集』に収められた範本では「比丘法堅発願文」などが近い型を示す。

このように、詩は回向文とみると、大伴郎女が願いどおり、穢土を離れ浄刹に転生するようにと願う思いを陳述しているとみるべきであり、読みを変えてもよかろう。

では穢土に対応する「清らかな国」とはどこか。これは具体的には示されない。本願を『無量壽経』の四十八願などとかかわらせて、西方極楽浄土をいうとする説、また弥勒浄土とする説もある。そこで浄土三部経をみると、『仏説無量壽経』では浄土を浄刹ということはなく、安養国2例、無量壽仏国2例、無量壽国4例、『仏説観無量壽経』では、極楽国4、極楽国土3、西方極楽国土1、西方極楽世界5、極楽世界7、阿弥陀仏極楽世界1、無量壽仏極楽世界1、極楽園地1を用い、『仏説阿弥陀経』では極楽4、極楽国土3、阿弥陀国1、阿弥陀仏国土1を用いる。『無量壽経』はすでに舒明、孝徳天皇の時代に受容されており、経典に基づく浄土信仰であったとすると、また二字熟語が必要なら極楽が用いられてしかるべきで、浄刹という曖昧な語を用いることはなかったのではないか。浄刹という語はかならずしも一般的な語ではなく、もとより弥勒関係の経にもみえない。ただ『六十華厳』巻七に

法慧菩薩、仏の神力を承けて普く十方を観、偈頌を以て曰はく、「天人師悉く現一切厳　浄刹に現じたまふ。云々」とまをす。（仏駄跋陀羅訳『大方広仏華厳経』〈六十巻〉巻第七「菩薩雲集妙勝殿上偈品第十」『大正新修大蔵経』巻第九　四四二頁上）

とみえ、八十華厳の巻七には四例みえる他、『仏説華手経』巻第四にも、

浄刹より此に至る中間に、世界有りて金明と名づく。是の中に有す仏、号けて宝明と云す。今、現在に宝蔵菩薩摩訶薩と為す。（『大正新修大蔵経』巻第十六　一五四頁下）

といった例が計四例みえる。他に波羅頗蜜多羅訳『宝星陀羅尼経』大集品第四も二例みえるが、これらによったものかは確かではない。そうしたなかで、『法苑珠林』の引用する讃彌勒四礼文（玄奘法師依経翻出、これは一枚物で『大正新修大蔵経』には入っていない。）である。ここに浄刹がみえる。それは、

心を至して帰命し、当来弥勒仏を礼す。諸仏、常に清浄刹に居まして、受用したまひ、報体の量無窮なり。凡夫の肉眼未だ曽つて識らず。為に千尺の一金軀を現じたまふ。衆生之を視て厭き足らふこと無し。云々。

（『法苑珠林』巻第十六　敬仏篇第六之四　彌勒部第五　讃歎部第三『大正新修大蔵経』巻第五三　四〇四頁上）

である。これは「清浄刹」であって、「浄刹」そのものではないが、意味は同じである。弥勒が清浄の国土に坐すと説かれていたのである。こうした一枚物を憶良がみたといえないにしても、弥勒への礼文などとともに、弥勒を本尊にした追善供養などでの願文などにおいては弥勒と浄刹が繋がっていたのかもしれない。すると、ここに本願とあるのもそうした亡者の願をいうものであった可能性がたかい。『広弘明集』にはまた、

釈氏の霊果を信じ、帰三世の遠致に帰して、願はくは同じく浄刹に昇り、塵習をもて永く棄てむ。

（『広弘明集』統帰篇序第二十九　梁代弘明集統帰篇録　傷愛子賦　江淹『大正新修大蔵経』巻第五二　三四二頁中）

といった例もみえる。この「同じく浄刹に昇り」は兜率天上生信仰に基づく表現かとみられよう。憶良に比較するとあいまいであるが、井村氏は、長屋王の大蔵経書写の願文に、

此の善業を以って奉資し、登仙したまひし二尊の神霊、各本願に随って、上天に往生し、弥勒を頂礼して浄域に遊戯し、弥陀に面え奉り、並に正法を聴聞して、倶に悟りたまはんことを。

（前掲『上代写経識語注釈』「大般若経巻第二百六十七　長屋王願経・神亀経」）

とあるのに注目しておられる（前掲『万葉集全注』巻第五）。ここでも二霊が本願を果たして上天の浄域に往生できる資になるようにという。別にみたように「沈痾自哀文」の背後には追善の願文もしくは回向文の形式を示す

手本が存在したと知られる。こうした世界では弥勒と浄刹だけでなく弥陀と浄刹も結びつけられていた可能性もあるが大伴郎女は大伴安万侶家に住んだ新羅の尼、理願尼などの影響を受けて生前、仏教に帰依し、あるいは弥勒信仰をもっていたことを前提にした表現であったのではないか。すなわち大伴郎女の弥勒信仰を聞き知っていた憶良はその思いに寄り添いながら百日忌斎（井村哲夫前掲『万葉集全注』巻第五）に際してこのような回向文（詩）を添えたのではなかったかと考えるものである。

さて、次に「泥洹の苦」についてみてみよう。④にはこれが「泥洹の苦を免れたまひぬといふこと無し」という表現で用いられる。一般に「泥洹」は「ニルバーナ」の漢訳語で、「迷いの火を吹き消した状態」の意、すなわち「平安」の意味とされる。すると「泥洹の苦」そのものが意味的に矛盾した表現になる（芳賀紀雄前掲「憶良の挽歌詩」）。憶良は「泥洹」を四苦の一、死ととらえて独自に「死苦」の意味とみなしたのであろうか。ここには、泥洹とはいうものの死である以上、また釈迦も人である以上、死苦を感じたはずだと自分なりに解したのであろうか。それとも仏教的根拠があってのことであろうか。考えてみるべき問題である。

憶良が「無題漢詩序」に用いた「釈迦能仁坐二双林一、無レ免二泥洹之苦一」の表現も、泥洹を死の意味で用いたとすれば、特に矛盾はないようにもみえる。かつまた泥洹は苦とする説があってこれによったとすると、一つの理解を示したともいえる。ところが、『仏書解説大辞典』（第七巻、一九三五三年）によると、『涅槃経』の趣旨は「仏身常住」、「涅槃常楽我浄」、「一切衆生悉有仏性（一闡提成仏）」の三点にあるという。理解に間違いがなければ、このうち涅槃常楽我浄は、憶良の「涅槃の苦」とからむようにみえる。『涅槃経』の「涅槃常楽我浄」は涅槃は楽であるとの意味で、重なる。そのばあい、彼はこのことを理解したうえで、その説に批判的な見解をもっていて、ことさら「涅槃の苦」と記したとしても矛盾はない。『涅槃経』の「涅槃常楽我浄」の思想には法相宗の基礎論ともされる『倶舎論』の「四念処観」からの批判があった。「四念処観」は「身は不浄、受は苦、心は無常、法は無我」とする立場に立ち、「涅槃常楽我浄」を顚倒とみる。『倶舎論』において次のように説かれる。

或は諸の欲貪は身処において転ず。故、四念住は身を観ずること初に在り。然れども身を貪するは受を欣楽するに由る。受を欣楽するは心の不調に由る。心の不調は惑の未だ断ぜざるに由る。故、受等を観ずるは、是の如き次第なり。此の四念住は次の如く、彼の浄楽常我の四種の顚倒を治す。故に唯、四有りて不増不減なり。

（世親造『阿毘達磨倶舎論』第二十三巻　『大正新修大蔵経』巻第二九、一一九頁上）


これによれば「浄楽常我」は四念住によって治すべき顚倒になる。この立場に立てば、『涅槃経』のいうように涅槃は楽なのでは決してなく、苦なのである。『倶舎論』は当時の大きな宗であった法相宗の基礎を支えた論とされた。憶良が「四念処観」を正しいとみていたとすると、彼の言はいわば法相宗の立場に立ったものであったことになる。憶良は『涅槃経』を読んでいたとしても、かならずしもその思想に傾倒していたわけではなかったのである。彼は、『涅槃経』の一切衆生悉有仏性の思想については何もふれていないが、これは『法華経』の一乗思想をより徹底しているといわれる。法相宗は平安時代にはいると、『法華経』に依る天台宗と「比喩品」火宅の比喩にみえる大白牛車の解釈をめぐって「一乗真実三乗権・三乗真実一乗権」の論争を繰り返したといわれる。憶良は法隆寺・興福寺・薬師寺・元興寺などで勢力を張った法相宗の教えを受け、『法華経』や『涅槃経』の表現や用語を用いていたとしても、思想的には批判的にみていたところがあったのかもしれない。そのようにいうと、釈迦も「泥洹の苦」を免れ得なかったという表現は、憶良が法相宗の思想の影響下にあったことを示すといえなくはない。ただ、憶良の用いた仏教語全体の典拠をみるとき、特定の宗や経論に依拠して仏教的表現をなしたと言い切ることもまた難しい。特に依拠する仏菩薩や経論はあったのであろうが、表現においてはそれに拘泥せず、幅広い知見によって、創作を行っていたとみた方がよいようにもみえるからである。しかし、憶良の表現の細部にはなお経典の思想などに分け入って検討すべき語句・表現は残されているようである。

万葉集と仏教

――「愛着」をめぐる対立的構造について――

大谷　歩

一　はじめに

『万葉集』に仏教の影響はあるか。かつて、この問いには否定的な意見が提出されたこともあった。しかし、江戸時代の学僧である契沖の『万葉代匠記』には、数々の仏典の指摘をみることができる。契沖が悉曇学の研究者であったことを思えば、それは当然の指摘であった。しかし、契沖以後に『万葉集』を対象とした仏教の影響についての研究は、遅遅として進まなかった。その理由は、『万葉集』が国学研究の重要なテキストとなったことも一因であろうし、仏典との比較研究が困難を伴うものであったこともその一因であろう。だが、『万葉集』が成立してくる時代には多くの漢籍が渡来し、すでに漢字・漢文による文章の形成が果たされる段階にあった。さらには、漢字を用いた和文の文章も形成されつつあった。それは漢籍ばかりではない。飛鳥朝以降の、いくつもの寺院の建立や仏典の書写状況をみれば、『万葉集』の時代は仏教文化の花開いた時代でもあったのである。もちろん、これは教科書的な説明ではあるが、『万葉集』の時代は漢文文化と仏教文化とが同時に開花した時代であったということである。そのような二つの文化の中に、『万葉集』の作品は成長しつつあったのである。

『万葉集』が収める多くの歌は、七世紀から八世紀にかけて成立している。『万葉集』に載る作品は、この世紀の時代思潮や風俗慣習の中に生きた人びとの声である。そのような中でも、遣唐使などによる海外との交流は、『万葉集』の歌を新たな方向へと導くこととなる。それは、知識人たちによる積極的な歌への参加によってなされたものである。そのような知識人たちが受容した漢籍・仏典の理解は、『万葉集』の作品形成の上に大きく関与しているといえる。殊に、第三期を代表する歌人である大伴旅人と山上憶良の作品からは、漢籍の理解のみではなく、仏典の理解もみることができ、この二人の歌人からは漢籍・仏典の受容という大きな潮流をみて取ることが可能であろう。彼らは、漢籍・仏典の知識を大いに作品に用い、展開させたことは、これまでの研究成果によって明らかにされつつある。その一方、彼らは〈歌〉という表現形式を巧みに用いて、外来文化との融合を積極的にはかっている。それは「漢文序＋歌」という形式のみならず、彼らが受容した広範な漢籍・仏典をとおして、歌に新たな思想の形成をもたらしたということである。

大伴旅人・山上憶良の作品が多く収録される『万葉集』巻五の冒頭は、大宰府における旅人の妻の死からはじまる。愛する妻の死と重なるように訪れる悪い知らせと、それに対する両君の大助により、旅人は再び生きる気力を取り戻したという。それに呼応する憶良の悼亡詩文・日本挽歌の一連の作品が、彼らの新たな文学、いわゆる大宰府文学圏の文学を形成する始発となったことは十分に理解されるところである。

一方、巻五の巻末歌は、左注に「右の一首は、作者いまだ詳らかならず。ただ、裁歌の体、山上の操に似たるを以ちて、この次に載す」[注1]とあり、その作風から山上憶良の作であろうという左注の注記者の指摘がある。この「男子の、名は古日に恋ひたる歌三首」は、愛らしかった幼子が急な病によって次第に衰え、この世を去ったことに対する、親の激しい悲しみがうたわれている。わが子を失った親の悲痛な嘆きは、わが子を強く愛するがゆえのものである。いわば、巻五という巻は愛妻の死を始発として、愛する子の死によって閉じられる巻である。それ以外の諸作品も、愛と悲しみに満ちている。それらに共通するのは、世間への「愛着」という態度である。この愛着（執着・愛執）は、仏教が捨てよと戒めるところのものであり、まさに巻五は「愛する所の妻」の死によってはじまり、「愛する所の子」の死によって幕が下ろされるということになる。そのような巻が巻五であることを理解するならば、旅人や憶良の作品には仏教思想が深く根を下ろしていることを知るであろう。彼らは仏教の教理を理解しながらも、仏教が戒める妻や恋人、子や家族への愛情を否定することなく、むしろ肯定する立場を貫いている。『万葉集』の中で特異な巻として位置する巻五は、仏教の受容と対立との中に位置する巻であるとみることができよう。

本稿では、このような大伴旅人と山上憶良の作品とを取り上げ、彼らが理解した仏教思想と、それと対立する妻や子への愛情、いわば「愛着」をめぐる問題について些か考察を加えてみたいと思う。

二　大伴旅人と世間虚仮

大伴旅人は、大伴安麻呂の長男として大伴家に生まれ、養老二年（七一八）に中納言、神亀四年（七二七）ころに大宰帥に任命された。旅人の大宰府下向の時期については、『続日本紀』にその記述がないことから諸説あるが、およそ神亀四年末から同五年の初めころであったと推測されている。天平二年（七三〇）十一月に大納言に任ぜられて帰京。翌天平三年の正月に従二位を賜るも、その年の七月に没したと伝えられる（『続日本紀』）。旅人の大宰府赴任はおよそ三年の間であるが、大宰府において、旅人は大陸の文学を積極的に創作に取り入れ、歌と漢詩文との融合を試みる。また、同時期に筑前の国司であった山上憶良と交流し、新たな文学を創出していった。そこには、所轄の官人たちも加えた大宰府文学圏が形成されたのである。

旅人は万葉歌人である一方、『懐風藻』に「五言。初春侍宴。一首」（詩番四四）を残す詩人でもある。それは旅人の漢籍理解の一端であるが、『万葉集』に収載される旅人の作品には、多くの漢籍を享受した形跡が認められ、中国文化や文学に対する知識の深いことが知られる。旅人の大宰府下向を、藤原氏による左遷とみる向きもあるが、旅人は養老四年（七二〇）に征隼人持節将軍として隼人の反乱を鎮圧した実績もあり、対外政策・対外交流の要である大宰府の長官として抜擢されたものと思われる。その上、中国の文化・文学に対する高い教養を備えた旅人は、帥として適任であったといえる。

『万葉集』巻五には、旅人の大宰府下向後に作られた作品が収録されているが、その冒頭は妻の死というテーマから出発する。旅人は妻を伴って大宰府へ下向したが、間もなく妻は病に臥して世を去ったものと考えられる。『万葉集』巻八には石上堅魚が詠んだ次の歌が収録されているが、その左注には、旅人の妻である大伴郎女の死の事情が記されている。

　　式部大輔石上堅魚朝臣の歌一首

霍公鳥来鳴き響もす卯の花の共にや来しと問はましものを　（巻八・一四七二）

右は、神亀五年戊辰に大宰帥大伴卿の妻大伴郎女、病に遇ひて長逝す。時に勅使式部大輔石上朝臣堅魚を大宰府に遣して、喪を弔ひ并せて物を賜へり。その事既に畢りて駅使と府の諸の卿大夫等と、共に記夷の城に登りて望遊せし日に、乃ちこの歌を作れり。

　　大宰帥大伴卿の和へたる歌一首

橘の花散る里の霍公鳥片恋しつつ鳴く日しそ多き　（同・一四七三）

石上堅魚の歌の左注には、神亀五年に旅人の妻である大伴郎女が病によって没したことが記されている。その時、石上堅魚は勅使として大宰府に派遣され、弔問して物を賜ったという。その歌には、霍公鳥と卯の花が詠まれ、それに答える旅人の一首には、散る橘の花と霍公鳥が詠まれている。契沖『万葉代匠記』は、右の二首に詠まれた花鳥の季節から、大伴郎女の死期を「神亀五年春夏ノ間歟」（精撰本）とみている。[注2]現在でも、旅人の報凶問歌の左注に「神亀五年六月二十三日」とあることも踏まえた上で、神亀五年春から初夏ころに没したという見解はおおむね支持されている。[注3]

巻五の冒頭に収録されているのは、その妻の死と相次いで訪れる凶事の知らせに答えるという作品である。この作品は、題詞、漢文序、歌によって構成されており、この構成は歌に新たな文学形式をもたらしたものである。[注4]そこには、もちろん形式のみならず、旅人の漢籍の知識や仏教思想に対する態度をみることができる。

大宰帥大伴卿の、凶問に報へたる歌一首

禍故重畳し、凶問累集す。永に崩心の悲しびを懐き、独り断腸の泣を流す。ただ両君の大きなる助に依りて、傾命を纔に継ぐのみ。〔筆の言を尽さぬは、古今の嘆く所なり〕

世の中は空しきものと知る時しいよよますますかなしかりけり

神亀五年六月二十三日

（巻五・七九三）

大宰帥大伴卿報凶問歌一首

禍故重畳、凶問累集。永懐崩心之悲、独流断腸之泣。但依両君大助、傾命纔継耳。〔筆不尽言、古今所歎〕

余能奈可波　牟奈之伎母乃等　志流等伎子　伊与余麻須万須　加奈之可利家理

神亀五年六月二十三日

題詞の「凶問」をはじめ、序文の「禍故」「重畳」「崩心」「断腸」「筆不尽言、古今所嘆」など、契沖『万葉代匠記』から現在に至るまで、様々な出典が指摘されてきた。ここではその一々を指摘することはしないが、先学の成果によって、旅人の学んだ多くの典籍が明らかになっている。その中の「凶問」は、古くは弔問の意として理解されていたが、井上通泰氏が漢籍の理解に基づいて「凶事のシラセ」であるという理解を提示し[注5]、小島憲之氏が諸論においてその出典を渉猟して追認したことにより[注6]、現在では凶報として理解されている。旅人のこの作品は、この「凶問」に答えるという内容であり、序文では災禍が重なり、悪い知らせが次々と集まってきたという。この「禍故」および「凶問」は、旅人の妻の死と併せて、神亀五年三月に薨去した、坂上郎女の先の夫である穂積皇子の同母妹・田形皇女の訃報であったとも、旅人の弟・大伴宿奈麻呂の訃報であったともいわれている[注7]。あるいは、旅人自身の病であるとも、妻の死による悲痛な心情を強調する誇張表現であるという意見もある[注8]。「凶問累集」の実態は不明であるが、そのことによって、旅人は永く心が崩れるような悲しみを抱き、腸を断つような思いでひとり涙を流したのだという。しかし、両君の大いなる助けによって、死の淵へと傾きかけていた命をつなぎ止めることができたという。この「両君」についても諸説あり、奈良の都にいる異母弟・大伴稲公と甥の大伴胡麻呂ともいわれているが[注9]、その詳細もまた不明である。いずれにしても、某かの二人の力添えによって、旅人はようやく深い悲しみから生の世界へと目を向け、再び筆を執るに至ったということであろう。序文細注の「筆不尽言、古今所嘆」は、『万葉代匠記』以来、『周易』繫辞上の「書不尽言、言不尽意」[注10]がよく指摘されるところである。小島憲之氏によれば、このような表現は古代中国の書翰文の末尾に付される常套的な文言であるという[注11]。多くの漢籍を踏まえ、駢儷体で綴られる当該序文は、旅人の学才が発揮されているものであり、古代日本の文学が、すでに東アジアの漢詩文文化の中に、充分参画し得たことを物語るものである。

当該作品は序文の出典やその解釈に力が注がれてきたが、この歌もまた充分に注意すべき内容である。旅人は、世の中はむなしいものである、ということについて知識では理解していたが、妻の死やさまざまな不幸に接することで、それを実感として「知」ったというのである。この「余能奈可」は、従来から指摘されているように、仏教でいうところの「世間」の翻訳である。中村元『広説佛教語大辞典』の「世間」の第一項目では「世は遷流、間は中の意。うつり流れてとどまらない現象世界。無常遷流の存在一切をいう」と説明される。[注12]その「世間」が「空しきもの」であるという認識は、「世間虚仮」の思想によるものであろう。「世間虚仮」の語は、『上宮聖徳法皇帝説』に「天寿国繡帳」の銘文として伝えられる聖徳太子の言であり、太子は「世間虚仮」であるがゆえに、「唯仏是真」であると説いた。世間は空にして無常であるがゆえに、仏のみが唯一の真実であるというこの「世間虚仮」という言葉は、『大正新脩大蔵経』においては二例しか例をみない、仏典語としては極めて稀な語である。その一例は、宋代の法護（九六三～一〇五八年）訳出の『仏説大乗菩薩蔵正法経』巻第二十五に「但是世間虚仮文飾[注13]」とあるが、これは当該作品より後の年代の漢訳仏典である。もう一例は、玄奘訳出の『大乗広百論釈論』巻第八に「唯有世間虚仮名相」とある。この『大乗広百論釈論』は正倉院文書に書名がみえるものの、書写年代等は不明であるが、[注14]少なくとも奈良朝には渡来していたものと思われる。熟語としての「世間虚仮」という例はごく限られたものであるが、仏教において「世間」が「虚」なるものであり、「仮」の世界であるという思想は、さまざまな経典をとおして、奈良朝では充分に認知されていたものと思われる。たとえば、『大般涅槃経』巻一及び二には「苦哉苦哉世間虚空」とあり、『大般若波羅蜜経』巻第三三二には「三界虚仮皆如夢見」とある。「世間虚仮」とは、無常なる世間に生きる人間の苦しみとして説かれているのである。そこから脱却するために、仏の教えこそを唯一の真実として説く聖徳太子の発言は、仏教に対する篤い信仰がその前提にある。無論、聖徳太子は「篤く三宝を敬う」ことを勧めた在家の仏教信者の一人であり、無常なる仮の住まいである「世間」を厭い、常住の世界を目指す仏の教えを「是真」としたことは道理である。

しかし、旅人のこの歌は、仏教の説く「世間虚仮」なる無常を理解しながらも、そこから「唯仏是真」へと向かうことなく、いよいよもって増す悲しみに対する嘆きへと向かうのである。釈迦は城外での出遊において人間の死に出会い出家を志すが、旅人は妻の死によって人間の無常を感得しながらも、出家へと向かうことはなかった。むしろ、愛する人との別れによって、いよいよ悲しみが増すという人間の情こそを、真実として捉えたのであろう。「かなしかりけり」という嘆きは、「世間虚仮」や「世間無常」という仏教の教えに対峙したことによって より鮮明になった、世間に生きる人間の現実の姿であった。

この旅人の「かなしかりけり」という嘆きは、人間の苦しみ全体に及ぶ嘆きではあるが、それは愛する妻を失った苦悩から出発している。妻の死に対する旅人の悲痛な心情は序文において述べられているとおりであるが、それは翻せば妻への愛情の深さをあらわすものである。愛する者であればあるほど、失った時の悲しみは増大するものであるが、仏教においてはこうした妻への愛情は「愛着」とされ、戒めるべきものとされる。たとえば『金光明経』巻一・空品第五では「求於如来　真実法身　捨諸所重　肢節手足　頭目髄脳　所愛妻子　銭財珍宝　真珠瓔珞　金銀琉璃　種種異物」とあり、金銭や財産、珍宝や真珠、瓔珞、あるいは金、銀、琉璃などの宝石類と等しく、「愛する所の妻子」をも捨てるべきことが説かれている。仏教においては、妻子はこの世の執着の最たるものであり、悟りを得るための大きな障害として位置付けられている。さらに、生老病死の四苦や八苦から逃れる方法は、この世の執着を捨て、仏の道に帰依することであるとするのが仏教の立場である。死別という苦しみにとらわれることなく、常住の世界を目指すのが仏教の教理であり、「世間虚仮」や「世間無常」の教えは、現世へ執着することは無意味であり、三界から解脱すべきことを説く思想である。一方、旅人は妻の死に連綿としてその悲しみを抱き、妻への哀切極まりない多くの挽歌を詠むことで、亡き妻に深い愛着を示している。これらは亡妻挽歌群というべき、旅人の妻の死にまつわる歌々である。

神亀五年戊辰。大宰帥大伴卿の故人を思恋へる歌三首

愛しき人の纒きてし敷栲のわが手枕を纒く人あらめや　（巻三・四三八）

右の一首は、別れ去にて数旬を経て作れる歌なり。

還るべく時は成りけり京師にて誰が手本をかわが枕かむ　（同・四三九）

京なる荒れたる家にひとり寝ば旅に益りて苦しかるべし　（同・四四〇）

右の二首は、近く京に向ふ時に臨りて作れる歌なり。

天平二年庚午。冬十二月に、大宰帥大伴卿の京に向ひて上道せし時に作れる歌五首

吾妹子が見し鞆の浦のむろの木は常世にあれど見し人そなき　（巻三・四四六）

鞆の浦の磯のむろの木見むごとに相見し妹は忘らえめやも　（同・四四七）

磯の上に根這ふむろの木見し人をいづらと問はば語り告げむか　（同・四四八）

右の三首は、鞆の浦を過ぎし日に作れる歌なり。

妹と来し敏馬の崎を還るさに独りし見れば涙ぐましも　（同・四四九）

往くさには二人わが見しこの崎を独り過ぐればこころ悲しも〔一は云はく、見もさかず来ぬ〕　（同・四五〇）

右の二首は、敏馬の崎を過ぎし日に作れる歌なり。

故郷の家に還り入りて、即ち作れる歌三首

人もなき空しき家は草枕旅にまさりて苦しかりけり　（巻三・四五一）

妹として二人作りしわが山斎は木高く繁くなりにけるかも　（同・四五二）

吾妹子が殖ゑし梅の樹見るごとにこころ咽せつつ涙し流る　（同・四五三）

この一連の作品には、一貫して妻を亡くしたことによる、「独り」であることの深い嘆きや苦悩が詠まれている。仏教の教えに従うならば、そのような苦しみはこの世の愛着や執着であり、捨離すべきものである。旅人の亡妻挽歌群は、仏教の立場からすれば、この上ない愛着の世界であることになろう。しかし、旅人は世間は虚仮

であり無常であるがゆえに、人間として生きることの悲しみを受け入れなければならないのだというのである。それが、「かなしかりけり」という嘆きであり、亡妻挽歌によって表出される妻への愛情という愛着なのである。

このような旅人の態度は、仏教思想を受容することによって生起したものであるが、一方では夫婦の愛情を重視する立場を崩さなかった。むしろ、仏教思想を受容したがゆえに、人間としての悲しみや苦しみが導かれたのであり、仏教が崇高な教理であるがゆえにこそ、術無きものであり、悲しきものであることが鮮明になったのだといえる。旅人の「かなしかりけり」という嘆きは、仏教の教理と、人間としてある情との葛藤の中に生まれた嘆きであったといえる。まさに『賢愚経』巻第七にみえる「痛哉悲哉。人生有死。不得長久」と嘆く「悲哉」は、旅人の「かなしかりけり」と共鳴する心情であろう。

三　山上憶良と生老病死

旅人が妻への愛着においてそれを引き受けているのに対し、憶良は子への愛着においてそれを引き受けたとみることができるように思われる。山上憶良は大宝二年（七〇二）に遣唐使として渡唐した記録がみえ、養老五年（七二一）には皇太子（後の聖武天皇）の東宮に侍り、神亀三年（七二六）には筑前守として下向し、天平四年（七三二）に帰京。天平五年六月の「老身重病経年辛苦及思児等歌七首（長一首短六首）」（巻五・八九七〜九〇三）を最後に記録がみえないことから、この頃に没したと推測されている。出自や前半生の閲歴の詳細は不明であるが、「類聚歌林」の編者としても『万葉集』にたびたび名が残されている。憶良の筑前守着任は、大伴旅人が大宰府へ下向する以前のことであり、この二人は大宰府において邂逅し、交流が始まったのである。その憶良の文学は、大宰府へ下向してきた旅人の妻が亡くなり、それを悼み慰める詩文や歌を贈るという交流の中に成立する。このことを契機として、憶良は旅人と並んで大宰府における文学の中心を担うことになる。その憶良の文学の特徴は、漢籍・仏典などに学んだ儒・仏・道の三教の知識を教養としていることであり、それらの思想を背景として作品を創造することにある。そこには儒教や道教の知識のみではなく、敦煌文書に出自を持つ出典も指摘されていることから、[注15]憶良の文学形成の中心には、常に大陸の文化や文学が大きく横たわっていることは間違いない。そうした憶良の作品が『万葉集』の中で異彩を放つのは、そのテーマ性にあろう。たとえば、「思子等歌一首并序」は、『万葉集』ではほとんど主題とされることのない、「子」への愛情を取り上げた作品である。さらに、晩年の「沈痾自哀文」、「悲歎俗道仮合即離易去難留詩一首并序」、「老身重病経年辛苦及思児等歌七首〔長一首短六首〕」などは、病を得ることや、死に臨むことの苦しみを述べている。これらに共通するのは、仏教の説く生老病死の四苦、さらに愛別離苦、怨憎会苦、求不得苦、五蘊盛苦を含めた八苦をもテーマとしていることである。憶良はこれらのテーマをとおして、人間が世間に生きることのあらゆる苦しみを捉えようとしたのであろう。巻五の末部に収められた幼子の死を描く作品も、生老病死のテーマ性の中にあり、この作品は、愛別離苦を描くことが意図されているように思われる。幼子の死は、まさに愛別離苦のテーマに直接的に沿うものであろう。

「男子の、名は古日に恋ひたる歌」と名付けられたこの作品は、反歌の二首目の左注に「右の一首は、作者いまだ詳らかならず」とある。ただし、「裁歌の体、山上の操に似たる」ともあり、この左注の指し示す「右の一首」の範囲を長反歌全体ととるか、反歌の二首目のみを指すととるかで見解が分かれてきた。[注16]しかし、以後に述べるように、当該作品に詠まれる思想的背景をみれば、全体が憶良の作と考えるのが妥当であろう。

男子の、名は古日に恋ひたる歌三首〔長一首短二首〕

世の人の　貴び願ふ　七種の　宝もわれは　何為むに　わが中の　生れ出でたる　白玉の　わが子古日は
明星の　明くる朝は　敷栲の　床の辺去らず　立てれども　居れども　共に戯れ　夕星の　夕になれば　い

ざ寝よと　手を携はり　父母も　上は勿放り　三枝の　中にを寝むと　愛しく　其が語らへば　何時しかも
人と成り出でて　悪しけくも　よけくも見むと　大船の　思ひ憑むに　思はぬに　横風の　にふぶかに　覆
ひ来ぬれば　為む術の　方便を知らに　白栲の　手襁を掛け　まそ鏡　手に取り持ちて　天つ神　仰ぎ乞ひ
祈み　地つ神　伏して額づき　かからずも　かかりも　神のまにまにと　立ちあざり　われ乞ひ祈めど　須
臾も　快けくは無しに　漸漸に　容貌くづほり　朝な朝な　言ふこと止み　たまきはる　命絶えぬれ　立ち
踊り　足摩り叫び　伏し仰ぎ　胸うち嘆き　手に持てる　吾が児飛ばしつ　世間の道　（巻五・九〇四）

反　歌

稚ければ道行き知らじ幣は為む黄泉の使負ひて通らせ　（同・九〇五）
布施置きてわれは乞ひ禱む欺かず直に率去きて天路知らしめ　（同・九〇六）

右の一首は、作者いまだ詳らかならず。ただ、裁歌の体、山上の操に似たるを以ちて、この次に載す。

この「古日に恋ひたる歌」は、幼子古日の死を悼む歌であり、その内容は親による子への挽歌であるといえる。長歌では、七宝よりも貴く愛おしい古日の生前の愛らしい姿がうたわれ、善くも悪くも成長した姿を見たいと願っていたという。しかし、思いもよらない「横風」によって古日はにわかに病に罹り、天神地祇に祈るも病状はいよいよ悪化する。親の思いは届かず、この幼子の容貌は次第に変化し、言葉も無くなり、遂に命が絶えてしまったというのである。その悲しみは、「立ち踊り　足摩り叫び　伏し仰ぎ　胸うち嘆き」という、わが子を失った親の悶絶、絶叫として詠まれる。親は、白玉のように大切にしていたわが子を不条理にも手放してしまったが、しかしそれも「世間の道」なのだという。この「世間の道」という結句は、すでに指摘されているように『万葉集』においては憶良特有の表現であり、それまでの悲痛な親の心情描写とは異なる冷静さがある。中西進氏は、「もしこれが作者の実体験だとすれば、ここには異様な目を感ぜざるを得ない。それは感傷の曇りも抒情の芳りもすべてを突き抜けた、厳然とした事実のみを見ようとする目だ」と述べる。[注17]この「異様な目」にこそ、当該作品の特質があるように思われる。中西氏は同論で、「憶良のフィクション歌には、何らかの形で必ず自分の姿をとどめるという特性がある」といい、憶良が昔日に幼子を亡くしたという原体験が、当該作品成立の原質であるという。この見解は、当該作品が憶良の実体験に基づくものか、代作であるかという二分する立場の一方に寄るのではなく、原体験を有しながらもそれを作品として構築する憶良の思想性を指摘するものであろう。[注18]

反歌の一首目では、まだ幼いので死出の道行きもわからないから、黄泉の使者に贈り物をしようという。この贈り物は、いわゆる賄であり、捧げ物の意である。それによってわが子を背負って、死後の世界の道案内をしてほしいというのである。二首目では、布施をして祈りを捧げるので、欺くことなくまっすぐに天への道を教えてあげてほしいという。いずれも、死後の世界におけるわが子の行く末を案じる、親の痛切な祈りの姿である。この反歌二首については、九〇五番歌の「黄泉の使」と九〇六番歌の「布施」や「天路」について、その他界観、思想的理解に矛盾が生じているという見方があり、諸説が展開されている。しかし、辰巳正明氏はこの二首をとおして、仏教の説く地獄の思想が、奈良朝においてすでに受容されていたと論じている。[注19]地獄の思想は平安朝以降に受容されたとするのが通説であり、注目すべき見解である。

現実にわが子を失った親の悲しみは、筆舌に尽くせるものではない。しかし、生前のいきいきとした姿から、「漸漸に　容貌くづほり　朝な朝な　言ふこと止み」ということへ至る表現は、子の死に様をじっと見つめようとする態度であり、次第に衰えてゆく子の死へと向かう描写は、親の眼差しをとおしながらも、冷静な観察者のそれである。憶良は、子の生前の姿を描くことも含めて、生と死とを連続する流れの中で見つめようとしているのである。生が死へ向かう入り口であること、いかにして死へ向かってゆくのかを見つめることは、仏教の観想という方法に重なるものである。しかも、生から死へという流れを観想して描く方法は、仏教の九想観（九相観）という観想法を通して獲得された表現であろうと思われる。九想観とは、中村元『広説佛教語大辞典』の「九想」の項によれば、「貪欲を除き、惑業を離れるために人の屍相に関して修する九種の観想である」とされる。[注20]すなわち、肉体の滅びから土に帰するまでの諸相を九つの段階として示し観想することである。日本においては伝空海作の『続遍照発揮性霊集補闕鈔』巻十に収録される「九相詩十首」がその始発であるとされる。その詩題を挙げれば、次のとおりである。


新死相第一（死の直後の様子。）

肪脹相第二（死んだ人間がくさって、ふくれていく有様。）

青瘀相第三（死体がくさってきて皮膚が変色してくることなどが、うかんでくる想念。）

方塵相第四（死体によって四方がけがれることと、その身体がくだけて四方に散乱すること、の二義がある〈便蒙〉。）

方乱相第五（骨肉等の四方に乱れちらばるすがた。）

璅骨猶連相第六（肉身がつきはて、白骨だけが連なっている相。）

白骨連相第七（白骨となって連なっているすがた。）

白骨離相第八（白骨がばらばらになってしまう相。）

成灰相第九（骨が散らばりくちはて、灰のようになる相。[注21]）

九想観詩には、このように死んだ直後の様子から次第に肉が朽ちて骨と化し、灰のように塵となるまでの諸相が詠まれている。ここに示される「九相」は、日本で理解されている九想観の基本的な理解である。しかし、敦煌文書にみられる九想観詩には、新死からはじまる「死身九想観詩」と、若年から老年に至るまでを詠む「生身九想観詩」とが存する。辰巳正明氏はこの「生身九想観」は、「男女の盛年相と衰老相とを十歳から百歳までを詠む数え歌形式の作品」である敦煌「百歳篇」とも繋がるものであり、それらは憶良の「哀世間難住歌一首并序」（巻五・八〇四）や「老身重病経年辛苦及思児等歌七首〔長一首短六首〕」（同・八九七〜九〇三）の思想に応用されたと述べている。[注22] 奈良朝における敦煌文書の「九想観詩」や「百歳篇」の受容の在り方については不明な部分も多いが、辰巳氏の主張を裏付ける資料に、天平三年（七三一）書写と伝えられる聖武天皇宸翰『雑集』がある。ここには、「生身九想観」を詠んだ詩をみることができる。辰巳氏によれば、この『雑集』は憶良が渡唐中に入手し、本国に持ち帰った後、皇太子・首皇子（後の聖武天皇）の教育のテキストとして使用されたという。[注23]
その『雑集』に載る九想観詩は、次のとおりである。

奉王居士請題九想即事依経総為一首

遊童歓竹馬〔此是第一童子時〕。艶体愛春光〔此是第二壮年時〕。

老圧方扶杖〔此是第三老時〕。違和遂痿牀〔此是第四病時已上四句贈生身時〕。

神移横朽貌〔此是第一初死想〕。血染鬧孤狼〔此是第二青瘀想〕。

宍残鷲鳥鷲〔此是第二《ママ》噉残肉想〕。色痿改紅壮〔此是第四癡想〕。

連骨青如鴿〔此是第五筋骨相連想〕。離骸白似霜〔此是第六白骨離散想〕。

年遙隨土散。世久逐風揚〔此是第七九成塵想已上九変死身已下詩人見意以勧勉[注24]〕。


ここでは、生身の相を第一から第四に、死身の相を第一から第七に分けて詠まれている。生身の相では、童子の時には竹馬に乗って遊び（第一）、壮年時は体も艶やかで春の光に愛されているようであるが（第二）、老年に及ぶと杖に助けられる身となり（第三）、遂には病を得て床に伏す（第四）のだという。このように、生きている生身の諸相を刻々と描写することは、辰巳氏が指摘するように、憶良の「哀世間難住歌」や「老身重病経年辛苦及思児等歌」の思想や表現方法に重なるものである。老いて病を得、死を目前にして味わう辛苦、世間に生きることそのものの辛苦を捉え、作品に還元し得るのは、憶良をおいて他にはいない。当該の古日の長歌も、同様の思想的背景をみることが可能であろう。

長歌前半でうたわれる古日の生前の様子、「明星の　明くる朝は　敷栲の　床の辺去らず　立てれども　居れども　共に戯れ　夕星の　夕になれば　いざ寝よと　手を携はり　父母も　上は勿放り　三枝の　中にを寝むと愛しく　其が語らへば」は、居ても立っても、一日中両親のもとを離れようとしない、まさに「白玉」のわが子の様子である。これは「生身九想」でいえば第一の相、あるいはそれ以前の幼児の愛おしい命の姿である。その古日が病を得て死にゆく姿、「漸漸に　容貌くづほり　朝な朝な　言ふこと止み　たまきはる　命絶えぬれ」は、本来ならば老年から初死の間に至るはずのそれが、幼子の病時から初死の相として描かれているといえ、それだけに凄惨である。この描写は、それ以前の一心不乱に天神地祇に祈り伏す親の動的な姿から一転して、動から静へと向かう「たまきはる命」の絶えゆく相である。この極端な動と静の対比的構造は、やはり当事者のものではなく、観察者としてのそれである。憶良は、古日という幼子の死を観想という方法によって整然と描くことで、作者の実体験とみまがう迫真的な表現を可能としたのである。

しかし、ここには今一つ、仏教思想と向き合う憶良の態度があるように思われる。愛してやまない幼子を失った親の悲壮な様子は、仏教思想をとおしてみるならば、子という存在へ愛着する親の姿であるといえる。先ほどの旅人と同様、仏教において妻子は出家の最大の障害となるものであり、捨離すべきものであると説かれる。その中でも、子への愛着は最も強いものである。しかし、憶良はすでに「思子等歌一首并序」（巻五・八〇二—八〇三）の序文において「釈迦如来の、金口に正に説きたまはく『等しく衆生を思ふことは、羅睺羅の如し』と。又説きたまはく『愛びは子に過ぎたるは無し』と」と記している。この釈迦の言葉の引用は、釈迦ですらも子を愛したのだという憶良の詭弁である。むしろ、釈迦は家族を捨て、子の羅睺羅を捨てたことからみれば、それは家族や子が出家を思い留まらせるほどの、強い愛執の対象となることを意味している。わが子という存在は、この世においてもっとも甚だしい愛着の対象である。そうであるがゆえに捨てよ、というのが釈迦の説く本旨である。しかし、憶良は家族や子を捨てることへの理解を示さずに、むしろ、それらを肯定的な愛の対象として記しているのである。

このような愛着の問題については、仏教の教えにしばしばみられるものである。たとえば『雑阿含経』には、次のように説かれている。

時彼天子而説偈言
所愛無過子　財無貴於牛　光明無過日　薩羅無過海
爾時世尊説偈答言
愛無過於己　財無過於穀　光明無過慧　薩羅無過見

〔時に彼の天子而かも偈を説いて言はく、「愛する所は子に過ぐる無く　財は牛より貴きは無く　光明は日に過ぐる無く　薩羅は海に過ぐる無し」と。爾の時世尊、偈を説いて答へて言はく、「愛することは已れに過ぐる無く　財は穀に過ぐる無く　光明は慧に過ぐる無く　薩羅は見に過ぐる無し」と。[注25]〕

天子は、愛するということにおいて、わが子に勝るものはないと述べる。しかし世尊はその天子の発言に対し、愛するということにおいて、自らに勝るものはないのだと反論する。子への愛情は、人間の持つ本能的な愛情であるために、仏教ではもっとも捨離すべき対象となる。先にみたように、憶良の「思子等歌」の序文は、この釈迦の「愛する所は子に過ぐる無く」という発言を利用して記されているが、それは子への愛情を肯定する文脈ではなく、むしろ釈迦は「愛する所は子に過ぐる無く」であるがゆえに、愛する子を捨てよと教えているのである。子を捨てよと教えることは、子への執着がこの世で最も強いものであることを裏付けている。すなわち、親が子を愛することは、人間のありのままの姿であるという当然の事実を突きつけるのである。この対立的構造を理解した憶良は、この古日の死を、親の子に対する愛着という側面から描きだそうとしたのではないかと思われる。そのことを実現するために用意されたのが、古日という幼子の死であったのではないだろうか。

これ以上にないほどの愛情を注いだわが子が、こうして両親の手元を去ってゆくという悲劇は、この世に生きている限り、誰彼の身を襲うことになる。人がそのような不条理を味わうのも、「世間の道」——世間の道理なのである。長歌の後半に子の死に絶叫する親の様子が詠まれているのは、この世に生きることにより生じる愛着の姿の描写であろう。このことによって、親の子に対する愛着の強さがより明確に浮かび上がることになる。これは、憶良の理解した愛別離苦の具現化であり、愛着によって苦しみを得てゆく、凡愚なる人間の姿である。子を愛さなければ、そのような苦しみを得ることも無い。したがって、子への愛着を捨てることが重要である、というのが仏の教えである。しかし、憶良はそのような人間としての悲しみを否定することも、仏教を肯定することもしない。そのようにして子が死んでゆくことは、「世間の道」なのだという。ここに、仏教を理解しながらも、仏に帰依するのではなく、この世の苦しみに向き合い、この世の不条理に「術なし」と嘆きながら生きる、それが微者たる人間なのだと了解する憶良の態度がある。

『万葉集』に多くの死者哀悼の歌が載ることは、仏教的な立場からすれば愛着や執着そのものの感情であるが、それは人間としてのごく自然な心情であることも憶良は理解している。憶良は仏教思想と対峙することにより、世間に愛着を持って生きる人間を見つめる目を獲得したのだといえるであろう。

四　おわりに

本稿では、『万葉集』巻五の巻頭作品である大伴旅人の「凶問に報へたる歌」と、山上憶良の「男子の、名は古日に恋ひたる歌」をとおして、仏教思想と対立する「愛着」という問題について、妻への愛情と子への愛情とについて考察を試みた。

大伴旅人は、妻の死とそれに重なる不幸な出来事によって、「世間」が「虚仮」であり「無常」であることを痛感した。たとえば、仏教を篤く信仰した聖徳太子は、「世間虚仮」なるがゆえに「唯仏是真」であると説いたが、旅人は「世間虚仮」なることを身をもって知っても、「唯仏是真」とは説かなかった。むしろ、「いよよますますかなしかりけり」という嘆きへと向かってゆくのである。旅人は、この世は仮の住まいであり、空虚なるものであろうとも、それを受け入れて生きるしかない人間の性を、「かなしかりけり」と嘆いたのであろう。旅人は妻を失った悲しみを多くの歌に託したが、その行為そのものが妻への強い愛情の表出であった。妻への愛情を表出することは、仏教においては愛着として戒められるべきものである。もちろん、旅人はそのような教えも充分に理解していたであろう。むしろ、そのような仏教思想と対峙することによって、人間として生きることの悲しみをより強く意識したのである。「虚仮」なる「世間」で生きることが悲しみに満ちていることを旅人は知ったのであり、仏教の教理と、人間として生きることとの葛藤によって、「かなしかりけり」という嘆きは表出されたのである。

一方の山上憶良は、生老病死の四苦や八苦、世間苦がその作品の重要なテーマであるが、古日という幼い男児の死の場合も同様であった。古日の生前の愛らしい描写からは、親が「白玉」のように慈しんだ様子がうかがえる。しかし、古日が病に罹り、次第に衰えてゆく描写は、親の視点を取りながらも、それは冷静な観察者としての目によってなされたものであろう。この観察者の目は、仏教における観想の方法に重なるものである。生から死へと向かう人間の様子を見つめる方法は、仏教の九想観（九相観）という観想法によるものである。古代日本においては、天平三年書写と伝えられる聖武天皇宸翰『雑集』に九想観を詠んだ詩がみられる。九想観には生身九想観と死身九想観とがあり、古日の生から死へと向かう描写は、生身九想の病時から初死へ至るまでのものと考えられる。憶良は、この九想観という方法によって、幼子の死を刻々と描き出したのである。また、この歌には子を失った親が悲しみに悶え絶叫する姿が描かれている。それは仏教の立場からすれば、親が子に愛着する姿に他ならない。釈迦は、出家のためには妻子を捨てよと教え、中でも子は愛着の最たるものであると説いた。それは翻せば、親の子に対する愛情がこの世でもっとも強く、断ち切りがたいことを示している。その親の強く深い愛を、この古日という子は、死という形で親から奪っていったのである。まさにこの世の愛別離苦の最も甚だしい事例であり、憶良は幼子の死をとおして、親の愛別離苦なる姿をも描いているのである。

以上のように、大伴旅人は仏教の「世間虚仮」や「世間無常」の思想を、山上憶良は九想観という仏教の観想法を理解し、その理解に基づいて作品の思想的形成がなされたことが認められる。しかし、彼らは仏教の教えが家族や妻子への愛着を戒める教えであることを知りながらも、それを受け入れることはなかった。むしろ、人間としての悲しみや苦しみを受け入れて生きることを選択したのである。仏教思想を受容することで、彼らは人間として生きることへの苦しみや悲しみを発見したが、その苦しみや悲しみもまた人間の情であり、術無きことなのだという。古代日本の文学は、仏教思想の受容と、それと対立する人間の情の発見によって、新たな文学の構築へと向かっていったのである。

注

1 『万葉集』の引用は、中西進『万葉集　全訳注 原文付』（講談社文庫）による。以下同じ。

2 『契沖全集』第三巻（岩波書店、一九七四年）。

3　旅人の妻・大伴郎女の没した時期は、神亀五年の春から夏にかけてという見解で一致しているが、諸説において若干時期が異なる。例を挙げれば、鹿持雅澄『万葉集古義』は春の末頃、澤瀉久孝『万葉集注釈』は三・四月頃、橘千蔭『万葉集略解』、金子元臣『万葉集評釈』は春の末から初夏頃、荷田春満『万葉集童蒙抄』は初夏、佐佐木信綱『評釈万葉集』は四月以前、土屋文明『万葉集私注』（新装版）は四・五月頃、井村哲夫担当『万葉集全注』は四月十日、伊藤博『万葉集釈注』は四月初旬、佐藤美知子「『万葉集』巻五の論――旅人の妻の死をめぐって」（『国語国文』四十四巻五号、一九七五年五月）は四月一日前後と推定している。

4　小島憲之「万葉集と中国文学との交流――その概観――」『上代日本文学と中国文学 中』（塙書房、一九六四年）。

5　井上通泰「凶問」『万葉集雑攷』（明治書院、一九三二年）。

6　小島憲之「万葉集名義考」『上代日本文学と中国文学　中』（塙書房、一九六四年）、「万葉語の『語性』」（日本古典文学全集『万葉集』四・補論、小学館、一九七五年）、「万葉語をめぐって」（『万葉』九八号、一九七八年九月）など。

7　中西進『万葉集　全訳注 原文付』は「田形皇女薨去のそれか」といい、佐藤美知子「万葉集巻五の冒頭部について――旅人・憶良の歌文――」（『大谷女子大国文』五号、一九七五年五月）、阿蘇瑞枝『万葉集全歌講義』は田形皇女（内親王）と大伴宿奈麻呂の相次ぐ死を指すとし、新潮日本古典集成本は大伴宿奈麻呂の死を指すという。

8　注5井上論は、旅人の幼子の死ではないかといい、佐佐木信綱『評釈万葉集』は旅人自身の病であろうかといい、澤瀉久孝『万葉集注釈』は憶良の妻の死ではないかという。また、土屋文明『万葉集私注』（新装版）は、表現の強調であろうと述べている。

9　この「両君」については不明とする意見が多いが、早く『仙覚抄』に大伴稲公かとし、大伴胡麻呂の名も挙げられており、荷田春満『万葉童蒙抄』、土屋文明『万葉集私注』（新装版）、新潮日本古典集成本、井村哲夫担当『万葉集全注』、伊藤博『万葉集釈注』、阿蘇瑞枝『万葉集全歌講義』などが支持している。この稲公・胡麻呂は、巻四・五六七番歌左注に「以前に天平二年庚午の夏六月、帥大伴卿、忽ちに瘡を脚に生て、枕席に疾苦みき。これによりて駅を馳せて上奏し、望請はくは、庶弟稲公、姪胡麿に、遺言を語らむとすといへれば、右兵庫助大伴宿禰稲公、治部少丞大伴宿禰胡麿の両人に勅して、駅を給ひて発遣し、卿の病を省しむ」云々とみえるように、旅人が遺言するために呼び寄せた二名である。この他、金子元臣『万葉集評釈』が、この「両君」のうち一名は、後に旅人と書簡を交わす藤原房前ではないかと述べている。

10　全釈漢文大系『易経　下』（集英社、一九七四年）。

11　小島憲之「万葉集の文章」『国風暗黒時代の文学　中（上）』（塙書房、一九七三年）。

12 中村元『広説佛教語大辞典』（東京書籍、二〇一〇年）。
13 仏典の引用は、『大正新脩大蔵経』（大蔵出版）による。以下同じ。
14 石田茂作『写経より見たる奈良朝佛教の研究』（東洋文庫、一九三〇年）参照。
15 辰巳正明「王梵志の文学と山上憶良」『万葉集と中国文学　第二』（笠間書院、一九九三年）など。
16 「右一首」を九〇六番歌のみを指すとする説に、森本治吉担当『万葉集総釈』、鴻巣盛広『万葉集全釈』、新潮日本古典集成本、伊藤博『万葉集釈注』などがあり、長歌一首・反歌二首の三首すべてを指すとする説に、佐佐木信綱『評釈万葉集』、土屋文明『万葉集私注』（新装版）、澤瀉久孝『万葉集注釈』、日本古典文学全集本、井村哲夫担当『万葉集全注』、新編日本古典文学全集本、新日本古典文学大系本、阿蘇瑞枝『万葉集全歌講義』などがある。
17 中西進「古日の歌」『中西進　万葉論集』第八巻（講談社、一九九六年。）初出は「憶良における私的リアリズムの脱却——恋男子名古日歌——」『文学』四十巻三号（一九七二年三月）。
18 当該作品を憶良の実体験に基づく詠出とみる説に、土屋文明『万葉集私注』（新装版）、川口常孝「『古日』の論」『万葉歌人の美学と構造』（一九七三年、桜楓社）などがあり、知人の子供の死によせた代作であろうとする説に、吉永登「古日ははたして憶良の子か」『万葉——文学と歴史のあいだ』（創元社、一九六七年）、伊藤博『万葉集釈注』、阿蘇瑞枝『万葉集全歌講義』などがある。
19 辰巳正明「敦煌からの風」（『上代文学』一一三号、二〇一四年十一月）。
20 注12に同じ。
21 日本古典文学大系『三教指帰　性霊集』（岩波書店、一九六五年）。なお、各項目の括弧内の説明は、同書の頭注による。
22 辰巳正明「憶良と敦煌百歳篇」及び「憶良と敦煌九想観詩」『万葉集の歴史　日本人が歌によって築いた原初のヒストリー』（笠間書院、二〇一一年）。引用箇所は「憶良と敦煌百歳篇」より。
23 辰巳正明「阿育王伝説と聖武天皇」『悲劇の宰相長屋王　古代の文学サロンと政治』（講談社選書メチエ、一九九四年）。
24 中田勇次郎編『書道芸術』巻十一（中央公論社、一九八一年）。
25 訓読文は、『国訳一切経』印度撰述部・阿含部・三（大東出版）による。

無常観の浸潤と万葉集の変容

菊地　義裕

序

聖徳太子の死後、妃の橘大女郎は浄土である「天寿国」[注1]での太子の往生のさまを見たいと念じ「天寿国繡帳」二張を製作する。「繡帳」によると、太子が亡くなったのは推古天皇三十年（六二二）二月二十二日（『日本書紀』推古二十九年二月五日）という。「繡帳」に記される銘文は『上宮聖徳法王帝説』にも収録され、『帝説』記載の銘文には、太子の言葉として「世間虚仮、唯仏是真」の文言が記される。これはこの世の一切は真実ではない仮のものであり、仏だけが真実の意である。『涅槃経』などに見られる仏教思想であり、生あるものは生滅変転し止まることがないという無常思想とも連動する。

こうした仏教思想にかかわる歌は万葉集にも見られる。巻三に沙弥満誓の歌として次のような歌が伝わる。

世間《よのなか》を何に譬へむ　朝開き漕ぎ去にし船の跡なきごとし　（三五一）

「世間」は港を漕ぎ出した「船の跡」がないようなものだといい、世の無常が船の航跡がたちまち消えて跡形もなくなることに譬えてうたわれる。一首は満誓が大宰府管内の観世音寺の別当として赴任していた天平元年（七二九）前後の作である。

万葉の時代は舒明朝以降一三〇年にわたる。その始発は聖徳太子の時代に接し、やがて満誓のような歌を生む奈良朝へと至る。万葉集には総じて仏教の影響が稀薄といわれるが、[注2]この間、仏教信仰の広がりを背景に、世間虚仮、世間無常の思想が社会に浸透する。その点で万葉集は無常観の浸潤を内に抱えた歌集でもある。本稿では、万葉集が伝える無常観の様相を整理し、無常観の浸潤を通して万葉歌がどのような方向をたどるのか、民俗学的視点から検討したい。なお、引用歌中の「よのなか」は「世間」と表記する。

一　無常の認識

万葉集において「無常」の表記は、題詞に三例、歌詞に一例見られる。題詞の三例は、作者不明の「猒世間無常歌」（16・三八四九、三八五〇）、大伴家持の「悲世間無常歌」（19・四一六〇〜四一六二、天平勝宝二年〈七五〇〉）、同じく家持の「臥病悲無常欲脩道作歌」（20・四四六八、四四六九、天平勝宝八年〈七五六〉）の各例である。また歌詞の例は、巻三所収の天平「十一年己卯夏六月」の年紀をもつ、全体十三首から成る家持の亡妾挽歌群の一首に見られるものである。

うつせみの世は常なしと（代者無常跡）知るものを　秋風寒み偲びつるかも　（四六五）

「朔移りて後に、秋風を悲嘆して家持が作る歌」と題される一首で、「無常」の文字が「常なし」の表記に用いられる。

用例は巻十六の例を除くと、いずれも家持の作歌に見られ、家持の時代には無常の観念が確実に浸透していたことが知られる。家持の無常に対する認識は、無常を主題とした「世間の無常を悲しぶる歌」（以下「悲世間無常歌」）から窺われる。

天地の　遠き初めよ　世間は　常なきものと　語り継ぎ　流らへ来れ（Ａ）天の原　振り放け見れば　照る月も　満ち欠けしけり（Ｂ）あしひきの　山の木末も　春されば　花咲きにほひ　秋付けば　露霜負ひて　風交じり　黄葉散りけり（Ｃ）うつせみも　かくのみならし　紅の　色もうつろひ　ぬばたまの　黒髪変はり　朝の笑み　夕変はらひ　吹く風の　見えぬがごとく　行く水の　止まらぬごとく　常もなく　うつろふ見れば　にはたづみ　流るる涙　留めかねつも（19・四一六〇）

言問はぬ木すら春咲き　秋付けば黄葉散らくは常をなみこそ　一に云ふ「常なけむとそ」（四一六一）

うつせみの常なき見れば　世間に心付けずて思ふ日そ多き　一に云ふ「嘆く日そ多き」（四一六二）

長歌の冒頭、「世間は常なきもの」と古来語り継がれてきたことがうたわれ、その傍証として（Ａ）では月の満ち欠けが、（Ｂ）では春秋の木々の移ろいが示される。そして、これらを受けて（Ｃ）では「うつせみもかくのみならし」と、この世の人も日々変化し、たちまち老いへと進み行くことがうたわれる。反歌でも、第一反歌では、（Ｂ）を受けて、木々に春に花が咲き、秋になると紅葉して散ってしまうことが「常をなみこそ」とうたわれ、第二反歌では、（Ｃ）を受けて「うつせみの常なき見れば」と、人のありようを「常なき」さまとして示し、物思う日の多いことがうたわれる。くり返しうたわれるのは「常なき」さまである。題詞の「世間無常」の観念を歌の表現に求めれば、「常もなくうつろふ」の表現が端的にその内容を示したものということになる。

世を「常なし」とする表現は次の歌にも見られる。

1．世間を常なきものと今そ知る　奈良の都のうつろふ見れば（6・一〇四五）

2．大君の　任けのまにまに　しなざかる　越を治めに　出でて来し　ますら我すら　世間の　常しなけれ

ば　うちなびき　床に臥い伏し　痛けくの　日に異に増せば……

（17・三九六九）

3. ……玉桙の　道来る人の　伝言に　我に語らく　はしきよし　君はこのころ　うらさびて　嘆かひいます　世間の　憂けく辛けく　咲く花も　時にうつろふ　うつせみも　常なくありけり　たらちねの　み母の命　なにしかも　時しはあらむを　まそ鏡　見れども飽かず　玉の緒の　惜しき盛りに　立つ霧の　失せぬるごとく　置く露の　消ぬるがごとく　玉藻なす　なびき臥い伏し　行く水の　留めかねつと……

（19・四二一四）

4. 世間の常なきことは知るらむを　心尽くすなますらをにして

（四二一六）

1は、作者不明の「奈良の京の荒墟を傷み惜しみて作る歌三首」中の一首である。天平十六年（七四四）頃の作で、都が恭仁京へと移るなか奈良の都が荒廃するさまを嘆いたものである。都の移ろいに世の中を「常なきもの」と今あらためて知ったことをうたう。また2は、天平十九年（七四七）の春、当時越中守であった家持が重病に陥った際、部下の大伴池主と取り交わした歌群中の一首で、「更に贈る歌」と題された三月三日の歌である。立派な男子たる自分が病床に伏したことが「ますら我すら世間の常しなければ」と、世の無常ゆえのこととして示されている。次の3・4も家持の作で、天平勝宝二年（七五〇）五月二十七日の日付をもつ挽歌である。越中守在任中の作で、娘婿だった藤原南家の継縄（一説に久須麻呂）が母を失ったことを知り、継縄を弔って詠まれたものである。3は長歌の一節、4はその第二反歌である。3では、「道来る人」の伝言として継縄が母を亡くして心寂しく嘆いていることが述べられ、さらに世の中は苦しく辛く、咲く花もやがては散ってしまう、この世もまた「常なく」あることを示して、その母の死がうたわれる。4の反歌でも、世の中の「常なきこと」は知っているだろう、心を痛めなさるなと、人の死が避けがたい道理であることを示して継縄の心を慰める。

これらの歌では遷都による世情の変化や人の死、自身の病にかかわって、世の常なきことがうたわれる。ただしこれらは、「無常をもって実相に接する」[注3]内容である。「常なきものと今ぞ知る」、「常しなければ」、「常なくありけり」、「常なきことは」、いずれも、いわば固定した知識として世の無常が示される。家持の「悲世間無常歌」にしても、無常を主題にするからとはいえ、「常なきものと語り継ぎ流らへ来れ」と、まず無常の観念が提示され、そのうえでA・B・Cの実相に及ぶ。通念化した無常観のあり方である。

一方、仏教思想に基づく無常の歌は巻十六に「世間の無常を厭ふ歌」として伝わる。

生死の二つの海を厭はしみ　潮干の山を偲ひつるかも　（三八四九）

世間の繁き仮廬に住み住みて　至らむ国のたづき知らずも　（三八五〇）

左注には「河原寺の仏堂の裏に倭琴の面に在り」とあり、飛鳥の川原寺の仏堂に収められていた倭琴の面に書いてあったものだという。一首目では、迷いや苦難の多い人生を生と死の二つの海に譬え、その厭わしさから逃れるべき浄土を「潮干の山」に譬えて彼岸への思いが詠まれる。また二首目には、「世間」が煩わしいことの多い「仮廬」とうたわれ、そこに住み続けて、これから至り着くであろう浄土の様子がわからないことが詠まれる。これらによれば、此岸は厭わしい仮の住まい、彼岸に対して「現世」ということになる。言うまでもなく世間虚仮、厭離穢土の仏教思想を示したものである。

「世間の無常を厭ふ」（題詞）というのは、人間が生死の狭間に安住もなく「常もなくうつろふ」存在だからだが、人生の常なきことを示した歌に、神亀五年（七二八）に作られた山上憶良の「世間の住み難きことを哀しぶる歌」（以下、「哀世間難住歌」）がある。

……ますらをの　壮士さびすと　剣大刀　腰に取り佩き　さつ弓を　手握り持ちて　赤駒に　倭文《しつ》鞍うち置き　這ひ乗りて　遊びあるきし　世間や　常にありける……　（5・八〇四）

老いの嘆きを主題とした歌で、引用部は長歌の一節である。「世間や常にありける」と反語的疑問表現を用いて、剣を腰に帯び弓を手に取って、馬に乗り、狩りに興じた若き日がいつまでもあるわけではないことがうたわれる。一首の序文には、

集まること易く排ふこと難きは、八大の辛苦、遂ぐること難く尽くること易きは、百年の賞楽なり。古人の嘆くところ、今もまたこれに及ぶ。所以に因りて一章の歌を作りて、二毛の嘆きを撥ふ。

とあり、払い難きものは「八大辛苦」、遂げ難く尽きやすいものは「百年の賞楽」という。「八大辛苦」は仏教にいう生苦・老苦・病苦・死苦・愛別離苦・怨憎会苦・求不得苦・五陰盛苦の八つの人間苦（大般涅槃経・聖行品）である。「百年の賞楽」は人生百年の楽しみである。賞楽極めがたく、生まれ出ることから死に至るまで苦に満ちたもの、それが人生であれば、その終局に位置する老いは老苦として嘆きそのものであり、厭うべきものとして「二毛の嘆きを撥ふ」ということになる。

ここでは人間苦が、仏教思想のもと生老病死の苦しみのほか、愛する者と別れなければならない、怨み憎む者と会わなければならない、求める物が得られない、さまざまな思いを煩悩として抱かざるを得ないといった、人生の折々に遭遇する苦しみとして提示される。人生はその変化のなかにある。老いに向かって「常もなくうつろふ」現世に、人間苦の「八大辛苦」が観念として抱かれれば、現世はおのずと厭うべきものとなる。家持が「悲世間無常歌」と題し、無常を悲しみの対象としたのもこうした人生への認識に立ってのことであろう。「世間無常」は「厭」であり、また「悲」であり、その対象としてうたわれるほどに世の道理でもあった。

万葉集には無常の道理を前提とした歌が散見する。冒頭に示した家持の亡妾挽歌の一首（四六五）もその一つである。この歌では「うつせみの世は常なしと知るものを」と、この世が無常であることを知ってはいても「秋風寒み偲びつるかも」、秋風の冷たさに亡くなった妻のことが思い出され偲んでしまうことがうたわれる。一首に示されるのは道理では割り切れない、情の悲しみである。近親を亡くした場合、その悲しみは痛切である。無

常の理が人を救わないがゆえに、理と情の狭間に悲しみが抱かれることになる。しかし意に反しても理が理である限り、それは悲しみ以外の何ものでもない。「悲世間無常歌」の「悲」には、道理と理解しつつもそれに救われない家持ら奈良朝知識人の心のありようも示されていよう。万葉集において無常観は思想であって文学ではないということでもある。

二　無常観の浸潤

仏教思想を背景に、奈良朝において世の無常が人生の道理として認識されていたことを見た。巻十六の歌が示すように、仏教思想に従えば、苦難に満ちた人生でも浄土への往生によって救われることになる。では、「来世」は人びとの心のよりどころとなり得たのであろうか。

万葉集には「来世」を意味して「来む世」の語が二例見られる。

　この世にし楽しくあらば　来む世には虫に鳥にも我はなりなむ　（3・三四八）

この世には人言繁し　来む世にも逢はむ我が背子今ならずとも　（4・五四一）

一首目は大伴旅人の「酒を讃むる歌十三首」中の一首である。この世が楽しくあれば、来世では虫にも鳥にもなろうという。歌群には続けて次の一首が記される。

　生ける人つひにも死ぬるものにあれば　今在る間は楽しくをあらな　（3・三四九）

この歌では「今在る間」の享楽への思いがうたわれる。[注4]これによれば、旅人においては来世は頼むべきものではなかったように見受けられる。また、二首目は「高田女王、今城王に贈る歌六首」中の一首である。人の噂のために逢いがたいことを嘆き、来世での逢会を呼びかけた内容である。歌群では二首目・三首目（五三八・五三九）

にも「人言」が恋の障害としてうたわれる。「人言」のために現世が思い通りにならない、そのために来世を頼みとするということではあるが、来世での逢会を真に希求しているわけでも、信じているわけでもあるまい。恋の嘆きへの自らの慰めとして来世がうたわれているに過ぎない。「来む世」の語の存在は六道輪廻の思想が知られていたことを示してはいるが、僧侶や旅人・憶良など知識人は別として、一般には信仰の思想とはなっていなかったのであろう。中西進が指摘するように、万葉集には「唯仏是真」をうたった歌も見られない。[注5]

万葉びとの現世は来世に救いを求めがたい、いわば「閉ざされた現世」である。実際、生を象徴する「命」の語に注目すると、万葉集では「命」に枕詞の「たまきはる」を冠した「たまきはる命」の例が最も多く十二例を数える。そしてその内の二例は「たまきはる短き命」（6・九七五、15・三七四四）と表現される。命の短さを意識した表現である。巻二十の家持の「防人が悲別の情を陳ぶる歌」には、故郷を後にした防人の不安な心情が「うつせみの世の人なれば　たまきはる命も知らず」（20・四四〇八）とうたわれる。「うつせみの世の人」だから命のほどはわからないというのである。「たまきはる短き命」と見合わせると、こうした表現に当時の人びとの「命」に対する認識を窺うことができよう。

「命」の表現にはほかにも、「留め得ぬ命」（3・四六一、大伴坂上郎女）、「いくばくも生けらじ命」（12・二九〇五）、「何時までに生かむ命」（12・二九一三）、「朝霜の消やすき命」（7・一三七五）、「朝露の消やすき命」（9・一八〇四、田辺福麻呂歌集）、「朝露の命」（12・三〇四〇）、「露の命」（17・三九三三、平群氏女郎）、「夕だに知らざる命」（11・二四〇六）、「水沫なすもろき命」（5・九〇二、憶良）、「数にもあらぬ命」（4・六七二、安倍虫麻呂）、「水の上に数書くごとき我が命」（11・二四三三）、「月草の仮なる命」（11・二七五六）、「家にてもたゆたふ命」（17・三八九六、大伴旅人の傔従）といった、命をはかなく不安定なものとする、無常観を反映した表現が散見する。[注6]

これらはいずれも奈良朝の歌である。奈良朝において命は短きもの、はかないもの、不安定なもの、それが基本的な認識であったと考えられる。「常もなくうつろふ」ことを内容とする無常観の浸透を背景に、自己が見つめられ、自己の存在が認識されたところに、多様でありつつも根を一つにした「命」の表現が成されたのであろう。それゆえに、

たまきはる命は知らず　松が枝を結ぶ心は長くとそ思ふ　（6・一〇四三、家持）

といった、長寿を念じての呪的行為も意味を成したのだと考えられる。

奈良朝におけるこうした無常観の浸透は類型表現をも形成した。先の「常なし」の表現もその一つだが、家持の「悲世間無常歌」には移ろう自然とこの世が同じであることを示して、「うつせみもかくのみならし」とうたわれる。この句は家持の一例のみだが、「世間」を「かくのみ」と表現した例は万葉後期に散見する。

それらを整理すると、「世間はかくのみならし」三例（3・四七八・家持＊、5・八〇四異伝・憶良、八八六・憶良＊）、「世間は常かくのみと」（11・二三八三、15・三六九〇・遣新羅使＊）二例、「世間し常かくのみと」（3・四七二・家持＊）、「世間は常かくのみか」（7・一三二一）各一例となる。括弧内に＊を付した歌は挽歌である。各例を内容によって見ると、女性の容貌の衰えについて「世間はかくのみならし」とうたった、憶良の八〇四番歌「哀世間難住歌」以外は、相聞と挽歌に分かれ、相聞二例、挽歌四例となる。憶良や挽歌の例は人生における老いや死を無常の理の必然としてうたうものである。用例の数から見ても、これらの表現は挽歌の類型表現として奈良朝に生まれたものであろう。

一方、相聞の二例は次のようにうたわれる。

世間は常かくのみか　結びてし白玉の緒の絶ゆらく思へば　（7・一三二一）

世間は常かくのみと思へども　かたて忘れずなほ恋ひにけり　（11・二三八三）

巻七の例は譬喩歌で、「白玉の緒」に結ばれた男女の仲が譬えられ、その絆が絶えたことについて「世間は常かくのみか」とうたわれる。また巻十一の例では、男女の別れにかかわって「世間は常かくのみと」思うけれども、恋情を断ち切りがたいことがうたわれる。ともに男女の離別を無常の観念でとらえたものである。しかし、事柄はそれで説明しなければならないものではない。こうした相聞への拡大の例も含めて、類型表現の存在は無常観の社会への浸潤をよく示している。

相聞表現への拡大という点では、巻八（春相聞）の次の歌も注意される。

やどにある桜の花は今もかも松風早み地に散るらむ　（一四五八、厚見王）

世間も常にしあらねば　やどにある桜の花の散れるころかも　（一四五九、久米女郎）

二首は厚見王と久米女郎との贈答歌である。厚見王があなたの家の桜の花は松風に散ってしまったのかと尋ねたのに対して、女郎は「世間も常にしあらねば」と、わざわざ世の無常を持ち出して桜の花が散ったことをうたう。寓意のありそうな歌だが、一首は「桜と無常感とを結びつけた集中唯一の歌」（佐佐木信綱『萬葉集評釈』）である。道理を前提とする点は他の歌と変わらないが、無常のうちに自然をとらえるあり方は月の満ち欠けと春秋の木々の移ろいを無常の相でとらえる家持の「悲世間無常歌」と同じである。しかも家持の場合は、自然と無常との関係が相即的でもある。これらは自然を無常思想のうちにとらえたものであり、新たな自然観の形成として注意される。

三　復活・再生から無常へ

奈良朝における無常観の様相をこのように整理すると、奈良朝以前、万葉前期の作品においてこうした思想はどのようにとらえられるのか、問題となる。

「世間」の語を万葉前期に探ると、用例は柿本人麻呂の妻を亡くしたときの挽歌である「泣血哀慟歌」に見られる。

うつせみと　思ひし時に　取り持ちて　我が二人見し　走り出の　堤に立てる　槻の木の　こちごちの枝の
春の葉の　繁きがごとく　思へりし　妹にはあれど　頼めりし　児らにはあれど　世間を　背きしえねば
かぎろひの　もゆる荒野に　白たへの　天領巾《あまひれ》隠り　鳥じもの　朝立ちいまして　入り日なす　隠りにしか
ば……　（2・二一〇、一云省略）

これは二組の長反歌から成る歌群の第二長歌である。妻が他界したことが「世間を背きしえねば」とうたわれる（二一三「或本歌」も同様）。世の道理に背くことができないとは、死を人間の定めとして受容した表現である。

人麻呂歌集非略体歌には「世の人」への認識を示した次のような歌も見られる。

児らが手を巻向山は常にあれど　過ぎにし人に行き巻かめやも　（7・一二六八）
巻向の山辺とよみて行く水の水沫のごとし　世の人我は　（一二六九）

二首目において自身を含めた「世の人」を、巻向の山辺を音を立てて流れる水の「水沫」のようにはかない存在だとうたう。その感慨を喚起したのは一首目の「過ぎにし人」の死であろう。その人は「児らが手を巻向山は」の表現からかつて手枕を交わした親しい女性であったと見られる。近親者の死を通して人の常なきことを認識した歌である。

一首について金井清一は、「仏教的無常観を持たなければ歌えない歌ではない」とし、
万物は消滅転変して、恒久不変ではないというのが仏教的無常観であろう。しかし人麻呂の歎きは、かかる

有為転変の観想を基盤にしていない。新しい時間認識の結果の呪術信仰的再生観念の喪失による生の一回的、有限性の歎きである。

という。「新しい時間認識」とは大陸からの暦法の渡来による、「季節の循環が端的に示す」円環的な時間認識からの直線的なそれへの変化である。「過ぎて行ったものは還らない。同一の「時」は再びはやって来ない」という認識として説明される。[注7]

この歌が「生の一回的、有限性」の認識に基づくことは疑いないが、それが仏教的無常観と明確に一線を画すものであろうか。佐竹昭広は巻十一の人麻呂歌集略体歌、

宇治川の水沫さかまき行く水の　事反らずそ思ひそめてし　（11・二四三〇）

に触れて、上の句が「事反らず」を導く序詞として「無常の譬え」になっていることに注意して次の仏典を指摘する。[注8]

河の駛流して、往きて返らざる如く、人命も是の如く、逝く者は還らず。

（法句経巻上、無常品第一・出曜経第一・中本起経巻下）

川の早い流れが「往きて返らざる如く」、人の命も同様、「逝く者は還らず」とは、不可逆的な時間意識、「生の一回的、有限性」に基づく認識である。川の流れに無常を見るこうした仏典を踏まえると、先の一首に仏教的無常観の影響がないとは言い切れないであろう。万物のありようにかかわって「水沫のごとし」の譬えが広く仏典に見られることは、末木文美士・佐竹昭広が指摘するところでもある。[注9]無常観を反映した奈良朝の前掲の関係歌にも、憶良には「水沫なすもろき命」（5・九〇二）の表現があり、家持には「行く水の止まらぬごとく」（19・四一六〇）、「行く水の留めかねつと」（19・四二一四）、「水泡なす仮れる身」（20・四四七〇）の表現が見られる。これらの点を踏まえると、巻七の人麻呂歌集歌は仏教的無常観の影響のもと「生の有限性」を認識した歌

と見てよいであろう。[注10]

こうした「生の有限性」の認識は古代日本人の生死観と深くかかわる問題である。古代の葬制に目を向けると、画期をなしたのは『日本書紀』大化二年（六四六）三月二十二日条に記される「大化の薄葬令」である。これにより埋葬・造墓は身分に応じて細部が規定され、殉死・断髪といった葬儀に付随していた旧来の風習も禁止される。また同条には、

凡そ王より以下、庶民に至るまでに、殯営《もがりやつく》ること得ざれ。

とあり、王以下庶民に至るまでの殯が禁止される。殯（モガリ・アラキ）は遺骸を喪屋に仮安置しておくことである。死は霊魂の衰弱や遊離によって引き起こされるとされ、殯の期間に諸儀礼を通して活力の付与が図られ、死者の復活が願われるのが本来的なあり方であった。この点はアメワカヒコの葬儀を伝える記紀の神話叙述から窺える。『日本書紀』巻一には遺体を「喪屋」に安置して「殯」を営み、「八日八夜、啼《おら》び哭き悲《かなし》び歌《しの》」んだことが記され、『古事記』には「喪屋」を設けて「日八日夜八夜」アソビを行ったことが伝えられる。このアソビは死者の復活を願って営まれた呪的行為である。こうした殯の存在から古代の生死観は復活・再生の原理を基本としていたと考えられる。『日本霊異記』には殯の期間に死者が蘇生する話が十五話あり、殯の禁止が命じられたからといって習俗の伝統が一変したとは考えられないが、詔が発布された事実は、このときにはすでに死が自覚的にとらえられ、殯が形骸化しつつあったことを示している。

古代において蘇生・復活の観念を内包する語はヲツである。ヲツは元に戻ること、元気になることを意味する。万葉集に次のような歌が伝わる。

我妹子は常世の国に住みけらし　昔見しよりをちましにけり　（4・六五〇）

題詞に「大伴宿禰三依、離れてまた逢ふことを歓ぶる歌」と記される一首である。一首は、三依が再会した

「我妹子」に「常世の国」に住んでいたにちがいないと、昔見た以上に若返ったことを述べて「我妹子」を賛美したものである。この場合、「我妹子」の若返りは「常世の国」に住んだ結果としてうたわれている。観念上のこととはいえ、不老不死の国である常世の霊威を身に帯びることによって若返ることができると理解されていたことがわかる。万葉集にはほかにもヲツにかかわって次の歌が伝わる。

朝露の消易き我が身老いぬとも　またをち反り君をし待たむ　（11・二六八九）

露霜の消易き我が身老いぬとも　またをち反り君をし待たむ　（12・三〇四三）

二首が類歌として伝わる事実は、ヲチカヘリの観念が社会的な通念として存在していたことを物語っている。
また、ヲツにかかわっては、万葉集に月が持つヲチ水の伝承が伝わる。

天橋も　長くもがも　高山も　高くもがも　月読の　持てるをち水　い取り来て　君に奉りて　をち得てしかも　（13・三二四五）

「月読」は月の神をさし、月の満ち欠け（月齢）をもとに日数を数えたことに基因しての暦の神としての名乗りである。また「をち水」は若返りのための聖水であり、一首は月の神が持つヲチ水を手に入れたいことをうたい、「君」の若返りを念じたものである。

月にヲチ水があるという伝承は、月が復活・再生の観念でとらえられていたことを示している。月が絶えず満ち欠けを繰り返すところに、月は永遠なる存在と意識され、復活・再生の象徴ともみられたことがわかる。こうした月のもつ再生観は、日本に限らず中国の伝説にも見られる。後漢の張衡『霊憲』には、羿なる人物が不死の薬を西王母に求めたとき、妻の姮娥がその薬を盗んで月に奔り「蟾蜍」になったと伝える。「蟾蜍」はヒキガエルのことであり、中国・朝鮮半島の壁画古墳には「蟾蜍」が月に棲む動物として広く描かれる。[注11] 月にかかわる動物が世界的に再生の観念と深くかかわることは石田英一郎の詳説するところであり、[注12] 卵からオタマジャクシへ、さらにはカエルへと、いかにも再生するかのごとく姿を変えて成長するところに、カエルもまた月ゆかりの動物として認識されたのであろう。

復活をくり返す月は、それゆえに春耕秋収の循環を原理とする農耕の神ともなる。『日本書紀』巻一には第五段一書（第十一）の伝えとして、食物神である保食神を月夜見神が切り伏せた際に、粟・稗・稲・麦・大豆・小豆のほか牛馬・蚕が生じたという食物化生神話が伝わる。これも月がもつ再生力を元とした伝承である。

植物が復活・再生の観念でとらえられていたことは、次の一首からも窺える。

石つなのまたをち返り　あをによし奈良の都をまたも見むかも　（6・一〇四六）

先にも挙げた「奈良の京の荒墟を傷み惜しみて作る歌」と題された三首中の一首である。また若返って奈良の都を再び見ることができるであろうかの意で、荒廃に帰した「奈良の都」を愛惜した内容の歌である。初句の「石つなの」（「石綱乃」）は、次句の「またをち返り」にかかる枕詞で、イハツナノのほかにイハツタノとよむ説もある。「綱」の用字は当時つる草のツタがツナとして用いられていたことに基づくものと見られる。次句へのかかり方については諸説見られるが、冬に枯死したツタが、冬籠りの期間を経て春に再び芽吹き、復活、蘇生するという、その生態からかかると見るのが穏当であろう。「石つなのまたをち返り」の二句は植物の蘇生と我が身の若返りとを一体のものと見た表現であり、ヲチカヘリの語は蘇生・復活の論理をも内包していることになる。

常世の霊威など外在する霊魂の獲得、籠りを通しての霊魂の増殖、それによって身体が活性化するという再生観が日本人の生死観には伝えられているのである。月にしても、ツゴモリ（月籠り）の語が伝えられるように、籠りを経て新たな姿を現すところに再生力が意識されたものと考えられる。

しかし、月の満ち欠けについては、一方で次のような歌も伝わる。

世間は空しきものとあらむとそ　この照る月は満ち欠けしける（3・四四二）

こもりくの泊瀬の山に照る月は満ち欠けしけり　人の常なき（7・一二七〇）

一首目は作者不明の「膳部王を悲傷する歌」と題された一首である。膳部王は長屋王の長男で、聖武天皇の神亀六年（七二九）二月、謀反の罪に問われて自尽した父の後を追って亡くなった人物である（『続日本紀』）。一首は世の空しさを象徴するように照る月が満ち欠けをくり返すことを詠んで、膳部王の死に接して抱かざるを得なかった、世の無常を嘆いたものである。二首目は「物に寄せて思ひを発す」と題された作者未詳の歌である。「人の常なき」とあり、人生の無常が泊瀬の山にかかる月を通して表現される。これは、家持が世の「常なきもの」として月を挙げ、「照る月も満ち欠けしけり」とうたったのと同じである。

一首目の「世間は空しきもの」の表現は大伴旅人の歌にも見られる。

世間は空しきものと知る時し　いよよますます悲しかりけり（5・七九三）

神亀五年（七二八）六月、大宰府での作で、不幸な出来事が重なり、凶事の知らせが届くなか「永く崩心の悲しびを懐き、独り断腸の涙を流す」（序文）という悲痛な思いで作られたと伝わる。不幸な出来事の一つは同行した妻を失ったことであろう。それに加えて凶事の知らせに「世間は空しきもの」と知ったというのである。「空し」については、『般若心経』の「色即是空」の「空」同様、実体のないことを内容とするという見解と、世間無常、世間虚仮を内容とするという見解とに分かれるが、月の満ち欠けは「空し」とも「常なし」とも表現される。「常なし」は「無常住」を内容とするからここも後者の意で解すべきであろう。注13

万葉集で月の満ち欠けを直接に表現した歌は以上の三首であり、例外なく無常の認識のもとにうたわれている。月の満ち欠けという同じ事象を対象としつつも、時代が推移するなか月が形を変えつつくり返し変化するように関心がもたれ、復活・再生から無常へとその認識が変化したことがわかる。注14

再生が循環回帰的な時間認識であるのに対して、無常は無回帰的・現在的な時間認識である。それは、金井が指摘する「過ぎて行ったものは還らない。同一の「時」は再びはやって来ない」という不可逆的、直線的な時間認識への変化ということができる。前掲の人麻呂の歌および人麻呂歌集歌は近親の死に人の常なきことをうたう。万葉集の無常にかかわる歌でその最初に位置づけられるのがこれらの歌である。殯の形骸化に並行して死への自覚が深まるなか、不条理な死をどのように受け止めるか、その理解にかかわって受容されたのが仏教の無常思想であろう。それを万葉集の世界に持ち込んだのが人麻呂である。

佐竹昭広は、「古代日本語においては、自然界の推移も人の死も、共に「過ぐ」という一語で把握していた」といい、「この「過ぐ」の両義性が、必然的に日本人の自然観を仏教的な無常観と二重写しにして行く」と指摘する。[注15]「過ぐ」は直線的な時間認識を示す語である。万葉集で人の死を「過ぐ」の語で示した例は人麻呂に始まり、作歌に四例（1・四七、2・一九五異伝、二〇七、二一七）、歌集歌に一例（9・一七九六）見られる。そのうち三例には、「もみち葉の過ぎにし君の形見とそ来し」（四七）、「沖つ藻のなびきし妹は　もみち葉の過ぎて去にきと」（二〇七）、「もみち葉の過ぎにし児らと」（一七九六）と、枕詞の「もみち葉の」が冠される。モミヂの凋落と人の死を重ねてとらえることがやはり人麻呂から始まる。

先に示した「石つなのまたをちかへり」（6・一〇四六）の一首が示すように、自然も人間も本来は復活・再生の原理に生きた存在であった。それは人間が自然のなかの一存在として自然と一体の存在だったからにほかならない。人間の存在は自然の論理に即して、自然の側から理解され、把握されたのである。しかし、人間の「生の有限性」が自覚的にとらえられると、植物についても限りある命が見つめられ、生の終焉にあたる凋落が自覚的にとらえられることになる。それは「悲世間無常歌」の「あしひきの山の木末も　春されば花咲きにほひ　秋付けば露霜負ひて　風交じり黄葉散りけり」という、植物の生を春から秋への常なき移ろいのもとにとらえる認識と同じである。月の満ち欠けについても、同様に移ろいの相が注目されることになる。命の有限性への認識を背景に、永遠である自然も人の論理のもとにとらえられることになるのだといえよう。

四　無常観の定着

万葉集において無常観の浸潤は、万葉史においては人麻呂から家持への展開ということになる。あらためて、先に提示した人麻呂の泣血哀慟歌に注目すると、引用箇所に続けて、残された夫のようすが次のようにうたわれる。

……我妹子が　形見に置ける　みどり子の　乞ひ泣くごとに　取り与ふる　物しなければ　男じもの　わきばさみ持ち　我妹子と　二人我が寝し　枕づく　つま屋の内に　昼はも　うらさび暮らし　夜はも　息づき明かし　嘆けども　せむすべ知らに　恋ふれども　逢ふよしをなみ　大鳥の　羽易の山に　我が恋ふる　妹はいますと　人の言へば　岩根さくみて　なづみ来し　良けくもそなき　うつせみと　思ひし妹が　玉かぎる　ほのかにだにも　見えなく思へば

（2・二一〇、一云省略）

うたわれるのは、残された子を抱えて「つま屋の内」に寂しく嘆くこと、また嘆いてもどうしようもなく、焦がれても逢うすべがないために、「大鳥の羽易の山」に妻の姿を求めてさまようさまである。死の運命を受容し、ひたすら追慕するのが人麻呂の姿勢である。悲しみはその追慕のうちに示される。ここに道理との対立は見られない。家持が同じ亡妾挽歌（3・四六五、四七二）で、無常を世の道理と認知しつつも、それではうべなわれないものとして故人への情を示し、理と情の狭間に悲しみを表明するのとは異なるあり方である。家持は無常を世の論理とし、その論理によって人をとらえ位置づけようとする。一方人麻呂は、避けがたい死を人の論理とし、その論理によって人をとらえ位置づけようとする。これは無常観の浸潤度の違いであり、家持の場合は「世の常なきこと」に、人麻呂の場合は「人の常なきこと」に比重が置かれる。双方は「世間」の認識において必ずしも同じではない。人麻呂の時代には「世間」について「常なし」とうたうまでには至っていない。それゆえ、人の死を道理として受け止め、それを受け入れるために抗わず、残された者の現実をうたい、故人の面影を求めて追慕に執するのである。

実際、亡くなった妻は、人麻呂の歌では「大鳥の羽易の山に我が恋ふる妹はいますと」と、この世のうちにとらえられる。また泣血哀慟歌の第一歌群の反歌には、

秋山の黄葉を繁み　惑ひぬる妹を求めむ山路知らずも　一に云ふ「道知らずして」　（2・二〇八）

とあり、山中他界観を背景に妻が山に迷い込んだものとしてうたわれる。妻はこの世にいるものとしてうたわれるのである。もちろん山中他界観は死者が山に葬られたことと無関係ではない。先の第二歌群の長歌に付された第二反歌には、

衾道を引手の山に妹を置きて　山路を行けば生けりともなし　（2・二一二）

とうたわれ、「引手の山」に妻を葬ったことがうたわれてもいる。

しかし、ここには現世と他界とを分かつ明確な表現は見られない。一方、家持の場合は、亡妾挽歌群末尾の「悲緒未だ息まず、さらに作る歌五首」において次のようにうたわれる。

佐保山にたなびく霞見るごとに　妹を思ひ出で泣かぬ日はなし　（3・四七三）

昔こそよそにも見しか　我妹子が奥つ城と思へば愛しき佐保山　（3・四七四）

妻が葬られた佐保山を明確に「奥津城」とうたい、「愛しき」山とうたう。妻が葬られた佐保山は妻を偲ぶよすがであり、それゆえに「佐保山にたなびく霞見るごとに」、妻を火葬に付したときの煙のたなびきが思い起こ

され、「妹を思ひ出で泣かぬ日はなし」ということになる。別稿で整理したように、死者への偲びにおいて墓所をよりどころとすることは奈良朝挽歌における顕著な傾向である。「奥津城」の語も万葉集に十例見られるが、いずれも奈良朝を迎えて歌の素材となるものである。[注16] 奈良朝へと推移するなか、他界は現世にあい対する空間としてその認識が深められ、墓所は双方の境をなす場所として死者を偲ぶよすがともされたのである。

こうした認識の変化には、家持の歌に火葬の要素が加味されるように、葬儀の仏式化の傾向が深くかかわるものであろう。「大化の薄葬令」が発布された段階で殯が形骸化しつつあったことは先に述べたが、殯の形骸化によってもたらされるのは天皇・皇族において営まれる殯の質的転換である。殯は埋葬に先立って営まれる儀礼的行為へと変化し、復活の観念の衰退と呼応して死者の慰霊を目的に営まれることになる。その様相は朱鳥元年（六八六）に崩御した天武天皇の二年二か月に渡って営まれた殯宮儀礼から窺われる（『日本書紀』）。その特色は伝統的な殯宮習俗に加えて、節目節目に京内の諸寺で追悼法会が営まれるなど、仏教の影響が強く見られることである。[注17]

文武四年（七〇〇）には僧道照が火葬に付され、天武の後を継いだ持統天皇もその二年後の大宝二年（七〇二）に崩御し、一年後天皇としてはじめて火葬に付される。慶雲四年（七〇七）に崩御した文武天皇の場合もその措置は同様である。持統・文武両天皇の殯宮期間のことは『続日本紀』から窺われるが、持統の場合は七七日までの諸寺での法要や御在所での百箇日の法要のことが記され、文武の場合は「初七より七七に至るまで、四大寺に設斎す」（慶雲四年六月十六日条）とあり、中有まで七日ごとに法会の営まれたことが記される。天武朝以降、律令国家体制の確立が強力に推し進められた時代、宮廷の葬儀はしだいに仏式化の傾向を強め、文武朝に至ってその移行が明確に意識されたことが窺われる。

仏式の節目が重視されれば葬儀の期間も短縮される。『続日本紀』の天平七年（七三五）十月五日条には、天武天皇の皇子の新田部皇子の葬儀に際しての詔が次のように記される。

親王薨ずれば七日毎に供斎るに、僧一百人を以て限りとせよ。七七日の斎訖らば停めよ。今より以後、例として行へ。

七七日をもって供養は終了し、僧は百人を限度とするという規定である。おのずと、所定の供養が終わればすみやかに埋葬されることになる。こうした葬制の変化は身体をこの世から消滅させる火葬の採用も手伝って、現世と他界との区別を明確なものにする。奈良朝に至って墓所への関心の高まりが確認されるのも、その結果と見ることができる。

天平十六年（七四四）七月の高橋朝臣の「死にし妻を悲傷して作る歌」の第一反歌には、

うつせみの世の事なれば　外に見し山をや今はよすかと思はむ　（3・四八二）

とあり、妻の死を「うつせみの世の事」といい、よそながら見た山を「今はよすかと思はむ」とうたう。この山は妻を葬った「山背の相楽山」（長歌）である。また「世の事なれば」は死を世の道理と見ての無常の認識である。この歌ではそれが現世と他界との断絶のなかでとらえられている。葬儀の仏式化が進むなか、仏教的無常観がより社会に浸透した結果、こうした歌も生まれることになるのだといえよう。

仏教的無常観の浸潤に伴って明確化されるのは、先にも述べた奈良朝の「閉ざされた現世観」である。家持が大伴坂上大嬢の贈歌に答えた巻四の一首には、

うつせみの世やも二行く　なにすとか妹に逢はずて我がひとり寝む　（4・七三三）

と、現世が二度とないことが示される。巻七の挽歌でも、

世間はまこと二代は行かざらし　過ぎにし妹に逢はなく思へば　（7・一四一〇）

と、亡くなった「妹」に逢えないことを根拠に、現世が二回はないことがうたわれる。人麻呂や人麻呂歌集歌にはない表現である。

そうした二度とはない現世を人は自身の生のうちにとらえることになる。必然的に無常な現世に生きる自己が見つめられ、人間の存在が問われることになる。天平十九年（七四七）二月、家持は越中で大病を患い、死をも意識した。その悲しみの心を詠んだのが、「忽ちに枉疾に沈み、殆と泉路に臨む。よりて歌詞を作り、以て悲緒を申ぶる一首」と題された巻十九の歌である。その第一反歌には、

世間は数なきものか　春花の散りのまがひに死ぬべき思へば　（17・三九六三）

とある。世の中ははかないものだ、春の花が散り乱れるなか死んでいくことを思うと、という。家持の率直な感慨であろう。死に直面したときの思い、それが「世間は数なきものか」である。二度とない命で二度とない現世を見つめるとき、その狭間に抱かれたものははかなさへの感慨でしかなかった。自身があっての現世である。自身の存在に常なきはかなさを感じれば、世もまたはかないものとしてとらえられることになる。「人の常なきこと」が「世の常なきこと」に展開する論理である。寄り添う自然もことは同じである。二月だから「春の花」であるが、その景は「散りのまがひ」でなければならなかった。人の論理の側から自然もまたとらえられるようになるからである。

「閉ざされた現世」観のなかで自己が見つめられれば、おのずと老いに至る人生の移ろいが意識されることにもなる。家持の「悲世間無常歌」、憶良の「哀世間難住歌」はそのことをうたうものであり、「嘆老」という新たな文学的課題が提示されることにもなった。[注18]「哀世間難住歌」の反歌には、

常磐なすかくしもがもと思へども　世の事なれば留みかねつも　（5・八〇五）

とある。またその長歌には、「たまきはる命惜しけどせむすべもなし」とうたわれる。反歌の「世の事なれば」は先の高橋朝臣の亡妻挽歌と同じ表現である。老いも死も無常の論理の必然としてとらえられる。命の永続を願いつつも人生は「すべなき」もの、前向きとはいえないが、「閉ざされた現世」観を受けての人間存在への自覚

的な問いかけであり、理解である。憶良や家持から離れても、巻十三の挽歌に次のような歌も見出される。

高山と　海とこそば　山ながら　かくも現しく　海ながら　然真ならめ　人は花ものそ　うつせみ世人

（三三三二）

不変の山や川に対して現世に生きる「世人」は「花もの」という。「人は花もの」、人は花のように移ろいはかないもの、無常的自然観を通しての新たな人間存在への理解である。事の是非はともかく、無常観の浸潤が万葉集にもたらしたものはこうした人間理解への自覚的な態度である。結果、万葉集は前期以来の展開のなかで、時代の思惟と表裏して人間を見つめた歌集として現在に伝わるのだといえよう。

結

本稿では万葉集の歌の表現に注目して、奈良朝における無常観のありようとそこに至る万葉前期からの展開を探った。本稿の検討によれば、無常観の浸潤がもたらしたものは、「閉ざされた現世」観の確立とそうした現世に生きる人間の「世人」としての自己認識、自己存在への自覚であった。自然もそうした自己認識に根ざして移ろいの相が凝視され、無常的自然観の形成へと展開する。無常的自然観は、新たな人間理解に呼応しての新たな自然認識といってよいものである。

「閉ざされた現世」は次代に浄土への信仰のもとにとらえ直される。また無常的自然観のもと描出される景は自然の、あるいは季節の断片的、かつ象徴的な景の析出ともなり、そうした景の継承と定着を通して、しだいに情緒的な日本的景の典型も形成されることになる。万葉集における無常観の受容と定着は、後代にわたって日本の文学・文化をはぐくむ母体ともなったと考えられる。

注

1 諸説見られるが、東野治之校注『上宮聖徳法王帝説』（岩波文庫）は弥勒菩薩の居所である「兜率天」とする。
2 山田孝雄「萬葉集に佛教ありや」（『萬葉集考叢』宝文館、一九五五年）
3 中西進「古代文学と無常観」（「國文學 解釈と鑑賞」第三五巻第八号、一九七〇年）
4 この享楽については辰巳正明「反俗と憂愁――大伴旅人――」（『万葉集と中国文学　第二』笠間書院、一九九三年）参照。
5 中西進「相剋と迷妄――山上憶良をめぐって――」（『万葉史の研究』桜楓社、一九六八年）
6 命の表現には「長き命」三例（2・二一七、4・七〇四、12・三〇八二）、「常磐なる命」（11・二四四四）、「千年の命」（20・四四七〇）各一例も見られる。それらは命のはかなさの譬喩、恋情の強調など作歌意図に即して用いられている。
7 金井清一「柿本人麻呂の無常感」（『万葉集を学ぶ』第三集、有斐閣、一九七八年）。古代の時間意識については、永藤靖『時間の思想』（教育社、一九七七年）参照。
8 佐竹昭広「「無常」について」（『萬葉集再読』平凡社、二〇〇三年）
9 末木文美士「『万葉集』における無常観の形成」（『日本仏教思想史論考』大蔵出版、一九九三年）。注8佐竹論文。
10 西澤一光「「万葉集」と「無常」」（高岡市万葉歴史館『生の万葉集』笠間書院、二〇一〇年）は人麻呂歌集所出の他の「世間」の歌についても仏典とのかかわりを指摘する。
11 平山郁夫総監修『高句麗壁画古墳』（共同通信社、二〇〇五年）など参照。
12 石田英一郎「月と不死」（『桃太郎の母――ある文化史的研究――』講談社学術文庫）
13 注3中西論文。
14 本田義憲『日本人の無常観』（日本放送出版協会、一九六八年）
15 佐竹昭広「自然観の祖型」（注8前掲書）
16 拙稿「殯宮挽歌の文学史的位置」（『柿本人麻呂の時代と表現』おうふう、二〇〇六年）
17 安井良三「天武天皇の葬礼考――『日本書紀』記載の仏教関係記事――」（『日本書紀研究　第一冊』塙書房、一九六四年）など参照。
18 家持の「臥病悲無常欲脩道作歌」（20・四四六八、四四六九）は「欲脩道」において家持独自の展開を示す。この点を追究する論考に、辰巳正明「万葉集と仏教」（注4前掲書）がある。同論には万葉集と仏教について広範な考察が示されている。

東アジア仏教と大和文化

山口　敦史

一　はじめに

本稿は、古代東アジアの仏教と詩歌の関係について考察する。古代の東アジア（主として中国・朝鮮半島・日本）で、大きな影響力を持っていた思想体系として、仏教がある。その仏教は、外来宗教・世界宗教として渡来したものだが、それ以前の東アジア諸国の文化や宗教などとは対立・融合の過程をたどってきた。

古代日本においては、漢詩では『懐風藻』、和歌では『万葉集』として集成され、特に『万葉集』については、〈仏教の影響は希薄〉と従来は表されることもあった。注1 近時の作品研究・作者研究によりその評価は是正されつつあるが、根本的な問題である〈仏教は詩歌をどのように見ているか〉、あるいは〈詩歌にとって仏教とはどのようなものなのか〉という問題については、なお検討・検証の余地があろう。さらに、仏教的知性にとって、詩歌の見方、扱い方について、中国と日本でどのような違いがあるのか、といった論点も考えられるだろう。

本稿では、古代の東アジアにおける〈詩歌〉と〈仏教〉（教理・戒律・儀式など）をめぐる問題について考える。

二　仏教の戒律と詩歌

仏教と音楽、ならびに仏教と歌舞との関係については、『岩波仏教辞典（第二版）』に簡潔にまとめた記述がある。[注2]それによると、音楽については、「初期の教団では、これを実践することはもとよりその鑑賞も禁じられていた」が、一方で「経を吟じて讃誦する善和の清らかな音声が、梵天に徹するもので」あり、世尊は「その和雅な音韻は聞く者の心に歓喜をもたらして業を廃絶するから、欲心を去ることのできない比丘たちは、日々その読誦を聞くよう告げた」とある。これは「仏徳を讃歎する〈声唄〉が娯楽的な〈歌〉とは区別されて用いられていたと伝えられるのに通じる」とする。

仏教の戒律経典には、周知の通り、歌舞音楽を禁止した条項がある。[注3]『四分律』巻第二十五には、「若比丘尼往観二看伎楽一者波逸提」（大正二十二、七四〇b）とあり、『摩訶僧祇律』巻第三十九には、

仏住二王舎城一。爾時六群比丘尼先到下作二伎楽一処上。占二顧坐処一伎児戯時高声大笑。衆人効笑。人笑時便復黙
然似二如坐禅人一。笑適止。還復拍手大笑。於レ是衆人捨二伎児一而観二比丘尼一。時伎児不レ得二雇直一。瞋恚嫌責。
坐二是沙門尼一。令三我失二雇直一。諸比丘尼語二大愛道一。乃至答言。実爾仏言。此是悪事。汝云何観二伎楽一。従レ
今已後。不レ聴観二伎楽一。乃至已聞者当二重聞一。若比丘尼観二伎楽一行波夜提。比丘尼者如二上説一。伎楽者舞伎
歌伎鐃盤打鼓如レ是一切。下至二四人共戯一。観看者波夜提。波夜提者如二上説一。不レ得観二伎楽一。若比丘尼乞食
値三王王夫人。若天像出有二伎楽一者遇見無罪。若下処就レ高作意窺望逐看波夜提若檀越欲レ供二養仏一。作二衆
伎楽研香結鬘一。語二比丘尼一言阿梨耶。佐レ我安二施供養具一。爾時得二助作一。若於二彼間一聞レ楽。有二欲著心一者

当二捨去一。若比丘観二伎楽一者越毘尼罪。是故世尊説

（大正二十二、五四〇b。なお引用文中の傍線はすべて引用者。以下同じ）

とあり、「伎楽」を見に行くことは「波夜提」という罪に当たると説く。その「伎楽」は「舞伎・歌伎・鐃盤・打鼓、是くの如き一切」を指すとある。「伎楽」が「歌」を含むことはこれにより明らかである。さらに、『根本説一切有部苾芻尼毘奈耶』巻第二十には、「自舞教他舞学処」「唱歌学処」「作楽学処」の三つの項目がある。

自舞教他舞学処第一百七十二

縁処同レ前。時吐羅難陀尼。行二乞食一入二他家一。長者妻言。聖者教二我作舞一。尼即教レ他。復告二彼曰一。汝等家中若嫁娶時。生レ男誕レ女有二歓会一時如レ是応レ舞。人皆譏嫌。此禿沙門女徒自剃頭情懐二欲染一。皆詣二尼処一説二其所作一。尼白二苾芻一。苾芻白レ仏。仏問二吐羅難陀一。汝実如レ此教二他作舞一及自作舞。答言実爾。世尊訶責。広説乃至制二其学処一。応如レ是説。若復苾芻尼。自作舞。教二他作舞一者波逸底迦。尼謂吐羅難陀等。自作舞者。謂自舞。教二他舞一者。謂教二他作一。釈二罪相一等広説如レ前

唱歌学処第一百七十三

縁処同前。時吐羅難陀尼。詣二婆羅門長者家一。諸婦人言。聖者教二我唱歌一。尼便教レ唱俗旅見譏如二前所レ説。尼白二苾芻一。苾芻白レ仏。仏問二吐羅難陀一汝実如レ此教レ他唱歌一。答言実爾。世尊訶責。広説乃至制二其学処一。応如レ是説。若復苾芻尼。唱歌者波逸底迦。尼謂吐羅難陀等。唱歌者。謂唱二歌詞音韻一。釈二罪相一等広説如レ前

作楽学処第一百七十四

縁処同レ前。時吐羅難陀尼。詣二豪富家一。与二其女人一歓娯相愛。諸婦人言。聖者教二我音楽一。尼便教レ作。俗旅見譏。尼白二苾芻一。苾芻白レ仏。仏問二吐羅難陀一。汝実如レ此教二他作楽一。答言実爾。世尊訶責。広説乃至制二其学処一。応二如レ是説一。若復苾芻尼。作レ楽者波逸底迦。尼謂吐羅難陀等。作レ楽者。謂作二音声絃管一。

釈二罪相一等広説如レ前　（大正蔵二十三、一〇一五a～b）

ここから考えるに、仏教にとって音楽、そして詩歌は害悪であり不要のもの、ということになるが、また一方で、大乗戒を説く代表的な経典である『梵網経』第三十三軽戒では、盤上遊戯・男女の戦い・占いや呪術などと並んで歌舞音楽の禁止が謳われている。[注4]

若仏子。以二悪心一故観二一切男女等闘。軍陣兵将劫賊等闘一。亦不レ得レ聴二吹貝鼓角琴瑟箏笛箜篌歌叫伎楽之声一。不レ得摴蒲囲碁波羅賽戯弾碁六博拍球擲石投壺八道行城爪鏡蓍草楊枝鉢盂髑髏。而作二卜筮一。不レ得作二盗賊使命一。一一不レ得レ作。若故作者。犯二軽垢罪一　（大正蔵二十四、一〇〇七b）

これら戒律経典の記述が、唐の道僧格、ひいては日本の僧尼令に影響を与えたことは諸氏の指摘がある。[注5]ここでは僧尼令を挙げる。

凡そ僧尼、音楽を作し、及び博戯せらば、百日苦役。碁琴は制する限に在らず。[注6]

この僧尼令については、刑罰規程を含むことから、国家による寺院統制の強い側面を持つとも言われている。[注7]戒律経典では寺院内部の規律にとどまっていたものが、僧尼令では国家による苦役・刑罰にまで進んでゆくのである。[注8]

三　仏教儀礼と音曲

原則として仏教では、歌舞音曲は禁止だが「仏徳」の「讃歎」ならば肯定される、という思想があるようだ。しかし、中国仏教において、漢語の使い分けのレベルにおいて「唄」と「歌」の厳密な使い分けがあったかは疑問である。というのは、中国仏教の代表的な著作である『高僧伝』（慧皎撰述）巻第十三「経師」論には、「歌」

と「唄」に区別を付けず、その関係は通底しているように読めるのである。[注9]

論曰。夫篇章之作。蓋欲下申二暢懐抱一褒中述情志上。詠歌之作。欲レ使二言味流靡辞韻相属一。故詩序云。情動二於中一而形二於言一。言之不レ足故詠歌之也。然東国之歌也。則結レ詠以成レ詠。西方之賛也。則作レ偈以和レ声。雖二復歌桝為レ殊。而並以下協二諧鍾律一符中靡宮商上。方乃奥妙。故奏二歌於金石一。則謂レ之以為レ楽。設讃二於管絃一。則称レ之以為レ唄。夫聖人制レ楽其徳四焉。感二天地一。通二神明一。安二万民一。成二性類一。如レ聴レ唄亦其利有レ五。身体不レ疲。不レ忘二所憶一。心不二懈倦一。音声不レ壊。諸天歓喜。是以般遮絃二歌於石室一。請レ開二甘露之初門一。浄居舞二頌於双林一。奉レ報二一化之恩徳一。其間随レ時桝詠。亦在処成レ音。至レ如下億耳細二声於宵夜一。提婆揚中響於梵宮上。或令三無相之旨奏二於篪笛之上一。或使三本行之音宣二乎琴瑟之下一。並皆抑揚通感仏所二称讃一。故咸池韶武無三以匹二其工一。激楚梁塵無三以較二其妙一。

（大正蔵五十、四一四c～四一五a）

「経師」の論は、『詩経』大序をふまえ（情が中にて動けば言としての形をとる。言だけで不足だと詠歌となる。大意）、「東国の歌は、韻を結んで詠を成し、西方の讃は、偈を作って声を和す」（大意）としている。ここでの原文「東国」は中国、「西方」はインドのことである。「東国＝中国」の「歌」と、「西方＝インド」の「讃」が対比されている。この中国の「歌」を「金石」にて演奏すれば「楽」となり、インドの「讃」を管弦で演奏すれば「唄」となる、と説いている。[注10] ここで論理の基底にあるのは中国詩学であり、その詩学によりインドの中国の「讃」と「歌」との合一が唱えられている。両者とも「聖人」の作成になるものであり、〈天地を感動させる〉〈神と感通する〉などといった効能も強調されている。よって、『高僧伝』「経師」論では、儒学的な詩学の論と、インド・中国の仏教を貫く論理が合一になるという論理が展開されていることになる。

また、このあと『高僧伝』「経師」論には、梵唄の嚆矢は陳思王曹植だという主張が述べられている。

始有二魏陳思王曹植一。深愛二声律一属二意経音一。既通二般遮之瑞響一。又感二魚山之神製一。於レ是刪二治瑞応本起一以為二学者之宗一。伝レ声則三千有餘。在レ契則四十有二。其後帛橋支籥亦云祖二述陳思一。而愛好通レ霊別感二神製一。裁変二古声一所レ存止一十而已。 （同右、四一五a）

梵唄の創始者が高名な詩人曹植であるという言説は、梵唄の普及に大きく役立ったことが想像される。この説は、『三国志』魏書一九・「異苑五」、『法苑珠林』巻第三十六唄讃篇、『出三蔵記集』巻第十二、法苑雑縁原始集目録などに見える。[注11]

大乗経典には、仏教儀礼における歌謡・詩歌の重要性が説かれてもいる。たとえば、「梵唄」の功徳などは、唐・基『妙法蓮華経玄賛』などの仏典注釈書や『摩訶僧祇律』などの仏典にも記されている。[注12]

そして、このような、仏教儀礼における歌舞音楽の重要性は、中国・日本では疑われることなく享受されてきたと思われる。ここでは、奈良時代の日本における用例として、以下の三例を挙げてみたい。

A 「仏前の唱歌一首」（『万葉集』巻第八・一五九四）……七三九年

B 「東大寺大会時。元興寺献歌二首《ママ》」（『東大寺要録』巻第二）……七五二年

C 法進『沙弥十戒并威儀経疏』の「鄔太」……七六一年

Aは天平十一年十月の維摩講の際の和歌だとされる。[注13]

仏前の唱歌一首

時雨の雨間無くな降りそ紅ににほへる山の散らまく惜しも

右は、冬十月の皇后宮の維摩講に終日大唐・高麗等の種種の音楽を供養し、この歌詞を唱ふ。弾琴は市原王と、忍坂王と［後に姓大原真人赤麿を賜へるなり］、歌子は、田口朝臣家守と河辺朝臣東人と置始連長谷等十数人なり。

ここでは、「大唐」「高麗」の音楽を仏の前に供養し和歌を詠った、とある。外来の音楽に日本の伝統の和歌を

乗せて奏した、という形を取っている。[注14]

Bは実際には三首の和歌で、天平勝宝四年の東大寺の大仏開眼会で、元興寺から和歌が献上されたものである。開眼会には多数の音楽と歌舞が奏されたことは言うまでもない。

東《ひみがし》の山人清み新鋳《にひゐ》せる盧舎那仏《るさなほとけ》に花たてまつる
法《のり》の下《もと》花咲きにたり今日よりは仏の御法《みのり》栄えたまはむ
源《みなもと》の法の起こりし飛ぶや鳥あすかの寺の歌たてまつる[注15]

Cは、鑑真の弟子である法進が天平宝字五年に作成したもので、失訳『沙弥十戒幷威儀経』に注を施したものである。[注16]以下は経典中の「歌音」という語句に付けた注釈である。

歌音は、唐人の号して唱歌と為す。また言声と云ふ。また喉声。亦た唯だ声。日本では呼びて鄔太と為すなり。文に依りて宣唱し、これを名づけて歌と曰ふ。屈曲美妙、喉声功を弁《あらそ》ふ。故に音と云ふなり。歌詞に云ふ、「日日風光異なり、年年老ひて人却く。知らず桃李の樹、更に幾年の春を得んや」と。[注17]

「歌音」は「唱歌」ともいい、日本では「歌（うた）」ともいう、とある。「歌詞」が紹介されており、歳月の移り変わりの早さを詠歎した内容となっている。

以上のように、奈良時代の日本では、仏教儀礼に音楽が演奏されることは、仏の鑽仰のための重要な儀式であり、その意義や機能が疑われたことはなかったと考えられる。

四　僧侶と詩歌

前節では、「梵唄」の嚆矢が曹植だという伝承を見ることによって、中国における仏教儀礼と歌舞音楽との密接な関係を確認した。しかし、仏教の立場からして、詩文の創作は罪深いという思想は、中国の仏教説話から色濃くうかがえる。

南北朝時代の代表的な詩人である庾信には、生前に詩文を物していたために、死後、罰として動物に転生したという伝承がある。

孟献忠撰述『金剛般若経集験記』上巻、延寿篇・魏旻（二四）に以下の話がある。[注18]

又曰、遂州人魏旻、貞觀元年、死經三日。王前唱過、旻卽分踈、未合身死。王索簿［音部］尋檢、果然非謬。王責取旻使者「何因錯追。」笞杖五十、卽放旻歸。遣人送出、示本來之路、至家遂活。父母親屬問云「死既三日、復見何事。」旻具語列、當被追時、同伴一十餘人。其中有一大僧、一時將過。王見此僧、先喚「借問一生已來、脩何功德。」僧白王言「平生唯誦持金剛般若經。」王聞此言、恭敬合掌、讚云「善哉、善哉。法師受持讀誦金剛般若、當得生天、何因將師來此。」王言未訖、諸天香華、迎師將去。王卽問旻「一生已來脩何功德。」旻啓王言「一生已來、不讀誦經典、唯讀庾信文章集錄。」王語旻曰「汝識庾信否是大罪人。」又旻言「雖讀文章、不識庾信。」王卽遣人領向庾信之處、乃見一大龜、一身數頭。所引使人云「此是庾信。」行迴十餘步、見一人來「我是庾信、為在生之時、好作文筆、或引經典、或生誹謗、以此之故今受大罪。向者見龜數頭者、是我身也。」迴至王前、王語使者「將見庾信以否。」白言「已見、今受龜身、受大苦惱。」王言「放汝還家。莫生誹謗大乘經典、勤脩福業。」遣人送出至家、便卽醒悟。憶所屬之言、又見此僧讀誦金剛般若經、得生天上。卽於諸寺處處求覓。乃見一僧云「我有此經。」旻聞此語、禮拜求請。若得此經、不惜身命。其僧卽付金剛般若經一卷、晝夜轉讀、卽便誦得。晝夜精勤、誦持不廢、因卽向遂州人等、說此因緣。又遵一僧共旻同死、引過見王、為誦大乘金剛般若經典、得生天上。又說庾信罪業受報。遂州之人多是夷獠、殺生捕獵、造罪者多。聞旻說此因緣、各各發菩提心、不敢殺生捕獵、並讀誦金剛般若、晝夜不捨。四月十五日、忽有一人乗白馬來至旻前「當取汝之日、勘簿為有二年、放汝還家。為汝受持金剛般若經一萬遍、又勸化一切具脩功德、讀誦般若不絶、以此善根、遂得延年。九十壽終、必生淨土。」

（大意）また別の話である。貞観元年（六二七）、遂州の魏旻という者は、死後三日が経った時に（地獄の）王の前に呼ばれた。魏旻が自分のために弁護するには、（私は）まだ死ぬ時にはなっていない。王が（生死の）帳簿を取り寄せてあらためてみると、まったく嘘ではなかった。王は魏旻を捕えてきた死者を責めた。「なぜ間違えて捕まえてきたんだ。」（罰として）五十回の笞杖（尻を叩く刑）を科し、すぐに魏旻を釈放し、帰した。使いの者に送り出され、もと来た道を示されて家に着くと、魏旻は生き返った。両親や家族、親戚らは聞いた。「すでに死んで三日も経つのに、生き返るとはどういうことなのだ。」

　魏旻はつぶさに語った。連行された時、一緒にいた人は（全部で）十数人だった。その中に、ある偉い僧がいた。ややあって王がその僧を見ると、まず声を上げた。「ちょっと尋ねるが、あなたはこれまで生きて来て、どのような功徳を習得したのか。」僧は王の質問に答えてこう言った。「平生ただひたすら『金剛般若経』を読んで受持していました。」王はその言葉を聞き、手を合わせて頭を下げた。讃に曰く、「よきかな、よきかな。法師は『金剛般若経』を（よく）読み、受持している。（ならば）天に行くはずなのに、どういうわけでここに来られたのか。」王の言葉がまだ終わらないうちに、天から香りや花が降り、法師を迎えてゆく。

王はすぐ魏旻にも問う。「一生、すでにどのような功徳を習得したか。」魏旻は王の質問に答え、こう言った。「人生これまで経典を読まず、ただ『庾信文章集録』を読んできました。」王は魏旻の答えに対してこう言う。「おまえは庾信を知っているか。彼は大罪人だ。」魏旻はまた言う。「文章だけを読んでいて、庾信（という人）は知りません。」王は即座に人を遣り、王を庾信の所に連れて行かせた。そして（魏旻は）大きな亀を見た。体は一つに頭が数個ある。連れて行ってくれた使者は言った。「これは庾信だ。」周りを十数歩、回っていたら、ある人が来るのを見た。「私は庾信だ。生きている時に文章を書くのが好きで、経典を引いたり、誹謗をしたりした為、今はこのように大罪を受けている。さっき見た、数個の頭がある亀は私の体なのだ。」

王の前に戻ると、王は使者に言った。「庾信を見せたか。」魏旻は返事としてこう言った。「見ました。今は亀の体をして、大変苦しんでいました。」王は言った。「おまえを放ち、家に帰す。『金剛般若経』を誹謗することなく、勤勉に功徳や福を修めよ。」使者が家まで送りだすと、すぐに意識を取り戻した。（地獄で）言われた言葉は覚えていて、また、僧侶が『金剛般若経』を読んでいたお陰で天に行けた様子も見ていた。そこで、色々な寺や様々な場所へ行き、『金剛般若経』を追い求めた。とある僧を見かけると、僧は魏旻に言った。「私はそのお経を持っている。」魏旻はそれを聞くと、丁寧に礼を尽くして求めた。そのお経が得られるなら、命も惜しまない、と。僧侶はすぐに『金剛般若経』一巻を与えた。

（魏旻は）昼夜を問わず読み耽り、理解した。昼夜を問わず勤勉に読み続け、絶えることがない。そして遂州の人々に、これまでの様々ないきさつを伝えた。（それは）ある僧が魏旻と同時に死んだが、王の前に通された際、『金剛般若経』を読んでいた為、天に行くことが出来たという話だったり、庾信が生前の罪なる業の報いを受けたという話だったりした。遂州の人の多くは夷獠（野蛮人）であって、殺生したり狩猟をしたり、罪を背負う者が多い。（しかし）魏旻からこのいきさつを聞くと、各自が菩提心を発して、殺生や狩猟をやめ、さらに昼夜を問わず『金剛般若経』を読むようになった。

四月十五日、突如ある人が白馬に乗って魏旻の前に来ると、こう言った。「以前おまえを捕えた日、帳簿ではあと二年（の命）だった為、家に帰した。おまえは『金剛般若経』を一万遍読み、さらに周りの人を勧化し、功徳を修めた。『金剛般若経』を絶えず読んでいた為に、このような善根が得られ、寿命を延ばすことが出来たのである。（したがって）九十歳まで生きられ、必ず浄土に生まれることになる。」

『金剛般若経集験記』は開元六年（七一八）成立した仏教説話集で、唐・孟献忠の撰述とされている。このような、庾信が詩文を創作したために地獄に墜ちたという伝承は、『冥報記』逸文・趙文信（『法苑珠林』巻十八、『太平廣記』巻一〇二）にも存在する。[注19] 数多くいる詩人のなかで、なぜ庾信なのかという理由は不明である。僧侶は「詩」にどのように対処しているのか。また、「詩」と恋愛の関係をどのように考えているのか。それを考える上で、興味深い例がある。

『高僧伝』巻第四、竺僧度伝を挙げる。傍線部分が詩である。

竺僧度。姓王。名晞。字玄宗。東莞人也。雖三少出二孤微一。而天姿秀発。至二年十六一神情爽抜卓爾異レ人。性度温和郷隣所レ羨。時独与母居。孝事尽レ礼。求二同郡楊徳慎女一。亦乃衣冠。家人女字苕華。容貌端正又善二墳籍一。与レ度同年。求レ婚之日即相許焉。未レ及レ成レ礼。苕華母亡。頃之苕華父又亡。度母亦卒。度遂覩二世代無一レ常。忽然感悟。乃捨レ俗出家。改二名僧度一。跡抗二塵表一避レ地遊学。苕華服畢自惟三従之義無二独立之道一。乃与二度書一。謂髪膚不レ可二傷毀一。宗祀不レ可二頓廃一。令下其顧二世教一。改二遠志一曜中翹爍之姿於盛明之世上。遠休二祖考之霊一。近慰二人神之願一。并贈二詩五首一。其一篇曰。

大道自無レ窮。天地長且久。巨石故叵レ消。芥子亦難レ数。人生一世間。飄忽若レ過レ牖。栄華豈不レ茂。日夕就二彫朽一。川上有二餘吟一。日斜思二鼓缶一。清音可レ娯レ耳。滋味可レ適レ口羅紈可レ飾レ軀。華冠可レ曜レ首。安事自剪削。耽レ空以害レ有。不レ道二妄区区一。但令二君恤一レ後。

度答書曰。「夫事レ君以治二一国一。未レ若三弘レ道以済二万邦一。安レ親以成二一家一。未レ若三弘レ道以済二三界一。髪膚不レ毀俗中之近言耳。但吾徳不レ及レ遠。未レ能二兼被一。以レ此為レ愧。然積レ簣成レ山。亦冀二従レ微之著一レ也。且披二袈裟一振二錫杖一。飲二清流一詠二波若一。雖二公王之服八珍之膳鏗鏘之声暐曄之色一。不二与易一也。若能懸契則同期二於泥洹一矣。且人心各異。有レ若二其面一。卿之不レ楽レ道。猶二我之不一レ慕レ俗矣楊氏長別離矣。万世因縁於レ今絶矣。歳聿云暮時不二我与一。学レ道者当下以二日損一為上レ志。処レ世者当二以レ及レ時為一レ務。卿年徳並茂。宜二速有一レ所レ慕。莫下以二道士一経レ心而坐失中盛年上也。」又報詩五篇。其一首曰。

機運無二停住一。倏忽歳時過。巨石会当レ竭。芥子豈云レ多。良由二去不一レ息。故令二川上嗟一。不レ聞栄啓期。皓首発二清歌一。布衣可レ暖レ身。誰論飾二綾羅一。今世雖二云楽一。当下奈二後生一何上。罪福良由レ己。寧云二己恤一レ他。

度既志懐匪レ石不レ可二廻転一。苕華感悟亦起二深信一。度於レ是専二精仏法一。披二味群経一著二毘曇旨帰一亦行二於世一。後不レ知レ所レ終。

（大正蔵五十、三五一a～bを一部改編）

竺僧度は、十六歳のとき、苕華という娘と婚約する。しかし、まもなく苕華の父母と、僧度の母親が死去し、人生のむなしさを感じて出家した。苕華は、僧度に詩五首を贈って、先祖供養の大切さ、音楽・美食・華美な服飾などのすばらしさ、などを訴えた。これに対して僧度は、詩五首を返して、世俗の華美や美食のむなしさを説き、栄啓期のような世俗や身なりに構わない生き方を尊いとする。そして、現世の楽しさも、来世・後生のことを考えると、わたくし（僧度）のことなど構っている場合ではないのではないか、と説く。儒教倫理と世俗の快楽を説く、かつての婚約者・苕華の呼びかけに対して、そんなものはすべてむなしいもので、現在犯している罪の報いの前に、もっと震撼すべきだ、という論理を展開している。これはかつての婚約者同士の詩の贈答であるが、恋愛の要素は希薄であり、男が女をたしなめる内容になっている。

詩作を行った僧侶として、『高僧伝』では、①巻第五の竺僧度伝、②巻第六の竺道壹伝、③同巻の釈慧遠伝、④巻第七の釈慧観伝、⑤巻第八の釈法安伝、⑥巻第十の史宗伝、⑦巻第十の釈保誌伝、などの例が挙げられる。

このうち、②の竺道壹伝では、竺道壹の交友相手である帛道猷が竺道壹に出した手紙が紹介され、そこに漢詩が記されているというものである。山林における詩作に興を見出し、自然の風景と「上皇の民」の存在を称える内容である。また、④の釈慧観伝では、釈慧観は、宋文帝が主宰する三月上巳の曲水の宴で詩を賦した、とある。ここでは皇帝と臣下の詩を通しての理想的な関係性がうかがえるものになっている。[注20]

詩の贈答は、僧侶あるいは士大夫同士で多く行われ、男女の恋愛を肯定して贈答する余地はない。したがって、詩の主題は自然や仏教の教理などになってくる。

仏教と文学作品などとの関係を示す語として、「狂言綺語」というのがある。その定義は、「道理に合わない言葉と巧みに飾った言葉。とくに仏経や儒教の立場から、いつわり飾った小説、物語の類をいやしめていう」[注21]、「とりとめもない道理に合わぬことばと、表面だけを飾り立てたことば。詩歌・小説や、また、音楽管弦・歌舞音曲などをもいう」[注22]などとある。

辞書類では、この「狂言綺語」の語の起源は、白居易の「香山寺白氏洛中集記」（『白氏文集』巻第七十一）にある、

我有二本願一、願以二今生世俗文字之業、狂言綺語之過一、転為二将来世世讃仏乗之因、転法輪之縁一也、十方三世諸仏応レ知

からなると説かれている。[注23]これによると、「世俗文字の業」「狂言綺語の過ち」を仏に奉納して、転じて「讃仏乗の因」「転法輪の縁」の境地に至ることを願望したものと考えられる。

ここで触れられている「狂言綺語」の語や概念が、日本ではのちの『三宝絵』『和漢朗詠集』『梁塵秘抄』に登場している。

五 『万葉集』における僧侶と詩歌

『万葉集』には僧侶の詠んだ和歌というのがあり、その中には恋愛歌もある。

例えば、三方沙弥という僧侶の和歌に次のようなものがある。

三方沙弥の園臣生羽の女を娶きて、いまだ幾の時を得ずして病に臥して作れる歌三首

たけばぬれたかねば長き妹が髪この頃見ぬに掻きいれつらむか［三方沙弥］（巻二・一二三）

人皆は今は長しとたけと言へど君が見し髪乱れたりとも［娘子］（巻二・一二四）

橘の蔭履む路の八衢に物をそ思ふ妹に逢はずして［三方沙弥］（巻二・一二五）

三方沙弥というのは伝承的存在であったらしく、巻六・一〇二七の歌では、一説に「三方沙弥の、妻の苑臣に恋ひて作れる歌なり」とある。歌は恋愛の物思いを表現していると解釈できる。

また、寺院が恋愛・性愛の場となることも『万葉集』には詠まれている。巻十六の橘寺の歌である。

古歌に曰はく

橘の寺の長屋にわが率寝し童女放髪は髪上げつらむか（三八二二）

橘寺に童女を連れ込んで共寝した男の歌として読める。男は僧侶だろう。この歌をおかしいとして椎野連長年が診断して、歌を改訂している。

右の歌は椎野連長年脈て曰はく「それ寺家の屋は俗人の寝る処にあらず。また若冠の女を称ひて『放髪丱』といふ。然らば腹句已に『放髪丱』といへれば、尾句に重ねて著冠の辞を云ふべからざるか」といへり。

決めて曰はく

橘の光れる長屋にわが率寝し童女丱に髪上げつらむか（三八二三）

また、巻十六には「からかわれる僧」というのも登場する。以下の二首がある。

僧を戯れ嗤へる歌一首

法師らが鬚の剃杭馬繋ぎいたくな引きそ僧は泣かむ（三八四六）

法師の報へたる歌一首

檀越や然もな言ひそ里長が課役徴らば汝も泣かむ　（三八四七）

さらに、巻六に「十年戊寅に、元興寺の僧のみづから嘆ける歌一首」（一〇一八）というのがあるが、そこの左注に、「元興寺の僧」は「独り覚りて智多けれども」「衆諸のひと狎侮りき」とある。やはり周囲から嘲笑されている僧侶の存在がある。[注24]

ここで僧侶の恋愛に注目すると、辰巳正明氏は、これらは「僧中における禁断の恋の悲喜劇の物語」であり、それらが笑いの対象になっていることについても、「僧は社会的に立派な職業人と認められていたことから、立派でない状態にあっては笑いの対象ともなる」と指摘する。したがって、「聖人であるべき僧が、世俗の雑踏や戯笑の中に身を投じ、世俗と共に生きるのが歌世界の中の僧である」と論ずる。[注25]よって、歌の世界では恋愛を直接歌っていなくても、世俗から嘲笑の対象となり、けっして聖人とは扱われない、ということになる。

そこから考えると、聖人としての僧が登場するのは、中国の仏教関係文献の中の僧侶像であり、そこでの彼らは、詩文で恋愛などは取り上げない。

古代日本においては、儀礼に管弦が行われたように、音楽や韻律が害悪・不要という思想は生まれなかったと思われる。ただし、『万葉集』における僧侶関係の歌は、諧謔やからかいの気分で詠われているものが多い。これは禁欲的な「信仰」「道理」によって衆生を教化している僧侶が、「理」（規範意識）ではない「情」（人間的感情）の世界が支配する和歌では、反転して「情」に対処しきれない状態が示されているのではないだろうか。これは漢詩と和歌という性格の違いによるところが大きいのではないか。

そういう意味で、和歌と漢詩文をないまぜに創作して、「理」と「情」のあいだをたゆとう世界を表現しようとした山上憶良の作品は、『万葉集』の中で異彩を放っているといえよう。[注26]

六　おわりに

古代の東アジアにおいて、仏教の影響は絶大なものがあった。それにより各地域・各民族の文化も大きな変容を余儀なくされたが、本稿では、詩歌の文化、恋愛の文化がどのように変容していったのかを概観した。中国では、仏教の来襲により詩歌は「悪」と見なされたが、方便によりそれを転じて仏への鑽仰と転換していったのである。日本では、恋愛を肯定する和歌文化と仏教が出会ったとき、「反・恋愛」の聖人である僧侶が、一転して「反・聖人」＝嘲笑の対象となる、という図式が成り立ってしまったと考えられる。

今回はおもに中国と日本の関係のみにしぼって論じたが、まだまだ考えるべき問題は残されている。今後の課題としたい。

注

1　山田孝雄「万葉集に仏教ありや」（『万葉集考叢』宝文館、一九五五年）など。
2　『岩波仏教辞典（第二版）』（岩波書店、二〇〇二年）。
3　平川彰『比丘尼律の研究』（春秋社、一九九八年）。
4　石田瑞麿『梵網経』（大蔵出版、一九七一年）。
5　井上光貞ほか校注『律令』（日本思想大系、岩波書店、一九七六年）。
6　注5前掲書。
7　中井真孝『日本古代の仏教と民衆』（評論社、一九七三年）。
8　律令がはたして文面通り厳密に運営されていたのかどうかについては、再検討されるべきだとの意見もある（吉田一彦『民衆の古代史』風媒社、二〇〇六年）。

9 拙稿「奈良時代の仏典注釈と「うた」――法進『沙弥十戒并威儀経疏』――」（拙著『日本霊異記と東アジアの仏教』笠間書院、二〇一三年）。

10 吉川忠夫・船山徹訳『高僧伝』（一）～（四）（岩波文庫、二〇〇九～二〇一〇年）。以下同じ。

11 注10前掲書。

12 注9拙稿参照。

13 『万葉集』の引用は中西進校注『万葉集　全訳注原文付』（全四巻、講談社文庫、一九七八～一九八三年）。以下同じ。

14 辰巳正明「仏教と詩学――維摩講仏前唱歌について――」（『万葉集と比較詩学』おうふう、一九九七年）。

15 原文は万葉仮名。解釈は中西進『聖武天皇』（ＰＨＰ研究所、一九九八年）による。

16 冨樫進『奈良仏教と古代社会――鑑真門流を中心に――』（東北大学出版会、二〇一二年）参照。

17 『日本大蔵経』第四十巻を書き下し。

18 山口敦史・今井秀和・迫田（呉）幸栄「校訂 金剛般若経集験記（二）」（「大東文化大学紀要」第五十二号、二〇一四年三月）。『金剛般若経集験記』の性格等については、拙稿「『金剛般若経集験記』から見た『日本霊異記』――神身離脱説話をめぐって――」（大東文化大学「日本文学研究」第五十二号、二〇一三年二月）参照。

19 興膳宏『中国の詩人④ 庾信』（集英社、一九八三年）。

20 辰巳正明「近江朝文学史の課題」（『万葉集と中国文学 第二』笠間書院、一九九三年）参照。

21 『日本国語大辞典』第二版、第四巻（小学館、二〇〇三年）。

22 『角川古語大辞典』第二巻（角川書店、一九八四年）。

23 本文は『白氏長慶集』（台北市・芸文印書館、一九七一年）による。

24 大谷歩「元興寺の僧の歌」（『東アジアと多文化』第十三回東アジア比較文化国際会議・韓国大会資料、二〇一六年八月）参照。

25 辰巳正明「僧中の恋と少女趣味」（『万葉集の歴史』笠間書院、二〇一一年）。

26 山上憶良作品の考察については、続稿を期したい。

Ⅳ 万葉集の都と鄙

万葉集の都と鄙

都の成立は、鄙の成立でもあった。鄙が際立つことによって都は雅であることを明らかにしたのである。そのような雅の形成は、天皇の行幸にある。何百人もの従駕の男子はきらびやかな服装に身を包み、女官たちは赤裳を引きながら付き従うのである。それのみではない、行幸の前後には太鼓や笛の音が賑やかに奏され、吉野へ、紀伊へ、伊勢へと向かったのである。それは天皇の威信を告知するのみではなく、都の雅を天下に普く知らせる行事でもあった。さらに、地方へと赴任する地方官たちは、その土地で文化サークルを形成する。それは、都の文化の再現である。都のてぶりを忘れないことが、地方官の強い思いである。それゆえに、地方を都の雅へと変質させることに関心を注いだ。大宰府では梅花の宴や玉島遊覧で、越中ではホトトギスや桃の花で、あるいは鵜飼や鷹狩りで雅な風景を楽しんだ。鄙に欠落している雅を補完することで、鄙に美しい風景や遊楽の文学が創造されたのである。

藤原京注釈

――その思想性と文学性について――

辰巳　正明

一　はじめに

西暦六九四年に藤原京への遷都が行われた。持統天皇八年十二月のことである。この藤原京は、大和三山が囲繞する広大な地に造営された、日本最初の都城制の都であった。その規模は平城京をも上回る大規模な都であったことが知られる。そこは藤井が原と呼ばれた土地であり、おそらく聖水の湧き出る所で、藤原の宮はこの聖水を中心に営まれたのであろう。それまでの明日香の宮処は、狭小な土地に天皇の代替わりとともに宮処を遷るのを慣例としていた。宮処というのは、天皇一代という古代的な観念が存在した。しかし、藤原京は天皇の永遠の都として造営され、天皇という倭国王の新たな神の都が誕生したのである。そのような藤原京が成立するには、特別な思想性の存在したことが想定されるのであり、それを可能としたのは、倭国に〈天皇〉という神が登場したことと深く関わりがあるように思われる。

この〈天皇〉という神は、天武天皇が壬申の乱に勝利した時に歌われたという、「大君は神にし坐せば」（巻十九・四二六〇、四二六一）の二首の歌を先駆として、持統朝に柿本人麿によって完成する王権讃美の思想である。そうした天皇即神という思想性は、壬申の乱に勝利したことによるが、そこには全国を統一した王は、偉大な王として称賛されて王の称号へも影響を及ぼした歴史がある。それが秦の始皇帝の称号改革であった。始皇帝は地上に降りた最初の天の神だというのである。この壬申の乱を経て、〈天皇〉という称号が現れるのも偶然ではない。文献上では推古朝の造像銘や天智朝の墓誌銘に求められるが、これらは後世の作為とされている。考古学的な発見では飛鳥池工房遺跡から発掘された墨書木簡に「天皇聚□弘」という文字が認められ、これは「丁丑年十二月三野国云々」の木簡とともに発掘され、丁丑の年が天武朝にあたるということから、天皇号の成立に関する現在的上限は天武天皇の時代に求められることが裏付けられつつある。[注1] これは、今日の歴史学が注意するように、天皇号による日本古代王権の形成は、最も新しい概念であるから、天皇号以前の天皇については王あるいは大王とすべきであるとするのは、一つの見識である。そのような倭王権の新たな出発に、天なる神の都として藤原京が計画されたのであろう。その計画が天武天皇の構想であったことは、それを保証するものだといえる。

藤原京がそれまでの宮処とは大きく異なることによって現れる問題は、一つにはこの都が天円地方の思想性を背景とすることであり、二つには都城の景観が三山の囲繞する聖なる都として成立したことであり、三つにはこの都城が四禽図に叶う四神相応の都として成立したことである。天円地方の都であることが知られるのは、それが条里制によって成立していることである。この条里制は都をどこまで区切っても方形とするものであり、それは大地を方形とする思想による。それに則れば、天は円形という思想である。天は円く地は四角という古代中国の哲学に基づいた都城造営の基本を受けたものである。また、三山が囲繞するというのは、これも古代都城の造営の基本思想であり、三山は都城の鎮護の山であることによる。三山であるのは、おそらくそこを聖空間とする思想であろう。東と西と北に配された山に、南嶽を加えて都城は東西南北の中心に存在することになる。南嶽は王の顔を向ける天子南面の方角を意味し、それは王の支配権の南極である。それゆえに終南山と呼ばれる。そのような都城が始皇帝の都であった。契沖はこのことに触れて「もろこしにも、よき都は、皆四面に霊山あるなり」（「万葉代匠記」）という。そのことは張衡の「西京の賦」（「文選」）に見えている。また、都城が四禽図に叶うというのは、都の四方を神が守護するという思想である。東は青龍、南は朱雀、西は白虎、北は玄武の四神である。それは方位を表すとともに、春・夏・秋・冬の四時を表し、四時は十二ヶ月を表し、十二ヶ月は十干十二支を表し、古代の一日の十二時間を表したのである。このような思想は、陰陽思想や五行思想や天文学や暦法などの古代中国思想の宇宙観に表れた都城の景観や思想である。[注2]こうした都城の思想は、次の平城京や平安京にも引き継がれてゆくのである。都城は地上の王の宮都であるが、それは天の神の天庭を模したものである。天上には天帝の住む居処があり、天庭と呼ばれる。北斗星を中心とした星空の世界は、東西南北に各七つの星宿があり、合わせて二十八宿が存在する。それが天の星空の世界であり、天帝はその最大の神である。この天の神が生んだ地上の赤子（民）を撫育するために、天子（天なる神の子）を地上に遣わしたのである。それが天の神が地上の王に与えた、重要な任務である。

このような都城と宇宙観との関係を語る断片は、平城京の造営の中にも見えている。元明天皇は新たな都の造営に消極的であったが、臣下の強い勧めを受けて決意する。その時の詔には「そのようであるので、京師は百官の府であり、四海の帰すところである。今、平城の地は四禽図にも叶い、三山が鎮護し、亀筮の占いにも吉と出ている。よろしく都邑を建てよう。」（「続日本紀」元明天皇和銅元年二月）という。元明天皇が新都の造営に消極的であったのは、「わたしは薄い徳の者でありながら天下を治めている。都を造る者の苦労がしのばれ、遷都のことには余裕がない」ということにあった。天皇がわが身を「薄徳」であるというのは、都城の王と儒教的徳とが一体であったからである。「京師」というのは、班孟堅の「両都の賦」の「京師脩宮室」の注によれば「公羊伝」を引用して「京師というのは、天子の居処である。京とは何か。大きいことである。師とは何か。衆いことである。天子の居処は、必ず人々が多くあることによる言葉である。」とある。都城というのは、天子の広大な居処ではあるが、多くの人々がそこで暮らす場所なのだというのである。

このことは、すでに仁徳天皇が「そもそも天が君を立てるのは、これは百姓のためである。それゆえ、すなわち君は百姓をもって本とするのである。」(『日本書紀』仁徳天皇条)と述べているのは、中国古代の聖典である「尚書」にいう「民は邦の本、本が固いと国は安寧である。」(康誥)に基づくものである。また、大化二年(六四六)八月に孝徳天皇が詔をして、「もとより天地陰陽は、四時を乱れさせることはない。思いみるに天地は万物を生み、万物の内で人は最も霊なるものである。その霊なるものの間で、聖なるものが人主となる。ここに聖主の天皇は、天に則り天下を治め、人が楽しみを得ることを思い、暫しも忘れることはない。」という。天地陰陽は四時を乱れさせることがないというのは、天の運行の正しい秩序を指すものであり、その主体は古代的な天の帝や皇である。その天に基づいて政治を行うという宣言である。漢代の儒教学者である董仲舒の「春秋繁露」には、王の資質として「明とは天地、陰陽、四時、日月、星辰、山川、人倫に通じることであり、徳が天地に等しい者を帝と称する」とのべているのがそれである。帝は天帝のことであるが、始皇帝の登場によって地上の帝の徳が求められたのである。それは、すべてに通じて明らかな存在でなければならないというのである。皇帝に儒教的な徳という資質の求められた始まりである。

都城とは、このようなあるべき王の居処である。その地上の王が天の神と等しくあることによって、天の意志を受けなければならなくなる。それゆえに、そこには天と人との感応が求められた。天の意志は物を言わないから、その意志は瑞祥や災害で表されたのである。天の意志に背くことなく正しい政治が行われていれば、天は瑞祥を降した。孝徳天皇の世の白雉は、道登法師の言として、王者が清素であれば山が白雉を出すと述べている。天の意志が白雉の祥瑞を孝徳朝に降し、その慶びとして改元が行われたのである。そこには緯書(経書に対して吉凶や祥瑞や予言などを記した書）の思想が深く関わっているのである。この仁徳紀や孝徳紀の思想は、「日本書紀」という史書の立場によって加えられたものと思われるが、このような思想は天の意志を受ける王宮に住む王者の政治思想となり、藤原京という都城の成立によって具体化されてゆく歴史思想でもあったのである。

藤原の宮は、このような思想性の中に詠まれたものと思われる。それゆえに、広大な敷地を持ち、壮大な宮殿が建ち並び、見る者聞く者は驚嘆したはずである。それのみではない。この荘厳な藤原京がどのようにして造営されたのか、どのような思想性によって成立したのか、そのような疑問を解く内容が万葉集に二首の長歌をもって詠まれていることは、古代思想や歴史思想を知る上では極めて貴重な資料的価値があるものと思われる。しかしながら、これらが文学表現としての意味は有するが、歴史でも思想でもないという理解によって、それほど問題にはならない作品である。しかし、これは大和が倭国という前近代から東アジアという近代国家の中で、日本という国の成立の中に現れた、極めて貴重な歴史思想として理解出来るものである。以下に二首の長歌の注釈を通して考えたい。

二　「藤原の宮の役民の作る歌」の注釈

藤原の宮の役民の作る歌

八隅知し　吾が大王　高照らす　日の皇子　荒妙の　藤原が上に　食す国を　見し賜はむと　都宮は　高知らさむと　神ながら　念ほすなへに　天地も　縁りて有りこそ　磐走る　淡海の国の　衣手の　田上山の　真木さく　檜のつまでを　物部の　八十氏河に　玉藻成す　浮かべ流せれ　其を取ると　騒ぐ御民も　家忘れ　身もたな知らず　鴨じもの　水に浮き居て　吾が作る　日の御門に　知らぬ国　依せ巨勢道より　我が

国は　常世に成らむ　図負へる　神亀も　新た代と　泉の河に　持ち越せる　真木のつまでを　百足らず
筏に作り　泝すらむ　勤はく見れば　神ながらならし
（巻一・五〇）

右は、日本紀に曰はく、「朱鳥七年癸巳秋八月に、藤原の宮の地に幸す。八年の春正月に、藤原の宮に幸す。冬十二月庚戌の朔乙卯に、藤原の宮に遷居す。」といへり。

藤原の宮の役民の作る歌

やすらかにお休みになられる、吾が偉大なる王、天上を高く照らす、太陽の皇子は、荒妙の、藤原の地に、統治される国を、御覧になられようと、都城の宮は　高く造られようと、神のままに、思われる折に、天地の神々も、そのことによって助けられるのだ。岩の上を激しく流れ走る、淡海の国の、衣手の、田上山の、真木を伐り裂いた、桧の荒く削った木材を、物部の、八十氏河に、玉藻が浮いているように、木樵たちは浮かべ流している。それを受け取るといって、騒ぎ立てる御民も、家に帰ることも忘れ、我が身のこともすっかり忘れて、鴨でもないのに鴨のように、水に浮きながら、我先にといって造営する。その日の御門に、遠く知られない国も、依り着いて来るという巨勢道から、我が国は、常世にあるだろうと、図を背負った、瑞祥の神亀も、新たな時代だと、泉の河に出現し、その川に持ち越して来る、真木の木材を、百には足らない、筏に組み作り、川を上らすようである。民がせわしく働くのを見れば、まさに天皇が神そのままであるからだろう。

右の歌は、日本紀に言うところでは、「朱鳥七年の癸巳秋八月に、藤原の宮の地に行幸した。八年の甲午の春正月に、藤原の宮に行幸した。冬十二月庚戌の一日乙卯に、藤原の宮に遷居した。」という。

藤原宮之役民作歌

八隅知之　吾大王　高照　日乃皇子　荒妙乃　藤原我宇倍尓　食國乎　賣之賜牟登　都宮者　高所知武等
神長柄　所念奈戸二　天地毛　縁而有許曽　磐走　淡海乃國之　衣手能　田上山之　真木佐苦　檜乃嬬手乎
物乃布能　八十氏河尓　玉藻成　浮倍流礼　其乎取登　散和久御民毛　家忘　身毛多奈不知　鴨自物　水
尓浮居而　吾作　日之御門尓　不知國　依巨勢道従　我國者　常世尓成牟　図負留　神龜毛　新代登　泉乃
河尓　持越流　真木乃都麻手乎　百不足　五十日太尓作　沂須郎牟　伊蘇波久見者　神隨尓有之

右、日本紀曰、朱鳥七年癸巳秋八月、幸藤原宮地。八年甲午春正月、幸藤原宮。
冬十二月庚戌朔乙卯、遷居藤原宮[注3]。

【注釈】

○藤原宮之役民作歌　「藤原宮」は持統八年（六九四）に遷都した持統・文武天皇の都。「役民」は、朝廷の労役に奉仕する役の民。賦役の民。「全漢文」（巻三十三）蕭望之「駁張敞敞入穀贖罪義」に「今有西辺之役民」とある。この藤原の宮の登場により、今までの宮処は都城へと大きく変わる。

○八隅知之（八隅知し）　天皇がゆったりと休息すること。「八隅」は「休み」で、天皇が休息していること。天皇の身体行為の一。食べる、寝る、知る、聞くなどと等しく、天下統治の象徴表現。天皇が休息しているのは、平安な世と考えた。垂拱端座と同じ。「八隅」を八方とする解釈もある。「知」は「す」の尊敬。持統朝頃からの慣用句。

○吾大王（吾が大王）　わが偉大なる王の意。「史記」（巻六）秦始皇本紀に「願大王毋愛財物」とある。

○高照（高照らす）　天上を皎々と照らすこと。太陽をいう。

○日乃皇子（日の皇子）　太陽の皇子をいう。「皇子」は、天皇の御子の意。太陽神の住む天の原の天皇の霊を継承する者。天皇も命数を終えれば日の皇子として天の原へと回帰する。

○荒妙乃（荒妙の）　荒い栲の繊維の織物。次の「藤」を導く修飾語（枕詞）。藤の蔓の皮で糸を取った布は、荒いので荒栲という。

○藤原我宇倍尓（藤原が上に）　藤原の地は奈良県橿原の東部の地。

○食國乎（食す国を）　統治される国のこと。「食」は尊敬。天皇の食事は国を治めることの象徴。

○賣之賜牟登（見し賜はむと）　「賣之」は「目し」で御覧になられること。天皇の見る行為は国を治める象徴。

○都宮者（都宮は）　都と宮。「陳詩」（巻二）周弘正「名都一何綺詩」に「名都宮観綺」とある。都城の宮をいう。新しい造営による京都。藤原の宮は条里制による都。長安の都城に類する天円地方の都。
○高所知武等（高知らさむと）「高」は「高々と」の意「知」は統治。
○神長柄（神ながら）神の性質そのままにの意。「日本書紀」孝徳天皇条の「惟神」に「惟神者、謂随神道。亦自有神道也。」とある「随神道」や「自有神道」、あるいは「延喜式祝詞」（遷却崇神）の「神奈我良」などから、「カムナガラ」と訓まれている。「長柄」はそのもの。
○所念奈戸二（念ほすなへに）天皇が思われる折をいう。
○天地毛（天地も）天地は悠久にして万物を生む存在。ここは天神地祇のこと。「詩経」序に「動天地。感鬼神。」とある。
○縁而有許曽（縁りて有りこそ）それを縁としての意。「許曽」は強め。
○磐走（磐走る）岩の上を激しく流れる水をいう。滝のこと。
○淡海乃國之（淡海の国の）滋賀県の旧国名。淡海は淡水の湖のこと。ここは琵琶湖を指す。
○衣手能（衣手の）着物の袖をいう。次の田（手）を導く修飾語（枕詞）。
○田上山之（田上山の）滋賀県大津の地の山。
○真木佐苫（真木さく）真木は杉や桧などの立派な木材。「佐苫」は木を伐り出すことか。
○檜乃嬬手乎（桧のつまでを）桧の荒く削った木材をいう。
○物乃布能（物部の）「物乃布」は物部。宮廷の官人集団。多いので「八十」を導く修飾語（枕詞）。
○八十氏河尒（八十氏河に）多くの氏の宇治川と続く。宇治川は京都市宇治を流れる木津川。
○玉藻成（玉藻なす）玉藻は美しい藻。「成」は、「～のように」の意。
○浮倍流礼（浮かべ流せれ）木材を川に浮かべて流していること。
○其乎取登（其を取ると）流された木材を取ること。
○散和久御民毛（騒く御民も）大騒ぎする民をいう。「御民」は天皇の民であることによる。民は常に天皇と一体という考えによる。「尚書」「周書」に「天子作民父母。以為天下王。」とある。
○家忘（家忘れ）家に帰るのも忘れて民が天皇に奉仕する姿をいう。
○身毛多奈不知（身もたな知らず）我が身のことをすっかり忘れて民が奉仕すること。「多奈」はすっかりの意。
○鴨自物（鴨じもの）鴨のように。「自物」は「～のようなものとして」の意。副詞的に用いる。
○水尒浮居而（水に浮き居て）鴨のように水に浮かんでの意。
○吾作（吾が作る）民が都城を造る主人公であることをいう。
○日之御門尒（日の御門に）太陽の輝く御門の意。御門は皇居。太陽を神とすることによる表現。
○不知國（知らぬ国）まだ統治していない異国をいう。
○依巨勢道従（寄せ巨勢道より）巨勢道を経ての意。「依」は不知国が寄るということから「巨勢」を導く。
○我國者（我が国は）「国」は天下国家をいう。
○常世尒成牟（常世に成らむ）「常世」は永世であること。「北魏墓誌」に「世非常世、胡寧有常、人百其身、物無永昌。」とある。古代日本では海の彼方の豊かにして不老不死の国をいう。
○図負留（図負へる）図は河図。聖君が世に出現すると背中に吉祥文を背負い現れる祥瑞。「全三国文」闕名「禅国山碑」に「麟鳳龍銜図負書」とある。「北周詩」（巻五）「燕射歌辞」に「河図則魚龍合負」とある。「文選」（巻二十）王吉甫「晋武帝華林園集詩」の「応期」の注に「尚書刑徳放曰、河図、帝王終始存亡之期。」とある。緯書の思想。

○神龜毛（神亀も） 神亀は瑞祥の亀。「神」は不可思議なこと。「爾雅」「釈魚」に「亀三足曰賁。一曰神亀。二曰霊亀。三曰攝亀。四曰宝亀。五曰文亀。六曰筮亀。七曰山亀。八曰沢亀。九曰水亀。十曰火亀。」とある。「全三国文」（巻十四）陳王植「神亀賦」に「嗟神亀之奇物。体乾坤之自然。」とある。古代の年号に用いられた。

○新代登（新た代と） 新しい時代の到来の意。聖帝の登場と新都の築造をいう。

○泉乃河尒（泉の河に） 京都市相楽郡木津・加茂を流れる木津川。「泉」は「出づ」を重ねる。

○持越流（持ち来せる） 持ちやって来ること。

○真木乃都麻手乎（真木のつまでを） 「真木」は桧や杉の立派な用材。「都麻手」は荒削りの木材。

○百不足（百足らず） 百には足りないことから次の「五十」の「イ」を導く修飾語（枕詞）。

○五十日太尒作（筏に作り） 「五十日太」は丸太を組み合わせた船の代用。筏。

○沂須郎牟（沂すらむ） 「沂」は川を上らせること。「郎」は「らう」の音約。

○伊蘇波久見者（勤はく見れば） 民が勤しみ努める姿をいう。

○神随尒有之（神ながらならし） 「神随」は神そのものをいう。「日本書紀」孝徳天皇条の「惟神」の注に「惟神者、謂随神道。亦謂自有神道也。」とある「随神」はカミナガラと訓まれている。神として神のままにの意。「尒有之」は「～にあるらし」の約音。「～であるらしい」の意。

○右、日本紀曰 「日本紀」は「日本書紀」。七二〇年に成立した史書。

○朱鳥七年癸巳秋八月、幸藤原宮地 持統天皇朱鳥七年（六九三）秋八月に藤原の宮に行幸したこと。

○八年甲午春正月 同八年（六九四）春正月。

○幸藤原宮 藤原宮造営の地に行幸したこと。「幸」は天皇が宮居から出掛けること。

○冬十二月庚戌朔乙卯 朱鳥八年冬十二月をいう。

○遷居藤原宮 藤原宮に遷居したことをいう。「遷居」は宮を遷すこと。「魏書」（巻四）三少帝紀に「是日遷居別宮」とある。

藤原の宮の役民が作った歌である。藤原の宮は、持統八年（六九四）十二月に、明日香から遷都した、持統天皇・文武天皇・元明天皇の三代の宮である。元明天皇の和銅三年（七一〇）に平城京に遷都したことで十五年ほどの短命の都であった。この藤原の宮は、奈良県橿原市高殿一帯の地で、藤井が原と呼ばれた。東に香具山、西に畝傍山、北に耳成山があり、これらの三山は都を鎮護する山である。また、南の遠くにある吉野山は、南山であり世界の果ての終南山を意味する。常に天子が顔を向ける天子南面の山である。

この藤原の宮の造営は、天武天皇の計画であったが成らず、持統天皇により完成をみた。天武天皇が計画したこの宮は、三山に囲繞された都であり、また南の吉野山を以て終南山とし、大地は四角く造営するという計画であった。先に触れたように、大地を四角く造るのは、天は円く地は四角いという天円地方の思想からである。「全三国文」（巻六十八）虞翻の「渾天儀説」に「又太玄経曰。天円地方。」とあり、また「隋書」志の「天体」に「天円如張蓋、地方如棊局。」という思想を根拠する。そのような都は、今までの宮処とは大きく異なる、都城と呼ばれる宮処であり、日本最初の都であった。都城というのは古代中国の天の思想や天文学の知識を以て造営される。そのことからも、天武天皇が「天文遁甲」を良くしたという記録（「日本書紀」天武天皇条）は、この新たな都城の成立を物語っている。

長歌は、そうした藤原の宮の造営に勤しむ民が、この都を祝い歌ったものである。天下を統治される偉大なる王、天上を皎々と照らす太陽の皇子は、統治する国を御覧になられようと、都城の宮を高く造られようとして、神のままに思われる折に、天地の神々もそのことに因り助けられたのだという。天皇が「高照　日乃皇子」であるのは、天なる神（皇祖霊）の霊魂を継承した御子の意であり、「日（ヒ）」は「霊（ヒ）」のことである。そのことにより、日の皇子は天神の助けにより新たな都の造営を可能としたのだというのである。それを称えるのが「役の民」と呼ばれる、都城造営の労役に勤しむ民である。この民は新たな天皇の登場を喜び、身を抛って労役に勤しむのであり、その様は、田上山の真木を伐り裂いて桧の荒く削った木材を宇治川に下ろし、木樵たちはその木材を浮かべ流し、それを受け取るといって騒ぎ立てる御民は、家のことも我が身のことも忘れて、水に浮きながら我先にと争って都の造営に奉仕するのだという。これは新たな世にあたって現れた祥瑞としての民の奉仕でもあるが、民とは常に天皇と一体の存在であることを背景とする思想によるものである。

中国では古くから民本という思想があり、古代中国の聖典である「尚書」では「民は邦の本となす。本固ければ邦寧んじる。」（「五子の歌」）、「民を安んずるはすなわち恵みである。黎民はこれを憶う。」、「遍く古の先哲王に求め聞き、以て民を康保せよ。」（「康誥」）のようにいう。民は国の基本であるという理解により、そのように国を統治する王が登場すれば、民の恵みとなり民の喜ぶところとなる。ここに役民たちが競ってこの都の造営に勤しむのは、まさに聖天子が登場して新たな世となり、民は天皇の恵みを得て平安な暮らしが可能となった結果なのである。それは、あたかも古代中国の民が歌ったという「撃壌の歌」を思わせる。「日が出て働き、日が落ちて休む。井戸を穿って飲み、田を耕して食べる。帝の力は我に関係しようか」という歌である。民は帝の努力を知らなくとも、日々を平安に暮らしているという意である。しかし、ここでは「民がせわしく働くのを見ると、まさに天皇が神そのままであるようだ」というのは、聖天子を祝福して奉仕する民の姿である。こうした新しい歴史思想による時代の中に、持統朝の出発を告げる歌が役民の作る歌であったのである。民の側から称賛される王は、聖天子としての資質を持つと考えるからである。もちろん、作者は役民とされるが、古代宮廷の大歌所の専門家により創作されたものと思われ、反歌を伴わず古形式であり、宮廷の大歌の形式を踏まえて詠んでいると思われる。

四　藤原の宮の御井の歌の注釈

藤原の宮の御井の歌

八隅知し　わご大王　高照らす　日の皇子　麁妙の　藤井が原に　大御門　始め賜ひて　埴安の　堤の上に　在り立たし　見し賜へば　日の本の　青香具山は　日の経の　大御門に　春山と　しびさび立てり　畝火の　此のみづ山は　日の緯の　大御門に　みづ山と　山さび座ます　耳為の　青菅山は　背ともの　大御門

に　宜しなへ　神さび立てる　名細し　吉野の山は　影ともの　大御門ゆ　雲居にそ　遠く有りける　高知るや　天の御蔭　天知るや　日の御影の　水こそば　常に有らめ　御井の清水

（巻一・五二）

短　歌

藤原の　大宮つかへ　生れつぐや　処女がともは　乏しきろかも

（巻一・五三）

右の歌は、作者未詳。

藤原の宮の御井の歌

やすらかにお休みになられる、わが偉大なる王。高く皎々と照らされる、わが太陽の皇子は、麁妙の、藤井の原に、大御門を、ご造営になされて、埴安の池の、堤の上に、出御されお立ちになり、ご覧になられると、日の本の、青香具山は、日の経の、大御門にして、春山として、繁茂して鎮座している。畝火の、この瑞山は、日の緯の、大御門にして、瑞山として、山そのものとして鎮座していらっしゃる。耳成の、青菅山は、背の面の、大御門にして、宜しくも、神そのものとして鎮座している。その名も美しい、吉野の山は、影の面の、大御門から、雲居の遙か、遠くに有ることだ。高々とご統治される、天の御蔭、天上をご統治される、日の御影の、この水こそは、常に有り続けるだろう。御井のこの清水は。

短　歌

藤原の、大宮に奉仕する者は、次々と受け継がれることだ。その処女たちは、なんと羨ましいことか。

右の歌は、作者未詳である。

藤原宮御井歌

八隅知之　和期大王　高照　日之皇子　麁妙乃　藤井我原尓　大御門　始賜而　埴安乃　堤上尓　在立之

見之賜者　日本乃　青香具山者　日經乃　大御門尓　春山跡　之美佐備立有　畝火乃　此美豆山者　日緯能
大御門尓　弥豆山跡　山佐備伊座　耳為之　青菅山者　背友乃　大御門尓　宜名倍　神佐備立有　名細
吉野乃山者　影友乃　大御門従　雲居尓曽　遠久有家留　高知也　天之御蔭　天知也　日御影乃　水許曽婆
常尓有米　御井之清水

短　歌

藤原之　大宮都加倍　安礼衝哉　處女之友者　乏之吉呂賀聞

右歌、作者未詳。

【注釈】

○藤原宮御井歌　「藤原宮」は持統・文武天皇の都。持統天皇八年（六九四）十二月に、明日香から藤原の地へと遷都した。「御井」は都の聖水。藤原は藤井が原と言われ、湧水の地であった。その井（湧水）を詠んだ歌である。

○八隅知之（八隅知し）「八隅」は休まれる意。天皇がゆったりとお休みになること。食べる・聞く、知るなどと等しく、天皇の身体行為は国を統治することの象徴表現。垂拱端座に等しい。「八隅」を八方とする説もある。「知」は尊敬。持統朝頃からの慣用句。

○和期大王（わご大王）　我が偉大なる王の意。

○高照（高照らす）　高く照り輝かす太陽をいう。

○日之皇子（日の皇子）「日」は霊（ヒ）を起源として太陽の皇子へ展開した。「皇子」は天皇の御子の意で、天皇の霊を継承する者をいう。

○麁妙乃（麁妙の）　荒い栲の織物をいう。次の「藤」を導く。藤の蔓皮の糸で織った布は、荒いので荒栲という。

○藤井我原尓（藤井が原に）　藤井が原は奈良県橿原の近傍。大和三山に囲まれた地。藤井が原と呼ばれていた。「原」は高天の原の「原」と等しく神の住む処をいうか。

○大御門（大御門）「御門」は都城を指す。

○始賜而（始め賜ひて）　天下統治を始めたこと。

○埴安乃（埴安の）　埴安の池は香具山の近傍にあった池。

○堤上尓（堤の上に）　都城の池の堤の上をいう。池塘のこと。

○在立之（在り立たし）　出御して堤に立ったこと。

○見之賜者（見し賜へば）　天皇が国見をしている様。国見はあるべき土地を出現させる儀礼。

○日本乃（日の本の）　太陽の昇る大和の国の意。日本は外国向けの国号。

○青香具山者（青香具山は）　青々とした春の山である香具山はの意。藤原の宮の東方に位置する。大和三山の一。ここから太陽が昇り春が到来する。

○日經乃（日の経の）　日を縦糸とすること。太陽の昇るラインをいう。

○大御門尓（大御門に）　都城の東の立派な門をいう。
○春山跡（春山と）　東方の位置を定める春の山の香具山をいう。
○之美佐備立有（しびさび立てり）　繁茂して鎮座していること。「之備」は繁ること。
○畝火乃（畝火の）　畝火は大和三山の一。橿原神宮近傍の畝傍山。藤原の宮の西方に位置する。太陽の沈む山。
○此美豆山者（此のみづ山は）　この瑞々しい山の意。
○日緯能（日の緯の）　日を緯糸とすること。太陽の沈むラインをいう。
○大御門尓（大御門に）　都城の西の立派な門をいう。
○弥豆山跡（みづ山と）　藤原の宮の西の位置を定める秋の瑞々しい山の意。
○山佐備伊座（山さび座ます）　山そのものとして鎮座していること。「佐備」はその状態であること。
○耳為之（耳為の）　耳為は大和三山の一。耳成山。藤原の宮の背後の北側に位置する。
○青菅山者（青菅山は）　北方の青管の茂る山の意。
○背友乃（背ともの）　「背友」は背後。都の背面を指す。藤原京の北側。
○大御門尓（大御門に）　都城の北の立派な門をいう。
○宜名倍（宜しなへ）　「宜」は好ましいこと。「名倍」は御門と共にある様。藤原の北を定める宜しい山としての意。
○神佐備立有（神さび立てり）　神の山そのままに鎮座していること。「佐備」はその状態であることをいう。
○名細（名細し）　「細」は美しく素晴らしいこと。次の「吉」を導く。
○吉野乃山者（吉野の山は）　吉野の山は藤原の宮南方に位置する山。南岳。
○影友乃（影ともの）　夏の日の輝く南方を定める山をいう。影は日と表裏。
○大御門従（大御門ゆ）　立派な南の門からの意。
○雲居尓曽（雲居にそ）　雲居に遙かあることをいう。
○遠久有家留（遠く有りける）　吉野が遠くにあることをいう。ここまでが天皇が国見をした藤原の地の風景。
○高知也（高知るや）　「高」は高々と。「知」は支配。
○天之御蔭（天の御陰）　「御蔭」は日の光。蔭は光と一対。天皇の恩徳をいう。
○天知也（天知るや）　「天知」は天上を支配すること。天皇は天の神であることによる。「也」は詠嘆。
○日之御影乃（日の御影の）　御蔭は日の光。影は光と一対。天皇の恩徳をいう。
○水許曽婆（水こそば）　藤原の御井の水をいう。
○常尓有米（常に有らめ）　「常」は永遠。
○御井之清水（御井の清水）　藤原の御井の聖水をいう。
○短歌　五七五七七を歌体とした、抒情性を表す形式の歌。長歌体に付くこともあるが、反歌とは異なり歌の形式が長歌から距離を置く。
○大宮都加倍（大宮つかへ）　大宮に奉仕すること。
○藤原之（藤原の）　藤原の宮のこと。
○安礼衝哉（生れつぐや）　次々と現れること。「阿礼」は「生れる」。「哉」は、詠嘆。
○處女之友者（処女がともは）　宮廷奉仕の少女。ここは常処女。「友」は一団。
○乏之吉呂賀聞（乏しきろかも）　聖水が永遠であり、それに奉仕する少女らも永遠と考えた。少女を褒めることは都を褒めること。
○右歌、作者未詳　歌が作者不明であるのは、古代の歌所が藤原の宮の祝福のために創作した歌で、大歌の伝統を継承した歌だからであろう。

藤原の宮の御井を詠んだ歌であるが、左注には作者未詳とある。持統天皇八年十二月に、明日香から藤原の地へと遷都し、新たな持統朝の治世が出発した。藤原は藤井が原と言われ、湧水の地であった。この歌が「御井」を詠んだというのは、水が聖水であるからであろう。宮処と井戸との関係は伝飛鳥板蓋の宮に残されている御井からも推測されるが、古く社の構造に井戸が付設されているのは、神を祀る聖水が求められたからであろうし、明日香の亀形流水施設は、王が聖水により新たに再生するという考えが存在した名残であると思われる。この藤原の宮は、その御井を中心として成立しているのである。

この歌の注意すべきことは、その御井のある都の構造について詠んでいるところにある。天皇は、埴安の池の堤の上に立ちご覧になると、日の本の青香具山は、日の経の大御門で春山として鎮座し、畝火の瑞山は日の緯の大御門で、瑞山として鎮座し、耳成の青菅山は、背の面の大御門で、神そのものとして鎮座し、吉野の山は、影の面の大御門から雲居の遙か遠くにあるという。香具山は東の山で、太陽の昇る門とされ、畝傍山は西の山で、太陽の沈む門とされ、耳成山は北の門で、神の山とされる。香具山・畝傍山・耳成山が都の門として鎮座するというのは、三山鎮護の思想の理解に基づくものである。また、吉野山が南の山として鎮護しているのは、この山は南山（南岳）であり、この世界の果ての山を示し、そこは仙人の住む仙郷である。このように山が囲繞し、東西南北が定められる中に都が造営されるのは、中国古代の都を造る基本的な構造であり、秦始皇帝から唐に至る都城造営の方法である。『日本書紀』の成務天皇条に「東西を定めて日の縦となし、南北は日横となし、山陽は影面といい、山陰は背面という。これをもって百姓天下に安居し事無し」とあるのは、王の都がすべての秩序を示し民を養うという理念による。そのような理念に基づく藤原京は、中国の都城をモデルとした、渡来の新知識に基づくものである。すでに漢の班固は「西都賦」（『文選』）で「建都は天の命を受けた者が図の符命を得て造営するものであり、東（星宿）の指示によって天下を平らげ、河図の霊の示す通りに従い西に向かい、賢人の指示に従って長安に都した」ことが述べられ、これは「天人合応」の都だという。さらに都城は秦嶺（終南山）を臨み、灃水と灞水を廻らせ、龍首山に寄りかかり、億年も続く都城を造営したのだという。それは山水の廻らされた都城と呼ばれる都であり、そこは天子の宮殿と人々の暮らす居住空間により出来ていて、城内は条坊制により区画され多くの四角い町が造られる。東西に市を配することから朝市ともいわれ、その都の周囲には高い構造物の壁が囲んでいる。

藤原京（宮）は周囲が五キロメートル弱の区画により出来た方形の都であるが、これは大地は四角いという思想に基づくものである。しかも、東西を繋ぐ太陽軸の中心線を二分割すれば左右が対称となり、右京・左京はこの構造に基づくものである。南北は天子南面の思想を表し、これも中心線から二分割すれば、上下が対称となる。条坊はこれを際限なく繰り返すことで、城内には四角い区画の方形の町が出来上がる。その東西南北の各面には三つの門が配置されていて、それぞれが春夏秋冬の三ヶ月の季節を表し、四面で十二ヶ月を表している。これは、天子十二門と呼ばれるが、その十二門は王の支配する時間を表すものであり、王はこの宇宙の時間を支配することで天下を統治するのである。その構造は、暦と一つである。

このような四角い都を造るのは、天は円く地は方形と考えるからである。これを天円地方といい、天を崇める古代中国に発した思想である。天には北斗星などにより示される天の王宮の天庭があり、そこには天帝（天神）が住むのであり、それは地上の王宮と呼応するのである。地上の王は、この天神の意志に基づいて政治を行うが、天の意志は瑞祥や災異により示されるので、王には天文への知識が求められることになる。天武天皇が天文遁甲に優れていたというのは、このような思想に基づいている。こうした天円地方の思想は、高松塚古墳やキトラ古墳の構造にも表されている。墓の主人は四角い玄室に納められ、天上には日月や二十八宿が描かれているのは、天円地方の思想に基づくものである。

このように構造化された藤原の都は、その水によって象徴化されている。井戸は王の聖水として称えられているが、このような構造の中に現れる井戸は、むしろ、「王者清浄則浪井出、有仙人主之。」(「孫氏瑞応図」『太平御覧』)といわれ、「鳳皇止而集栖。甘醴涌於中庭兮。激清流之瀰瀰。」(劉歆「甘泉宮賦」)といわれるように、それは清浄な王の誕生を祝い天の神が現した祥瑞である。藤原の宮の御井は、こうして古い聖水の宗教性から新しい思想により装われた御井であり、そのことにより「天の御蔭、日の御影の、この水こそは、常に有り続けるだろう。」というのは、天の祝福による聖水だからであり、それは天皇の御代とともに永遠にあり続けることを言祝ぐものである。そして、その御井の水は王が聖天子である限り涸れることはなく、それを汲むことは次々と受け継がれ、聖なる水を汲む少女たちは、何とも羨ましいのであるという。聖水を以て王に奉仕する少女たちは、また永遠の少女でもあるのである。

五　おわりに

日本最初の都城制による都の藤原京は、都城造営のさまざまな思想性に満ちている。そこは天円地方や天地合応の都だからである。そのような都に住む王は、道徳的な存在として求められた。「礼記」の楽記によれば、「大楽は天地が同和し、大礼は天地と同節する。和するので百物は失われず、節するので天を祀り地を祭るのである。明には礼楽があり、幽には鬼神がある。このようであるので四海の内は同愛するのである」という。天人合応の都は、この礼と楽とにあり、礼楽は宇宙的秩序と同和・同節するのである。その実現は、詩・歌・舞・楽によるものであり、班固の「両都の賦」によれば、漢の武帝・宣帝という聖帝の時代には礼や文章が重んじられ、楽府の役所も設けられてすぐれた事業が行われたことから、衆庶は慶びめでたい瑞祥が現れたことで、当時のすぐれた文人・詩人たちは朝夕に思いを練り、日月に詩賦を献呈したという。これが「言語侍従の臣」なのだという。優れた王が出現すれば、臣下は王を称賛する詩賦を作るのであり、優れた王が出現しても詩歌を作らないのは臣下の怠慢なのである。

「藤原の宮の役民の作る歌」も「藤原の宮の御井の歌」も、基本は作者未詳である。これを長歌体で詠むことは、特別なことである。役民の作る歌とあるのは、聖天子が出現して喜ぶ民の奉仕として詠まれたものであり、その民は「尚書」の「民を以て邦の本となす」の思想によるものであり、都城の思想の中にある民の姿である。民が喜ぶのはすぐれた天子が出現したという逆説的な論理ではある。むしろ、このような長歌体の藤原の宮造営の歌や御井の歌が、どのようにして成立したのかという問題にある。ここには、聖天子の出現を称賛する言語侍従の臣が存在したということであろう。この新しい皇都の誕生を喜ぶ詩人や文人たちが、朝夕に思いを練り天皇に献上したということが推測される。それが楽として歌われたことも考えるならば、古代の音楽所において専門の歌い手により奏上されたということであろう。藤原新都の造営は古代中国の思想性により成立したものであるが、それを称賛するのは言語侍従の臣たちの役割であった。言語侍従の臣たちが、都城の思想性とともに古代の文学性を担ったのである。二つの歌には新都の思想が盛り込まれ、それが思想として歌われるのではなく、それを讃歌として描くのは言語侍従の臣らの技量であったのである。

注

1 詳細は、吉村武彦『古代天皇の誕生』（角川書店）参照。
2 辰巳「都城の景観」『万葉集と比較詩学』（おうふう）参照。
3 本文・訓読文は、西本願寺本『万葉集』（主婦の友社覆製本）により、辰巳が校訂・訓読した。

大宰府の風土と東アジア意識

西地　貴子

はじめに

とりわけ八世紀の万葉歌人たちにとって、中国大陸の知識・文雅の横溢・大宝律令制度の確立とその浸透、和同開珎の発行による流通経済の変容と慢性的なインフレーション、長屋王の変が代弁されるように、政府内部の紛糾、こうしたさまざまな変動はあったものの、天平十二年（七四〇）に藤原宇合の遺児藤原広嗣が筑紫で乱を起こすまでは、軍兵を動かす大乱のない時代だったといえそうである。したがって、当時の武人・文人は、こうした時代相にあったというべきであり、彼らの創作の数々もそれと隔絶したかたちで存在しているわけではない。文学史のかたちで構想するかぎり、時代相を無視してかかるわけにはいかないからである。万葉の歌人たちとその文学を明らかにするためには、時代相ごとに当時の文化を支えていた官僚社会の内実を看過してはなるまい。注1

そこで、大宰府の風土が育んだ歌人たち、その文学集団の営為をここに見ていきたい。

一　大宰府

大宰府という環境を時間軸にそって紐解いていこう。

まずは、『日本書紀』宣化元年（五三六）五月の条に着目してみたい。筑紫国が遠近の国々が来朝する所であり、往復の関門となる所であることを確認した上で、「官家を那津の口に修造てよ。[注2]」という。筑紫・肥・豊の三国に屯倉を造らせているから、それを那津に集めることにしたのだろう。これをもって大宰府の起こりとするのは少々乱暴だろうか。

次に、推古十六年（六〇八）四月の条を見てみよう。隋から帰国する小野妹子（出国は推古十五年七月）に同行して、大唐（隋）使人裴世清と下客十二名が筑紫に到着する。六月に難波津を経て、八月には入京、饗応した後、九月には難波大郡で饗応して帰国する。つまり、難波では「饗」の場である難波大郡（難波小郡）が設置されていたが、いまだ筑紫にはなかったことがわかる。どうやらこれを機に、筑紫大宰（推古十七年四月初出）を置き、すべての使者の官位を記すことによって、官位相当の「礼」（儀礼）によって迎えたようである。この時、大宰府は正式に大陸から文化が入ってくる門戸としての役割を担い始める。

その後、誰もが知る大化の改新が起こるわけだが、この時蘇我日向が筑紫大宰帥に任命されている（大化五年三月）。これは明らかな左遷人事で、その地に筑紫が選ばれているという、筑紫のもう一つの顔も見逃してはなるまい。

海彼に目を向けると、唐の高宗は新羅の武烈王に下令し、百済征討の軍を起こす。斉明六年（六六〇）七月に泗沘城が陥落し、百済は滅亡する。このことを斉明天皇が知るのは、同年九月。十月には、「百済国の、天朝に遣し侍る王子豊璋を迎へて、国主と為さむとす」こと、復興を計るため「師を乞ひ救を請すこと」が鬼室福信によってなされる。続く十二月には、斉明天皇をはじめとする一行は難波に行幸し、軍器を備えさせ、駿河国に造船を詔する。そして、翌年三月には那大津に着く。それから五月には朝倉に造営した橘広庭宮に遷るも、七月に斉明天皇は急死。十一月、悲しみの中皇太子は斉明天皇の柩とともに飛鳥にもどる。

後の『続日本紀』[注3]和銅二年（七〇九）二月条の元明天皇の詔に、観世音寺造営の促進が命じられている。筑紫の朝倉宮で亡くなった斉明天皇の追善のため、天智天皇の誓願にもとづくことが記されている。だが、その造営は順調に進まず、元正天皇が沙弥満誓を造筑紫観世音寺別当に補任するほどだった（養老七年二月）。後に玄昉がこれをつとめていた天平十八年（七四六）六月にようやく完成する。完成にこれだけの月日を要したことはもとより、安置される阿弥陀仏ではなく、当時シルクロードの往還で最も信仰されていた観世音を名にもつこの寺の真の意味は、むしろ航海の安全という観音の功徳による、大宰府を渡海する者たちへの加護だったのではないか。

皇太子中大兄は、ひき続き百済救済を行うわけだが、まさに動乱の始まらんとする斉明六年（六六〇）五月、彼は初めて漏剋を造り、時を知らしめるのである。つまり、時刻や暦とは時の為政者の権威の象徴なのである。[注4]

そして、天智元年（六六二）五月豊璋が送還されるも、翌年八月には大敗し、日本は朝鮮半島周辺の制海権を失ってしまう。したがって、国際情勢の緊張に対処するため、天智三年には、対馬島・壱岐島・筑紫国などに沿岸防備の防人と烽火を配備し、筑紫では水城の築造を始める。翌四年八月には百済の亡命貴族で兵法指南役でもあった答炑春初をして長門国に城を築かせ、同様の境遇である憶礼福留・四比福夫をして、大野城と基肄城を築造させる。百済遺臣・遺民たちは新しい文化知識を身につけているため、受け入れる側のメリットは大きかった。このように、大宰府は防衛の拠点として位置づけられるのである。とはいえ、律令制以前の日本の軍事組織は氏族軍が主軸だったため、この時初めて人びとの中で、日本という国家意識が芽生えたと思われる。

一方で、天智三年（六六四）十二月に唐使郭務悰が筑紫で用件を済ませ、そのまま帰国する。この時中央政府から派遣された僧の智祥の主宰で、十月に郭務悰のために筑紫で初めて「饗」がなされる。天武期になって新羅使の来日が続くものの、その多くは筑紫で用件を済ませているようで、天武二年（六七三）十一月には、「饗」の場として筑紫大郡の名が見える。持統二年（六八八）二月には、筑紫館がこれにかわっている。注視すべきは、天智朝から筑紫大宰帥として、栗前王・河内王といった王族や、蘇我赤兄・丹比嶋・粟田真人などの高官が任命されていることである。外使のために、筑紫大宰帥として高官に「饗」の主宰をさせたと思われる。このように、実質ともに大宰府が国を背負う場所になるのである。

持統三年（六八九）九月には、石上麻呂・石川虫名らを筑紫に遣わしているが、この石上麻呂が初代大宰帥となっている。大宝元年（七〇一）以降、大宰府[注5]は新羅使に「蕃国」としての「礼」を受けさせ、「蕃客」であることを自覚させる官衙となる。したがって、この時期に来日した新羅使は十九回を数えるものの、天平六年（七三四）頃からは、大宰府から放還される事態が続くのである。そこで、両国の調整役として、天平八年（七三六）六月に遣新羅大使阿倍継麻呂（二月二十八日任命）ら一行に期待して派遣するも、不首尾に終わる。[注6]新羅と日本との関係悪化は加速し、新羅征討論が高まる。そして、天平勝宝八歳（七五六）六月には、渡唐経験のある大宰大弐吉備真備（同年四月任命）をして、怡土城の築造が開始されるのである（神護景雲二年二月二十八日完成）。

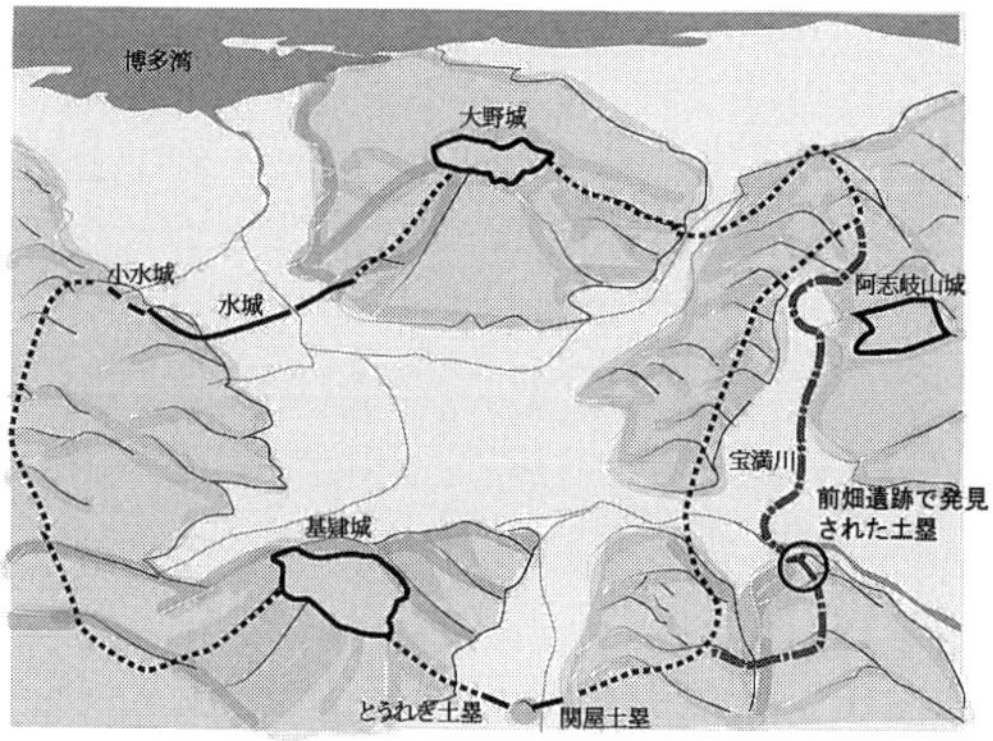

挿図　大宰府羅城推定図
（前畑遺跡第13次発掘調査現地説明会資料　筑紫野市教育委員会）

注視すべきは、新羅とのトラブルが続く中、怡土城が完成をむかえる神護景雲二年（七六八）の、同年十月に、新羅交関物購入のため左大臣藤原永手と右大臣吉備真備に「大宰の綿各二万屯」を賜わっていることである。翌三年十月の条には、大宰府の学業を興そうとする奏上とはいえ、「この府は人・物殷繁にして天下の一都会なり。」と大宰府に言わしめるほどに、大宰府の役割が新羅との交易に変わりつつあったことを示している。[注7] したがって、平城宮の朝賀に新羅使が参列したのは、宝亀十一年（七八〇）元日の一度だけで、日本と新羅との外交関係は絶たれてしまうのである。

当時の大宰府はほぼ唯一の貿易拠点だったため、先進の文化をいち早く受け入れることによって、富の集中する場所となった。その一方で、未知のものとしての疫病も抱え込むことになり、天平七年と九年に大宰府に疫病が蔓延する。天平四年（七三二）からの全国的な干害や飢饉の慢性化もこれに追い打ちをかけ、租税の減免措置や防人制度の改変（天平九年九月と天平宝字元年八月）も行われた。

そして、天平九年（七三七）八月に藤原宇合が亡くなる事態がおこってしまう。それは、後ろ盾を失った藤原広嗣が天平十二年（七四〇）に大乱を起こすきっかけともなる。八月二十九日大宰少弐藤原広嗣は、時の政府における玄昉と吉備真備の重用を失政と糾弾し、九月三日に挙兵。すぐ征討軍が西下して、広嗣は十月二十三日に捕えられ、十一月一日斬殺されるのである。[注8]

大宰府は、飢饉に疫病、反乱にいたるまで、八世紀前半に動乱の一時期をむかえるものの、逆にそれ以前の、大宰帥大伴旅人が梅花の宴を催した天平二年（七三〇）頃こそが、大宰府の最盛期だったといえそうである。

二　大宰府文学のはじまり

それでは、大宰府と文学、ことに『万葉集[注9]』とはどのように関係しているのだろうか。

『万葉集』が当時の都を中心とする歌集でありながらも、広範な地域を抱え込んで作られていることは、よく知られている。[注10]にもかかわらず、大宰府を中心とした歌うたが『万葉集』に大きな位置を占めることは、巻五が全て大宰府関係歌から成り立っていることからも明らかだろう。その中心をなすのが山上憶良のノートと呼ばれるものであることも、周知のことである。ゆえに、大宰府に『万葉集』の一時期を代表する文学集団が存在できた直截的な契機は、神亀三年（七二六）に山上憶良が筑前国司として、また、その翌四年末もしくは五年初めに、大伴旅人が大宰帥として赴任したことによる。同時に、彼らの周辺には沙弥満誓・坂上郎女らという優秀な歌人たちがいたことも、大きい。大宰府の新しい文雅の歌は、彼らとの交流の中で誕生していくのである。

もちろんこの時期のみに万葉歌と大宰府、あるいは広く筑紫との関係が限られるのではない。林田正男氏[注11]は、筑紫の那の大津に向けて進航の時にうたわれた、額田王の歌（巻一・八）を最初のものとして、斉明七年（六六一）からその関係が存在すると指摘される。そして、天平勝宝七歳（七五五）に防人が詠んだ歌を、大宰府関係歌の最後とするならば、『万葉集』と大宰府との関係は、ほぼすべての期間にわたっているといえよう。なかでも、「田部忌寸櫟子の大宰に任けらえし時の歌四首」（巻四・四九二〜四九五）には、明確に「大宰」の名が見られる。

　衣手に取りとどこほり泣く児にもまされるわれを置きて如何にせむ　（巻四・四九二）

　置きて行かば妹恋ひむかも敷栲の黒髪しきて長きこの夜を　（巻四・四九三）

男女の悲別において女が先にうたうという伝統にのっとり、別れの悲しみを「置きて」の語に込めている。四九二番歌をうたう舎人吉年は、天智天皇大殯の時に歌（巻二・一五二）を奉っている女官であることから、これらが天智朝（六七一年以前）に創作されていることがわかる。ただし、田部櫟子の大宰府赴任の記事は『日本書紀』に見当たらず、白村江の敗戦後、国防強化の際に任命されたのかもしれない。そうすると、大宰府関係歌の初出が敗戦後の防備増強に端を発していたということになる。とはいえ、このように東アジアとの関係の中に位置づけられることは、きわめて象徴的といえよう。

次に載せる、旅をめぐっての問答歌の一組も、やはり別離を悲しむ。

玉の緒のうつし心や八十楫懸け漕ぎ出む船におくれて居らむ　（巻十二・三二一一）

八十楫懸け島隠りなば吾妹子が留れと振らむ袖見えじかも　（巻十二・三二一二）

夫の旅先がどこかは不明だが、「八十楫懸け」る船が多くの楫を両舷に貫いた大船であること、防人歌（巻二十・四三八四）に難波津を出た船を「島蔭を漕ぎにし船」とうたわれていることから、官船による官人の別れだろう。『万葉集　全訳注原文付』によると、この「問答歌」と題された五組十首の歌（巻十二・三二一一～三二二〇）は、「主として大宰府赴任官人にまつわる歌」という。また、このように一定の地域に関する歌をひとまとまりに集め、一つの部立を形成している例は他にない。

官命を受けての赴任は、本来官人意識が最も強いはずなのだろうが、やはりここでも別れの嘆きに終始する。当然別離は大宰府赴任に限らないのだが、中央に準じた官制をもつ大宰府は、とりわけ多くの官人、その関係者たちの悲別歌をうむ。なにより筑紫は都から最も遠く、その惜別には最たるものがあったと推測できるからである。そうすると、大宰府関係歌のキータームの一つを「別離」[注12]と捉えることができるだろう。

だが、一方で「柿本朝臣人麿の筑紫国に下りし時に、海路にして作れる歌二首」に、

大君の遠の朝廷とあり通ふ島門を見れば神代し思ほゆ　（巻三・三〇四）

と、うたわれる「遠の朝廷」なる表現に着目すると、文字通り「遠の朝廷」とは「遠くにある都」の意で、官人意識を象徴的にあらわす。官人たちが仕える大宰府は鄙などではないという意識なのである。だからこそ、ここでは別離をうたわない。つまり、官人として官命を受け中央から旅立つ徹底した官人意識があったからだろう。

さて、ここで大宰府を「遠の朝廷」と表現する歌うたを見ていくことにしよう。

・大君の　遠の朝廷と　しらぬひ　筑紫の国に…　（巻五・七九四）

・食国の　遠の朝廷に　汝等の　かく退りなば…　（巻六・九七三）

・大君の遠の朝廷と思へれど日長くしあれば恋ひにけるかも　（巻十五・三六六八）

・天皇の　遠の朝廷と　韓国に　渡るわが背は…　（巻十五・三六八八）

・天皇の　遠の朝廷と　しらぬひ　筑紫の国は…　（巻二十・四三三一）

「遠の朝廷」は、「大君」「天皇」といった表現とともに用いられている。そうすると、これらの歌は、あくまで悲別の情を打ち消そうとする意識のあらわれなのかもしれない。

しかしながら、たとえ大宰府を「遠の朝廷」と呼んで、都との等質性を見出そうとしても、そこが鄙という辺境の地であることにかわりはない。この都と鄙との関係において生じた、辺境を共通の意識とする文学集団によって大宰府関係歌、ひいては大宰府の文学は創作されていくのである。彼らにとって常に都と対峙するものとしての大宰府にほかならない。したがって、官僚でありながらも、その内実は惜別の情から逃れられずにいる。つまり、大宰府関係歌の特徴は、この拮抗する二つの感情を抱えうたうことにある。

たとえば「大宰少弐小野老朝臣の歌一首」の、

あをによし寧楽の京師は咲く花の薫ふがごとく今盛りなり　（巻三・三二八）

あるいは「防人司佑大伴四綱の歌二首」の、

やすみししわご大君の敷きませる国の中には京師し思ほゆ　（巻三・三二九）

藤波の花は盛りになりにけり平城の京を思ほすや君　（巻三・三三〇）

の歌うたは、遠く離れた都への切なる想いを、大宰府に集まった歌人たちと共有する。三二九番歌は、三二八番歌の「寧楽の京師」を承けて和したものであり、三三〇番歌にいたっては、「寧楽の京師」「盛り」のみならず、「花」までも承ける。鄙としての大宰府において京師が偲ばれ、京師と等質のものを見出そうとする。注目したいのは、四綱が防人の名簿や武器、食糧田、さらにはその鍛錬にいたるまで管理する防人司の次官であるということである。国際情勢がさほど緊迫感をもっていない時期ではあるが、この役職に就くものが、老の歌に和したとはいえ勇ましく高らかに大宰府をうたうことなく、望京師の思いを込めるのである。

ところで、都と鄙との関係でいうならば、やはり大宰府に限られるわけではない。大宰府関係歌は、「一 大宰府」で述べたような、特異な環境がおおいに影響しているのである。単に都より遠いという意識だけではなく、異国がすぐそこにあるという皮膚感覚は、都の文化に親しみ、高い教養によって支えられていた彼らにとって、怖れよりもむしろ高揚感を与えたのではないだろうか。そして、海彼の教養を高めることができる満足感によって、さらなる学識豊かな知的階級の集まりになっていくのである。それゆえに大宰府関係歌は、きわめて新しい文雅を試みたものが多い。この東アジア意識は、大宰府の小さな文学集団を育み、『万葉集』を、少なくとも古代日本文学を東アジアの文学へと開放していくことになるのである。

この大宰府文雅は、詩心を共有できる友との交わりによって、さらに開花する。それが大伴旅人と山上憶良による新たな文学意識である。そして、これは大宰府の文学を象徴するものでもある。杓子定規な官僚機構の上での関係ではない、彼らの文雅の交歓、いわゆる文人の交わり[注13]を、次に見ていくことにしよう。

三　大伴旅人

大宰少弐石川足人は、旅人に問う。

さす竹の大宮人の家と住む佐保の山をば思ふやも君　（巻六・九五五）

受けて、次のように応じる。

やすみしし我が大君の食国は倭も此処も同じとそ思ふ　（巻六・九五六）

足人の遷任時の歌だろうが、足人の旅人への敬意に対して「倭も此処も同じ」と答える旅人は、大宰府官人の象徴的な存在ゆえに、毅然とした態度である。しかし、むしろこの態度を自らに強いることが、旅人本人はもとより大宰府に赴任している官人たちにとって、都にいる以上に必要とされるものだったにちがいない。このやり取りの中には、大宰府官人としての教養の高さと、文人の交わりを見ることができよう。

とはいえ、旅人の都への思慕はやまず、官人意識との狭間に心は揺れ動く。

わが盛また変若めやもほとほとに寧楽の京を見ずかなりなむ　（巻三・三三一）

小野老（巻三・三二八）、大伴四綱（巻三・三二九・三三〇）に続いて、『万葉集』に載せられている「帥大伴卿の歌五首」の内の冒頭一首。三三〇番歌の「平城の京を思ほすや君」のうたいかけに「盛り」「平城の京」を承け、「わが盛」が大宰府官人たる今ではない、という。「わが盛また変若めやも」に込められた思いとは、生まれ育った明日香、官人としての自覚をもった吉野行幸への従駕に対する深い思慕である。以下四首で、旅人の望京の念は具体化されていくのである。

さて、旅人が憶良らとともに文学に新境地を見出し得たのは、旅人が大宰帥着任直後に、都から同行した妻の大伴郎女を亡くしたことによるだろう。また村山出氏によると、妻以外にも旅人の同母弟である大伴宿奈麻呂や田形皇女の訃報も重なったことに報えて、旅人は「凶問に報へたる歌」を詠んだらしい。[注14]

世の中は空しきものと知る時しいよよますますかなしかりけり　（巻五・七九三）

「世の中は空しきものと知る」ことについて、つとに高木市之助氏は、「観念的にではなく、特に太子によって説かれた世間の虚仮性、すなわち『むなしさ』を悟ることによって、世の中、すなわち世間における亡妻と死別の空虚感を教えられた」のであって、「世間無常からきた『つねなきもの』との間には、少なくともあるニュアンスのずれがある」と指摘される。[注15]つまり、旅人の世間無常の理解は、仏教的無常観なのである。今最愛の妻の死という経験を通して得られた現実の無常を、仏典の深い理解からいわゆる一つの知識として捉え、歌と習合していくこと、これが大宰府の文学なのかもしれない。

そして、憶良は、この旅人の歌に応えるように、「悼亡詩文」や「日本挽歌」を創作する。「悼亡詩文」の序文では生死の原理を説き、七言の漢詩を付す。

愛河の波浪は已先に滅え、苦海の煩悩も亦結ぼほるるなし。
従来この穢土を厭離す。本願をもちて生を彼の浄刹に託せむ。

憶良は、旅人の仏教的無常観を知ったのだろう。仏教のいう愛着からの離脱を説く。死別の悲しみの深さを、愛の河や苦海に溺れる愛着と捉えているのである。神亀五年七月二十一日に、憶良はこれら二作品を旅人に謹上する。しかも同日、「惑へる情を反さしむる歌」（巻五・八〇〇・八〇一）・「子らを思へる歌」（巻五・八〇二・八〇三）・「世間の住り難きを哀しびたる歌」（同巻五・八〇四・八〇五）を撰定している。早くに中西進氏はこの三作品を嘉摩三部作として捉え、各作品のテーマが「惑」「愛」「無常」にあると指摘されている。[注16]すでに憶良作品における仏典の指摘[注17]は多くなされており、いうに及ばないだろう。一方で、いずれも題・漢文による序・長歌が一体となった、新しい文学スタイルをなすものとして憶良作品へのアプローチが提言されて久しい。[注18]

すでに、「一　大宰府」で述べたように、大宰府では「饗」の場は幾度となく催され、そこではさまざまな宴席歌がうたわれたはずである。それは、大宰府歌の特徴の一つでもあり、『万葉集』においては先駆的で、その連鎖性や展開性を意図して詠まれている。旅人を主人として、天平二年（七三〇）正月十三日に帥宅で行われた梅花の宴がそれで、山上憶良をはじめ文人官僚たちが集まった、『万葉集』最大の雅宴である。[注19] 詠まれた三十二首の歌（巻五・八一五〜八四六）には、六朝風な漢文の序文が付されており、平城京の都びとだった吉田宜から旅人への書簡（巻五・八六四序）によると、後に旅人から宜に贈られたらしい。宜の書簡には、

辺城に羇旅し、古旧を懐ひて志を傷ましめ、年矢停らず、平生を憶ひて涙を落す。

と、旅人書簡中のことばが引用されている。つまり、当時の大宰府は大陸の文化が最も早く流入する門戸、すなわち文化最先端の地であったとしても、旅人が筑紫を「辺城」の語句であらわしていることからわかるように、旅人を含む都びとの捉える筑紫とは、文化繁栄の地ではなく、辺境防備の地、「五百重山　い行きさくみ　敵守る　筑紫」（巻六・九七一）とうたわざるを得ない土地だったのである。[注20]

宴では、まず紀卿が紅総の「梅花落」を原拠にうたい始め、小野大夫、粟田大夫、山上憶良などの順でうたい継ぐ。たとえば旅人の歌（巻五・八二二）も、盧照鄰の「梅花落」を原拠にうたう。[注21] この宴の着想には、中国の故事である蘭亭の詩会があり、「梅花」を詠むという宴の興趣を集客すべてが理解していたといってよいだろう。つまり、辺境を思う情詩が「梅花落」だったからこそ、今まさに大宰府にある旅人は梅花の宴を催し、辺境の悲しみを分かち合おうとしたのである。梅花の宴では散る花を詠むことこそが、主題に見合っていたといってもよい。そうすると、実態はどうであれ、春まだ浅く冬の厳しい辺境の地に対して、小野老（巻三・三二八）がうたうように、寧楽の京師は、花の咲きほこる場所でなければならなかったのである。

次に、大宰府での宴席で披露されたであろう、「大宰帥大伴卿の酒を讃むるの歌十三首」（巻三・三三八〜三五〇）を見てみよう。酒への賛美というテーマ性はもとより、短歌十三首による連作性や特徴的な語句の使用によって、その特異性が知られ、政治的圧力による苦悩、都を離れたことによる寂寥感、妻を亡くした悲哀など、旅人の深刻な心情を吐露する作品群といわれている。

験なき物を思はずは一坏の濁れる酒を飲むべくあるらし　（巻三・三三八）
あな醜賢しらをすと酒飲まぬ人をよく見れば猿にかも似る　（巻三・三四四）
黙然をりて賢しらするは酒飲みて酔泣するになほ若かずけり　（巻三・三五〇）

「一坏の濁れる酒」（三三八・三四五）が良いとは、濁酒といわれた賢人（『魏志』巻二十七「徐邈伝」）への共感だろう。そこには、「古の七の賢しき人ども」（三四〇）を理念とする立場があり、世俗の賢人ではなく真の賢人の脱俗的生き方への憧憬がある。そうした「験なき物思」（三三八）いをする、「賢しみと物いふ」（三四一）、「酒飲まぬ」（三四四）官僚たちを、本来徳のある官僚の姿であるはずなのに、「猿にかも似る」（三四四）と、痛烈なまでの「賢しら」（三四四）否定である。

また、「情をやる」（三四六）のに「世のなかの遊びの道にすすし」（三四七）いことは、「酔泣する」（三四七・三五〇）こと。これは、儒教に背反する姿勢である。飲酒功徳無しの戒めも「生ける者つひにも死ぬる」（三四九）の生者必滅の教えも、「この世にし楽しくあらば」（三四八）・「この世なる間は楽しく」（三四九）あればすべて良しとする、享楽さによって打ち消されてしまう。つまり、「酔泣」は「賢しら」[注22]よりまさるというのである。

多種多様な漢籍から故事を引用して、竹林の七賢人や陶淵明[注23]といった過往の文人たちへの憧憬と敬意をいだくも、その世界や思想[注24]を共有することができない旅人は、「酒壺」（三四三）、「夜光る玉」（三四六）や「価無き宝」（三四五）などの宝玉、そのすべてを「古」と呼ぶ。その一方で、享楽的で自棄的な旅人もいる。それは、伝統的な儀礼や儒教が権力者の道具となり、偽善や欺瞞に満ちた汚濁した政界を離れ、老荘思想に基づく清談に耽ることで、世俗から身を隠した七賢人たちと自身との相違、「賢しら」に対する否定をしながらも、官人であるしかなかった旅人の矛盾なのである。

儒教倫理にもとづいて政治を行う官僚への揶揄に終始しながらも、「酔泣」という旅人の悲しみで、当該歌群が締め括られているといっていい。形骸化した儒教倫理への不信感、心の揺らぎが大宰府を老荘の世界と見ようとする意識となってあらわれ、旅人をして讃酒歌をうたわせたのだろう。

やはり都と鄙の関係において、望京の念がたちあらわれてくることは、旅人をしても他とかわりない。ただ大宰府の特異な環境によって、むしろ確固たる官人意識を持つにいたるのだが、仏教の深い理解はもとより、海彼文学における過往の文人たちへの憧憬と敬意、ならびにそこに通底する文学テーマを学ぶことで、官僚としての儒教思想（倫理）への忠誠が揺らいでしまう。これもまた大宰府の風土であり、この官人たちの揺らぎを抱え持つことが太宰府文学なのだろう。その支えになったのは、辺境大宰府における文学集団であり、その文人の交わりだったのである。

四　遣新羅使と防人

大宰府関係の万葉歌として、たとえ過客であっても遣外使の歌も含まれよう。『万葉集』は、たとえば遣唐使ついて、第七次遣唐使に関しては二首（巻一・六二・六三）、第九次遣唐使に関しては十首（巻五・八九四～八九六、巻八・一四五三～一四五五、巻九・一七九〇・一七九一、巻十九・四二四五・四二四六）、第十次遣唐使に関しては七首（巻十九・四二四〇～四二四三、四二四七、四二六四・四二六五）を収載する。確かに、中国からの影響の大きさは今さらいうまでもなかろう。ここでは紙副の関係上詳細な言及は割愛するが、これらはすべて題詞から判断したもので、他にも遣唐使に関わる作品も存在するかもしれない。残念ながら、第八次遣唐使関係歌は残されていないが、その時の大使多治広成は渡唐経験のある山上憶良を訪ね、そこで広成に憶良は「好去好去の歌」（巻五・八九四～八九六）を贈っている。

近江朝の百済文化の流入が万葉歌の誕生を促したのではないか、[注25]渤海の動きを視野に大伴家持と防人歌との関係から『万葉集』の誕生を説く論、[注26]あるいは、むしろ『万葉集』形成における、漢籍からの影響を含めた朝鮮半島からの渡来人の役割を積極的にみようとする論[注27]があるように、八世紀の日本が唐のみではなく、朝鮮半島からの影響を多大に受けていたことは知られる。「一　大宰府」でもふれたように、白村江での大敗後、朝廷における百済遺臣・遺民の積極的な登用は、後の百済系渡来人へ賜姓がなされることでもわかる（天平宝字五年三月）。続く天武朝は、むしろ新羅新しい文化知識への賜姓だろうが、実務官僚として律令制に組み込まれたのである。続く天武朝は、むしろ新羅との関係回復をはかろうとしている。

そこで、天平八年（七三六）六月の阿倍継麻呂を大使とする遣新羅使一行について見ていこう。『万葉集』巻十五に百四十五首の歌を残す一大歌群だが、その行程はなかなかスムーズとはいいがたい。四月十七日に拝朝してから出航は六月頃だろうか、おそくとも七月には大宰府に到着し、なんとか新羅に渡ったようだが、帰国してからの入京は翌九年（七三七）の正月二十六日になる。しかし、大使は対馬で病没し、副使大伴三中も病によって入京することがかなわず、ようやく三月二十七日に副使らの四十人の拝朝がかなうのである。

大宰府管轄内の歌に着目すると、「筑紫の館に至りて遥かに本郷を望みて、悽愴みて作れる歌四首」（三六五二～三六五五）、ついで七夕歌三首（三六五六～三六五八）、月を望んで作った歌九首（三六五九～三六六七）が作られ、筑前国の韓亭の歌六首（三六六八～三六七三）、引津の亭の歌七首（三六七四～三六八〇）の後、肥前国の狛島の歌七首（三六八一～三六八七）を残し、壱岐の島・対馬島に渡り（三六八八～三七一七）、そこを出て新羅へ赴く。以上、六十六首である。

筑紫館での歌は、

志賀の海人の一日もおちず焼く塩の辛き恋をも吾はするかも　（巻十五・三六五二）

志賀の浦に漁する海人家人の待ち恋ふらむに明し釣る魚　（巻十五・三六五三）

と、志賀の海人に仮託して、「本郷」大和への思いを述べている。あるいは、狛島の亭で秦田麿の歌、

帰り来て見むと思ひしわが宿の秋萩薄散りにけむかも　（巻十五・三六八一）

では、帰京の時期がすでに過ぎていることを嘆き、あくまで「帰り来」ることに比重をおいてうたう。他にも、韓亭で「旅情悽噎し」てうたう、

大君の遠の朝廷と思へれど日長くしあれば恋ひにけるかも　（巻十五・三六六八）

にも、うたい起こしこそ大使としての明確な官人意識をあらわすものの、やはり「恋ひ」てやまないのは家郷の都なのである。旅愁がまさって覚悟のほどがゆらぐとうたっている。「日長くしあれば恋ひにけるかも」とは、大宰府に生活している官人たちの、大宰府にいることを旅とする意識を呼び覚まし、その旅情を、過客である遣新羅使人たちがまるで代弁するかのようである。旅先での文雅を彩る遣新羅使歌群の中に、辺境大宰府官僚たちの悲別の情がうかがえるのである。

さらに辺境意識の共有化といえば、防人歌もまた大宰府文学として考えなければなるまい。『万葉集』は天平勝宝七歳（七五五）二月に筑紫に派遣された防人たちの歌を載せる。関係歌を含めると、百一首（巻二十・四三二一～四四二四。他作三首を除く）になる。加えて、昔年の防人歌八首（巻二十・四四二五～四四三二）もここに併載している。家持は、『万葉集』巻十五前半を彩る一大歌物語集ともいえる遣新羅使歌群を組み立て得た経験から、彼のもとに防人歌が集まり始めた段階で、自作を含む防人歌巻の編集を構想したのだろう。次に掲げる題詞は、いずれも防人の悲別の情を詠むと記している。

①追ひて、防人の別を悲しぶる心を痛みて作れる歌一首幷せて短歌　（巻二十・四三三一～四三三六題詞）

②防人の情と為りて思を陳べて作れる歌一首幷せて短歌　（巻二十・四三九八～四四〇〇題詞）

③防人の別を悲しぶる情を陳べたる歌一首并せて短歌

（巻二十・四四〇八〜四四一二題詞）

たとえば①は、防人出発時における防人夫妻の悲別の情に想いを馳せる。

天皇の　遠の朝廷と　しらぬひ　筑紫の国は　敵守る　鎮の城そと　聞し食す　四方の国には　人多に　満ちてはあれど　鶏が鳴く　東男は　出で向ひ　顧みせずて　勇みたる　猛き軍卒と　労ぎ給ひ　任のまにまに　たらちねの　母が目離れて　若草の　妻をも枕かず　あらたまの　月日数みつつ　蘆が散る　難波の御津に　大船に　真櫂繁貫き　朝凪に　水手整へ　夕潮に　楫引き撓り　率ひて　漕ぎゆく君は　波の間をい行きさぐくみ　真幸くも　早く到りて　大王の　命のまにま　大夫の　心を持ちて　あり廻り　事し終らば　障まはず　帰り来ませと　斎瓮を　床辺にすゑて　白妙の　袖折り反し　ぬばたまの　黒髪敷きて　長き日を　待ちかも恋ひむ　愛しき妻らは

この長歌では、「待ちかも恋ひむ　愛しき妻」の悲別の姿をいとおしむ。「東男」は「軍卒」として、大君の仰せのままに男子たるものの志をもって務めを果たすという。ここには、官僚社会の末端に属しながらも、そこに組み込まれている防人の立場を明確にしている。そして、最初の短歌（四三三二）では、さらに妻の惜別の情を強調し、続く次の短歌（四三三三）で、防人自身の心情に思いを寄せる。末尾「年の緒長み」とは、先の「日長くしあれば」（巻十五・三六六八）とうたう遣新羅大使の阿倍継麻呂と等質のうたいぶりである。

残り三首（四三三四〜四三三六）は、難波から出航する防人を家持自身が見守る立場でうたう。つまり、故郷を出発する防人への思いと難波を出航する防人への思いとを並べている。やや内容が抽象的であることから、前半三首の悲別の情を強調するためのものなのかもしれない。あるいは、②や③の悲哀を効果的にうたうための伏線なのだろうか。ともあれ①では、防人と妻を中心とする家族との別れ、出発時の別れが主題になっている。

②と③についても簡単にふれておこう。②では、難波における潮待ち時の防人の悲しみを中心に、防人の立場

でうたっている。③でも同様に防人になりきってうたい、難波津から筑紫を目指して出航した後の防人の悲しみをもうたう。

このように、難波津でも難波からの船上でも、家郷や家族との別離の情に満ちるものだった。そこには、家族への愛があった。『万葉集』で家族への愛を詠んだ代表格は、山上憶良だろう。ただ憶良の場合、儒教や仏教という知識上の愛の概念から獲得されたもので、対して防人たちの愛は、本来人間の持つ純粋な愛なのである。これは、大宰府における文学集団の一員である、防人たちの持ち込んだ新しさであり、家持の一つの功績だったのである。[注28]

儒教倫理において防人として運命づけられたのであれば、官人以上に国を守る自覚は期待できないものの、家郷には愛する家族がいることを思えば、勇ましく高らかに拳をかかげなくとも、少なからず防人なりの自覚を持たなければ、はるか遠く何も知らない大宰府まで赴くことはできないはずだろう。とはいえ、防人たちにとっての国とは、あくまで自分たちの生活の場にすぎない。ならば、当然仮そめの官人意識など必要あるまい。ただひたすらに家族との別れを嘆き悲しめばいい。そこに家持の拙劣歌の排除といった新たな文学的営為が存在してくるのである。

東国出身の防人にとって「遠の朝廷」大宰府は、官人たちのもった鄙に都を仮構するといった辺境意識[注29]とはやや異なり、命を落としかねない場所でありながらも、大和に等しい都意識の上にあるものなのかもしれない。

おわりに

東アジアが共有する文化を受け入れることで、『万葉集』も東アジア文化の中に位置づけられるようになった。たとえば遣外使による文物の招来と、その担い手である律令官人の意識改革は、日本において飛躍的な発展をもたらす。つまり、先進国の模倣にとどまらない、日本独自の文化への評価と展開である。

このような国際的な文化状況において、大宰府という特異な歴史をかかえ持つ環境の中で、旅人をはじめとする憶良たち知識人によって、文学集団がうまれる。彼ら文人の交わりによって、あるいは時代相に向き合った遣外使や防人たちによって、大宰府文学が成熟していくのである。時に儒教や仏教と対峙し、あるいは老荘神仙の中に自らの存在意義を見出そうとし、東アジアの文学思想を歌と習合することにおいて、新たな文学表現を手中にする。そうして、東アジアの文学をも包括した古代〈日本〉の文学を創り上げていく、そこがまさに大宰府なのである。

注

1　拙稿「『行巻』としての万葉集——平城京の官僚社会と文学の相関性について——」『万葉古代学研究所年報』第五号、平成十九年三月。

2　新編日本古典文学全集『日本書紀』。以下同じ。

3　新日本古典文学大系『続日本紀』。以下同じ。

4　拙稿「時を刻み変えた手——吉備真備覚書——」『第10次東アジア比較文化国際会議——東アジアの人文伝統と文化力学——』平成二十年十月。

5　現都府楼跡には、造営年次を異にする三つの遺構が重なり、最下層の遺構については、確認できる資料はない。『扶桑略記』（『新訂増補　国史大系　第十二巻』）に「賊大宰府累代の財物を奪取し放火。府を焼き畢んぬ。」とあり、天慶四年（九四一）に藤原純友が大宰府を焼いたと記しているので、創建時の大宰府は、現在の史跡の下に眠る建築物だったとみるべきだろう。

6　東野治之氏「『延喜式』にみえる遣外使節の構成」『遣唐使と正倉院』平成四年。

7　交易は筑紫館（鴻臚館）で行われ、中央から毎回交易唐物使を派遣したが、延喜九年（九〇九）にはその管理を大宰府に委譲し、鴻臚館は日本唯一の対外交易の場となる。

8　『万葉集』では「冬十月に、大宰少弐藤原朝臣広嗣の謀反して軍を発せるに依りて、伊勢国に幸しし時に」従駕した家持の歌（巻六・一〇二九）を載せる。天平十二年（七四〇）九月に伊勢神宮奉幣使を派遣し、十月造伊勢行宮使任命、同月に出京して十一月に行宮に到着。この題詞はこれを指す。この時に大宰府に関係する歌は詠まれていない。

9　講談社文庫『万葉集　全訳注原文付』。以下同じ。

10　犬養孝氏『改訂新版　万葉の旅　上』（平成十五年）に詳しい。

11　林田正男氏『万葉集筑紫歌の論』（昭和五十八年）に詳しい。

12　拙稿「高橋虫麻呂の河梁別」『武庫川国文』第六十六号、平成十七年十一月。大宰府関係歌についてではないが、「別離」に関しての一助になる論かと思われる。

13　中西進氏「文人歌の試み――大伴旅人における和歌――」『中西進万葉論集　第三巻』平成七年。拙稿「文人と文人歌――大伴旅人の場合――」『かほよとり』第七号、平成十一年十二月。

14　村山出氏「報凶問歌と日本挽歌」『筑紫万葉の世界』平成六年。

15　高木市之助氏「世間虚仮と楝の花」『高木市之助全集　第三巻』昭和五十一年。

16　中西氏「嘉摩三部作」『中西進万葉論集　第八巻』平成八年。

17　井村哲夫氏『憶良と虫麻呂』（昭和四十八年）に詳しい。

18　小島憲之氏「山上憶良の述作」『上代日本文学と中国文学　中』昭和三十九年。辰巳正明氏「万葉集の題詞」『万葉集と中国文学　第二』平成五年。

19　参加者には、府の役人は、帥・大弐・少弐（二人）・大監・少監（二人）・大典・少典・大判事・薬師（二人）・神司・大令史・少令史・陰陽師・算師らが並び、国司（筑前・筑後・豊後・壱岐・大隅・対馬・薩摩）や介、掾、目などが集まっている。

20　拙稿「高橋虫麻呂の辺塞歌」『福岡女学院大学紀要』第十五号、平成十七年二月。

21　辰巳氏「落梅の篇――楽府『梅花落』と大宰府梅花の宴――」『万葉集と中国文学』昭和六十二年。

22　辰巳氏「賢良」「讃酒歌と反俗の思想」注21に同著。本来「賢良」とは、科挙に合格した特別な知識人のことをいい、「賢良方正の士」や「善政の官人」という儒教的な徳性に関与する官人を指し、旅人は「善政の官人」を「賢しら」と呼んだと指摘される。

23 讃酒歌についての一連の辰巳論には従うべきだろう。なかでも陶淵明の「飲酒」にその典拠を求める氏の論は看過できまい。陶淵明の「飲酒」序に見える「影を顧みて独り尽くし、忽焉として復た酔う」姿は、独り酒を飲み酔泣きする旅人の姿と重なって見えてくる。

24 中西氏「六朝風――旅人と憶良」『中西進万葉論集 第一巻』平成七年。氏は、その思想性は戴逵の「酒賛」や劉伶の「酒徳頌」と等しいとされ、いずれも酒を以て人生の価値を語る隠士たち竹林七賢とも重なると述べられている。

25 中西氏「万葉歌の誕生」『中西進万葉論集 第二巻』平成七年。

26 東茂美氏「環日本海万葉集――大伴家持と防人歌――」『天平万葉論』平成十五年。

27 梶川信行氏『万葉集と新羅』（平成二十一年）に詳しい。

28 全体の半数を超える数の拙劣歌（巻二十・四三二七左注）を躊躇なく捨て去った家持の態度には、彼の確かな思想があったはずである。家持が防人の悲別の情に防人の立場や運命を理解し、心惹かれたのであるならば、おそらく悲別の情をうたわない防人歌が除かれたのだろう。近年、神宮咲希氏は、防人歌の離別の表現が東歌の表現上にありながらも、家族との悲別の情に着目した大伴家持によって評価されたことに注目し、辺塞詩文学として東アジア文学へ捉え直そうと試みている。

29 多田一臣氏「都と鄙」『上代文学』第七十二号、平成六年四月。氏は、「異郷にあることの不安が、かれらに歌をうたわせ、そこを『みやび』の地＝幻想の都として仮構していくような意識を生み出していった」と指摘されている。

越中の風土と「鵜飼」
——〈夷〉から〈雅〉へ——

野口　恵子

はじめに

大伴家持は、天平十八年（七四六）から天平勝宝三年（七五一）まで国守として越中に赴任している。赴任の目的は職員令に基づいたものであるが、それ以外として、例えば「すでに東大寺領を有していた越前に引き続き越中にも東大寺領を獲得し拡大するという任務を帯びてのものだった」などと考えられている。[注1]

こうした任務中に、家持は〈夷《ヒナ》〉[注2]の地・越中国をどのような世界として捉えていたのだろうか。家持の『万葉集』に見られる作品は、越中国守として赴任する前と後では変化があったのだろうか。

つとに川口常孝が、越中赴任以前と奈良帰任以後（難波出張期を含める）における春夏秋冬の歌数を比較し、

（1）越中在任中における作品制作の型と、奈良帰任以後における作品制作の型とは、「春最高・秋少量挽回」という同型を示すこと。

（2）越中赴任以前のものは、「秋最高」という形を示しており、越中在任中また奈良帰任以後とまったく異

型であること。

と、季節歌に変化があったと指摘している。[注3]つまり、赴任前は秋の歌、赴任中は春の歌、赴任後も春の歌を好んで詠んでおり、「家持の制作範型は、在越中時にその確立をもった」とも述べている。[注4]

そこで、川口が指摘する「制作範型」の確立を得たとされる越中赴任時の作品を取り上げながら、四季歌以外にも変化があったのかを検証してみたい。今回は動物で比較してみた。当然、それぞれの時代において歌数の違いはあるが、突出しているのはやはり越中時代の霍公鳥（四十四首）である。次に越中時代で顕著なのが鵜（八首）と鷹（七首）であった。これらは越中以前と越中以後には一首も詠まれていない。

確かに、越中時代の歌で詠まれている鳥の種類は増加している。[注5]出挙のために越中を巡行したことがきっかけとなり、これまで目にしなかった、もしくは興味を持っていなかった鳥を詠むようになったと推測してもいいだろう。しかし、なぜ越中以後詠まなくなったのか、疑問が残る。

阿蘇瑞枝は「鷹狩と共に鵜飼も家持にとっては、越中に来て初めて自分が主体となって体験した事柄だったのではないだろうか」と述べているが、[注6]具体的にそれぞれの作品を読んでいくと「主体となって体験した事柄」だけが理由ではなかったように思われる。そこで家持は、なぜ越中時代に「鵜」と「鷹」を詠むようになったのか。[注7]紙幅の関係上、本稿では「鵜」を中心に検討してみることにする。

地名から見た越中国の「鵜」

「越中国」という名称の文献上の初見は、『続日本紀』大宝二年（七〇二）三月十七日、律令施行時、越中国の四郡（頸城郡・古志郡・魚沼郡・蒲原郡）を分ち、越後国に属するとする記事がそれに当たる。その後、礪波郡・射水郡・婦負郡・新川郡の四郡で構成される令制国となり、現在の富山県と領域をほぼ同じくする。

さらに、養老二年（七一八）五月二日に越前国から分立して成立した能登国を、天平十三年（七四一）十二月十日に越中国と併合したが、天平宝字元年（七五七）に能登国は越中国から再び分立した。つまり、大伴家持が越中国守として赴任していた期間は、能登国と越中国が併合された時期であり、現在の富山県と石川県の一部を含む地域を、当時は「越中国」と呼んでいたことになる。

残念ながら、その越中国における「鵜」又は「鵜飼」に関する記事は、管見の限り『続日本紀』や木簡などの文字資料においては見つからない。しかし、『日本歴史地名大系』[注8]によると、当該地には「鵜」が付く地名が左記のとおり散見する。これらの地名は、「鵜」の生息地もしくは「鵜飼」の場であったことにより命名されたのではあるまいか。[注9]

「鵜坂」（現・富山県富山市婦中町鵜坂）　「鵜川」（現・石川県小松市鵜川町）
「鵜野屋」（現・石川県羽咋郡志賀町鵜野屋）　「鵜浦」（現・石川県七尾市鵜浦町）
「鵜島」（現・石川県鳳珠郡穴水町鵜島）　「鵜山」（現・石川県輪島市門前町鵜山）
「鵜川」（現・石川県鳳珠郡能登町鵜川）　「鵜入」（現・石川県輪島市鵜入町）
「鵜飼」（現・石川県珠洲市宝立町鵜飼）　「鵜島」（現・石川県珠洲市宝立町鵜島）

以上十か所の地名が存在している。なお他の国と比べてみると、越中国の次に多く見られるのが越後国で四か所、武蔵国と若狭国、遠江国が三か所と続くため、当時の越中国に集中していることは明らかで、一例しかない大和国とは対照的である。[注10]

そこで、右記の地名からいくつか取り上げてみる。まず「鵜坂」であるが、家持が巡行した際に詠まれた歌により知られた場所でもある。

　婦負郡の鵜坂の川辺を渡る時に作る一首

鵜坂川　渡る瀬多み　この我が馬の　足掻きの水に　衣濡れにけり

（巻十七・四〇二二）

「鵜坂の川（鵜坂川）」は、奈良・平安期に見える川名。越中国婦負郡のうち。（略）現在の神通川に比定される。（略）古代においては神通川という共通した呼称はなく、それぞれの流域地方の名前をとって鵜坂川・有磯川・岩瀬川などと呼ばれていた。

とされる川[注11]である。この歌の直後に、

　鸕を潜くる人を見て作る歌一首

婦負河の　速き瀬ごとに　篝さし　八十伴の男は　鵜川立ちけり

（巻十七・四〇二三）

※傍線は筆者によるもの。以下同様。

という家持の歌がある。題詞にあるように、この「婦負河」で鵜飼をしている人の様子を詠んでいる。この川の名は、「鵜坂川」で引用した説明によれば、越中国婦負郡の一流域地方の名に基づく呼称と考えられ、現在の神通川の一部であろう。「鵜坂川」の歌では鵜飼こそ詠まれていないが、「婦負川」上流に位置する川、「鵜坂川」においても鵜飼が行われていた可能性は十分考えられる。

なお、家持が「鵜坂川」の歌を詠んだのは、富山市婦中町鵜坂に鎮座する式内社鵜坂神社奉弊のため立ち寄ったものかという指摘も見られる。[注12]神社そのものが詠まれていないので、その真意は明らかにはできないものの、家持が「鵜坂」という地名に興味を持った一因を、鵜坂神社の存在と考えることは可能性であろう。なぜなら、この地名は「鵜坂神社の所在地なるを以て古来斯く稱し來たれるなり」との指摘もあるからだ。[注13]ともあれ、この地も、「鵜」の生息地もしくは「鵜飼」が行われていた地であったことは十分考えられる。

次に「鵜浦」という地名だが、現在の鵜浦町内に式内社である御門主比古神社が鎮座[注14]している。この神社には

鵜捕りに関わる社伝が存在する。

傳承によれば、能登一宮の氣多神社の大己貴命が天下巡行の時、能登の妖魔怪賊を誅除しようと高志の北島から神門島すなはち現在の鵜浦町の鹿渡島に着御なされた。時にこの地の御門主比胡神が鵜を捕へて大己貴命に饗應された。一説では、櫛八玉神が御門主比古神と議つて鵜に化し、海底の生魚を捕つて大己貴命に献じたとも傳へる。かかる所縁によつても今も毎歳十二月には、この地の鵜捕部と稱する二十一戸のものが、鵜浦で捕へた一羽の生鵜を一宮の氣多神社の神前へ献備する神事すなはち鵜祭が氣多神社で營まれてゐるのである。[注15]

この社伝で注目すべきは、「一説では」以降の内容が、次の『古事記』（上巻）と類似する点である。それは、大国主神が服従の意を表すのに出雲の多芸志の小浜に天つ神のための殿舎を建て、

水戸神の孫櫛八玉神を膳夫と為て、天の御饗を献りし時に、禱き白して、櫛八玉神、鵜と化り、海の底に入り、底のはにを咋ひ出だし、天の八十びらかを作りて、海布の柄を鎌りて燧臼を作り、海蓴の柄を以て燧杵を作りて、火を鑽り出だして云はく、（以下略）

と語られている部分である。

鵜を捕らえたとする社伝の一説では、「鵜」に変わって捕らえたのは櫛八玉神とされている。それに対し『古事記』でも、櫛八玉神が「鵜」に変わったとある。『古事記』の櫛八玉神が化した鵜は、元は「膳夫」だったので、この社伝の鵜も「膳夫」との関連性が考えられる。櫛八玉神が鵜に化して「膳夫」として天孫に奉仕したのと同様に捉えられよう。

実は、家持は「鵜飼」に関連する歌を越中時代でのみ八首[注16]も詠んでいる。詳細は後述するが、巻十七の四〇一一においては「鵜飼が伴」とも詠んでいる。「鵜飼が伴」は、鵜飼部一般と理解されることもあるが、土橋寛が指摘している[注17]ように職業的氏族集団として天皇に近侍し奉仕していたものたちと理解すべきである。つまり天皇

の御膳に贄を以て奉仕する専属集団である。家持の任務とは内容が異なるものの、天皇に対する忠誠を示す行為であることは共通している。越中国ではしばしば「鵜飼」が見られただけでなく、それを行っている「鵜飼が伴」が、天皇の命により赴任している自分の立場と重なるように思われたことも契機となって、越中時代でのみ「鵜飼」を詠んだのではないだろうか。

越中国の「鵜飼が伴」

先でも触れたが、家持は越中国の「鵜飼」の様子をしばしば歌に詠んでいる。その中で「鵜飼が伴」自体を詠んだ歌もある。『日本書紀』（神武天皇即位前記戊午年八月条）に「阿太の養鵜部が始祖なり」と祖先伝承がみえ、吉野川での鮎の「鵜飼が伴」が有名である。では、越中国の「鵜飼が伴」は実際にはいかなるものであったのかを探ってみたい。

　　放逸せし鷹を思ひ、夢に見て感悦して作る歌一首　并せて短歌
おほきみの　とほの朝廷そ　み雪降る　越と名に負へる　天ざかる　夷にしあれば　山高み　川とほしろし
野を広み　草こそ茂き　鮎走る　夏の盛りと　島つ鳥　鵜養が伴は　行く川の　清き瀬ごとに　篝さし
なづさひ上る（以下省略）　（巻十七・四〇一一）

右は、家持が天平十九年（七四七）九月十六日に詠んだ作品である。歌では、〈夷〉の地である越中国の風景の一つとして鮎を捕る「鵜飼」の姿が描写されている。それは鷹狩を導くための序の一つとして詠まれているものの、越中国にも「鵜飼が伴」という集団が存在していたことを示す。

令制下では「鵜飼部」（「鵜養部」）とされる。最も古い文献として挙げられるのが、大宝二年（七〇二）の御野国各

務郡中里（現在の岐阜県各務原市那加周辺）の戸籍に見える「戸主妻鵜養部目都良売　年四十七正女」[注18]という記述である。この「鵜飼部」は大膳職に属し、雑供戸の中でも重視されていた。「鵜飼部」は「官員令別記」において、

鵜飼卅七戸・江人八十七戸・網引百五十戸。右三色人等、経年毎丁役。為品部、免調・雑徭。未醤廿戸。一番役十丁。為品部、免雑徭。

と、江人・網引と共に三色の品部として属しており、「鵜飼」が筆頭に挙げられている。別記の成立事情を検討した狩野久は、この品部雑戸制は浄御原令施行時を中心とする時期に成立したと指摘している。[注19]贄戸とも称され、天皇の御膳に贄を以て奉仕をしていた職団であった。先に挙げた『古事記』で櫛八玉神を「膳夫」として語られているのは、天皇に贄を以て奉仕する起源を示しているのであろう。そして、このような集団は越中国のみならず、各地に存在し、地方から中央に献上していた。

しかし、『続日本紀』養老五年（七二一）七月二十五日条に、「鵜飼部」の停廃記事が見られる。

詔して曰はく、「凡そ、霊図に膺りて、宇内に君として臨みては、仁、動植に及び、恩、羽毛に蒙らしめむとす。故、周孔の風、尤も仁愛を先にし、李釈の教、深く殺生を禁む。その放鷹司の鷹・狗、大膳職の鸕鷀、諸国の雞猪を悉く本処に放ちて、その性を遂げしむべし。今より而後、如し須ゐるべきこと有らば、先づその状を奏して、勅を待て。その放鷹司の官人、幷せて職の長上らは且くこれを停めよ。役ふ品部は並に公戸に同じくせよ」とのたまふ。

といった記事である。元正天皇の詔により、殺生を禁断し、放鷹司の鷹と狗、大膳職の鵜、諸国の鶏と猪を放生するよう指示が出ているのだ。また放鷹司と大膳職の長上、及びその品部も廃止され、公戸に編入された。「如し須ゐるべきこと有らば」とあることから、一時的な停廃であったようだが、その理由は元明太上天皇の不豫と関わるのだろう。[注20]

その後、天平十七年（七四五）九月十九日条において、

天皇、不豫したまふ。平城・恭仁の留守に勅ありて、宮中を固く守らしめたまふ。（略）諸国をして有てる鷹・鵜を並に放ち去らしむ。

とあり、諸国の鷹と鵜が放生の対象となっている。ここでの放生は、聖武天皇の不豫に関連したものである。つまり、養老五年に大膳職の鵜は放生され、品部は公戸に編入されていたが、この記事から天平十七年九月まで品部の鵜は維持されていたようである。[注21]しかし、とうとう放生となった。

この記事は、家持が越中国に赴任する前年のことである。家持はこうした詔は当然把握していただろう。越中赴任前一切詠まなかった「鵜飼」を詠み始めたのは、この詔と関連性があるのではないだろうか。天平十七年の詔により廃退しつつある「鵜飼」が、越中国では、天平十九年現在、越中国の人々によって今も継承されていることに驚いたのではないか。「鵜」を詠む契機はそのような事情もあったのではないかと推測する。家持が見た「鵜飼が伴」には、このような事情があったことを指摘しておきたい。

家持の「鵜」歌

それでは、越中国の「鵜」を家持はどのように詠んでいるのか。『万葉集』全体では、「鵜」が五首（うち一首に二例）、「鵜飼」が二首、「鵜川」が五首それぞれ詠まれている。うち、家持は「鵜」を二首、「鵜飼」を二首、「鵜川」を四首詠んでおり、いずれもその多くが家持歌で占められている。

「鵜飼」は「鵜を使って魚をとる漁法」である。[注22]「鵜川」は「鵜飼をする川」[注23]で、『万葉集』では必ず「立つ」という四段動詞を伴う形「鵜川立つ」という表現で詠まれている。というのも「鵜飼をする河を設けるという意

のウカハヲタツ全体が、鵜飼をする意味になる」[注24]からだという。

「鵜飼」「鵜川」は、鵜そのものは指していないが、「鵜」の存在がなければ成立しない漁法と川なので、今回はこれらの用例も数に入れた。すると、「鵜」に関する用例の大半が家持歌で見られることになる。かつそれらは、家持が越中時代に「鵜」を意図的に詠んだことを明確に示している。[注25] 以下にそれら八首を示すが、全て「鵜飼」の様子を詠んでいる。

A　布勢の水海に遊覧する賦一首　并せて短歌　この海は射水郡の旧江の村にあり

もののふの　八十伴の男の　思ふどち　心遣らむと　馬並めて　うちくちぶりの　白波の　荒磯に寄する　渋谿の　崎たもとほり　麻都太要の　長浜過ぎて　宇奈比河　清き瀬ごとに　鵜川立ち　か行きかく行き　見つれども　そこも飽かにと　布勢の海に　舟浮け据ゑて　沖辺漕ぎ　辺に漕ぎ見れば　渚には　あぢ群騒き　島廻には　木末花咲き　ここばくも　見のさやけきか　玉くしげ　二上山に　延ふつたの　行きは別れず　あり通ひ　いや年のはに　思ふどち　かくし遊ばむ　今も見るごと（巻十七・三九九一／反歌左注省略）

B　放逸せし鷹を思ひ、夢に見て感悦して作る歌一首　并せて短歌

おほきみの　とほの朝廷そ　み雪降る　越と名に負へる　天ざかる　夷にしあれば　山高み　川とほしろし　野を広み　草こそ茂き　鮎走る　夏の盛りと　島つ鳥　鵜養が伴は　行く川の　清き瀬ごとに　篝さし　なづさひ上る（以下省略）　（巻十七・四〇一一）

C　鸕を潜くる人を見て作る歌一首

婦負河の　速き瀬ごとに　篝さし　八十伴の男は　鵜川立ちけり　（巻十七・四〇二三）

D　鸕を潜くる歌一首　并せて短歌

あらたまの　年行きがへり　春されば　花のみにほふ　あしひきの　山下とよみ　落ち激ち　流る辟田の

河の瀬に　鮎子さ走る　島つ鳥　鵜飼伴なへ　篝さし　なづさひ行けば　我妹子が　形見がてらと　紅の　八入に染めて　おこせたる　衣の裾も　通りて濡れぬ　（巻十九・四一五六）

E年のはに　鮎し走らば　辟田河　鵜八つ潜けて　河瀬尋ねむ　（巻十九・四一五八）

F　　水烏を越前の判官大伴宿禰池主に贈る歌一首　幷せて短歌

天ざかる　夷としあれば　そこここも　同じ心そ　家離り　年の経ゆけば　うつせみは　物思ひ繁し　そこゆゑに　心なぐさに　ほととぎす　鳴く初声を　橘の　玉にあへ貫き　かづらきて　遊ばむはしも　ますらをを　伴なへ立てて　叔羅河　なづさひ上り　平瀬には　小網さし渡し　早き瀬に　鵜を潜けつつ　月に日に　しかし遊ばね　愛しきわが背子　（巻十九・四一八九）

G叔羅河　瀬を尋ねつつ　わが背子は　鵜川立たさね　心なぐさに　（巻十九・四一九〇）

H鵜川立ち　取らさむ鮎の　しが鰭は　我にかき向け　思ひし思はば　（巻十九・四一九一）

右、九日に使ひに附けて贈る。　（※先掲した歌BとCも再掲）

これらの家持歌について、大越喜文は自分の歌をつなぎ合わせていく歌作の流れがあると指摘している。[注26]「鷹狩」「鵜飼」「布勢水海」は、家持が独り越中歌日誌の中で切り開いていった歌材であった。天平十九年の「遊覧布勢水海賦」、「思放逸鷹、夢見感悦作歌」の長歌中で鵜飼表現が試みられたことがすべての発端である。以後、これら三つの歌材は詠まれるにつけ、先行歌の影響を受けつつも、必ずそれまでの自歌を参考・下地にして展開していること述べた通りである。

確かに天平十九年（七四七）のA歌「遊覧布勢水海賦」から家持の「鵜飼」歌は始まっており、A歌の付随的な表現から「鵜飼」を初めて主題に据えた天平二十年（七四八）の短歌C歌「見潜鸕人作歌」、天平勝宝二年（七五〇）の長歌D・E「潜鸕歌」、更に越前国に転任した大伴池主へ宛てたF〜H歌「贈水烏池主歌」と続いている。しかし、なぜ越中時代に限られているのかについては一切触れられていない。

また「鵜飼」にはいくつかの手法があり[注27]、それに従って、例えばA歌の「鵜川立ち」は「徒歩で上流に遡りながら篝火を手に鵜を操る手法らしい」と指摘されている[注28]。C歌は「夜川の徒歩鵜の光景である」[注29]という。

このように、家持の「鵜」歌に関するこれまでの研究では、家持による自歌のつなぎ合わせだとか、一般的な「鵜飼」としてこの手法ではないか等と議論がされているが、越中国の「鵜飼」の実態にも触れて問うものは、管見の限り見られない。やはり、その実態にも触れるべきである。

例えば、C歌を取り上げてみる。この歌は天平二十年（七四八）に、家持が春の出挙のために巡行した際に詠んだものである。しかし先で触れたように、天平十七年（七四五）七月に、一旦放生されたはずの「鵜」が、天平十九年に詠まれたA・B歌のみならず、C歌においても再び描写されている。

この歌について、橋本達雄は、

鵜飼は一般に夏から秋にかけて、鮎を対象に行われるものと思われるが、他の魚を対象に季節にかかわらず行なう場合もあったのであろうか。その点不明だが、この鵜飼は例外的なものと思われ、家持に随行した官人たちが旅の慰めとして遊びに興じているのか、国守を歓迎し、旅の一夜を慰めようとして郡司たちが特別に催して家持に見せているのかのどちらかであろう。「八十伴の緒は」という、ことごとしい言い方は、鵜飼をする人たちに対する謝意をこめた挨拶の語ともとることができるので、後者かと思われる。

と述べているように[注30]、この時の「鵜飼」を例外的なものとして捉えている。「八十伴の緒は」が詠まれているのも、確かに「家持に随行した官人たち」に対して用いているなら「ことごとしい言い方」である。

そこで、当時の越中国での「鵜飼が伴」の実態を思い出されたい。放生されたはずの鵜が天平十九年で詠まれているのは、家持が、この地の鵜飼が越中国の人々の手によって維持され続けていたことに興味を持ったからではないかと述べた。

歌に「八十伴の緒は　鵜川立ちけり」と「けり」が表現されている。これは「いまそのことに気づいたという詠嘆・驚嘆の気持を含めて述べるのに用いられることも多い」とされる助動詞である。[注31]家持はこの「婦負河」の鵜飼を見て、「宇奈比河」（A歌）だけでなく、この婦負川においても「鵜飼」が行われている。今思えば、越中国とは「鵜飼」が盛んな地域だったのか。今まさにそれに気づいたという心境であろう。つまり、こうした契機があって、家持は主体的に詠んでいると考えるべきである。

題詞にも「鸕を潜くる人」とあるように、「八十伴の緒」は「鵜飼が伴」を指していると考えられる。「家持の部下の諸役人が、国守の旅情をなぐさめるがために鵜飼をした[注32]」人物を指しているのではない。

他の作者との違い

家持の「鵜」歌には、他にも特徴が見られる。越中国での新たな気づきにより、「鵜」を主体的に詠んでいると述べたが、主体的に詠んだ理由が他にも考えられるからだ。それは他の作者が詠んだ「鵜」と比較した場合、顕著である。

①　吉野宮に幸せる時に、柿本朝臣人麻呂が作る歌（第三首目の長歌）

やすみしし　我が大君　神ながら　神さびせすと　吉野川　激つ河内に　高殿を　高知りまして　登り立ち　国見をせせば（略）行き沿ふ　川の神も　大御食に　仕へ奉ると　上つ瀬に　鵜川を立ち　下つ瀬に　小網刺し渡す　山川も　依りて仕ふる　神の御代かも　（巻一・三八）

②　山部宿禰赤人が歌六首（第三首目）

阿倍の島　鵜の住む磯に　寄する波　間なくこのころ　大和し思ほゆ　（巻三・三五九）

③　辛荷の島に過る時に、山部宿禰赤人が作る歌一首　幷せて短歌（第一反歌）

玉藻刈る　辛荷の島に　島廻する　鵜にしもあれや　家思はざらむ　（巻六・九四三）

④こもりくの　泊瀬の川の　上つ瀬に　鵜を八つ潜け　下つ瀬に　鵜を八つ潜け　上つ瀬の　鮎を食はしめ

下つ瀬の　鮎を食はしめ　くはし妹に　鮎を惜しみ　くはし妹に鮎を惜しみ（略）（巻十三・三三三〇）

右の①～④には、家持歌A歌の「八十伴の男」、B歌の「鵜飼が伴」、C歌の「八十伴の男」といった表現が一切見られない。①歌は「上つ瀬に…下つ瀬に…」と「伝統的な儀礼歌に起源をもつ表現[注33]」を用いた儀礼歌であり、しかも「鵜川を立ち」とまさに「鵜飼」の様を表現しているにも関わらず、詠まれていない。儀礼歌ではない家持の「鵜飼」歌に「八十伴の男」、「鵜飼が伴」が詠まれているのは、家持歌の特徴と言えるだろう。では、なぜそのような特徴が現れているのか。

中でも「八十伴の男」は集中、十二首見られるが、家持は八首（A・C歌含む）も詠んでいる。一部を除き[注34]「八十伴の男」には家持本人も含まれて詠まれており、天皇に対する忠誠を誓った律令官人としての強い意識を含んだ表現である。家持はこの意識を〈夷〉の地越中国でも持ち続けていた。だからこそ、A歌で「八十伴の緒」と詠んだのである。さらには、予想外だった〈夷〉の「鵜飼が伴」への強い意識が契機となって、律令官人としての自負がさらに高まったからとも考えられよう。

辰巳正明は、「大宰府文学圏は、いわば都と鄙との関係に現われた、辺境を共通の意識とする文学集団である」と指摘され、「松浦川に遊ぶ序」は『文選』や『遊仙窟』などを模倣した虚構の作品で、「鄙は漢文学を通して文化的徒としての〈都〉へと変容するのである」と述べている点[注35]は注視すべきである。この越中国という地に於いても、そのような変容は家持により可能であろう。家持は、越中時代とりわけ多くの「霍公鳥」歌を詠んでいることはいうまでもない。都と異なる〈夷〉の風土への抵抗感に似た感情が、都の季節観を代表する景物「霍公鳥」を喚起したのであるが、[注36]「鵜飼」も同様だったのである。多田一臣も、

地方の赴任先で和歌を詠むことは、たしかに望郷（京）の思いをはらす心やりではあったが、一面それは「都ぶり」の実践を通じて、鄙の風土を王化に浴する地に変えていこうとする積極的な意義をもつ行為でもあった。

と指摘しており、[注37]家持の「鵜飼」歌において同じことが言えるだろう。

つまり、〈夷〉の地の「鵜飼」も、家持は中央官人の意識で捉え直そうとしたのである。〈夷〉の「鵜飼」を「八十伴の男」の遊びとして捉えた。この行為は、まさに家持なりの〈雅〉を獲得することであり、それは〈夷〉の風土を〈雅〉な風土に変容させることだったと考えられる。

おわりに

石川県羽咋市に鎮座する式内社・気多神社では、現在十二月十六日に「鵜祭」[注38]が行われている。家持が天平二十年（七四八）に巡行した際、この社に赴き、歌を詠んだことが知られている。『続日本紀』には、神護景雲二年（七六八）に「能登国気多神に廿戸と田二町」充てられたことが記されており、朝廷の崇敬も篤く、先に挙げた御門主比古神社とも関連性がある社だ。

「鵜祭」に関して記されている一番古い史料は『気多社年貢米銭納帳』で、「拾五貫六十五文　毎年鵜ノ役　金丸地頭方代官沙汰」とあり、奥書に「大永六年十月□日□寫之卆」（□は判読不明）と記されている。大永六年（一五二六）以前から行われていた祭祀だと言えるが、これ以上遡れる史料がない。

しかし、谷川健一は、「この鵜祭はもとは十一月の午の日、新嘗祭のあくる日におこなわれていたので、農事に関係のある祭と推定される」とし、「鵜を神の使いと考え、そのうごきや啼き声に神秘的な予兆を感じた古代の信仰の名残がここに見られる」と指摘している。[注39]小倉学も、櫛八玉神が鵜浦の御門主比古神と相談して「鵜」になり、海に入って魚を捕え、大己貴命に献上したという古伝があることから、この「鵜祭の鵜がはるばる鵜浦から進められるといふのも御饌都神たる櫛八玉神が鵜となつて一宮に参向せられる形ではないかと思ふ」と述べている。[注40]櫛八玉神が参向するという古い形に対する後世的な合理的解釈だという指摘は注視すべきだろう。また、気多神社との関連性が重視されている「寺家遺跡」の存在も考慮すべきである。この遺跡は、

能登半島西側付け根付近の海岸砂丘上に所在する古代を中心とする祭祀遺跡で、（略）焼土遺構をはじめとする遺構は良好な状態で残っており、古代における祭祀遺跡の様相が明らかとなった。出土遺物の内容から祭祀には国家が関与したと考えられ、古代気多神社に関わりがあった可能性が考えられる。

と説明されている。[注41]この祭祀が「鵜祭」とは断定できないが、気多神社でも古代から祭祀が行われていたことはこれにより明白である。

もちろん、家持が「鵜祭」を見たとも、「鵜祭」のために出挙の旅で立ち寄ったとも言えないのだが、越中国で「鵜飼」が継続されていたのは、このような「鵜」に関する祭祀の存在も根底にあったからであろう。

以上のように、家持は〈夷〉の地・越中国に赴任して、初めて「鵜飼」の実態を目の当たりにしたことは確かである。それは「鵜」の生息地でもあり、A歌「宇奈比河」、C歌「婦負河」、D・E歌「辟田河」と「鵜飼」が根付いている地でもあり、「鵜」に関連する祭祀の存在もあるいう、他の地域とは全く異なる実態がそこにはあった。

こうした実態を段階的に知るようになり、家持は一度のみならず何度も「鵜飼」を歌に詠んだのである。越中国の「鵜飼」は、彼にとっては全く想像をしていなかったものであり、他の地では見られないものだったからで

ある。だから、越中国の「鵜飼」しか詠まなかったと考えられる。いかに越中国のそれが特異であったかを物語っているように思われる。

加えて、これこそ越中国の文化を都の文化として取り込んだ行為と言えよう。同じ北陸地方の歌が、『万葉集』に見られる。

能登国の歌三首

梯立の　熊来のやらに　新羅斧　落とし入れ　わし　あげてあげて　な泣かしそね　浮き出づるやと　見む　わし
（巻十六・三八七八）

右の歌一首は、伝へて云はく、「或るは愚か人あり。斧、海の底に墜ちて、鉄の沈みて水に浮かぶ理なきことを解らず。聊かにこの歌を作り、口吟みて喩しと為しき」といへり。（続く二首省略）

これは「能登国の民謡的な謡い物[注42]」とされる。「あげてあげて　な泣かしそね」や「見む　わし」と定型ではない表現が見られる。左注にも「口吟みて喩し」とあり、声の歌であったことは明白で、家持の歌との違いは一目瞭然である。

「五七音を基調とする様式に統一されていくのは、和歌が宮廷の権威を背景とする『みやび』の文化であった[注43]」ためとされているように、五七の定型は平城京で熟成されたものである。「能登国の歌」とは様式が全く異なっているのは、〈夷〉と〈雅〉の文化的空間の違いによるものである。

従って、家持が越中国の文化である「鵜飼」を新しい歌材として五七音の歌に詠んだその行為は、まさに〈夷〉から〈雅〉へと、自分の文化の枠組みの中に取り込む行為だったのである。中西進が「家持が鄙に積極的に立ち向かったのは、彼には鄙生活を支える都の基盤があって、その鄙と都とを対照せしめることができたからであろう」と述べている[注44]。その基盤の一つが五七音の歌であり、〈夷〉の風土である「鵜飼」を、〈雅〉なる「鵜飼」歌として変容させることができたのである。家持が常に〈夷〉の地への意識が強かったことで〈雅〉なるものと対照できたのであるが、それは〈夷〉の「霍公鳥」だけではなかったのである。

注

1 小野寺静子「越中下向」（『坂上郎女と家持　大伴家の人々』翰林書房、二〇〇二年）

2 本稿の「ヒナ」については、中西進「夷」（『中西進　万葉論集　第五巻　万葉史の研究（下）』講談社、一九九六年）で指摘されているように「都に対比させたもので、人種をすら異にしかねない、化外の地たる認識に」基づいた概念として用いる。従って、「夷」と表記する。

3 川口常孝「良吏家持」（『大伴家持』桜楓社、一九七六年）

4 注3に同じ

5 「ぬえ鳥」「鶴」「燕」などを新たに詠んでいる。

6 阿蘇瑞枝『萬葉集全歌講義十』（笠間書院、二〇一五年）

7 鉄野昌弘（「歌人家持と官人家持――鵜飼・鷹狩の歌をめぐって――」高岡市万葉歴史館編『大伴家持研究の最前線〈高岡市万葉歴史館叢書23〉』高岡市万葉歴史館、二〇一一年）は、鵜と鷹には共通点が多く、家持が鵜飼と鷹狩とをセットで歌っているのは偶然でないのだろうという。また、網野善彦の「天皇の支配権と供御人・作手」（『中世の非農業民と天皇』岩波書店、一九八一年）に従いながら、「鵜や鷹は、言わば山や河の神の眷族である」とも述べている。

8 平凡社編『総索引〈日本歴史地名大系〉』（平凡社、二〇〇五年）による。

9 若林喜三郎・高澤裕一編『石川県の歴史〈日本歴史地名大系〉』（平凡社、一九九一年）では、例えば鵜島村（現　珠洲市宝立町鵜島）について、「鵜島の名は鵜飼村境に浮ぶ見附島が鵜の群れる島であったからともいう」とある。

10 注8を基にした。大和国は「鵜山村」（現・奈良県山辺郡山添村鵜山）が存在した。

11 角川文化振興財団編『古代地名大辞典本編』（角川書店、一九九九年）

12 式内社研究会編『式内社調査報告　第十六巻北陸道3』（皇學館大學出版部、一九八五年）

13　富山県婦負郡役所『越中婦負郡志』（富山県婦負郡町村会、一九〇九年）

14　羽咋市大町と鳳至郡穴水町の同名社に比定する説があり、いずれを式内社にすべきか定めがたい。

15　式内社研究会編『式内社調査報告　第十六巻北陸道2』（皇學館大學出版部、一九八五年）

16　巻十七・三九九一、四〇一一、四〇二三、四一五六、四一五八、巻一九・四一八九、四一九〇、四一九一を指す。

17　土橋寛『古代歌謡全注釈 日本書紀編』（角川書店、一九七五年）の歌謡一二番における語釈によった。

18　正倉院文書データベース作成委員会「正倉院文書データベース（SOMODA）」

19　狩野久「品部雑戸制の再検討」（「史林」四十三巻六号、一九六〇年十一月）

20　『続日本紀』養老五年五月三日条に「太上天皇不豫したまふ。天下に大赦す」とある。

21　小林茂文は、品部鵜飼は延暦十七年以前に品部鵜飼は停止されたと指摘している。また令制下における鵜飼の変遷について「同じ漁撈民である網引・江人の雑供戸とその性格を異にし、永く古い制度が継続されていたことが明らか」だと述べている（「古代の鵜飼について」「民衆史研究」十九号、一九八〇年）。

22　大塚民俗学会『日本民俗事典』（弘文堂、一九七二年）

23　上代語辞典編修委員会編『時代別国語大辞典　上代編』（三省堂、一九六七年）

24　藤原茂樹「海山川のあそび――海人　鵜　鷹の歌――」（高岡市万葉歴史館編『生の万葉集〈高岡市万葉歴史館論集13〉』笠間書院、二〇一〇年）

25　二上山総合調査研究会『二上山総合調査研究発表資料』（二上山総合調査研究会、二〇〇四年二月）で、二〇〇二年には二上山でもカワウが観察されているという報告がみられる。

26　大越喜文「家持長歌制作の一側面――鷹と鸕と布勢水海と――」（「上代文学」六十六号、一九九一年四月）

27　竹内利美（「河川と湖沼の漁法と伝承」『山民と海人〈日本民俗文化大系5〉』小学館、一九八三年）によれば、鵜の駆使手法には以下の区分があるという。

（1）「逐鵜（魚俗の駆逐）」か「捕鵜（魚族の捕捉）」か、（2）「徒行遣い」か「放ち鵜」か、（3）「繋ぎ鵜」か「放ち鵜」か、（4）「昼漁」か「夜漁」か、（5）「流水面（河川）」か「静水面（湖沼）」かという区分に従って、手法の組み合わせのちがいがおのずから生じ、かなり複雑な姿を示す訳である。

28　多田一臣『万葉集全解6』（筑摩書房、二〇一〇年）

29　谷川健一「黄泉への誘い鳥〈鵜〉」（『神・人間・動物――伝承を生きる世界』平凡社、一九七五年）
30　橋本達雄『萬葉集全注　巻第十七』（有斐閣、一九八五年）
31　注23と同じ。
32　佐々木信綱・尾上八郎『萬葉集総釈第九』（楽波書院、一九三六年）
33　多田一臣『万葉集全解1』（筑摩書房、二〇〇九年）
34　前節で指摘したように、C歌のみ含まれていないと考えられる。
35　辰巳正明『万葉集と中国文学　第二』（笠間書院、一九九三年）
36　越中時代の「霍公鳥」歌については、例えば小野寺静子が「霍公鳥」は「かつて自分が都で風流なものとしてもてはやしていたもの」で、家持をたびたび襲った物思いを都の風流なものによって晴らそうとしたと述べている（『坂上郎女と家持　大伴家の人々』翰林書房、二〇〇二年）。
37　多田一臣「都と鄙」（「上代文学」第七十二号・一九九四年四月）
38　「鵜祭」とは、七尾市の鵜浦から鵜捕部が背負って来た捕えた鵜を、十二月十六日午前三時過ぎに神前で放ち、その鵜が本殿内へ階段を登って神前に進ませ、進まない時は、清めの払いと清めの神楽を二回繰り返す。鵜が内陣の三宝の上に止まったら神にお供えしたことになるという。その後、神官が鵜を捕え、執事に渡し、それを一キロ程離れた羽咋の海岸にもっていって放つという儀式。小倉学「鵜祭の研究」（「國學院雑誌」六十二巻十号、一九六一年十月）、吉野亨「気多神社鵜祭について」（『特殊神饌についての研究』武蔵野書院、二〇一五年）等を参照した。
39　注29と同じ。
40　小倉学「鵜祭考（二）」（「加能民俗」第十三号、一九五二年四月）
41　文化庁「国指定文化財等データベース」の詳細解説を引用している。http://kunishitei.bunka.go.jp/bsys/explanation.asp　また、古代を考える会編「羽咋市寺家遺跡の検討」（古代を考える会、一九八一年十二月）や、羽咋市教育委員会編「寺家遺跡」（羽咋市教育委員会、二〇一〇年三月）で詳細な報告がなされている。
42　注28と同じ。
43　注37と同じ。他に、古橋信孝も「雅」の文化の精髄を集めたのが『万葉集』だと述べている（『万葉歌の成立』講談社、一九九三年）。
44　中西進「万葉の都と鄙」（『万葉人の生活と文化』笠間書院、一九七七年）

南山、吉野の文学
――『万葉集』『懐風藻』と神仙世界――

上野　誠

はじめに

文学における吉野を論ずるということは、それは、そのまま日本詩歌史を論ずるということである〔中西一九九五年、初出一九六一年〕〔辰巳一九八七年、初出一九八一年～一九八二年〕。和歌における長歌体は、人麻呂の吉野讃歌をもって完成し、それ以降の長歌の範型となっていった。また、赤人歌における吉野讃歌の反歌を、叙景歌の端緒とする見方もある。

一方、『懐風藻』の吉野詩は、長屋王邸の宴詩とともに、日本漢詩の始発点といってよいだろう〔村田一九八四年〕。しかし、残念なことに、今の筆者には、そのすべてを論じる力などない。そこで、吉野が日本の「南山」に見立てられていることを糸口として、神仙世界と吉野との関わりを論じてみたい、と思う。

一　雲居にそ遠くありける吉野

大和の古老と話していて、ふとこんな言葉を耳にしたことがある。「ザイショはナンザンですよ」と。ここでいう「在所」とは生まれ故郷を言い、「南山」とは、吉野を示している。つまり、「生まれ故郷は、吉野です」ということだ。これは、大和で行なわれている伝統的地域区分に基づく呼称法である。「オク（奥）」といえば宇陀地域を指し、「サンチュー（山中）」といえば現在の奈良市東部の旧都祁村あたりを指す。そして、「クンナカ（国中）」といえば山々に囲まれた平野部を指すのである。「クンナカ」は、古典世界でいえば、青垣山こもれる「国のまほろば」であろうし、「国の秀《ほ》」だろう。話を伝統的地域呼称法の方に戻すと、国中を中心として、奥があり、山中があるということになる。さて、このうち南山と奥と山中には、地形的な共通点がある。それは、大盆地である国中から離れた小盆地だということだ。国中からみて、別天地、別世界をいう言葉なのである。泊瀬も別世界なのだが、泊瀬の場合は、三輪山の背後にあって、三輪山を通じて国中に隣接している地域だと考えられている。[注1] そして、国中から見て、泊瀬を挟んでさらにその奥が、宇陀なのである。あくまでも、この呼称法は、国中から発想されていることを忘れてはならない。

では、「南山」と呼ばれる吉野は、古代において、どのような地域と見られていたのであろうか。『万葉集』の藤原宮の御井の歌では、

……大和の　青香具山は　日の経《たて》の　大き御門に　春山と　しみさび立てり　畝傍の　この瑞山は　日の緯《よこ》の　大き御門に　瑞山と　山さびいます　耳梨の　青菅山は　背面《そとも》の　大き御門に　宜しなへ　神さび立てり　名ぐはしき　吉野の山は　影面《かげとも》の　大き御門ゆ　雲居にそ　遠くありける……

（巻一・五二）

と記されている。藤原宮は、国中たる奈良盆地の南部、大和三山の真ん中に営まれた宮である。この歌で注意しなくてはならないのは、三山と吉野の山々が、宮を守る四神に相当しているという点である。では、南の吉野の山々は、どう詠まれているかというと、「有名で、雲の彼方にある」と詠まれているのである。天子南面の中国の都城思想からすれば、南は眺望よく開け、その彼方に山々がなくてはならない。

有名な天武天皇御製歌は、古歌に託して、壬申の乱直前の不安な吉野入りの心情を歌ったものとされる。

天皇の御製歌

み吉野の　耳我の嶺に　時なくそ　雪は降りける　間なくそ　雨は降りける　その雪の　時なきがごと　その雨の　間なきがごとく　隈《くま》も落ちず　思ひつつぞ来し　その山道を　（巻一・二五）

山道の隈を幾重にも越えて吉野へと私はやって来た、と歌っているのである。そして、それは、天武天皇自らの人生においても、苦難の時であった。一方、『日本書紀』では、童謡《わざうた》を通じて、天武天皇吉野入りの心情を、次のように伝えている。

十二月の癸亥の朔にして乙丑に、天皇、近江宮に崩《かむあが》りましぬ。
癸酉に、新宮に殯《もがり》す。時に、童謡《わざうた》ありて曰く、
み吉野の　吉野の鮎　鮎こそは　島傍《しまへ》も良《え》き　え苦しゑ　水葱《なぎ》の下　芹の下　吾は苦しゑ〔其の一〕
臣の子の　八重の紐解く　一重だに　いまだ解かねば　御子の紐解く〔其の二〕
赤駒の　い行き憚る　真葛原　何の伝言《つてこと》　直《ただ》にし良けむ〔其の三〕
といふ。

（「日本書紀」巻第二十七、天智天皇十年十二月条、
小島憲之ほか校注・訳『日本書紀③（新編日本古典文学全集）』小学館、一九九八年）

水葱の下芹の下の鮎は、身動きもままならぬ天武天皇自身の苦しさを表象し〔其の一〕、八重の紐は、解き難い難題を表象し〔其の二〕、赤駒の足にからみつく真葛這う原野は、進退ままならぬ様子を表象しているとみなくてはなるまい〔其の三〕。この童謡は、今後窮地に立つであろう天武天皇の吉野入りの折の状況を暗示しているのである。

では、同じ『日本書紀』の散文では、この吉野入りを、どのように伝えているのだろうか。

壬午に、吉野宮に入りたまふ。時に、左大臣蘇賀赤兄臣・右大臣中臣金連と大納言蘇賀果安臣等送りたてまつりて、菟道《うぢ》より返る。或《あるひと》の曰く、「虎に翼を着けて放てり」といふ。是の夕に、島宮に御《おは》します。

癸未に、吉野に至りて居《おは》します。是の時に、諸の舎人を聚《つど》へて謂りて曰《のたま》はく、「我、今し入道修行《おこなひ》せむとす。故、随ひて修道《おこなひ》せむと欲ふ者は留れ。若し仕へて名を成さむと欲ふ者は、還りて司《おほやけ》に仕へよ」とのたまふ。然るに退く者無《な》し。更に舎人を聚へて、詔すること前の如し。是を以ちて、舎人等、半は留り半は退《まか》りぬ。

十二月に、天命開別天皇《あめみことひらかすわけのすめらみこと》崩《かむあが》りましぬ。

（「日本書紀」巻第二十八、天武天皇上、即位前紀条、
小島憲之ほか校注・訳『日本書紀③（新編日本古典文学全集）』小学館、一九九八年）

ここでは、乱の到来を思わせる伏線として、「虎着翼放之」と記している。この言葉は、強き者がますます強くなり、野に放たれたということを表している。引用部の後半では、自らの意思で、吉野に留まるか、吉野から去るか決せよとの詔が出されたことが記されている。当該条は、あくまでも従者の自由意思を尊重しようとした、天武天皇の人徳を表しているとみてよい。『日本書紀』は、苦難の時にあっても、徳を失わなかった天武天皇を讃えているのである。もう一つ、注目すべき点がある。それは、菟道から吉野への道中の宿泊地として、飛鳥の島宮が選ばれていることである。島宮は、乙巳の変において、蘇我本宗家が滅亡したあと、天皇家の管理となってい

たのであろう〔上野一九九七年〕。大海人皇子は、ここに宿泊したのであった。飛鳥岡本宮は天皇正宮であり、大海人皇子が岡本宮に宿泊することは、決して許されなかったはずだ。もし、無理に宿泊すれば、謀反行為とみなされる恐れがあったからである。なぜならば、天皇正宮に宿泊するということは、そのまま即位を表してしまうからである。そのため冬十月十九日（壬午）は、一日かけて飛鳥まで移動し、島宮に宿泊したのである。そして、冬十月二十日（癸未）、一日かけて大海人皇子たちは、吉野に入ったのであった。島宮は、この吉野入りの宿泊所であったがために、天武天皇即位後に壬申の乱ゆかりの宮となったのである。そして、島宮は、即位を期待されていた草壁皇子の居所となった。この後、島宮は、東宮のごとき役割を果たすことになってゆく。では、大海人皇子、苦難の時に、飛鳥での宿泊所となった島宮が、日並（草壁）皇子の居所となったことは、いったい何を暗示するのだろうか。それは、天武の子である草壁こそが、父・天武の後継者であることを暗示しているものと思われる。以上のような観点から、壬申の乱に勝利し、飛鳥に凱旋した天武天皇の動きを検証してみよう。


九月の己丑の朔にして丙申に、車駕《すめらみこと》還りて伊勢の桑名に宿りたまふ。

丁酉に、鈴鹿に宿りたまふ。

戊戌に阿閉に宿りたまふ。

己亥に、名張に宿りたまふ。

庚子に、倭京に詣りて、島宮に御します。

癸卯に、島宮より岡本宮に移りたまふ。

是の歳に、宮室《おほみや》を岡本宮の南に営る。即冬に、遷りて居します。是を飛鳥浄御原宮と謂ふ。

（「日本書紀」巻第二十八巻、天武天皇上、元年九月条、
小島憲之ほか校注・訳『日本書紀③（新編日本古典文学全集）』小学館、一九九八年）

この時も、「倭京」すなわち飛鳥地域に入り、まず島宮に入っている。そして、天皇正宮である岡本宮に入っているのである。[注2] この岡本宮こそ、天武天皇即位の宮なのである。かくのごとくに考えを進めてゆくと、新しい藤原宮を讃える歌において、「名ぐはしき　吉野の山」（巻一・五三）という句から、いかなる故事を想起すればよいのだろうか。おそらくそれは、当時誰もが知っているだろう壬申の乱の故事だろう。[注3]

二　吉野と飛鳥と

天武天皇が即位後、吉野を訪れるのは、いわゆる六皇子盟約においてである。六皇子盟約とは、天皇崩御後、壬申の乱のような皇位継承争いに発展させないための盟約である。

五月の庚辰の朔にして甲甲に、吉野宮に幸《いでま》す。
乙酉に、天皇、皇后と草壁皇子尊・大津皇子・高市皇子・河島皇子・忍壁皇子・芝基皇子に詔して曰《のたま》はく、「朕《われ》、今日、汝等と倶に庭《おほば》に盟《ちか》ひて、千歳の後に、事無からしめむと欲《おもほ》す。奈之何《いかに》」とのたまふ。皇子等、共に対《こた》へて曰《まを》さく、「理実《ことわり》、灼然《いやちこ》なり」とまをす。則ち草壁皇子尊、先《ま》づ進みて盟ひて曰さく、「天神地祇《あまつかみくにつかみ》と天皇、証《あきら》めたまへ。吾《おのれ》、兄弟長　幼《えおとひととなりをさなき》、幷せて十余王《とをあまりのみこ》、各異腹より出でたり。然れども同じきと異《ことな》れると別《わ》かず、倶に天皇の勅の随《まにま》に、相扶《あひたす》けて忤《さか》ふること無けむ。若し今より以後《のち》、此の盟の如くにあらずは、身命亡《ほろ》び、子孫《うみのこ》絶えむ。忘れじ、失《あやま》たじ」とまをす。五皇子《いつたりのみこ》、次を以ちて相盟ふこと、先の如し。然して後に、天皇の曰はく、「朕《わ》が男等《こ》、各異腹にして生れたり。然れども今し一母同産《ひとつおもはらから》の如くに慈《めぐ》まむ」とのたまふ。則ち襟《ころものくび》を抜き其の六皇子を抱きたまふ。因りて盟ひて曰はく、「若し玆《こ》の盟に違はば、忽に朕が身を亡《うしな》はむ」とのたまふ。皇后の盟ひたまふこと、且《また》天皇の如し。

（「日本書紀」巻第二十九、天武天皇　下、八年五月条、
小島憲之ほか校注・訳『日本書紀③（新編日本古典文学全集）』小学館、一九九八年）

この盟約で重要なのは、天武天皇自らも盟約に加わっているという点である。ここで天皇が、六皇子を同母の子のごとく、わけへだてなく慈しむと誓う。そして、この盟約では、もし違反した場合には、自らの身も亡ぶであろうと述べている。さらには、皇后も、この盟約に入っているのである。草壁皇子がすべての皇子を代表して宣誓した点と、天皇と皇后もその盟約に入っている点については、なお留意すべきであろう。そこには、おそらく二つのことが暗示されていると思われる。一つは、この盟約を順守する者については生命を保証すると約束しているること。二つ目は、自らの崩御後、草壁皇子と皇后を中心とした後継体制となるべきことが示唆されているのではなかろうか。では、天皇、皇后をも拘束する盟約がどうして必要だったのだろうか。それは、そこまでしなくては、六皇子の和が保てなかったからであろう。事実、大津皇子謀反事件が起こっていることからも、そのことは明白である。そして、この盟約はどうしても、壬申の乱の故地、吉野で行なわれなければならなかったのである。

だとすれば、巻一の二五番歌において、天武天皇が自らの苦難の日々を懐古するかたちで歌を歌う意味も氷解する。今、我々がこうして生きていられるのも、吉野における苦難の時があってのことではないか。このことを、六皇子たちよ、よくよく考えるべきだ、という気持ちが込められているはずだ。してみれば、有名な、

天皇、吉野宮に幸《いでま》せる時の御製歌

よき人の　よしとよく見て　よしと言ひし　吉野よく見よ　よき人よく見

（巻一・二七）

の歌には、次のようなメッセージが込められていると思われる。それは、ここに集える六皇子たちよ、吉野をよく見よ、この吉野こそ、昔のよき人（天武天皇自身）が、よしとよく見て、隠棲と開戦をよしと決断した土地なのだから」というメッセージであるはずだ。

この「よく見よ」という天武天皇の呼びかけに呼応するかたちで、持統天皇は、三十一回以上の吉野行幸を行なったのである。そして、その折々に従駕歌が詠まれることになってゆく。諸家がすでに説き尽くしたように、人麻呂が「見れど飽かぬかも」（巻一・三六）、「絶ゆることなくまたかへり見む」（巻一・三七）と歌ったのは、天武天皇の「よく見よ」という呼びかけに応じたからなのである。そうして歴代の行幸従駕の歌人たちは、人麻呂の吉野歌を範として、吉野を見ることに主眼を置いた行幸従駕歌を歌ったのであった。それらはすべて、天武天皇の二七番歌に呼応しているのである。こうして、吉野は、壬申の乱を契機として選ばれた行幸の地となってゆくのである。だとすれば、持統天皇は、天武天皇と伴に苦難の時を過ごした吉野に赴くことによって、政権への求心力を高めることができたはずだ。事実、持統朝以降も、天武皇統を継ぐ天皇たちは、次のように行幸を行なっている。

七〇一年	大宝元年二月	文武天皇	即位後五年
七〇一年	大宝元年六月	持統上皇	上皇即位後五年
七〇二年	大宝二年七月	文武天皇	即位後六年
七二三年	養老七年五月	元正天皇	即位後九年
七二四年	神亀元年三月	聖武天皇	即位後一年
七三六年	天平八年六月	聖武天皇	即位後十三年

このように行幸がたびたび行われたのは、壬申の乱を想起することが、政権への求心力を高めることに繫がったからである。そして次第に吉野は、語られるべき土地になってゆくのである。それを万葉歌において確認しておこう。

土理宣令《とりのせんりやう》が歌一首

み吉野の　滝の白波　知らねども　語りし継げば　古思ほゆ　（巻三・三一三）

音に聞き　目にはいまだ見ぬ　吉野川　六田の淀を　今日見つるかも　（巻七・一一〇五）

前者の歌からは、万葉びとにとって吉野が語り継がれるべき土地であったことを確認することができる。また、後者の歌からは、吉野が人口に膾炙した土地であり、多くの人があこがれをもった土地であったことを確認することができる。さらには、次のような歌もある。

麻呂の歌一首

古の　賢しき人の　遊びけむ　吉野の川原　見れど飽かぬかも

右、柿本朝臣人麻呂が歌集に出でたり。　（巻九・一七二五）

かはづ鳴く　吉野の川の　滝の上の　あしびの花ぞ　端に置くなゆめ　（巻十・一八六八）

右の二首からも、吉野が語り継がれるべき有名な場所であったことがわかる。こういった吉野における語りについて、早い段階で注目したのは、中西進であった〔中西一九九五、初出一九六一年〕。現実的に考えても、一回の行幸で数百人単位の官人が吉野に赴くことになるはずだ。そういった官人たちが、壬申の乱のみならず、神武天皇の国樔奏の故事や、雄略天皇の吉野童女の邂逅の物語を聞くことになるのである。さらには、それを聞いた官人が、次は語り手になることだってあったはずだ。おそらく、そういった物語は、吉野の景とともに語られたはずである。

以上の諸点を踏まえた上で、平城京時代の吉野行幸について考えてみよう。平城京時代の吉野行幸に対する心情を伝える歌が、巻十三に伝わっている。

幣帛《みてぐら》を　奈良より出でて　水蓼《みずたで》　穂積に至り　鳥網《となみ》張り　坂手を過ぎ　石橋の　神奈備山に　朝宮に　仕へ奉りて　吉野へと　入ります見れば　古思ほゆ

反歌

月も日も　変はらひぬとも　久に経る　三諸の山の　離宮所《とつみやどころ》

右の二首、ただし、或る本の歌に曰く、「旧き都の　離宮所」といふ。（巻十三・三二三〇、三二三一）

「石橋の　神奈備山」は、飛鳥の神奈備が確定し得ないので、場所を特定することは難しいけれども、平城京時代に維持されていた飛鳥の離宮は、小治田宮と島宮に限られる。しかし、「吉野へと　入ります見れば　古思ほゆ」というのであれば、島宮であろう。飛鳥の島宮に宿泊して、吉野入りするのは、天武天皇の吉野入りにちなんでのことであったと思われる。注4 反歌においては、幾星霜を重ねた島宮に対する思いが語られているが、それは飛鳥から吉野への道が、天武天皇の吉野入りの故事を想起させる道だったからである。

三　吉野を南山、南岳と呼ぶこと

大和において、南山といえば、吉野の山々を指すこと、天子南面思想から、南を大きく望む吉野の山々が、藤原宮の御井の歌に詠まれていることについては、縷々述べてきた。では、吉野を南山と称した最古例は、いかなる書に求めることができるのであろうか。従来あまり注目されてこなかったが、じつは『古事記』序文、それも壬申の乱を語る箇所にあるのである。

飛鳥清原大宮に大八州を御《をさ》めたまひし天皇の御世に曁《いた》りて、潜ける竜元《たつのり》に体《かな》ひ、洊《しき》れる雷期《いかづちとき》に応へき。夢の歌を聞きて業を纂《つ》がむことを相《うらな》ひたまひ、夜の水《かは》に投《いた》りて基を承けむことを知りたまひき。然れども、天の時未だ臻《いた》らずして、南の山に蟬のごとく蛻《もぬ》けましき。人の事共給《わざそなは》りて、東の国に虎のごとく歩みましき。皇の輿忽に駕《いでま》して、山川を凌《こ》え度りき。六師《すめらみいくさ》雷《いかづち》のごとく震ひ、三軍《おほきいくさ》電《いなづま》のごとく逝きき。矛を杖《つゑつ》き威《いきほひ》を挙《ふる》ひて、猛き士烟《をのこけぶり》のごとく起りき。旗を絳《あか》くし兵《つはもの》を耀かして、凶《あ》しき徒瓦のごとく解けき。未だ浹辰《いくばくのとき》を移さずして、気沴《わざはひ》自ら清《しづ》まりぬ。

（「古事記」上巻、序、山口佳紀・神野志隆光校注・訳『古事記（新編日本古典文学全集）』小学館、一九九七年）

『古事記』序文は大海人皇子の吉野入りの故事を以上のように語っている。そのなかで大海人皇子は「潜竜」という言葉で表現されている。まさしく、水に潜む竜で、即位すべき有徳の天子が隠棲している状況を表しているのである。対する「洊雷」とは、その水に潜む竜を呼び出す契機となる雷をいう言葉である。そして、次には潜む竜が、大友皇子側の追手を見事にかわしたことを、「蟬蛻於南山」と表現している。「南山」とは、基点となる場所から見て、南方の山という言葉である。これは、「南山」と称しながら特定の山岳を指す固有名詞的用法とみてとれる。例えば、有名な陶淵明の「飲酒」其五では、「盧山《ろざん》」を南山と称している。

其五

結廬在人境　　廬を作って人びとが行き交うところに住んではいるが……
而無車馬喧　　お役人の車馬がうるさくやって来ることなんてない。
問君何能爾　　お前さんに聞きたいね、どうしてそんなことができるのかとね。
心遠地自偏　　心がね遠くにあれば、地は自然と平らになるもの。俺の心は平らかなもんさ。
採菊東籬下　　菊を採る　東籬の下、
悠然見南山　　悠然として南山を見る――。
山気日夕佳　　山の気はね　夕方が一番さ、
飛鳥相與還　　鳥たちは連れ立ってねぐらに帰ってゆく。
此中有真意　　此の中に人の人たる大切なものがある。

欲辨已忘言　でも、そいつは人に説明しようとしたとたんに忘れちまう。そんなものは人に伝えられないね。

（「飲酒」其五、松枝茂夫・和田武司訳注『陶淵明全集（上）』岩波書店、一九九一年、初版一九九〇年。ただし、下段の釈義は筆者による）

この詩で注目したい点は、南山は遥か遠くに悠然として仰ぎ見る山だと記されていることだ。それは、「人境」すなわち、人の行き交う俗世間と対置されているからである。その廬山は、いったいどのような山だったのだろうか。

【廬山（瀑布・草堂）】

廬山は九江市の南に位置し、「匡廬（廬山の別名）の奇秀は、天下の山に甲（第一）たり」（白居易「草堂記」）と評される名山である。北に長江、東に鄱陽湖をひかえる中国屈指の景勝地であり、主峰の漢陽峰（一四七三メートル）をはじめ、五老峰・香炉峰など、幾多の奇峰がそそりたち、美しい瀑布が到る処で流れ落ちていた。

周の武王のとき、匡俗の兄弟七人が、この山に廬を作って隠棲したが、後に登仙して、その廬だけが残ったので廬山という（『太平寰宇記』巻一一一）。あるいはまた、殷・周の際、仙道を学ぶ匡裕が山中に隠棲し、当時の人は彼の住まいを「神仙の廬」と呼んだ。これが廬山の名の起こりともいう（慧遠『廬山記略』）。匡廬・匡山の別名も、隠者（仙人）の姓にもとづく。廬山は古くから、「往来するは　尽く神霊」（後述の江淹の詩句）と歌われる霊山なのである。（松浦友久編『漢詩の事典』一九九九年、大修館書店）

隠逸の士や、仙人が廬《いおり》を結ぶ地というイメージがあったのである。一方、長安においては、「終南山」が都から遥かに望む「南山」なのであった。終南山もまた、不老不死の仙人の棲《すみか》であった。『楽府詩集』の伝える曹操の遊仙詩に、次のような詩がある。

駕虹蜺乘赤雲登彼九疑歷玉門濟天漢至崑崙見西王母謁東君交赤松及羨門受要祕道愛精神食芝英飲醴泉拄杖桂枝佩秋蘭絶人事遊渾元若疾風遊欻飄飄景未移行數千壽如南山不忘愆

（「陌上桑」『楽府詩集』巻二八、相和歌辞、

『西崑酬唱集：楽府詩集（四部叢刊初編縮本、一〇四、集部）』台湾商務印書館、一九七五年）

筆者の学力では、これをいかんともしがたいので、川合康三の流麗な訳文をここに掲げておきたい。

虹の龍にまたがり、赤い雲に乗る。
九疑の山に登って玉門の関所を通る。
天の川を渡り、崑崙山に至る。
西王母にまみえ、東王公に会う。
赤松子と遊び、羨門高に接する。
要秘道を授かり精神を養う。
霊芝の花を食べ、醴泉の水を飲む。
月中の桂樹を杖とし、秋蘭を身につける。
俗事を断ち切り、大自然に遊ぶ。
疾風が空を自在に舞うように。
日差しが移らぬ間に、数千里を行く。
過誤を胸に留め南山のような永久の命を得る。

〔川合二〇一三年〕

人知の及ぶ世界を遥かに越えて、天の川を渡り、崑崙山に至って、西王母、東王公に逢い、仙人と遊び、神仙世界の秘儀を知って、「南山」のような永遠の生命を得ると歌っている。だから、「南山」は不老不死の寿のあると

ころなのである。

一方、日本の「南山」たる吉野について、次のように語る詩がある。

五言。扈従吉野宮。

鳳盖停南岳　　天皇の御車は南岳におはしまし、
追尋智与仁　　智者、仁者が遊んだこの地をお尋ねになった。
嘯谷将孫語　　ここは、谷に嘯いては、仙人たるかの孫楚と語らい、
攀藤共許親　　藤の花を手折っては、かの隠逸の士たる許由に心を許すところだ。
峯巌夏景変　　峯の巌は夏の景色が移ろいゆきて、
泉石秋光新　　泉の石は秋の光を受けて輝いている。
此地仙霊宅　　この地こそ仙人の棲、
何須姑射倫　　どうしてかの藐姑射に赴き友とする仙人を求める必要などあるものか——。

（紀朝臣男人『懐風藻』七三、辰巳正明『懐風藻全注釈』笠間書院、二〇一二年。下段の釈義は筆者による）

ここでいう「南岳」は、「南山」と同じと考えてよい。天皇は、その「南岳」に行幸し、仙人、隠逸の士と語らい、時のうつろいを知ったというのである。「姑射」は、『荘子』「逍遥遊」に登場する仙人の棲む霊山であり、『万葉集』にも

心をし　無可有《むがう》の郷に　置きてあらば　藐孤射《まこや》の山を　見まく近けむ
右の歌一首　　（巻十六・三八五一）

とあるから、万葉びとにもよく知られていたと考えられる。しかし、この吉野は、日本の霊山であるのだから、わざわざ中国の「藐孤（姑）射」などに行く必要はないと断言しているのである。吉野は日本の「廬山」「終南

山」として描かれているのである。

四 『懐風藻』の吉野

『懐風藻』における吉野詩は、左のごとく十七首を数える。最初に詩番、次に詩題、作者と掲げる。

一一 遊龍門山（葛野王） 八〇 従駕吉野宮（吉田宜）
三一 遊吉野（藤原史） 八三 和藤原大政遊吉野川之作（大津首）
三二 遊吉野（藤原史） 九二 遊吉野川（藤原宇合）
四五 遊吉野宮（中臣人足） 九八 遊吉野川（藤原万里）
四六 遊吉野宮（中臣人足） 九九 遊吉野山（丹墀広成）
四七 従駕吉野宮応詔（大伴王） 一〇〇 吉野之作（丹墀広成）
四八 従駕吉野宮応詔（大伴王） 一〇二 従駕吉野宮（高向諸足）
七二 遊吉野川（紀男人） 一一九 奉和藤太政佳野之作（葛井広成）
七三 扈従吉野宮（紀男人）

一瞥して、遊覧詩と従駕詩に分けることができるが、その内容は、相通ずるものである。筆者の漢文力で詩を論ずるなど笑止千万ではあるが、見てゆこう。前述した七三詩と同想のものに、一〇二詩がある。

五言。従駕吉野宮。

在昔釣魚士　　昔々にいたという魚を釣る男、
方今留鳳公　　今おはします鳳車を留める帝。

弾琴与仙戯　琴を弾いては仙女と戯れ、
投江将神通　川にあっては女神と通ぜんとする帝。
拓歌泛寒渚　歌を口ずさめば、涼しげな渚に響きわたり、
霞景飄秋風　霞景は秋に漂うこの地。
誰謂姑射嶺　今さら誰も言うまいよ。姑射の嶺のことなど。
駐蹕望仙宮　帝の車駕が駐められたのは、望仙宮なのだから。ここは神仙境——。

（高向朝臣諸足『懐風藻』一〇二、辰巳正明『懐風藻全注釈』笠間書院、二〇一二年。下段の釈義は筆者による）

やはり、この詩においても、吉野は仙人との邂逅の場所として表現されている。こういった詩の発想の源は、いったいどこにあるのだろうか。それは、いわば、天人相関思想に基づくものであると思われる。天が天子の善政を認めれば、瑞祥や仙人の到来をもってこれに応じ、悪政を認めれば、災異をもってこれに応ずるという思想である〔関一九七七年〕。いわば、一つの天命思想である。したがって、天皇と仙人との邂逅は、その善政の証として詠ぜられるのであろう。当該の詩においても、「姑射嶺」すなわち「藐孤（姑）射」などに行く必要がないといっている。

一方、世俗に栄達を求めず、竹林において清談をなした竹林の七賢人をはじめとする中国の隠逸の士の境地を、日本の吉野で得たとする詩もある。

五言。遊吉野川。

芝蕙蘭蓀沢　霊芝や蕙草、蘭や蓀の生ずる沢、
松栢桂椿岑　松あり、栢あり、桂椿のある峰々。
野客初披薜　やって来る世捨てびとたちは、初めてやつしの蓬の衣を纏う。

朝隠蹔投簪　宮廷にあっては俗人として生きている者たちもここで簪を投げ捨てて、俗世から離れるのだ。
忘筌陸機海　筌を忘れてしまった陸機の海、
飛繳張衡林　矢を放って猟をした張衡の林がここに広がっているではないか。
清風入阮嘯　清風は阮籍の嘯のごとく、
流水韵嵇琴　流水は嵇康の琴のごとくに美しい——。
天高槎路遠　天は高く高く、まるで張騫が筏で川を遡り天に達したように。
河廻桃源深　河はめぐるめぐる、山深いかの桃源境のように。
山中明月夜　山中明月の夜を過ごせば、
自得幽居心　自ずから仙人の棲にいるがごとき心を得た——。

（藤原朝臣宇合『懐風藻』九二、辰巳正明『懐風藻全注釈』笠間書院、二〇一二年。下段の釈義は筆者による）

竹林の七賢人である陸機、張衡、阮籍、嵇康たちが遊んだ山水にも、吉野はけっして引けをとらないというのである。竹林の七賢人は、『世説新語』に、

陳留の阮籍・譙国の嵇康・河内の山濤、三人年皆相比し、康年少にして之に亞《つ》ぐ。此の契に預る者は、沛国の劉伶・陳留の阮咸・河内の向秀・琅邪の王戎なり。七人常に竹林の下に集ひ、肆意酣暢す。故に世に竹林の七賢と謂ふ。

（「世説新語」任誕第二十三、目加田誠『世説新語（下）（新釈漢文大系）』明治書院、一九八九年、初版一九七八年）

とある人士たちだが、彼らが希求してやまなかったものは、名利を捨てた真心の交流であった。その友情は、美しくて強い「金蘭」に喩えられている。虚飾となる礼教を排して、酒を飲み真意を語る話が、清談なのであり、

その友のいるところが竹林なのである。[注5]

山公・嵆・阮と一面して、契り金蘭の若し。山が妻韓氏、公の二人と常交に異なるを覚え、公に問ふ。公曰く、我、当年、以て友と為す可き者は、唯此の二生のみ、と。妻曰く、負羈の妻も、亦親しく狐・趙を観たり。意、之を窺はんと欲す、可ならんか、と。他日二人来る。妻、公に勧めて之を止めて宿らしめ、酒肉を具へ、夜墉《かき》を穿ちて以て之を視、旦《あした》に達するまで反るを忘る。公入りて曰く、二人は何如、と。妻曰く、君が才、殊に如かず。正に当に識度を以て相友とすべきのみ、と。公曰く、伊《かれ》が輩も亦常に我が度を以て勝れりと為す、と。

(「世説新語」賢媛、第十九、目加田誠『世説新語(下)(新釈漢文大系)』明治書院、一九八九年、初版一九七八年)

こういった清談が交わされる竹林にも、日本の「南山」吉野は擬せられているのである。その「南山」吉野の語りには、道教の神仙世界への憧憬、七賢人の遊んだ竹林の世界への憧憬、そのほか陸機、張衡などの文雅の士への憧憬が次々に重ね合わされてゆくのである。したがって、吉野詩は、吉野詩だけで完結する文学ではないといえるだろう。使用されている語の出典を知らなければ、その理解は不可能な文学なのである。ちなみに、その典型例が、次に掲げる詩である。私が典型例といったのは、精密な出典論がなくては、その表現の真意をつかめないという意味においてである。

五言。従駕吉野宮。

神居深亦静　　神仙の住むところは、山深くしてまた静か——。
勝地寂復幽　　景勝の地もまた寂かにして奥ゆかしいもの。
雲巻三船谿　　雲が巻き上がる三船山の渓谷。
霞開八石洲　　霞が消えてゆく八石の中洲。

葉黄初送夏　葉の色づきで夏の終りを知り、
桂白早迎秋　白くなった桂で秋を迎えたことを知る。
今日夢淵淵　今日、夢の淵に来てみれば、
遺響千年流　かの聖賢たちの琴の響きは千年を経て響きわたっていることを、今、知った――。

（吉田連宜『懐風藻』八〇、辰巳正明『懐風藻全注釈』笠間書院、二〇一二年。下段の釈義は筆者による）

芳賀紀雄は、この「夢淵」を宋玉の「高唐賦」（『文選』巻十九）の「雲夢沢」に基づくものとし、そこには仙女との邂逅譚があるとする[注6]〔芳賀一九九一年〕。そして、芳賀は、雄略天皇の吉野童女の邂逅譚そのものに、「高唐賦」から脚色があるとする土橋説を踏まえ、中国詩文と重ね絵となって表現されている吉野の神仙世界を明らかにしてゆく〔土橋一九七八年〕。筆者の学力では、まったくもって及ばぬ読解である。そして、その結論として、芳賀は、「遺響千年」の「響」を、次の『古事記』にみえる、いにしえの聖賢たちの弾琴の響きだと喝破したのであった。

天皇、吉野宮に幸行《いでま》しし時に、吉野川の浜《ほとり》に、童女《をとめ》有り。其の形姿、美麗《うるは》し。故、是の童女に婚《あ》ひて、宮に還り坐しき。

後に、更に亦、吉野に幸行しし時に、其の童女が其処に遇へるを留めて、大御呉床《おほみあぐら》を立てて、其の御呉床に坐《いま》して、御琴を弾きて、其の嬢子に儛を為《せ》しめき。爾《しか》くして、其の嬢子が好く儛ひしに因りて、御歌を作りき。其の歌に曰はく、

呉床居《あぐらゐ》の　神の御手もち　弾く琴に　儛する女　常世にもがも

（「古事記」下巻、雄略天皇条、
山口佳紀・神野志隆光校注・訳『古事記（新編日本古典文学全集）』小学館、一九九七年）

まさしく、重ね絵の文学といえるだろう。ヤマト歌には、ヤマト歌の伝統と文脈があり、中国詩文には、中国詩文の伝統と文脈がある。したがって、『懐風藻』の詩は、その概ねにおいて、中国詩文の潮流のなかにあり、その海東におけるその一つの支流ということになろう。[注7] そこで、神仙を詠じた詩の源流の一つをここで辿ってみると、

遊仙詩七首　郭景純

京華は遊侠の窟にして、山林は隠遯の棲なり。
朱門は何ぞ栄とするに足らん、未だ若かず蓬萊に託するに。
源に臨みて清波を挹み、崗に陵《のぼ》りて丹荑《たんてい》を掇る。
霊谿は潜盤す可し、安んぞ雲梯に登ることを事とせん。
漆園に傲吏有り、萊氏に逸妻有り。
進んでは則ち龍見を保つも、退いては藩《かき》に觸るるの羝《ひつじ》と為る。
風塵の外に高蹈し、長揖して夷齊を謝す。

（「文選」遊仙（遊仙詩七首）、
内田泉之助・網祐次『文選（詩篇）上（新釈漢文大系）』明治書院、一九八九年、初版一九六三年）

のような詩を掲げることができる。この詩は、風塵すなわち世俗の外にいて、世俗の礼教にとらわれない生き方を求める心を描いた詩である。広くいえば、これも、隠逸の士へのあこがれを詠じた詩といえよう。この遊仙へのあこがれは、吉野詩全体を覆うものといえる。近時、中国神仙詩の通史的研究をまとめた金秀雄は、次のように総括している。

　中国の読書人が夢見た理想の世界とは、結局、神仙世界ではなかったのだろうか。紀元前屈原の「離騒」に始まり、遥か後代の明・清小説に至るまで、仙界が中国文学のテーマでなかったことはない。それは、俗界

の官僚社会に呪縛された彼等が、唯一自由に精神を飛翔させられる心の解放の場として機能したのであり、その大いなる発見者と開拓者は、外ならぬ六朝士大夫であった。〔金二〇〇八年〕

金は、神仙詩こそ、中国における官人の伝統的文学であると逆説的に述べているのである。それは、日々礼教にとらわれて、自由のない生活をしている官人たちのあこがれが、想像力という翼を得て、ひとつのファンタジーに昇華し、神仙詩になってゆくからである。そこで、遊仙詩の伝統を、以下、吉野詩のなかに位置付けてみようと思う。

広く吉野詩を見渡して、その性格を簡潔に述べた波戸岡旭は、

一　遊覧詩である。但し従駕詩・公宴詩の性格をも帯びる傾向がある。

二　遊仙詩風である。

三　玄言詩の影響が見られる。〔波戸岡一九八四年〕

と総括している。本稿の問題意識に引きつけてこれに蛇足を加えるならば、一は、吉野詩展開の契機になり、人麻呂の吉野讃歌と軌を一にするものといえよう。二は、仙人との邂逅の場として吉野が詠ぜられている点に特徴があるといえるだろう。三は、老荘思想、神仙思想、隠逸への志向が吉野詩全体を覆っており、それも吉野詩の大きな特質となっている。以上のように、『懐風藻』の吉野詩を見てゆくと、その特性がよくわかる。

してみれば、中国詩文の神仙世界の景を、吉野の景に「見立て」ることに、各詩人が心血を注いだ意味もよくわかる。「見立て」は、AではないBを、Aと見る一つの趣向である。つまり、吉野は、中国の「南山」でもないし、神仙世界でもないが、そう見立てるのである。したがって、『懐風藻』の吉野詩は、日本の「南山」「神仙世界」を吉野に発見するというスタイルを常に取る詩であるということができるだろう。その場合、重要な点が一つある。それは、吉野が国中の都から離れた場所にあるということである〔井実　一九九八年〕。神仙世界へ

の憧憬は、官人社会の成立や都城の文化の成立と、じつは連動しているのであって、陶淵明の「飲酒」（其五）において、悠然として南山を見た心には、神仙世界へのあこがれがあるのである。だから、陶淵明は、人境の俗世と対比的にこれを詠じているのである。こういった神仙世界への憧憬が描かれる詩の淵源を、川合康三は、次のように述べている。

都の指標、或いは都を圍繞する要害、それがいずれも長安という国の中心に結び付いた、いわば地上権力の象徴とすれば、一方で終南山は権勢から離れて隠者が住まう静謐な空間としての意味を帯びることもある。例えば班固は「終南山の賦」（『初学記』巻五）では「栄期・綺里、此こに心を恬んず」と、栄啓期・綺里季といった隠棲者が安らぎを得る場として、また「彭祖は宅して以て蟬蛻し、安期は饗して以て延年す」と、彭祖や安期生が長生を獲得した場としてその地を言い、それにあやかって天子がそこで長寿を願ったことに続けている。このように漢代では終南山は、地上世界の中心である帝都の権力と、権力から遠ざかり精神の安逸と長生を保證する超俗的空間という、両義的なシンボルを備えているのである。〔川合一九九五年〕

川合は、権力論的視座から、精神の安逸を保證する土地として「終南山」が描かれている点に注目している。してみれば、『懐風藻』の吉野詩は、広くいえば、日本における「南山」「終南山」の文学といえるのである。

五　庭園文化の展開と神仙憧憬

本稿では、都城文化の成立と神仙憧憬の思想が連動していることを強調してきたけれども、都城の文化の成立は同時に庭園文化の成立とも深く関わっている。宮内、邸内にわざわざ池を作り、その池に小島を作って、それを蓬萊瀛洲の島に見立てる。山を作って、崑崙、須弥山に見立てる。時には、それを石造物で造るといった庭園

が登場するのは、じつは飛鳥時代からなのである。その嶹矢というべき庭が、蘇我馬子の島家であった。[注8]

夏五月の戊子の朔にして丁未に、大臣薨《みう》せぬ。仍りて桃原墓に葬る。大臣は稲目宿禰の子なり。性《ひととなり》、武略有りて、亦弁才有り。以ちて三宝を恭敬して、飛鳥河の傍《ほとり》に家《いへゐ》せり。乃ち庭中に小池を開《ほ》れり。仍りて小島を池の中に興《つ》く。故、時人、島大臣と曰ふ。

（「日本書紀」巻第二十二、推古天皇三十四年五月条、小島憲之ほか校注・訳『日本書紀②』小学館、一九九六年）

「桃原墓」は、明日香村の石舞台古墳である。彼の家には、池があり、小島があったのである。それは馬子の進取の気性を表す「島大臣」という呼称にまでなっていたのである。この島家が、乙巳の変後、島宮となったのであり、たび重なる改築がなされたが、池は維持されたようである。それは、草壁（日並）皇子の死を悼んだ、次の巻二の万葉挽歌からわかる。

或本の歌一首

一七〇　島の宮　勾《まがり》の池の　放ち鳥　人目に恋ひて　池に潜《かづ》かず

一七三　高光る　我が日の皇子の　いましせば　島の御門は　荒れざらましを

一八一　み立たしの　島の荒磯を　今見れば　生ひざりし草　生ひにけるかも

「勾の池」と呼ばれる曲がった池があり（一七〇）、その池には、荒磯のような護岸工事が施され（一八一）、水辺には放ち鳥と呼ばれた飼育された鳥たちが遊んでいたのである（一七〇、一七二）。では、この島家、島宮のモデルはどこに求めればよいのだろうか。私は、百済の武王の宮池に求められると考えている。初期飛鳥の開発は、蘇我氏によって行われたが、それは主に百済の扶余をモデルとしていたからである。

三十五年春二月、王興寺成りたまふ。その寺、水に臨みて、彩飾壮麗なり。王、毎《つね》に、舟に乗りて寺に入り、香を行ひたまふ。三月、宮の南に池を穿ちたまふ。水を引くこと、二十余里。四岸に以て楊柳を植ゑ、水中に島嶼を築き、方丈の仙山に擬したまふ。

（「百済本紀」第五、朝鮮史学会編、末松保和校訂『三国史記（全）』国書刊行会、一九七一年、初版一九二八年。上記の書をもとに、筆者が書き下し文を作成した）

つまり、池の島は、「方丈仙山」に擬されているのである。ちなみに、百済の王興寺は、飛鳥寺のモデルともなった寺院である。

では、このように神仙世界に擬せられた庭の淵源はどこにあるのだろうか。もちろん、それは一つではないだろうけれど、『洛陽伽藍記』に記されている洛陽の華林園の例を挙げておきたい。

翟山の西に華林園があった。高祖は、泉が園の東にあるのに因《ちな》んで、泉の名を蒼龍海と改めた。華林園の中に大池があったが、これが漢代の天淵池であった。

この池の中には更に〔魏〕文帝の九華台があった。高祖はこの台の上に清涼殿を築かれ、世宗は池の中に蓬萊山を築かれた。その山上には仙人館があった。〔九華台の〕上には釣台殿があった。どれにも虹の閣《かけ》道《はし》を掛け渡して、宙を歩いて往来できた。三月上巳《じょうし》の禊《みそぎ》の日と、季秋の巳辰の日になると、皇帝は鷁首《げきしゅ》の龍舟にお召しになり、池上を遊覧なされた。

この〔華林園の〕大池の西に氷室《ひむろ》があり、夏の六月に氷を取り出して百官に賜った。大池の西南には景陽山があり、山の東には羲和《ぎか》（神話中の太陽の御者）嶺があり、嶺上に温風室があった。山の西には姮娥《こうが》（神話中の月の女神）峰があり、峰上には露寒館があった。どれにも飛閣《かけはし》が掛け渡されていて、山や谷を跨いで行き来できた。山の北には玄武（北方の水神）池があり、山の南には清暑殿があった。この殿の東には臨澗亭があり、西には臨危台があった。

また景陽山の南には百果園があり、果物の種類ごとに果樹林が区分され、それぞれの果樹林ごとに堂が建ててあった。仙人棗《なつめ》というのがあって、長さは五寸に達し、手で握っても両端がはみ出た。核《さね》は針のように細かった。霜が下りると熟し、食えば非常にうまかった。俗伝では、崑崙《こんろん》山の原産だといい、西王母棗とも呼ばれた。また仙人桃というのがあり、色は赤くて、表から裏へ透き通って見えた。霜をかぶると熟した。やはり崑崙山の産で、西王母桃とも呼ばれた。〔入矢一九九〇年〕

まるで、曹操の「陌上桑」の世界を「うつし」た庭のようだ。いや、それはそう見えてしまうだけのことである。なぜならば、曹操の詩の世界も、神仙世界を「うつし」たものであり、華林園も神仙世界を「うつし」た庭だからである。

『懐風藻』の長屋王宅を詠ずる詩の景は、まさに庭を神仙世界に見立てるものであるけれども、庭を作る側から見れば、神仙世界を「うつし（移・写）」た庭ということになる。「うつし」とは、その事物をそのまま移動したり、反映させたりすることをいう言葉である。作る側の立場でいえば、具現化するということになろう。対する「見立て」は、見る側が当該の事物を別の物に見立てるのである。つまり、見る側からいえば、〈神仙世界見立ての庭〉ということになり、庭を作る側からいえば、〈神仙世界うつしの庭〉ということになるのである。もちろん、「見立て」も「うつし」も、いわば作る側、見る側の視点・心の問題であるから、同じ池の中の島を見ても、これを神仙世界と見立てるか、これを浄土世界と見立てるか、そこには常に恣意性が生じてしまう。なお、新羅の都である慶州の雁鴨池についていえば、この池を神仙世界に見立てるか、浄土世界に見立てるかということについて、議論があるところである〔高瀬二〇一二年〕。

さて、吉野の離宮の造営が最初になされたと考えられるのは、斉明朝である。その斉明朝には、道観とおぼしき宮の造営もなされていたことが『日本書紀』に記されている。[注9] そして、さらには、近年発掘された飛鳥苑池遺構の造営も斉明朝になされたことがわかってきている。ここで注目したいことがある。発掘によって確認された

図形			
感覚	秩序的感覚（定型）	秩序的感覚（定型）	無秩序的感覚（不定形）
象徴性	上下なき一体性	上下ある一体性	混沌性
心意	あるべき和する心	あるべき正す心	あるがままの自由な心
世界性	天の世界	地の世界	神仙の世界

表1

飛鳥苑池遺構の池も、日並皇子挽歌で確認できる島宮の池も、曲がったかたちの池だということだ。[注10] いわゆる「曲池《きょくち》」なのである。

じつは、飛鳥の池にはもう一つ方形池というタイプのものがある。これは、文字通り方形、四角い池である。[注11] 古代東アジア世界の都が、方格の地割に基づく碁盤の目のような構造を持つのは、天を円形で表象するのに対して、地を方形で表象するからである。その方形の土地に曲池を作るのは、曲線が神仙世界を表象するからであろう。この推定は、大室幹雄、渡辺信一郎両氏の論考に刺激を受けて着想したものであるけれども、私なりに、円形、方型、曲型の表象する世界を整理したのが、表1である〔大室一九八一年及び一九八五年〕〔渡辺二〇〇〇年〕。曲型は、秩序のない世界を表し、それは混沌性を表しているのだろう。あるがままの世界がうつされているのである。吉野の山水の造型はまさしくこの曲型であり、それは神仙世界を表象するものであったとみなくてはならない。

吉野の詩歌において、吉野の曲線美や巌が強調される理由もここにあるのである〔月野一九八四年〕。天武天皇が、道教や神仙世界に傾斜していたことは、よく知られていることだが、天武天皇ゆかりの島宮が曲池のある宮であったことは、一つの時代思潮を反映するものとみてよいであろう。神仙世界を「うつす」庭が作られるようになった時代に、吉野を神仙世界に「見立てる」詩が詠ぜられるようになったのである。それは、一つの時代思潮を反映しているのである。

おわりに

深い山々に、湾曲した河川。巌と中州のある風景。それが、古代和歌と漢詩の描く吉野の景である。その地は、天子と仙人の邂逅の地でもあった。有徳の天子が、天帝の遣わす仙女と出逢う場所だったのである。六朝の文学に親しんでいた人びとは、この地をあこがれの七賢人の遊んだ地に見立て、吉野に遊ぶ自らの心を表現したのであった。だから、方形の都城のなかで、世俗の礼教に縛られて生きる律令官人たちの憩い場ともなっていったのである。

しかし、考えてみれば、吉野と同じような景観の渓谷は、日本国中にある。そのなかでも、吉野が選ばれたのは、やはり壬申の乱の天武天皇の吉野入りを契機とみなくてはならないだろう。壬申の乱を契機として、吉野は選ばれた土地になったのである。

諸先学の研究に、今、付け加えられることは乏しいけれども、吉野を日本の「南山」と見ることで見えてくるものもあろうし、神仙世界を「うつし」た庭と対比することで見えてくるものもある、と思われる。以って、擱筆の言とし、諸賢のご叱正を仰ぎたい。

注

1　『万葉集』では、小地域を指して「クニ」ということがある。大和国のなかで、「クニ」と称されるのは、「吉野のクニ」（巻一・三六）と、「泊瀬ヲグニ」（巻十三・三三一二）である。

2 今日、岡本宮と飛鳥浄御原宮は、ほぼ同地と考えられている。

3 神武天皇大和入りの伝えや、雄略天皇の童女邂逅譚も想起されたであろうが、まずは壬申の乱の故地であることが想起されたはずである。多田一臣は、重層的にこれをとらえている〔多田二〇〇〇年〕。

4 今日、妹峠越えが飛鳥から吉野へのルートとして有力視されているが、確定はし得ない。

5 ただし、これは竹林の七賢人の清談である。清談のもつ社会的意義が、歴史的にみると公／私、権力／反権力、俗／反俗の間で揺れていることについては、すでに指摘がある〔岡村一九六三年〕〔丹羽一九六七年〕。

6 もちろん、この考え方には、和歌から漢詩への逆コースを想定する意見もあり、両説成り立つ可能性がある〔内田一九九一年〕。

7 もちろん、中国詩文の影響を受けて、万葉歌の表現も発達するのだが、その交差点を見極めることは非常に難しい。

8 島宮を文学の場と捉えたのは、渡瀬昌忠である〔渡瀬二〇〇三年、初版一九七六年〕。

9 『日本書紀』斉明天皇二年是歳条（六五六）の「遂に宮室を起つ。天皇、乃ち遷りたまひ、号けて後飛鳥岡本宮と曰ふ。田身嶺に、冠らしむるに周垣を以ちてす。（田身は山の名なり。此には大務と云ふ。）復、嶺の上の両槻樹の辺に観を起て、号けて両槻宮とし、亦天宮と曰ふ」の「観」をどう解釈するかは、判断が難しい。単なる楼台と解釈するか、「道観」とし、道教寺院と解釈するか、判断は難しい。一般的に、道観と解釈されるのは、斉明朝の宗教政策に、道教的色彩を認めてのことである。ただ、その活動実態を記す記述が残っておらず、検証の手段がないのである。

10 古代東アジアの苑池の造型については、近時、総合的研究が進んでいる〔独立行政法人文化財研究所奈良文化財研究所飛鳥資料館二〇〇五年および、二〇一二年〕。

11 日本においては、飛鳥時代以降、方形池はあまり作られなくなり、曲池がその主流となる。では、朝鮮半島においては、どうであろうか。朴玧貞の「日韓古代苑池の変化からみた九黄洞苑池の性格研究」は、日韓苑池の包括的研究であるが、高句麗と百済の時代は方形池が多く、新羅時代には曲池が多いという〔朴二〇〇八年〕。この点を筆者は、日本における苑池の流行は、朝鮮半島の流行を後追いしていたあらわれ、と考える。

【参考文献】

赤井益久〔二〇〇三〕「終南山――苦吟派に見る山と川（上）――」『季刊河川レビュー』第三十二巻第二号所収、新公論社

粟野　隆〔二〇〇八〕「庭園スタイルの模倣と創造——苑池の空間デザインと古代日韓——」『日韓文化財論集Ⅰ』（奈良文化財研究所学報　第七十七冊）所収、奈良文化財研究所

井実充史〔一九九八〕「『懐風藻』吉野詩について」『福島大学教育学部論集』第六十五号所収、福島大学教育学部

——〔二〇〇八〕「吉野の風土観と吉野詩の位相」辰巳正明ほか『懐風藻——日本的自然観はどのように成立したか』所収、笠間書院

入矢義高〔一九九〇〕『洛陽伽藍記（東洋文庫）』平凡社

上野　誠〔一九九七〕『古代日本の文芸空間——万葉挽歌と葬送儀礼』雄山閣出版

内田賢徳〔一九九一〕「萬葉の見たもの——景観と表現——」吉井巌先生古希記念論集刊行会編『日本古典の眺望』所収、桜楓社

王　暁平〔一九九九〕「懐風藻と山水と玄理」『帝塚山学院大学　人間文化学部研究年報』創刊号所収、帝塚山学院大学

黄　仁鎬〔二〇〇八〕「新羅王京の造営計画についての一考察」『日韓文化財論集Ⅰ』（奈良文化財研究所学報　第七十七冊）所収、奈良文化財研究所

太田善之〔一九九九〕「奈良朝の吉野讃歌——叙景と神仙世界——」『日本文学研究』第三十八号所収、大東文化大学日本文学会

大室幹雄〔一九八一〕『劇場都市——古代中国の世界像——』三省堂

——〔一九八五〕『園林都市——中世中国の世界像——』三省堂

岡村　繁〔一九六三〕「清談の系譜と意義」『日本中国学会報』第十五集所収、日本中国学会

緒方惟精〔一九六〇ａ〕「万葉集と懐風藻」『国文学攷』第二十三号所収、広島大学国語国文学会

——〔一九六〇ｂ〕「懐風藻と万葉集との関連について」『文化科学紀要』第二輯、千葉大学文理学部

沖　光正〔一九八一〕「吉野詩に於ける自然観——自然認識の方法の一試論——」『日本文学研究』第二十号所収、大東文化大学日本文学会

尾崎正治・平木康平・大形徹〔一九八八〕『抱朴子・列仙伝（鑑賞　中国の古典）』角川書店

小尾郊一〔一九六二〕『中国文学に現れた自然と自然観』岩波書店

——〔一九八八〕『中国の隠遁思想——陶淵明の心の軌跡——』中央公論社

——〔一九九四〕『真実と虚構——六朝文学』汲古書院

神楽岡昌俊〔一九九三〕『中国における隠逸思想の研究』ぺりかん社
金子裕之編〔二〇〇二〕『古代庭園の思想――神仙世界への憧憬』角川書店
金　秀雄〔二〇〇八〕『中国神仙詩の研究』汲古書院
川合康三〔一九九五〕「終南山の変容――盛唐から中唐へ――」『中国文学報』第五十冊所収、中国文学会
――〔二〇一三〕『桃源郷――中国の楽園思想――』講談社
下出積與〔一九七一〕『道教――その行動と思想――』評論社
――〔一九七二〕『日本古代の神祇と道教』吉川弘文館
――〔一九八六〕『古代神仙思想の研究』吉川弘文館
――〔一九九五〕『神仙思想』（新装版、日本歴史学会編集、日本歴史叢書）吉川弘文館、初版一九六八年
関　晃〔一九七七〕「律令国家と天命思想」『日本文化研究所研究報告』第十三集所収、東北大学日本文化研究所
高瀬要一〔二〇一二〕「韓国雁鴨池庭園再考」『日本庭園学会誌』第二十六号所収、日本庭園学会
多田一臣〔二〇〇〇〕「『懐風藻』吉野詩の一面――漢詩文と和歌――」西宮一民編『上代語と表記』所収、おうふう
辰巳正明〔一九八七〕「人麻呂の吉野讃歌と中国遊覧詩」『万葉集と中国文学』笠間書院、初出一九八一年～一九八二年
田中淳一〔一九九八〕「『懐風藻』吉野詩と道教思想――吉野詩の道教思想的表現の変遷――」『日本文学研究』第三十七号所収、大東文化大学日本文学会
月野文子〔一九八四〕「懐風藻の「吉野の詩」の表現――神仙境の景物としての「巖」を中心に――」『桜美林大学中国文学論叢』第九号所収、桜美林大学
――〔一九九六〕「懐風藻――大宝二年秋の行幸と「吉野詩」――」古橋信孝ほか編『歌謡（古代文学講座9）』所収、勉誠社
土橋　寛〔一九七八〕『万葉開眼　上』ＮＨＫ出版
独立行政法人文化財研究所奈良文化財研究所飛鳥資料館〔二〇〇五〕『東アジアの古代苑池（特別展図録）』同資料館
――〔二〇一二〕『花開く都城文化（奈良文化財研究所創立六十周年記念、平成二十四年度飛鳥資料館秋期特別展図録）』同資料館
土佐秀里〔一九九六〕「弓削皇子遊吉野歌の論――無常の雲と神仙の雲――」『古代研究』第二十九号所収、早稲田古代研究会
ドナルド・ホルツマン著・木全徳雄訳〔一九五六〕「阮籍と嵆康との道家思想」『東方宗教』第十号所収、日本道教学会
中西進〔一九九五〕「清き河内」――吉野歌の問題――」『万葉集の比較文学的研究（下）』講談社、初出一九六一年

奈良県立橿原考古学研究所附属博物館〔二〇〇九〕『吉野川紀行――吉野・宇智をめぐる交流と信仰――（特別展図録）』同博物館
丹羽兌子〔一九六七〕「いわゆる竹林七賢について」『史林』第五十巻第四号所収、史学研究会
芳賀紀雄〔一九九一〕「詩と歌の接点――大伴旅人の表記・表現をめぐって――」『上代文学』第六十六号所収、上代文学会
波戸岡旭〔一九八四〕「『懐風藻』吉野詩の山水観――「智水仁山」の典故を中心に――」『國學院雑誌』第八十五巻第十号所収、國學院大学
――〔一九八九〕『上代漢詩文と中国文学』笠間書院
――〔二〇一六〕「大伴旅人「遊於松浦河」と『懐風藻』吉野詩」『奈良・平安朝漢詩文と中国文学』笠間書院、初出一九九一年
福田俊昭〔一九八四〕「懐風藻の吉野詩」『日本文学研究』第二十三号所収、大東文化大学日本文学会
朴玧貞〔二〇〇八〕「韓日古代苑池の変化からみた九黄洞苑池の性格研究」『日韓文化財論集Ⅰ』（奈良文化財研究所学報　第七十七冊）所収、奈良文化財研究所
本田済〔一九九〇〕『抱朴子　内篇（東洋文庫）』平凡社
前園実知雄・松田真一編著〔二〇〇四〕『吉野　仙境の歴史』文英堂
前野直彬〔一九八一〕「終南山」『中哲文学会報』第六号所収、東大中哲文学会
増尾伸一郎〔二〇〇〇〕「清風、阮嘯に入る――『懐風藻』の詩宴における阮籍の位相」辰巳正明編『懐風藻――漢字文化圏の中の日本古代漢詩――』笠間書院
村上嘉実〔一九七四〕「六朝の庭園」『六朝思想史研究』平楽寺書店、初出一九五五年
村田正博〔一九八四〕「上代の詩苑――長王宅における新羅使饗応の宴――」『人文研究』第三十六巻第八分冊所収、大阪市立大学文学部
山谷紀子〔二〇〇八〕「『懐風藻』の「智水仁山」の受容と展開」辰巳正明ほか『懐風藻――日本的自然観はどのように成立したか』所収、笠間書院
渡瀬昌忠〔二〇〇三〕『渡瀬昌忠著作集　第六巻　島の宮の文学』おうふう、初版一九七六年
渡辺信一郎〔二〇〇〇〕「宮闕と園林――三～六世紀中国における皇帝権力の空間構成――」『考古学研究』第四十七巻第二号所収、考古学研究会

V　万葉集の恋歌とラブソングロード

万葉集の恋歌とラブソングロード

万葉集の歌の多くを占める恋歌は、恋する男女が心の思いを歌として詠んだと考えられている。男女が恋歌を歌い恋をするというのは、自由恋愛を意味する。しかし、古代にあって自由恋愛により結婚するということは原則的にはない。結婚は親や同族の承認が必要だからである。娘は出来るだけ裕福な家の婿を迎えるということであれば、娘は家の財産となるから、勝手な結婚は許されないことになる。このことから考えると、恋歌は結婚ということには関わりが無いのである。男女が恋歌を歌い愛の告白をするのは、その恋はあくまでも擬似恋愛である。歌垣や宴会や妓楼などでの恋歌は、擬似的な恋愛によって歌われるものであり、それらは秘密の恋ではなく、社交の中で歌われる公開制のものである。愛する人とは結ばれない、その悲しみが恋歌を生み出した。そのような恋歌の形成は、万葉集を取り巻く東アジアの恋歌の世界から理解されるものである。

奄美大島の掛け合い歌

田畑　千秋

一　はじめに

鹿児島から南、洋上はるか台湾近くまで弧を描くように連なる島々が、奄美・沖縄である。島尾敏雄はかつてその島々を総称して琉球弧と呼んだ。そして戦後奄美に移住していた島尾は、「私は（ここ奄美では）日本の狭さ画一の不毛から抜け出すことが出来る……」と述べている。含蓄のある言葉である。北海道、本州、四国、九州の日本（琉球弧からはヤマトと呼称する）と、この琉球弧の島々を比較すると、島尾の発言が良く理解できよう。温帯と亜熱帯、本土文化と琉球文化、本土方言と琉球方言、大きな視野からでも琉球弧が日本に組み込まれているだけで日本の多様性は倍増しているのである。ちなみに二〇〇九年ユネスコ発表による消滅の危険に瀕する言語リストには、アイヌ語、八重山語、与那国語、宮古語、沖縄語、国頭語、奄美語、八丈語があげられている。そのうちアイヌ語と八丈語を除く六言語は琉球弧の島々の言葉である。そして消滅の危機に瀕しているのは言語だけではない。昭和の高度成長期を境に琉球弧の島々でもその個性的文化の消失は目を見張るものがある。これから少しく琉球弧の言葉で紡がれた文芸の中でも歌の世界を解説するが、琉球弧といっても南北に大きく広がってる。そのため南の八重山諸島と北の奄美諸島では言葉も文化も大きく違っていて、まとめては話しづらい。また奄美諸島といってもけっしてひと色ではない。上記の奄美語の中には同じ奄美諸島に属しながら沖永良部島、与論島の言葉は入っていない。沖永良部島、与論島の言葉は沖縄県北部の言葉により近く、国頭語に属しているのである。文化も同じようにこの二島は奄美大島のグループよりは沖縄本島グループに入れたほうが良いのである。いただいた題は「南島の掛け合い歌」であったが、そういう理由で本稿は、北部琉球文化圏の最も大きな島、筆者の生まれ島である奄美大島の掛け合い歌について述べよう。

二　八月歌の「かどく」の研究から

曲目名というのは、歌群全体を代表させる短く凝縮した言葉で、よくその核になるところをおさえている。八月踊り[注1]の中で歌われる八月歌も例外でなく、主に元歌といわれる第一首目の冒頭句が曲目名となっていることが多い。八月歌「かどく」の各集落の称呼を整理してみると、

北部大島………b系統　「ほーめらべ」系統（「嘉徳」という土地も「鍋加那」という人物名も曲目名にあらわれない。曲目名は「大女童」等と解釈されているが、もともとは「思鍋」である。）

中部大島………中間系統「かどこ」系統（「嘉徳」という土地名だけが曲目名にあらわれ、「鍋加那」という人物名はあらわれない。）

南部大島………a系統　「かどくなべかな」系統。（「嘉徳」という土地と「鍋加那」という人物名が曲目名にあらわれる。ただ、宇検村芦検で「うむぃにゃべ（思鍋）」と呼んでいるのは重要である。）

1　「かどく」のA系統（「かどくなべかな」系統。土地、人にまつわる伝説歌）

右記曲目名の分布は、単に曲目名のみの問題ではなく、曲目の内部、つまり歌群の内容とも重なってくる。八月歌の「かどく」の中で、「嘉徳」という土地と「鍋加那」という女性にまつわる歌群をA系統として、その分布をみてみよう。なお、A系統の基本的歌三首を認定して、各集落の八月歌に歌いこまれているかどうかをさぐる方法をとった。なお、三首の選択は、文英吉《かざり》が遊び歌「嘉徳鍋加那節」で解説した三首であり、その三首はとりもなおさず、金久正が新説を出すのに用いた三首でもある。先駆者には敬意を表するが、表記はなるべく伝承に忠実にするために、筆者の採集による歌をカタカナ表記で示し、訳は逐語訳とした。

また、歌の頭の○●はそれぞれ異性の唱和であることを示す。

1、○カデクナベカナヤ
イキャシャル　マァールィ　シュティガ
ウヤニ　ムィズィ　クマシ
ヰシュティ　アムィル

嘉徳鍋加那（女の名）は
どんな生まれをしているので
親に水を汲ませて
座って浴びるのであろう

2、●カデクナベカナガ
シジャル　クヰ　キケィバ
ミキャヤ　ミキ　ツィクティ
チュナンカ　アソボ

嘉徳鍋加那が
死んだという声（話のこと）を聞くと
三日は神酒を作って（神遊びをするということ）
七日間は遊ぼう（ここでの「遊ぶ」は「神遊び」のことで、「祀る」ということ）

3、○カデクハマサキニ
ハユル　イチュカズラ
ハヰサキヤ　ネラヌ
ティンニ　カエロ

嘉徳の浜さきに
生える（「延える」との掛詞）絹糸のような立派なかずら
延えさき（「先」と「方法」の掛け詞）がないので
天にかえる（天にむかって延びるの意）

右記1、2、3と番号を付した三首の歌を基本的な歌として、これらが大島各集落の八月歌「かどく」の中で歌われているかをみてみると、北部大島の八月歌の中ではA系統はほとんど歌われておらず、龍郷町の加世間で1、2の歌が、そして秋名、幾里、浦で1の歌が歌われているにすぎない。

中部は奄美市住用町西仲間では歌われておらず、大和村恩勝で1、2の歌が、名音で1、3の歌が歌われている。

南部の宇検村芦検、屋鈍では歌われていないが、瀬戸内町に入ると、急に伝承が濃くなる。中でも3の歌の伝承が濃いのは注目すべきであろう。そこから考えると、この3の歌が早くからあった歌なのかもしれない。

これらをまとめると、次のように整理できる。

北部大島………A系統は伝承希薄。

中部大島………中間的伝承（奄美市住用町希薄、大和村伝承あり）。

南部大島………A系統は伝承濃厚（特に瀬戸内町。中でも3の歌の普及率が高い）。

この結果を前述の曲目名の分類整理と合わせてみると、曲目名のａ系統と、内容面のA系統（土地、人にまつわる伝説歌）は、分布がほぼ重なる。

ここで、このA系統の歌をもつ地域の中から、瀬戸内町芝《しば》の「かどこなべかな」を例示しておこう。（○と●の違いはそれぞれ異性の掛け歌ということである）。

1、○　カドゥク　ナベカナヤ　　　　嘉徳鍋加那は
　　イキャシャル　マァールィ　シンショチヨ　　どんな生まれをなさったのであろうか
　（ハレ）ウヤニ　ムィズィ　クマチ　　親に水を汲ませて
　ヰチュティ　ツィカヲ（ヤシュリヤ）　座って使う（浴びるということ）

2、● カドゥク　ナベカナガ　　嘉徳鍋加那が
シジャル　クゥヰ　キケィバヨ　　死んだという声（話）を聞くと
（ハレ）ミキャヤ　ミキ　ツィクティ　　三日は神酒を作って（神遊びをするということ）
ナンカ　ヰワヲ（ヤシュリヤ）　　七日間は祝おう（祀りましょうの意）

3、○ カドゥク　ナベカナガ　　嘉徳鍋加那が
ツィカヌタン　トゥリヤ　　飼っていた鳥は
（ハレ）メトゥリヤナト　ウムィバ　　雌鳥だと思っていたら
ヲゥトゥリ　アリュムィ（ヤシュリヤ）　　雄鳥ではないか

4、● カドゥク　ハマサキニ　　嘉徳の浜さきに
ハエル　イショカズィラ　　生える（「延える」との掛詞）磯のかずら
（ハレ）ハヰサキヌ　ネダナ　　延えさき（「先」と「方法」の掛け詞）がないので
ムトゥニ　ムドゥロ（ヤシュリヤ）　　もとにもどる

この瀬戸内町芝の「かどくなべかな」について集落の人に聞くと、声をそろえて嘉徳（集落名）の鍋加那（「加那」は敬称）のことを歌ったものであるという。

第一首目の二句目、「イキャシャル」という表現は、このA系統の歌についてまわるが、これは南部大島の方言の大きな特徴である。A系統の歌は、遊び歌「嘉徳鍋加那節」として、北部大島でも歌われているが、やはり「イキャシャル」と歌われていて、これがもともと南部大島から伝播してきたことを示している。同じく二句目の「シンショチヨ」は「シヨ（したか）」の敬語表現で「なさったのだろうか」の意であるので、「嘉徳鍋加那」という女性が敬語を使われる存在であったことがわかる。これからも鍋加那の「神女説」はうなずけよう。同四句目の、「ツィカヲ」は、手水を使うことをいっているのであり、文の提示した「アムィル（浴びる）」とは違う

が、このくらいの違いは同歌の異伝である。

第二首目の四句目は、文の提示した歌では「アソボ」となっており、このときの「遊ぶ」は単なる遊びではなくて、神遊びとして、祀りをすることだと説明したが、ここでは「ヰワヲ（祝おう）」となっている。この「祝う」も「祀る」と同義で祀ることである。ここでは鍋加那の死に際して、三日間は神酒を作り、七日間は祀りをして喪に服することを意味している。「ミキャ」の「ミ」と「ミキ」の「ミ」を連続させ、リズム感を出す技法も忘れていない。

第四首目の二句目「イショカズィラ」は、文の出した八月歌の「イチュカズラ」の「イチュ（もともとは糸で、立派なという意の美称辞）」と同じく接頭語ともとれるが、ここでは「イショ（磯）」の「カズラ」ととっておく。また同四句目は、「ティンニ　カエロ（天にかえる）」ではなく、「ムトゥニ　ムドゥロ（もとにもどる）」となっている。

上記四首は八月踊りでの男女群の掛け合いで歌われたもので、○印が男群、●印が女群の出した歌である。採集時にはそうであったが、中に他の歌が入りこんだりすると、歌の順序は違ってきて、男女の担当歌もずれることがある。ようするにすべての歌が、男歌、女歌等と固定化しているのではない（もちろん歌内容から、男の歌う歌、女の歌う歌というのはある）。この歌の掛け合いの技法は、それぞれの歌の一句目冒頭を「カドゥク」で打ち出す、歌い継ぎの方法である。

2　八月歌「かどく」のB系統（煙草にまつわる恋愛歌）

八月歌の「かどく」の中で、A系統の基本的三首を含まず、もっぱら恋愛にまつわる歌群をB系統として考察してみよう。

そして、このB系統の基本的三首を奄美市名瀬有屋の八月歌にみてみよう。

ホーメラベ

1、○　ホーメラベ　　　　　　　　ほーめらべ（の）
　　クゥトゥツィケィヌ　タバクゥ　言付けの煙草
　　マタモ　クゥトゥツィケィヌ　またも言付けの
　　ムツィルィ　タバクゥ　　　　睦れ煙草

2、●　ムツィルィグサ　トゥリャニ　睦れ草をとるように
　　ムツィルィロニ　スィルィバ　睦れようとするが
　　キンヌ　ネジ　サラムィ　　　縁がないのであろうか

3、○　ムツィルィ　グルシャ　　　睦れにくい
　　ワカルィグサ　トゥリャニ　　別れ草をとるように
　　ワカルィロニ　スィルィバ　　別れようとするが
　　キンヌ　アティ　サラムィ　　縁があるのであろうか
　　ワカルィ　グルシャ　　　　　別れにくい

右記の歌三首が、北部大島の奄美市笠利町、龍郷町、奄美市名瀬で歌われる「ほーめらべ」系の曲目名をもつ代表的な歌である。採集時は○印の歌を男側が、●印の歌は女側が歌っていたが、その歌い方は固定しているのではなく、状況（場、リーダーの違い等）によっては、逆になることもある。この場合は、歌自体に男歌、女歌という意識がない場合があるからである。このことは何度もくりかえして言うようだが強調しておきたい。

さて有屋では、○側が「ほーめらべの言付けの煙草、またも言付けの睦れ煙草よ」と、その煙草が普通の煙草ではなくて、ほーめらべから言付かったいわれのある煙草であり、男女が睦れ合う呪力のある煙草であることを歌う。

「ほーめらべ」は前述したように「おめなべ（思鍋）」の異伝であるが、「思鍋」と袂を分かって久しい。女性名と理解されていたり、「大女童」、すなわち成熟した乙女の意と理解されることが多い。煙草に男女の縁を取り持つ力を感じているのは奄美だけでなく、ヤマトの近世においてもそうであり（近世だけでなくもちろん現代でもそうであるが）、韻文学、散文学の素材としておおいにヨミ、カタラレてきた。それとの（地域、時代を越えての煙草への思いとの）関連もこれからおおいに比較研究して論じられなくてはならない課題であるが、ここでは先に進もう。

第一首目○側の四句目が「睦れ煙草」で結ばれたので、第二首目●側の初句はそれを受けて、「睦れ草をとるように」とはじまり、つづいて「睦れようとするが、縁がないのであろうか、睦れにくい」と返している。初句を「ムツィルィグサ（睦れ草）」とはじめ、四句目で「ムツィルィグルシャ（睦れにくい）」とまとめる技法は、第三首目の○側の四句目も同じである。そして一、二、四句目が「ムツィルィ（睦れ）」からはじまるように頭韻をふんでいるのも技法であり、リズムをよくするのに役立っている。

この●側の歌の特に「睦れ草」を、第三首目○側が、それとは正反対の「別れ草」で受けて、「別れ草をとるように、別れようとするが、縁があるのであろうか、別れにくい」と返している。このように●側の歌を正反対の内容で返歌するのは、対抗意識が全面的に出てきて、歌掛けの醍醐味である。

ここでも第一、二、四句目は、「ワカルィ（わかれ）」と頭韻をふんで調子を高めている。また一句目「ワカルィグサ」と四句目「ワカルィ　グルシャ」が呼応しているのは高度な技法である。

上記の三首からもわかるように、この系統は煙草にまつわる恋愛歌で、いわゆる「タバクゥナガレ（煙草縁の流れ）」といわれる「流れ歌」や沖縄の琉歌、ウシデーク歌（加手久節、鍛細工節、金細工思鍋節等と称される歌）等とも直結する歌である。この稿では「かどく」という八月歌の曲目にどのような歌群が歌われるかを吟味しているのであり、煙草にまつわる恋愛歌（煙草縁の流れ）の伝承の有無をいっているのではない。ちなみに煙草縁の流れはA系統の伝承されている南部大島にも濃い伝承がある。

北部大島………B系統は伝承濃密。
中部大島………中間的伝承（大和村A、B両系統が一つの曲目中に混在）。
南部大島………B系統は伝承希薄（特に瀬戸内町。いくつかの集落では混在している）。

のように分類される。この結果を前述の曲目名の分類整理と合わせてみると、曲目名のb系統地域とこのB系統

（煙草にまつわる恋愛歌）の系統分布とは、ほぼ重なる。また、A系統の分布とはほぼ逆であることもわかる。

3　A系統とB系統の合体した伝承

A系統（嘉徳鍋加那をテーマとした歌）とB系統（煙草と恋愛をテーマとした歌）の両方の歌をそなえた伝承をみてみよう。A系統の歌群とB系統の歌群がどのように合体していくかがわかる。

【打ち出しは、A系統（かどくなべかな系統・鍋加那伝説歌系統）】

1、○　カドゥクナベカナヤ　　嘉徳鍋加那は
　　キャシャル　ヒニ　　いかなる日に生まれた
　　マァルィタカヤ　　のか
　　ウヤニ　　親に水を汲ませて
　　ムィズィ　クマチ
　　ヰチュティ　アムィル　　座って浴びるとは

2、●　カドゥクナベカナガ　　嘉徳鍋加那が
　　シジャル　　死んだとの声を聞くと
　　クゥヰ　キケィバ
　　ミキャヤ　　三日間は神酒を作って
　　ミキ　ツィクティ
　　ナヌカ　アソボ　　七日間は遊ぼう

【途中ここから、B系統（ほーめらべ系統・煙草縁の流れ系統）】

3、○　カドゥク　ホベナベヌ　　嘉徳思鍋の
　　コトツィケィヌ　タバク　　言づけの煙草
　　マダマ　コトツィケィヌ　　真玉言づけの
　　ムツィルィ　タバク　　睦れ煙草

4、●　ムツィルィグサトゥリャニ　　睦れ草をとって
　　ムツィルィロニ　　睦れようとすると
　　スィルィバ
　　ヰンヌ　ネダナシュティ　　縁がないのだろう
　　ムツィルィ　グルシャ　　睦れにくい

5、○　ワカルィグサトゥリャニ　　別れ草をとって
　　ワカルィロニ　スィルィバ　　別れようとすれば
　　ヰンヌ　アティサラムィ　　縁があるのだろう
　　ワカルィ　グルシャ　　別れにくい

6、●　タバク　クサダネヤ　　煙草の草種は
　　イナムンドゥ　ヤスガ　　小さいものであるが
　　クゥルィカラドゥ　　これから縁が
　　ヰンヤ
　　チキャク　ナリュリ　　近くなるのだ

7、○アムィヌ　フルトゥキヤ
タバクダネ　ウルチ
ウルチ
ソダティトゥティ
ウルィガ　エシャク

雨が降るときに
煙草の種を蒔いて
蒔いて育てていて
それが会釈だ

8、●キシリ　トゥリ
ナラティ
タバク　フキナラティ
カナガ　モル　トゥキヤ
エシャク　シャヲロ

煙管をとり習って
煙草を吹き習って
加那（愛する人）がおい
でのときは
会釈しましょう

9、○アカタバク　キザディ
シラカビニ　ツツディ
ミチダヨリ　ヤスィガ
ムタチ　ヤラソ

赤煙草（上等の煙草である）を刻んで
白紙に包んで
道便りとして
持たせてやろう

10、●ナキャヤ　アカタバク
キリ　チラチ　フキュリ
ワキャヤ　アヲタバク
ムティドゥ　フキュル

あなた方は赤煙草を
切り散らして吹く
私達は青煙草（下等な煙草である）を
ちぎって吹く

11、○アカタバク　フケィバ
アカレティドゥ
イキュリ
アヲタバク　フケィバ
アヲティ　イキュリ

赤煙草を吹いたら
飽かれていく
青煙草を吹いたら
会っていく

12、●ウムティ　ワガ　ムタス
チュ　キシリヌ　タバク
ケィブシ　フキ
ジャスナ
フクディ　ミショルィ

思って私が持たす
一煙管の煙草
煙を吹き出さないで
含んで召しあがって下
さい

13、○ヌミクチニ　ナルィバ
ミクチ　スタ　バカリ
アヤ　ケィブシ
ナルィバ
ワムネ　スミュリ

呑み口になれば
三口（御口との掛詞）吸
うただけ
綾煙になれば
私の胸に染む

14、●カナトゥ　ワガ　ヰンヤ
キシリザヲ　ゴコロ
ウチコガルィ　トリュス
ヨソヤ　シラヌ

加那と私の縁は
煙管の竿のようなもの
内が焦れているのを
他人は知らない

15、○ウムィグトゥヌ
アルィバ
イチ　キキャチ
タボルィ
フキ　スティル　タバク
カネヤ　アラヌ

思い事があるなら
言って聞かせて下さい
吹き捨てる煙草は
お金ではない

16、● イソギ　ワドゥ
トゥムィル
ヨシムィティヌ　タバク
タガヌ　ヨシムィティカ
フキヨ　ナラティ

急いでいる私を止める
止め手の煙草
誰が止めたのか
吹き様を習って

17、○ タバク　チュ　キシリ
スルィヨ
タマクゥガネィ
ヤセヌ　キリハシドゥ
ショティドゥ　ツィギュリ

煙草を一服
しなされよ玉黄金（恋人）
野菜の切り端で
世帯は継ぐもの

18、● タバクサヰ　アルィバ
アヰサツヤ　イラヌ
ワカナサヰ　アルィバ
ヨソヤ　イラヌ

煙草さえあれば
あいさつはいらない
私は加那（愛する人）さえいれば
他人は要らない

19、○ クム　ユドゥミ
ドゥクゥル
カゼ　ユドゥミ
ドゥクゥル
ナカヤスミドゥキニ
タバク　ミショルィ

雲の止まるところ
風が止まるところ
中休み時に
煙草を召上りなされ

20、● トゥシヌ　ユティカラヤ
タヌシミヤ　ネラヌ
アカトゥキヌ
トゥリトゥ

年が寄ってからは
楽しみはない
暁の鶏鳴と

21、○ オチャトゥ　タバク
タバクヰンヌ　ナガレ
クゥルィガディヌ
ナガレ
クチ　ノキョヌ　ウタバ
ウタティ　アシボ

お茶と煙草だけだ
煙草縁の流れ
これまでの流れ
口退きの歌（おしまいの歌）を
歌って遊ぼう

上記は大和村恩勝の「かどぅく」である。第一首目はいわゆるA系統の代表的歌で○側が、「嘉徳鍋加那は、いかなる日に生まれたのか、親に水を汲ませて、座って浴びるとは」と打ち出す。ここで二句目はA系統の基本歌として出した歌の二句目「イキャシャル　マアールィ　シュティガ（いかなる生まれをしているので）」と少々違い、「キャシャル　ヒニ　マァルィタカヤ（いかなる日に生まれたのか）」となっている。「いかなる生まれ」と

「いかなる日に生まれ」では違う。たとえば「いかなる生まれ」となると出自の問題となり、「いかなる日に生まれたのか」となると、その生まれた日が聖なる日であることをいっている。そこに神話的要素の違いをみることができるが、ここではあまり追究せず次に進む。

第一首目の○側が、「カドゥクナベカナヤ（嘉徳鍋加那は）」で打ち出したのを受けて、初句をそのままとって、第二首目●側は、「嘉徳鍋加那が、死んだとの声を聞くと、三日間は神酒を作って、七日間は遊ぼう」と返歌する。そして、次の第三首目冒頭が大事である。「かどくなべかな」から「かどくほべなべ（嘉徳思鍋）」、つまり「煙草縁の流れ」へと移行するところだからである。

第三首目○側は、第二首目の●側の歌を継いで、やはり初句を「かどく」で受けるが、つづくのは「鍋加那」ではなく、「思鍋」であり、このあとずっと、「思鍋と煙草にまつわる恋愛歌群」に継がれていくのである。第一首目、第二首目、第三首目ともに初句が「カドゥク（嘉徳）」と頭韻を踏んでいるので、そのつなぎ目は自然で、普通では断絶を感じさせない。しかし、この第二首目と第三首目の間にこそ、実は新しく生まれた「かどくなべかな（嘉徳なべかな）」にまつわる伝説を背景にした歌と、「煙草縁の流れ（煙草にまつわる歌群）」との、合体の継ぎ目がある。第三首目○側は、「かどくほべなべの、言づけの煙草、真玉言づけの、睦れ煙草」と、第二首目の初句をとって歌い出す。三句目の「まだま（真玉）」は他集落では「マタモ（またも）」と歌うところが多いが、ここでは煙草への美称辞としての「真玉」としておく。伝承の違いであるが現地の人々の意向を尊重する。「真」も「玉」も「立派な」「美しい」等の意を有する美称辞である。

この第三首目○側の歌の四句目「ムツィルィ　タバク（睦れ煙草）」を、第四首目●側は一句目で直接的に受けて、「睦れ草をとって、睦れようとすると、縁がないのだろう、睦れにくい」と返すのである。

この一句目の「睦れ草」を直接的に受けて、その反対の意の「別れ草」を一句目に出して、第五首目○側は、

「別れ草をとって、別れようとすれば、縁があるのだろう、別れにくい」と返す。

この第五首目とその前の第四首目の煙草の不思議な呪力の歌を受けて、第六首目を●側は、「煙草の草種は、小さいものであるが、これから縁が、近くなるのだ」と返歌する。これは、煙草の種は小さいが、そこから男女の縁が生まれてくるという大きな呪力をもっているのだという内容である。ここで二句目「イナムン」を「小さいもの」と訳したが、これは「異なもの」との掛詞である。けっして偶然ではなく、意識された技巧であることをみのがしてはならない。

この第六首目の●側の歌の初句、「タバク　クサダネ（煙草の草種）」を直接的には二句目で継いで、第七首目で○側は、「雨が降るときに、煙草の種を蒔いて、蒔いて育てていて、それが会釈だ」と返歌する。

この四句目の「エシャク（会釈）」を同じ四句目で直接的に受けて、第八首目を●側は、「煙管をとり習って、煙草を吹き習って、加那（愛する人）がおいでのときは、会釈しましょう」と返歌する。

ここまでの一連の煙草にまつわる歌々を念頭に、少しトーンをかえて、第九首目を○側は、「赤煙草を刻んで、白紙に包んで、道便りとして、持たせてやろう」と歌う。赤煙草はよく干された上等の煙草であるが、これをわざわざ、それも上等の白紙に包んで、土産として持たせてやろうというのである。

この初句の「赤煙草」を直接的に受けて、第十首目を●側は、「あなた方は赤煙草を、切り散らして吹く、私達は青煙草を　ちぎって吹く」と返すのである。青煙草はまだよく精製されていない生の葉煙草で、けっして上等とはいえないものである。上の句の赤煙草を「切り散らして吹く」に対し、下の句で青煙草を「ちぎって吹く」と、対称的に歌っているのも技法である。

この歌の初句の「赤煙草」を直接的にやはり初句で継ぎ、第十一首目の○側は、「赤煙草を吹いたら、飽かれていく、青煙草を吹いたら、会っていく」とつなげる。ここで、初句の「アカタバク（赤煙草）」の「アカ」と二句目の「アカレティ（飽かれて）」の「アカ」は意識された頭韻で、調子を整えている。この技法は下の句でも同じで、三句目の「アヲタバク（青煙草）」と四句目の「アヲティ（会って）」の「アヲ」も、調子を整えるために韻を踏ませたものである。

ここまでの一連の煙草にまつわる歌を通して、第十二首目●側は、やはり「煙草」で継いでいるのだが、ここでまた少しトーンが変わる。第十二首目●側は、「思って私が持たす、一煙管の煙草。煙を吹き出さないで、含んで召しあがって下さい」と歌う。

この歌の「煙管」を受けて、第十三首目○側は、「呑み口になれば、三口吸うただけ、綾煙になれば、私の胸に染む」と返歌する。二句目の「ミクチ」は「三口」と「御口」との掛け詞である。御口を吸うのはこの歌だけに出てくる表現ではない。「イツィカ　ユヌ　クルィティ　ミクチ　スワナ（いつか夜が暮れて御口を吸おう）」と歌う有名な諸鈍長浜節がすぐに頭に浮かんでくる。

この歌で煙管で吸った煙が胸に染むと歌ったのを受けて、第十四首目●側は、「加那と私の縁は、煙管の竿のようなもの、内が焦れているのを、他人は知らない」と返歌する。

ここで心の内の焦がれている思いを歌われたので第十五首目○側は、「思い事があるなら、言って聞かせて下さい、吹き捨てる煙草は、お金ではない」と返歌する。思いと金という精神的な代表と、物質的代表を上の句と下の句に配置して対称する。

この恋の思いにせく心を受けて、第十六首目で●側は、「急いでいる私を止める　ヨシムィティの煙草、誰がヨシムィたのか、吹き様を習って」と返歌する。「ヨシムィティ」を「好む」という意味だという人もいるが、「ヨシデ　ヨシマレメ（止めて止められようか）」と別の八月歌に歌うので、「止しめ手」の意である。そうなると初句の「トゥムィル（止める）」と呼応していく。また、三句目の「ヨシムィティカ」の「ティ」は「手」ではなく「て」で、意味は「止めたのか」となる。

ここで急ぐ心を落ちつかせる煙草の効用を歌ったので、第十七首目○側は、「煙草を一服、しなされよ玉黄金、野菜の切り端で、世帯は継ぐもの」と歌う。恋の道にせきたてられている玉黄金に、煙草を吸って一服しなさいよとすすめ、下の句で、結婚というのは恋愛等ではなく、現実的な野菜の切り端をみてきめるのですよ、と教訓する。「タマクゥガネィ（玉黄金）」は「かわいい妻」「かわいい恋人」等のことである。急に恋の幻想から現実の目が覚醒したような気がする。おそらくこの煙草縁の流れの掛け合いも終わりに近づいているのであろう。

この歌を受けてまた少しトーンが変わり、第十八首目●側は、「煙草さえあれば、あいさつはいらない、私は加那（愛する人）さえいれば、他人は要らない」と返す。煙草を吸いかわすのはあいさつがわりだというのは、今でも通じるところである。自分の煙草を相手に差し出すのは、洋の東西を問わず、現代でも見受けられることである。上の句で「煙草」と「あいさつ」を対比して、「煙草」をとり、下の句では「加那」と「他人」を対比して、「加那」をとる。この対称の仕方がおもしろい。

この歌を受け、第十九首目○側は、「雲の止まるところ、風が止まるところ、中休み時に、煙草を召上りなされ」と、この続いてきた男女の歌の掛け合いの遊びの休戦を提案する。

この歌の四句目「煙草を召上れ」を受けて、第二十首目●側は、「年が寄ってからは、楽しみはない、暁の鶏鳴とお茶と煙草だけだ」と四句目に「煙草」をすえて返歌する。

それを受けて、第二十一首目で○側が、「煙草縁の流れ、これまでの流れ、口うつしの歌を、歌って遊ぼう」と歌うのである。これが「煙草縁の流れ」の終結宣言の歌である。二句目の「これまでの流れ」は「ここで終わる煙草縁の流れ」という意味である。「クチ　ノキョヌ　ウタ」は「口退きの歌」で、ここでは「おしまいの歌」の意である。

くりかえすことになるが、最初の二首は普通は「煙草縁の流れ」に入らない歌であり、もともとは第三首目から「煙草縁の流れ」ははじまっていた。これが、「嘉徳鍋加那」伝説を背景にした歌の流行により、ここに添加されたのである。もともと違う題材なので、中にしみこませることができず、最初に二首まとめて配置したのである。この「嘉徳鍋加那」が「かどぅく」の曲目に添加されたのは、「かどぅく」と「なべ」という語に引かれたためである。しかし、「かどぅく　おめなべ」と「かどぅく　なべかな」は全く違う題材を背景にしているというのはわかっていただけたであろう。

4　「思鍋伝説」が「嘉徳鍋加那伝説」よりも先行

近世期は多くの奄美の庶民には、まだ三弦《さんしん》（この字をあてる理由は四七三頁参照）は普及しておらず、もっぱら手拍子等による、男女の掛け歌が遊びの主流であった。このB系統の歌の基層には、「思鍋」を基本形とした三弦を使わない場での、男女掛け合いの恋の歌が広く分布している。北部大島の八月歌「ほーめらべ」は、沖縄のウシデーク歌よりは原形に近いが、第一首目しか残していない。それからみると、さきに紹介した大和村恩勝の伝承は充実している。北部大島や沖縄では、曲目全体を統括する上でも、第一首目は忘れるわけにはいかず、記憶にとどめ、他の歌は伝播伝承の過程で置き去りにされ、他の恋愛歌におきかえられていったものと思われる。

「嘉徳鍋加那」にまつわる伝説（うわさといってもよいであろう）が歌として広まっていったのは、そのあとである。三弦にのせられる前の「かどくなべかな」は、屋内の掛け歌の遊びで流行、八月歌にも取り入れられた。その後、三弦の流入によって曲調をかえ、またたくまに奄美大島一円に広がった。この歌が八月歌にとり入れられたのは、三弦にのせられる以前の歌であるが、八月歌の一つの曲目として成立したのは鍋加那の故郷に近い瀬戸内町の諸集落に限られている。瀬戸内町では「煙草縁の流れ」と「嘉徳鍋加那」は別だが、中部大島では同じ

「かどこ」の中で両方の歌が歌われ、合体している。北部大島では八月歌で「嘉徳鍋加那伝説」は歌われず、「嘉徳鍋加那伝説」が歌われるのは、もっぱら三弦を伴奏楽器とする遊び歌「嘉徳鍋加那節」の中である。「嘉徳鍋加那伝説」が八月歌として北部に伝播する速度より遊び歌「嘉徳鍋加那節」のほう先に大流行したと考えられる。「嘉徳鍋加那伝説」の方が「思鍋伝説」よりも、時代的に遅れて、歌となって広がっていったのであろう。

三　歌遊び「正月マンカイ」の研究から

1　「マンカイ」の語義

かつて笠利町一帯では正月（旧暦）に男女が集まり、歌掛けの遊びが盛んに行われていた。正月マンカイ、ウンニャダル、シュンカネ等と呼ばれる遊びである。ウンニャダルは大笠利集落で行われている歌の掛け合いの遊びで、そこで主に歌われるウンニャダルという曲目の名称が遊びの名称にもなっている。シュンカネは用集落で行われている歌の掛け合いで、そこで主に歌われるシュンカネという曲目の名称が遊びの名称にもなっている。宇宿集落でも盛んに行われていたが今は廃れてしまった。

さて、ここでは主に節田集落の正月マンカイについて考察するが、まずはその名称「正月マンカイ」についてみてみよう。「正月マンカイ」とは字面通り正月にするマンカイのことであるが、それではマンカイという語の意味はなんであろうか。このことについて、特に語源説では、マカガヒ（真かがひ）説、マグハヒ（目合ひ）説など、いろいろと言われている。しかし、結論的に言えばこの語の本義は招き合いの方言「マンカイ」である。これは **manekiai** の **ne** 音が撥音化で n 音となり、**kiai** が **kjai**、**kai** と転化して（**manekiai → mankai**）、マンカイという語が成立したものである。このことは方言生活をしている者にとっては容易に気がつくことだが、この民俗行事が古代の歌垣を髣髴とさせるあまり、多くの識者（地元の研究者も含めて）が、つい日本古語「まぐあひ」での解釈を試みたくなったこともあった。隔てのある空間にいる者同士が互いに招き合う所作をすることを、方言では「マンカイする（マンカイ　シュン）」という。たとえば谷をはさんで二人が手招きをしながら大声で呼び合っているのを見て、「アン　タァリ、マンカイ（マンコイ）　シュリ（あの二人、マンカイ（マンコイ）している）」という。このようなマンカイの場面は川をはさんで、道をはさんでなど、いろいろなところで出会う光景である。このことを教示してくれたのは田畑英勝である。田畑（英）は奄美の歌掛けの遊びについても、

歌掛けの遊びの方式の一例は宇宿や節田の正月マンカイなどにみることができる。しかもその遊びが神の祭りの所産であることも、正月マンカイの意味を考えてみればよくわかるであろう。竜郷町の秋名で現在でもノロの祭りとして行われている平瀬マンカイなども「神平瀬」という岩の上の神人たちと、「女平瀬」の男女が向きあいながら稲魂を招き合う所作をしているのからもうなづけよう。

と述べ、正月マンカイと平瀬マンカイを比較して、その両方が折り目の神祭りに直結していることを指摘し、あわせて、「マンカイ」の語義を「招き合う所作」としている。筆者もその意見に全面的に賛同している。

2　正月マンカイ（節田マンカイ）

笠利町節田集落の正月マンカイは、かつての「歌遊び」を髣髴とさせるのに十分である。集落の人たちは正月にするマンカイ遊びなので正月マンカイというが、ヨソジマ（他の集落）の人たちはそれを珍しく思い「節田マンカイ」と呼んでいる。現在も節田集落では旧正月の夜に集落の人たちが、昔を懐かしがってマンカイ遊びに興じている。昭和の初め頃までは、仲の良い青年男女がそれぞれグループとなって友人宅に寄り集まり遊んだというが、現在は公民館に参集する。そしてそこに集うのは主に歌と踊りの好きな五十代六十代七十代の方々であ

る。しかし、それでも元気よく歌を掛け合っている。『南島雑話』の著者が記したような、即興的な歌の掛け合いはもうみられないが、それでも十分に楽しんでいる。

3　正月マンカイの歌

節田マンカイは正月の遊びなので、最初は正月を言祝ぐ「ショーグヮツィチバ　ショーグヮツィ（正月といえば正月）」という儀礼的な曲目（祝い歌）からはじまる。そしてしだいにテンポを早くしながら、「シュミチナガハマ（塩道長浜）」になり、最後に「マイトクシュ（前徳主）」がうたわれてマンカイは終わるが、その後は立ち上がって、六調などの手踊りをしておひらきとなる。現在では十分間足らずで終わるが、かつては他に「イマノカザクモ（今の風雲）」「ヤンゴラヌイブ（屋仁川のイブ）」などの曲目もうたわれたようである。

さて、最初にうたわれる「ショーグヮツィチバ　ショーグヮツィ（正月といえば正月）」は、

男：ショーグヮツィチバ　　正月といえば正月よ
ショーグヮツィ
ハレーヘイ　　ハレーヘイ
キューガ　　今日が
キューガルィヌ　　今日までの正月
ショーグヮツィ
ヤハレーイ　　ヤハレーイ
キューガ　　今日が
キューガルィヌ　　今日までの正月
ショーグヮツィ
（キューガルィヌ　ショーグヮツィ）　（今日までの正月）

アシャガルィム　ネラヌ　　明日までもない
ハレーヘイ　　ハレーヘイ
ヤネヌ　　来年の
ヤネヌ　コネダ　　来年のこの間
ヤハレーイ　　ヤハレーイ
ヤネヌ　　来年の
ヤネヌ　コネダ　　来年のこの間

女：ガンジツヌ　シカマ　　元日の朝
ハレーヘイ　　ハレーヘイ

トコ　ムカ　　床に向か
トコ　ムカティ　ミルィバ　　床に向かって
ヤハレーイ　　ヤハレーイ
トコ　ムカ　　床に向か
トコ　ムカティ　ミルィバ　　床に向かって
（トコ　ムカティ　ミルィバ）　　（床　向かって　見れば）
ウラジルトゥ　ユヅィル　　裏白とゆづる
ハレーヘイ　　ハレーヘイ
ユワイ　ギュラサ　　祝いの美しさ
ヤハレーイ　　ヤハレーイ
ユワイ　ギュラサ　　祝いの美しさ
（以下、囃子句とくり返し部は、上記と同様なので省略する）

男：アスィビヌ　マンナカナンジ　　遊びをする真ん中に
サンゴビンヌ　　三合瓶が
ケェラケェラ　　コロコロ
ウルィバ　ウシュケィバ　　それを置いておくと
アヒルヌ　キンタマゴ　　アヒルの金玉子（卵）

女：カナシャル　ヤクムィトゥ　　愛するお兄さんと
マンシャルィバ　　マンカイすると
アズィラ　コズィラヌ　　あちらこちらの
ケィンガブ　マンキジャシャ　　木の株（金株）を招き
出した

という歌詞でうたわれる。一首目の男側の歌は、正月の過ぎ去るのを惜しむ内容だが、その返しの女側の歌は正月の祝い歌として奄美中でうたわれる一般的な歌詞である。そして三首目からが個性的な歌で、おそらく歌遊びの場で即興的に掛け応じたものであろうか。特に三首目の四句目「アヒルの金玉子」の「金玉子」は「金玉」と「卵」を合わせたもので、野卑な表現ながら歌掛けの即妙さで、笑いを誘っている。四首目の四句目「木の株（金株）」も、『節田小誌』の著者、竹時雄の教示によると「男根」のことだと古老たちがいって笑っていたという。まさに青年男女の遊びの場なのである。

二曲目の「シュミチナガハマ（塩道長浜）」は、

男：シュミチナガハマニ　　塩道長浜（喜界島の塩道集落の長い浜・地名）
　　ハレ　　ハレ
　　ワラブィナキ　シュタガ　　子ども泣きに泣いていたが

　　ウルィヤ　タガ　ユイ　　それは誰のせいか
　　ヨーハレ　　ヨーハレ
　　ケサマツ　アスィハダ　　ケサマツ（女の名）の汗肌のせいだ
　　ヨーホイ　　ヨーホイ

と、基本的な歌がはじまると二首目からは、たくさんの歌数の中からそれぞれ適当に歌を選んで掛けたり、即興に創作した歌を掛けたりしたという。ただ注意しなければならないのは、曲調はあくまでも三弦歌（いわゆる島歌）の「塩道長浜節」ではなく、八月歌の「シュミチナガハマ（塩道長浜）」である。ちなみに「シュミチナガハマ」は南大島では三弦歌だが、北大島では八月歌としてうたわれる。現在島歌として三弦の伴奏でうたわれているのは南大島から流行ってきたものであり、注意が必要である。

三曲目の「マエトクシュ（前徳主）」は、軽妙な即興的な歌の掛け合いが感じられる歌詞の数々である。男女掛け合いの例を、『節田小誌』（竹時雄編）から紹介しよう。ただ表記は筆者（田畑）が統一して、訳も筆者が付した。

男：マイトゥクシュ　　前徳主
　　フグタヌ　ハサマティ　　牡牛がはさまって
　　イキャランドー　　行けないぞ
　　エーダモーソニ　　エーダモーソニ
　　ワラブィンキャ　　子どもたち
女：ナロナロチ　　なろうなろうと
　　ナララン　ジュンサバ　　なれない巡査に
　　ナロナロチ　　なろうなろうと
　　エーダモーソニ　　エーダモーソニ

　　ワラブィンキャ　　子どもたち
男：アゲィ　ウルシ　　上げ下ろし
　　イチバンブネィクヮヌ　　一番舟を
　　アゲィ　ウルシ　　上げ下ろし
　　エーダモーソニ　　エーダモーソニ
　　ワラブィンキャ　　子どもたち
女：ムィンタマヤ　　目の玉は
　　アムィフリ　トゥリクヮヌ　　雨降りの鶏の
　　ムィンタマヤ　　目の玉は

エーダモーソニ　エーダモーソニ
ワラブィンキャ　子どもたち
男：キョラムンド　美人だぞ
スィッタヌ　メェラベェヤ　節田の少女は
キョラムンド　美人だぞ
エーダモーソニ　エーダモーソニ
ワラブィンキャ　子どもたち
女：キョラインガ　美男子だ
スィッタヌ　ネセンキャヤ　節田の青年たちは
キョラインガ　美男子だ
エーダモーソニ　エーダモーソニ
ワラブィンキャ　子どもたち
男：バシャヤマド　醜女だぞ
スィッタヌ　メェラベェヤ　節田の少女は
バシャヤマド　醜女だぞ
エーダモーソニ　エーダモーソニ
ワラブィンキャ　子どもたち
女：カゲェトレド　醜男だぞ
スィッタヌ　ネセンキャヤ　節田の青年は
カゲェトレド　醜男だぞ

エーダモーソニ　エーダモーソニ
ワラブィンキャ　子どもたち
男：ハイカラヤ　ハイカラね
コノゴロ　このごろの
メェラベェヤ　少女は
ハイカラヤ　ハイカラね
エーダモーソニ　エーダモーソニ
ワラブィンキャ　子どもたち
女：オールバック　オールバック
コノゴロ　ネセンキャヤ　このごろの青年は
オールバック　オールバック
エーダモーソニ　エーダモーソニ
ワラブィンキャ　子どもたち
男：オシャベリヤ　おしゃべりね
コノゴロ　メェラベェヌ　このごろの少女は
オシャベリヤ　おしゃべりね
エーダモーソニ　エーダモーソニ
ワラブィンキャ　子どもたち

このように即妙な歌詞を次から次に出して掛け合っていくのである。これらの歌詞を見ても、つい最近まで即興での歌掛けがあったことがわかろう。そしてもし歌につまったら三首目の、

男：アゲィ　ウルシ　　上げ下ろし　　エーダモーソニ　　エーダモーニソ
　イチバンブネィクヮヌ　　一番舟の　　ワラブィンキャ　　子どもたち
　アゲィ　ウルシ　　上げ下ろし

の歌詞の「イチバンブネクヮ（一番舟）」を「ニバンブネクヮ（二番舟）」と変えてうたい継ぎ、またも歌につまったら「サンバンブネィクヮ（三番舟）」と変えて歌い継いで間に合わせとする。これは歌を途切れさせないためである。歌がつまったら負けなので、必死なのである。

四　歌遊びの方式

前述もしたが、笠利町一帯には正月に青年男女が集まり歌掛けの遊びがあちこちで行われていた。なかでも正月マンカイについては宇宿集落と節田集落のことがよく話題になるが、現在では宇宿集落の伝承は廃れてしまった。ただ、笠利町土盛集落をはじめとしていくつかの集落の八月歌（曲名「ウラトミ」など）に、

○　ウシュク　ウドゥリヤ　　宇宿の踊りは
　イキャシガヤ　ウドゥリョール　　どのように踊るか
　ヒジャリ　ハギ　サドゥティ　　左足を探って
　ミギ　モモ　タタシ　　右股を立たせて

という歌詞がうたわれており、これは宇宿集落のマンカイ遊びの様子をうたったものと思われる。

私事で恐縮だが、昭和四十年代の採訪で竜郷町嘉渡集落を訪れた際、当時八十歳を過ぎた媼が私を相手にマンカイ遊びをしてくれたことを思い出す。媼と私は半間くらい離れて正座で対し、媼は八月歌を高い声でうたいつ

つ、手で胸や膝などをたたきながらいざりでにじり寄って来て、対座している私の胸や膝をもたたいたり、さすったりしながら、自分の膝を私の股間にさしはさんできた。そして、おどろいている私にしきりに歌を掛けるように促しつつ、歌をうたいながらいざりで退いていった。そういった所作を数回くり返してくれたが、まだ学生であった私にとっていくら相手が老媼とはいえ、なんとも緊張する場面であった。媼によると、この歌掛けの遊びは、仲の良い者たちが集まって、明治の頃まで普通に行われていたという。この体験を休み明けの大学で師の臼田甚五郎先生に話すと、先生はとても興味を示して喜び、ぜひそれを卒業論文の中で書くようにと助言してくれたのが印象に残っている。

さて、このときの私の経験とそっくりな場面を薩摩藩から配流になった名越左源太は『南島雑話』の中で記録している。

> かけ哥といふものあり、男女席をわかち、マンカイとて三弦はなしに、手拍〔子〕にて双方より弐間程隔り哥につけて双方のひざにてすり寄り、ひざとひざ双方相分て、手の平と手の平と、拍子につれてうちあわせ、哥の調子につけ、又一しさりつゝ引しざり、本の座に返り、又始のごとく。哥は当座に作立、すら〳〵口ごもらぬやうにうたひ出ものを上手とし、哥の趣向遅く出るをまけとす。委くは本文に記す、

『南島雑話』によると、かけ歌というのは、㋐男女による歌の掛け合いである。㋑マンカイという。㋒三弦は使わない。㋓手拍子をとりながらひざですり寄り接近し（ひざの間に相手のひざが入ってくるほどに近寄る）、また遠ざかっていく。㋔口ごもらずに歌を出した者が上手で、遅く出した方が負けである。

㋐に関しては、奄美のかけ歌の基本が男女の掛け合いであることを思うときあまりにも自然である。㋑は、掛け歌をマンカイというのは、手で招き合うしぐさをしつつお互いに近づき、離れていくからである。㋒の三弦は使わないというのは、重要でおそらく三弦伝播以前からこのマンカイの方式での歌遊びは行われていたというこ

とであろう。㊤は、太鼓も使わないもっとも素朴な歌遊びであり、歌遊びの原初性をしめしていよう。㊥は、歌の方式に勝負的な要素があるということである。これは正月マンカイや八月踊りに関してもいえることで、歌の滞ったところが負けになるのである。もともと即吟の能力こそがもっとも望まれる力であったことの名残であろう。歌遊びに歌での勝負という要素があることはよくわかるが、そのことが歌にもうたわれている。次の歌詞は八月歌でも三弦歌でも、曲目にかかわらずにうたわれる有名な共通歌詞である。

○ウタ　カケレ　カケレ　　歌を掛けよ掛けよ
ナナチ　ヤーチ　カケレ　　七つ八つ掛けよ
ナナチ　ヤーチガディヤ　　七つ八つまでは
ヤスサ　トゥメリ　　易しいことだと思います

●ウマンバ　ウタクチヌ　　そちらも歌い手（歌の上手）だ
コマンバ　ウタクチヌ　　こちらも歌い手だ
タゲニ　ウタクチヌ　　互いに歌い手だ
デ　ショブ　チケロ　　さあ、勝負をつけよう

1　三弦の移入

かつての歌掛けの遊びは三弦はともなわずに、手拍子のみで行われていた。特に青年男女の歌掛けはつい最近まで三弦は用いられていなかった。奄美博物館勤務時代に奄美全域にわたって三弦の調査をしたことがあるが、明治、大正期でさえ、三弦自体に希少価値があり、ほとんどが沖縄からもたらされたもので、特権階級の所有であったことがわかっている。「グンムィ三弦（グンムィは三弦作りの名人の名）」等という名器も奄美で作られたが、そう古い時代のことではなく、また、数も少なかった。大正期まで三弦は青年男女が遊ぶのにはとうてい届かぬ高嶺の花だったのである。『南島雑話』の記事も、私の昭和四十年代の採訪での体験もそれを物語っている。

2　三弦の流行と曲調の大変革

かつての（三弦の流行以前の）歌の世界は、どちらかというと現在でも行われている八月歌に近かった。おそらく八月歌の儀礼的曲目（新節などの折り目の祝い歌）や正月マンカイの儀礼的曲目（正月歌）などは時空間の制約を受けるが、そうでない恋の歌などは互いに転用される。というよりも、季節や祭りにとらわれない自由な共通曲目、共通歌詞だったのである。そして加えて歌掛けが生きていた時代は、持ち歌の数も膨大で、即興の歌詞の生産能力も高かったのである（正月マンカイの三曲目の「マエトクシュ（前徳主）」で「ハイカラ」や「オールバック」等が出てくるのは即興の歌掛けの能力がつい最近まで残っていたあかしである）。

3　掛け合いの歌から聞かせる歌へ（舞台芸能としての道）

現在の島歌は、三弦の流入（近世、薩摩藩治下時代）とともにまたたく間に曲調を変えてしまった後のものである。ちなみに三弦の流入は、互いに歌を掛け合う遊びを変化させはじめ、上手（ウタシャ、歌い手。ただし歌者という当て字は間違いで、歌をする者という意味である。漁師をイソシャというのと同じ）といわれる人々の輩出をうながし、その歌声に聞き惚れる場を創出するようになった。交通の発達やレコード、ラジオ、そしてテレビの普及はこのことを加速させたが、現在の舞台芸能としての島歌の世界は、三弦流入時に敷かれたレール上の出来事だったのである。

三弦はまた、歌の技巧にも反映し、あたらしい叙情あふれる歌の世界を展開させた。代表的な技巧としては、裏声、声の高低の幅、微妙な音程のとり方、声ののばし方等々である。特に裏声は聞かせる声で、聞くものを別世界へといざなう。三弦流入以前の歌遊びの場や現在の八月歌や正月マンカイの場にはみられない世界である。

さてこのように、新しい島歌の展開で、芸術的に進化はしたが、このことは同時に、一般の人には難しく、相当の練習なしではうたうことができない歌を創造してしまった。方言を母語として使っている人たちでさえ、(うたい方によっては)耳慣れないヨソジマ(他集落)の歌詞は、充分に聞き取れない箇所も出てくるようになったのである。

伴奏楽器は、手拍子、足拍子→チヂン(鼓。クサビじめの手持ち太鼓のこと)→三弦の順に新しく、くり返すようであるが、三弦の流行が新しい曲調の島歌を創出して現代に至っているのである。

だから、かつての掛け歌の遊び(マンカイ遊び)の世界を色濃く残している節田の正月マンカイは、八月歌をうたっているように聞こえるのである。島歌と八月歌は、屋内と屋外という違いから曲調の違いが出てきたのではなく、伴奏楽器によって曲調の変化が出てきたのである。だから、竹も正月マンカイの「マエトクシュ(前徳主)」の曲目を「曲の全体から受ける感じが三味線唄ではない」と記しているのであろう。

三弦流入以前のかつての島歌と八月歌の関係の名残は、現在の島歌と八月歌の歌詞や曲名の重なり、囃子句、くり返しの方法などによってもうかがえる。今では全く違った歌のように聞こえるこの二つ歌のジャンルは、もともと同じく、男女の歌の掛け合いの場で育ってきたのであった。言葉をかえていえば、三弦使用の有無が曲調に大きな影響を与え、現代の遊び歌(島歌)になっているのである。

なお現在、奄美・沖縄でサンシンのことを三線と表記しているが、これは意味は少々あたっていても、語源的にはあたっていない。三弦あるいは三絃と書くべきである。多くの人が忘れているが、この楽器を「サンチル」「サンシル」と古老たちは呼んでいた。弦の調整を「チンダムィ」というが、この時の「チン」は「弦(つる)」のことだということはまだ認識できるであろう。太い弦を「男弦(おづる)」、細い弦を女弦(めづる)と呼ぶのは島人なら普通である。

五　おわりに

歌の掛け合いといえば、「即興の歌を互いに掛け合う」ものだというとらえ方が多い。確かに個人的な掛け歌の遊びでは、それが醍醐味である。

奄美で「言葉」のことを「ユムタ」というが、この「ユムタ」は「ヨミ歌」の転化したものである。奄美では、歌は日常的であり、また、非日常的であった。奄美の人々は、日常的に歌の形で、言葉が口をついて出た（だが、歌である以上、やはり非日常を背負っている）。笠利鶴松、牧直等の伝説の人物に登場願うまでもなく、多くの人々が即興歌人であった。そうでなくては、近代のはじめまで楽しまれてきた屋内での掛け歌の遊びの楽しみは半減する。掛け歌の遊びの醍醐味は即妙の歌の出し方にある。ヤマトでも練習を重ねると五七調が口をついて出てくるようになるのと同じように、練習を重ねることによって、その時、その場に応じた歌が、即座に口をついて出るようになる。近代のはじめまで若い男女は、この掛け歌の遊びで勝負を争った。ただ、即興の歌が口をついて出るようになるには、多くの歌を知り、覚えることからはじまる。若者達はそのために先輩を訪ね、また仲間同士で、古今の歌の勉強に余念がなかった。現代、歌の創造の場は消失したが、伝承されている歌はすべてそのようにして覚えられ、残った、いわゆる名歌である。

ただ、ここで注意を要するのは、その時、その場に応じた歌を出すとき、既存の歌を出すことはできないのかというとそうではない。その時、その場に応じた歌であれば、既存の歌をそのまま借用して出しても良いし、より場に合うように、手を加えて出しても良い。各集落で同じ歌、類歌がたくさん伝承されているのは、そのようにして蓄積された歌の数々である。歌の名人とは、即興の創作力はもちろんだが、歌の蓄積量と、歌を出す機転が働く人のことである。

即興の創作力にものをいわせる掛け歌の遊びは、個人的な掛け合いの時に威力を発揮する。しかし、掛け歌の遊びは、普通は結婚前の若い男女が、気の合った少人数のグループになっておこなう。そこでは男性群と女性群の間で歌掛けがなされることも多い。リーダー、あるいはメンバーの一人が一声歌うと、すぐに全員でそれに付けて合唱する。そのとき、同性同士は同じ歌を歌うのだから、共有の歌がなくてはならない。だから掛け歌の遊びに参加するために、男女とも青年期に歌の勉強に励むのである。

八月踊りではなおさらである。十四、五歳くらいまでは八月踊りの輪の中で、かがり火の世話をしていた少年も、十六歳くらいになると、踊りの輪の末に連なることが許された。晴れて若き大人として歌い踊ることになる。そのために、ミハチガツ(新八月)が近づくと、青年たちは懸命に歌を覚えた。八月踊りの醍醐味は、大声で掛け合う歌にある。足踊りといわれるからといって足踏みができるだけでは、半人前にもならない。歌が歌えて一人前、そうでなければ、歌についていくことすらできない。現代でも八月踊りの時期になると、各集落で、青年たちが歌の練習に励んでいるが、かつては、ノートも鉛筆もなかったから、頭と体で覚えるしかなかった。昔と今とどちらが記憶に残る勉強法かはわからないが、現代では、やはり皆、ノートと鉛筆を持って参集する。歌の民族といわれる中国トン族の青年たちの懸命な歌の学習を垣間見たことがあるが、その姿は、かつての奄美の若者たちと重なって見えた。歌の蓄積、唱和法、創作等などは、意識して学習し、伝統を保持していくものである。

注

1 伝統的奄美歌謡は、旧暦八月のミハチガツ(新八月)の祭祀、つまりアラセチ(新節)、シバサシ(芝挿し)、ドンガの日々に踊られる八月踊りの歌【ハチガツウタ（八月歌）】と、サンシン（三弦）を伴奏楽器として歌われる【アシビウタ（遊び歌、いわゆる島歌）】の二種である。八月歌は屋外歌で踊りを伴う集団歌謡、遊び歌は室内歌で三弦を伴う個人歌謡、という違いはあるが、この二つの歌謡に共通する特徴は、男女の掛け合いを基本とする歌唱法である。なお、八月踊りは現在では、六月灯、盆、敬老会、運動会、奄美祭り、年の祝い、新築祝い、結婚祝い、あるいはシマを離れての郷友会などなど多くの場で踊られる。

※本稿は、拙文「奄美の八月歌と歌遊び」「歌垣歌の伝承と伝播、そして展開」「正月マンカイ」「歌垣歌・奄美大島の遊び歌と八月歌」等を約めたものである。

※最後に本巻に通底するテーマ『万葉集』と奄美歌謡の関係を述べた先達は、文英吉（主著『奄美民謡大観』）、茂野幽考（主著『奄美萬葉恋歌秘抄』）であり、また、奄美歌謡が最も多く収載されているのは『南島歌謡大成V・奄美篇』（田畑英勝他編）である。先学に対し心から敬意を表します。

歌路

――『万葉集』と中国少数民族の歌唱文化――

曹　咏梅

一　はじめに

民族が古くから伝承してきた文化に歌唱文化がある。歌はいかなる民族にも共通して存在する普遍的文化である。それぞれ民族の歌は長い歴史を経て、文字の接触とともに記載されるようになる。だが、これらの文字文学が誕生する以前に、口承文化が延々と続いてきたことは誰でも認めるはずである。そのような中に、古代日本文学もあった。

現在の『万葉集』の研究を見渡した時に、中国少数民族の歌文化との比較考察が見られるようになった。なぜ、中国少数民族の歌文化との比較考察が求められているのか。中国西南地域の幾つかの少数民族は、かつて文字を持たなかったのであるが、文字のない民族は歌を以て民族の歴史や文化、あるいは生産の知識などを伝えており、歌は生活の一部分であり、社会との重要な媒体であったことを知る。少数民族の歌唱文化には文字に記される以前の歌謡の様相を見ることができ、また歌の生成過程や歌のシステムなどを伝えてくれる。そこからは、歌を歌うことの意味が十分に見出されるに違いない。

『万葉集』と少数民族の歌文化との比較研究は、近年に至り突如現れたわけではなく、歌垣の研究においては古くからその接点が指摘されてきた。高橋虫麻呂は筑波山の歌垣を「嬥歌会」と表記し、これを「カガヒ」と呼んでいる。この「嬥歌」は漢語であり、未開な民族とされた巴兪の踏歌を意味する言葉である。[注1]中国少数民族との関連については、井上通泰氏が趙翼の『簷曝雑記巻三』の「邊郡風俗」の條に「粤西（今の廣西）ノ土民及滇黔（今の雲南、貴州）ノ苗猓ノ風俗大概皆淳樸ナリ。惟男女ノ事ハ甚別アラズ。春日毎ニ墟ヲ趁ヒテ歌ヲ唱ヘ男女各一邊ニ坐ス。其歌ハ皆男女相悦ブ詞ナリ。云々」[注2]とあるのを紹介し、日本の歌垣もおそらくこのような姿であるとし、西南少数民族の苗族、イ族の対歌習俗との関連を示した。

中国西南少数民族の研究といえば、二十世紀初期にすでに鳥居竜蔵が西南地域に入り『苗族調査報告』を刊行した。[注3]これは苗族の踏歌についても触れているものの、苗族の歌に関する調査記録は見あたらない。それから二十世紀六、七〇年代は中尾佐助氏、佐々木公明氏によって照葉樹林文化論が提唱され、照葉樹林文化圏における歌垣の存在が指摘されるようになる。[注4]二十世紀八〇年代に入ると、日本人の研究者が中国西南地区に入り調査をし、照葉樹林文化圏の枠組から西南少数民族の歌垣が発表されるようになる。[注5]内田るり子氏は、壮族の歌垣を紹介し、さらに壮族の歌垣のプロセスを指摘している。[注6]九〇年代後期からは日本古代文学研究者も中国少数民族の対歌の現地調査に入り『万葉集』などの日本古代文学との比較研究を行うようになり、辰巳正明氏、工藤隆氏、岡部隆志氏、遠藤耕太郎氏など大きな成果を上げている。[注7]内田るり子氏の歌垣のプロセス論は、十年以上を経て辰巳正明氏によって継承され展開される中で、「歌路」という歌唱理論を提唱することに至る。[注8]この辰巳氏のいう「歌路」は、歌を掛け合う方法としての対歌の道筋を示すだけではなく、詩の現れを測る詩学の専門用語として捉えられている。[注9]この歌路の原理に立って中国少数民族の恋歌を見ると、歌の性質や生成過程が明らかに現れ、さらにその場の歌の全体像が把握できるようになる。同様な原理は『万葉集』の恋歌にも通じるはずであり、本論では、歌唱システムという「歌路」についてもう一度検証しながら、少数民族の歌唱システムから『万葉集』の贈答歌や問答歌を検討してみたいと思う。

二 『万葉集』の贈答歌

筆者はかつて湯原王と娘子の贈答歌を取り上げて、侗族の歌掛けの歌唱システムと比較しながら考察した。[注10] ここで簡単に振り返ってみたい。

湯原王の娘子に贈れる歌二首　志貴皇子の子なり

①表辺なきものかも人はしかばかり遠き家路を還す思へば　（巻四・六三一）

②目には見て手には取らえぬ月の内の楓のごとき妹をいかにせむ　（六三二）

娘子の報へ贈れる歌二首

③ここだくも思ひけめかも敷栲の枕片去る夢に見えける　（六三三）

④家にして見れど飽かぬを草枕旅にも妻とあるが羨しさ　（六三四）

湯原王のまた贈れる歌二首

⑤草枕旅には妻は率たれども匣の内の珠をこそ思へ　（六三五）

⑥わが衣形見に奉る敷栲の枕を離けず巻きてさ寝ませ　（六三六）

娘子のまた報へ贈れる歌一首

⑦わが背子が形見の衣妻問にわが身は離けじ言問はずとも　（六三七）

湯原王のまた贈れる歌一首

⑧ただ一夜隔てしからにあらたまの月か経ぬると心いぶせし　（六三八）

娘子のまた報へ贈れる歌一首

⑨わが背子がかく恋ふれこそぬばたまの夢に見えつつ寝ねらえずけれ　（六三九）

湯原王のまた贈れる歌一首

⑩はしけやし間近き里を雲居にや恋ひつつをらむ月も経なくに　（六四〇）

娘子のまた報へ贈れる歌一首

⑪絶ゆと言はば佗しみせむと焼太刀のへつかふことは幸くやあが君　（六四一）

湯原王の歌一首

⑫吾妹子に恋ひ乱れたり反転に懸けて縁せむとわが恋ひそめし　（六四二）[注11]

湯原王と娘子の贈答歌群は、男女の交互唱の性格が強く表れている作品である。湯原王はまず①で、相手に遠い家路を帰されることを先に怨み、相手に断られるであろうことを想定して詠む。これは先回りして相手に先手を打つ方法である。「遠き家路」は、遠い道のりを帰してしまう女性の冷淡さを非難する方法であると同時に、相手の女性が遠方から訪ねてくるほどの、評判の高い女性であることを賛美する意が含まれる。このように湯原王は妻問い習俗の最初の場面を設定して、わざわざ挑発と賛美の意を併せ持つ歌を贈ったのである。②では、相手が得がたい女性であると賛美する。この歌も挨拶的な誘い歌と捉えられる。この二首に対して娘子は③④の歌で返す。③ではしきりに恋い焦がれたことで、夢にあなたが見えたと、相手を受け入れるような心情を詠む。「夢に見え」は②の「目には見て」と対応し、③は②について返した歌である。一旦相手を受け入れたかに見えたが、しかし④では家にいる自分と、草枕の旅に連れていった奥さんを引き出して怨み、湯原王を追いつめる。

娘子は意図的に湯原王を妻のいる人と設定し、彼の答えの歌を導こうとしているのである。

これに対して湯原王は⑤⑥の歌で返す。⑤では旅に妻は連れていったけれども、心の中では匣の内の珠のように大切なあなたを思うのだと弁解し、娘子の④に答えているのである。さらに⑥では形見の衣を差し上げるから、夜床の枕べに離さず身につけておやすみなさいと贈る。形見の衣の交換は共寝へと向かう恋人関係にあることを意味し、湯原王は形見の衣を贈り、愛を誓ったのであろう。これに娘子が⑦で、あなたの形見の衣を我が身から離さないと歌うことから、二人の関係は契りを結ぶ関係になるのだが、娘子は自分のところに訪ねてこないことを責め立てる。このような娘子の咎めに対して湯原王は⑧で、訪れなかった日はたった一夜だけだと弁明すると、娘子は⑨で、あなたが恋い慕って下さるので、眠られずにこうして一夜を過ごしたのだと返す。これに湯原王は⑩で、距離的にも時間的にも二人の離れた関係を詠むことで、二人の恋の関係を終結へと向かわせようとする。湯原王の真意を察知した娘子は、⑪でうわべだけのことをいう相手に非難の歌を返し、二人の関係はここで終わりを迎える。最後の⑫は、二人の恋を振り返りながら嘆くことを歌い、この歌群を閉じている。

以上のように当該歌群は相手への挑発と受け入れの関係を交互に繰り返しながら、相手の真意を探り合う方法により展開していることが知られる。ただ、形見の衣を贈って相手と契りを結ぶことへと展開しつつも、結果的には二人の別離へと向かうのである。恋愛の道筋を踏みながら一定のテーマに沿った歌が交互に交わされて展開していることが知られる。こうした恋愛の過程を踏む歌い方は、歌を掛け合う場で展開するものと思われ、このような歌の方法は中国少数民族の対歌文化に見ることができる。

侗族の「行歌坐夜」は、日が暮れると青年たちが、娘たちの集まる家を訪れて室内で対歌をしながら夜を過ごす、一種の妻問い習俗である。この「行歌坐夜」は、喊門（門を開けてもらう）—進屋（部屋に入る）—探望（訪ねた目的を歌う）—勧唱（相手に歌を勧める）—盤問（相手の知恵を試す）—探情（相手の心を探る）—相愛（愛し合う）

―想念（相手を思い続ける）―拆婚（相手を恋人と別れさせる）―逃婚（駆け落ち）―分散（別れ）という一定の手順を踏むことを原則とする。[注12]だが、毎回必ずしもこの手順で行われるとは限らない。どの部分から始まり、どの部分で終わるのかは毎回異なるが、恋愛の過程を踏む対歌の基本システムは変わらないということである。筆者が参加した二〇〇六年十二月三十日現地調査の対歌は、喊門（門を開けてもらう）―探望（訪ねた目的を歌う）―探情（相手の心を探る）―相愛（愛し合う）―定情（結婚の約束）―盟誓（誓約）―想念（相手を思い続ける）―拆婚（相手を恋人と別れさせる）―分散（別れ）という手順で男女の掛け合いが展開した。[注13]

ここで湯原王と娘子との贈答歌と、「行歌坐夜」で歌われた歌を照らし合わせてみると、①は門前の歌、②③は探望の歌、④⑤は探情の歌、⑥⑦は定情の歌、⑧⑨⑩は想念の歌、⑪は分散の歌、⑫はお礼の歌と対応することが確認できる。侗族の「行歌坐夜」で歌われる恋歌は歌路によって生み出されており、こういうシステムからは、湯原王と娘子の十二首の贈答歌群も同様に、歌路に沿って歌を贈答していることが確認できる。いわば歌路の断片によって、二人の贈答歌が形成されていることが認められるのである。

三　中国少数民族の歌唱文化と歌路

1　「歌路」という用語について

中国西南、西北の少数民族地域には歌掛けの文化が広く存在する。中国では歌の掛け合いを「対歌」という。男女の対歌は即興で行われるが、思うままに歌を返すのではなく、歌唱システムが存在し、それに基づいて対歌を持続させることが知られる。前章でも触れたようにこの持続の原理について辰巳正明氏は「歌路」（あるいは「歌の路」）を提出した。[注14]この辰巳氏が提唱する「歌路」とは、少数民族の歌唱システムを基本とする詩学用語だけではなく、『詩経』国風歌謡から「楽府」の恋歌、『玉台新詠』の恋愛詩、日本では『万葉集』から現代の奄美の歌遊びに及ぶ、東アジアの詩歌の起源を説明する原理としての詩学的専用語として捉えている。[注15]辰巳氏が用いた「歌路」の出典は、『中国歌謡集成・広西巻（上）』の壮族の恋歌の解説による。

壮族情歌、有一定的程式、民間称歌路。〝歌路〟可分：初会、探情、賛美、離別、相思、重逢、責備、熱恋、定情等程序。但毎次対唱、不一定都能把這〝歌路〟全程〝走〟完。走時、多有迂回、其中原因、有因時間関係、匆匆而別的；有通過接触、情趣不投而婉言中止的。就是時間充裕、青年男女情投意合了、也很少能在一次対歌中就進入難舍難分、生死不離的熱恋和定情段階、還需要有一個互相進一歩了解的進程。

〔日本語訳〕壮族の恋歌に一定の定式があり、民間ではこれを「歌路」と称している。歌路は、初会、探情、賛美、離別、相思、重逢、責備、熱恋、定情などの定式に分類できる。ただし、毎回の対唱ではこの歌路の全行程が行われるとは限らない。歌の流れにおいて多くは迂回することがあり、その中の原因としては時間の関係があり、早々に別れるということがある。二人が出会い、情趣がかみ合わず、それとなく中止することもある。たとえ、時間に十分な余裕があり、青年男女の意気が投合したとしても、一回の対歌で別れるのがつらく、生死不離の熱愛と定情の段階へと進入することも非常に少なく、さらに互いにいっそう理解しあう過程が必要である。[注16]

これには壮族の恋歌には一定の定式があり、それを民間では「歌路」と呼ぶとある。この解説から見ると、歌路という語は研究者が命名したのではなく、民間において呼ばれたことが知られる。中国語「歌路」という用語は、一九八二年黄革氏の「伝統壮歌的幾箇特点」に「歌路」の言葉が使われている。黄氏は、壮族の人が歌を教え、歌を学ぶのは大型の集団的かつ定期的な歌墟（歌圩ともいう。歌会を指す）の活動で行われるといい、また一九八〇年と一九八一年の歌墟で歌われた伝統の送別歌を例に挙げ、同じ送別歌でも対歌の相手やその時の感情や

環境の違いによって歌詞が変わっていくことを述べ、

壮族人民伝歌、学歌也不是一字不変的照背、而是学它的〝歌路〟、〝歌韻〟等主要的東西、這様壮歌就越伝越活、越伝越精錬了。

〔日本語訳〕壮族の人々が歌を伝え、歌を学ぶのも一字も変えずそのまま覚えるのではなく、その歌の「歌路」と「歌韻」などの主要なものを学ぶのであり、こうすると壮族の歌は伝えれば伝えるほど生き生きとし、伝えれば伝えるほど精錬になる。

と述べている。[注17]「歌韻」とは歌の押韻のことであり、壮族の歌謡は必ず韻を踏まなければならない。壮族歌謡の最大の特徴は押韻に表されており、押韻は大きく二種類あり、腰脚韻と脚韻に分かれるという。[注18]壮族の人が歌を丸暗記するよりも「歌路」や「歌韻」を学ぶというのは、「歌路」を歌の最大特徴である歌の押韻と同様に重要事項と認識していたからであろう。少なくとも民間において歌を学ぶ人、歌を伝える人には「歌路」というのは一般的に理解されていたと思われる。このように、歌圩で歌われる歌の定式を表す「歌路」とは、研究者が歌の内容に頼って分類する以前に、民間では歌の伝承および歌の学習においては必要不可欠であり、歌い手としては必ず身につけるべき基本知識としてあったということが知られるのである。

壮族の恋歌の歌路は、後に『広西民間文学』の恋歌の項目ではそのまま引用され、[注19]『広西通志・文学芸術志』の恋歌の項目には「壮族の恋歌を例とし、『歌路』の定式に従って、初識歌、試探歌、賛美歌、離別歌、相思歌、重逢歌、怨情歌、熱恋歌、定情歌の九種類に分けることができる」とある。[注20]また、『千年流韵中国壮族歌圩』には、壮族の歌圩について「活動形式及び唱歌は各地必ずしも統一されていなく、また厳格な定式もないのだが、ただしある程度の歌路はある。すなわち、初会、探情、賛美、離別、相思、重逢、責備、熱恋、定情など」とある。[注21]このように、歌路が壮族の恋歌の定式を表す専門用語として受け継がれていることが知られる。

だが、「歌路」は必ずしも恋歌限定ではなく、白族にも「歌路」があるということは工藤隆氏によって指摘されている。[注22] 以下、それをあげてみたい。

> 一代歌王形成、名唱本流伝、打唱技巧的提高、必然要求民間詩人不僅擁有構思創作能力、還要具備打唱技能——〝歌路和歌規〟。〔中略〕還有〝歌路〟、是説両位歌王在打唱一部唱本時、思路要一致、你向我答、歌詞像潮水般湧来。
>
> 〔日本語訳〕一代の歌王が形成され、有名な歌の本が流伝し、歌の技巧も高くなると、必然的に民間詩人には創作能力を身につけるだけではなく、歌う時の技能——「歌路と歌規」を備えることを要求する。〔中略〕また「歌路」とは、二人の歌王が一部の歌の本を歌う時に、考えの道筋は一致すべきで、あなたは私に向かって答え、歌詞は潮水のように湧いてくる。[注23]

これは、たとえば「『創世記』を歌う時には「洪荒時代」から始め、それから「造万物」「造人類」などの章節を唱い、天地開闢の事績を一気に歌いあげ、絶対に『放羊歌』、『採花歌』のような歌を割り込ませてはいけない。こうしてやっと歌の本の道筋に符合する」という（前掲書）。ここからは、歌路が壮族の恋歌だけではなく、ほかの民族、恋歌以外の対唱のなかにも存在していることが窺える。白族の歌路によれば同じテーマをめぐって展開すること、それにより対歌を完成させていく過程をいうことが知られる。またその対歌を完成させるためには、歌路に沿うべきで、主題と違う歌を挿入してはいけないということである。さらに、白族における歌路は歌王や民間詩人が備えるべき唱歌の能力としてあったことが確認できる。

同じく恋歌以外の「歌路」を論じたものが、近年中国で発表されている。陸暁芹氏の「歌路（lo^{6} Qei^{1}）：徳保北路山歌的程式性[注24]」は、広西靖西県で行われた「吟詩」大会の現地調査をテキストとし、歌路の展開過程を論じたものである。「吟詩」とは、中国語の「唱山歌」（山歌を歌う）に相当し、二人または数人で一つの歌隊をなし、二つまたは二つ以上の歌隊が対唱を行い、一定の曲調に合わせて歌詞は臨時的に創作するという。「吟詩」は主に広西の靖西県、徳保県及び田陽県の南部に流行するという。歌路は若干首の「詩」が繋がって形成される一次の言語過程で、現地の壮語では「lo^{6} Qei^{1}」（lo^{6}道路、Qei^{1}詩）といい、「詩」の道路の意味であるという。陸氏があげた資料は三つの歌隊が参加し、徳保排留隊が舅を演じ（A）、敬徳隊が姑を演じ（B）、靖西足要隊が息子の妻、嫁を演じ（C）、全部で一三回の掛け合いが行われ、三九首の歌が歌われ、毎回A舅、B姑、C嫁の順番で行われたという。たとえば、歌の内容を見ると、第一回目では、Aは働けないのによく食べる矛盾を表し、Bは家庭内の団らんを歌い、Cは困難を解決し、舅と姑を尊重する意思を歌う。第二回目では、Aはまた働けないことを強調し、Bは舅に応じながら、嫁を賛美し、Cは自分は嫁として苦しくて疲れても弱音を吐かないと歌う。第三回目では、Aは自分の苦しみを歌い、BはAに労働に参加することを勧めながら、嫁の反応を見、Cは舅と姑も同じく気に懸け、ちっとも不愉快に思っていないことを歌う。このように、掛け合いは舅姑と嫁との関係をテーマにして、AとBは年老いて病も多く、働けないことを歌いながら、嫁の反応を見ようとし、それに対して嫁は舅と姑に腰を低くして忍従し、嫁として寛容な態度で、親孝行の倫理の規範に符合させようとしている。対歌の内容の定式は、特定のテーマ、ここでは社会の倫理秩序によっても決められるという。陸氏は、

一回の対歌の善し悪しを評価するのは、「歌路」が重要な評価基準になる。歌の試合で、それは一般的に「平坦な路」と表され、つまり対歌に参加する双方が一つの主題について掛け合うべきで、意味もそれに従って、道筋を乱してはいけなく、必ず一定の手順を形成しなければならない。したがって、対歌に参加する人は一定の秩序を保持し、それを越えてはいけなく、一つの話題を続って共同に対歌の過程を推進させるべきである。もし、片方が道筋に合わなく、質問に対して違った答えをすると、歌路は平らではなくなり、よってマイナスの評価を受けることになる。

と述べる（陸氏前掲書）。ＡＢＣの対歌は、舅姑と嫁との関係を主題とし、終始それを繞りながら歌の路を形成していくのである。最初に歌うＡは常に話題を提供し、歌の場の主導権を握り、対歌の路を案内する役割をも果たしている。ＢＣはそれに従って、歌を持続させ、一緒に歌路を形成させるのである。さらに、陸氏は徳保、靖西壮族の民間では、女性の儀礼専門家「魔婆」が儀礼を行う時にも「巫路」を歩かなければならないといい、儀礼の中に「路」が存在することを指摘する（陸氏前掲書）。巫者が行う儀礼の歌路について、蕭梅氏も「〃巫楽〃的比較：〃以歌行路〃」で「歌路」をキーワードとして提起しており、「『歌路』は呼応を核心とし、【神／魂／鬼—巫—人が相会する結合性連続方式を表すだけではなく、問答や唱和の歌声で『路』を案内する方式を教えてくれる」といい、靖西壮族の場合は儀礼の中の対歌で「路」をうまく答えることができないと「路」をいくことができず、その儀礼は失敗に終わることもあるという。[注25]歌路が儀礼の中で具体的にどのように展開されるかは今後検討しなければならないが、「歌路」を以て巫の路を案内し、儀礼を完成させていくことが窺える。

以上のように、中国において歌路は恋歌だけではなく、恋以外をテーマとした対歌の世界、神話や儀礼の歌世界にも存在し、歌の歌唱システムを説明する用語としてあることが確認できる。つまり、歌路とともにその歌の場を完成に導き、そのためには歌は歌路に沿っていかなければならなく、そこから逸脱した主題や内容は歌の路を破壊することになるということである。壮族の人が歌を学ぶ時に「歌路」を学び、白族の歌王が備えるべき能力として「歌路」があるのは、歌路は対歌の規範としてあったからであろう。このように、歌路は、民間において歌い手が備えるべき知識としてあり、また歌の能力を示す基準としてあったと考えられる。

2　壮族の恋歌と歌路

壮族の歌圩は、壮族の人々が特定の時間、特定の場所に行われる対歌を主体とする祝日性の集会活動である。[注26]

壮族の歌圩における対唱の手順については、すでに辰巳正明氏が『壮族文学概要』の一部分を翻訳して紹介している。[注27]中国においては、一九八〇年に広西各地の歌圩の状況を記述し、歌圩の歌を収集して内部資料として刊行された資料集があり、それが『広西各地歌圩情況』と『広西歌圩的歌』である。[注28]『広西歌圩的歌』には、野の歌圩の歌を引唱、初会、大話、初問、賛美、追求、初恋、拒絶、埋怨、重歓、定情、相思、熱恋、分別、雑嘆の順で収録している。歌を以下にあげる。

【引唱】初めて出会い、相手を歌に誘う歌

男　昨夜夢に灯花が咲きました、今日は私も来てあなたも来ます。私は梁山伯を歌います、あなたは祝英台を歌ってください。

【初会】挨拶の歌で、譲り合いながら相手を探る歌

女　初めて会います、初めて出会って馴染んでいません。新しいハサミの口は開きにくく、何と呼べばいいでしょうか。

男　初めて会います、初めて出会って馴染んでいません。芭蕉を甕に入れて浸すように、初めはよく知らなくても二日目はよく知るようになります。

【大話】互いにからかいながら緊張を解く歌

男　あなたの歌は私より多くなく、私には歌が十万八千籠あります。あの年ネズミが穴をあけ、ここで歌うのはこぼれ落ちた歌より多くありません。

女　あなたの歌は私より多くなく、私には歌が十万八千籠あります。あの年洪水が起きたため、全国各地に歌が溢れています。

【初問】互いに住まいや名前を尋ねる歌

男　両手を揺らし何処に行きますか、両手を揺らしどこの村へ行きますか。妹はどこの村に住むか言ってください、兄は食物を持って後ろについていきます。

女　両手を揺らしここを通り、両手を揺らしここの村に行きます。妹は無名の村に住み、海に落ちた針のようですが探してみてください。

【賛美】相手を褒め称える歌

男　妹は色白で、園にある花のようです。胡蝶が見ると離れようとせず、蜜蜂が見ると離れようとしません。

女　あなたに比べものになりません、あなたこそ花のようです。川辺に行くと鯉が跳ね、山辺に行くと百鳥が鳴きます。

【追求】相手の心を探る歌

男　この河水は青々として、浅いか深いか分かりません。深い処に石を投げて、山歌を歌って妹の心を探ります。

女　鳥は魚が水にいることを知らず、魚も鳥が林にいることを知りません。兄も妹の心を知らず、妹も兄の心を知りません。

【初恋】初恋の段階に入る歌

男　いい花は赤く、いい花は茨の中に生えています。兄は本当に一つ摘みたいが、兄の手が棘に刺されて溶けるのではないかと怖いです。

女　いい花は赤く、いい花は茨の中に生えています。兄が本当に一つ摘みたいのであれば、兄の手が棘にさされて溶けることなんか怖くありません。

【拒絶】相手を断る歌

男　秋は妹を思いながら重陽の日になり、妹を思い続けて兄は狂いそうです。竹筒の枕を地に棄てて、一対になれないこの枕を罵ります。

女　九月九日は重陽の日です、兄は妹を思い狂わないでください。妹は兄を思わないが、兄は妹を思い続けています、片方の箸では一対になれません。

【埋怨】相手を咎める歌

男　しばらく妹が見えず、あちらこちらで人に尋ね、三百銭を払って占ってもらったら、初めの卦から妹が心変わりしたと出ました。

女　雨が降るのは空に雲があるからであり、水が流れるのは地面が平らではないからです。馬が痩せているのは夜の草がないからであり、関係が断絶したのは兄が心変わりしたからです。

【重歓】再びの出会いを歌う歌

男　今朝出かけると空は蒙蒙として、山に雨が降り水は沖に流れます。私たちは山沖の水のようで、流れて流れてまた出会いました。

女　妹は雨を避けるために洞窟に到り、兄は風を避けるために洞窟に到りました。兄は風を避け妹は雨をよけ、晴れ（情）のために私たちはまた出会えました。

【定情】贈り物を交換して結婚の契りを結ぶ歌

女　妹は靴作りを学んだがまだうまく作れません、兄は靴を永遠に捨てないでください。靴を受け取ったら結婚の契りを結んだことになり、私たちは契りを結び百年過ごします。

男　橋の下の河水は清く、腕輪を妹に贈ります。腕輪は結婚の契りを結ぶための贈り物で、河水は兄の仲人です。

【相思】思い続ける歌

男　お日様は遠くても毎日逢えるが、妹は近くにいても一緒にいられません。手紙を書けば人に見られるのではと怖く、思いを伝えようとしても人の噂が怖いです。

女　兄を思い一日また一日、兄を思い一年また一年、夢で兄を見て本当に会ったようで、目が覚めたら兄と私は河も山も隔てています。

【熱恋】熱烈な恋の歌

男　妹を思い続けめまいがし、雷が鳴ると天が崩れたと思い、太陽を星と思って見続け、風が吹くと妹がわが家の門を開くと思います。

女　兄を思い続け井戸に落ちてしまい、親が救い出し涙を流し、私は人間界を離れて三日経ちますが、兄の言葉を聞いてまた生き返りました。

【分別】別れの歌

女　別れましょう、死別は容易ですが生別は辛いです。ただ月が早く出ることを怨み、太陽が早く山に落ちることを怨みます。

男　別れましょう、死別は容易ですが生別は辛いです。来る時の足は紙のように軽く、帰る時の足は山のように重いです。

【雑嘆】結ばれなかったことを嘆く歌

男　残念です、同じ人間でも運命が違います。あの蘇芳水が惜しい、長江に注いでも水は赤くなりません。

女　残念です、同じ人間でも運命が違います。あの水甕で養った田ウナギが惜しい、養い養っても竜にはなれません。[注29]

恋歌の手順は研究者によって多少異なりはあるものの、男女が対唱を行う時に、まず相手を歌に誘い、それから住まいや名前を問い、さらに結婚しているか否かを探り、続いて賛美の歌を歌い、それから男性側が女性側に求愛し、掛け合いを続けて意気投合した時には契りの証である贈り物を交換し、最後は別れへと向かうのであり、基本的な流れは共通している。こうした歌路の存在が認められる民族としては、壮族のほかに布依族、京族、仫佬族、毛南族、水族、羌族、苗族、侗族などがある。[注30]

ただし、壮族も「毎回の対唱ではこの歌路の全行程が行われるとは限らない」（前掲書）といわれるように、実際現場の歌垣ですべてこの手順通りに行われるとはかぎらない。筆者が実際見た侗族の対歌の場合も毎回異なるという。だが、歌を持続させるためには歌路に沿わなければならなく、歌は歌路によって生み出される。工藤隆氏は、現場の歌垣は、「理念の歌垣の〝恋愛のプロセス〟はどこかで意識しつつも、現場の歌垣の流れに合わせて様々な〝恋愛の諸局面〟を自在に組み合わせる」という。[注31]工藤氏は、「順序」という観念を含まないように「恋愛の諸局面」という言い方をしているが、しかし「恋愛の諸局面」を組み合わせていくと、そこには結局歌の道筋ができあがり、歌路が構成されることになる。そうすると、「恋愛の諸局面」を表す一首一首の歌が恋愛の段階を表す「歌路」とどう違うかが説明不足のように感じる。またいくら現場では自在に組み合わせていくといっても、歌を持続させていくためには、自然と理念の歌垣の恋愛（つまり、疑似恋愛）のプロセス、歌路を意識せざるを得ないのではないかと思われる。

四　歌唱システムからみる『万葉集』の問答歌

恋歌は歌路によって生成され、歌路の各段階に位置づけることができる。同様な原理から『万葉集』の恋歌の分類も可能であり、前述したように、湯原王と娘子との贈答歌の場合は、恋歌が歌路に沿って作られたことが知られる。同じく、『万葉集』の問答歌も対詠性が強く、歌い継ぎはないものの、対歌の断片が収録されたものと思われる。以下、巻十二の問答の歌三一〇一～三一二六番歌を例にあげてみてみたい。

Ａａ紫は灰指すものそ海石榴市の八十の衢に逢へる児や誰　（三一〇一）
　ｂたらちねの母が呼ぶ名を申さめど路行く人を誰と知りてか　（三一〇二）
　　右は二首
Ｂａ逢はなくは然もありなむ玉梓の使をだにも待ちやかねてむ　（三一〇三）
　ｂ逢はむとは千遍思へどあり通ひ人目を多み恋ひつつそ居る　（三一〇四）
　　右は二首
Ｃａ人目多み直に逢はずしてけだしくもわが恋ひ死なば誰が名ならむも　（三一〇五）
　ｂ相見まく欲りすればこそ君よりもわれそ益りていふかしみすれ　（三一〇六）
　　右は二首
Ｄａうつせみの人目を繁み逢はずして年の経ぬれば生けりとも無し　（三一〇七）
　ｂうつせみの人目繁けばぬばたまの夜の夢にを継ぎて見えこそ　（三一〇八）
　　右は二首

Ｅａねもころに思ふ吾妹を人言の繁きによりてよどむ頃かも　（三一〇九）
ｂ人言の繁くしあらば君もわれも絶えむといひて逢ひしものかも　（三一一〇）
右は二首
Ｆａすべもなき片恋をすとこのころにわが死ぬべきは夢に見えきや　（三一一一）
ｂ夢に見て衣を取り着装ふ間に妹が使そ先だちにける　（三一一二）
右は二首
Ｇａありありて後も逢はむと言のみを堅め言ひつつ逢ふとは無しに　（三一一三）
ｂ極りてわれも逢はむと思へども人の言こそ繁き君にあれ　（三一一四）
右は二首
Ｈａ息の緒にわが息づきし妹すらを人妻なりと聞けば悲しも　（三一一五）
ｂわが故にいたくな侘びそ後遂に逢はじといひしこともあらなくに　（三一一六）
右は二首
Ｉａ門立てて戸も閉したるを何処ゆか妹が入り来て夢に見えつる　（三一一七）
ｂ門立てて戸は閉したれど盗人の穿れる穴より入りて見えけむ　（三一一八）
右は二首
Ｊａ明日よりは恋ひつつもあらむ今夜だに速く初夜より紐解け吾妹　（三一一九）
ｂ今さらに寝めやわが背子新夜の一夜もおちず夢に見えこそ　（三一二〇）
右は二首
Ｋａわが背子が使を待つと笠も着ず出でつつそ見し雨の降らくに　（三一二一）

ｂ心無き雨にもあるか人目守り乏しき妹に今日だに逢はむを　（三一二二）

右は二首

Ｌａただ独り寝れど寝かねて白栲の袖を笠に着濡れつつそ来し　（三一二三）

ｂ雨も降り夜もふけにけり今さらに君行かめやも紐解き設けな　（三一二四）

右は二首

Ｍａひさかたの雨の降る日をわが門に蓑笠着ずて来る人や誰　（三一二五）

ｂ纏向の痛足の山に雲居つつ雨は降れども濡れつつそ来し　（三一二六）

右は二首

Ａ組は、海石榴市の衢で逢った子の名を問う男性に対して、女性は道の行きずりの人に名を告げることができないと拒む内容である。海石榴市の衢は男女の出会う場であり、歌垣が行われた場である。市で出逢った女性に名前を尋ねるのは求婚にも繋がるが、壮族の歌唱システムから見ると、「初問」の段階にあたる。壮族の対歌を見ると、住まいや名前を問われても女性はすぐには答えず、歌のやりとりを経て、相手の歌の能力を見ながら住所や名前を教える。当該歌で女性は相手を道行く人と設定して拒絶することから、「初問」の始めの段階と推測される。Ｂ組は、逢いに来てくれないのは仕方がないとしても、せめて便りだけほしいと願う女性の歌に対し、男性は人目を理由に逢いに行けないと弁解する。相手が訪れてこないことを咎める歌で、これは「埋怨」の段階の歌である。Ｃ組のａは、人目を理由に逢ってくれない女性を非難する男性の歌で、ｂは逢いたいと思っているから、どうして逢えないといぶかしく思っていると切り返す女性の歌で、女性は相手が逢いに来てくれないことを責める。Ｃ組は互いに相手を咎める歌で、これも「埋怨」の段階の歌である。Ｄ組は、人目が多いから逢うことなく年が経ち、生きた心地もしないと歌うのに対し、前歌の上二句を承けながら夜の夢に見えてほしいと答える。二人は恋愛関係にあり、離れて相手への思いを歌う「相思」の歌にあたる。E組は、人の噂を口実に訪ねていけないという男性の弁明に対し、女性は口実を見抜いて、お互いに別れようと言って逢い始めたのかと、相手の心変わりを責めたてる。これも「埋怨」の段階の歌にあたる。F組は、恋しくて死にそうになっている自分が夢に見えたかと尋ねる女性の歌に対して、男性はもちろん夢に見て、支度をしている間にあなたの使いが先に来たと返す。これは夢での出逢いを詠む歌で、「相思」の段階の歌である。G組は、後に逢うと言葉だけ約束して逢ってくれないと、女性の方に原因があるかのように歌う男性に対して、女性は、逢いたいと思うが人の噂が絶えないのはあなただと、男性に原因があると切り返す。これは前に挙げた壮族の「埋怨」の歌と類似し、男性の疑いに対し、女性は逆に男性を責め立てる内容である。H組は、恋した人が人妻だと聞いて悲しいと歌う男性に対して、女性はもう逢うまいと言ったことはないと、相手を受け入れるような素振りを見せる。「人妻」は女性が本当に人妻であるか否かに関わらず、対歌においては男性によって設定されるものである。侗族の対歌では、常に相手を「人妻」または「人の旦那さん」に見立てて相手が結婚しているかどうか、また自分に対する相手の本心を探ろうとするのである。ここでの「人妻」も相手の本心を探るための言葉であり、したがってH組の歌は壮族の「追求」の歌に相当し、侗族の歌路からは「探情」の歌といえる。I組は、門を閉じて戸も鍵をかけたのに、どこから妹が入って来て夢に見えたかと尋ねる歌に対し、女性は盗人が掘った穴から私が入って夢に見えたのだろうと答える。男性のからかいに対して女性も機知に富んだ歌を返し、ここには掛け合いを楽しんでいる様子が窺える。こうした歌は、からかいながら緊張を解く壮族の「大話」の歌と類似する。J組は、男の旅立ちの前夜を歌った歌で、男性は早く共寝を促すのに対し、女性はずっと夢に見え続けてほしいと歌う。この問答からは、二人の関係は定情の段階を経て、別れる前の「熱恋」の段階にあると思われる。K組の歌は、雨の中で男性からの使いを待ち続ける女性の歌に対し、男性は人目のつかない今日だけは逢いたいがあいにく雨のせいで行けないと、言い訳を歌う。女性が男性の使いを待つというのは、男性に来てほしいという願いが込められると同時に、訪れない男性を咎める心情も込められている。したがって、K組も出逢いをテーマとして歌う「埋怨」の歌にあたる。L組のaは、恋しくて寝られず雨に濡れながらやってきたと歌う男性の歌である。bは、雨も降り夜も更けてしまったので、共寝の用意をしようと、男性を引き留める女性の歌である。当該問答の歌は、すでに諸注釈書でいわれるように、二首は掛け合いとしてはそぐわない[注32]。男性が雨に濡れながらはるばるやって来たと歌う歌は、妻問い習俗の最初の段階、女性の門前で歌われる場合が多い。侗族の「行歌坐夜」でいえば、「喊門」に相当する歌で、つまり妻問い習俗においての門前の歌といえる。bは共寝の段階の「熱恋」の歌と判断される。M組の歌は、雨の降る日にわが家の門に蓑笠も着けず来たのは誰かと問うのに対し、纏向の痛足の山に雲がかかり雨が降っていたが、濡れながらやってきたと答える歌になっている。これは門を境にしての掛け合いの歌で、aは女性の歌、bは男性の歌である。こうした門前の歌は侗族の「行歌坐夜」の「喊門」の段階で歌われ、男性ははるばる遠くから苦労してやってきたことを訴えて、女性に門を開けてもらうのを乞う歌である[注33]。当該問答の歌は、妻問い習俗における最初の場面、門前の歌といえる。

以上のように、問答の歌は連続性がないものの、一首一首が対歌における歌路の断片の形としてあることが知られる。しかしながら、問答の歌が直ちに歌垣で歌われた歌とは判断しがたく、歌の表現などからも歌垣の場を離れた、集団の社交集会である恋の歌遊びの場が想定されよう[注34]。

五　おわりに

「歌路」という用語は、壮族の民間に存在している言い方であり、近年中国の研究者も歌のシステムを表す用語として用いていることが知られる。歌路は壮族の恋歌の定式を表す用語としてあるが、恋歌以外の対歌の世界、神話や儀礼の歌世界にも存在することが知られ、対唱を以て路を形成しながら、その場での歌や神話、儀礼などを完成させていくと考えられる。歌と歌路とは有機的に結びついており、一首一首の歌の連続で歌路を形成するが、その場の対歌を完成させるためには歌は歌路に沿っていかなければならないということである。また民間において、歌路は対歌の規範としてあり、歌い手としては必ず把握すべきものであり、歌の能力を示すものでもあったと考えられる。それゆえに対歌に参加するためには「歌路」を身につけることを必須とする。

一方、『万葉集』に戻って考えると、湯原王と娘子の歌は歌路の段階の歌と対応し、歌路に沿って歌の贈答を行い、その場の物語を紡いでいくことが知られる。このように、歌路の原理を用いて巻十二の問答の歌を見ると、問答の歌も恋歌の歌路の断片であったことが確認でき、対歌の歌路によって作られていることが確認できる。その対歌とは歌垣の場というより、恋の歌遊びの場が想定され、これについては今後考察していきたい。要するに、『万葉集』の恋歌の研究において「歌路」という概念は極めて有効に活用できるということであり、今後は恋歌だけではなく、恋歌以外の古代歌謡についても検証する必要があると思われる。

注

1　『万葉代匠記』に「文選左太仲魏都賦或明発而嬥歌、李善注云、嬥歌巴土人歌也、何晏曰、巴子謳歌、相引牽連手而跳歌」とあり（『契沖全集　万葉代匠記』岩波書店）、『後漢書』孝献帝紀に「続漢書曰、天子葬、…巴兪嬥歌者六十人、為六列」とある（拙著『歌垣と東アジアの古代歌謡』笠間書院、二〇一一年）。

2　『万葉集新考』（国民図書、一九二八年）。

3　『鳥居竜蔵全集』第十一巻（朝日出版社、一九七六）所収。

4　中尾佐助『栽培植物と農耕の起源』（岩波書店、一九六六年）、上山春平編『照葉樹林文化　日本文化深層』（中央公論社、一九六九年）、上山春平・佐々木高明・中尾佐助著『続・照葉樹林文化　東アジア文化の源流』（中央公論社、一九七六年）。

5 藤井知昭「歌垣の世界――歌唱文化のさまざまな形態をめぐって」（佐々木高明編『雲南の照葉樹のもとで』日本放送出版協会、一九八四年年）、内田るり子「照葉樹林文化圏における歌垣と歌掛け」（『文学』五十二、一九八四年十二月）、「照葉樹林文化圏における歌垣」（『日本歌謡研究』第二十三号、一九八五年四月）。

6 内田るり子「照葉樹林文化圏における歌垣と歌掛け」注5参照。

7 辰巳正明『詩の起原　東アジア文化圏の恋愛詩』（笠間書院、二〇〇〇年）、『万葉集に会いたい』（笠間書院、二〇〇一年）、『歌垣に――恋歌の奇祭を尋ねて』（新典社、二〇〇九年）等。工藤隆・岡部隆志共著『中国少数民族歌垣調査全記録 1998』（大修館書店、二〇〇〇年）、『歌垣の世界　歌垣文化圏の中の日本』DVD付き（勉誠出版、二〇一五年）等。遠藤耕太郎『モソ人母系社会の歌世界調査記録』（大修館書店、二〇〇三年）、『古代の歌　アジアの歌文化と日本古代文学』（瑞木書房、二〇〇九年）。

8 辰巳正明『万葉集と比較詩学』（おうふう、一九九七年）。

9 辰巳『詩の起原　東アジア文化圏の恋愛詩』注7参照。

10 拙稿「湯原王と娘子の贈答歌――侗族の歌掛けのシステムから考える――」『國學院大學紀要』第五四巻、二〇一六年一月。

11 中西進『万葉集　全訳注・原文付』（講談社）による。以下同じ。

12 呉定国「中国貴州省侗族の婚姻習俗と行歌坐夜――対面歌唱システムを中心に――」平成一七年度國學院大學特別推進研究助成金研究成果報告書『東アジア圏における対面歌唱システムに関する形成過程の研究』（國學院大學）。

13 拙稿「侗族の妻問い習俗と掛け歌」『東アジア比較文化研究 12』（東アジア比較文化国際会議日本支部刊行、二〇一三年六月）。注10参照。

14 『万葉集と比較詩学』注8参照。

15 辰巳『詩の起原　東アジア文化圏の恋愛詩』注7参照。

16 『中国歌謡集成・広西巻（上）』（中国社会科学出版社、一九九二年）。

17 黄革「伝統壮歌的幾箇特点」、『広西民間文学叢刊』七（一九八二年十月）所収。

18 梁庭望・農学冠編著『壮族文学概要』（広西民族出版社、一九九一年）。

19 韋蘇文『広西民間文学』（広西人民出版社、一九九六年）。

20 『広西通志・文学芸術志』（広西人民出版社、二〇〇二年）。

21 韋蘇文・周燕屏著『千年流韵中国壮族歌圩』（黒竜江人民出版社、二〇〇八年）。
22 工藤隆「理念の歌垣と現場の歌垣」『文学』第三巻第二号、二〇〇二年。
23 段寿桃『白族打歌及其他』（雲南民族出版社、一九九四年）。
24 陸暁芹「歌路（lo^6 Qei^1）：徳保北路山歌的程式性」、『中国壮学』第四輯（民族出版社、二〇一〇年）所収。
25 蕭梅「〝巫楽〟的比較：〝以歌行路〟」『民族芸術』二〇一二年〇四期。
26 注21参照。
27 辰巳『詩の起原　東アジア文化圏の恋愛詩』注7参照。
28 『広西各地歌圩情況』（広西壮族自治区民間文学研究会翻印、一九八〇年）、黄勇刹・陸里・藍鴻恩主編『広西歌圩的歌』（広西壮族自治区民間文学研究会編印、一九八〇年）。
29 黄勇刹・陸里・藍鴻恩主編『広西歌圩的歌』による。注28参照。
30 辰巳注9参照。また呉注12参照。
31 工藤隆『歌垣の世界　歌垣文化圏の中の日本』注7参照。
32 『万葉集評釈』（東京堂）、『万葉集全訳注・原文付』（講談社）、『万葉集釈注』（集英社）等参照。
33 拙稿「湯原王と娘子の贈答歌――侗族の歌掛けのシステムから考える――」注10参照。
34 辰巳『詩の起原　東アジア文化圏の恋愛詩』注7参照。

情死の調べ
――ナシ族の「ユプ」――

黒澤　直道

一　はじめに

古代日本に「情死」という文学伝承が見られるのは、『古事記』や『日本書紀』という歴史書においてである。『古事記』によればこの時の情死は、允恭天皇の同母兄妹である木梨軽太子と軽太郎女との密通事件が露見して、太子は伊予へ配流となり、軽太郎女が太子の後を追ってともに情死を遂げるという叙事的伝承に見られる。この物語は兄と妹の恋として長く伝承されたものと思われ、『万葉集』にも次のような歌とともに伝えられている。

古事記に曰はく、「軽太子、軽太郎女に奸す。故、其の太子は伊予の湯に流す。此の時、衣通王、恋慕に堪へず追ひ往く時の歌に曰はく

君が行き　日長く成りぬ　山たづの　迎へを往かむ　待つには待たじ〔此の山多豆と云ふは、是れ今の造木なり〕　（巻二・九〇）

といへり。右の一首の歌は、古事記と類聚歌林と説く所同じからず。歌の主も亦異なれり。因りて日本紀を

検するに曰はく、「難波の高津の宮御宇大鷦鷯天皇廿二年春正月、天皇、皇后に語りて『八田皇女を納れ将に妃と為さんとす』と。時に皇后聴さず。爰に天皇歌ひて以ちて皇后に乞ひて云々。三十年秋九月乙卯朔の乙丑、皇后紀伊の国に遊行して熊野の岬に到り、其の処の御綱の葉を取りて還る。是に天皇、皇后の在らざるを伺ひたまひ、八田皇女を娶りて宮の中に納れたまひき。時に皇后難波の済に到りて、天皇八田皇女に合へりと聞かして大ひにこれを恨み云々。」といへり。亦曰はく、「遠つ飛鳥の宮御宇雄朝嬬稚子宿祢天皇廿三年春正月甲午朔の庚子、木梨軽皇子を太子と為したまふ。容姿佳麗にして、見る者は自ら感ず。同母妹の軽太娘皇女も亦艶妙なり云々。遂に竊に通じ、乃りて悒懐すること少し息みぬ。廿四年夏六月、御羹の汁凝りて以ちて氷と作る。天皇これを異しみて其の由る所をトはしむ。トへる者の曰はく、『内乱有り。蓋し親々相奸けたるか云々。』と。仍りて太娘の皇女を伊予に移す。」といへり。今案づるに二代二時に、此の歌を見ず。

このような古代日本の情死の物語と、中国雲南省のナシ族（納西族）の「情死調」との関係を説いているものとして、日本の研究では辰巳正明の『詩の起原——東アジア文化圏の恋愛詩』がある。ここに取り上げられているナシ族の「情死調」は、情死の詩文化として知られ、ナシ族においては重要な文学伝承であるが、これまで日本語に翻訳されることはほとんどなかった。

ナシ族は、中国雲南省を中心に居住する人口約三十二万人の少数民族である。雲南省の西北部、海抜約二四〇〇メートルの高原に位置する麗江市がナシ族の故郷であり、街からは万年雪を戴く玉龍雪山（標高五五九六メートル）を望むことができる（挿図1）。ナシ族はチベット系の古代羌人の末裔とされており、漢・チベット語族チベット・ビルマ語派に属するナシ語を話すが、その文化には南方農耕民的な要素も溶け込んでいる。

ナシ族独特の文化として知られるものに、象形文字で書かれた経典がある。儀礼でこの経典を唱える祭司は「トンバ（東巴）」と呼ばれ、その文字は「トンバ文字（東巴文）」、経典は「トンバ経典（東巴経）」と呼ばれる。

ナシ族の儀礼には様々な種類があり、その中でも情死した男女の霊を弔う「ハラリュク」は、極めて特徴的な儀礼である。かつて、ナシ族には男女の情死が多発していた。その原因としては、ナシ族の自由な恋愛と漢民族の婚姻習俗の衝突など、様々な説が唱えられているが、未だにその謎が解明されたとは言い難い。

「ハラリュク」で唱えられる代表的な経典に「ルバルザ」がある。ルバルザは、想いを遂げられない男女の愛情の物語であり、トンバによって経典に記され、トンバが主宰する儀礼で唱えられたものである。ルバルザがトンバという他者による語りであるのに対し、情死しようとする男女が自ら歌った民謡として、「ユプ」がある。かつて、情死を志した男女は玉龍雪山の深い森に分け入り、口琴を奏でながら、その最期の時までユプを歌ったという。

挿図１　麗江市の中心部より玉龍雪山を望む

近年の中国少数民族研究においては、現地の民族語を学び、言語の壁を超えて当該民族の文化にアプローチすることが一般的となりつつある。本稿では、ナシ族の情死の基本的な状況を述べた上で、これまで日本語に訳されることのなかったナシ族の情死の調べ、ユプを、原語になるべく即した形で提示する。これが、万葉集の恋歌と「ラブソング・ロード」の考察に資することを期待したい。

二　ナシ族における情死の多発

オーストリア生まれで後に米国籍を取得した学者、ジョゼフ・ロックは、一九二〇年代から長期に亘って麗江やその周辺地域に滞在し、ナシ族とその文化を研究した。ロックによれば、当時、麗江のいくつかの地域ではほぼ毎日のようにハラリュクの儀礼が行われ、親戚に情死した者がいない人は、ほとんどいないほどであったという。[注1] また、一九三〇年代に麗江に滞在していたロシア人、ピーター・グーラートは、麗江を「世界一の自殺の都」であると記している。[注2] ナシ族の情死者の数の多さは、複数の男女のペアによる集団自殺もその一因となっていた。五、六組の男女が共に死ぬことはしばしばあり、甚だしくは十組の男女が一度に情死した事例もあったという。一九四九年の中華人民共和国成立以降、情死の件数は減ったものの、一九六〇年代にも複数の情死が見られたという。現在の麗江では、かつて見られたような情死の多発はすでに過去のものとなっている。それでも、情死の物語は「家の中では語ってはいけない」とされており、筆者もフィールドワークの中でこのような禁忌の言葉を複数のナシ族から聞いている。

情死の方法として最もよく見られたのは首吊りであった。ナシ語では首吊りの霊を「ツ（cee）」と呼び、それ以外の方法によって自殺した霊を表す「ユ（yeq）」と区別する。首吊り以外には、当地の複雑な地形を反映して、高い崖からの投身や、金沙江（長江上流部）への入水があり、トリカブトを用いた服毒もあった。

情死することを決めた男女は、家族に知られないように密かに準備を進める。ナシ族の守護神であるサンドという神が祭られる北岳廟（現・玉龍ナシ族自治県白沙郷にある）で占いをしてもらい、決行日を決めることが多かった。男女はその日に向けて、衣服や装飾品を買い揃え、互いに贈り合って愛情のしるしとした。また、男女の愛の語らいに使われる口琴も、情死に欠かせないものであった。決行の日、男女は新しい衣服で正装し、家族に知られないよう出発する。情死の場所は、玉龍雪山の中腹、標高三二〇〇メートル付近にある草地の雲杉坪《ユンサンピン》が選ばれることが多いが、家が遠くてそこまで行けない者は、この山がよく見える丘の頂を選んだという。情死の場所へ着くと、男女は木の枝と持参した布や絹を用いてテントを作る。これは「ユジ（yeqjiq・ユの家）」と呼ばれ、彼らにとっては新郎新婦の寝室に相当する。男女はこのテントの中で口琴を奏で、ユプを歌い合い、持参した食料や酒を口にして、最後の生を楽しみ、それらが尽きるとあの世へと旅出つ（挿図２）。

情死した男女の霊が行く所は、玉龍雪山の奥にある「グルユツコ（雪山のユの住む草原）」、あるいは「ツェニジュカボ（十二の峰間の谷）」と呼ばれる場所であり、情死の霊が集まる楽園とされていた。この世とグルユツコの境界には大きな黒い岩があり、男女が「ユル（yeqlv・ユの石）」という石でこれを叩き、二人の名前を岩の左右に書くと、晴れてグルユツコの住人となり、情死の霊の頭目、ユズアズとカトゥスィクヮに迎えられるという。トンバ経典、ルバルザでは、グルユツコは柔らかい草が生え、木には金の蜜が実り、木の葉には金の蜜が滴り、赤鹿を馬の代わりにして乗り、鹿を牛の代わりにして耕し、その乳を搾って飲む楽園と描かれている。

挿図２　ナシ族の心中の舞台となった雲杉坪

情死した者は、正常な死に方をした者とは異なる儀礼で弔われる。ナシ族の伝統的な死生観では、死者は祖先の霊が住む土地へと帰ることになっており、その地に帰るためには、臨終の時に適切な処置を施してもらう必要がある。死を迎える者の親族は、米粒、銀、茶などを包んだ小さな赤い紙包みを準備しておき、息を引き取る直前に舌の下に置く。これを「ササク（salsa keel・息を入れる）」と言い、死にゆく者に命の陽気を持たせ、祖先の土地に帰る力や旅費を与える意味がある。情死した者のように、息を引き取る時にこの処置を受けられなかった者は異常死の霊となって彷徨い、人々に祟りをもたらす。「ハラリュク」の儀礼は、特に男女の情死の霊を祭るために行われるもので、「ハ（her）」は風、「ラリュ（la'leeq）」は漂うこと、「ク（keel）」は供物を置くことを意味する。かつて行われたハラリュクは、規模の大きいものでは五日間にも及び、五、六人のトンバによって、情死の経典、ルバルザを始めとする百二十冊もの経典が唱えられたという。この儀礼では、鶏を情死者に見立てて、銀や米粒を口に入れて絞め殺すなど、多くの象徴的な行為が行われる。ハラリュクの儀礼を経てようやく、情死の霊はグルユッコに行くことができるのである。

情死を志した男女が自殺に失敗した場合、麗江の中心部では、特に女性は情死を犯した者として、深刻な差別にさらされたという。情死の失敗以降は極めて不利な条件の下での縁談に甘んじなければならず、さらにその子孫まで差別の対象とされることもあったという。もし、情死を志した男女が全て情死を遂げていたとすれば、情死の調べであるユプは後世に伝わらなかったはずである。ユプが伝承として伝わっている背後には、情死を遂げようにも遂げられず、苦しみながら生きた人々の存在があるのであろう。

三　「ユプ」のテクスト

「ユプ（yeqbee）」は、「ユ（yeq・情死者）」の「プ（bee・調べ）」である。ナシ語では「ユ（yeq）」には「腐る、崩れる」という意味がある。また、「情死」を意味する「ユブ（yeq`vq）」という言葉もあり、「Yeq`vq hee.（情死に行った。）」のように使われる。ロックは自らが記述したユプのテクストに、Song of ^{1}Yu-^{2}vu というタイトルをつけている。

現在までのところ、ナシ語の原文を含む公刊されたユプのテクストには、ジョゼフ・ロックの著書、**The Romance of K'a-mä-gyu-mi-gkyi**（一九三九年）に収められているものと、中国の研究者により記録・翻訳され、ごく近年に公刊されたものがある。前者はトンバ経典、ルバルザの翻訳・注釈として書かれた同書の巻末に付されたテクストであるが、ごく簡単な解説があるものの、口述者の名前などテクストに関する詳しい情報は記されていない。おそらくこれは、ロックの主要な関心がナシ族の経典と儀礼にあったことにもよるであろうが、先にも述べたように、情死を語ることには現在でも禁忌が存在しており、かつ、情死が多発していた当時の状況からすれば、あえて口述者の名前を伏せた可能性もあるであろう。ロックによるテクストは彼の考案したナシ語の表記法で記され、その英訳が付されているが、この訳は逐語訳ではなく、一語一語の解釈には不明な部分もある。また、ロックの考案したローマ字表記は複雑で、音声の記述自体に問題を含む部分もある。そこで本稿では、ロックの記したテクストを再検討し、その逐語訳を付した上で、可能な限り原文のナシ語に即して和訳することを試みた。

一方、中国の学者によって近年公刊されたテクストは、李之典主編『相会調』（二〇一〇年）に収められており、和時傑により漢語に翻訳されたものである。同書の解説によれば、このテクストは、民謡歌手の和順良の口述を元にし、さらに他の複数の口述者によるテクストも参照しながら整理したものであるという。収集と翻訳自体は一九五〇年代から行われていたが、これほど出版が遅れたのは、情死を語ることの禁忌に加え、現代中国における政治的背景も影響を与えていると見られる。実際、一九五〇年代にルバルザとユプを題材とした長編詩『玉龍第三国』を発表した牛相奎と木麗春は、文化大革命の時期、ナシ族の自殺を煽ったとして激しく攻撃され、その作品も若者を惑わす「毒草」とされた。本稿では、この和時傑によるユプのテクストについても、ナシ語の解釈を進める上で部分的に参考とした。なお、この他にナシ語だけで出版された和志武によるテクストがある。

次節に、ロックによって記録されたユプのテクストを、ナシ語の現代ローマ字による原文、逐語訳、和訳を併記して提示する。逐語訳で用いた文法要素の記号については、本稿の末尾に一覧にして示した。歌は六つの部分に分かれており、男女の掛け合いで進行してゆく。以下では、それぞれの始まりにロックによる原文のページ数を示しておく。

四　ユプ——情死の調べ

一—男（一二二〜一二三頁）

Haiq yi laceil ni,
黄金 ある 輝く 日
黄金の輝く日、

Cheeni ho leel shel,
これ-（日）（嘆）（接四）言う
今日と言えば、

Sikeeq daso[*1] bal,[*2]
絹糸 房飾り 背当ての飾り
絹糸の背当ての飾り、

1　ロックは dazee という発音も併記する。
2　ナシ族女性の民族衣装に附けられた丸い刺繍の飾り。次の行の bal（所）を導く。このような同音もしくは音の近い語で、次の句を導く修辞上の技巧は「ツェジュ」と呼ばれ、ナシ語の民謡やトンバ経典に広く見られる。

Ddee bal da seiq yil,
一（所）着く（態二）（接五）
一つ所に到り、

Elggeeq ho shel tee,
私-（複）（嘆）言う それ
私たちと言えば、

Wegv shel[*3] zzerq zzeeq,
村-頭 ツガ 木 生える
村の入り口にツガの木が
生え、

3　次の行の shel（言う）を導く。

Shel ku me bbei nal,
言う 口（副一）する（接一）
約束はしなかったけれど、

Shel piel lee nieq ggeeq,
ツガ 葉 地（構三）落ちる
ツガの葉は地に落ちる

Lee ru me bbei nal,
来る 約す（副一）する（接一）
来る約束はしなかった
けれど、

Jjiq jji lei ceeq gge,
水 流れる（副六）来た（構四）
水が流れて来たものが、

Bber zol ggvshee seiq,
樋 掛ける 出会う（態一）
掛け樋（の水）のように
出会った。

Her tv lei ceeq gge,
風 吹く（副六）来た（構四）
風が吹いてきたものが、

Piel ggeeq ggvshee seiq,
葉 落ちる 出会う（態一）
葉が落ちて（地面と）
出会った。

Gaggaq[*4] meel zzeeq goq,
カガ 竹 生える 高原
カガの竹の生える高原、

4　地名。玉龍納西族自治県白沙郷文海村。

Meel kee meel derlder,
竹 根 竹 結ぶ-（重）
竹の根が絡む、

Ddee derl bie zherq naiq,
一 結び 変わる（助六）（助四）
一つの結びになりたくて、

Weggeeq[*5] ssojil nee,
私-（複） 男-小さい（構一）
私たち、若い男は、

5　ロックは単数に訳しているが、原文は複数である。同様の用例は『納西族民歌訳注』（二四八頁）等にも見られる。

Sso yuq ceiq chual bbei,
男 生きる 十 六 村
男が生きるのは十六の村、

Mil yuq chual cerq bbei,
娘 生きる 六 十 村
娘が生きるのは六十の村、

Ddee ni ceiq ni rheeq,
一 日 十 二 時
一日は十二の時、

Lilli zzee me guaq,
楽しく 友（副一）約束する
楽しく友と約束はせず、

Huahuaq zzee me guaq,
楽しく 友（副一）約束する
楽しく友と約束はせず、

Seiseel jjiqku yeq,[6]
紙 水 -（尾七）溶ける
紙は水辺で溶ける、

6 次の行の yeq（ユ）を導く。

Yeq zzee guaq seiq meil,
ユ 友 約束する（態一）（末二）
ユの友と約束したよ、

Lilcei[7] lil zzee shuq,
三光鳥（三光鳥）友 探す
三光鳥が友を探す、

7 leelcei という発音もある。つがいで飛ぶ鳥。

Ddee zzee shuq me ddee,
一 友 探す（副一）得る
その友は見つからない、

Cheeni ho leel shel,
これ -（日）（嘆）（接四）言う
今日と言えば、

Jji neiq tv gobvl,
歩く（接六）着く 出会う
歩くものと着くものが
出会う、

Kail neiq ngaiq gobvl,
壊れる（接六）散らばる 出会う
壊れたものと散らばるものが
出会う、

Gobvl jju seiq yel,
出会う ある（態一）（接五）
出会ったよ、

Yuciq[8] milji[9] gge,
[有情] 娘 - 独り（構四）
恋多き孤独な娘の、

8 漢語借用語。同様の用例は『納西族民歌訳注』一一三頁にも見える。
9 milji には、「若い娘」と「一人娘（孤独な娘）」の二つの意味があり、どちらにも解釈できる。同一のテクストの中で解釈にばらつきがあることもある。

Haiq see nvlmei goq,
金 …のよう 心 -（尾五）中
金のような心の中は、

Seiq see yel neiq lei,
（疑）思う（副九）（態三）（末一〇）
どう思っているのか、

Goq tv goq nee tv,
愛する 出る 中（構三）出る
愛の言葉は（心の）中から、

Goq tv ni wa ruq,
愛する 出る 二 五（言）
愛のある二言五言、

Sso jerq shel yel naiq,
男（構一二）言う（副九）（助四）
男に言っておくれ、

Ser sheeq biu nee ruaq,[10]
木 黄色い 升（構三）量る
黄木の升で量る、

10 次の行の ruaq（惜しまない）を導く。

Me ruaq jju me ddu.
（副一）惜しまない ある（副一）（助一二）
（その言葉を）
惜しんではいけない。

一—女（一二五～一二六頁）

Yuciq ssojil nee,
[有情] 男 - 小さい（構一）
恋多き若い男が、

Ddee zziuq[11] gguq ddee zziuq,
一（言）（構一二）一（言）
一言また一言と、

11 前出の ruq（量詞、言葉を数える）の異音。

Shel bul lei heeq mei,
言う（構六）（副六）（行った）（構七）
言ったことは、

Labaq*12 bal zee*13 jjiq,*14
ラパ　［壩子］　水
ラパの盆地の水、

12　地名。玉龍納西族自治県石鼓鎮。
13　漢語借用語。中国西南部で山間の盆地を言う。
14　二行後にある同音の jji（試す）を導く。

Weggeeq milji gge,
私 -（複）娘 - 小さい（構四）
私たち、若い娘の、

Mil jji neiq ddaq nvl,
娘 試す（態三）（末一二）（接七）
若い娘を試しているのか、

Balzee jjiqku *15 tv,
［壩子］水 -（尾七） 着く
盆地の水辺に着く、

15　次の行にある同音の ku（口）を導く。

Mil ku tvl neiq ddaq,
娘 口 出る（態三）（末一二）
娘の口に言わせるのですか、

Sso nee shel tee beil,*16
男（構一）言う それ（量）
男が言ったたくさんの
言葉は、

16　数量が多いことを表す量詞。

Awa*17 sigai ddiuq,
アワ ［新街］ 地
アワの新しい街、

17　地名。玉龍納西族自治県巨甸鎮近くの村。ちなみに、ロックはビルマの地名と解している。ここでは次の句の waq（正しい）を導く。

Waq yel el lee ddaq,
正しい（副九）（副二）（来る）（末一二）
本当でしょうか、

Waq ddu ho leel shel,*18
正しい（助一二）（嘆）（接四）言う
本当だと言うのなら、

18　ロックは、²bpä（ナシ語ローマ字で bei）とするが、他の句と比較すると ³shou（shel）の誤りと思われる。

Sso shel mal*19 quq bbeq,
男 言う 娘 つく 行く
男の言葉に娘はついて
行きましょう、

19　くだけた言い方で、「娘」を意味する。emal とも。

Sso gguq quq pil bbeq,
男（後に）つく（態四）行く
男の後について
行きましょう、

Elzzeeq ni gvl tee,
我 - 友 二（人）それ
私たち二人、

Sso nee shel waq lei,
男（構一）言う 正しい（末一〇）
男の言うことは正しいのですか、

Zeilzei haiq lvmei,*20
合う -（重） 金 石 -（尾五）
つなぎ合わせる金の石、

20　ナシ族の創造神話に見える天の穴を塞いだ石（Rock, *A Na-khi English Encyclopedic Dictionary*, Part I, p. 67）。

Tee lvl biel seiq yel,
それ（石）［変］（態一）（接五）
その石になるならば、

Meeq ddiuq lv lal sso,
南 地 石 打つ 男
南の地の石を打つ男、

See heeq zzeesso bul,
三 分 鏨 -（尾六）持つ
三分《ぶ》の（長さの）鏨を持ち、

Zzee lei ji bbee la,
鏨（副六）置く（態二）（副三）
鏨で割ろうとしても、

Lv lei ggoq me taq,
石（副六）割れる（副一）（助二）
石が割れることはない、

Yuciq ssojil nvl,
［有情］男 - 小さい（接七）
恋多き若い男が、

Sso xiq chee jjiq goq,
男 養う これ 家 中
男を育むその家で、

Wa`ler*21 mee la jju,
広大な 天（副三）ある
広大な天があり、

21　la`ler に同じ。広大な。

Wa`ler ddiuq la jju,
広大な 地（副三）ある
広大な地があり、

Tee dal me ssaq gge,
それ（副四）（副一）下る（構四）
それだけでなく、

Zzeeqmei jjiq la jju,
住む-（尾五）家（副三）ある
住む家もある、

Chee dal me ssaq gge,
これ（副四）（副一）下る（構四）
これだけでなく、

Ngv haiq dal sherl jju,
銀 金 櫃 満ちる ある
金銀は櫃《ひつ》に満ちる、

Tee dal me ssaq gge,
それ（副四）（副一）下る（構四）
それだけでなく、

Sso xiq ebba nee,
男 養う 父（構一）
男を養う父が、

Exiq[22] xiq seelsee,[23]
アシ 稲 拾う-（重）
アシでモミを集める、

22 地名。玉龍納西族自治県龍蟠郷。Aixiq とも。
23 次の句の see（愛する）を導く。

Sso jerq see zeel yel,
男（構一一）愛する（末五）（接五）
男を愛しているという、

Sso jerq ddeeqmei la,
男（構一一）大きい-（尾五）（副三）
男より大きい者も、

Gguherq[24] ggu lu mei,
器-緑 別れる（命令）（構七）
緑の器の、別れなさいと言っても、

24 ロックは玉器とするが、磁器とする解釈もある（『納西族民歌訳注』六八頁）。ここでは同じ行の ggu（別れる）を導く。

Ggu lei ruaq me lu,
別れる（副六）惜しまない（副一）（来る）
きっぱりと別れられず、

Haiq yi laceil ni,
黄金 ある 輝く 日
黄金の輝く日、

Cheeni ho leel shel,
これ-（日）（嘆）（接四）言う
今日と言えば、

Nvlmei haiq see goq,
心-（尾五）金 …のよう 中
金のような心の中で、

Seiq see yel neiq mei,
（疑）思う（副九）（態三）（構七）
どう思っているのかを、

Goq tv goq nee tv,
愛する 出る 中（構三）出る
愛の言葉は（心の）中から、

Goq tv ni see ruq,
愛する 出る 二 三（言）
愛のある二言三言、

Weggeeq milji gge,
私-（複）娘-小さい（構四）
私たち、若い娘の、

Mil jerq shel yel naiq,
娘（構一一）言う（副九）（助四）
娘に言ってください、

Haiqmal biu nee ruaq[25],
金-（尾八）升（構三）量る
砂金を升で量る、

25 次の行の ruaq（惜しまない）を導く。

Me ruaq jju me ddu.
（副一）惜しまない ある（副一）（助一二）
惜しんではいけません。

二―男（一二八～一二九頁）

Goqyi[26] tee gvl nee,
愛する-ある それ（人）（構一）
愛するその人が、

26 ロックの原文では（goqye）であるが、後には（goqyi）とあることから誤りであろう。

Ddee ruq gguq ddee ruq,
一（言）（構一二）一（言）
一言また一言と、

Shel bul lei heeq mei,
言う（構六）（副六）（行った）（構七）
言ってくれたが、

See[27] nee meelgoq zzeel,
ス（構三）竹-中 割る
スで竹を割る、

27 竹を割るときに使う木製の刀。

Sso goq zzeel pil nvl,
男 中 割る（態四）（接七）
私の心に届いたが、

Goq gge tee gvl meq,
愛する（構四）それ（人）（末一）
愛するその人よ、

Ezee zeeggeeq nee,
何 理由 （構三）
どうして、

Tee dal shel pil lei,
それ（副四）言う（態四）（末一〇）
それぱかり *28
言うのでしょう、

28 男が生まれた家を離れられない気持ちを言ったこと。

Weggeeq ssojil nvl,
私 -（複）男 - 小さい（接七）
私たち、若い男の、

Sso xiq chee jjiq goq,
男 養う これ 家 中
男を育むその家に、

Me jju mei me waq,
（副一）ある（尾五）（副一）…である
無いものはない、

Jju la jju waq nal,
ある（副三）ある …である（接一）
あるにはあるが、

Ddee beil jju waq nal,
一 （量）ある …である（接一）
たくさんあるが、

Mil nee shel waq lei,
娘（構一）言う …である（末一〇）
娘の言う通りだよ、

Jjiqto beelperq lee,
家 - 後 ヨモギ - 白い 畑
家の後ろのヨモギの畑、

Me leeq naq me gvl,
（副一）耕す 黒い（副一）（助一）
耕さなければ黒くならない、

Jjibbvq huajiq *29 lee,
家 - 下 ホァチ 畑
家の下（南）は、ホァチの畑、

29 タデ科の植物。漢語名は中華山蓼、学名は Oxyria sinensis。

Me pvl herq me gvl,
（副一）撒く 緑 （副一）（助一）
撒かなければ緑にならない、

Tee leel sso jjeq seiq,
それ（接四）男 辛い（態一）
それで男は辛いのだ、

Sso nee lei mu gge,
男 （構一）（副六）望む（構四）
男の望むもの、

Mu ddee na *30 me jju,
望む 得る（後置） （副一）ある
望んで得られるものはない、

30 程度を強める後置詞。

Tee dal me ssaq gge,
それ（副四）（副一）下る（構四）
それだけでなく、

Sso jerq ddeeqmei jjuq,
男 （構一二）大きい -（尾五）いる
男より大きい者がいる、

Ddeeqmei ddee beil jjuq,
大きい -（尾五） 一 （量） いる
大きい者が沢山いる、

Jjuq la jjuq waq nal,
ある（副三）ある …である（接一）
あるにはあるが、

Sso jerq ddeeqmei nee,
男 （構一二）大きい -（尾五）（構一）
男より大きい者は、

Sso jerq ko *31 muq yil,
男 （構一二）声 （末一）（接五）
男を罵り、

31 ここでは争いの意味。例えば「ko jju（声がある）」と言えば、「争いがある」という意味になる。

Kaikeel xu sheeq zheel, *32
門 - 前 線香 黄色い 点ける
門前に黄色い線香を点ける、

32 次の行の zheel（虐める）を導く。

Sso jerq zheel muq yil,
男 （構一二）虐める（末一）（接五）
男を虐める、

Sso xiq tee jjiq goq,
男 養う それ 家 中
男を育むその家で、

Lazeeqgvl cilci,
爪 ほじる -（重）
爪の間でほじる、

Ddee cil yel ho leel,
一 ほじる（接五）（嘆）（接四）
ちょっとほじるほどのもの、

Teiq me mu seiq yil,
（副七）（副一）望む（態一）（接五）
それは要らない、

Naf gge emal nvl,
あなた（構四） 娘 （接七）
あなたの娘は、

Mil xiq tee jjiq goq,
娘 養う それ 家 中
娘を育むその家で、

Mil xiq emei nee,
娘 養う 母 （構一）
娘を養う母が、

Mil xiq mil dal xiq,
娘 養う 娘 （副四）養う
娘だけを養う、

Mil dal xiq zeel yel,
娘 （副四）養う（末五）（接五）
娘だけを養うという、

Mil jerq see zeel yel,
娘 （構一一）愛する（末五）（接五）
娘を愛しているという、

Bbemu shuq zzeegvq,
橙色 鉄 鍵
橙色の鉄の鍵、

Chual liu ddee dvl tee,
六 （本） 一 （括り）それ
六本一括りにして、

Mil laq da zeel yel,
娘 手 [到]（末五）（接五）
娘の手に渡すという、

Tee dal me ssaq gge,
それ（副四）（副一）下る（構四）
それだけでなく、

Milji Zeiddiuq[33] yel,
娘 - 小さい ツェ - 地 与える
若い娘をツェの地にやる、

33 和志武は伝説上の貧困地域だとする。ロックは永寧にある地名だという。永寧は、現在の麗江市寧蒗彝族自治県に含まれるモソ人（ナ人）の居住地域であり、麗江から見て辺境にある当地に対する一種の差別観が下敷きにあるのであろう。

Zeiddiuq yel zeel yel,
ツェ - 地 与える（末五）（接五）
ツェの地にやるという、

Zeiddiuq ddiuq ddeeq zeel,
ツェ - 地 地 大きい（末五）
ツェの地は大きな土地と言う、

Zeiddiuq bbuq ddeeq zeel,
ツェ - 地 丘 地 （末五）
ツェの地は大きな丘と言う、

Tee dal me ssaq gge,
それ（副四）（副一）下る（構四）
それだけでなく、

Mil xiq tee jjef[34] goq,
娘 養う それ 家 中
娘を養うその家で、

34 jjiq（家）の異音。

Me jju siuq me jju,
（副一）ある（種）（副一）ある
無いものはない、

Siuq bbei jju zeel yil,
（種）（構五）ある（末五）（接五）
何でもあるというが、

Mil xiq tee jjef goq,
娘 養う それ 家 中
娘を養うその家で、

Ggu lei ruaq me loq,
別れる（副六）惜しまない（副一）（助一〇）
きっぱりと別れられない、

Mil goq seiq see mei,
娘 心 （疑）思う（構七）
娘の心はどう思うか、

Sso jerq shel yel naiq,
男 （構一一）言う 与える（助四）
男に言ってください、

Tal ddu ho leel bbei,
（助二）（助一二）（嘆）（接四）する
良いのであれば、

Ezzeeq ni gvl tee,
私 - 友 二（人）それ
私たち二人、

Chuq[*35] perq laqseelzo,
絹 白い 手 - 拭く -（尾一）
白い絹のハンカチ、

35 次の行の chuq（早い）を導く。

Chuq bbei bbee laq mei,
早い（構五）行く（末一三）（末二）
早く行きましょう、

Tal zo me zo lei,
（助二）（末六）（副一）（末六）（末一〇）
良いかどうか、

Seiq nee seiq shel mei,
（疑）（構三）（疑）言う（構七）
どうなのかを、

Goq tv ni see jjuq,
愛する 出る 二 三（言）
愛のある二言三言、

Sso jerq shel yel naiq.
男（構一一）言う 与える（助四）
男に言ってください。

二一女（一三一～一三三頁）

Goqyi tee gvl nee,
愛する - ある それ（人）（構一）
愛するその人が、

Ddee ruq gguq ddee ruq,
一（言）（構一二）一（言）
一言また一言と、

Shel bul lei heeq mei,
言う（構六）（副六）（行った）（構七）
言ってくれたが、

Oqlee elggeeq pvl,
影 - 地 甘ソバ 撒く
湿地に甘ソバを撒くのは、

Waq ddulddu ddaq ggel,
正しい しきたり（末一二）（末一四）
正しいしきたりでしょうか、

Eggeeq milji la,
私 -（複）娘 - 小さい（副三）
私たち、若い娘は、

Eellei leigaiq hal[*36],
グレ カラス 泊る
グレ[*37]にカラスが泊る、

36 次の行の hal（余る）を導く。
37 ロックは、麗江西南の村名とする。

Sso jerq el lei hal,
男（構一一）（副二）（副六）余る
男より豊かだというのですか、

Lei hal eq mul seiq,
（副六）余る（副八）足りる（態一）
豊かなのはもうたくさん、

Goqyi sso tee gvl,
愛する - ある 男 それ（人）
愛するその男は、

Ezee zeeggeeq nee,
何 理由（構三）
どうして、

Tee dal shel pil lei,
それ（副四）言う（態四）（末一〇）
そればかり言うのでしょう、

Ngaf gge emal yel,
私（構四）娘（接五）
私、この娘の、

Mil xiq tee jjef goq,
娘 養う それ 家 中
娘を養うその家で、

Sso nee shel waq lei,
男（構一）言う 正しい（末一〇）
男の言うように、

Bbemu shuq zzeegvq,
家 鉄 鍵
家の鉄の鍵、

Chual liu ddee dvl tee,
六（本）一（括り）それ
六本一括りにして、

Mil laq da waq nal,
娘 手 [到] …である（接一）
娘の手に渡したが、

Tee dal me ssaq gge,
それ（副四）（副一）下る（構四）
それだけでなく、

Ml xiq tee jjef goq,
娘 養うそれ 家 中
娘を養うその家で、

Jju la jju waq nal,
ある（副三）ある…である（接一）
あるにはあるが、

Ddee beil jjuq waq nal,
一 （量）ある…である（接一）
たくさんあるが、

Ngaf gge emal yel,
私 （構四） 娘 （接五）
私、この娘は、

Lasheel[38] Qinaiqwe,[39]
ラシ チナ - 村
ラシのチナ村、

38 玉龍納西族自治県拉市郷。
39 村名。始めの qi が、次の句の qi（売る）を導く。

Qimei mil mu yil,
売る - 者 娘 望む（接五）
（娘を）売る者の娘を
欲しがるのは、

Gaggaq Lumi[40] zee,
カガ ルミ 迎える
カガのルミ村が迎える、

40 カガ（玉龍納西族自治県白沙郷文海村）にある村名。

Zee bul bbee zo muq,
迎える（構六）行く（末六）（末一）
迎えられて行くよ、

Mil xiq tee jjif goq,
娘 養うそれ 家 中
娘を養うその家で、

Jju seiq jju bbee la,
ある（態一）ある（態二）（副三）
あるにはあるが、

Tee dal me ssaq gge,
それ（副四）（副一）下る（構四）
それだけでなく、

Milji Zeiddiuq yel,
娘 - 小さい ツェ - 地 与える
若い娘をツェの地にやる、

Zeiddiuq yel muq yil,
ツェ - 地 与える（末一）（接五）
ツェの地にやって、

Zeiddiuq laqbbe ddee,[41]
ツェ - 地 手 - 掌 大きさ
ツェの地は掌ほどの土地、

41 ロックは ddu（ナシ語ローマ字で ddu）と記述するが、ddü（ddee）の誤りであろう。

Mil lei luq me mul,
娘 （副六）ぶらつく（副一）足りる
娘が歩き回るには足りない、

Zeiddiuq kee me xiq,
ツェ - 地 犬 （副一）養う
ツェの地では犬は飼わない、

Lvq gge kee me jjuq,
吠える（構四） 犬 （副一）いる
吠える犬はいない、

Zeiddiuq rua me xiq,
ツェ - 地 馬 （副一）養う
ツェの地では馬は飼わない、

Jil gge rua me jjuq,
載せる（構四） 馬 （副一）いる
（荷を）載せる馬はいない、

Zeiddiuq ee me xiq,
ツェ - 地 牛（副一）養う
ツェの地では牛は飼わない、

Leeq gge ee me jjuq,
耕す（構四）牛（副一）いる
耕す牛はいない、

Mil xiq tee jjef goq,
娘 養うそれ 家 中
娘を養うその家で、

Jju sei jju bbee la,
ある（態一）ある（態二）（副三）
あるにはあるが、

Mil gguq tv me tal,
娘 (後) 出る (副二)(助二)
娘について出られない（持ち出せない）、

Goq nee yuf ho dal,
心 (構三) 持つ (嘆)(副四)
心の中に持つだけ、

Goq zeeq ddee liu leel,
針 真っ直ぐ 一 (本)(接四)
針一本でも、

Seikeeq[42] ddee keeq leel,
絹糸 一 (本)(接四)
絹糸一本でも、

42 sikeeq という発音もある。

Mil yuq tee jjef goq,
娘 生きる それ 家 中
娘が生きるその家で、

Muzo teiq me jju,
望む -(尾一)(副七)(副一) ある
望むものはない、

Ngaf gge emal nvl,
私 (構四) 娘 (接七)
私、この娘は、

Goq nee yuf ho dal,
心 (構三) 持つ (嘆)(副四)
心の中に持つだけ、

Alrheeq lvgv shee,
薄荷 石 -(尾二) 死ぬ
薄荷が石の上で死ぬ、

Shee lei bbeq we yil,
死ぬ (副六) 行く (末七)(接五)
死にに行きましょう、

Goq gge tee gvl nee,
愛する (構四) それ (人)(構一)
愛するあの人が、

Ngv'lv yeq chel goq,
玉龍雪山 ユ 穢れ 高原
玉龍雪山のユの草原、

See goq jju zeel yil,
三 高原 ある (末五)(接五)
三つの原があるという、

Bberzeeq me bbiq gge,
蚊 (副一) 飛ぶ (構四)
蚊の飛んでいない、

Bberlerl me hal gge,
蝿 (副一) とまる (構四)
蝿のとまらない、

Yeq bbaq ssissai gge,
ユ 花 美しい (構四)
ユの花が美しい、

Yeq piel lvlai gge,
ユ 葉 (擬)(構四)
ユの葉がひらひらと、

Yeciq ssojjl nee,
[有情] 男 - 小さい (構一)
恋多き若い男の、

Ddee goq ggue lee yel,
一 高原 遊ぶ (来る)(助五)
高原に遊びに行きましょう、

Gaqkee[43] tal[44] perq zeeq,
カク [塔] 白い 立つ
カクに白い塔が立つ、

43 地名。麗江市古城区五一街興仁段。
44 次の句の tal（助動詞、…してよい）を導く。

Tal leel tal muq zeel,
(助二)(接四)(助二)(末一)(末五)
いいよ、いいよと、

Chuq perq laqsheelzo,
絹 白い 手 - 拭く -(尾一)
白い絹のハンカチ、

Chuq bbei ggue lee yel,
早い (構五) 遊ぶ (来る)(助五)
早く遊びに行きましょう、

三―男（一二五～一二七頁）

Ngv'lv yeq chel goq,
玉龍雪山 ユ 穢れ 高原
玉龍雪山のユの草原、

Yeq chel yeq see goq,
ユ 穢れ ユ 三 高原
ユの穢れた三つの原、

See goq jju zeel yel,
三 高原 ある (末五)(接五)
三つの原があるという、

Bberzeeq me jjuq gge,*45
蚊 （副一）いる（構四）
蚊のいない、

45 ロックの原文は gko であるが、gkǒ（gge）の誤り。

Bberlerl me hal gge,
蝿 （副一）とまる（構四）
蝿のとまらない、

See goq jju zeel yel,
三 高原 ある（末五）（接五）
三つの原があるという、

Ngoggeeq ssojil nee,
[我]・（複）男・小さい（構一）
私たち若い男、

Yeq bbaq ssissai gge,
ユ 花 美しい（構四）
ユの花は美しく、

Yeq piel lvlai gge,
ユ 葉（擬）（構四）
ユの葉はひらひらと、

Ddee goq ggue lei laq,
一 高原 遊ぶ（副六）（末一三）
高原に遊びに行きましょう、

挿図３ 雲杉坪から望む玉龍雪山の絶壁

（ロックによれば、男は口琴を使いここまで歌い、情死の場所を探しに行く。以下はそこから戻って再び口琴を使って歌う部分であるという。）

Haiq yi laceil ni,
黄金 ある 輝く（日）
黄金の輝く日、

Cheeni ho*46 leel shel,
これ・（日）（嘆）（接四）言う
今日と言えば、

46 ロックの原文は khǒ であるが、kho（ho）の誤り。

Shel ye leeku ji,
ツガ（末九）畑・（尾七）置く
ツガを畑の辺りに置く、

Shel ku me bbei nal,
言う 口（副一）する（接一）
約束はしなかったけれど、

Elzzeeq ni gvl tee,
我・友 二（人）それ
私たち二人、

Jjinal jjiq gobvl,*47
水・黒い 水 出会う
黒い川が、川に出会う、

47 Jjinal（黒い川）は、漢語で「黒水」。玉龍雪山の麓の川で、Jjiperq（白い水、漢語で「白水」）と合流する。

Lei gobvl seiq yel,
（副六）出会う（態一）（接五）
出会ったら、

Gai ni sherl ni nee,
前（日）前々（日）（構三）
数日前に、

Shel ku ji tee bbei,
言う 口 置く それ する
約束をした、

Weggeeq ssojil nee,
私・（複）男・小さい（構一）
私たち、若い男が、

Ngv'lv yeq chel goq,
玉龍雪山 ユ 穢れ 高原
玉龍雪山のユの草原、

Tee goq ggue keel mei,
それ 高原 遊ぶ（行った）（構七）
遊びに行ったその原の、

Weceimei tee goq,
最初 -（尾五）それ 高原
最初の原は、

Toqmei lv me jju,
凭れる -（尾五）石（副一）ある
凭れる石もなく、

Teegguq[48]mei tee goq,
それ -（後）-（尾五）それ 高原
その後の原は、

48 ロックは、ˈngyu と記すが、ˈngu（ナシ語ローマ字で gguq）の誤り。

Bbaimei zzerq me zeeq,[49]
蜜 -（尾五）木（副一）出る
蜜は木に出ない、

49 冬になると、松や杉の木に一種の蜜がつくという（『雲南民族文学資料 第六集』八三頁）。ロックは「広がる大きな木」と解釈するが、誤りであろう。

Teegguqmei tee goq,
それ -（後）-（尾五）それ 高原
その後の原は、

Toqmei lv la jju,
凭れる -（尾五）石（副三）ある
凭れる石もある、

Bbaimei zzerq la zeeq,
蜜 -（尾五）木（副三）出る
蜜は木に出る、

Teeqmei jjiq lei yi,
飲む -（尾五）水（副六）流れる
飲む水も流れる、

Bberzeeq me bbiq gge,
蚊（副一）飛ぶ（構四）
蚊の飛んでいない、

Bberlerl me hal gge,
蝿（副一）とまる（構四）
蝿のとまらない、

Yeq bbaq ssissai gge,
ユ 花 美しい（構四）
ユの花は美しく、

Yeq piel lvlai gge,
ユ 葉（擬）（構四）
ユの葉はひらひらと、

Ddee goq ggue bul ceeq,
一 高原 遊ぶ（構六）来た
一つの原で遊んで来た、

Weggeeq ssojil nee,
私 -（複）男 - 小さい（構一）
私たち、若い男の、

Yeq chel lvmeikee,
ユ 穢れ 石 -（尾五）-（辺り）
ユの穢れの石に、

Sso miq yiq nee berl,
男 名 右（構三）書く
男の名前を右に書く、

Mil miq waijuq berl,
娘 名 左 -（方向）書く
女の名前を左に書く、

Miq la berl yi seiq,
名（副三）書く（構一〇）（態一）
名前も書いて、

Tee dal me ssaq gge,
それ（副四）（副一）下る（構四）
それだけでなく、

Weggeeq tee gvl nee,
私 -（複）それ（人）（構一）
私たちは、

Gulbbei xil dal jju,
口 舌（副四）ある
口と舌だけがある、

Ju ddee[50] siuq me jju,
ある 一（種）（副一）ある
あるものは何もない、

50 ロックは dü と記述するが、ddü（ナシ語ローマ字で ddee）の誤り。

Kee lei ssa me jju,
足（構九）靴（副一）ある
足には靴がない、

Ggu lei jji me jju,
体（構九）服（副一）ある
体には服がない、

Weggeeq sso jil nvl,
私 -（複）男 小さい（接七）
私たち、若い男は、

Yiggvddiuq juq bbee,
麗江 - 地 戻る 行く
麗江に戻って行く、

Rheebbeiddiuq juq bbee,
市 - …する - 地 戻る 行く
市の場所に戻って行く、

Jjicerlddiuq juq bbee,
服 - 裁断する - 地 戻る 行く
服を作る所に戻って行く
（服を新調する）、

Yuciq milji gge,
[有情] 娘 - 小さい（構四）
恋多き若い娘の、

Ciq jju mal waq yil,
[情] ある 娘 …である（接五）
恋多き娘であるから、

Ciq tee mil nee tvl,
[情] それ 娘（構一）出る
愛情を娘が表してください、

Mil nee tvl yel naiq,
娘（構一）出る 与える（助四）
娘が表してくれなければ、

Haiqmal bbiu me ruaq[*51],
金 -（尾八） 升 （副一）量る
51 次の句の ruaq（惜しまない）を導く。
砂金を升で量らない、

Me ruaq jju me tal,
（副一）惜しまない ある（副一）（助二）
惜しんではいけない、

Seekeeq dalssoloq,
糸 箱 -（尾六）- 中
裁縫の小箱に、

Ngv perq ni seel lu,[*52]
銀 白い 二 三 （両）
52 重量単位。一斤の十分の一。
白い銀が、二、三両、

Haiqmal ni seel lu,
金 -（尾八）二 三 （両）
砂金が、二、三両、

Tee nieq yi zo waq,
それ（構三）ある（末六）…である
その中にあるはずです。

Weggeeq sso jil nee,
私 -（複） 男 小さい（構一）
私たち、若い男の、

Sso laq da yel naiq.
男 手 [到] 与える（助四）
男の手に渡して
くれなければ。

三―女（一三八～一四〇頁）

Goqyi tee gvl nee,
愛する - ある それ（人）（構一）
愛するその人が、

Ddee ruq gguq ddee ruq,
一 （言）（構一二） 一 （言）
一言また一言と、

Shel bul lei heeq mei,
言う（構六）（副六）（行った）（構七）
言ってくれたが、

Jjinal meeljjiq keel,[*53]
川 - 黒い 墨 - 水 入れる
53 次の句の keel を導く。
黒い川、墨を入れる、

Nee nieq keel seiq mei,
心（構三）入れる（態一）（構七）
心に入れました、

Goqyi tee gvl nee,
愛する - ある それ（人）（構一）
愛するその人が、

Yeq chel lvmeikee,
ユ 穢れ 石 -（尾五）-（辺り）
ユの穢れの石に、

Miq la berl seiq zeel,
名 （副三）書く（態一）（末五）
名前も書いたという、

Elzzeeq ni gvl tee,
我 - 友 二（人）それ
私たち二人、

Chuq perq laqseelzo,
絹 白い 手 - 拭く -（尾一）
白い絹のハンカチ、

Chuq bbei bbee ner seiq,
早い（構五）行く（助四）（態一）
早く行かなくては。

Mil xiq tee jjef goq,
娘 養うそれ 家 中
jju ye me jju nal,
ある（末九）（副一）ある（接一）
Ddee beil me jju nal,
一 （量）（副一）ある（接一）
Zeiqgv zeiq talta,
使う -（尾二）使う （助二）-（重）
Zeiq tal shuq bul laq,
使う（助二）探す（構六）（末一三）
Soqni la golseel,
明日（副三）明後日
Yiggv seeq rhee dee,
麗江 三 市 所
Me qi siuq me jju,
（副一）売る（種）（副一）ある
Siuq bbei jju zeel yil,
（種）（構五）ある（末五）（接五）
Jji haiq bul lee yel,
服 買う（構六）来る（接五）
Tee dal la me ssaq,
それ（副四）（副三）（副一）下る
Zeiq ner jju bbee la,
使う（助四）ある（態二）（副三）
Haiq bul lee yel meil,
買う（構六）（来る）与える（末二）
Elzzeeq ni gvl gge,
私 - 友 二（人）（構四）

娘を養うその家で、
あるといっても
あまりないけれど、
たくさんはないけれど、
役に立つもの、
使ってよいもの、
使えるものを探しましょう、
明日や明後日、
麗江の三つの市、
売っていない物はない、
様々な物があるという、
服を買って来て、
それだけでなく、
使う物があれば、
買ってきてくださいね、
私たち二人、

Sso gvl lei bbee tee,
男（人）（副六）行く それ
Mil gvl lei bbee tee,
女（人）（副六）行く それ
Ssei rheeq bbee ee mei,
（疑） 時 行く 良い（助七）
Goqyi tee gvl nee,
愛する - ある それ（人）（構一）
Nilwa liufliuq yel,
日にち 見る -（重）（与える）
Weggeeq milji nvl,
私 -（複）娘 - 小さい（接七）
Mil xiq tee jjif goq,
娘 養うそれ 家 中
Nvlmei shee[54] nee bbei,
心 -（尾五） 肉 （構三）する

54 次の行の sheeddv（考える）を導く。なお、sheeddv は、seeddv の異音。

Me sheeddv seiq yil,
（副一） 考える （態一）（接五）
Mil xiq tee jjif goq,
娘 養うそれ 家 中
Gel ddv leesee keel
鷹 翼 矢 放つ
Aiqzo me jju yil,
心配する -（尾一）（副一）ある（接五）
Chuq naq hoq leel shel,
早い （接六）遅い（接四）言う

男も行く、
娘も行く、
いつ行くのがいいか、
愛するその人が、
日取りを見てください、
私たち、若い娘は、
娘を育むその家で、
心は肉でできており、
何も考えられません、
娘を育むその家で、
鷹の羽の矢を放つ、
心配することはない、
早くと言ったか、
遅くと言ったか、

Chuq bbei bbee laq meil,
早い（構五）行く（末一三）（末二）
早く行きましょう、

Goqyi tee gvl meq,
愛する - ある それ（人）（末一）
愛するその人よ、

Sso xiq tee jjef goq,
男 養う それ 家 中
男を育むその家で、

Saimei ggeq[55] sheel mil,
七月 茄子 新しい 実る
七月には新茄子がなる、

55 次の行の ggeq（甘んじる）を導く。

Me ggeq jju me tal,
（副一）甘んじる ある（副一）（助二）
甘んじない気持ちが
あってはいけない、

Chual ko laqmei ggoq,[56]
鹿 角 手 -（尾五）別れる
鹿の角は枝分かれ、

56 次の行の ggoq を導く。

Me ggoq tal me loq,
（副一）別れる（助二）（副一）（助一〇）
（親や家と）別れないわけ
にはいかない、

Nvlmei haiq see goq,
心 -（尾五）金 …のよう 中
金のような心の中は、

Yiq see wai see tee,
右 思う 左 思う それ
あれやこれやと考える、

See la neiq me taq,
思う（副三）（態三）（副一）（助二）
考えてはいけません、

Eyi cheekaq nvl,
今 これ -（時）（接七）
今、この時に、

Yiggv seeq rheeloq,
麗江 三 市 -（中）
麗江の三つの市に、

Rheeq sei bbei lee yel,
時 （態一）（構五）来る（接五）
時至って（市に）来て、

Me haiq siuq me jju,
（副一）買う（種）（副一）ある
買わない物はない、

Siuq bbei haiq bul yil,
（種）（構五）買う（構六）（接五）
あらゆる物を買い、

Chuq bbei leijuq luq.
早く（構五）戻る 来なさい
早く戻って来てください。

四—男（一四一〜一四二頁）

Weggeq ssojil nee,
私 -（複）男 - 小さい（構一）
私たち、若い男は、

Yiggv seeq rheeloq,
麗江 三 市 -（中）
麗江の三つの市に、

Me haiq siuq me jju,
（副一）買う（種）（副一）ある
買わない物はない、

Siuq bbei haiq bul ceeq,
（種）（構五）買う（構六）（来た）
あらゆる物を買ってきた、

Elzzeeq ni gvl tee,
私 - 友 二（人）（構四）
私たち二人、

Seiseel jjiq ku yeq,
紙 水 -（尾七）溶ける
紙は水辺で溶ける、

Yeq lei bbee tee ni,
ユ（副六）行く それ（日）
「ユ」をしに行くその日、

Nilwa ho leel shel,
日にち（嘆）（接四）言う
日取りと言えば、

Yeqbeiq la[57] hei waq,
一月 虎 月 …である
一月は虎の月、

57 ロックは lë と記述しているが、la（ナシ語ローマ字でも la）の誤り。

La co bbei lei bbee,
虎 跳ぶ（構五）（副六） 行く
虎が跳ぶように行く、

Tee hei bbee ee zeel,
それ（月） 行く 良い（末五）
その月に行くのが
良いという、

Yeqbeiq ceiq lu ni,
一月 十 四（日）
一月十四日、

Tee ni bbee tal nal,
それ（日） 行く（助二）（接一）
その日に行くことが
できるけど、

Lu ni heimeizeeq,
四（日） 月
四の日の月は、

Me welwe ye seiq,
（副一）丸い -（重）（末九）（態一）
丸くなっていない、

Wa ni bbeq shel la,
五（日）行こう 言う（副三）
五の日に行こうと
言っても、

Wa ni bbee me ee,
五（日）行く（副一）良い
五の日に行くのは良くない、

Chual ni bbee laq mei,
六（日）行く（末一三）（末二）
六の日に行きましょう、

Chual ni kvl ee ye,
六（日）干支 良い（末九）
六の日は干支が良い、

Goqyi mal tee gvl,
愛する - ある 娘 それ（人）
愛するその娘よ、

Shel seif waq seiq mei,
言う（態一）正しい（態一）（末二）
私が言ったのは本当だよ、

Ddal seif peel seiq meil,
伐る（態一）断つ（態一）（末二）
伐って断ち切ったよ、

Chual ni tee hal nvl,
六 （日）それ 夜（接七）
六の日の夜に、

Sso nee chuq bbee la,
男（構一）早い 行く（副三）
男が早く行ったら、

Naqmubbei jji jerq,
村 家（構二）
村の方に、

Bbei jjiq jerq leel tv,
村 家（構二）（接四）着く
村の家に着いたら、

Jilgguq jil see gguq,
口笛 （口笛） 三（口笛）
口笛を三回吹く、

Jilgguq mil hu bbeq,
口笛 娘 待つ（態二）
口笛を吹いて娘を
待ちましょう、

See rheeq mil hu bbeq,
三 時 娘 待つ（態二）
三時《みとき》、娘を待ちましょう、

Mil nee chuq bbee la,
娘（構一）早い 行く（副三）
娘が早くついても、

Jjiqwe[58] jjiq tvgv,
ジワ 水 出る -（尾二）
ジワの水の湧くところ、

Sso me tv tee kaq,
男（副一）着く それ（時）
男のまだ着かない時、

Laq ddee piel siuq peel,
手 一 葉（種）摘む
手に葉をちょっと摘んで、

Piel muq sso hu yel,
葉 吹く 男 待つ（接五）
葉を吹いて男を待って、

Sso xiq tee jjef goq,
男 養う それ 家 中
男を育むその家のような、

Mil xiq tee jjef goq,
女 養う それ 家 中
娘を育むその家のような、

58 麗江中心部の北にある水の多く湧き出る場所。

Bbemu hualjiiq loq,
家　テント　中
家（のような）テントの中に、

Me bbee me tal gge,
（副一）行く（副一）（助二）（構四）
行かなくてはいけない、

Ddee bbee neiq lu laq,
一　行く（態三）（命令）（末一三）
さあ行ってください、

Bbee bul lee gamu.
行く（構六）（来る）（丁寧）
行ってください。

四—女（一四三～一四四頁）

Eggeeq maf ho ye,
私-（複）娘（嘆）（末九）
私たち娘は、

Ddee ka[59] laqseelzo,
一　（切れ）手-拭く-（尾五）
一切れのハンカチ、

59 次の行の kaq（時）を導く。

Mil tv ddee kaq gge,
娘　着く　一　（時）（構四）
娘が着いて一時の、

Laqceil piel siuq peel,
手-（棒）葉（種）摘む
手に葉を摘んで、

Piel muq sso hu seiq,
葉　吹く　男　待つ（態一）
葉を吹いて男を待ちました、

Hu sei ddee kaq gge,
待つ（態一）一　（時）（構四）
待って大分経ち、

Yuciq sso jil tee,
[有情] 男　小さい　それ
恋多き若い男が、

Sso xiq tee jjiq goq,
男　養うそれ　家　中
男を育むその家で、

Gguherq[60] ggu leemei,
器-緑　器　弓-（尾五）
玉の指輪と玉の弓、

60 ロックは、かつて弓を引くときに用いた指輪のこととする。次の ggu（別れる）を導く。

Ggu me ruaq ye lail,
別れる（副一）惜しまない（末九）（末一一）
別れ難くなったのですか、

Ezee zeggeeq nee,
何　理由（構三）
どうして、

Jjiqwe jjiq tvgv,
ジワ　水　出る-（尾二）
ジワの水の湧くところ、

Cheekaf chuq tv shel,
これ-（時）早い　着く　言う
今、早く着くというのですか、

Sso xiq tee jjef goq,
男　養うこれ　家　中
男を育むこの家で、

Sso jerq ddeeqmei tee,
男（構一一）大きい-（尾五）それ
男より大きい者は、

Gguherq laqmeidee,
器-緑　指-（尾五）-中
玉の指輪を親指に、

Ggu me ruaq ye lail,
別れる（副一）惜しまない（末九）（末一一）
別れ難くなったのですか、

Eyi cheekaq nvl,
今　これ-（時）（接七）
今、この時に、

Ezzeeq ni gvl tee,
我-友　二（人）それ
我たち二人、

Me tv bbiuqdiul tvq,
（副一）出る　外　出る
出ないといっても、
外に出て、

bbiuqdiul tvq seiq yil,
外　出る（態一）（接五）
外に着いた、

Sal ssei jjiq tee kual,
溢れる（態一） 水 それ（碗）
溢れたその碗の水は、

Lei yuq tal me loq,
（副六）持つ（助二）（副一）（助一〇）
また手に持つことは
できない、

Goqyi sso tee gvl,
愛する・ある 男 それ（人）
愛するその人、

Nee nil me taq mei,
心 空の（副一）（助二）（末二）
悲しんではいけない、

Ezzeeq ni gvl tee,
私・友 二（人）それ
私たち二人、

Tei nee ggeq lei bbee,
そこ（構三） 上 （副六） 行く
ここから上に行きます、

Me ggeq jju me taq,
（副一）甘んじる ある（副一）（助二）
甘んじない気持ちが
あってはいけない、

Ezee nee qil shel,
何 心 寒い 言う
なぜ悲しいと言うのですか、

Bbee pil lu laq mei.
行く（態一）（命令）（末）（末二）
もう行くことに
しましょうよ。

五―男（一四五～一四六頁）

（情死の高原にて）

Jji laq jji keel nee,
歩く［来］歩く（放つ）（構八）
歩き歩いて、

Jji lei kee tv seiq,
歩く（副六）足 着く（態一）
歩いて着いた、

Ngv'lv yeq chel goq,
玉龍雪山 ユ 穢れ 高原
玉龍雪山のユの草原、

Tee goq tv seiq yil,
それ 高原 着く（態一）（接五）
その高原に着いて、

Ezzeeq ni gvl tee,
私・友 二（人）それ
私たち二人、

Zeilzei mi ddeeq keel,
積む・（重）火 大きい 点ける
薪を積んで火をつけよう、

Mi jjerl ddee zzeeq neiq,
火 あたる 一 座る （態三）
火にあたって座ろう、

Meel sheeq kail kuekueq,
竹 黄 弾く 口琴
黄色い竹の口琴を引く、

Ddee kail neeq bbee meil,
一 弾く（態三）（態二）（末二）
ちょっと弾きましょう、

（口琴を出して弾く）

Weggeeq tee gvl nee,
私・（複）それ（人）（構一）
私たち、この私は、

Sso yuq tee jjiq goq,
男 生きる それ 家 中
男が育ったその家の、

Ser sheeq haiq kubbuq,
木 黄 金 敷居
黄木の金の敷居、

Bbiuq lol ceeq teekaq,
外 跨ぐ 来た それ・（時）
跨いで来たその時、

Weggeeq tee gvl nee,
私・（複）それ（人）（構一）
私たち、この私は、

Laqceil perq zolzo,
手・（棒）白い（尾一）・（重）
白い腕、

Lei bal nvlmeigv,
（副六）支える 心・（尾五）・（尾二）
胸にあて、

Ddee see lei naiq mei,
一 思う（副六）（態三）（構七）
思ったのは、

Sso xiq ebba gge,
男 養う 父 （構四）
男を養うその父の、

Bba nee jju muq nal,
父 心 硬い（末一）（接一）
父の心は厳しいが、

Sso xiq emei gge,
男 養う 母 （構四）
男を養うその母の、

Mei nee bbiq muq yil,
母 心 心地よい（末一）（接五）
母の心はやさしいが、

Weggeeq tee gvl nee,
私 -（複）それ（人）（構四）
私たち、この私は、

Ser sheeq ser kubbuq,
木 黄 木 敷居
黄木の敷居、

Bbiuqdiul tv teekaq,
外 着く それ -（時）
外に出たその時、

Keeceil perq zzo'lo,
足 -（棒）白い 敏捷
白い足はすばしこく、

Gai seel tv lei jji,
前 三（歩）（副六）歩く
前に三歩進み、

Mail seel tv lei juq,
後 三（歩）（副六）戻る
後に三歩戻る、

Mieqbber hai jjiq tv,
涙 金 水 出る
金の涙が出る、

Lee nieq ddie seiq nal,
地（構三）垂れる（態二）（接一）
地面に垂れたのが、

Lee neef ddoq seiq mei,
地（構三）見える（態二）（末二）
地面に見えたよ。

Sso xiq emei gge,
男 養う 母 （構四）
男を養うその母の、

Mei me ddoq sei mei,
母（副一）見える（態一）（末二）
母には会わなかったよ、

Weggeeq tee gvl gge,
私 -（複）それ（人）（構四）
私たち、この私の、

Sso nee qil sei mei,
男 心 冷たい（態一）（末二）
男の心は悲しかったよ、

Elggeeq tee ho tee,
私 -（複）それ［夥］それ
私たち二人は、

Eyi cheekaq nvl,
今 これ -（時）（接七）
今、この時に、

Lei dvl dvlbbv'qiq,
（副六）縮む 尺取り虫
後戻りする尺取り虫、

Dvl me tal pil yil,
縮む（副一）（助二）（態一）（接五）
後戻りはもうできない、

Mieqbber reggv bbei,
涙 道 する
涙が道となる、

Teiq nee ggeq lei cee,
そこ（構三）上（副六）来た
そこから上に来た、

Eyi cheekaq nvl,
今 これ -（時）（接七）
今、この時に、

Yuciq milji gge,
［有情］娘 - 小さい（構四）
恋多き若い娘の、

Nvlmei haiq see goq,
心 -（尾五）金 …のよう 中
金のような心の中は、

Seiq see pil bbee lei,
（疑）思う（態四）（行く）（末一〇）
どう思うのか、

Seiq nee seiq shel tee,
（疑）（構三）（疑）言う それ
どう言うのか、

Sso daqyil yel naiq.
男 [答応] 与える（助四）
男に答えてくれなければ。

五—女（一四八～一五〇頁）

Goqyi tee gvl muq,
愛する - ある それ（人）（末一）
愛するその人よ、

Ezee zeeggeeq nee,
何 理由 （構三）
どうして、

Sso xiq tee jjef goq,
男 養う それ 家 中
男を養うその家の、

Ser sheeq haiq kubbuq,
木 黄 金 敷居
黄木の金の敷居、

Bbuq lol ceeq teekaq,
敷居 跨ぐ 来た それ -（時）
敷居を跨いだその時の、

Sso xiq emei gge,
男 養う 母 （構四）
男を養うその母の、

Mei nee bbiq shel lail,
母 心 心地よい 言う（末一一）
母の心はやさしいと
いうのですか、

Mei gguq aiq ye lail,
母（後）心配する（末九）（末一一）
母を心配しているのですか、

Sso nee qil seiq lail,
男 心 冷たい（態一）（末一一）
男の心は悲しいのですか、

Ezee nee qil lei,
何 心 冷たい（末一〇）
何が悲しいのですか、

Sso jerq ddeeqmei la,
男（構一一）大きい -（尾五）（副三）
男より大きい者も、

To kee waleiqmul,[61]
松 足 ワレ - キノコ
松の根のワレモ、

Ddee zheel mul ddubbei,
一（時）老いる 習慣 - する
いつかは老いるもの。

To kee wafrheesheeq,[62]
松 足 ワジ - 黄
松の根のワジシ、

Ddee zheel shee ddubbei,
一（時）死ぬ 習慣 - する
いつかは死ぬもの。

Shee ddubbei muq yil,
死ぬ 習慣 - する（末一）（接五）
いつかは死ぬものだよ。

Sso jerq ddeeqmei gge,
男（構一一）大きい -（尾五）（構四）
男より大きい者の、

Ddeeq gguq aiq me taq,
大きい（後）心配する（副一）（助二）
大きい者を気に掛けては
いけない、

Sso nee qil me taq,
男 心 冷たい（副一）（助二）
男は悲しんではいけない、

Elzzeeq ni gvl tee,
私 - 友 二（人）それ
私たち二人、

Soqni la golseel,
明日（副三）明後日
明日や明後日、

Me zzee me jji bbei,
（副一）対（副一）歩く（構五）
一緒でなければ歩かない、

Laq nee laq shersherq,
手（構三）手 引く -（重）
手に手をとって、

Sso kee ggeq lei laq,
男 足 上（副六）伸ばす
男の足は上に伸ばし、

Mil kee meeq lei tvl,
娘 足 下（副六）踏む
娘の足は下に踏む、

61 キノコの一種。ここでは mul が次の行の mul（老いる）を導く。
62 キノコの一種。ここでは sheeq が次の行の shee（死ぬ）を導く。

Tee bal gol jjerq naiq,
それ（場所）[過]（助七）（助四）
そこを越えなくては、

Tee dal me ssaq gge,
それ（副四）（副一）下る（構四）
それだけでなく、

Shee seeq ddee keef waq,
死 生きる 一 （糸）…である
死と生は一本の糸、

Laleeq*63 ddumuq seiq
ラリュ しきたり（態一）
ラリュのしきたりが
終われば、

63 情死者を弔う儀礼、「ハラリュク」。

Ezzeeq ni*64 gvl tee,
私‐友 二 （人）それ
私たち二人、

64 ロックは ngi（ナシ語ローマ字の jji）と記述しているが、nyi（ナシ語ローマ字の ni）の誤り。

Alrheeq lvgv shee,
薄荷 石‐（尾二） 死ぬ
薄荷が石の上で死ぬ、

Lei shee chuq bbee la,
（副六）死ぬ 早い（態二）（副三）
死ぬのが早くなっても、

Lei yuq chuq zo muq,
（副六）生きる 早い（末六）（末一）
生まれ変わるのは早いはず、

Lei yuq chuq bbee la,
（副六）生きる 早い（態二）（副三）
生まれ変わるのが早くても、

Lei shee chuq zo muq,
（副六）死ぬ 早い（末六）（末一）
死ぬのは早いはず、

Lalerq jjiq ssaq*65 mail,
大地 水 下る 尾
大地の水が流れる先、

65 次の行の ssaq を導く。

Sso dal la me ssaq,
男（副四）（副三）（副一）下る
（男は）男だけではなく、

Mil dal la me ssaq,
娘（副四）（副三）（副一）下る
（娘は）娘だけではない、

Meebvq ddee diul tee,
天‐（下） 一 （層）それ
一層の天の下、

Jjuq ddu mei dal muq,
いる（助一二）（尾五）（副四）（末一）
まさに生きる定め、

Yuciq ssoji gge,
[有情] 男‐小さい（構四）
恋多き若い男の、

Sso nee qil me taq,
男 心 冷たい（副一）（助二）
男は悲しんではいけない、

Haiq yi laceil huq,
黄金 ある 輝く 夕方
黄金の輝く夕方、

Cheehuq ho leel shel,
これ‐夕方（嘆）（接四）言う
この夕方と言えば、

Sso yuq bbeisso loq,
男 生きる 村‐（尾六） 中
男が生きる小さな村、

Neeq me ni mei nee,
君 （副一）要る（尾五）（構一）
君を要らない者が、

Goq pil goq shuq bbei,
針 失う 針 探す（構五）
失った針を探すように、

Sso shuq neiq seiq zaq,
男 探す（態三）（態一）（末六）
男を探すでしょう、

Mil shuq neiq seiq zaq,
女 探す（態三）（態一）（末六）
娘を探すでしょう、

Haiq yi laceil huq,
黄金 ある 輝く 夕方
黄金の輝く夕方、

Cheehuq ho leel shel,
これ‐夕方（嘆）（接四）言う
この夕方と言えば、

Ngv jjuq tokeedee,
九 山 松・足・(間)
九つの山の松の根に、

Fv leel juf lei ceeq,
キジ(接四)鳴く(副六)(来た)
キジが鳴いている、

Heeq leel juf lei ceeq,
銀鶏(接四)鳴く(副六)(来た)
ギンケイが鳴いている、

Yuciq ssoji mvq,
[有情] 男・小さい(末一)
恋多き若い男よ、

Me ggeq jju me taq,
(副一)甘んじるある(副一)(助二)
甘んじない気持ちが
あってはいけない、

Yiq see wai see tee,
右 思う 左 思うそれ
あれやこれやと考える、

See la neeq me taq,
思う(副三)(態三)(副一)(助二)
考えてはいけません、

Ddv sheeq ddvq yai`aiq,[*66]
毒 黄 毒 油
黄色い毒、油の毒、

66 ロックによれば、ナシ族の情死では、トリカブトを油で熱し、その油を飲むことが行われたという。

Ddee fvl teeq lu laq,
一 (服)飲む(命令)(末一三)
一服飲みましょう、

Ddi`liq bbuq yilkee,
ワラビ 豚 寝床
ワラビは豚の寝床、

Yil ssei yil lu laq,
寝る(態一)寝る(命令)(末一三)
眠りましょう、

Sso gvl seiq see mei,
男 (人)(疑)思う(構七)
男はどう思うのか、

Mil daqyil bbee laq.
娘 [答応](態二)(末一三)
娘に答えてください。

六―男――最後の歌(一五一～一五二頁)

Eggeeq sso ho[*67] ye,
私・(複) 男 (嘆) (末六)
私たち男は、

67 ロックは ^{2}khu とするが、^{2}kho(ナシ語ローマ字で ho)の誤りであろう。

Yiq see wai see tee,
右 思う 左 思うそれ
あれやこれやと考える、

See lei neiq me bbeq,
思う(副六)(態三)(副一)(態二)
考えないことにしよう。

Cee[*68] jil bbuqfv lerq,
冬 [季] フクロウ 鳴く
冬にフクロウが鳴く、

68 cee(冬)と、cee([首を]吊る)は同音である。

Ddu yel me ddu nal,
しきたり(接五)(副一)(助一二)(接一)
しきたりにはないが、

挿図4 情死の多発した玉龍雪山の森

Ddu nee teiq kaiq bbeq,
しきたり（構三）（副七）替える（態二）
替えてしきたりとしよう、

Ddee beil shel tal nal,
一（量）言う（助二）（副一）
話すことはたくさんあるが、

Shel lei seiq me loq,
言う（副六）（態二）（副一）（助一〇）
話しきれない、

Sso nee qil ggel waq,
男 心 冷たい（末一四）…である
男の心は悲しくなる、

Ddee beil shel me bbeq,
一（量）言う（副一）（態二）
もう話すのはやめよう、

Ddv sheeq ddvq yai`aiq,
毒 黄 毒 油
黄色い毒、油の毒、

Me teeq dol me tv,
（副一）飲む（構二）（副一） 到る
飲まないことはできない、

Daho teeq lu laq,
[打夥] 飲む（命令）（末一三）
一緒に飲もう、

Elzzeeq ni gvl tee,
私 - 友 二（人）それ
私たち二人、

Shee ddiuq dderq bbee laq,
死ぬ 地 横切る（態二）（末一三）
死の地を横切ろう、

Me bbee tal me loq,
（副一）行く（助二）（副一）（助一〇）
行かないことはできない、

Ddee bbee neiq lu laq.
一 行く（態三）（命令）（末一三）
さあ行こう。

文法的要素の記号一覧

助動詞（動詞・形容詞に後置する）

（助一）gvl 可能　（助二）tal 許可
（助三）dder 必要　（助四）naiq, niq, ner 必要
（助五）mai 獲得　（助六）zherq 使役
（助七）jjerq 可能　（助八）bbiu「敢えて」
（助九）ai 必要　（助一〇）loq 可能
（助一一）me niq 禁止　（助一二）ddu 習慣に合う

副詞

（副一）me 否定　（副二）el 疑問
（副三）la 並列・強調　（副四）dal 限定・強調
（副五）bbei 総括　（副六）lei 反復・動き
（副七）teiq 動作の開始・継続
（副八）eq 動作の開始・継続
（副九）yel 丁寧

接続詞

（接一）nal 逆接
（接二）seil, sseil 仮定条件・話題の提示
（接三）neel 選択　（接四）leel 文の転接・対比
（接五）yel, yerl, yil 順接
（接六）nee, neif など名詞成分の並列
（接七）nvl 主題の提示

構造助詞（文の各成分の関係を説明する）

（構一）nee 主語の提示　（構二）dol, gol 対象の提示
（構三）nee, nieq 位置・手段の提示
（構四）gge 形容詞性修飾語の形成
（構五）bbei 副詞性修飾語の形成
（構六）bul 動詞と補語の接続
（構七）mei 動詞・形容詞と補語の接続
（構八）nee 動詞・形容詞と補語の接続
（構九）lei 強調　（構一〇）yi 強調
（構一一）jerq 対象・比較対象を提示
（構一二）gguq 並列

動態助詞（動詞に後置するアスペクト）

（態一）seiq,sei 完了　（態二）bbee 意思・状況の進行
（態三）neiq, neeq 進行　（態四）pil, bil 完了
（態五）jji 過去の経験

文末助詞

（末一）maq, moq など確認、強調
（末二）mei 命令・確認
（末三）seiq, xie, xai 断定　（末四）neiq, neeq 命令・確認
（末五）zeel 伝聞　（末六）zo 可能性
（末七）wei, yo など感嘆　（末八）ei 確認
（末九）ye 感嘆　（末一〇）lei 疑問
（末一一）lail 疑問　（末一二）ddaq, ddeq 疑問
（末一三）laq 勧誘　（末一四）ggel 強調

接尾語

（尾一）-zo「～の物」　（尾二）-gv「～の所」
（尾三）-loq「～の中」　（尾四）-bbeq :「～の辺り」
（尾五）-mei :「大きい」「～の人」
（尾六）-sso :「小さい」　（尾七）-ku :「～の辺り」
（尾八）-mal : 粉末状のもの

（疑）: 疑問詞　（擬）: 擬態語・擬音語
（重）: 重ね型の形式　（複）: 複数
（嘆）: 感嘆詞
（　）: 量詞やその他の文法成分については、（　）に入れて記す。
［　］: 現代漢語からの借用語であることが明確なものは、［　］にその漢語を記す。

四　おわりに

「ユプ（ユの調べ）」は、情死しようとするナシ族の男女が、その最期の時まで歌ったものである。ジョゼフ・ロックの記したユプは六つの部分からなり、最後の男の歌を除き、男女の掛け合いで進行してゆく。第一の部分では、まず二人が一緒になる喜びが歌われ、第二の部分では、それぞれの育った家における苦悩が歌われる。男は兄弟の中で財産の取り分がないことを歌い、娘は貧しい土地に嫁にやられる苦しみを歌う。そしてこれらの苦しみから逃れるために、グルユツコへの情死が歌われる。第三・第四の部分では、情死の準備として、麗江の市で服を買い、日取りを決めることなどが歌われ、さらに二人で秘密の約束をして出発するまでの様子が歌われる。そして第五の部分の舞台は、情死の高原である。男は家族との別れを思い出し、娘はその気持ちを断ち切るようにと歌う。第六の部分は男の歌う最後の言葉であり、服毒までの気持ちが歌われている。そこに見られるのは、言い尽くせない気持ちを語る一連の言葉であり、諦観のようでもあり、苦しみからの解放のようでもある。

ルバルザを始めとするトンバ経典においては、古語と考えられている経典特有の語も用いられ、複雑で長時間に及ぶ儀礼を反映して、言語テクスト全体の長さも極めて長編となる。一般に、ルバルザでは情死した男女の向かう楽園の描写が詳細であるが、ロックの記したユプではそれがあまり見られない。ルバルザがトンバという他者による語り（あるいは祈り）であるのに対し、情死の当事者の言葉であるユプの全篇を覆うのは、逃れようのない現実の重さと、情死する男女の言いようのない悲しみである。第六の部分で歌われる、永遠の世界に旅立つ直前の「考えないことにしよう」、「もう話すのはやめよう」という男の言葉が、それを表している。ユプは、万葉集につながる「ラブソング・ロード」における、極限の恋歌として存在していたと言えよう。

ナシ族の住む雲南省麗江市では、一九九〇年代以降、急速に観光地化が進行してきた。ユネスコの世界文化遺産にも登録されている麗江旧市街では、観光収入を目当てにした外来商人が急速に増加し、元々ここに住んでいたナシ族の住民のほとんどが郊外に移住した。ナシ族は、元来、他の民族の文化を吸収することに長けた人々であり、その文化には漢文化やチベット文化などの要素が融け込んでいるが、現在の麗江の中心部では、もはやナシ族らしい文化を探すことが難しくなっている。こうした状況の中で、ナシ族が自身の拠り所である伝統文化を見直す機運が、九〇年代の後半から高まってきている。

このような自民族文化の再認識は、まず、ナシ族独特の文化として知られるトンバ文字やトンバの儀礼から始まった。この時期から地元政府や博物館、ナシ族出身の研究者などが組織して、トンバ文化の伝承教育が行われるようになった。そしてその中で、トンバの文化のさらに根底にあるナシ語に対する認識も見られるようになり、学校でのナシ語の教育も始まっている。

情死に関わるテクストであるルバルザとユプも、これらナシ族の伝統文化の文脈の中に位置付けられることには変わりがない。しかしながら、トンバ経典の一つであり、ハラリュクという大規模な儀礼における最も重要なテクストとされるルバルザに対し、ユプに関してこれまでに行われた研究はかなり少ないと言える。ジョゼフ・ロックのテクストを除いては、中国大陸では調査は行われていたものの、ナシ語のテクストを含めた形で翻訳・出版されるのは二〇一〇年を待たねばならない。この他には、和志武によるナシ語のみのテクストや、断片的に発表された漢語による翻訳があるだけである。ルバルザがナシ族の悲恋物語としてしばしば取り上げられるのに対し、ユプはその当事者によって表現された言葉であるにも関わらず、一見、影のような存在として扱われてきたようにすら見える。

本稿の第二節にも述べたように、情死にまつわる伝承には、現在に至るも一定の禁忌が存在する。トンバの儀礼の中で、ハラリュクが極めて大規模な儀礼となっていることにも、情死の霊に対する人々の畏怖の感情が表れている。このような情死という問題の特異性に加え、当事者による飾りのない言葉によって歌われたユプは、あまりに直接的であるがゆえに、それを扱う上でも一定の困難が存在してきたのではないか。それがナシ族の伝統文化におけるユプの位置付けを、特殊なものにしているように思われる。

民謡としてのユプは、「ゴチ（gguqil）」と呼ばれる調子を用いて歌われる。ナシ語の「ゴ（gguq）」は「痛み」の意味であり、悲しみに満ちた旋律にのせて、心中の苦しみを切々と歌うのがゴチである。ユプの他にも、「逃婚調」などの民謡がゴチを用いて歌われる。山中でゴチを歌うと、悲しみや寂しさに耐えられなくなり、情死した沢山の霊が歩くのが見えたり、さらにはそれがきっかけで情死してしまったりするという。そのため、かつてナシ族の親たちは、娘や息子をゴチから遠ざけようとした。[注3] このように、ゴチの調子で歌われるユプに、悲しみの強力な感染力が存在していたことも、ナシ族の文化におけるユプの特殊な位置付けに関わっていると考えられる。

注

1 Rock, "The Romance of K'a-mä-gyu-mi-gkyi", p.3.
2 ピーター・グーラート『忘れられた王国』一五五頁。
3 楊福泉『玉龍情殤――納西族的殉情研究』（三五～四一頁）では、このようなゴチと情死の関係が示されている。

参考文献

Rock, Joseph. F., "The Romance of K'a-mä-gyu-mi-gkyi", *Bulletin de l'École Française d'Extrême - Orient*, 39, pp.1–152, 1939.
Rock, Joseph. F., *A Na-khi English Encyclopedic Dictionary*, Part I, Roma: Istituto Italiano per il Medio ed Estremo Oriente, 1963.

李之典編『相会調』雲南民族出版社、二〇一〇年。

和志武『納西族民歌訳注』雲南人民出版社、一九九五年。

和志武『魯搬魯饒』雲南民族出版社、一九八七年。

楊福泉『玉龍情殤――納西族的殉情研究』雲南人民出版社、二〇〇八年。

中国作家協会昆明分会民間文学工作部編『雲南民族文学資料 第六集』一九六二年。

辰巳正明『詩の起原――東アジア文化圏の恋愛詩』笠間書院、二〇〇〇年。

黒澤直道『ナシ族の古典文学――「ルバルザ」・情死のトンバ経典』雄山閣、二〇一一年。

ピーター・グーラート著、高地アジア研究会訳『忘れられた王国』ベースボール・マガジン社、一九五八年。

〔謝辞〕

本稿の執筆の過程では、ナシ語の難解な語彙について、雲南省社会科学院東巴文化研究院（雲南省麗江市）元研究員の和力民先生よりご教示をいただいた。ここに記して感謝の意を申し上げる。ただし、最終的な解釈に関する一切の責は筆者に帰する。

東アジアの恋愛詩

塩沢　一平

一　はじめに

本稿では、東アジアの恋愛詩を考える上で、古代日本の万葉集と中国の恋愛詩を多く含む古代歌謡の『詩経』国風と、六朝期の恋愛詩集である『玉台新詠』を取り上げ、万葉集がどのように東アジアの恋愛詩と向き合う古代文学であるのかを明らかにすることが目的である。その前にまず本論題名の意図や本稿の重要な前提となる、東アジアの恋愛詩について少しく概括したい。

東アジアの恋愛詩は、古代から現代まで、歌謡の形で口承されている。また一方ではそれは文字をもたない部族でも、東アジアの共通文字である漢字によって記録されることがあり、これによって記録時の歌謡のあり方や、口承の起源の断片を知ることができる。口承と記録の重層的な継承の中から新たな恋愛詩が生み出されていくこともあった。さらに、場合によっては、時空を離れ、記録されたものを教養層がたどりながら、別の時空で新たな恋愛詩が作り出されたり、新たな定義がなされることもあった。

口承された恋愛詩を例に挙げると、新中国になり少数民族の研究が盛んになると、様々なことが明らかになってきた。その中でも歌会（歌垣に類する）による歌の掛け合いの研究の進展により、歌会の恋愛歌謡には、「初会、探情、賛美、離別、相思」などと名付けられるような、恋愛の進行に伴う定式があることがわかってきた。この研究の牽引者である辰巳正明氏は、チワン族やナシ族などの少数民族への現地調査やその研究成果から、この歌唱システムの詳細を明らかにし、それを「歌路《かろ》」と呼んだ。この「歌路」は、日本の南島歌謡の集団歌、さらには古代歌謡や万葉集にもそのシステムの断片が見られ、氏はこれらを総合し、東アジアの恋愛詩歌の起源を探ろうとしている。[注1]このような歌路や少数民族の恋愛歌謡および南島歌謡に関しては、この章の諸氏がまさに詳細に論じているところであるので、それに譲ることとする。

口承と記録の重層的な継承や、記録されたものをたどりながら教養層が別の時空で新たな恋愛詩が作り出した例の一つとしては、「楽府」が挙げられよう。中国古代の「楽府」は、もともと漢代に設立された楽所の部署名から名付けられたもので、曲を伴う民間歌謡が収集されたものであった。そのそれぞれの楽府の楽曲と題名を利用して、新たな楽府が作られた。また教養層により、題名のみを利用した楽府が制作されるようにもなる。いわゆる新楽府である。それらは、必ずしも歌われることが前提ではない恋愛詩を成立させた。さらに唐代では「楽府」は詩題ともなった。[注2]

同様な例として日本の『万葉集』の巻八・巻十に収められた四季の短歌が挙げられる。この二巻は、「春雑歌・春相聞」のように、季節の雑歌・相聞に分けられており、巻八の相聞六十九首の内六十六首が、巻十相聞百五十一首のすべてが短歌からなる（巻八が作者名を記し、巻十は作者未詳歌である）。この分類は、早くに中西進氏が指摘したように、中国『楽府詩集』に見られる「子夜四時歌」に学んだものと考えられる。[注3]「子夜」は真夜中を指し、女性が男性を誘うことばで、「四時」は四季を表す。無季の恋歌が四季分類されるという新たな相聞歌が成立したのである。作者が分かる巻八には、額田王や坂上郎女（家持の叔母で姑）など名門貴族の女性の相聞歌が収められていることに注目される。そしてそこには「楽府」と同様に、恋愛歌が教養層において積極的に詠まれているのである。教養層が社交的な恋愛歌として詠み交わしたことの理由は、「楽府」との関係から十分に注目する必要がある。なぜなら、万葉集の中には「遊行女婦」（8・一四九二、18・四〇四七、19・四二三二）と呼ばれる伎女（専門歌人）が存在し、彼女たちは教養層との掛け合いを楽しみ、名門貴族の女性が教養として取り入れていく過程が考えられるからである。

また、韓国では恋愛詩が多く詠まれる「時調《しじょ》」も、万葉集と類同する。「時調」は主に李氏朝鮮の歌謡が主であるが、この「時調」というのは時節の短調（短歌）を意味し、「時調」も四季の恋歌を多く含んでいる。「時調」の存在は高麗以降の文献から確認できるが、源流はやはり「子夜四時歌」にあるとされる。[注4]「時調」には多くの伎女の歌が残されており、彼女たちは官伎であることから、妓楼において文人たちとの恋愛詩の交流の様が推察されるのである。

万葉集の季節の恋歌は、楽府として流行していた「子夜四時歌」の理解の中から生まれ、また伎女の恋歌とも類同する古時調との関係からも推測され、それらは百済や中国を通して時空を跨いで接触していたことも考えられるのである。

中国・日本・韓国の恋愛詩についての概要を述べたが、それらは口承や記載を通して、東アジアに共通する関係があることが理解できたのではなかろうか。ただ万葉集についていうならば、四季分類された相聞短歌と東アジアの恋愛詩との共通性を指摘したということに止まるが、万葉集には他に相聞長歌も含まれている。「子夜四時歌」以外にも、中国ではまるごと一冊の「恋愛詩」からなる、六朝の『玉台新詠』もある。また、恋愛詩といえば最古の恋愛詩を収める『詩経』の国風がある。この二つの恋愛詩集と、万葉集長歌との関係は新たな問題として考える必要がある。万葉集の「雑歌」には長歌体の恋歌が収録されていて、それが「雑歌」であることの経緯や必然性が疑問としてある。次に『玉台新詠』の恋愛詩が相聞歌に取り入れられていった状況も問題としてある。そのような中で万葉集巻九の相聞長歌に取り入れられ、その巻九相聞長歌がいかなる独自の展開をしていったかということが、このことによって明らかになるように思われる。

恋愛歌謡は、歌唱システム「歌路」の痕跡を残しつつ文字としても記録された。それは掛け合いの一方の側(例えば男)だけのものを元にしたものもあったであろうし(このことは後述する)、さらには男女双方のものが融合され、一纏まりとなっている場合も考えられる。本論では、中国の恋愛歌謡および恋愛詩と、それに拮抗する万葉集の恋愛を歌う長歌体恋歌との関係について検討を加えてみたい。

二 『詩経』と『万葉集』の冒頭「雑歌」

そもそも中国詩のルーツともいえる『詩経』は、五経の一つとされて儒教の経典として一般的に唱えられるが、その冒頭から「恋愛詩」であったといえる。『詩経』は孔子が古詩を三百五篇に編んだといわれ、風・雅・頌、賦・比・興の六義からなり、漢代には儒教の経典とされた。「風」は漢代に付された大序に「上以風化下、下以風刺上、主文而譎諫。言之者無罪、聞之者足以戒。故曰風。」(上は以て下を風化し、下は以て上を風刺し、文を主として譎諫す。之を言ふ者は罪無く、之を聞く者は以て戒むるに足る。故に風と曰ふ。)とあり、毛亨により「風風也。教也。風以動之。教以化之」(『毛詩詁訓伝』)と注されるように、風化・教化の意とされてきた。しかし『詩経』は元々は「詩」「詩三百」と呼ばれたものであり、「経」ではなかった。[注5]「風」も、「周南」、「召南」、「邶風」(衛の地方名)など地方の民間歌謡を収集したもので、百六十篇と全体の半数余りとり、その多くは、恋愛詩であったというのが今日の通説である。その『詩経』冒頭の「関雎《かんしょ》」は、次のようなことばから始まる。

関関雎鳩　在河之洲　関関たる雎鳩は　河の州に在り
窈窕淑女　君子好逑　窈窕たる淑女は　君子の好逑
参差荇菜　左右流之　参差たる荇菜は　左右に之を流《もと》む
窈窕淑女　寤寐求之　窈窕たる淑女は　寤寐に之を求む
求之不得　寤寐思服　之を求めて得ざれば　寤寐に思服す
悠哉悠哉　輾転反側　悠なる哉悠なる哉　輾転反側す
參差荇菜　左右采之　参差たる荇菜は　左右に之を采《と》る
窈窕淑女　琴瑟友之　窈窕たる淑女は　琴瑟之を友とす
參差荇菜　左右芼之　参差たる荇菜は　左右に之を芼《と》る
窈窕淑女，鍾鼓楽之　窈窕たる淑女は　鍾鼓之を楽しむ（周南）

〔鳴き交わす雄雌のミサゴは、黄河の中州にいる。しとやかな淑女も、ミサゴと同じように君子の連れ合いとして求めるのに相応しい。不揃いなアサザは、左右に探し求めて揃えて摘む。私に相応しいしとやかな淑女も、寝ても覚めても探し求める。探し求めても手に入れられないならば、寝ても覚めても何度も恋しく思う。遥かであるなあ遥かであるなあ、寝返りを打つばかりで眠れない。不揃いなアサザは、左右に探し求めて揃えて摘み採る。私に相応しいしとやかな淑女は、私と琴や瑟を一緒に楽しむものだ。不揃いなアサザは、左右に探し求めて選び採る。私に相応しいしとやかな淑女は、私と結婚して鍾を鼓ならし一緒に楽しむのだ。――塩沢私訳〕

このように「関雎」は、もともとミサゴやアサザに喩えて自らに相応しい相手を求める民間歌謡と考えられる。孫久富氏は、『詩経』の注としての毛伝古注が、婦人がアサザを摘み取って祭祀に供えるものであったことを示しながら、その祭祀が歌垣或いは歌垣の性質を持つものであった可能性を指摘している。[注6] 自然の景物が対となることを利用して男女が対となるべきだという求婚の歌は、歌垣にもよく見られる。「一」で挙げたチワン族の「歌路」の「初会」では、

安心して歌いましょう。妹はウグイス、私は画眉鳥です。
二人は同じ林の鳥です。どうして一緒に声をそろえて歌わないのですか[注7]

と鳥に喩えて男が女に歌い掛けるものがあり、「関雎」に類同する。「関雎」は、その内容も「参差荇菜」「窈窕淑女」を繰り返し、手を替え品を替え求婚をしているものとも理解される。あるいは、それぞれ嘆息のことばを挟んで「流《もと》ム」から「采《と》ル」（「芼《と》ル」）へ、「求ム」から「友トス」「楽シム」へ物事が進行している表現を歌っているようにもとれる。つまり歌垣のやりとりの中で、少しずつ恋愛が進行した様が「関雎」に記録されているとも理解できるのである。

この求婚の中にも「歌路」の断片を見せる「関雎」は、既に漢代から儒教的な理解がなされていた。『毛詩詁訓伝』によれば、先に示したことばの直前には、「関雎后妃之徳也。風之始也。所以風天下。而正夫婦也」とあり、后妃の美徳が正しい夫婦関係を作るものであると注されていた。また『毛伝鄭箋』では「夫婦有別。則父子親。父子親。則君臣敬。君臣敬。則朝廷正。朝廷正。則王化成」と述べられ、夫婦の役割を正しくすると、父子君臣の関係もうまくいき、同様に天下も正しく治まるものとの理解がなされている。唐代孔穎達の『毛詩正義』では「二南之風、實文王之化」と述べ、「君主」を「文王」であるとし、「后妃」との関係を明確化させている。[注8] このように歌垣の初会求婚の「恋愛詩」を冒頭に掲げる『詩経』は、詩を用いた儒教経典として理解されていったのである。

このような求婚の歌は、『万葉集』の冒頭にも「関雎」と似通った内容の歌が配させている。

天皇の御製歌

籠《こ》もよ　み籠《こ》持ち　堀串《ふくし》もよ　み堀串《ぶくし》持ち　この岳に　菜摘ます児《こ》　家聞かな　名告らさね　そらみつ　大和の国は　おしなべて　われこそ居れ　しきなべて　われこそ座《ま》せ　われこそは　告《の》らめ　家をも名をも

（1・一）[注9]

この相手の名前を問う冒頭歌は、つとに言われるように、雄略御製に仮託された伝承歌である。相手の名を聞くものは、相聞の部立の問答歌である巻十二の次の歌にも見られる。

紫は灰指すものそ海石榴市《つばいち》の八十《やそ》の衢《ちまた》に逢へる児《こ》や誰《たれ》

（12・三一〇一）

たらちねの母が呼ぶ名を申さめど路《みち》行く人を誰と知りてか

（同・三一〇二）

「紫は灰指すものそ」とは、女性が男と結婚して美しくなるの意である。名を知ることは、相手を自らのものとすることであり、求婚することを意味する。相手に名を問うことは求婚を表すのである。男が求婚し名を問うのに対して、女は、誰か分からない人の求婚には答えられないと、逆に男の名を問い返してやり込めている。辰巳正明氏は、海石榴市での歌垣の歌（12・二九五一）があることから、この問答も海石榴市での歌垣でのものとする。この問答は、本格的な歌掛けに入る前の導入となる歌垣の初めの「名問いの歌」であると述べている。[注10]

こうしてみると、万葉歌冒頭歌も歌垣の初めの名問い、つまり「初会」部から始まっていることになる。「籠もよ　み籠持ち……名告らさね」までの前半部の名問いに対しては、先の三一〇二番歌の「路行く人を誰と知りてか」（行きずりのあなたをどんな人と知っていて告げるのでしょうか）と同様に、誰であるか分かっていないので、あなたから名告って下さいというような女の返しがあったことが予想される。それに対する答えとして、「そらみつ　大和の国は……　われこそは　告《の》らめ　家をも名をも」というように、国の統治者であると名告りを上げることとなる。もちろんこれは、歌垣での大袈裟な表現であり、それを否定するようなことばを相手から引き出す誘い歌であったとも考えられる。このように歌の展開としての「歌路」の断片がこの歌に残されているといえよう。

さて「関雎」では「水生」といい、雄略天皇の歌では「岳」といい、場所の違いはあるものの、どちらも菜摘が歌われていることは一目して理解される。両冒頭の類似点について、徐送迎氏は次の四点にまとめている。すなわち、発想は同じ春の歌で、内容は男が菜摘をする女に恋し、形式は菜摘を通じて展開し、主人公は国を支配する君主或いは天皇を指すとする。注11 明快な説明であり、従うべき見解であろうと考える。

では、この両者の類同性は、何を物語っているのであろうか。これは、「一」で示した東アジアの恋愛詩のありようの中で、「時空を離れ、記録されたされたものを教養層がたどりながら、別の時空で新たな恋愛詩が作り出されたり、新たな定義がなされた」ことによるものと考えられる。

日本初の和歌集編纂に当たった古代官僚が、時空を離れた中国古代の詩集『詩経』を範に仰ごうという態度があったことは想像に難くない。『万葉集』編纂と関わりが大きいと考えられる古代官僚を養成する大学寮では、「凡経、周易、尚書、周礼、儀礼、毛詩、春秋左氏伝、各為一経。孝経、論語、学者兼習之」（「学令」）とされ、『大宝令』や『養老令』では必読の経書類を規定している。注12 続いてそれぞれの教授に当たっては、「凡教授正業、周易鄭玄、王弼注。尚書孔安国、鄭玄注。三礼、毛詩鄭玄注。左伝服虔、杜預注。孝経孔安国、鄭玄注。論語鄭玄、何晏注」（「学令」）とあるように、従うべき注釈書も指定されている。『詩経』についても、漢代の『毛伝鄭箋』の注に従って理解するものであることが示されている。つまり、『詩経』冒頭の「関雎」は、『毛伝鄭箋』の注が示したように、夫唱婦随の夫婦関係が述べられ、延いては帝徳が遍く天下に行き渡った、理想の国家統治となることを意味するものとして理解することを求められていた。

日本の古代官僚は、この『詩経』の理解のもとに、「籠もよ　み籠持ち……」という歌を『万葉集』の冒頭に選び出した。この歌謡は、歌垣の初めの名問いということからすれば、内容的には「相聞」に収められるべきものであった。それを徐氏が指摘したような四つの類似点を以て、理想の王権統治を表す「雑歌」として再解釈し、『万葉集』冒頭に配したこととなる。さらに題詞に「(雄略)御製歌」と付すことによって、前述したような大袈裟な表現による、さらなる女への誘い歌と考えられる後半部分も、女性を付き従わせる絶対的権力者である天皇の名告りへと変貌させ、定位させたものと考えられる。

このように、万葉時代の古代官僚は『詩経』をそのものとして理解するのではなく、『毛伝鄭箋』の注釈により儒教の経書として当代的に理解を示したのである。この理解の上に、日本最古の和歌集の冒頭を形作るにあたって、『詩経』冒頭に収められていた夫唱婦随を意味すると考えられていた、「関雎」に見合う内容を含む歌垣歌謡を選び出し、『万葉集』の冒頭「雑歌」に当て嵌めた蓋然性が高い。それをなしえたのは、古代中国詩の「関雎」と万葉長歌の雄略御製とが、歌垣の初会の場面という共通性や類同性の断片を持つ、東アジアの恋愛詩であったからに他ならない。

三　『文選』と『万葉集』「相聞」

それでは、『万葉集』冒頭歌のように、再解釈されて「雑歌」に収められたものではない、万葉の恋愛詩と中国古典籍との関係は如何なるものであったのだろうか。ここで恋愛詩集『玉台新詠』との関係を語る前に、他の古代官僚必読の書と『万葉集』の恋愛詩について少しく述べることとする。

『万葉集』の恋愛詩は、周知のように三大部立の「相聞」に収められている。巻十一・十二は、目次に「古今相聞往来の歌の類の上(下)」と表され、この二巻の骨格をなす「正述心緒歌」と「寄物陳思歌」に加えて、これらの巻の「旋頭歌」・「問答歌」・「譬喩歌」(巻十一)、「問答歌」・「羈旅発思歌」・「非別歌」(巻十二)の所収する歌々も相聞歌となる。大伴家持が新たに立てたとおぼしい「譬喩歌」と部立される歌は、巻三・巻七・巻十四にも含まれ、これらもほぼ相聞歌となる。大伴家持の歌日記(日誌)的な『万葉集』末尾四巻の中にも、「恋の緒を述べたる歌一首并せて短歌」(17・三九七八〜三九八三)のように恋愛歌が含まれている。

中国古典籍については、先の古代官僚に必読の書に並んで、「大宝令」の注釈書である『令集解』の古記に、『文選』『爾雅』も修得すべきものと記されている。「考課令」にも「凡進士、試時務策二条。帖所読、文選上袟七帖、爾雅三帖……」(「考課令72」)とあるように、二書に通じていることが求められた。[注13] 六朝詩文のアンソロジーである『文選』と中国最古の辞書である『爾雅』も、李善注『文選』、郭璞注『爾雅』として、初めから注釈付きで享受されていた。

『文選』と『万葉集』の恋愛歌である「相聞」との関係性は、「相聞」の中で最も早く登場する長歌体の「恋愛詩」である柿本人麻呂の石見相聞歌(2・一三一〜一三三、一三五〜一三七)に指摘がある。石見相聞歌は、石見の官人であったらしい人麻呂が現地の妻と別れて上来する時の悲しみを詠んだ、対をなす二組の長反歌からなる。この歌群との類同性は、既に様々指摘がある。陸士衡行旅詩「赴洛二首」・「赴洛道中作二首」との発想の類同性や、江淹(江文通)の「別賦一首」や「古離別」と、石見相聞歌の妻との別れの描写との類似性である。[注14] これらに加えて私も王粲(王仲宣)作の「従軍詩五首」の第三首との発想や表現の類同性、さらに本文だけでなく李善注との類同を指摘したことがある。例えば、石見相聞歌第二長歌(一三五)の末尾で妻との別れを受け入れる心情を、行動として述べた「大夫と　思へるわれも　敷栲の　衣の袖は　通りて濡れぬ」という表現は、従軍詩の第九句から第十句「征夫心多懐　悽愴令吾悲」(出征した男は、心に思うことが多く、痛ましさは、我が心を悲しませる)と、第十二句「草露沾我衣」(草葉の上の露が、我が衣を湿らせる)を合わせて縮めたような表現になっている。また従軍詩の第九句から第十句の「李善注」を見ると、「礼記曰、霜露既降、君子履之必有悽愴之心」と述べられている。この「霜露」は、対をなす第一長歌（一三一）で妻を石見に置いて別れの時点を述べた「露霜の　置きてし来れば」の「露霜」を連想させるものである。石見相聞歌第一長歌の「露霜の　置きてし来れば」は、ことによって「敷栲の　衣の袖は　通りて濡れぬ」の状態となるという関係は、李善が「霜露」を踏むことによって「悽愴之心」が起こると注したことを介在することで理解が行き届くこととなる。[注15]

このように、『万葉集』の恋愛を意味する「相聞」に収められた長歌体の恋愛詩は、その成り立ちから、古代官僚必読の書『文選』と、その注を含んだ形で関わりをもって成立していた。別な言い方をするならば、晴れの場での勉学の中で深められた教養を生かし、褻としての文学を作成していたことになる。

四　『玉台新詠』と『万葉集』「相聞」長歌

「三」で取り上げた『文選』は、まさに六朝漢詩文のアンソロジーであり、その内容も多岐にわたり、形式も散文の「賦」を「詩」に先立てた構成となっている。『文選』と恋愛詩である『万葉集』の相聞長歌との関係は、「一」で示した『万葉集』巻八・十の相聞短歌と楽府「子夜四時歌」や朝鮮の「時調」との関係、『万葉集』冒頭の「雑歌」である「雄略御製」と『詩経』冒頭の「関雎」との関係とは異なり、形式として正確な対応をなしているとはいえない。恋愛詩として『万葉集』の相聞長歌と対をなすに最も相応しい中国の恋愛詩は、同じ六朝時代の『玉台新詠』が挙げられよう。鈴木虎雄氏が『文選』に比較して『玉台新詠』について「文学の形式は詩といふ一体に限られ、詩の内容は男女相思の情若しくはそれに関係あるものに限られ、詩風は綺豔を主としたものに限られてゐる[注16]」と述べるように、『玉台新詠』は一冊がまるまる恋愛関係詩なのである。

また「歌路」との関係から『玉台新詠』を考えるならば、情詩の題が注目される。辰巳正明氏は『玉台新詠』の情詩題を総覧し、それが「相逢」「怨」「定情」「別離」「相思」の五つにまとめることができると述べ、これがプイ族（相会歌・相思歌）、ムーラオ族（初逢・分離・怨責）、チン族（初会・離別・相思・同心・怨歌）、チワン族（初会・離別・定情）といった中国少数民族の「歌路」の段階を表すことばと重なることを指摘し、その分類は「歌路」の断片であることは明らかであるとしている。そしてその「歌路」が皇太子サロンや貴族サロンにおいて成立したとは考えられず、むしろ、同時代の民間歌謡の中に存在した「歌路」が取り込まれたと考える方が妥当であると述べる。注17

それでは万葉集の「相聞」長歌の成立過程では、どのようなことが言えるであろうか。万葉集巻四「相聞」に収められた長反歌に次のようなものがある。

神亀元年甲子の冬十月、紀伊国に幸《いでま》しし時に、従駕《みとも》の人に贈らむがために、娘子に誂《あとら》へられて作れる歌一首并せて短歌　笠朝臣金村

大君の　行幸《みゆき》のまにま　物部《もののふ》の　八十伴《やそとも》の雄《を》と　出で行きし　愛《うつく》し夫《つま》は　天飛ぶや　軽の路《みち》より　玉襷《たまだすき》　畝火を見つつ　麻裳よし　紀路に入り立ち　真土山《まつちやま》　越ゆらむ君は　黄葉《もみちば》の　散り飛ぶ見つつ　親《にきび》し　われは思はず　草枕　旅を宜しと　思ひつつ　君はあらむと　あそそには　かつは知れども　しかすがに　黙《も》然《だ》もありえねば　わが背子が　行《ゆき》のまにまに　追はむとは　千遍《ちたび》おもへど　手弱女《たわやめ》の　わが身にしあれば　道守《みちもり》の　問はむ答を　言ひ遣《や》らむ　術《すべ》を知らにと　立ちて爪《つま》づく　（4・五四四）

反歌

後れゐて恋ひつつあらずは紀伊《き》の国の妹背の山にあらましものを　（五四五）

わが背子が跡ふみ求め追ひ行かば紀伊《き》の関守《せきもり》い留《とど》めてむかも　（五四六）

行幸に従駕し離れていった男に対する「軽い、健康的な嫉み」（阿蘇瑞枝『万葉集全歌講義』）を歌うこの歌には、すぐに二つの疑問が浮かぶ。まず、聖武天皇の紀伊行幸時のもので行幸儀礼時と考えられるものでありながら、巻四の「相聞」に収められている歌となっている点。次に「娘子に誂《あとら》へられて」（娘子に依頼されて）という特殊な題詞となっているという点である。後者については、「誂」の字を題詞や左注に持つ歌は、万葉集中他に三例あり（8・一六三五題詞、19・四一六九題詞、19・四一九八左注）、いずれも大伴家持が、尼（一六三五）や、妻である坂上大嬢（四一六九・四一九八）に実際に依頼を受けての代作であったと考えられる。[注18]当該の笠金村歌には、明確な依頼者を想定できず、やはり特殊である。これを解決する手段として、従来娘子からの「誂へ」は虚構であったという説が提唱されている。例えば、伊藤博氏は、当該歌が「留守の女性たちの心情を語る虚構的作品として行幸先で公表された」もので、「トネリ歌人」（宮廷歌人）の裏芸として「虚構の作を詠」んだものであると述べている。[注19]また久米常民氏は「従駕時のくつろいだ場で、誦詠することを目的として金村が作詞した」[注20]ものであるとする。

ところで、「三」で取り上げた石見相聞歌の作者人麻呂は、当該歌の作者笠金村に先立つ宮廷歌人である（後で取り上げる田辺福麻呂は、万葉最後の宮廷歌人となる）。先の人麻呂のように、『文選』で文作を学んだ宮廷歌人が、その文才を生かし、要請に応え、虚構の内容をまとめた相聞長歌を作成することは十分ありうるであろう。ただそれが直ちに女性に仮託した、虚構を生み出すとは考えられまい。人麻呂の場合も、石見の現地妻との別れの悲恋を、自身を主人公として設定しているのである。

村山出氏も同様に「この一篇は題詞に記されているように、娘子の依頼で作った態度を装いながら、虚構の作であることを明らかにしている」としながら、その背景に『玉台新詠』の情詩があることを指摘している。村山氏は、早く中西進氏が「相聞」の恋愛長歌の特徴として（一）代作の傾向を持つ、（二）条件設定の匂いを持つ、(三) 京師以外の土地の関係を持ち、『玉台新詠』の情詩がおおむね女性の情を述べるのも、男性作者がその感情になりかわって歌う代作の虚構詩の中に源泉があると述べたこと[注21]を受けて、

玉台詩には、公務や軍役のためにやむをえず旅に出た夫を思い嘆く妻の作品が少なくない。長期にわたる離居という状況における妻の夫に対する思慕あるいは怨嗟、晴らしようのない憂情の独白という表現に共通性が認められ、しかもそのかなりの部分は男性詩人による虚構である。このような情詩にみられる状況・発想・方法は、新しい表現の可能性を金村に示唆するところが大きかったのではいるまいか。

とまとめている。[注22] 当該の金村歌は、両氏が指摘するように、女性に仮託して男性が詠む『玉台新詠』にみられる情歌を下敷きにして作られたものと考えてよいだろう。

この玉台情歌は、「閨怨詩」とも定義されるものである。「閨怨詩」の「閨」は女性の寝室を指し、「怨」は「怨望」、つまり心の空虚を愛によって満たされたいと願うことを意味する。「閨怨詩」の狭い理解は、女が寝室で男の来訪を待ち侘びる内容を、男性が女性に仮託して制作したものを指す。また、広い意味としては、軍役も含め、遠く離れて訪れて来ない男を待ち侘びる女の心情を女性に仮託し、男性が制作したものをも指すものである。当該金村歌は、行幸従駕のものであり、広い意味の「閨怨詩」として理解できる。長歌末尾に「立ちて爪《つま》づく」とあり、第二反歌に「わが背子が跡ふみ求め追ひ行かば」と追いかけていくことは仮定であるので、女は家にいることとなる。まさしく「閨怨」の形式に則ったものとなっていることが見て取れよう。

同じ金村の「相聞」長歌に次のようなものがある。先の長歌の四年後のものである。

神亀五年戊辰の秋八月の歌一首并せて短歌

人と成る　ことは難きを　わくらばに　成れるわが身は　死にも生きも　君がまにまと　思ひつつ　ありし間に　うつせみの　世の人なれば　大君の　命《みこと》畏み　天離《あまざか》る　鄙治めにと　朝鳥の　朝立ちしつつ　群《むら》

鳥《どり》の　群立《むらだ》ち行かば留まり居て　われは恋ひむな　見ず久ならば　（9・一七八五）

反歌

み越路《こしぢ》の雪降る山を越えむ日は留まれるわれを懸けて思《しの》はせ　（一七八六）

この「相聞」長歌も「留まり居て　われは恋ひむな」とあるように、留まる側からの歌である。武田『萬葉集全註釈』が先の五四四～六に加えて「これもその類であろう」と述べて以来、この歌も女性に仮託した歌と考えられている。同様に「閨怨詩」を下敷きにしたものであることがわかる。この長反歌の直後に続く同じ金村の一七八七番歌には、「見るごとに　恋はまされど　色に出でば（色二山上復有山者）　人知りぬべみ」と「出」を「山上復有山」と表記する有名な戯書が用いられており、これは『玉台新詠』の「古絶句四首」の中の「其一藁砧今何在」の、

藁砧今何在　山上復有山　　藁砧今何くにか在る　山上復た山有り

何當大刀頭　破鏡飛上天　　何か當に大刀の頭なるべき　破鏡飛んで天に上る

によるもので、金村が『玉台新詠』を学んでいた証左の一つに挙げられよう。また『毛詩正義』に「春女悲、秋士悲。感其物化也」とあり、『毛伝鄭箋』に「春女感陽気而思男、秋士感陰気而思女是其物化所以悲也」とあるように、万物の気の変化に感じて、女性は「春に悲しみ」男性は「秋に悲しむ」という枠組みの伝統があるが、[注23]この歌は『玉台新詠』にも載る「古詩十九首　其九　明月何皎皎」の詩の、

明月何皎皎　照我羅床幃　　明月何ぞ皎皎たる　我が羅の床幃を照らす

憂愁不能寐　攬衣起徘徊　　憂愁して寐ぬる能はず　衣を攬りて起ちて徘徊す

客行雖雲樂　不如早旋歸　　客行樂しと雲ふと雖も　早く旋歸するに如かじ

出戸獨彷徨　愁思當告誰　　戸を出でて獨り彷徨し　愁思當に誰にか告ぐべき

引領還入房　涙下沾裳衣　領を引いて還って房に入れば　涙下りて裳衣を沾す

のような、秋の「閨怨詩」を下敷きにしたものであろう。ただ、この一七八五番歌には工夫が凝らされている。「古詩十九首」でも解るように、「閨怨詩」は先に示したように「空閨」の長きを嘆くものである。が、これは、「恋ひむ」と未来推量の「む」や「見ず久ならば」と仮定条件の「ば」を用いて、これからの逢えない時の長さを述べたものとなっている。反歌でも「み越路《こしぢ》の雪降る山を越えむ日は」と、冬に山を越える日のことを未来推量したものとなっている。未来の別れの長さに対する、「閨怨」の相聞長歌として詠まれているのである。

万葉集の相聞長歌の出発は、「三」で示した柿本人麻呂の「石見相聞歌」のように、古代官僚が登用されるために学んでいた『文選』と、その引書を含む李善注を取り込む形で成立していった。奈良朝に入ると、それは恋愛詩集『玉台新詠』の「閨怨詩」に学ぶ形で展開している様が理解できる。その学びの成果は「娘子に誂《あとら》へられて作れる歌」と、女性に仮託したことを享受者に示し、理解を促すものとして示されていた。続いて一七八五番歌のように仮託を明示しないものも表れることととなった。このときに不在の男を待ちわびる長さを嘆く「閨怨」だけでなく、これから予想される未来の不在を嘆く「閨怨」というように、学びに変化をつけていたことが理解される。『玉台新詠』が「歌路」の断片を残すことから解るように、同時代の歌謡を取り込みながら成立したものであるのに対して、日本の相聞長歌は、『玉台新詠』から学ぶことをもって展開していたのであった。

万葉集の相聞長歌は、更なる展開を見せる。巻九「相聞」では笠金村の歌に続いて、田辺福麻呂歌集歌が相聞の最後に収められている。左の笠金村に続く宮廷歌人福麻呂の長反歌について最後に考えることとする。注24

娘子《をとめ》を思ひて作れる歌一首　并せて短歌

白玉の　人のその名を　なかなかに　辞《こと》を下延《したは》へ　逢はぬ日の　数多《まね》く過ぐれば　恋ふる日の　累《かさ》なり行けば　思ひやる　たどきを知らに　肝向ふ　心砕けて　玉襷《たまだすき》　懸けぬ時なく　口息《や》まず　我が恋ふる児《こ》を

玉釧《たまくしろ》　手に取り持ちて　真澄鏡《まそかがみ》　直目《ただめ》に見ねば　下ひ山　下行く水の　上に出でず　我が思ふ情　安きそらかも　（9・一七九二）

反歌

垣《かき》ほなす人の横言繁《よこことしげ》みかも逢はぬ日数多《まね》く月の経ぬらむ　（一七九三）

立ちかはり月重なりて逢はねどもさね忘らえず面影にして　（一七九四）

題詞からも分かるように、これは女性に仮託したものではない。ただ金村の五四四番歌と同様に「娘子」が題詞に詠まれている。この「娘子」に関しては、「『娘子』の人間像はまったくあらわれていず、『娘子を思ふ』という概念が提示されているにすぎない。」[注25]という意見もある。しかしそもそも「娘子」が像を結びにくいのは、先の金村の五四四番歌と同様に、虚構であった可能性が高い。同じ「娘子」を題詞に持つ歌にも、

娘子の、佐伯宿禰赤歌麿の贈れるに報《こた》へたる歌一首

ちはやぶる神の社《やしろ》しなかりせば春日の野辺に粟蒔《あわま》かましを　（3・四〇四）

佐伯宿禰赤麿のまた贈れる歌一首

春日野に粟蒔けりせば鹿《しし》待ちに継《つ》ぎて行かましを社し怨む　（四〇五）

娘子のまた報へたる歌一首

わが祭る神にはあらず大夫《ますらを》に着きたる神そよく祭るべき　（四〇六）

とあり、唐突に佐伯赤麿への「娘子」の答歌から始まり、佐伯赤麿の贈歌を欠くものがある。内容も赤麿の妻のことを「ちはやぶる神の社しなかりせば」と、年をとった奥さんがいらっしゃらないならばと、「社」に喩えている滑稽な歌である。巻四にも同様に赤麿の贈歌を欠いて「娘子」の答歌からのものが残されている。

娘子の佐伯宿禰赤麿の報《こた》へ贈れる歌一首

わが袂まかむと思はむ大夫《ますらを》は変水《をちみづ》求め白髪生《お》ひたり（4・六二七）

佐伯宿禰赤歌麿の和《こた》へたる歌一首

白髪生ふる事は思はず変水はかにもかくにも求めて行かむ（六二八）

こちらはさらに滑稽で、私と寝たい思っている男らしい男は、若返りの水を求めている白髪交じりのであるよと揶揄されている。橋本四郎氏は、赤麿は自らを道化とする幇間歌人で、「娘子」は自らを貶める機能を持たせるために創作されたものであると述べている。注26 金村の五四四番歌と同様、宴席での披露も想定され、従うべきものと考える。

とすると「娘子」を題詞にもつ福麻呂の長反歌は、宴席などでの虚構歌の可能性が高い。これは何を物語っているのであろうか。福麻呂のこの「相聞」長反歌は、仮構の「娘子」に逢えない日が重なっている嘆きを述べたものである。長期に渡る離居の嘆きは、男女を逆にすれば、『玉台新詠』の「閨怨詩」の世界であり、笠金村が摂取して万葉集の相聞長歌として展開した世界である。

このような離居の様子は、枕詞によっても強調されている。枕詞「玉釧《たまくしろ》」は万葉集中三例のみで、他は左の二例のみとなる。

玉釧まき寝る妹もあらばこそ夜の長けくも嬉しくあるべき（12・二八六五）

玉釧まき寝し妹を月も経ず置きてや越えむこの山の崎（12・三一四八）

二八六五番歌は、「正述心緒」で妻がいない夜長を嘆き、三一四八番歌では「羇旅發思」である。当該福麻呂歌の離居とは、官人たちが奈良に妻子を残し、久邇京に居住している状態を指すと考えられる。福麻呂歌集は、他に巻六に久邇京関係歌が残されており、その期間は天平十二年から十六年ほどである。藤原広嗣の乱を契機として始まった聖武天皇の東国行幸は、そのまま天平十二年の久邇京遷都となる。官人たちは、奈良に妻子を残して数キロではあるが奈良山を隔てて久邇京に居住させられることとなった。伊藤博氏は、その離居に対する潜められた風刺をこの歌から読み取り、「……もとより『人の横言繁みかも』などは、恋歌ゆえの設定である。このような設定をせずに奈良京との隔たりを叫ぶと、大君の意志へのあらわな否定になってしまう……」（『万葉集釈注』）といい、恋歌に設定して奈良との隔たりを嘆いたものであるとする。だがそこまで言えるのであろうか。

同じ久邇京での相聞歌が家持にもある。「大伴宿祢家持の久邇京より坂上大嬢に贈れる歌五首」と題されたもので、その一首目には、「人目多み逢はなくのみぞ心さへ妹を忘れて我が思はなくに」（4・七七〇）と、当該の福麻呂歌集歌の「人の横言繁みかも」によく似た「人目多み」を、逢えない理由として歌っている。この歌は、家持の来訪を催促する歌への返事とおぼしい。やはり、なかなか逢いに行くことができないことの言い訳に、他人からの視線を用いたものと考えられる。福麻呂歌も同様な言い訳を述べた文脈として理解すべきで、「玉釧」という枕詞も用いることで、離別感をさらに大仰に表現しているものと考えられよう。

つまり、巻九の相聞長歌の最終部に収められた当該の福麻呂歌は、『玉台新詠』の「閨怨詩」に学んだ笠金村らが、女性に仮託して作成した離別を嘆く「相聞」長歌を、さらに展開したものである。その展開とは、主体を女から男に転換し、逢わない言い訳を他人の目とし、それを逢えない離別の嘆きを述べた「閨怨詩」にこと寄せて、大仰に嘆いてみせる宴席歌であったのではないだろうか。

五　むすび

東アジアの恋愛詩として理解されつつある『詩経』の国風は、漢代以後の詩経学にあって夫唱婦随を歌った詩と理解され、その成立から儒教的なものであった。時空を離れた日本の万葉集の冒頭の宮廷歌である「雑歌」

は、記録された伝承歌を、教養層が『詩経』の儒教的な理解をもとに、『詩経』に対応する恋愛歌謡を「雑歌」として当て嵌めるという理解の上で成立していた。それを当て嵌めることができた背景には、実は恋愛の展開を示す「歌路」に沿った歌謡が中国と日本とに共通して存在していたからに他ならなかった。一方、万葉集のまさに本来的な恋愛詩として部立された「相聞」の中で、相聞短歌は、口承の段階を経つつ、楽府の「子夜四時歌」を理解する教養層によって四季の恋愛歌として制作され、また巻八・十に収められていった。さらに「相聞」長歌は、やはり時空を離れた『文選』を学ぶことから出発し、これも時空を離れた本来的な恋愛詩集の『玉台新詠』を学ぶことで展開をしていった。笠金村に見られるように、離居を嘆く『玉台新詠』「閨怨詩」を学ぶことによって、女性に仮託する『万葉集』の虚構歌という展開がなされた。『玉台新詠』が六朝当代の歌謡や、それまでの歌謡を取り込むことから成立していたのとは少しく違った展開を見せていたのである。さらに、万葉集の「相聞」長歌は、福麻呂によってさらに展開がなされる。福麻呂は「閨怨詩」の虚構性と離居の嘆きを利用しながら、恋愛の相手になかなか逢わない男の言い訳を、離居を嘆くことを殊更強調することによって楽しむ、宴席歌として展開してみせていったのである。従来あまり注目されてこなかった万葉集の「相聞」長歌（特に巻九の相聞「長歌」）についても論じてみた。一つの歌集として編纂されている万葉集は、このように、『詩経』の国風や『玉台新詠』などをそれぞれの当代的な理解によって吸収しつつ、内部で独自の展開を見せていることが理解できたのではないだろうか。

注

1　辰巳正明『詩の起原　東アジア文化圏の恋愛詩』（笠間書院、二〇〇〇年）所収の緒論。

2　岡村貞雄「序論」「漢魏の楽府詩」（『古楽府の起源と継承』白帝社、二〇〇〇年）。

3　中西進「万葉集の編纂」（『中西進万葉論集　第二巻　万葉集の比較文学的研究（下）』一九九五年、初筆一九六三年）。なお巻八の相聞長歌は、笠金村が入唐使に贈った一四五三、大伴家持が坂上大嬢に贈った一五〇七・一六二九の三首に限られる。

4　万葉集の相聞短歌と朝鮮「時調」・中国「子夜四時歌」の関係については、前掲注1第5章「時調と恋歌」に詳しい。本論のここでの記述は、辰巳氏のこの論文の趣旨に沿っている。なお『三国史記』や『三国遺事』に名前を留める古代朝鮮の歌謡「郷歌《ひやんが》」にも「恋愛詩」の側面をみることができる。中西進・辰巳正明編『郷歌　注釈と研究』（新典社、二〇〇八年）では、薯童という卑しい男が知恵を働かせて王女を妻として王位に就くという「薯童謡」という郷歌が、自由恋愛を批難されながらも、男との愛を貫く王女の恋愛物語と理解することもできるとする。

5　徐送迎「日本の『詩経』に対する最初の研究」（『『万葉集』恋歌と『詩経』情詩の比較研究』汲古書院、二〇〇二年）。

6　孫久富「中国古代の歌垣と歌謡」（『日本古代の恋愛と中国古典』新典社、一九九六年）

7　前掲辰巳注1「歌垣」所収の梁庭望・農学冠編「歌圩」（『壮族文学概要』中国広西民族出版社、一九九一）内の歌垣。

8　前掲注5。

9　万葉集の本文は、中西進『万葉集　全訳注』（講談社文庫）による。私見により改めた部分もある。

10　辰巳正明「歌垣と民間歌謡誌」（『万葉集の歴史』笠間書院、二〇一一）。

11　前掲注5。

12　令の算用数字番号は、井上光貞・関晃・土田直鎮・青木和夫校注『律令』（日本思想大系、岩波書店、一九七六年）による。

13　「選叙令」にも同様な表現が見られる。「取明閑時務、并読文選爾雅者」（「選叙令29」）。

14　谷馨「万葉集歌と中国韻文」（『万葉集大成』第七巻、平凡社、一九五四年）、中西進「人麻呂と海彼」（『中西進　万葉論集』第一巻、講談社、一九九五年　初出一九六二年七月）、吉田とよ子「柿本人麻呂の空間・時間意識――漢・六朝の賦詩との関連において――」（『上代文学』四十二号、一九七九年四月）。

15　拙稿「石見相聞歌における『夏草』と『露霜』」（『万葉歌人田辺福麻呂論』笠間書院、二〇一〇年）。

16　鈴木虎雄『玉台新詠集　上』序文（岩波文庫、一九五三）。

17　前掲辰巳注1「玉台新詠と歌路」。
18　太田真理「笠金村『娘子に誂へられて作る歌』」（『古代文学』四六、二〇〇七年三月）。
19　伊藤博「歌人と宮廷」（『万葉集の歌人と作品　上』塙書房、一九七五年、初出一九六六年）。
20　久米常民「笠金村とその歌集」（『万葉集の文論的研究』桜楓社、一九七〇年、初出一九六九年）。
21　中西進「長歌論」（『中西進万葉論集　第二巻　万葉集の比較文学的研究（下）』講談社、一九九五年、初出一九六二）。
22　村山出「従駕相聞歌――成立の意義――」（『奈良前期万葉歌人の研究』翰林書房、一九九三年、初出一九八〇年）。
23　このことに関しては、佐野あつ子「閨情詩と自然――石上乙麻呂の秋夜閨情詩をめぐって」（『女歌の研究』おうふう、二〇〇九年、初出二〇〇八年）。
24　田辺福麻呂歌集は、田辺福麻呂作であるという通説に従うこととする。
25　川口常孝「田辺福麿論」（『万葉歌人の美学と構造』桜楓社、一九七三年）。
26　橋本四郎「幇間歌人佐伯赤麻呂と娘子の歌」（『橋本四郎論文集・万葉集編』角川書店、一九八六年、初出一九七四年）

あとがき

本書は、竹林舎刊行の「古代文学と隣接歌学」（全一〇巻）の一冊として組まれたものである。文学不要論が叫ばれる時代に、古代史ではなく古代文学を標榜する本シリーズには、編集者のなみなみならぬ思いがあるように見受けられる。そこには、このような時代だからこそ、本当の文学の必要性が求められるのだという、強い意志が秘められているように思われる。しかも、本書に求められたのは一般書としてのそれではなく、学術的に先端を行く万葉集の内容への期待であった。

万葉集の学術的研究は、その歴史も量も多い。それゆえであろうか、現今ではどのような研究が未来を開くのか、不透明の感もある。むしろ、万葉集の周辺研究であったり、研究史の研究であったりすることで、辛うじて息を継いでいるようにも見られる。そのような中で、本書は「東アジア」を鍵語に万葉集の形成過程を考えようという方針を立てた。万葉集と東アジアとの関係を説く論も見受けられるが、それは内実が伴っていない場合が多い。比較という方法論なしに論じるからである。なぜ東アジアという概念が求められるのか、何を成果として論じるのか、そのようなことが明確でないように思われる。すでに東アジアという概念は比較研究を越えたところにあるように思われる。

本書は、東アジアという概念の中での万葉集研究の可能性をまとめたものである。すでに著名なベテランから、これから東アジアを手にして前へ進もうとする若い研究者までの、二十名の論が揃った。すべて渾身の力を振り絞っての論である。厚くお礼を申し上げる次第である。本書を契機として、万葉集の新たな研究が進むことを期待するものである。

二〇一七年八月

編者記す

執筆者一覧

赤井　益久	あかい ますひさ	中国文学	國學院大學学長
上野　　誠	うえの まこと	万葉文化論	奈良大学教授
榎本　福寿	えのもと ふくじゅ	日本古代文学	佛教大学教授
王　　　凱	おう がい	日本古代文学、歴史	南開大学副教授
大谷　　歩	おおたに あゆみ	日本古代文学	奈良県立万葉文化館研究員
金子　修一	かねこ しゅういち	中国古代史	國學院大學教授
菊地　義裕	きくち よしひろ	日本古代文学	東洋大学教授
黒澤　直道	くろさわ なおみち	中国民族研究	國學院大學教授
塩沢　一平	しおざわ いっぺい	日本古代文学	二松学舎大学教授
鈴木　道代	すずき みちよ	日本古代文学	國學院大學助教
曹　　咏梅	そう えいばい	日本古代文学	神奈川大学・國學院大學非常勤講師
髙橋　俊之	たかはし としゆき	日本古代文学	國學院大學研究開発推進機構 古事学センター研究補助員
辰巳　正明	たつみ まさあき	日本古代文学	國學院大學名誉教授
田畑　千秋	たばた ちあき	口承文芸学	大分大学教授
寺川眞知夫	てらかわ まちお	日本古代文学	同志社女子大学名誉教授
西地　貴子	にしち たかこ	日本古代文学	福岡女学院大学非常勤講師
野口　恵子	のぐち けいこ	日本古代文学	日本大学准教授
松尾　　光	まつお ひかる	日本古代史	早稲田大学非常勤講師
山口　敦史	やまぐち あつし	日本古代文学	大東文化大学教授

監修

鈴木　靖民	すずき やすたみ	日本古代史・東アジア古代史	横浜市歴史博物館館長

『万葉集』と東アジア　〈古代文学と隣接諸学 9〉

2017年9月10日　発行

編　者　辰巳　正明

発行者　黒澤　廣

発行所　竹林舎
112-0013
東京都文京区音羽1-15-12-411
電話 03(5977)8871　FAX03(5977)8879

印刷　シナノ書籍印刷株式会社
©Chikurinsha2017 printed in Japan
ISBN 978-4-902084-79-5

古代文学と隣接諸学〈全10巻〉

第1巻	古代日本と興亡の東アジア	編集　田中 史生
第2巻	古代の文化圏とネットワーク	編集　蔵中しのぶ
第3巻	古代王権の史実と虚構	編集　仁藤 敦史
第4巻	古代の文字文化	編集　犬飼 隆
第5巻	律令国家の理想と現実	編集　古瀬 奈津子
第6巻	古代寺院の芸術世界	編集　肥田 路美
第7巻	古代の信仰・祭祀	編集　岡田 莊司
第8巻	古代の都城と交通	編集　川尻 秋生
第9巻	『万葉集』と東アジア	編集　辰巳 正明
第10巻	「記紀」の可能性	編集　瀬間 正之